LES
GRANDS ÉCRIVAINS
DE LA FRANCE

NOUVELLES ÉDITIONS

PUBLIÉES SOUS LA DIRECTION

DE M. AD. REGNIER

membre de l'Institut

SUR LES MANUSCRITS, LES COPIES LES PLUS AUTHENTIQUES
ET LES PLUS ANCIENNES IMPRESSIONS
AVEC VARIANTES, NOTES, NOTICES, PORTRAITS, ETC.

MOLIÈRE

TOME III

PARIS

LIBRAIRIE HACHETTE ET Cie

BOULEVARD SAINT-GERMAIN, 79

M DCCC LXXVI

LES

GRANDS ÉCRIVAINS

DE LA FRANCE

NOUVELLES ÉDITIONS

PUBLIÉES SOUS LA DIRECTION

DE M. AD. REGNIER

Membre de l'Institut

OEUVRES

DE

MOLIÈRE

TOME III

PARIS. — TYPOGRAPHIE LAHURE
Rue de Fleurus, 9

ŒUVRES

DE

MOLIÈRE

NOUVELLE ÉDITION

REVUE SUR LES PLUS ANCIENNES IMPRESSIONS

ET AUGMENTÉE

des variantes, de notices, de notes, d'un lexique des mots et locutions remarquables,
d'un portrait, de fac-simile, etc.

PAR M. EUGÈNE DESPOIS

TOME TROISIÈME

PARIS

LIBRAIRIE HACHETTE ET Cⁱᵉ

BOULEVARD SAINT-GERMAIN, 79

1876

LES FÂCHEUX

COMÉDIE

FAITE POUR LES DIVERTISSEMENTS DU ROI, AU MOIS D'AOÛT 1661

ET REPRÉSENTÉE POUR LA PREMIÈRE FOIS EN PUBLIC A PARIS

SUR LE THÉÂTRE DU PALAIS-ROYAL

LE 4ᵉ NOVEMBRE DE LA MÊME ANNÉE 1661

PAR LA

TROUPE DE MONSIEUR FRÈRE UNIQUE DU ROI

NOTICE.

La pièce des *Fâcheux* fait doublement époque : elle se rattache à un des événements les plus graves du temps, la disgrâce du surintendant Foucquet ; elle est de plus la première de ces comédies-ballets que Molière lui-même dans son avertissement signale comme « un mélange.... nouveau pour nos théâtres. » Si cette innovation, si goûtée surtout par le Roi et par les courtisans, nous laisse assez indifférents, n'oublions pas que ces improvisations destinées aux fêtes de la cour devinrent peut-être pour Molière son premier et son plus sûr titre à la faveur royale, et qu'indépendamment de leur mérite propre, elles eurent cet avantage d'assurer à ses chefs-d'œuvre une protection dont ils ne pouvaient se passer.

« Il n'y a personne, dit Molière, qui ne sache pour quelle réjouissance la pièce fut composée ; et cette fête a fait un tel éclat, qu'il n'est pas nécessaire d'en parler. » Cette fête, d'une splendeur toute royale, offerte par Foucquet au Roi dans sa maison de Vaux, et sur laquelle il comptait sans doute pour raffermir son crédit ébranlé, consomma peut-être sa ruine. L'irritation que causaient à Louis XIV « la vue des vastes établissements que cet homme avait projetés, et les insolentes acquisitions qu'il avait faites, » est avouée dans un fragment des *Mémoires de Louis XIV* [1] ; et parmi ces fastueuses dépenses qu'il lui reproche avec amertume, il comprenait sans doute cette fête même que suivit, dix-neuf jours plus tard, l'arrestation du Surintendant.

Tout le monde avait été ébloui de ces splendeurs, et rien

---

1. *Mémoires de Louis XIV*, édition de M. Charles Dreyss, Paris, Didier, 1860, tome II, *Appendice*, Copie d'un fragment de Pellisson pour les mémoires de 1661, p. 524.

ne pouvait faire prévoir le tragique événement qui se préparait. L'organe officiel de la cour, la *Gazette*, avait rendu compte en termes pompeux de la réception faite au Roi par Foucquet et de la *satisfaction merveilleuse* que le Roi avait éprouvée; elle disait dans son numéro du 20 août 1661 :

« De Fontainebleau, le 18 août. — Hier, le Roi, ayant avec lui dans sa calèche Monsieur, la comtesse d'Armagnac, la duchesse de Valentinois, et la comtesse de Guiche, alla à Vaux : comme aussi la Reine mère accompagnée dans son carrosse de plusieurs dames, et Madame, pareillement, en litière. Cette auguste compagnie et sa suite, composée de la plupart des seigneurs et dames de la cour, y fut traitée par le surintendant des finances avec toute la magnificence imaginable, la bonne chère ayant été accompagnée du divertissement d'un fort agréable ballet, de la comédie, et d'une infinité de feux d'artifice dans les jardins de cette belle et charmante maison, de manière que ce superbe régal se trouva assorti de tout ce qui se peut souhaiter dans les plus délicieux, et que Leurs Majestés, qui n'en partirent qu'à deux heures après minuit, à la clarté de grand nombre de flambeaux, témoignèrent en être merveilleusement satisfaites[1]. »

Quelques jours plus tard, la *Gazette* date aussi de Fontainebleau la nouvelle suivante : « Le 6 (*septembre*), on reçut nouvelles que le sieur Foucquet, surintendant des finances, avoit été, le jour précédent, arrêté à Nantes, par ordre de Sa Majesté[2]. » Le confident habituel de Foucquet, celui qui avait contribué à la fête de Vaux en écrivant le *Prologue* des *Fâcheux*, Pellisson, avait été arrêté aussi le même jour. Il ne sortit de prison qu'en 1666. Nous remarquerons à l'honneur de Molière qu'en imprimant sa pièce, il rappelait, à la fin de l'avertissement, que Pellisson était l'auteur de ce prologue, tout à la louange du Roi[3].

Nous n'avons à insister ni sur un événement qui appartient

---

1. *Gazette* du 20 août 1661. La jeune Reine, comme on le voit, n'assistait pas à cette fête : « Elle étoit demeurée à Fontainebleau pour une affaire fort importante : tu vois bien que j'entends parler de sa grossesse. » (*Lettre de la Fontaine à Maucroix* du 22 août 1661.)
2. *Gazette* du 10 septembre 1661. — 3. Voyez ci-après, p. 31.

à l'histoire, ni sur les détails de cette fête de Vaux : elle a été
racontée par un des témoins, la Fontaine, dans une lettre
que nous donnons en appendice. Mais ce qu'il importe de constater, c'est que les préventions que Louis XIV pouvait conserver à l'égard de quelques gens de lettres protégés par Foucquet ne s'étendirent ni à Molière lui-même ni à la pièce qui
avait figuré dans cette fête. La Grange nous apprend que,
quelques jours après, *les Fâcheux* furent représentés deux fois
devant la cour à Fontainebleau, « la première fois, le 25 août, »
le jour même de la fête du Roi, comme on sait. La *Gazette*
mentionne cette représentation d'une façon qui nous semble ca-
ractéristique, en disant que le 25 « la cour eut.... le divertissement.... du *ballet* que l'on avoit dansé à Vaux en présence
du Roi[1]. » Il paraît que pour la *Gazette*, *les Fâcheux* étaient
un ballet, et rien de plus. Du moins, dans sa malveillance
pour Molière, elle affectait de le croire ; on aura remarqué
sans doute que, dans son récit de la fête de Vaux, cité précédemment, elle parle d'*un fort agréable ballet*, et se borne à
mentionner *la comédie* sans épithète d'aucune sorte.

Les ballets étaient en effet, à cette date, le goût dominant du
Roi. Il venait, en mars 1661, d'instituer une *Académie royale
de danse*, composée de treize maîtres à danser, « des plus expérimentés audit art[2]. » En mêlant à ses comédies composées pour
la cour des intermèdes de danse, Molière risquait une innovation dont il eut lieu de s'applaudir. Il n'est pas bien sûr que
l'on puisse, comme il le dit, en « chercher quelques autorités
dans l'antiquité. » Mais, en 1661, tout le monde trouva ce
« mélange » agréable, et nous venons de voir que ce qui est
devenu pour nous un accessoire insignifiant, pouvait, à la
rigueur, sembler à quelques-uns la partie importante de la
pièce.

C'est aussi ornée de ces « agréments[3] » que la pièce fut repré-

1. *Gazette* du 3 septembre 1661.
2. Voyez au vers 198 des *Fâcheux*, la fin de la note.
3. C'est l'expression consacrée dans les registres de la Comédie,
et plus tard aussi dans les journaux littéraires, pour désigner les
divertissements mêlés aux comédies de Molière. Ainsi on a soin de
mentionner si *Pourceaugnac* a été joué avec ou sans « tous ses agréments. »

sentée, avec *l'École des maris*, chez Monsieur, le 26 novembre,
puis devant le public, pour qui, à cette date et dix ans avant
l'établissement de l'Opéra, les ballets, dont le spectacle avait
été jusque-là réservé à la cour, étaient une véritable nouveauté.

Mais nous n'avons pas à nous occuper ici du ballet, auquel
Molière paraît avoir été, cette fois, plus étranger qu'il ne le
fut depuis aux intermèdes mêlés à quelques autres de ses
pièces. Loret nous apprend que le

> .... Ballet fut composé
> Par Beauchamp, danseur fort prisé,
> Et dansé de la belle sorte
> Par les Messieurs de son escorte,
> Et même où le sieur d'Olivet,
> Digne d'avoir quelque brevet
> Et fameux en cette contrée,
> A fait mainte agréable entrée [1].

Après avoir ajouté que d'Olivet était un des treize nouveaux académiciens de l'Académie royale de danse, et que
les décors de la pièce avaient été composés par Lebrun, nous
n'avons plus qu'à nous occuper de la comédie elle-même, dont
tous ces accessoires relevaient le mérite aux yeux des contemporains.

On n'a pas manqué de revendiquer, soit pour l'Espagne, soit
pour l'Italie, l'honneur d'avoir fourni à Molière le sujet de sa
pièce. « Tout le plan des *Fâcheux*, dit M. Édouard Fournier,
est pris d'un intermède des comédiens d'Espagne [2]. » Nous
ne connaissons pas cet intermède ; mais il paraît que ce plan,
assez simple, appartenait aussi à d'autres. Car l'auteur du *Livre
sans nom* le réclame pour les Italiens. « Scaramouche interrompu dans ses amours a produit, dit-il, ses *Fâcheux* [3]. » Cette
comédie est sans doute la même que celle dont parle Mlle Pois-

---

1. *La Muse historique*, lettre du 20 août 1661. Voyez encore la
note du vers 198 des *Fâcheux*.

2. *Revue des Provinces*, tome IV, septembre 1864, p. 493.

3. *Livre sans nom*, divisé en cinq dialogues, volume anonyme,
que l'on attribue à Cotolendi, Paris, Michel Brunet, 1695, p. 6 et 7.

son, la fille de du Croisy, dans la lettre, souvent citée, que publia le *Mercure* en 1740[1]; jouée en 1716, la pièce était restée au répertoire du théâtre italien. C'était, selon le *Dictionnaire des Théâtres de Paris* des frères Parfaict, un simple canevas[2], dont le *Mercure de France* (mai 1740, p. 995) donne l'analyse, après en avoir annoncé la reprise, en cinq actes, sur le théâtre des comédiens italiens. Pantalon est amoureux de Flaminia qui ne l'aime point, et qui charge son valet Scapin de la débarrasser de ces poursuites. « Pantalon demande par grâce à sa maîtresse qu'il puisse du moins la voir un jour en particulier, n'ayant pas encore été chez elle ; Flaminia lui donne un rendez-vous, auquel Pantalon se propose bien de ne pas manquer. Quand il est prêt de s'y rendre, Scapin envoie à Pantalon différentes personnes, sous différents déguisements, et sous des prétextes frivoles, pour amuser le bonhomme. Ces importuns l'obsèdent et l'amusent si fort, malgré l'envie qu'il a de se débarrasser d'eux, qu'ils lui font manquer l'heure du rendez-vous, ce qui occasionne la rupture de Pantalon avec sa maîtresse. »

En supposant toujours que le canevas italien soit antérieur aux *Fâcheux*, on voit combien il diffère de la pièce de Molière. D'abord ici la victime des Fâcheux est, non pas le personnage intéressant, mais au contraire le personnage sacrifié ; de plus tous ces prétendus importuns le sont volontairement : or le côté comique des Fâcheux de Molière, c'est préci-

---

1. « L'opinion la plus reçue sur la comédie des *Fâcheux* est que Molière en a tiré le sujet d'une ancienne comédie italienne, intitulée : *le Case svaligiate* ou *gl'Interrompimenti di Pantaleone*. C'est la même comédie que nous avons vu jouer par les comédiens italiens de l'Hôtel de Bourgogne d'aujourd'hui, sous le titre d'*Arlequin dévaliseur de maisons*. » (*Lettre sur la vie et les ouvrages de Molière et sur les comédiens de son temps*, dans le *Mercure de France* de mai 1740, p. 840. Voyez, sur l'auteur présumé de cette lettre, les frères Parfaict, tome X, p. 86, et tome XIII, p. 295 et 296.)

2. « *Pantalon amant malheureux* ou *Arlequin dévaliseur de maisons* (*la Casa svaligiata*), canevas italien, en trois actes, représenté pour la première fois le mercredi 27 mai 1716. » (Tome IV, 1767, p. 67.) On voit que les auteurs de ce dictionnaire considèrent ce canevas comme une pièce nouvelle en 1716.

sément qu'aucun d'eux ne croit l'être, et que chacun, au moment même où il met Éraste au supplice, se flatte de l'intéresser à ses affaires. Reste donc l'idée de cette série d'importuns, volontaires ou non, se succédant auprès d'un homme préoccupé d'un intérêt important : il semble que Molière pouvait la trouver dans son expérience journalière, et que cette donnée se reproduit assez souvent dans la vie réelle, pour qu'il n'eût pas besoin de l'emprunter soit à un canevas italien, soit à un intermède espagnol.

Ce qu'il y a de certain, c'est que Molière s'est souvenu, et il n'en pouvait être autrement, de la satire si connue de Regnier, qui était elle-même une imitation de celle d'Horace[1]. La seule différence, c'est qu'Horace et Regnier ont affaire à un seul Fâcheux qui s'attache à leurs pas et les suit partout sans qu'ils puissent se débarrasser de lui. Mais, du moment que l'on transportait ce sujet sur la scène, la multiplicité des Fâcheux devenait à peu près inévitable. Indépendamment de l'intérêt qui naissait de cette diversité de personnages, l'unité de lieu ne permettait pas au poëte ces déplacements qui, dans un simple récit, mettaient Horace ou Regnier aux prises avec leur Fâcheux dans une série de situations différentes, et cette

---

1. Horace, *satire* ix du premier livre. — Regnier, *satire* viii. Goujet (*Bibliothèque françoise*, tome XVI, 1754, p. 238 et 239) rapporte que, de toutes ses satires, celle que Regnier estimait le plus était celle de *l'Importun*, et il s'appuie, à cet égard, du témoignage de du Lorens, qui avait recueilli l'aveu de cette préférence de la bouche même de Regnier. — M. Moland (tome II, p. 333, note 4) remarque que, du temps de Molière déjà, on avait exagéré, à bon escient, l'importance de ces imitations, et il cite ce passage de la *Zélinde* de Villiers (scène viii, p. 82) : « Et vous n'avez pas remarqué que le récit que l'on fait dans *les Fâcheux* de celui qui se prie pour dîner est une satire de Regnier toute entière? » à savoir la viiie mentionnée en tête de cette note. — M. Moland signale aussi (dans sa *Notice*, p. 314 et suivantes) deux *épîtres chagrines* de Scarron, la première, au maréchal d'Albret, comme contenant une longue énumération de tous les genres de Fâcheux ; la seconde à M. d'Elbène, pour un seul portrait. Celle-ci a plutôt peut-être, si elle a paru avant *les Précieuses ridicules*, fourni à Molière une des plaisanteries de cette pièce : l'ennuyeux visiteur a sur le métier une histoire des conciles en vers, où *dominent surtout les madrigaux*.

variété de personnages naissait tout naturellement de l'obligation d'amener toujours au même lieu les importunités diverses
dont Éraste était la victime. Remarquons, en outre, que cette
variété était indispensable dans les conditions où la pièce fut
composée. Cette comédie, Molière l'atteste, fut « conçue, faite,
apprise et représentée en quinze jours. » La pièce se compo-
sant d'une série de scènes détachées, dans chacune desquelles
le rôle le plus long était confié à un acteur différent, l'auteur
pouvait distribuer ainsi à chacun de ses camarades son rôle entier, à mesure qu'il le composait, et le tour de force d'apprendre la pièce en si peu de temps n'était plus impossible. Molière
lui-même, comme on le verra, se chargea de remplir au
moins trois rôles de Fâcheux, et il eût pu à la rigueur les
remplir tous, avec la sûreté de mémoire d'un homme qui récite ses propres vers[1]. Il ne restait, en dehors de ces rôles,
qu'un autre rôle un peu long, celui d'Éraste, dont se chargea
son camarade la Grange. La merveille, c'est d'avoir pu concevoir
et écrire en si peu de temps une pièce comme les Fâcheux;
mais le plan même lui était en quelque sorte imposé par les
circonstances, et, s'il eût été différent, on a peine à concevoir
comment cette comédie eût pu être apprise et en état d'être
représentée au bout de cette laborieuse quinzaine.

On a raconté que Molière, obligé de se hâter, s'était adressé
à son ami Chapelle, et lui avait demandé d'écrire la scène du
pédant Caritidès. La facilité bien connue de Molière rend cette
anecdote assez peu vraisemblable[2], et il ne semble pas que, le

---

1. Dans l'Impromptu de Versailles (au commencement de la
scène 1), Molière dit à ses camarades qui se plaignent de n'avoir pas
eu le temps d'apprendre leurs rôles : « Vous voilà tous bien malades, d'avoir un méchant rôle à jouer ! Et que feriez-vous donc si
vous étiez en ma place ? — Qui, vous ? répond Mlle Béjard : vous
n'êtes pas à plaindre ; car ayant fait la pièce, vous n'avez pas peur
d'y manquer. »

2. Cette extrême facilité a été contestée pourtant par Grimarest,
et à l'occasion des Fâcheux. « Je sais, dit-il (p. 47), par de très-bons
mémoires, qu'on ne lui a jamais donné de sujets. Il en avoit un magasin d'ébauchés par la quantité de petites farces qu'il avoit hasar-
dées dans les provinces ; et la cour et la ville lui présentoient tous
les jours des originaux de tant de façons, qu'il ne pouvoit s'empê-

cadre de la scène une fois tracé, le poëte qui l'avait conçue
pût avoir la moindre peine à l'écrire. Cette anecdote, avec les
détails que l'on y joint d'ordinaire, a une origine assez tardive :
elle date du *Bolæana*, publié seulement en 1742. On y lit
(p. 95) : « Bien des gens ont cru[1] que Chapelle, auteur du
Voyage de Bachaumont, avoit beaucoup aidé Molière dans ses
comédies. Ils étoient certainement fort amis ; mais je tiens de
M. Despréaux, qui le savoit de Molière, que jamais il ne s'est
servi d'aucune scène qu'il eût empruntée de Chapelle. Il est bien
vrai que dans la comédie des *Fâcheux*, Molière, étant pressé
par le Roi, eut recours à Chapelle pour lui faire la scène de
Caritidès, que Molière trouva si froide qu'il n'en conserva pas

cher de travailler de lui-même sur ceux qui frappoient le plus. Et
quoiqu'il dise dans sa préface des *Fâcheux* qu'il ait fait cette pièce
en quinze jours de temps, j'ai cependant de la peine à le croire.
C'étoit l'homme du monde qui travailloit avec le plus de difficulté ; et
il s'est trouvé que des divertissements qu'on lui demandoit étoient
faits plus d'un an auparavant. » Nous ne doutons pas que Molière
n'eût, avant son retour à Paris, un *magasin* de pièces ébauchées, des
scènes même déjà faites et qu'il put utiliser plus tard. Il se pourrait, par exemple, que la scène IV de l'acte II, cette discussion si
délicate sur la question de savoir lequel aime le mieux, de l'amant
jaloux ou de celui qui ne l'est pas, fût écrite depuis longtemps.
Mais quant à la facilité de travail qu'avait Molière, nous avons
un témoignage beaucoup plus sûr que celui de Grimarest, celui de
l'homme le mieux placé pour le juger, et que ce genre de mérite
devait surtout frapper, de Boileau : voyez sa seconde satire, adressée à Molière (imprimée en 1664).

    1. Outre ceux qui le croyaient, il y avait sans doute aussi ceux qui
le disaient sans le croire. Guéret, homme d'esprit d'ailleurs, mais
fort hostile à Molière, à Racine et surtout à Boileau, fait remarquer
que celui-ci, qui fait profession de ne rien trouver de bon et de
dénigrer tout le monde (selon Guéret), a épargné Chapelle, mais
peut-être est-ce « en considération de Molière. Car on m'a assuré
que Chapelle lui est fort utile et qu'il travaille à toutes ses pièces. »
(*La Promenade de Saint-Cloud*, à la suite des *Mémoires historiques,
critiques et littéraires* de Bruys, 1751, tome II, p. 189.) Ce dialogue,
que Guéret avait gardé manuscrit, paraît avoir été composé vers
1670 ; car il y parle, comme de publications récentes, du *Tartuffe*,
et de la *Psyché* de la Fontaine, imprimée en 1669.

un seul mot, et donna, de son chef, cette belle scène que nous admirons dans *les Fâcheux*. Et sur ce que Chapelle tiroit vanité du bruit qui courut dans le monde qu'il travailloit avec Molière, ce fameux auteur lui fit dire par M. Despréaux qu'il ne favorisât pas ces bruits-là ; qu'autrement il l'obligeroit à montrer sa misérable scène de Caritidès, où il n'avoit pas trouvé la moindre lueur de plaisanterie. »

. Un collaborateur moins douteux, et que Molière n'eût garde de désavouer, c'est le Roi, qui lui avait donné l'*ordre* d'ajouter à sa pièce un caractère de Fâcheux, « dont *Votre Majesté*, dit Molière s'adressant au Roi lui-même, eut la bonté de m'ouvrir les idées elle-même, et qui a été trouvé partout le plus beau morceau de l'ouvrage[1]. » Ce caractère est celui du Chasseur. Voici ce que raconte le *Ménagiana*[2] : « Au sortir de la première représentation de cette comédie (*les Fâcheux*), qui se fit chez M. Foucquet, le Roi dit à Molière, en lui montrant M. de Soyecourt : « Voilà un grand original que tu n'as pas « encore copié. » C'en fut assez de dit, et cette scène où Molière l'introduit sous la figure d'un chasseur fut faite et apprise par les comédiens en moins d'un vingt-quatre heures, et le Roi eut le plaisir de la voir en sa place à la représentation suivante de cette pièce. » Une addition au *Ménagiana* résume à ce propos un passage de Grimarest, qui rapporte que Molière « n'entendant pas la chasse.... s'étoit excusé de travailler au rôle du Chasseur ; mais qu'un habile homme lui en ayant donné le canevas, il composa là-dessus cette scène, qui est la plus belle de la pièce[3]. » Ce serait donc le marquis de Soyecourt, chasseur

1. Voyez la dédicace des *Fâcheux*, ci-après, p. 26.
2. Édition de 1694 (la première pour le tome II), tome II, p. 13 ; édition de 1729, tome III, p. 24.
3. Voici les termes mêmes de Grimarest (p. 49 et 50), bien moins acceptables : « J'ai été mieux informé que M. Ménage de la manière dont cette belle scène du Chasseur fut faite. Molière n'y a aucune part que pour la versification ; car, ne connoissant point la chasse, il s'excusa d'y travailler : de sorte qu'une personne, que j'ai des raisons de ne pas nommer, la lui dicta tout entière dans un jardin ; et M. de Molière l'ayant versifiée, en fit la plus belle scène de ses *Fâcheux*.... » La vérité est que Molière ne s'excusa pas, mais s'empressa d'y travailler, et que, la versifiant, il la composa, après

déterminé, et depuis grand veneur[1], qui aurait fourni à Molière les détails de cette scène. Auger[2] semble s'inquiéter de l'opinion de « Quelques personnes *qui* ont révoqué en doute cette partie de l'anecdote, comme peu conforme au caractère d'honnêteté et de bienséance qui marquait toutes les actions et toutes les paroles de Molière. » D'abord rien ne prouve que Molière n'ait pas averti le marquis de Soyecourt de l'usage qu'il comptait faire des renseignements demandés; et, en outre, la passion, la manie même de la chasse est un de ces travers qu'on ne dissimule point, dont on pouvait même s'honorer, sans se croire tourné en ridicule par celui qui le mettait sur la scène. Notons, de plus, qu'ici le principal ridicule n'est pas, et n'était pas surtout pour les contemporains, dans l'importance que le chasseur passionné attache aux règles de la chasse : il est dans l'inopportunité de son récit, au moment où Éraste est occupé de sa passion; et ce ridicule même est, après tout, fort excusable chez le chasseur, qui ignore la préoccupation d'Éraste. Enfin l'*ordre* donné par le Roi à Molière couvrait tout, et il est fort possible que Soyecourt fût, en pareil cas, plus flatté que blessé de contribuer à la peinture d'un caractère que le Roi voulait voir figurer dans cette pièce.

avoir recueilli ses propres souvenirs et observations, interrogé probablement quelque officier de la vénerie, et feuilleté quelque livre analogue à ceux qu'on trouvera cités pour l'explication de certains termes spéciaux.

1. « Si fameux au dix-septième siècle, dit M. Paulin Paris, pour ses exploits amoureux sous le nom du *grand Saucour*[a] » (tome V de Tallemant des Réaux, p. 53). Il avait eu part au duel du chevalier d'Albret et du marquis de Sévigné. Il fut grand veneur de France à partir de décembre 1669 et mourut en 1679. Bazin cite une lettre du duc de Saint-Aignan à Bussy (18 janvier 1671) qui montre bien la réputation que s'était faite Soyecourt de fatiguer ses amis (il ne devait pas épargner le Roi) de ses récits et de son jargon de chasse : « Découplez-moi (*c'est-à-dire ici* mettez-moi en campagne) lorsque vous jugerez que je doive courir. Pardon de la comparaison; mais, pour mes péchés, j'ai passé une partie de la journée avec le grand veneur. »

2. Dans sa Notice sur *les Fâcheux*, p. 459.

a *Soyecourt* s'écrivait d'ordinaire et se prononçait toujours *Saucour*.

On serait tenté de croire que quelque anecdote de ce genre avait déjà circulé au temps où Villiers écrivait, en 1663, ses *Nouvelles nouvelles :* peut-être même y fait-il allusion quand, dans un passage signalé par Aimé-Martin, il dit (3ᵉ partie, p. 224) : « Il (*Molière*) apprit que les gens de qualité ne vouloient rire qu'à leurs dépens, qu'ils vouloient que l'on fît voir leurs défauts en public, qu'ils étoient les plus dociles du monde, et qu'ils auroient été bons du temps où l'on faisoit pénitence à la porte des temples, puisque, loin de se fâcher de ce que l'on publioit leurs sottises, ils s'en glorifioient; et, de fait, après que l'on eut joué *les Précieuses*, où ils étoient et bien représentés et bien raillés, ils donnèrent eux-mêmes, avec beaucoup d'empressement, à l'auteur dont je vous entretiens, des mémoires de tout ce qui se passoit dans le monde, et des portraits de leurs propres défauts et de ceux de leurs meilleurs amis, croyants (*sic*) qu'il y avoit de la gloire pour eux que l'on reconnût leurs impertinences dans ses ouvrages, et que l'on dît même qu'il avoit voulu parler d'eux; car vous saurez qu'il y a de certains défauts de qualité dont ils se font gloire, et qu'ils seroient bien fâchés que l'on crût qu'ils ne les eussent pas. » La passion de la chasse n'était-elle pas précisément un de ces *défauts de qualité*, interdits aux roturiers, et dont la peinture pouvait sembler un titre d'honneur?

Si donc la tradition en est crue, ce fut avec l'addition de cette scène, et plus probablement d'un nouveau ballet[1], que le 25 août, jour de saint Louis, neuf jours après la représentation donnée à Vaux, *les Fâcheux* furent joués à Fontainebleau. Ils le furent deux fois même, et Molière laissa dormir

---

1. C'est du moins ainsi qu'on peut comprendre ce que dit Loret des représentations de la pièce à Fontainebleau :

> Étant illec fort approuvée,
> Et mêmement enjolivée
> D'un ballet gaillard et mignon,
> Dansé par maint bon compagnon,
> Où cette jeune demoiselle
> Qu'en surnom Giraut on appelle
> Plut fort à tous par les appas
> De sa personne et de ses pas.
>
> (*La Muse historique*, lettre du 27 août 1661.)

quelque temps la pièce avant de la jouer à Paris, quoique
le premier succès de *l'École des maris* fût alors à peu près
épuisé. La disgrâce de Foucquet, qui éclata peu de jours après,
fut-elle pour quelque chose dans cet ajournement ? C'est ce
que suppose Bazin. « Il est probable, dit-il[1], que la comédie
des *Fâcheux* fut pendant quelque temps enveloppée dans ces
souvenirs odieux qu'il ne fallait pas réveiller, qu'elle dut d'ailleurs subir quelques changements, afin qu'il n'y demeurât aucun vestige du malheureux patron qui en avait fait les frais[2].
Au moins est-il sûr qu'on attendit une occasion de joie uni-
verselle pour la reprendre. Un dauphin venait de naître à
Fontainebleau le 1er novembre : le 4 novembre, *les Fâcheux*
parurent sur le théâtre du Palais-Royal. »

Elle eut un très-grand succès à Paris, comme à la cour. On
sait par Loret qu'on la représentait avec le ballet, ce qui était
un attrait de plus; et même, dit-il,

> Afin d'avoir grande pratique,
> Et pour rendre encor plus de gens
> A la visiter diligents,
> . . . .
> Elle fait jouer des machines[3].

Et il paraît qu'une des actrices, Mlle du Parc, figurait dans le
ballet, tout en jouant dans la comédie. Voici du reste les vers
qui peuvent servir à indiquer la distribution de la pièce : les
camarades de Molière, dit Loret,

> Ses camarades les acteurs,
> Ayants des personnages drôles,
> Y font des mieux valoir leurs rôles;
> Et les femmes mêmement, car
> L'agréable nymphe *Béjar*,
> Quittant sa pompeuse coquille,

1. *Notes historiques sur la vie de Molière*, p. 86.
2. Ce qui semblerait justifier cette conjecture de Bazin, c'est que
l'édition de 1682, ordinairement si précise quand il s'agit de fixer
la date de la première représentation, donne ici cette indication
vague : « *les Fâcheux*, comédie faite pour les divertissements du Roi,
au mois d'août 1661. »
3. *La Muse historique*, lettre du 19 novembre 1661.

Y joue en admirable fille.
La *Brie* a des charmes vainqueurs.
Qui plaisent à très-bien des cœurs.
La *du Parc*, cette belle actrice,
Avec son port d'impératrice,
Soit en récitant ou dansant,
N'a rien qui ne soit ravissant;
Et comme sa taille et.sa tête
Lui font mainte et mainte conquête,
Mille soupirants sont témoins
Que ses beaux pas n'en font pas moins.

On sait par le registre de la Grange que c'était lui, et non Molière, qui remplissait le rôle d'Éraste. Étant tombé malade après quelques représentations, il dit : « M. du Croisy prit mon rôle d'Éraste[1]. » Molière, dit M. Soulié (p. 88 de ses *Recherches*), d'après les indications du précieux inventaire qu'il a publié, « Molière représentait plusieurs des interlocuteurs d'Éraste : un marquis, c'est-à-dire Lysandre le danseur, Alcandre le duelliste ou Alcippe le joueur, et peut-être tous trois avec quelques modifications dans le costume[2], puis Caritidès le correcteur d'enseignes, et Dorante le chasseur, personnage ajouté à la comédie par ordre de Louis XIV, et que Molière devait tenir à jouer lui-même[3]. » On ne sait comment les autres acteurs se partageaient les divers rôles d'hommes. On

1. En 1685, du Croisy tenait le rôle de la Montagne (voyez ci-après, p. 17); mais l'avait-il, en 1661, joué d'original?
2. Le rôle d'Alcandre nous paraît trop peu important pour avoir été pris par Molière; nous ne voudrions d'ailleurs pas relever qu'Alcandre est appelé *vicomte* au vers 287.
3. Voici l'article même de l'inventaire (p. 276 des *Recherches sur Molière* de M. Eud. Soulié) :
« Un habit du marquis des *Fâcheux*, consistant en un rhingrave[a] de petite étoffe de soie rayée bleue et aurore, avec une ample garniture d'incarnat et jaune, de colbertine, un pourpoint de toile colbertine, garni de rubans ponceau, bas de soie et jarretières. L'habit de Caritidès de la même pièce, manteau et chausses de drap, garni de découpures et un pourpoint tailladé. Le juste-au-corps de chasse, sabre et la sangle, ledit juste-au-corps garni de

[a] Ample haut-de-chausses ; le mot était plutôt féminin : voyez à la scène 1 de l'acte II du *Misanthrope*.

est réduit à la même incertitude à l'égard des trois rôles de femmes, qui, selon Loret, étaient joués par la Béjart, par la du Parc et par la de Brie[1]; mais ce dont on ne peut douter, c'est que c'était, non pas Armande Béjart, la future femme de Molière, comme on l'a souvent dit, mais sa sœur Madeleine, qui jouait le rôle de la Naïade dans le *Prologue* et en remplissait un autre dans la pièce. Il est bien clair d'abord que ceux qui ont parlé de son rôle dans le *Prologue*, soit Loret, soit la Fontaine, n'auraient pas manqué de signaler, d'un mot au moins, la jeunesse et aussi le talent précoce de la débutante, s'il s'agissait d'Armande et non de Madeleine, et les vers de la Fontaine notamment ne peuvent s'entendre que d'une actrice déjà connue[2]. Mais ce qui lève tous les doutes, comme l'a remarqué M. Victor Fournel[3], c'est une grossière plaisanterie placée par de Villiers dans *la Vengeance des Marquis*. « Il me semble (dit l'un des interlocuteurs, Philipin) que je suis aux *Fâcheux*, et que je vois sortir d'une coquille une belle et jeune nymphe. — Il me souvient de cette nymphe (continue un autre, Ariste) : on croyoit tromper nos yeux en nous la faisant voir, et nous faire trouver beaucoup de jeunesse dans un vieux poisson[4]. » Évidemment il est ici question de la pauvre Madeleine, qui n'était plus jeune alors, et non de sa sœur, âgée seulement de dix-sept ans.

galons d'argent, une paire de gants de cerf, une paire de bas à botter[a], de toile jaune ; prisés cinquante livres.... »

1. Cette dernière, en 1685, jouait encore Orphise.

2. Il dit en parlant de la Béjart :

> Nymphe excellente dans son art,
> Et que pas une ne surpasse.
> (*Lettre à Maucroix.*)

3. *Les Contemporains de Molière*, tome I, p. 327.

4. *La Vengeance des Marquis* (achevée d'imprimer le 7 décembre 1663), scène VII et dernière.

a Tallemant des Réaux disait *bas à bottes*; M. P. Paris (tome IX, p. 329) les décrit ainsi : « Qu'on chaussait sur les bas ordinaires et dont l'extrémité, en point ou dentelle, garnissait le haut des bottes. Ils n'avaient pas de pied, mais seulement une languette qui les retenait : d'où venait leur autre nom, *bas à étrier.* »

Les rôles de la pièce étaient ainsi distribués en 1685 [1] :

DAMOISELLES.

ORPHISE.	de Brie.
ORANTE	Guyot.
CLYMÈNE	Dupin ou la Grange.

HOMMES.

ÉRASTE	la Grange.
LA MONTAGNE.	du Croisy.
ALCIDOR.	de Villiers.
LYSANDRE	Guérin.
ALCANDRE.	Hubert.
ALCIPPE.	Brécourt.
DORANTE	Dauvilliers.
CARITIDÈS	Rosimont.
ORMIN.	Guérin.
FILINTE.	de Villiers.
DAMIS.	Hubert.
DEUX VALETS.	

Lors de la dernière représentation des *Fâcheux*, qui a été donnée au Théâtre-Français le 19 juillet 1869, voici quelle était la distribution :

LYSANDRE.	MM. Coquelin.
DORANTE	
CARITIDÈS.	Eugène Provost.
DAMIS.	Chéri.
ORMIN.	Seveste [2].
ÉRASTE	Sénéchal.
ALCIPPE.	Prudhon.
ALCANDRE.	Masset.
FILINTE.	
LA MONTAGNE.	Coquelin cadet.
CLYMÈNE.	Mmes Édile Riquer.
ORANTE	Ponsin.
ORPHISE.	Lloyd.

Cet ouvrage de Molière, qui marque pour lui un progrès si

1. Répertoire des comédies.... qui se peuvent jouer.... en 1685 (Bibliothèque nationale, Manuscrits français, n° 2509).

2. C'est ce jeune acteur qui, dix-huit mois plus tard, fut blessé mortellement à Buzenval.

sensible dans la faveur publique comme dans celle du Roi, est aussi le premier au sujet duquel on lise un témoignage d'admiration chez l'un des grands poëtes du temps. Nous ne pouvons nous dispenser de rappeler ici les vers, si souvent cités, de la Fontaine dans sa lettre à Maucroix :

> C'est un ouvrage de Molière.
> Cet écrivain par sa manière
> Charme à présent toute la cour ;
> De la façon que son nom court,
> Il doit être par delà Rome [1] :
> J'en suis ravi, car c'est mon homme.
> Te souvient-il bien qu'autrefois
> Nous avons conclu d'une voix
> Qu'il alloit ramener en France
> Le bon goût et l'air de Térence ?
> Plaute n'est plus qu'un plat bouffon.
> Et jamais il ne fit si bon
> Se trouver à la comédie ;
> Car ne pense pas qu'on y rie
> De maint trait jadis admiré,
> Et bon *in illo tempore ;*
> Nous avons changé de méthode :
> Jodelet n'est plus à la mode,
> Et maintenant il ne faut pas
> Quitter la nature d'un pas.

C'était donc une véritable révolution dans le goût public à laquelle la Fontaine avait le mérite d'applaudir. Nous devons reconnaître toutefois que la lettre où se trouve ce témoignage si précieux ne put être imprimée que bien longtemps après : l'éloge de Foucquet, qu'elle contenait, allait quelques jours plus tard en rendre la publication impossible. Parmi les contemporains célèbres, l'honneur d'avoir le premier rendu publiquement justice au grand poëte, encore peu apprécié, au moins par les écrivains de profession, revient donc tout entier à Boileau, qui allait, à la fin de l'année suivante ou au commencement de 1663 sans doute, écrire ses stances sur *l'École des femmes*, et en 1663 ou 1664 la satire qu'il adressa à Molière [2].

1. Où était alors Maucroix.

2. Nous avons donné les stances d'après la première impres-

La scène de *Caritidès*, le pédant qui s'indigne de « la barbare, pernicieuse et détestable orthographe » des enseignes, valut plus tard à Molière un témoignage bien moins flatteur que ceux de la Fontaine et de Boileau, mais qui a peut-être pourtant son importance. Dans un livre imprimé un an avant la mort de Molière, *le Secrétaire inconnu, contenant des lettres sur diverses sortes de matières,* par le Sr B. Piélat (Lyon, chez Adam Demen, 1672 [1], p. 455 et 456), l'auteur, ministre protestant, et qui paraît avoir été alors ou depuis pasteur à Meaux [2], s'autorise de ce passage des *Fâcheux* contre certains réformateurs de l'orthographe. Puis il ajoute : « Quant à l'auteur que je cite, j'avoue que c'est un auteur et un acteur de comédies ; mais outre qu'il a l'avantage de récréer et de satisfaire la cour la plus belle et la plus spirituelle de tout l'univers, ni le titre sous lequel il travaille, ni la posture sous laquelle il débite ce qu'il fait ne diminueront jamais parmi les honnêtes gens l'estime qu'on doit avoir pour ses ouvrages, ni le respect qu'on doit rendre à sa personne ; et l'on peut bien dire de lui, pour sa profession et pour sa vertu, ce que le prince des orateurs disoit pour un autre de cette sorte (Cicéron, *pro Q. Roscio comœdo*, chapitre vi) : *Qui ita dignissimus est scena propter artificium, ut dignissimus sit curia propter abstinentiam.* Comme

sion (1663), tome I, p. xx et suivantes. — *La Satire à M. Molière,* comme nous l'apprend Berriat-Saint-Prix, parut pour la première fois dans la seconde partie du recueil où avaient d'abord aussi été insérées les stances ; cette partie a, dans l'édition que nous avons vue, de 1666, un achevé d'imprimer du 12 juillet 1664. La composition et les premières lectures de la satire remontent probablement à l'année précédente.

1. Il y a eu une seconde édition en 1677.

2. Voyez MM. Haag (*la France protestante*, article *Piélat*). Nous devons dire qu'ils croient pouvoir attribuer non au pasteur Piélat, mais à son père, médecin, *le Secrétaire inconnu.* Nous n'avons pas à entrer ici dans une discussion qui serait hors de propos ; mais il suffirait de lire quelques-unes des lettres de ce recueil pour voir que l'auteur était fils d'un pasteur (p. 15) et pasteur lui-même. Il y parle très-souvent, et avec trop de complaisance peut-être, de ses sermons, et des compliments qu'il a reçus à ce sujet de Conrart ou d'autres protestants à qui ces lettres sont, en général, adressées.

donc il n'y eut jamais homme qui sût mieux contrefaire les actions d'autrui, ni mieux louer les vertus et mieux censurer les
vices de toute sorte de gens, il est juste que ceux qui vivent
au même siècle et qui sont capables de juger de son adresse
et de son savoir, reconnoissent combien ils lui sont obligés,
tant pour le divertissement que pour le profit qu'ils en reçoi-
vent. Et je n'en connois point d'autre dans le monde qui mérite mieux que lui d'avoir sur son épitaphe et sur ses livres
ce petit vers qu'Horace a fait pour le plus parfait auteur :

Omne tulit punctum qui miscuit utile dulci [1]. »

Piélat, à en juger par ses lettres, bien que visant un peu
trop au bel esprit, était un homme de mérite et d'une instruction assez étendue ; outre les langues anciennes, il savait l'italien et, ce qui était fort rare alors, l'anglais ; il y a dans son
recueil des lettres écrites dans ces deux langues ; et l'on y voit
qu'il avait résidé quelque temps en Angleterre. Néanmoins
c'est un écrivain resté trop obscur pour que ses éloges aient
une grande valeur littéraire. Mais cet hommage rendu au *caractère*, à la *vertu* de Molière, malgré les préventions si ré-
pandues alors contre la profession de comédien, malgré les
animosités diverses soulevées contre le poëte, et qui, chez les
plus réservés, se manifestaient au moins par le silence observé
à l'égard de l'homme ; ce mot de *respect* particulièrement, si
étrange alors, surtout du vivant de Molière, et que rendait
plus remarquable la profession de celui qui osait le prononcer ;
enfin cette particularité d'avoir été pasteur à Meaux, ce qui
suffirait pour nous rappeler qu'à Meaux aussi, et plus de vingt
ans après la mort de Molière, quelqu'un, et des plus grands,
devait tenir un tout autre langage à l'égard de « ce poëte comédien [2] : » toutes ces circonstances nous ont paru donner à
ce passage une signification assez curieuse, et nous n'avons pu
résister au plaisir de le signaler à nos lecteurs.

Pour les représentations des *Fâcheux*, à Paris, dans leur

1. *Art poétique*, vers 343.
2. Voyez Bossuet, *Maximes et réflexions sur la comédie*, § 5.

nouveauté, voici ce que nous trouvons dans le *Registre de la Grange :*

6e pièce nouvelle de M. de Molière. Payé les frais pour habits de ballet.

Mardi (1er novembre 1661), néant : préparation pour *les Fâcheux.*

Vendredi	4e novembre. . .	*les Fâcheux*	. . . .	765tt
Dimanche	6	[*id.*]	. . . .	1192
Mardi	8	[*id.*]	. . . .	660
Vendredi	11 novembre. . .	[*id.*]	. . . .	1000
Dimanche	13	[*id.*]	. . . .	902

Ici je tombai malade d'une fièvre continue double tierce et j'eus deux rechutes. Je fus deux mois sans jouer. M. du Croisy prit mon rôle d'Éraste.

Mardi	15e novembre. .	[*les Fâcheux*]	. . . .	750
Vendredi	18	[*id.*]	. . . .	616
Dimanche	20	[*id.*]	. . . .	850
Mardi	22	[*id.*]	. . . .	700
Vendredi	25	[*id.*]	. . . .	929

Le samedi 26e, on joua chez Monsieur *les Fâcheux* et *l'École des maris.* Reçu 275tt ou 25 louis d'or, mis entre les mains de Mlle Béjard pour M. de Molière sur *les Fâcheux.*

Dimanche	27 novembre. .	[*les Fâcheux*]	. . . .	502
Mercredi	30	[*id.*]	. . . .	494
Vendredi	2 décembre . .	[*id.*]	. . . .	287
Dimanche	4	[*id.*]	. . . .	680
Mardi	6	[*id.*]	. . . .	892

A Mlle Béjard, 30 louis d'or pour M. de Molière.

Le même jour, joué chez M. l'abbé de Richelieu[1] *l'École des maris* 550
Vendredi 9 . . . . [*les Fâcheux*] 444
A Mlle Béjard, *idem*, 35 louis d'or.

Dimanche 11 1034
Idem, 90 louis d'or ; plus 10 louis d'or pour faire les cent.
Mardi 13 . . . . [*les Fâcheux*] 496
Vendredi 16 . . . . [*id.*] 540

1. Voyez tome II, p. 336, note 4.

Dimanche 18 décembre . .	[les Fâcheux]	. . . .	920 tt
Mardi 20.	[id.]	. . . .	570
Vendredi 23.	[id.]	. . . .	507
Mardi 27.	[id.]	. . . .	931
Mercredi 28, l'École des maris et les Fâcheux devant le Roi.			
Vendredi 30.	[les Fâcheux]	. . . .	640
Dimanche 1er janvier 1662.	[id.]	. . . .	500
Mardi 2 (il faut lire 3).	[id.]	. . . .	1034
Vendredi 6	[id.]	. . . .	974
Dimanche 8	[id.]	. . . .	855
Mardi 10	[id.]	. . . .	827
Vendredi 13	[id.]	. . . .	870
Dimanche 15	[id.]	. . . .	916
Lundi, chez M. de Nevers [1], l'École des maris et les Fâcheux.			380
Mardi 17	[les Fâcheux]	. . . .	537
Vendredi 20	[id.]	. . . .	958
Et une en visite chez M. de Nevers. . .		. . . .	300
Dimanche 22	[les Fâcheux]	. . . .	1120
Mardi 24	[id.]	. . . .	720
Vendredi 27	[id.]	. . . .	982
Dimanche 29	[id.]	. . . .	793
Mardi 31	[id.]	. . . .	860

A partir de ce moment, les Fâcheux ne sont plus joués d'une façon suivie ; mais ils le sont encore assez souvent pendant le mois de février.

Il est remarquable qu'une pièce écrite si rapidement, et pour une circonstance particulière, se soit si bien maintenue à la scène pendant tout le règne de Louis XIV[2]. Du vivant de Molière, deux de ses pièces seulement sont jouées un peu plus souvent[3]. Pendant le règne de Louis XV, les Fâcheux sont encore fréquemment représentés, mais seulement dans les premières années, jusqu'en 1732 ; à partir de cette date, la pièce

1. Le neveu de Mazarin, frère de la duchesse de Bouillon, etc.

2. Aussi se trouve-t-elle sur le registre des décorations de Mahelot et Laurent, dont nous avons promis de relever les mentions : « Les Fâcheux. Il faut un jeu d'écarté, un flambeau, des jetons. La décoration est de verdure. »

3. Le Cocu imaginaire, 122 fois ; l'École des maris, 108 fois ; les Fâcheux, 106 fois. L'École des femmes vient après, avec un chiffre de 88 représentations.

disparaît de la scène pendant plus d'un siècle[1]. Reprise sous le règne de Louis-Philippe, elle a eu depuis assez peu de représentations. Nous en trouvons douze toutefois en 1868 et en 1869, sous la direction de M. Édouard Thierry.

La première édition des *Fâcheux* est un in-12, dont voici le titre :

LES

F A C H E V X

COMEDIE

DE I. B. P. MOLIERE.

REPRÉSENTEE SVR LE

Theatre du Palais Royal.

A PARIS,

Chez GVILLAVME DE LVYNE, Li-

braire Iuré, au Palais, dans la Sale des

Merciers, à la Iustice.

M . DC . LXII.

AVEC PRIVILEGE DV ROY.

En tête du volume sont deux cahiers signés l'un *a*, l'autre A, composés chacun de six feuillets; les onze premiers feuillets, non paginés, contiennent le titre, l'épître au Roy, l'avertissement, le Prologue, la liste des personnages ; avec le douzième et dernier feuillet, qui est numéroté 9 et 10, commence le premier acte de la pièce. La page suivante, première du cahier B, porte, au lieu du chiffre 11, le chiffre 13, celui qu'en effet elle doit avoir si l'on compte les pages à partir de l'avertissement, qui commence à la première du cahier A. Les chiffres continuent ensuite régulièrement de la page 13 à la page 76 ; cette dernière (qui, par une faute d'impression, est 52, au lieu de 76, dans certains exemplaires) est suivie d'un dernier folio, non chiffré, contenant le privilége, du 5 février 1662, et l'achevé d'imprimer, du 18 février.

Dibdin, tome IV, p. 181, de son *Histoire du théâtre*, parle des *Sullen lovers* de Shadwell (1668) comme d'une imitation des *Fâcheux*.

1. Sauf en 1748, trois représentations.

SOMMAIRE

DES *FÂCHEUX*, PAR VOLTAIRE.

Nicolas Foucquet, dernier surintendant des finances, engagea Molière à composer cette comédie pour la fameuse fête qu'il donna au Roi et à la Reine mère dans sa maison de Vaux, aujourd'hui appelée Villars[1]. Molière n'eut que quinze jours pour se préparer. Il avait déjà quelques scènes détachées toutes prêtes ; il y en ajouta de nouvelles, et en composa cette comédie, qui fut, comme il le dit dans sa préface, faite, apprise et représentée en moins de quinze jours[2]. Il n'est pas vrai, comme le prétend Grimarest[3], auteur d'une *Vie de Molière*, que le Roi lui eût alors fourni lui-même le caractère du Chasseur. Molière n'avait point encore auprès du Roi un accès assez libre ; de plus, ce n'était pas ce prince qui donnait la fête, c'était Foucquet, et il fallait ménager au Roi le plaisir de la surprise.

Cette pièce fit au Roi un plaisir extrême, quoique les ballets des intermèdes fussent mal inventés et mal exécutés. Paul Pellisson, homme célèbre dans les lettres, composa le prologue en vers à la louange du Roi. Ce prologue fut très-applaudi de toute la cour, et plut beaucoup à Louis XIV. Mais celui qui donna la fête et l'auteur du prologue furent tous deux mis en prison peu de temps après ; on les voulait même arrêter au milieu de la fête : triste exemple de l'instabilité des fortunes de cour.

Les Fâcheux ne sont pas le premier ouvrage en scènes absolument

1. Le maréchal duc de Villars, ayant acquis le domaine, en avait changé le nom, qui était Vaux-le-Vicomte, en celui de Vaux-le-Villars. Voyez le *Dictionnaire géographique* de la Martinière (1741).
2. En quinze jours, dit Molière dans son avertissement (ci-après, p. 28).
3. Voltaire lisait trop vite : Grimarest n'affirme pas ; il dit (p. 49), après avoir rapporté le passage du *Ménagiana* cité plus haut, p. 11, et où il n'est pas du tout question d'un temps antérieur à la fête : « Je n'ai pu savoir absolument si ce fait est véritable. »

détachées [1] qu'on ait vu sur notre théâtre. *Les Visionnaires* de Desmarets étaient dans ce goût [2], et avaient eu un succès si prodigieux, que tous les beaux esprits du temps de Desmarets l'appelaient *l'inimitable comédie*. Le goût du public s'est tellement perfectionné depuis, que cette comédie ne paraît aujourd'hui inimitable que par son extrême impertinence. Sa vieille réputation fit que les comédiens osèrent la jouer en 1719 ; mais ils ne purent jamais l'achever. Il ne faut pas craindre que *les Fâcheux* tombent dans le même décri. On ignorait le théâtre du temps de Desmarets ; les auteurs étaient outrés en tout, parce qu'ils ne connaissaient point la nature ; ils peignaient au hasard des caractères chimériques ; le faux, le bas, le gigantesque dominaient partout : Molière fut le premier qui fit sentir le vrai, et par conséquent le beau. Cette pièce le fit connaitre plus particulièrement de la cour et du Roi ; et lorsque, quelque temps après, Molière donna cette pièce à Saint-Germain [3], le Roi lui ordonna d'y ajouter la scène du Chasseur. On prétend que ce chasseur était le comte de Soyecourt. Molière, qui n'entendait rien au jargon de la chasse, pria le comte de Soyecourt lui-même de lui indiquer les termes dont il devait se servir.

1. Voyez ci-après, p. 28, note 3.

2. *Les Visionnaires* de Desmarets (joués en 1637), comme le remarque Auger dans son édition de Molière (tome II, p. 459 et 460), ne sont pas une comédie à scènes détachées, et Molière est le premier qui ait fait parmi nous une pièce de ce genre. (*Note de Beuchot.*) — C'est ce qu'avaient déjà remarqué les frères Parfaict (tome V, p. 385 et 386). Il est vrai qu'un peu plus loin (p. 390, note) ils donneraient assez raison à Voltaire : « Desmarets fait du mieux qu'il peut l'apologie de sa comédie, qui est des plus décousue par le fond et par la marche : aucune scène n'est liée à la précédente ni à celle qui suit. »

3. Voltaire commet ici une petite erreur : nous savons que c'est à Fontainebleau que Molière donna devant le Roi la seconde et la troisième représentation des *Fâcheux* (voyez ci-dessus, p. 5); mais il est, après tout, possible que la scène du Chasseur ait été ajoutée dans l'intervalle de ces deux représentations de Fontainebleau.

AU ROI.

Sire,

J'ajoute une scène à la comédie, et c'est une espèce de Fâcheux assez insupportable qu'un homme qui dédie un livre. Votre Majesté en sait des nouvelles plus que personne de son royaume, et ce n'est pas d'aujourd'hui qu'elle se voit en butte à la furie des épîtres dédicatoires. Mais bien que je suive l'exemple des autres et me mette moi-même au rang de ceux que j'ai joués, j'ose dire toutefois à Votre Majesté que ce que j'en ai fait n'est pas tant pour lui présenter un livre, que pour avoir lieu de lui rendre grâce du succès de cette comédie. Je le dois, Sire, ce succès qui a passé mon attente, non-seulement à cette glorieuse approbation dont Votre Majesté honora d'abord la pièce, et qui a entraîné si hautement celle de tout le monde, mais encore à l'ordre qu'elle me donna d'y ajouter un caractère de Fâcheux[1] dont elle eut la bonté de m'ouvrir les idées elle-même, et qui a été trouvé partout le plus beau morceau de l'ouvrage. Il faut avouer, Sire, que je n'ai jamais rien fait avec tant de facilité, ni si promptement, que cet endroit où Votre Majesté me commanda de travailler : j'avois une joie à lui obéir qui me valoit bien mieux qu'Apollon et toutes les Muses ; et je conçois par là ce que je serois capable d'exécuter pour une comédie entière, si j'étois inspiré par de pareils commandements. Ceux qui sont nés en un rang élevé peuvent se proposer l'honneur de servir Votre Majesté dans les grands

1. Le caractère du Chasseur : voyez la *Notice*, p. 11 et suivantes.

emplois; mais pour moi, toute la gloire où je puis aspirer, c'est de la réjouir. Je borne là l'ambition de mes souhaits; et je crois qu'en quelque façon ce n'est pas être inutile à la France que de contribuer quelque chose[1] au divertissement de son roi. Quand je n'y réussirai pas, ce ne sera jamais par un défaut de zèle ni d'étude, mais seulement par un mauvais destin, qui suit assez souvent les meilleures intentions, et qui sans doute affligeroit sensiblement,

SIRE,

De Votre Majesté

Le très-humble, très-obéissant
et très-fidèle serviteur et sujet,

I. B. P.[2] MOLIÈRE.

---

1. Quelques éditeurs modernes ont ajouté *en* après *contribuer;* mais on sait qu'autrefois ce verbe s'employait ainsi activement. On trouve dans les lettres familières de Maucroix (tome II, p. 93, de l'édition de M. L. Paris) cette phrase que nous ne citons que parce qu'elle est toute semblable à celle de Molière : « Je serois ravi si.... je pouvois contribuer quelque chose à vos divertissements. »

2. Ces trois initiales ne sont pas dans les éditions de 1666, 73, 74, 82, 1734.

JAMAIS[1] entreprise au théâtre ne fut si précipitée que
celle-ci; et c'est une chose, je crois, toute nouvelle,
qu'une comédie ait été conçue, faite, apprise et représentée en quinze jours. Je ne dis pas cela pour me piquer
de l'*impromptu*, et en prétendre de la gloire[2], mais seulement pour prévenir certaines gens qui pourroient trouver à redire que je n'aie pas mis ici toutes les espèces de
Fâcheux qui se trouvent. Je sais que le nombre en est
grand, et à la cour et dans la ville, et que, sans épisodes[3], j'eusse bien pu en composer une comédie de
cinq actes bien fournis, et avoir encore de la matière
de reste. Mais, dans le peu de temps qui me fut donné, il
m'étoit impossible de faire un grand dessein, et de rêver beaucoup sur le choix de mes personnages et sur la
disposition de mon sujet. Je me réduisis donc à ne toucher qu'un petit nombre d'Importuns; et je pris ceux
qui s'offrirent d'abord à mon esprit, et que je crus les
plus propres à réjouir les augustes personnes devant qui
j'avois à paroître; et pour lier promptement toutes ces
choses ensemble, je me servis du premier nœud que je
pus trouver. Ce n'est pas mon dessein d'examiner maintenant si tout cela pouvoit être mieux, et si tous ceux qui

---

1. Cet avant-propos est précédé des mots AU LECTEUR dans les
éditions étrangères de 1675 A, 84 A, 94 B. L'édition de 1734 lui
donne le titre d'AVERTISSEMENT.

2. Comme ici avec *de la gloire*, Molière a employé *prétendre* avec
un régime direct aux vers 219 et 220 de *l'École des maris*.

3. Par cette expression.... Molière veut dire sûrement : sans rien
ajouter d'étranger au sujet, en n'introduisant pas d'autres personnages que des Fâcheux ;... aujourd'hui.... nous appelons comédie
à épisodes celles qui, comme *les Fâcheux*, sont formées de scènes détachées, n'ayant pas entre elles de liaison nécessaire, et pouvant
être transposées ou retranchées à volonté. (*Note d'Auger.*)

s'y sont divertis ont ri selon les règles. Le temps viendra
de faire imprimer mes remarques sur les pièces que j'aurai faites, et je ne désespère pas de faire voir un jour,
en grand auteur, que je puis citer Aristote et Horace[1].
En attendant cet examen, qui peut-être ne viendra point,
je m'en remets assez aux décisions de la multitude, et je
tiens aussi difficile de combattre un ouvrage que le public approuve, que d'en défendre un qu'il condamne.

Il n'y a personne qui ne sache pour quelle réjouissance la pièce fut composée, et cette fête a fait un tel
éclat, qu'il n'est pas nécessaire d'en parler[2]; mais il ne
sera pas hors de propos de dire deux paroles des orne-
ments qu'on a mêlés avec la comédie.

Le dessein étoit de donner un ballet aussi; et comme
il n'y avoit qu'un petit nombre choisi de danseurs excellents, on fut contraint de séparer les entrées de ce
ballet, et l'avis fut de les jeter dans les entr'actes de la
comédie, afin que ces intervalles donnassent temps aux
mêmes baladins[3] de revenir[4] sous d'autres habits : de

1. Il est assez singulier que Bret et d'autres commentateurs aient
pris au sérieux ce prétendu dessein de Molière de donner lui-même
un jour un examen de ses pièces, en s'appuyant, pour les justifier,
de l'autorité d'Aristote et d'Horace. Il semble que le ton seul dont
il prend cet engagement devrait suffire pour prouver qu'il ne compte
pas le tenir. — M. Moland rappelle que Corneille venait, en 1660,
de publier, en tête de chacun des trois volumes d'une édition nouvelle, un de ses célèbres *Discours*, suivi de l'*Examen des poèmes* que
contenait le volume (voyez le tome I du *Corneille*, p. 13, note 1,
et p. 137, note 1) : c'est en effet à ce *grand auteur*-là surtout qu'ont
dû songer les premiers lecteurs de la préface de Molière.

2. Il était même *nécessaire* de n'en rien dire. Nous avons remarqué toutefois dans la *Notice* que Molière n'a pas hésité, à la fin de
cet avertissement, de faire honneur du *Prologue* à Pellisson, qui
était alors à la Bastille.

3. Voyez ci-après, la note relative au vers 198.

4. De venir. (1734.)

sorte que, pour ne point rompre aussi le fil de la pièce
par ces manières d'intermèdes, on s'avisa de les coudre
au sujet du mieux que l'on put, et de ne faire qu'une
seule chose du ballet et de la comédie ; mais comme le
temps étoit fort précipité, et que tout cela ne fut pas
réglé entièrement par une même tête, on trouvera peut-
être quelques endroits du ballet qui n'entrent pas dans
la comédie aussi naturellement que d'autres. Quoi qu'il
en soit, c'est un mélange qui est nouveau pour nos
théâtres, et dont on pourroit chercher quelques autorités dans l'antiquité[1] ; et comme tout le monde l'a trouvé

---

1. Dans l'antiquité, c'est sans doute à Aristophane et aux chants
et danses du chœur mêlés à la comédie que Molière veut faire allusion. Mais on avait à cet égard, dans les pièces italiennes, des modèles tout récents et bien connus à la cour. C'est ainsi, par exemple, que la *Gazette* du 18 avril 1654 raconte que « Le 14, la superbe
comédie italienne des *Noces de Pélée et de Thétis*, dont les entr'actes
sont composés de dix entrées d'un agréable ballet sur le même
sujet,... se dansa pour la première fois dans le Petit-Bourbon, en
présence de la Reine, du roi de la Grand-Bretagne, etc. » Le
jeune Louis XIV figurait même dans le ballet. Ce que Molière dit,
un peu plus haut, du soin qu'on prit dans *les Fâcheux* de coudre
les intermèdes au sujet du mieux que l'on put, pour ne point
rompre le fil de la pièce, semble prouver que plus tard, s'il n'avait
été obligé de céder sur ce point au goût public, il se fût toujours
imposé cette règle, et n'eût pas, comme par exemple dans *le Malade
imaginaire*, intercalé des intermèdes tout à fait étrangers, par le sujet, à celui de la pièce même. A cet égard encore, l'exemple nous
venait d'Italie, et il semble impossible de citer en ce genre un fait
plus étrange que celui des deux comédies de *l'Assiuolo* et de *la
Mandragore* (l'une du Cecchi, l'autre de Machiavel), représentées
à Florence en 1515, devant Léon X, dans les conditions suivantes :
« Ces deux comédies, dit Ginguené[a], ne furent point représentées
l'une après l'autre, mais pour ainsi dire ensemble, devant le Pape.
Il y avait deux théâtres, l'un d'un côté de la salle et l'autre de
l'autre côté. Lorsqu'on avait fini, sur le premier, un acte de *la
Mandragore*, on commençait, sur le second, un acte de *l'Assiuolo*,

a *Histoire littéraire d'Italie*, tome VI, p. 280.

agréable, il peut servir d'idée à d'autres choses qui pourroient être méditées avec plus de loisir[1].

D'abord que la toile fut levée, un des acteurs, comme vous pourriez dire moi, parut sur le théâtre en habit de ville, et s'adressant au Roi, avec le visage d'un homme surpris, fit des excuses en désordre sur ce qu'il se trouvoit là seul, et manquoit de temps et d'acteurs pour donner à Sa Majesté le divertissement qu'elle sembloit attendre. En même temps, au milieu de vingt jets d'eau naturels, s'ouvrit cette coquille que tout le monde a vue, et l'agréable Naïade qui parut dedans[2] s'avança au bord du théâtre, et d'un air héroïque prononça les vers que M. Pellisson[3] avoit faits, et qui servent de prologue.

et de même alternativement jusqu'à la fin : en sorte que l'une des deux pièces servait d'intermède à l'autre. Tout est ici à observer : la bizarrerie de ce spectacle intermittent, sa nature, comparée au caractère public des spectateurs, enfin son énorme longueur, qui suppose en eux une prédilection bien patiente pour ces sortes d'amusements. »

1. « Toutes les pièces, dit Auger, que Molière composa pour être représentées d'abord devant le Roi (et elles sont en grand nombre) sont des comédies-ballets. »

2. Voyez la *Notice*, p. 16.

3. « M. Pelisson », par une *l*, dans l'édition originale.

PROLOGUE [1].

Pour voir en ces beaux lieux le plus grand roi du monde,
Mortels, je viens à vous de ma grotte profonde.
Faut-il en sa faveur que la terre ou que l'eau
Produisent à vos yeux un spectacle nouveau?
Qu'il parle ou qu'il souhaite, il n'est rien d'impossible [2] : 5
Lui-même n'est-il pas un miracle visible?
Son règne, si fertile en miracles divers [3],
N'en demande-t-il pas à tout cet univers?
Jeune, victorieux, sage, vaillant, auguste,
Aussi doux que sévère [4], aussi puissant que juste,   10
Régler et ses États et ses propres desirs,
Joindre aux nobles travaux les plus nobles plaisirs [5],
En ses justes projets jamais ne se méprendre,
Agir incessamment, tout voir et tout entendre,
Qui peut cela, peut tout, il n'a qu'à tout oser [6],   15

1.   PROLOGUE.

Le théâtre représente un jardin orné de Termes et de plusieurs jets d'eau.

UNE NAYADE, *sortant des eaux dans une coquille.*

Pour voir en ces beaux lieux.... (1734.)

— Nous avons trouvé à la bibliothèque de l'Institut (fonds Godefroy, carton 218, folio 34) une ancienne copie de ce prologue, sous le titre de « Ouver-
ture de la comédie des *Fascheux à Vaux* ». En marge, et en regard du titre,
on lit « M. Fouquet », écrit d'une autre main que le titre lui-même et les vers.
Une troisième main, qui est celle de Denys Godefroy, a tracé ces mots à la
fin de la pièce de vers : « Par M. Pelisson Fonta (*abréviation de Fontanier,
nom de la mère de Pellisson*), au mois d'août 1661. » Les variantes que
nous donnons en note sans indication d'origine sont celles que nous a four-
nies la comparaison de cette copie avec notre texte.

2.   Qu'on parle, qu'on souhaite, il n'est rien d'impossible.
Une main autre que celle du copiste a écrit deux fois *qu'il* au-dessus de *qu'on*,
mais sans rien effacer.

3.   Son règne si rempli de miracles divers.

4. Il eût été à souhaiter pour l'auteur même du prologue, le pauvre Pellisson, que Louis XIV eût tout à fait mérité cet éloge, et qu'il eût été à son égard
« aussi *doux* que sévère. »

5.   Joindre aux nobles travaux les seuls nobles plaisirs.

6.   Qui peut cela peut tout, et n'a qu'à tout oser.

Et le Ciel à ses vœux ne peut rien refuser.
Ces Termes [1] marcheront, et si Louis l'ordonne,
Ces arbres parleront mieux que ceux de Dodone [2].
Hôtesses de leurs troncs, moindres divinités,
C'est Louis qui le veut, sortez, Nymphes, sortez.   20
(Plusieurs Dryades, accompagnées de Faunes et de Satyres,
          sortent des arbres et des Termes [3].)
Je vous montre l'exemple, il s'agit de lui plaire :
Quittez pour quelque temps votre forme ordinaire [4],
Et paroissons ensemble aux yeux des spectateurs,
Pour ce nouveau théâtre, autant de vrais acteurs.
Vous, soin de ses sujets, sa plus charmante étude [5],   25
Héroïque souci, royale inquiétude,
Laissez-le respirer, et souffrez qu'un moment
Son grand cœur s'abandonne au divertissement :
Vous le verrez demain, d'une force nouvelle,
Sous le fardeau pénible où votre voix l'appelle,   30
Faire obéir les lois [6], partager les bienfaits [7],
Par ses propres conseils prévenir nos souhaits,
Maintenir l'univers dans une paix profonde,
Et s'ôter le repos pour le donner au monde [8].
Qu'aujourd'hui tout lui plaise, et semble consentir   35
A [9] l'unique dessein de le bien divertir.
Fâcheux, retirez-vous, ou s'il faut qu'il vous voie [10],
Que ce soit seulement pour exciter sa joie.
(La Naïade emmène avec elle, pour la comédie, une partie des gens qu'elle a
fait paroître, pendant que le reste se met à danser au son des hautbois, qui
se joignent aux violons [11].)

1. *Terme*, gaîne et buste d'une seule pièce. « *Terme*, chez les architectes,
est une espèce de poteau ou de colonne, ornée par en haut d'une figure ou
tête de femme, de satyre, ou autre, qui sert à soutenir des fardeaux dans les
bâtiments, ou d'ornement dans les jardins. » (*Dictionnaire de Furetière*.)
2. Dans l'édition originale, « Dedone. »
3. Et des terres. (1663.) — Ce jeu de scène, qui, dans l'édition originale,
commence, en marge, à la hauteur du vers 21, est reporté après le vers 24
dans les éditions de 1663, 66, 73, 74, 82, 1734.
4.   Quittez pour un moment votre forme ordinaire.
5.   Vous, soins de ses États, sa plus charmante étude.
6. Assurer l'obéissance due aux lois.
7.   Faire obéir ses lois, partager ses bienfaits.
8.   Et perdre le repos pour le donner au monde.
9. *Consentir à*, au sens latin, être d'accord pour, dans.
10.   Fâcheux, retirez-vous, et s'il faut qu'il vous voie.
11. La copie ne donne, dans ce prologue, aucune indication de jeu de scène.

PERSONNAGES [1].

ÉRASTE.	CLYMÈNE[2].
LA MONTAGNE.	DORANTE.
ALCIDOR.	CARITIDÈS[3].
ORPHISE.	ORMIN.
LYSANDRE.	FILINTE.
ALCANDRE.	DAMIS.
ALCIPPE.	L'ESPINE.
ORANTE.	LA RIVIÈRE ET DEUX CAMARADES[4].

1. LES PERSONNAGES. (1666, 73, 74, 75 A, 82.) — L'édition de 1734 range et divise ainsi les personnages :

ACTEURS DE LA COMÉDIE.

DAMIS, tuteur d'Orphise.

ORPHISE.

ÉRASTE, amoureux d'Orphise.

ALCIDOR,
LISANDRE,
ALCANDRE,
ALCIPE,
ORANTE, } Fâcheux.
CLIMÈNE,
DORANTE,
CARITIDÈS,
ORMIN,
FILINTE,

LA MONTAGNE, valet d'Éraste.

L'ÉPINE, valet de Damis.

LA RIVIÈRE, et deux autres valets d'Éraste.

ACTEURS DU BALLET.

I. ACTE. {	JOUEURS DE MAIL.
	CURIEUX.
II. ACTE. {	JOUEURS DE BOULE.
	FRONDEURS.
	SAVETIERS ET SAVETIÈRES.
	UN JARDINIER.
III. ACTE. {	SUISSES.
	QUATRE BERGERS.
	UNE BERGÈRE.

2. L'édition originale porte ici CLYMÈNE ; dans la pièce même (acte II, scène IV) CLIMÈNE.

3. Il faudrait sans doute écrire *Charitidès*, sorte de patronymique qui, d'après la composition grecque du mot, signifierait « fils des Grâces ».

4. *La scène est à Paris.* (1734.) — On peut ajouter qu'elle est sur une promenade, quelque place plantée d'arbres et fermée d'une grille et de portes comme la place Royale : voyez ci-dessus, p. 22, note 2, et les vers 177 et 248.

LES FÂCHEUX.

COMÉDIE[1].

ACTE I.

SCÈNE PREMIÈRE.

ÉRASTE, LA MONTAGNE.

ÉRASTE.

Sous quel astre, bon Dieu, faut-il que je sois né,
Pour être de Fâcheux toujours assassiné !
Il semble que partout le sort me les adresse,
Et j'en vois chaque jour quelque nouvelle espèce ;
Mais il n'est rien d'égal au Fâcheux d'aujourd'hui ;   5
J'ai cru n'être jamais débarrassé de lui,
Et cent fois j'ai maudit cette innocente envie
Qui m'a pris à dîné[2] de voir la comédie,
Où, pensant m'égayer, j'ai misérablement
Trouvé de mes péchés le rude châtiment.   10
Il faut que je te fasse un récit de l'affaire,
Car je m'en sens encor tout ému de colère.

1. LES FÂCHEUX, COMÉDIE-BALLET. (1734.) — Dans l'édition originale, l'orthographe est ici et dans le titre courant : LES FASCHEUX, bien qu'au titre initial du volume le mot soit écrit sans s : LES FACHEUX.

2. Toutes les éditions anciennes écrivent ainsi dîné (ou disné). — Sur l'heure de la comédie, voyez ci-après, p. 40, la fin de la note 5 de la page 39.

J'étois sur le théâtre [1], en humeur d'écouter
La pièce, qu'à plusieurs j'avois ouï vanter;
Les acteurs commençoient, chacun prêtoit silence,   15
Lorsque d'un air bruyant et plein d'extravagance,
Un homme à grands canons [2] est entré brusquement,

1. Ce singulier usage, qui ne cessa qu'en 1759[a], existait déjà depuis quelque temps, et Tallemant des Réaux écrivait (probablement en 1657) : « Il y a, à cette heure, une incommodité épouvantable à la Comédie, c'est que les deux côtés du théâtre sont tout pleins de jeunes gens assis sur des chaises de paille; cela vient de ce qu'ils ne veulent pas aller au parterre, quoiqu'il y ait souvent des soldats à la porte, et que les pages ni les laquais ne portent plus d'épées. Les loges sont fort chères, et il y faut songer de bonne heure : pour un écu, ou pour un demi-louis[b], on est sur le théâtre; mais cela gâte tout, et il ne faut quelquefois qu'un insolent pour tout troubler. » (*Mondory, ou l'histoire des principaux comédiens françois*, tome VII des *Historiettes*, p. 178.) Ces spectateurs étaient quelquefois fort nombreux : « Tout le bel air étoit sur le théâtre, » dit Mme de Sévigné, parlant, en janvier 1672 (tome II, p. 471), d'une représentation de *Bajazet*. Chappuzeau, loin de déplorer, comme des Réaux, cette *incommodité épouvantable*, dit : « Les acteurs ont souvent de la peine à se ranger sur le théâtre, tant les ailes sont remplies de gens de qualité qui n'en peuvent faire qu'un riche ornement. » (*Le Théâtre françois*, 1674, p. 153.) Nous avons trouvé pourtant, aux archives de la Comédie-Française, dans le registre du comédien Hubert (il se rapporte à l'année théâtrale 1672-1673), une représentation de Molière où il n'y avait qu'une place prise sur le théâtre. La situation de cet unique spectateur, devenu lui-même un spectacle pour le parterre et les loges, pouvait sembler bizarre, mais au moins ne gênait-il pas la représentation. — Il paraît que cet usage de placer des spectateurs sur la scène existait depuis longtemps en Angleterre. Voici ce que raconte M. Guizot (*Étude sur Shakspeare*, en tête de sa traduction, Didier, 1860, p. 84) : « En 1609, Decker, dans un pamphlet intitulé *Guls Hornbook*, écrit un chapitre sur « la manière dont un homme du bel air doit se conduire au spectacle. » On y voit que, dans les salles *publiques* ou *particulières*, le gentilhomme doit d'abord prendre place sur le théâtre même : là il s'assiéra à terre ou sur un tabouret, selon qu'il lui conviendra ou non de payer un siège. Il gardera courageusement son poste malgré les huées du parterre, dût même la populace qui le remplit « lui cracher au nez et lui jeter de la boue au « visage; » ce qu'il convient au gentilhomme de supporter patiemment, en riant « de ces imbéciles animaux-là. » Cependant, si la multitude se met à crier à pleine gorge : « Hors d'ici le sot! » le danger devient assez sérieux pour que le bon goût n'oblige pas le gentilhomme à s'y exposer. »

2. Voyez tome II, p. 75, note 2.

[a] « Enfin, en 1759, M. le comte de Lauraguais, aujourd'hui duc de Brancas, l'a fait cesser en donnant aux comédiens une somme considérable pour les indemniser de la perte que devait leur faire éprouver la suppression des banquettes de l'avant-scène. » (Auger, 1819.)

[b] Voyez tome II, p. 12.

En criant : « Holà-ho ! un siége promptement ! »
Et de son grand fracas surprenant l'assemblée,
Dans le plus bel endroit a la pièce troublée[1].   20
Hé ! mon Dieu ! nos François, si souvent redressés,
Ne prendront-ils jamais un air de gens sensés,
Ai-je dit, et faut-il sur nos défauts extrêmes
Qu'en théâtre public[2] nous nous jouions nous-mêmes,
Et confirmions ainsi par des éclats de fous   25
Ce que chez nos voisins on dit partout de nous ?
Tandis que là-dessus je haussois les épaules,
Les acteurs ont voulu continuer leurs rôles ;
Mais l'homme pour s'asseoir a fait nouveau fracas[3],
Et traversant encor le théâtre à grands pas,   30
Bien que dans les côtés il pût être à son aise,
Au milieu du devant il a planté sa chaise,
Et de son large dos morguant les spectateurs,
Aux trois quarts du parterre a caché les acteurs.
Un bruit s'est élevé, dont un autre eût eu honte ;   35
Mais lui, ferme et constant, n'en a fait aucun compte,
Et se seroit tenu comme il s'étoit posé,
Si, pour mon infortune, il ne m'eût avisé.
« Ha ! Marquis, m'a-t-il dit, prenant près de moi place,
Comment te portes-tu ? Souffre que je t'embrasse. »   40
Au visage sur l'heure un rouge m'est monté
Que l'on me vît connu d'un pareil éventé.
Je l'étois peu pourtant ; mais on en voit paroître,
De ces gens qui de rien[4] veulent fort vous connoître,

---

1. Cette construction s'est déjà rencontrée au vers 467 de *l'École des maris ;*
nous renvoyons de nouveau au *Lexique.*

2.   .... L'un en théâtre affronte l'Achéron.
                (La Fontaine, livre VI, *fable* xix.)

3. *Nouveaux fracas,* au pluriel, dans les éditions de 1673, 74, 82, 97,
1734.
4. Pour rien, pour un rien, à la suite de quelques relations passagères, sans
conséquence.

Dont il faut au salut les baisers essuyer,   45
Et qui sont familiers jusqu'à vous tutoyer.
Il m'a fait à l'abord cent questions frivoles,
Plus haut que les acteurs élevant ses paroles.
Chacun le maudissoit; et moi, pour l'arrêter :
« Je serois, ai-je dit, bien aise d'écouter.   50
— Tu n'as point vu ceci, Marquis? Ah! Dieu me damne,
Je le trouve assez drôle, et je n'y suis pas âne ;
Je sais par quelles lois un ouvrage est parfait,
Et Corneille me vient lire tout ce qu'il fait[1]. »
Là-dessus de la pièce il m'a fait un sommaire,   55
Scène à scène averti de ce qui s'alloit faire[2] ;
Et jusques à des vers qu'il en savoit par cœur,
Il me les récitoit tout haut avant l'acteur.
J'avois beau m'en défendre, il a poussé sa chance,
Et s'est devers la fin levé longtemps d'avance ;   60
Car les gens du bel air, pour agir galamment,
Se gardent bien surtout d'ouïr le dénouement.
Je rendois grâce au Ciel, et croyois de justice[3]
Qu'avec la comédie eût fini mon supplice ;
Mais, comme si c'en eût été[4] trop bon marché,   65
Sur nouveaux frais mon homme à moi s'est attaché,
M'a conté ses exploits, ses vertus non communes,
Parlé de ses chevaux, de ses bonnes fortunes,
Et de ce qu'à la cour il avoit de faveur,
Disant qu'à m'y servir il s'offroit de grand cœur.   70

1. L'année même des *Fâcheux*, *la Toison d'or* de Corneille avait un grand succès à Paris.

2. *Qui falloit*, pour *qui s'alloit*, dans l'édition originale, ce qui a fait imprimer *qu'il falloit* dans les éditions antérieures à 1682 et dans celles de 1684 A et de 1694 B.

3. Et je croyais bien qu'il était de toute justice..., et j'avais bien le droit de croire....

4. *Eût été* est un seul temps de verbe, composé de deux mots tellement inséparables, qu'on peut dire qu'ici la césure tombe au milieu d'un mot. (*Note d'Auger.*)

Je le remerciois doucement de la tête,
Minutant [1] à tous coups quelque retraite honnête ;
Mais lui, pour le quitter me voyant ébranlé :
« Sortons, ce m'a-t-il dit [2], le monde est écoulé ; »
Et sortis de ce lieu, me la donnant plus sèche [3] :   75
« Marquis, allons au Cours [4] faire voir ma galèche [5] ;

1. « *Minuter*, ... dresser une minute. Ce contrat est *minuté*, tout dressé chez le notaire, il ne reste qu'à le signer. — *Minuter* signifie figurément, Projeter, avoir dessein de faire quelque chose, et surtout en cachette, à la sourdine. Ce marchand *minute* sa fuite, s'apprête à faire banqueroute. » (*Dictionnaire de Furetière.*) — Dans la même situation qu'Éraste, Regnier, en proie à son Fâcheux, se sert de la même expression (*satire* VIII, vers 89) :

Minutant me sauver de cette tyrannie ;

et dans le vers 80 de la satire X, que cite également Auger, et qui se rapproche encore plus du vers de Molière, il avait dit :

Avec un froid adieu je minute ma fuite.

— Sur ces réminiscences de Regnier (il y en a encore une plus loin, aux vers 79 et suivants), voyez la *Notice*, p. 8, note 1.

2. Voilà ce qu'il m'a dit. C'était déjà un archaïsme, que l'on trouve encore dans les fables de la Fontaine :

Une servante vient : adieu mes gens. Raton
    N'étoit pas content, ce dit-on.
            (Livre IX, *fable* XVII.)

Cette forme, comme bien d'autres vieux tours et vieux mots, s'était conservée dans le langage des paysans. On peut voir dans *Dom Juan* (acte II, scène 1re) combien de fois *q'ai-je fait* et *ce m'a-t-il fait* reviennent dans le récit de Pierrot.

3. Furetière cite cette expression, qu'il traduit sans l'expliquer : « Il nous l'a donnée bien *sèche*, en parlant d'une bourde, d'une menterie impudente. » L'Académie, en 1694, traduit *la donner sèche, la donner bien sèche* par « donner une bourde, une cassade » ; et en 1835 par « faire une proposition désagréable, annoncer quelque nouvelle fâcheuse, donner quelque alarme sans précaution. » On voit bien ici que *sèche* est synonyme de non préparé ou non adouci, désagréable ; mais ces équivalents n'indiquent pas l'origine de cette locution proverbiale.

4. Au Cours de la porte Saint-Antoine ou au Cours-la-Reine.

5. *Galèche* se lit ainsi dans les premières éditions. Le mot, d'origine polonaise, ayant été introduit en France « par l'intermédiaire de l'allemand *Kalesche*, » dit M. A. Brachet (*Dictionnaire étymologique de la langue française*), on conçoit qu'on pût hésiter entre la prononciation du *c* et celle du *g*. Cependant c'est *calèche* que la *Gazette* du 3 septembre 1660 emploie en décrivant longuement le « merveilleux char » sur lequel la Reine fit son entrée à Paris, après son mariage. — Il semble, d'après ce que dit Sauval (*Histoire et*

Elle est bien entendue, et plus d'un duc et pair
En fait à mon faiseur faire une du même air. »
Moi de lui rendre grâce, et pour mieux m'en défendre,
De dire que j'avois certain repas à rendre.   80
« Ah! parbleu! j'en veux être [1], étant de tes amis,
Et manque au maréchal, à qui j'avois promis.
— De la chère, ai-je fait, la dose est trop peu forte [2],
Pour oser y prier des gens de votre sorte.
— Non, m'a-t-il répondu, je suis sans compliment [3],   85
Et j'y vais pour causer avec toi seulement;

recherches des antiquités de la ville de Paris, tome I, p. 192), que les calèches étaient une mode assez récente en France au moment où parurent les Fâcheux. Après avoir énuméré dans l'ordre chronologique les diverses formes
de voitures en usage jusqu'en 1645, Sauval ajoute : « Avec le temps enfin les
grands se sont avisés d'avoir d'autres carrosses riches et légers qu'ils appellent
calèches, dont ils se servent au Cours, et surtout à Fontainebleau et à Saint-
Germain, quand la cour y passe l'été : d'ordinaire on y fait mettre six chevaux,
et alors les dames de qualité, non moins éclatantes par leur beauté que par
leurs habits, le fouet à la main, quelquefois les conduisent à toute bride, et
même à l'envi par gageure. » — L'usage des carrosses était du reste fort récent. « Si la noblesse de Paris s'accoutume à aller en carrosse, comme elle en
prend le chemin, au lieu qu'autrefois elle n'alloit qu'à cheval.... », dit l'auteur
d'un opuscule inséré dans le Nouveau recueil des pièces les plus agréables de
ce temps, Paris, chez Nicolas de Sercy, 1644, p. 189. — On se rendait à la
comédie après dîner (voyez ci-dessus le vers 8, et Mme de Sévigné, tome II,
p. 470), et, comme le remarque Aimé-Martin, les représentations finissaient
de bonne heure. Boursault, auquel il renvoie, dit au commencement de son
petit roman d'Artémise et Poliante[a], qu'il était sept heures du soir quand il
sortit de la première représentation de Britannicus. C'est ce qui explique comment, en été, on avait encore assez de jour pour aller, au sortir du théâtre,
faire voir sa calèche au Cours.

1. Cet incident se trouve dans la satire, déjà citée, de Regnier (vers 99-
102) :

> Moi, pour m'en dépêtrer, lui dire tout exprès :
> « Je vous baise les mains, je m'en vais ici près
> Chez mon oncle dîner. — Ô Dieu le galant homme !
> J'en suis. »

2.   De la chère, ai-je dit, la dose est trop peu forte. (1682, 1734.)
— On a déjà vu un emploi semblable de faire au vers 317 de l'Étourdi.
3. Sans cérémonie, sans façon.

[a] Artémise et Poliante, nouvelle, 1670, p. 1. L'achevé d'imprimer est du
10 juillet.

Je suis des grands repas fatigué, je te jure.

— Mais si l'on vous attend, ai-je dit, c'est injure....

— Tu te moques, Marquis : nous nous connoissons tous,

Et je trouve avec toi des passe-temps plus doux. »   90

Je pestois contre moi, l'âme triste et confuse

Du funeste succès qu'avoit eu mon excuse,

Et ne savois à quoi je devois recourir

Pour sortir d'une peine à me faire mourir,

Lorsqu'un carrosse fait de superbe manière,   95

Et comblé de laquais et devant et derrière,

S'est avec un grand bruit devant nous arrêté,

D'où sautant un jeune homme amplement ajusté,

Mon Importun et lui courant à l'embrassade

Ont surpris les passants de leur brusque incartade ; 100

Et tandis que tous deux étoient précipités

Dans les convulsions de leurs civilités[1],

Je me suis doucement esquivé sans rien dire[2],

Non sans avoir longtemps gémi d'un tel martyre,

Et maudit ce Fâcheux, dont le zèle obstiné   105

---

1. Ces grandes démonstrations étaient encore d'usage à la fin du règne de Louis XIV. Regnard, dans *le Joueur*, fait dire au Marquis, parlant de la cour :

> Je n'y suis pas plus tôt, soudain je perds haleine.
> Ces fades compliments sur de grands mots montés,
> Ces protestations qui sont futilités,
> Ces serrements de mains dont on vous estropie,
> Ces grands embrassements dont un flatteur vous lie,
> M'ôtent à tout moment la respiration :
> On ne s'y dit bonjour que par convulsion.
>   (Acte II, scène IV.)

Ce délayage d'un homme de talent sert à faire ressortir l'incomparable énergie des deux vers que Regnard voulait sans doute imiter.

2. Dans la satire d'Horace (la IXᵉ du livre I), celui-ci est tiré de peine par la rencontre d'un plaideur qui avait procès avec son Fâcheux, et qui l'en débarrasse ; dans la satire de Regnier (vers 219-222), c'est un sergent qui survient pour arrêter le Fâcheux, et le poëte dit :

> J'esquive doucement, et m'en vais à grands pas....
> Le cœur sautant de joie, et triste d'apparence.
> Depuis aux bons sergents j'ai porté révérence.

M'òtoit au rendez-vous qui m'est ici donné[1].
LA MONTAGNE.
Ce sont chagrins mêlés aux plaisirs de la vie :
Tout ne va pas, Monsieur, au gré de notre envie.
Le Ciel veut qu'ici-bas chacun ait ses Fâcheux,
Et les hommes seroient sans cela trop heureux.   110
ÉRASTE.
Mais de tous mes Fâcheux le plus fâcheux encore,
C'est Damis, le tuteur de celle que j'adore[2],
Qui rompt ce qu'à mes vœux elle donne d'espoir,
Et fait qu'en sa présence elle n'ose me voir[3].
Je crains d'avoir déjà passé l'heure promise,   115
Et c'est dans cette allée où devoit être Orphise.
LA MONTAGNE.
L'heure d'un rendez-vous d'ordinaire s'étend,
Et n'est pas resserrée aux bornes d'un instant.
ÉRASTE.
Il est vrai; mais je tremble, et mon amour extrême
D'un rien se fait un crime envers celle que j'aime.   120
LA MONTAGNE.
Si ce parfait amour, que vous prouvez si bien,

1. On a trouvé qu'Éraste faisait un peu trop d'honneur à son valet en lui racontant si longuement et avec tant de détails la contrariété qu'il venait d'éprouver. Cette critique est peu fondée à l'égard d'une pièce à tiroir, où tout est sacrifié au dessein de montrer, soit en récit, soit en action, le plus qu'il se peut d'originaux de différente espèce. Éraste n'ayant pour interlocuteurs, outre son valet, que des Fâcheux dont il ne se débarrasse jamais assez vite, et sa maîtresse qu'il ne peut jamais rejoindre que pour des instants fort courts, c'est à ce valet seul qu'il pouvait conter sa chance. Du reste Molière a pris soin de motiver cette narration d'Éraste en lui faisant dire (vers 11 et 12) :

Il faut que je te fasse un récit de l'affaire;
Car je m'en sens encor tout ému de colère.

(Note d'Auger.)

2. Nous suivons pour ce vers le texte de 1682; l'édition originale a cette leçon doublement fautive :

Est Lysandre, le tuteur de celle que j'adore,

leçon reproduite, moins l'article, par les éd. de 1663, 66, 73, 74, 75 A, 84 A, 94 B.
   3.   Et malgré ses bontés lui défend de me voir. (1682, 1734.)

Se fait vers votre objet[1] un grand crime de rien,
Ce que son cœur pour vous sent de feux légitimes,
En revanche lui fait un rien de tous vos crimes.

ÉRASTE.

Mais, tout de bon, crois-tu que je sois d'elle aimé ? 125

LA MONTAGNE.

Quoi ? vous doutez encor d'un amour confirmé...?

ÉRASTE.

Ah ! c'est malaisément qu'en pareille matière
Un cœur bien enflammé prend assurance entière ;
Il craint de se flatter, et dans ses divers soins [2],
Ce que plus il souhaite est ce qu'il croit le moins. 130
Mais songeons à trouver une beauté si rare.

LA MONTAGNE.

Monsieur, votre rabat par devant se sépare.

ÉRASTE.

N'importe.

LA MONTAGNE.

Laissez-moi l'ajuster, s'il vous plaît.

ÉRASTE.

Ouf ! tu m'étrangles, fat ; laisse-le comme il est.

LA MONTAGNE.

Souffrez qu'on peigne un peu....

ÉRASTE.

Sottise sans pareille !
Tu m'as d'un coup de dent presque emporté l'oreille.

LA MONTAGNE.

Vos canons....

ÉRASTE.

Laisse-les, tu prends trop de souci.

---

1. Envers l'objet de votre amour. Voyez le *Lexique de Molière* et celui de *Corneille*.
2. Et dans les divers soins. (1675 A, 84 A, 94 B.)

LA MONTAGNE.

Ils sont tout chiffonnés[1].

ÉRASTE.

Je veux qu'ils soient ainsi.

LA MONTAGNE.

Accordez-moi du moins, pour grâce singulière[2],
De frotter ce chapeau, qu'on voit plein de poussière. 140

ÉRASTE.

Frotte donc, puisqu'il faut que j'en passe par là.

LA MONTAGNE.

Le voulez-vous porter fait comme le voilà?

ÉRASTE.

Mon Dieu, dépêche-toi.

LA MONTAGNE.

Ce seroit conscience.

ÉRASTE, après avoir attendu.

C'est assez.

LA MONTAGNE.

Donnez-vous un peu de patience.

ÉRASTE.

Il me tue.

LA MONTAGNE.

En quel lieu vous êtes-vous fourré?   145

ÉRASTE.

T'es-tu de ce chapeau pour toujours emparé?

LA MONTAGNE.

C'est fait.

ÉRASTE.

Donne-moi donc.

LA MONTAGNE, laissant tomber le chapeau.

Hay!

1.   Ils sont tous chiffonnés. (1673, 74, 82.)
2.   Par grâce singulière. (1682, 1734.)

ÉRASTE.

                              Le voilà par terre :
Je suis fort avancé. Que la fièvre te serre !

LA MONTAGNE.

Permettez qu'en deux coups j'ôte....

ÉRASTE.

                              Il ne me plaît pas.
Au diantre tout valet qui vous est sur les bras,   150
Qui fatigue son maître, et ne fait que déplaire
A force de vouloir trancher du nécessaire !

SCÈNE II.

ORPHISE, ALCIDOR, ÉRASTE, LA MONTAGNE[1].

ÉRASTE.

Mais vois-je pas Orphise ? Oui, c'est elle qui vient.
Où va-t-elle si vite, et quel homme la tient[2] ?
        (Il la salue comme elle passe, et elle, en passant, détourne la tête[3].)
Quoi ? me voir en ces lieux devant elle paroître,   155
Et passer en feignant de ne me pas connoître !
Que croire ? Qu'en dis-tu ? Parle donc, si tu veux.

LA MONTAGNE.

Monsieur, je ne dis rien, de peur d'être fâcheux.

ÉRASTE.

Et c'est l'être en effet que de ne me rien dire
Dans les extrémités d'un si cruel martyre.   160
Fais donc quelque réponse à mon cœur abattu.

---

1. Les noms des personnages de cette scène sont suivis de cette indication dans l'édition de 1734 : *Orphise traverse le fond du théâtre, Alcidor lui donne la main.*

2. La conduit par la main, lui donne la main.

3. L'édition de 1734 fait de ce qui suit la scène III, ayant pour personnages Éraste et la Montagne.

Que dois-je présumer? Parle, qu'en penses-tu?
Dis-moi ton sentiment.

LA MONTAGNE.

                 Monsieur, je veux me taire,
Et ne desire point trancher du nécessaire.

ÉRASTE.

Peste l'impertinent! Va-t'en suivre leurs pas,   165
Vois ce qu'ils deviendront, et ne les quitte pas.

LA MONTAGNE, revenant [1].

Il faut suivre de loin?

ÉRASTE.

Oui.

LA MONTAGNE, revenant.

                   Sans que l'on me voie
Ou faire aucun semblant qu'après eux on m'envoie?

ÉRASTE.

Non, tu feras bien mieux de leur donner avis
Que par mon ordre exprès ils sont de toi suivis.   170

LA MONTAGNE, revenant.

Vous trouverai-je ici?

ÉRASTE.

             Que le Ciel te confonde,
Homme, à mon sentiment, le plus fâcheux du monde!

(La Montagne s'en va [2].)

Ah! que je sens de trouble, et qu'il m'eût été doux
Qu'on me l'eût fait manquer, ce fatal rendez-vous!
Je pensois y trouver toutes choses propices,   175
Et mes yeux pour mon cœur [3] y trouvent des supplices.

---

1. LA MONTAGNE, *revenant sur ses pas.* (1734.) — La même variante se reproduit quatre lignes plus loin, et avant le vers 171.

2. Cette indication est remplacée, dans l'édition de 1734, par une nouvelle coupure de scène :

SCÈNE IV.

ÉRASTE, seul.

Ah! que je sens de trouble....

3. *Par mon cœur,* dans les éditions de 1673 et de 1674.

SCÈNE III.

LYSANDRE, ÉRASTE.

LYSANDRE.

Sous ces arbres, de loin, mes yeux t'ont reconnu,
Cher Marquis, et d'abord je suis à toi venu.
Comme à de mes amis, il faut que je te chante
Certain air que j'ai fait de petite courante[1],   180
Qui de toute la cour contente les experts,
Et sur qui plus de vingt ont déjà fait des vers[2].
J'ai le bien, la naissance, et quelque emploi passable,
Et fais figure en France assez considérable[3];
Mais je ne voudrois pas, pour tout ce que je suis,   185
N'avoir point fait cet air qu'ici je te produis.
La, la, hem, hem[4], écoute avec soin, je te prie.
(Il chante sa courante.)
N'est-elle pas belle?

---

1. « *Courante*. Pas figurés qu'un homme et une femme font ensemble, au son d'un ou de plusieurs violons. » (*Dictionnaire de Richelet*, 1680.) C'est, dit Auger, « une ancienne danse, purement française, dont le mouvement est lent, et par laquelle on commençait les bals. A la courante a succédé le menuet. » —Courante se disait de la danse, de l'air (en mesure ternaire), et aussi des vers que l'on faisait sur cet air. Il y a dans les poésies de Scarron une demi-douzaine de courantes : ce sont de petites pièces de vers, très-faibles d'ailleurs.

2. « Dans la scène III de l'acte II (vers 375 et 376)..., Éraste confirme ce que Lysandre nous.... dit au sujet des airs de danse parodiés :

Laisse-moi méditer : j'ai dessein de lui faire
Quelques vers sur un air où je la vois se plaire.

Marot ne se doutait pas qu'un jour les protestants adopteraient sa traduction des psaumes de David. Les trente premiers qu'il offrit au roi François Ier.... étaient parodiés sur les airs de danse favoris de la cour. » (Castil-Blaze, *Molière musicien*, tome I, p. 126 et 127.)

3. On peut voir, au commencement du IIIe acte du *Misanthrope*, la même vanterie, développée en plus de vers.

4. *Il prélude*. (1734.)

ÉRASTE [1].

Ah !

LYSANDRE.

Cette fin est jolie.

(Il rechante la fin quatre ou cinq fois de suite.)

Comment la trouves-tu ?

ÉRASTE.

Fort belle assurément.

LYSANDRE.

Les pas que j'en ai faits n'ont pas moins d'agrément,
Et surtout la figure [2] a merveilleuse grâce.

(Il chante, parle et danse tout ensemble, et fait faire à Éraste
les figures de la femme [3].)

Tiens, l'homme passe ainsi ; puis la femme repasse ;
Ensemble ; puis on quitte, et la femme vient là.
Vois-tu ce petit trait de feinte [4] que voilà ?
Ce fleuret ? ces coupés [5] courant après la belle ?   195
Dos à dos ; face à face, en se pressant sur elle.

(Après avoir achevé [6].)

Que t'en semble, Marquis ?

ÉRASTE.

Tous ces pas-là sont fins.

LYSANDRE.

Je me moque, pour moi, des maîtres baladins [7].

---

1. Le nom d'Éraste a été omis ici dans les éditions de 1662, 63, 66.

2. « *Figure de ballet*, l'ordre des diverses situations que forment ensemble plusieurs personnes qui dansent un ballet. » (*Dictionnaire de l'Académie*, 1694.)

3. L'édition de 1734 supprime de ce jeu de scène les derniers mots : *et fait faire à Éraste les figures de la femme.*

4. Ce semblant de poursuite, comme on peut le supposer d'après le vers suivant ? Nous ne trouvons pas que le mot eût un sens particulier.

5. « *Fleuret*, terme de danse. C'est un pas de bourrée, qui est une sorte de danse gaie. » (*Dictionnaire de Richelet*, 1680.) — « *Coupé*, terme de danse. Mouvement de celui qui dansant, se jette sur un pied, et passe l'autre devant ou derrière. » (*Ibidem.*)

6. Cette indication n'est pas dans l'édition de 1734.

7. Le mot *baladin* ne se prenait pas d'ordinaire dans un sens défavorable : il signifiait ou danseur de profession ou maître de ballet. L'Académie (1694)

ÉRASTE.

On le voit.

ne lui donne que cette signification; elle traduit le mot par « danseur ordinaire de ballets, » et cite pour exemple : « Il danse en cavalier et non en balladin (*sio*). » Furetière (1690) ajoute, il est vrai, qu'« on le dit quelquefois, plus généralement, des bouffons et farceurs qui divertissent le peuple. » En parlant « d'un petit ballet assez joli » dansé à la cour en 1657, Mademoiselle dit (tome III de ses *Mémoires*, p. 347 et 348) : « Le Roi a un baladin nommé Baptiste (*Lulli*), qui triomphe à ces choses-là; il fait les plus beaux airs du monde.... Après avoir été quelques années à moi, je fus exilée; il ne voulut pas demeurer à la campagne; il me demanda son congé; je lui donnai, et depuis il a fait fortune; car c'est un grand baladin. » Enfin, dans l'Avertissement des *Fâcheux*, Molière s'est servi du mot *baladin* dans le sens de *danseur*. Comme il n'avait, dit-il, pour figurer dans les entrées de ballet, « qu'un petit nombre choisi de danseurs excellents », on a séparé les entrées de ballet, « afin que ces intervalles donnassent temps aux mêmes baladins de revenir sous d'autres habits. » — Maintenant que signifie le mot de *maîtres* ? Est-ce un terme vague indiquant seulement la supériorité de ces danseurs dans leur art? ou faut-il penser que les maîtres de ballet, comme les joueurs d'instruments, formèrent un moment une corporation? Ce qui pourrait le faire supposer, c'est d'abord une pièce publiée par M. Eudore Soulié (*Recherches sur Molière*, p. 175 et 176), par laquelle un danseur s'engage en 1644 au service de *l'illustre théâtre*, à la condition que ces comédiens le protégeront, « en cas que ledit Mallet (*c'est le nom du danseur*) fût recherché ou inquiété par le nommé Cardelin. » Cardelin était un danseur célèbre; avait-il le droit de réclamer, à titre de maître, son subordonné? En outre, à propos des *Fâcheux* même, Loret (20 août 1661) dit que les entrées de ballet ont été faites par le sieur d'Olivet,

Digne d'avoir quelque brevet.

Qu'est-ce que ce brevet pouvait être, sinon un brevet de maîtrise? On peut supposer que cette corporation n'était autre que l'*Académie royale de danse*, instituée par lettres patentes en mars 1661, et composée de treize maîtres à danser « des plus expérimentés audit art, » et auxquels cette désignation de maîtres baladins conviendrait parfaitement; parmi ces treize se trouve précisément un Hilaire d'Olivet : voyez, dans l'*Histoire de la ville de Paris* par Félibien, tome V, p. 188, l'acte du Parlement du 30 mars 1662, ordonnant l'enregistrement des lettres patentes. Cette pièce prouve qu'antérieurement la danse avait été érigée en maîtrise, puisque, après qu'y a été constaté l'établissement de l'Académie royale de danse, et spécifié qu'elle jouira, à l'instar de l'Académie de peinture et de sculpture, du droit de *committimus*, il y est encore ajouté : « veut ledit seigneur (*le Roi*).... que ledit art de danse demeure toujours exempt de toutes lettres de maîtrise, faisant défense à ceux qui en auront obtenu par surprise ou autrement de s'en servir, etc. » Le sens de *maîtres baladins* semble donc bien clair : la question est de savoir si cette expression s'applique ici aux danseurs qui avaient, avant 1661, des lettres de maîtrise, ou aux nouveaux académiciens, que l'on pouvait encore, par habitude, désigner ainsi, quoiqu'ils fussent mieux que des *maîtres baladins*.

LYSANDRE.

Les pas donc...?

ÉRASTE.

      N'ont rien qui ne surprenne.

LYSANDRE.

Veux-tu, par amitié, que je te les apprenne?   200

ÉRASTE.

Ma foi, pour le présent, j'ai certain embarras....

LYSANDRE.

Eh bien! donc, ce sera lorsque tu le voudras.
Si j'avois dessus moi ces paroles nouvelles,
Nous les lirions ensemble, et verrions les plus belles.

ÉRASTE.

Une autre fois.

LYSANDRE.

    Adieu : Baptiste le très-cher [1]   205
N'a point vu ma courante, et je le vais chercher.
Nous avons [2] pour les airs de grandes sympathies,
Et je veux le prier d'y faire des parties [3].

(Il s'en va chantant toujours.)

ÉRASTE [4].

Ciel! faut-il que le rang, dont on veut tout couvrir,
De cent sots tous les jours nous oblige à souffrir,   210

---

1. Comme on l'a déjà vu dans la note précédente, l'usage était de désigner Lulli par son prénom. La *Gazette*, qui elle-même le désigne souvent ainsi, avait annoncé plus pompeusement, le 21 mai précédent, que « le Roi voulant conserver sa musique dans la réputation qu'elle a d'être des plus excellentes par le choix de personnes capables d'en remplir les charges, a gratifié le sieur Baptiste Lulli, gentilhomme florentin, de celle de surintendant et compositeur de la musique de sa chambre, et le sieur Lambert, de celle de maître de ladite musique. »

2. *Nous avions*, à l'imparfait, dans les éditions de 1673 et de 1674.

3. Des parties (un accompagnement) de voix ou d'instruments.

4.   SCÈNE VI.
                    ÉRASTE, *seul.*

Ciel, faut-il.... (1734.)

Et nous fasse abaisser jusques aux complaisances
D'applaudir bien souvent à leurs impertinences?

SCÈNE IV.

LA MONTAGNE, ÉRASTE[1].

LA MONTAGNE.

Monsieur, Orphise est seule, et vient de ce côté.

ÉRASTE.

Ah! d'un trouble bien grand je me sens agité :
J'ai de l'amour encor pour la belle inhumaine,   215
Et ma raison voudroit que j'eusse de la haine.

LA MONTAGNE.

Monsieur, votre raison ne sait ce qu'elle veut,
Ni ce que sur un cœur[2] une maîtresse peut.
Bien que de s'emporter on ait de justes causes,
Une belle d'un mot rajuste bien des choses.   220

ÉRASTE.

Hélas! je te l'avoue, et déjà cet aspect[3]
A toute ma colère imprime le respect.

SCÈNE V.

ORPHISE, ÉRASTE, LA MONTAGNE.

ORPHISE.

Votre front à mes yeux montre peu d'allégresse :
Seroit-ce ma présence, Éraste, qui vous blesse?

1.   SCÈNE VII.
ÉRASTE, LA MONTAGNE. (1734.)
2. *Sur son cœur*, dans les éditions de 1673 et de 1674.
3. Les éditions de 1673 et 1674 portent, par erreur, à ce vers comme
au suivant, le mot *respect* : « ce respect », pour « *cet aspect* ».

Qu'est-ce donc? qu'avez-vous? et sur quels déplaisirs,
Lorsque vous me voyez, poussez-vous des soupirs?

ÉRASTE.

Hélas! pouvez-vous bien me demander, cruelle,
Ce qui fait de mon cœur la tristesse mortelle?
Et d'un esprit méchant n'est-ce pas un effet
Que feindre d'ignorer ce que vous m'avez fait?   230
Celui dont l'entretien vous a fait à ma vue
Passer....

ORPHISE, riant.

C'est de cela que votre âme est émue?

ÉRASTE.

Insultez, inhumaine, encore à mon malheur.
Allez, il vous sied mal de railler ma douleur,
Et d'abuser, ingrate, à maltraiter ma flamme,   235
Du foible que pour vous vous savez qu'a mon âme.

ORPHISE.

Certes il en faut rire, et confesser ici
Que vous êtes bien fou de vous troubler ainsi.
L'homme dont vous parlez, loin qu'il puisse me plaire,
Est un homme fâcheux dont j'ai su me défaire,   240
Un de ces importuns et sots officieux
Qui ne sauroient souffrir qu'on soit seule en des lieux,
Et viennent aussitôt avec un doux langage
Vous donner une main contre qui l'on enrage.
J'ai feint de m'en aller pour cacher mon dessein,   245
Et jusqu'à mon carrosse il m'a prêté la main;
Je m'en suis promptement défaite de la sorte,
Et j'ai pour vous trouver rentré par l'autre porte.

ÉRASTE.

A vos discours, Orphise, ajouterai-je foi,
Et votre cœur est-il tout sincère pour moi?   250

ORPHISE.

Je vous trouve fort bon de tenir ces paroles,

Quand je me justifie à vos plaintes frivoles.
Je suis bien simple encore, et ma sotte bonté....

ÉRASTE.

Ah ! ne vous fâchez pas, trop sévère beauté ;
Je veux croire en aveugle, étant sous votre empire, 255
Tout ce que vous aurez la bonté de me dire.
Trompez, si vous voulez, un malheureux amant :
J'aurai pour vous respect jusques au monument[1].
Maltraitez mon amour, refusez-moi le vôtre,
Exposez à mes yeux le triomphe d'un autre ;   260
Oui, je souffrirai tout de vos divins appas :
J'en mourrai ; mais enfin je ne m'en plaindrai pas.

ORPHISE.

Quand de tels sentiments régneront dans votre âme,
Je saurai de ma part....

SCÈNE VI.

ALCANDRE, ORPHISE, ÉRASTE, LA MONTAGNE.

ALCANDRE.

Marquis, un mot. Madame[2],

De grâce, pardonnez si je suis indiscret,   265

---

1. Au tombeau.

> C'est une loi, non pas un châtiment,
> Que la nécessité qui nous est imposée
> De servir de pâture aux vers du monument.
> (Maynard, *Ode à Alcippe*, édition de 1646, p. 297.)

Dans sa première comédie (*Mélite*, 1629), Corneille avait dit aussi (vers 1258) :

> Monsieur, tout est perdu : votre fourbe maudite,
> Dont je fus à regret le damnable instrument,
> A couché de douleur Tircis au monument.

2. Avant *Madame*, l'édition de 1734 ajoute cette indication : *à Orphise ;* et cette autre après le vers 266 : *Orphise sort.*

En osant, devant vous, lui parler en secret [1].
Avec peine, Marquis, je te fais la prière;
Mais un homme vient là de me rompre en visière,
Et je souhaite fort, pour ne rien reculer,
Qu'à l'heure [2] de ma part tu l'ailles appeler :   270
Tu sais qu'en pareil cas ce seroit avec joie
Que je te le rendrois [3] en la même monnoie.

   ÉRASTE, après avoir un peu demeuré sans parler [4].

Je ne veux point ici faire le capitan ;
Mais on m'a vu soldat avant que courtisan ;
J'ai servi quatorze ans ; et je crois être en passe   275
De pouvoir d'un tel pas me tirer avec grâce,
Et de ne craindre point qu'à quelque lâcheté
Le refus de mon bras me puisse être imputé.
Un duel met les gens en mauvaise posture [5],

1. L'édition de 1734 commence ici une autre scène, la x°, ayant pour personnages : ALCANDRE, ÉRASTE, LA MONTAGNE.
2. Qu'à l'heure même, que sur l'heure....
3. *Rendois*, pour *rendrois*, dans la seule édition de 1682.
4. ÉRASTE, *après avoir été quelque temps sans parler*. (1734.)
5. Voici les différents degrés de pénalité établis depuis le commencement du
siècle pour ceux qui se chargent de porter des cartels. L'édit d'Henri IV, publié
en Parlement le 26 juin 1609, porte à l'article XII : « Quiconque appellera
quelqu'un au combat pour un autre, ou sera certificateur du billet, ou portera
parole offensive en l'honneur, sera dégradé de noblesse et des armes pour
toute sa vie, tiendra prison perpétuelle, ou sera puni de mort infamante, selon
qu'il sera par nous ou par les juges.... ordonné ; plus, sera privé à perpétuité
de la moitié de ses biens meubles et immeubles. » (*Recueil concernant le tribunal de nosseigneurs les maréchaux de France*,... par.... de Beaufort, premier
lieutenant de la Connétablie..., Paris, 1784, tome I, p. 146.) — L'édit de
juin, vérifié le 11 août 1643, porte (article XXII) peine de mort pour « tous
ceux qui porteront les billets pour faire appel, ou conduiront au combat,...
laquais ou autres, de quelque condition qu'ils puissent être. » (Même recueil,
tome I, p. 199.) Enfin l'édit vérifié en Parlement, le Roi y séant, le 7 septembre 1651, établit une distinction (article XVI) entre « ceux qui porteront
sciemment des billets d'appel, ou qui conduiront aux lieux des duels ou rencontres, comme laquais ou autres domestiques, » lesquels seront punis du fouet
et de la marque, et, en cas de récidive, du bannissement et des galères à perpétuité, et ceux qui sont volontairement spectateurs d'un duel, lesquels seront
privés pour toujours de leurs « charges, dignités, et pensions, » et condamnés à
la confiscation du quart de leurs biens. (Même recueil, tome I, p. 234.) Mais,

Et notre roi n'est pas un monarque en peinture :   280
Il sait faire obéir les plus grands de l'État,
Et je trouve qu'il fait en digne potentat.
Quand il faut le servir, j'ai du cœur pour le faire ;
Mais je ne m'en sens point quand il faut lui déplaire ;
Je me fais de son ordre une suprême loi :   285
Pour lui désobéir, cherche un autre que moi.
Je te parle, Vicomte, avec franchise entière,
Et suis ton serviteur en toute autre matière.
Adieu. Cinquante fois au diable les Fâcheux[1] !
Où donc s'est retiré cet objet de mes vœux ?   290

LA MONTAGNE.

Je ne sais.

ÉRASTE.

Pour savoir où la belle est allée,
Va-t'en chercher partout : j'attends dans cette allée.

dit Auger, « pour bien entendre le sens de ces.... vers, il faut se rappeler qu'alors les seconds étaient dans l'usage de se battre l'un contre l'autre, en même temps que ceux entre qui existait le défi. » C'est sans doute à ce service-là, auquel l'eût obligé l'appel, qu'Éraste refuse *son bras*. — Dans la fable de la Fontaine, *les Deux amis* (livre VIII, *fable* xi), l'un d'eux est moins scrupuleux qu'Éraste, et dit à l'autre :

.... S'il vous est venu quelque querelle,
J'ai mon épée, allons.

Il est vrai que ces deux amis « vivoient au Monomotapa, » où la Fontaine paraît supposer que l'usage du duel et des seconds existait.

1. Adieu.

SCÈNE XI.

ÉRASTE, LA MONTAGNE.

ÉRASTE.

Cinquante fois au diable les Fâcheux!
(1734.)

FIN DU PREMIER ACTE.

BALLET DU PREMIER ACTE.

PREMIÈRE ENTRÉE.

Des joueurs de mail, en criant gare, l'obligent à se retirer[1]; et comme il veut revenir lorsqu'ils ont fait,

DEUXIÈME ENTRÉE [2]

des curieux viennent, qui tournent autour de lui pour le connoître, et font qu'il se retire encore pour un moment[3].

---

1. *Des joueurs de mail, en criant gare, obligent Éraste à se retirer.* (1734.)
2. SECONDE ENTRÉE. (1666, 73, 74, 82, 1734.)
3. *Après que les joueurs de mail ont fini, Éraste revient pour attendre Orphise. Des curieux tournent autour de lui pour le connoître, et font qu'il se retire encore pour un moment.* (1734.)

ACTE II.

SCÈNE PREMIÈRE.

ÉRASTE.

Mes Fâcheux[1] à la fin se sont-ils écartés?
Je pense qu'il en pleut ici de tous côtés.
Je les fuis, et les trouve; et pour second martyre, 295
Je ne saurois trouver celle que je desire.
Le tonnerre et la pluie ont promptement passé[2],
Et n'ont point de ces lieux le beau monde chassé.
Plût au Ciel, dans les dons que ses soins y prodiguent,
Qu'ils en eussent chassé tous les gens qui fatiguent! 300
Le soleil baisse fort, et je suis étonné
Que mon valet encor ne soit point retourné.

SCÈNE II.

ALCIPPE, ÉRASTE.

ALCIPPE.

Bonjour.

ÉRASTE[3].

Eh quoi? toujours ma flamme divertie[4]!

---

1. Les Fâcheux. (1734.)
2. L'édition de 1682 indique par des guillemets que ce vers et les trois suivants étaient supprimés à la représentation.
3. ÉRASTE, à part. (1734.)
4. Divertir, ici et au vers 742, détourner, au sens latin et primitif du

ALCIPPE.

Console-moi, Marquis, d'une étrange partie
Qu'au piquet je perdis hier contre un Saint-Bouvain, 305
À qui je donnerois quinze points et la main.
C'est un coup enragé, qui depuis hier m'accable,
Et qui feroit donner tous les joueurs au diable,
Un coup assurément à se pendre en public [1].

mot. « Combien de fois m'a cette besogne diverti de cogitations ennuyeuses ! et doivent être comptées pour ennuyeuses toutes les frivoles. » (Montaigne, livre II, chapitre XVIII.) Nous avons déjà vu dans *l'Étourdi* (vers 906) :

> Après de si beaux coups, qu'il a su divertir.

1. Avant d'entrer dans les détails de cette partie,.... il est bon de noter les différences qu'on remarque à la lecture de la scène, entre la manière dont le piquet se jouait du temps de Molière, et celle dont il se joue maintenant. D'abord, chaque couleur avait les six : ainsi on jouait avec trente-six cartes au lieu de trente-deux. Cependant chaque joueur n'en avait que douze dans la main.... Douze cartes formaient donc le talon, et par conséquent on avait douze cartes à écarter ; le premier en écartait huit et le dernier quatre.... : le premier avait, comme aujourd'hui, le droit d'en écarter moins qu'il ne lui en revenait.... (*Note d'Auger.*) — Le même commentateur, à chacun des incidents du jeu, entre dans de nouvelles explications fort précises et fort claires, un peu longues peut-être ; elles ont depuis été développées et confirmées, à l'aide de renvois au code authentique du jeu, tel qu'il était constitué au temps des *Fâcheux*, par M. Eugène de Certain, dans un article de *la Correspondance littéraire* (numéro du 10 avril 1861, p. 250 et suivantes), auquel nous croyons devoir renvoyer les lecteurs. Il est probable que la plupart d'entre eux n'y porteront pas beaucoup plus d'intérêt qu'Éraste, et se hâteront de dire comme lui :

> .... J'ai compris le tout par ton récit,
> Et vois de la justice au transport qui t'agite,

ce qui est une façon de se dispenser d'approfondir la question, tout l'intérêt dramatique étant d'un côté dans le *transport qui agite* le joueur malheureux, et de l'autre dans la parfaite indifférence, ou, pour mieux dire, dans l'impatience d'Éraste. Tous cependant n'ont pas le même droit de refuser leur attention aux choses qui ne les intéressent point ; l'éditeur qui a déclaré cette partie inintelligible a eu tort de ne pas vouloir la comprendre ou se la faire expliquer. Il paraît sûr, au contraire, que la moindre connaissance des règles permettait aux contemporains de la suivre ; ces règles ont été plus tard quelque peu altérées ; il suffit d'en avertir les joueurs actuels : ils ont l'habitude de cette langue rapide et passionnée, et jugeront sans peine avec quelle vraisemblance est amenée la péripétie dernière. Ce qui n'avait d'ailleurs besoin d'aucune démonstration, c'est que, comme pour la partie de chasse, Molière était vraiment tenu et a dû se piquer de faire un récit exact : qui voudrait jamais admettre qu'il ait pu perdre aucune de ces petites gageures-là ?

Il ne m'en faut que deux; l'autre a besoin d'un pic[1] : 310
Je donne, il en prend six, et demande à refaire[2] ;
Moi, me voyant de tout, je n'en voulus rien faire.
Je porte[3] l'as de trèfle (admire mon malheur),
L'as, le roi, le valet, le huit et dix de cœur,
Et quitte[4], comme au point alloit la politique[5],   315
Dame et roi de carreau, dix et dame de pique.
Sur mes cinq cœurs portés la dame arrive encor[6],
Qui me fait justement une quinte major.
Mais mon homme avec l'as[7], non sans surprise extrême,
Des bas carreaux sur table étale une sixième[8].·   320
J'en avois écarté[9] la dame avec le roi;
Mais lui faillant un pic[10], je sortis hors d'effroi,
Et croyois bien du moins faire deux points uniques.
Avec les sept carreaux il avoit quatre piques,

1. Il ne me fallait plus pour achever et gagner la partie que « deux points uniques » (vers 323) sur cent; l'autre ne pouvait plus se sauver que par un pic, qu'en faisant au moins pic (c'est-à-dire faisant soixante points avant que je pusse rien compter). — On a vu au tome II, p. 75, note 1, comment le *pic* fait ajouter 30 points à 30, et que le *capot* (dont il sera question au vers 329 et qui dénonera la partie) fait hausser de 40 le chiffre de points atteint à la dernière levée.

2. Sans doute: me demande par grâce, en considération de sa malechance aux tours précédents (il s'agit du dernier), d'annuler la donne qui ne lui mettait en main que six points. Auger et M. de Certain entendent par « il en prend six », *il prend six cartes au talon ;* ce sens est tout naturel ; seulement la demande de refaire après l'écart paraît un peu bien indiscrète, même de la part d'un adversaire à qui *on donnerait quinze points et la main.*

3. J'ai en main, avant tout écart (vers 317), les cartes suivantes.

4. Et j'écarte.

5. Puisque tout mon jeu était d'avoir le point, que je n'avais à appliquer qu'à cela mon savoir-faire.

6. Aux cinq cœurs que j'ai déjà en main (vers 314), l'écart me fait joindre la dame de même couleur.

7. Outre l'as de carreau.

8. Une seizième basse en carreau.

9. De ces mêmes carreaux j'avais écarté...

10. Comparez le vers 310.

— Mais lui faillant un pic. (1673, 74, 82 (non 97), 1710, 1733.)

Et jetant le dernier[1], m'a mis dans l'embarras   325
De ne savoir lequel garder de mes deux as.
J'ai jeté l'as de cœur, avec raison, me semble ;
Mais il avoit quitté quatre trèfles ensemble,
Et par un six de cœur je me suis vu capot,
Sans pouvoir, de dépit, proférer un seul mot.   330
Morbleu ! fais-moi raison de ce coup effroyable :
A moins que l'avoir vu, peut-il être croyable ?

ÉRASTE.

C'est dans le jeu qu'on voit les plus grands coups du sort.

ALCIPPE.

Parbleu ! tu jugeras toi-même si j'ai tort,
Et si c'est sans raison que ce coup me transporte ;   335
Car voici nos deux jeux, qu'exprès sur moi je porte.
Tiens, c'est ici mon port[2], comme je te l'ai dit,
Et voici....

---

1. Jetant le dernier pique. — Avec ses sept carreaux, Saint-Bouvain a levé sept mains ; il aurait par conséquent, d'après les conventions actuelles, ajouté 7 points aux 23 que les carreaux lui ont déjà valu (7 de point et 16 de sixième), fait pic et gagné. Si la partie continue, c'est qu'alors les basses cartes, du neuf au six, comptaient bien pour le point en cartes, et avaient bien aussi la puissance d'enlever des mains ; mais ces mains-là ne rapportaient aucun point. Or quatre au moins, mais probablement six de ces petites cartes arrêtent les progrès de Saint-Bouvain : les neuf, huit, sept et six de carreaux, et, par supposition, deux des piques [a]. Après donc avoir jeté son dernier pique, Saint-Bouvain reste à 28 ; tout est en suspens ; et ce n'est que grâce à sa dernière carte, au six de cœur (qu'Alcippe peut lui prendre si par malheur il ne jette l'as), c'est par la dernière levée (qui à Alcippe compterait double, dont celui-ci peut jusqu'au bout espérer ses « deux points uniques », tandis qu'à Saint-Bouvain, qui la fait mais la doit à une basse carte, elle ne comptera pas du tout pour arriver à pic tout en le faisant arriver à mieux), c'est en sautant, non de 30 à 60, mais de 28 à 68, en un mot non par le coup du pic, mais par le coup plus triomphant encore du capot, que Saint-Bouvain va consterner Alcippe.

2. Les cartes que j'avais en main avant l'écart : voyez les vers 313 et 317.

[a] C'est la supposition d'Auger et de M. de Certain ; qu'on suppose inférieurs trois des piques ou même tous les quatre (le vers 316 ne s'y oppose pas), l'addition de 40 de capot à 27 ou 26 n'en portera pas moins à 67 ou 66 l'avantage final de Saint-Bouvain.

ÉRASTE.

J'ai compris le tout par ton récit,
Et vois de la justice au transport qui t'agite ;
Mais pour certaine affaire il faut que je te quitte : 340
Adieu. Console-toi pourtant de ton malheur.

ALCIPPE.

Qui moi ? J'aurai toujours ce coup-là sur le cœur,
Et c'est pour ma raison pis qu'un coup de tonnerre.
Je le veux faire, moi, voir à toute la terre.

(Il s'en va, et prêt à rentrer, il dit par réflexion [1] :)

Un six de cœur ! deux points !

ÉRASTE [2].

En quel lieu sommes-nous ?
De quelque part qu'on tourne, on ne voit que des fous.
Ah ! que tu fais languir ma juste impatience [3] !

SCÈNE III.

LA MONTAGNE, ÉRASTE [4].

LA MONTAGNE.

Monsieur, je n'ai pu faire une autre diligence.

ÉRASTE.

Mais me rapportes-tu quelque nouvelle enfin [5] ?

LA MONTAGNE.

Sans doute ; et de l'objet qui fait votre destin   350
J'ai, par un ordre exprès [6], quelque chose à vous dire.

---

1. *Il s'en va, et rentre en disant.* (1734.)
2. Dans l'édition de 1734, non suivie en cela par celle de 1773 : « ÉRASTE, seul. »
3. L'édition de 1734 fait de ce vers le premier de la scène III.
4. ÉRASTE, LA MONTAGNE. (1734.)
5. Le mot *enfin* manque dans l'édition de 1663.
6.   Par son ordre exprès. (1682, 1734.)

ÉRASTE.

Et quoi? déjà mon cœur après ce mot soupire:
Parle.

LA MONTAGNE.

Souhaitez-vous de savoir ce que c'est?

ÉRASTE.

Oui, dis vite.

LA MONTAGNE.

Monsieur, attendez, s'il vous plaît.
Je me suis, à courir, presque mis hors d'haleine.   355

ÉRASTE.

Prends-tu quelque plaisir à me tenir en peine?

LA MONTAGNE.

Puisque vous desirez de savoir promptement
L'ordre que j'ai reçu de cet objet charmant,
Je vous dirai.... Ma foi, sans vous vanter mon zèle,
J'ai bien fait du chemin pour trouver cette belle[1];   360
Et si....

ÉRASTE.

Peste soit fait de tes digressions[2]!

LA MONTAGNE.

Ah! il faut modérer un peu ses passions;
Et Sénèque[3]....

---

1. Cette scène, où le valet impatiente son maître par des longueurs inutiles avant de venir au fait qui l'intéresse, se retrouvera avec des détails différents à la fin de l'acte IV du *Misanthrope*. Seulement il est évident qu'ici la Montagne y met plus de malice que Dubois avec Alceste.

2.   Peste soit, fat, de tes digressions! (1734.)
Ce qui pourrait bien être le bon texte : comparez le vers 134 :

       Ouf! tu m'étrangles, fat;

mais *fait* est la leçon de toutes les éditions antérieures à 1734. — *Disgressions* est l'orthographe des éditions de 1663, 66, 73, 74, 82, 97, 1718.

3. Auger a trouvé peu vraisemblable qu'un valet comme Mascarille connût même le nom de Sénèque, ce qui paraît être en effet fort singulier de notre temps, et ce qui l'était moins alors. On oublie trop que dans un état social où les emplois de la domesticité répugnaient moins qu'aujourd'hui, et où d'ailleurs

ÉRASTE.

Sénèque est un sot dans ta bouche,
Puisqu'il ne me dit rien de tout ce qui me touche.
Dis-moi ton ordre, tôt.

LA MONTAGNE.

                        Pour contenter vos vœux,   365
Votre Orphise.... Une bête est là dans vos cheveux.

ÉRASTE.

Laisse.

LA MONTAGNE.

        Cette beauté de sa part vous fait dire....

ÉRASTE.

Quoi?

LA MONTAGNE.

        Devinez.

ÉRASTE.

        Sais-tu que je ne veux pas rire?

LA MONTAGNE.

Son ordre est qu'en ce lieu vous devez vous tenir,
Assuré que dans peu vous l'y verrez venir,   370
Lorsqu'elle aura quitté quelques provinciales,
Aux personnes de cour fâcheuses animales [1].

ÉRASTE.

Tenons-nous donc au lieu qu'elle a voulu choisir.

les fonctions modestes, pour lesquelles quelques notions littéraires sont indispensables, étaient infiniment moins nombreuses, il arrivait souvent qu'après quelques études, après avoir, comme Sganarelle, su dans son enfance « son rudiment par cœur, » un pauvre diable était trop heureux de trouver au moins son pain assuré en entrant au service d'un homme de cour. Nous en avons assez d'exemples, et il en est un que personne n'a oublié : c'est, plus tard, celui de ce valet de chambre qui explique à une compagnie élégante, en s'aidant de l'étymologie latine, le dicton : *Tel fiert qui ne tue point.* Ce valet s'appelait Jean-Jacques Rousseau. Il fallait beaucoup moins d'érudition pour nommer Sénèque, et cette citation malencontreuse est comique sans cesser d'être naturelle.

1. Animales, au féminin, substantivement.

Mais, puisque l'ordre[1] ici m'offre quelque loisir,
Laisse-moi méditer[2] : j'ai dessein de lui faire   375
Quelques vers sur un air où je la vois se plaire.

(Il se promène en rêvant.)

SCÈNE IV.

ORANTE, CLYMÈNE, ÉRASTE[3].

ORANTE.

Tout le monde sera de mon opinion.

CLYMÈNE.

Croyez-vous l'emporter par obstination?

ORANTE.

Je pense mes raisons meilleures que les vôtres.

CLYMÈNE.

Je voudrois qu'on ouït les unes et les autres.   380

ORANTE[4].

J'avise un homme ici qui n'est pas ignorant :
Il pourra nous juger sur notre différend.
Marquis, de grâce, un mot : souffrez qu'on vous appelle
Pour être entre nous deux juge d'une querelle,
D'un débat qu'ont ému nos divers sentiments   385
Sur ce qui peut marquer les plus parfaits amants.

ÉRASTE.

C'est une question à vuider difficile,

---

1. L'ordre que me donne Orphise.
2. Laisse-moi méditer.
(La Montagne sort.)
J'ai dessein de lui faire
Quelques vers sur un air où je la vois se plaire.
(Il rêve.) (1734.)

3. ORANTE, CLYMÈNE (voyez ci-dessus, p. 34, note 2), ÉRASTE, *dans un coin du théâtre sans être aperçu.* (1734.)
4. ORANTE, *apercevant Éraste.* (1734.)

Et vous devez chercher un juge plus habile.

ORANTE.

Non : vous nous dites là d'inutiles chansons ;
Votre esprit fait du bruit, et nous vous connoissons : 390
Nous savons que chacun vous donne à juste titre....

ÉRASTE.

Hé! de grâce....

ORANTE.

En un mot, vous serez notre arbitre :
Et ce sont deux moments qu'il vous faut nous donner.

CLYMÈNE [1].

Vous retenez ici qui vous doit condamner;
Car enfin, s'il est vrai ce que j'en ose croire [2],   395
Monsieur à mes raisons donnera la victoire.

ÉRASTE [3].

Que ne puis-je à mon traître [4] inspirer le souci
D'inventer quelque chose à me tirer d'ici!

ORANTE [5].

Pour moi, de son esprit [6] j'ai trop bon témoignage,
Pour craindre qu'il prononce à mon désavantage [7]. 400
Enfin, ce grand débat qui s'allume entre nous,
Est de savoir s'il faut qu'un amant soit jaloux [8].

CLYMÈNE.

Ou, pour mieux expliquer ma pensée et la vôtre,
Lequel doit plaire plus d'un jaloux ou d'un autre.

1. CLYMÈNE, à Orante. (1734.)
2. Si ce que j'en ose croire est vrai.
3. ÉRASTE, à part. (1734.)
4. On peut ne pas comprendre tout de suite qu'il s'agit de la Montagne. (Note d'Auger.)
5. ORANTE, à Clymène. (1734.)
6. De mon esprit. (1673, 74, 82, 97, 1710, 18.)
7. Après ce vers, l'édition de 1734 ajoute : à Éraste.
8. Cette question, fort controversée dans les romans d'alors, était de celles qu'aimaient à se poser les précieuses. Elle se retrouve d'ailleurs déjà traitée dans la première scène de Dom Garcie de Navarre : elle fait même le fonds de la pièce. Molière l'avait touchée auparavant dans le Dépit amou-

ORANTE.

Pour moi, sans contredit, je suis pour le dernier,   405

CLYMÈNE.

Et dans mon sentiment, je tiens pour le premier.

ORANTE.

Je crois que notre cœur doit donner son suffrage
A qui fait éclater du respect davantage.

CLYMÈNE.

Et moi, que si nos vœux doivent paroître au jour,
C'est pour celui qui fait éclater plus d'amour.   410

ORANTE.

Oui; mais on voit l'ardeur dont une âme est saisie
Bien mieux dans le respect que dans la jalousie [1].

CLYMÈNE.

Et c'est mon sentiment, que qui s'attache à nous
Nous aime d'autant plus qu'il se montre jaloux.

---

reux. De Villiers (cité fort à propos ici par M. Moland), dans sa *Lettre sur les affaires du théâtre* [a] (voyez le volume intitulé *les Diversités galantes*, 1664, in-12, p. 90 et 91 de la seconde pagination), reproche à Molière de revenir trop souvent sur l'expression de la jalousie : « Il dit qu'il peint d'après nature; cependant, quoique nous voyions bien des jaloux, nous en voyons peu qui ressemblent à Arnolphe ; c'est pourquoi il se devroit donner encore plus de gloire et dire qu'il peint d'après son imagination ; mais comme elle ne lui peut représenter des héros, je suis assuré qu'il ne nous en fera jamais voir s'ils sont jaloux. Ce sont là les grands sentiments qu'il leur inspire, et la jalousie est tout ce qui les fait agir depuis le commencement jusques à la fin de ses pièces sérieuses aussi bien que de ses comiques. » Il est probable que dans *les Fâcheux*, où l'amour sembloit tenir trop peu de place, surtout pour le goût du temps, cette controverse amoureuse avoit l'avantage de l'y introduire d'une façon qui devoit intéresser l'auditoire ; ce n'est pas seulement par galanterie sans doute et parce qu'il a affaire à des femmes, qu'Éraste ici semble prendre un peu plus d'intérêt au débat, et, malgré son impatience, le termine par un arrêt motivé et exprimé délicatement.

1. Bien mieux dans les respects que dans la jalousie.
(1663, 66, 73, 74, 82, 1734.)

a. M. Victor Fournel prouve que cet ouvrage, attribué à de Visé comme les *Nouvelles nouvelles*, doit être restitué à de Villiers : voyez *les Contemporains de Molière*, tome I, p. 300, notes 1 et 2.

ORANTE.

Fi! ne me parlez point, pour être amants, Clymène, 415
De ces gens dont l'amour est fait comme la haine,
Et qui, pour tous respects et toute offre de vœux,
Ne s'appliquent jamais qu'à se rendre fâcheux;
Dont l'âme, que sans cesse un noir transport anime,
Des moindres actions cherche à nous faire un crime,
En soumet l'innocence à son aveuglement,
Et veut sur un coup d'œil un éclaircissement;
Qui, de quelque chagrin nous voyant l'apparence,
Se plaignent aussitôt qu'il naît de leur présence,
Et lorsque dans nos yeux brille un peu d'enjoûment,
Veulent que leurs rivaux en soient le fondement;
Enfin, qui prenant droit des fureurs de leur zèle,
Ne vous parlent jamais[1] que pour faire querelle,
Osent défendre à tous l'approche de nos cœurs,
Et se font les tyrans de leurs propres vainqueurs.   430
Moi, je veux des amants que le respect inspire,
Et leur soumission marque mieux notre empire.

CLYMÈNE.

Fi! ne me parlez point, pour être vrais amants,
De ces gens qui pour nous n'ont nuls emportements,
De ces tièdes galans[2], de qui les cœurs paisibles   435
Tiennent déjà pour eux les choses infaillibles,
N'ont point peur de nous perdre, et laissent chaque jour
Sur trop de confiance endormir leur amour,
Sont avec leurs rivaux en bonne intelligence,
Et laissent un champ libre à leur persévérance.   440
Un amour si tranquille excite mon courroux.
C'est aimer froidement que n'être point jaloux;
Et je veux qu'un amant, pour me prouver sa flamme,

1.   Ne nous parlent jamais. (1733, 34.)
2.   Le mot est écrit ainsi, sans t ni d, dans l'édition originale.

Sur d'éternels soupçons laisse flotter son âme [1],
Et par de prompts transports donne un signe éclatant
De l'estime qu'il fait de celle qu'il prétend [2].
On s'applaudit alors de son inquiétude,
Et s'il nous fait parfois un traitement trop rude,
Le plaisir de le voir, soumis à nos genoux,
S'excuser [3] de l'éclat qu'il a fait contre nous,   450
Ses pleurs, son désespoir d'avoir pu nous déplaire,
Est un charme [4] à calmer toute notre colère.

ORANTE.

Si pour vous plaire il faut beaucoup d'emportement,
Je sais qui vous pourroit donner contentement;
Et je connois des gens dans Paris plus de quatre   455
Qui, comme ils le font voir, aiment jusques à battre.

CLYMÈNE.

Si pour vous plaire il faut n'être jamais jaloux,
Je sais certaines gens fort commodes pour vous,
Des hommes en amour d'une humeur si souffrante [5],
Qu'ils vous verroient sans peine entre les bras de trente.

ORANTE.

Enfin par votre arrêt vous devez déclarer
Celui de qui l'amour vous semble à préférer [6].

ÉRASTE.

Puisqu'à moins d'un arrêt je ne m'en puis défaire,

---

1.   Laisse flotter mon âme. (1673, 74, 82, 97, 1710, 18.)
— Corneille, que cite Auger (pour le critiquer bien à tort, ce semble, ainsi que Molière), avait dit à peu près de même dans *Don Sanche* (vers 705 et 706) :

> L'âme d'un tel amant, tristement balancée,
> Sur d'éternels soucis voit flotter sa pensée.

2. De la personne à laquelle il prétend.
3. *S'excuse*, dans les éditions de 1666 et de 1673 ; *L'excuse*, dans celle de 1674.
4.   Sont un charme. (1674, 82, 1734.)
5. « *Souffrant* signifie aussi patient, endurant. Ce n'est pas un homme souffrant. Il n'est pas d'une humeur souffrante. » (*Académie*, 1694.)
6. *Orphise paroît dans le fond du théâtre, et voit Éraste entre Orante et Climène.* (1734.)

Toutes deux à la fois je vous veux satisfaire;
Et pour ne point blâmer ce qui plaît à vos yeux,   '465
Le jaloux aime plus, et[1] l'autre aime bien mieux.

CLYMÈNE.

L'arrêt est plein[2] d'esprit; mais....

ÉRASTE.

Suffit, j'en suis quitte.

Après ce que j'ai dit, souffrez que je vous quitte.

SCÈNE V.

ORPHISE, ÉRASTE.

ÉRASTE[3].

Que vous tardez, Madame, et que j'éprouve bien...!

ORPHISE.

Non, non, ne quittez pas un si doux entretien.   470
A tort vous m'accusez d'être trop tard venue[4],
Et vous avez de quoi vous passer de ma vue.

ÉRASTE.

Sans sujet contre moi voulez-vous vous aigrir,
Et me reprochez-vous ce qu'on me fait souffrir?
Ha! de grâce, attendez....

ORPHISE.

Laissez-moi, je vous prie, 475
Et courez vous rejoindre à votre compagnie.

(Elle sort[5].)

---

1. Le mot *et* a été omis, quoique nécessaire à la mesure, dans l'édition de
1734; celle de 1773 le rétablit.
2. Dans l'édition de 1663, *plus*, pour *plein*, faute évidente.
3. ÉRASTE, *apercevant Orphise, et allant au-devant d'elle*. (1734.)
4. *Montrant Orante et Climène qui viennent de sortir.* (1734.)
5. L'édition de 1734 supprime cette indication, et fait, des quatre vers qui
suivent, la scène VI, avec ÉRASTE, *seul*, pour personnage.

ÉRASTE.

Ciel! faut-il qu'aujourd'hui Fâcheuses et Fâcheux
Conspirent à troubler les plus chers de mes vœux!
Mais allons sur ses pas, malgré sa résistance,
Et faisons à ses yeux briller notre innocence.   480

SCÈNE VI.

DORANTE, ÉRASTE [1].

DORANTE.

Ha! Marquis, que l'on voit de Fâcheux, tous les jours,
Venir de nos plaisirs interrompre le cours!
Tu me vois enragé d'une assez belle chasse,
Qu'un fat.... C'est un récit qu'il faut que je te fasse.

ÉRASTE.

Je cherche ici quelqu'un, et ne puis m'arrêter.   485

DORANTE, le retenant [2].

Parbleu, chemin faisant, je te le veux conter.
Nous étions une troupe assez bien assortie,
Qui pour courir un cerf avions hier fait partie;
Et nous fûmes coucher sur le pays exprès,
C'est-à-dire, mon cher, en fin fond de forêts.   490
Comme cet exercice est mon plaisir suprême,
Je voulus, pour bien faire, aller au bois moi-même [3];
Et nous conclûmes tous d'attacher nos efforts

---

1. Sur cette scène suggérée par le Roi à Molière, voyez la *Notice*, p. 11 et suivantes.

2. Les mots *le retenant* ne sont pas dans l'édition de 1734.

3. Tandis que d'ordinaire, comme le constate d'Yauville[a], on abandonnait à quelque bas veneur le soin de faire cette première reconnaissance : « Aller au bois : manœuvre du valet de limier pour trouver et détourner les cerfs (p. 68). »

a « *Traité de vénerie*, par.... d'Yauville, premier veneur.... du Roi, » Imprimerie royale, 1788.

Sur un cerf qu'un chacun nous disoit cerf dix-cors[1] ;
Mais moi, mon jugement, sans qu'aux marques j'arrête[2],
Fut qu'il n'étoit que cerf à sa seconde tête.
Nous avions, comme il faut, séparé nos relais[3],
Et déjeunions en hâte avec quelques œufs frais,
Lorsqu'un franc campagnard, avec longue rapière,
Montant superbement sa jument poulinière,   500
Qu'il honoroit du nom de sa bonne jument,
S'en est venu nous faire un mauvais compliment,

1. Comme on le voit dans le Traité d'Yauville (article III, chapitre II, *de la Tête du cerf*, p. 170 et suivantes), les premières cornes, ou dagues, du cerf paraissent au commencement de la seconde année ; il est dit alors *à sa première tête*. Quant aux cors ou andouillers du cerf, ce sont les branches qui poussent sur les deux cornes principales : les premiers poussent seulement, au nombre de deux ou trois, pendant la troisième année ; c'est la *seconde tête* du cerf. A la sixième année, il prend le nom de cerf dix-cors jeunement. *Un cerf dix-cors* est au moins dans sa septième année. Ce nom de *dix-cors*, quel que soit le nombre de ses cors ou andouillers, « lui continue plusieurs années, dit de Salnove [a], et jusques à ce qu'il soit reconnu par les veneurs grand vieil cerf (p. 91). »

2. Sans que je m'arrête à te faire le détail des marques qui m'en faisaient ainsi juger. — Pour donner ces *connaissances* au veneur, le roi Charles IX n'a pas employé moins de cinq chapitres (XXI-XXV) de sa *Chasse royale*[b] : *Du jugement que l'on a d'un cerf par le pied. — Du jugement du cerf par les allures. — Du jugement par les portées* [ou] *frayées. — Du jugement par les fumées. — Des diverses autres sortes de jugements que l'on a d'un cerf.* « Les anciens, dit aussi M. Brehm [c], connaissaient soixante-douze signes (*pour juger le cerf*); Dietrich de Winckel croit qu'on peut les réduire à vingt-sept. »

3. « *Relais, tenir les relais*, c'est quand on met des chiens en certains endroits, et dans la refuite de la bête que vous courrez, pour les donner quand elle passera. » (*Dictionnaire des chasseurs*, à la suite de l'ouvrage de Salnove qui vient d'être cité, p. 29 et 30.)

a « *La Vénerie royale...*, dédiée au Roi, par.... Robert de Salnove,... lieutenant dans la grande Louveterie de France, » Paris, Antoine de Sommaville, 1665. Le privilége avait été enregistré en décembre 1654 ; l'édition citée porte un achevé d'imprimer pour la seconde fois, du 15 août 1664.

b « *La Chasse royale*, composée par le roi Charles IX, et dédiée au roi très-chrétien de France et de Navarre Louis XIII, très-utile aux curieux et amateurs de chasse, » Alliot et Rousset, libraires (le premier a signé la Dédicace), 1625. Ce petit livre, que le jeune roi mettait par écrit « en beaux et bons termes, » deux ans avant sa mort, au moment où Amyot lui dédiait les *OEuvres morales de Plutarque* (voyez l'épître *Au roi très-chrétien Charles IX*[e] de ce nom, feuillet *a iiij* v°, en haut, de l'édition in-f° de 1572), a trouvé de nos jours deux autres éditeurs.

c *Vie des animaux illustrée*, tome II (1870), p. 495, de l'édition française, J. B. Baillière et fils.

Nous présentant aussi, pour surcroît de colère,
Un grand benêt de fils aussi sot que son père[1].
Il s'est dit grand chasseur, et nous a priés tous   5o5
Qu'il pût avoir le bien de courir avec nous.
Dieu préserve, en chassant, toute sage personne
D'un porteur de huchet[2] qui mal à propos sonne,
De ces gens qui, suivis de dix hourets galeux[3],
Disent « ma meute, » et font les chasseurs merveilleux![5]1o
Sa demande reçue et ses vertus prisées,
Nous avons été tous frapper à nos brisées[4].
A trois longueurs de trait[5], tayaut[6]! voilà d'abord
Le cerf donné aux chiens[7]. J'appuie, et sonne fort[8].

---

1. Le *grand benêt de fils aussi sot que son père* est devenu le titre d'une pièce de Brécourt jouée en 1664 par la troupe de Molière. Voyez notre tome I, p. 9 (il y faut lire, à la ligne 15, « 17 janvier 1664 », au lieu de « 1694 »).

2. Le huchet est une sorte de cor. « Le mot de *huchet* est vieux ; en la place on dit *cor*. » (*Dictionnaire de Richelet*, 168o.) Ce mot, déjà *vieux* alors, venait d'un verbe encore usité au commencement du siècle. Nicot (*Trésor de la langue françoise*, 16o6) dit au mot *Huchet : « C'est un cornet dont on huche (*dont on appelle*) les chiens ou ce qu'on veut, et dont les postillons usent ordinairement. »

3. « *Houret*, sorte de chien de chasse. » (Richelet, 168o ; son exemple, sans doute d'après Molière, est : *un houret galeux*.) Furetière, qui rappelle aussi le vers de Molière, définit le mot : « Mauvais chien de chasse. »

4. « *Brisées*, branches que l'on casse et que l'on place pour se reconnoître ; il faut qu'elles soient cassées et non coupées : on va aux brisées quand on va attaquer. » (*Traité de vénerie* d'Yauville, p. 68 et 69.) — « *Frapper aux brisées*, c'est découpler des chiens aux brisées, pour attaquer le cerf dont on a fait rapport. » (*Ibidem*, p. 394.)

5. « *Trait*, c'est la corde de crin qui est attachée à la botte (*au collier*) du limier, qui sert à le tenir lorsque le veneur va au bois » (p. 35 du *Dictionnaire de Salnove* cité à la note suivante). Elle est « de trois à quatre pieds de long et de la grosseur du doigt » (d'Yauville, p. 8o).

6. « *Tayoo*, c'est le terme du chasseur quand il voit la bête, savoir cerf, daim et chevreuil. » (*La Vénerie royale* de Salnove, p. 34 du *Dictionnaire des chasseurs*, qui termine le volume.)

7. « Donner le cerf aux chiens et les autres bêtes, c'est les lancer et faire découpler les chiens sur les voies. » (Salnove, p. 12 du *Dictionnaire*.) — L'expression étant consacrée, Molière l'a reproduite sans reculer devant l'hiatus « donné aux chiens ».

8. « Lorsque les chiens chassent le cerf de meute, on dit en leur parlant : *au-coute, au-coute*, et on nomme par leurs noms ceux qui sont à la tête ; c'est ce

Mon cerf débuche[1], et passe une assez longue plaine,
Et mes chiens après lui, mais si bien en haleine,
Qu'on les auroit couverts tous d'un seul justaucorps[2].
Il vient à la forêt. Nous lui donnons alors
La vieille meute[3]; et moi, je prends en diligence
Mon cheval alezan. Tu l'as vu?

ÉRASTE.

Non, je pense.   520

DORANTE.

Comment? C'est un cheval aussi bon qu'il est beau,
Et que ces jours passés j'achetai de Gaveau[4].
Je te laisse à penser si sur cette matière
Il voudroit me tromper, lui qui me considère :
Aussi je m'en contente[5]; et jamais, en effet,   525
Il n'a vendu cheval ni meilleur ni mieux fait :
Une tête de barbe[6], avec l'étoile nette;
L'encolure d'un cygne, effilée et bien droite;
Point d'épaules non plus qu'un lièvre; court-jointé[7],
Et qui fait dans son port voir sa vivacité;   530

qui s'appelle *appuyer les chiens*. On les appuie aussi de la trompe, par des tons qu'on ne sonne que quand les chiens chassent le cerf de meute. » (D'Yauville, p. 38o.) L'expression se retrouve au vers 544.

1. « Un cerf chassé débuche, lorsqu'il prend la plaine pour aller d'une forêt ou d'un buisson à un autre. » (D'Yauville, p. 387.)

2. Dans toutes les éditions anciennes, le mot est écrit *juste-au-corps*.

3. La *vieille meute* est le second relais, formé des chiens *devenus sages*, c'est-à-dire qui ont perdu de leur jeunesse et de leur vigueur. (*Note d'Auger*.)

4. Marchand de chevaux célèbre à la cour. (*Note des éditions les plus anciennes*.) — Fameux marchand de chevaux. (*Note de l'édition de* 1734.)

5. Aussi je n'en voudrais autre.

6. De cheval arabe. « *Barbe....* est un cheval de Barbarie qui a une taille menue, et les jambes déchargées. — *Étoile*, en termes de manége, est une marque blanche sur le front d'un cheval. » (*Dictionnaire de Furetière*.)

7. « Le paturon (*doit être*) court, surtout aux chevaux de légère taille. Les paturons trop longs sont foibles; on les appelle long-jointés, et ne résistent pas au travail.... Il y a des barbes...: qui sont excessivement long-jointés.... Ce défaut des chevaux long-jointés est contre la beauté, mais plus essentiel contre la bonté. » (*Le Parfait maréchal,...* par.... de Solleysel, écuyer ordinaire de la grande écurie du Roi..., 1664, p. 13.)

Des pieds, morbleu ! des pieds ! le rein double[1] (à vrai dire,
J'ai trouvé le moyen, moi seul, de le réduire ;
Et sur lui, quoique aux yeux il montrât beau semblant,
Petit-Jean de Gaveau[2] ne montoit qu'en tremblant),
Une croupe en largeur à nulle autre pareille,   535
Et des gigots, Dieu sait ! Bref, c'est une merveille ;
Et j'en ai refusé cent pistoles, crois-moi,
Au retour[3] d'un cheval amené pour le Roi.
Je monte donc dessus, et ma joie étoit pleine
De voir filer de loin les coupeurs[4] dans la plaine ;   540
Je pousse, et je me trouve en un fort[5] à l'écart,
A la queue[6] de nos chiens, moi seul avec Drécar[7].

1. Le rein double est, comme signe de vigueur du cheval, une qualification fréquente chez les anciens. Elle se trouve, sans parler de Varron, de Columelle, etc., chez Xénophon (*Traité de l'équitation*, chapitre I, paragraphe 11) : « L'épine double est la plus belle et la plus commode pour s'asseoir » (traduction de P. L. Courier) ; chez Virgile (*Géorgiques*, livre III, vers 87) :

At duplex agitur per lumbos spina.

M. E. Benoist, qui, dans son édition de *Virgile* (Hachette, 1867), rapproche du vers que nous venons de citer ce passage des *Fâcheux*, explique ainsi cette conformation du cheval : « Vers la croupe l'épine dorsale doit être épaisse et former une sorte de sillon qui divise en deux les reins. » Solleysel, cité à la note précédente, parle aussi (p. 11) des *reins doubles*, de l'*épine double*.

2. Petit-Jean est sans doute un garçon de Gaveau, investi des fonctions de *casse-cou*, mot que rappelle Auger, et que le *Dictionnaire de M. Littré* définit ainsi : « Terme de manège et de maquignon. Homme employé à monter les chevaux jeunes et vicieux. »

3. C'est-à-dire qu'on lui a offert l'échange de son cheval contre un cheval amené pour le Roi, plus cent pistoles (mille francs) de retour.

4. « Un chien coupe lorsque ne pouvant être à la tête des autres, il les quitte et va prendre les grands devants pour trouver son cerf passé ; ces chiens sont toujours pernicieux à la chasse. » (D'Yauville, p. 386.)

5. *Fort.* « Il se dit aussi de l'endroit le plus épais et le plus touffu d'un bois. *S'enfoncer dans le fort du bois. Courir dans le fort.* Et parce que les bêtes se retirent toujours dans l'endroit du bois le plus épais, on appelle le lieu de leur repaire, de leur retraite, leur fort. *Le sanglier est dans son fort. Relancer une bête dans son fort.* » (*Dictionnaire de l'Académie*, 1694.)

6. *Queue* est bien écrit ainsi, sans élision de l'*e* final, dans toutes les éditions anciennes et modernes.

7. Piqueur renommé. (*Note des éditions les plus anciennes.*) — Fameux piqueur. (*Note de l'édition de 1734.*)

Une heure là dedans notre cerf se fait battre.
J'appuie alors mes chiens[1], et fais le diable à quatre;
Enfin jamais chasseur ne se vit plus joyeux.   545
Je le relance[2] seul, et tout alloit des mieux,
Lorsque d'un jeune cerf s'accompagne[3] le nôtre :
Une part de mes chiens se sépare de l'autre,
Et je les vois, Marquis, comme tu peux penser,
Chasser tous avec crainte, et Finaut balancer[4].   550
Il se rabat[5] soudain, dont j'eus l'âme ravie;
Il empaume la voie[6]; et moi, je sonne et crie :
« A Finaut ! à Finaut ! » J'en revois à plaisir[7]
Sur une taupinière, et resonne[8] à loisir.
Quelques chiens revenoient à moi, quand pour disgrâce

1. Voyez au vers 514, note 8.

2. « Lorsque, dans le courant de la chasse, le cerf se met sur le ventre, et que les chiens le font repartir, on dit : *Ce cerf s'est fait relancer*, ou *les chiens l'ont relancé*; en cette circonstance on dit en parlant aux chiens : *y relance, mes amis, y relance, au-coute, au-coute*. » (D'Yauville, p. 407.)

3. « Un cerf s'accompagne lorsqu'il trouve d'autres cerfs ou des biches, et qu'il se fait chasser avec eux; lorsqu'on s'en aperçoit, on dit en parlant aux chiens : *il est accompagné, valets, il y est, il y est*. » (D'Yauville, p. 379.)

4. Ce mot aussi était consacré : « *Balancer*, c'est…. quand un limier ne tient pas la voie juste, ou qu'il va et vient à d'autres voies. » (Salnove, p. 2 et 3 du *Dictionnaire*.) — « Lorsque le cerf est accompagné et que les chiens chassent avec crainte, on dit : *les chiens balancent; les chiens ont balancé en tel endroit*. » (D'Yauville, p. 381.)

5. « C'est lorsqu'un limier ou un chien courant tombe sur les voies d'une bête qui va de temps[a], qu'il s'en rabat, et remontre, et en donne connoissance à celui qui le mène. » (Salnove, p. 27 du *Dictionnaire*.)

6. *Empaumer*, s'emparer de, saisir. « *Empaumer la voie*, en termes de vénerie, signifie suivre la piste, être dans la droite voie d'un gibier. » (*Dictionnaire de Furetière*.)

7. *En revoir* ou *revoir*, c'est « voir sur la terre l'empreinte du pied d'un animal; lorsque le terrain est frais et mollet (*voilà bien la taupinière de Dorante*), il fait beau revoir (« j'en revois à plaisir, » *dit Dorante*), et mauvais revoir lorsqu'il est sec et aride. » (D'Yauville, p. 79.)

8. Ce mot est écrit *ressonne* dans le texte original; *resonne* par les éditions de 1663, 66, 73, 74, 75 A, 82, 84 A, 94 B, 97, 1710; *résonne* par celles de 1718 et de 1733; *raisonne* par celle de 1734; *re-sonne* par celle de 1773.

a « *Aller de bon temps* (d'Yauville dit aussi *aller de temps*, p. 80), c'est à dire qu'il y a peu de temps que la bête est passée. » (Même *Dictionnaire*, p. 2.)

Le jeune cerf, Marquis, à mon campagnard passe.
Mon étourdi se met à sonner comme il faut,
Et crie à pleine voix « tayaut ! tayaut ! tayaut ! »
Mes chiens me quittent tous, et vont à ma pécore ;
J'y pousse, et j'en revois dans le chemin encore ;   560
Mais à terre, mon cher, je n'eus pas jeté l'œil,
Que je connus le change[1] et sentis un grand deuil.
J'ai beau lui faire voir toutes les différences
Des pinces de mon cerf et de ses connoissances[2],
Il me soutient toujours, en chasseur ignorant,   565
Que c'est le cerf de meute[3]; et par ce différend
Il donne temps aux chiens d'aller loin. J'en enrage,
Et pestant de bon cœur contre le personnage,
Je pousse mon cheval et par haut et par bas,
Qui plioit des gaulis[4] aussi gros que les bras :   570
Je ramène[5] les chiens à ma première voie,
Qui vont, en me donnant une excessive joie,
Requerir notre cerf, comme s'ils l'eussent vu.

1. « *Change*, en termes de vénerie, se dit quand des chiens qui poursuivoient un cerf ou quelque gibier, le quittent pour courir après un autre qui se présente devant eux. » (*Dictionnaire de Furetière.*)

2. « On dit..., en termes de chasse, les *pinces* du cerf, du sanglier, pour dire les pointes de leurs ongles. — *Connoissance*, en termes de chasse, signifie les indices, vestiges, pistes qui enseignent là où on peut trouver la bête (à *l'appui est cité ce vers de Molière*).... Et l'on dit qu'un cerf a une *connoissance*, quand il se peut faire distinguer des autres par quelques marques. » (*Dictionnaire de Furetière.*) — Mais il semble qu'il faut plutôt prendre le mot dans le sens plus spécial qu'il a dans le livre d'Yauville (p. 69) : « Quand un cerf a une pince plus longue que l'autre, la plus longue se nomme *connoissance;* quand la connoissance se trouve à la pince droite du pied droit, elle est du dedans en dehors, et si elle est à la pince gauche du même pied, elle est du dehors en dedans. »

3. Le cerf de meute, c'est le premier sur lequel on a lancé la meute, les chiens de meute (voyez ci-dessus, p. 72, note 8). « Les chiens de meute sont les premiers qu'on découple pour attaquer; lorsque ceux-ci prennent un cerf sans relais, on dit : *Ce cerf a été pris de meute à mort.* « (D'Yauville, p. 401.)

4. *Gaulis.* Salnove, dans son *Dictionnaire*, écrit le mot *golys*, et le définit ainsi : « Ce sont bois de dix-huit ou vingt ans, et au-dessus. »

5. Il ramèue. (1666, 73, 74.)

Ils le relancent; mais ce coup est-il prévu?
A te dire le vrai, cher Marquis, il m'assomme :   575
Notre cerf relancé va passer à notre homme.
Qui croyant faire un trait de chasseur fort vanté[1],
D'un pistolet d'arçon qu'il avoit apporté
Lui donne justement au milieu de la tête,
Et de fort loin me crie : « Ah! j'ai mis bas la bête! »
A-t-on jamais parlé de pistolets, bon Dieu !
Pour courre un cerf? Pour moi, venant dessus le lieu,
J'ai trouvé l'action tellement hors d'usage,
Que j'ai donné des deux à mon cheval, de rage,
Et m'en suis revenu chez moi toujours courant,   585
Sans vouloir dire un mot à ce sot ignorant.

ÉRASTE.

Tu ne pouvois mieux faire, et ta prudence est rare ;
C'est ainsi des Fâcheux qu'il faut qu'on se sépare.
Adieu.

DORANTE.

Quand tu voudras, nous irons quelque part,
Où nous ne craindrons point de chasseur campaguard.

ÉRASTE[2].

Fort bien. Je crois qu'enfin je perdrai patience.
Cherchons à m'excuser avecque diligence.

FIN DU DEUXIÈME ACTE[3].

1.   Qui croyant faire un coup de chasseur fort vanté. (1734.)
2.   ÉRASTE.
          (Seul.)
     Fort bien. Je crois qu'enfin je perdrai patience. (1734.)
3. FIN DU SECOND ACTE. (1674, 82, 1733, 1734.)

BALLET DU SECOND ACTE.

PREMIÈRE ENTRÉE.

Des joueurs de boule l'arrêtent pour mesurer un coup dont ils sont en
dispute [1]. Il se défait d'eux avec peine, et leur laisse danser un pas composé
de toutes les postures qui sont ordinaires à ce jeu.

DEUXIÈME ENTRÉE.

De petits frondeurs les viennent interrompre [2], qui sont chassés ensuite

TROISIÈME ENTRÉE

par des savetiers et des savetières, leurs pères [3], et autres, qui sont aussi chassés
à leur tour [4]

QUATRIEME ENTRÉE

par un jardinier qui danse seul, et se retire [5] pour faire place au troisième
acte.

1. *Des joueurs de boule arrêtent Éraste pour mesurer un coup sur lequel ils
sont en dispute.* (1734.)

2. *Le viennent interrompre.* (1674, 82, 1734.)

3. *Leurs pères,* se rapportant à la fois au masculin et au féminin : *des savetiers et des savetières,* pourrait faire supposer, ainsi que d'autres détails de ces
programmes de ballet, que Molière était étranger à leur rédaction, et n'a fait
que les reproduire tels que les lui avait fournis sans doute « le maître baladin ». Ici peut-être le premier imprimeur aurait-il dû lire : *leurs pères et
mères.*

4. *Des savetiers et des savetières, leurs pères, et autres, sont aussi chassés
à leur tour.* (1734.)

5. *Un jardinier danse seul, et se retire....* (1734.)

ACTE III.

SCÈNE PREMIÈRE.

ÉRASTE, LA MONTAGNE.

ÉRASTE.

Il est vrai, d'un côté, mes soins ont réussi,
Cet adorable objet enfin s'est adouci;
Mais, d'un autre, on m'accable, et les astres sévères 595
Ont contre mon amour redoublé leurs colères.
Oui, Damis, son tuteur, mon plus rude Fâcheux,
Tout de nouveau s'oppose aux plus doux de mes vœux,
A son aimable nièce a défendu ma vue,
Et veut d'un autre époux la voir demain pourvue. 600
Orphise toutefois, malgré son désaveu[1],
Daigne accorder ce soir une grâce à mon feu;
Et j'ai fait consentir l'esprit de cette belle
A souffrir qu'en secret je la visse chez elle.
L'amour aime surtout les secrètes faveurs; 605
Dans l'obstacle qu'on force il trouve des douceurs;
Et le moindre entretien de la beauté qu'on aime,
Lorsqu'il est défendu, devient grâce suprême.
Je vais au rendez-vous : c'en est l'heure à peu près;
Puis je veux m'y trouver plutôt avant qu'après. 610

LA MONTAGNE.

Suivrai-je vos pas?

1. Malgré le désaveu de Damis.

ÉRASTE.

Non : je craindrois que peut-être
A quelques yeux suspects tu me fisses connoître.

LA MONTAGNE.

Mais....

ÉRASTE.

Je ne le veux pas.

LA MONTAGNE.

Je dois suivre vos lois;
Mais au moins si de loin[1]....

ÉRASTE.

Te tairas-tu, vingt fois[2] ?
Et ne veux-tu jamais quitter cette méthode   615
De te rendre à toute heure un valet incommode?

SCÈNE II.

CARITIDÈS, ÉRASTE.

CARITIDÈS.

Monsieur, le temps répugne à l'honneur de vous voir[3] :

---

1.   Mais au moins de si loin.... (1682, 1734.)
— L'édition de 1773 a le texte de l'édition originale.
    2. Pour la vingtième fois que je te le répète.
    3. Le mot *vous* manque dans l'édition originale. — Ce tour de basse
latinité, *répugner à*, souvent employé dans le langage de la scolastique,
suffit pour annoncer le pédant, et en même temps le ton cérémonieux de
ce début marque le solliciteur obséquieux. — On peut se demander ici
quelle est l'heure qui « répugne » à l'entrevue de Caritidès et d'Éraste. Dès
le commencement de la pièce, Éraste nous a dit qu'il a été à la comédie;
on est donc dans la soirée; dans la première scène du second acte, il dit :
« Le soleil baisse fort. » On pourrait penser que la première fois que cette comédie fut jouée à Vaux, *sous une feuillée*, dit Loret (20 août 1661), au
milieu du mois d'août, et, à ce qu'il semble par son récit, un peu avant la
nuit[a], l'heure indiquée par Éraste était celle où la représentation avait lieu :

    a Loret dit qu'après la pièce la cour alla voir le feu d'artifice.

Le matin est plus propre à rendre un tel devoir;
Mais de vous rencontrer il n'est pas bien facile,
Car vous dormez toujours, ou vous êtes en ville :   620
Au moins, Messieurs vos gens me l'assurent ainsi;
Et j'ai, pour vous trouver, pris l'heure que voici.
Encore est-ce un grand heur dont le destin m'honore,
Car deux moments plus tard, je vous manquois encore.

                    ÉRASTE.

Monsieur, souhaitez-vous quelque chose de moi ?   625

                    CARITIDÈS.

Je m'acquitte, Monsieur, de ce que je vous doi,
Et vous viens.... Excusez l'audace qui m'inspire
Si....

                    ÉRASTE.

          Sans tant de façons, qu'avez-vous à me dire ?

                    CARITIDÈS.

Comme le rang, l'esprit, la générosité,
Que chacun vante en vous....

                    ÉRASTE.

                    Oui, je suis fort vanté. 630
Passons, Monsieur.

                    CARITIDÈS.

                    Monsieur, c'est une peine extrême
Lorsqu'il faut à quelqu'un se produire soi-même;
Et toujours près des grands on doit être introduit
Par des gens qui de nous fassent un peu de bruit,

il eût été assez naturel que la pièce étant donnée en plein air, l'heure fictive
et l'heure réelle fussent absolument les mêmes; l'illusion y auroit gagné. Cependant nous devons dire que le récit fait par la Fontaine ne s'accorde pas
bien avec cette supposition :

          De feuillages touffus la scène étoit parée,
                    Et de cent flambeaux éclairée :
          Le ciel en fut jaloux. Enfin figure-toi
                    Que lorsqu'on eut tiré les toiles,
          Tout combattit à Vaux pour le plaisir du Roi :
          La musique, les eaux, les lustres, les étoiles.

Dont la bouche écoutée avecque poids débite   635
Ce qui peut faire voir notre petit mérite.
Enfin j'aurois voulu[1] que des gens bien instruits
Vous eussent pu, Monsieur, dire ce que je suis.

ÉRASTE.

Je vois assez, Monsieur, ce que vous pouvez être,
Et votre seul abord le peut faire connoître.   640

CARITIDÈS.

Oui, je suis un savant charmé de vos vertus,
Non pas de ces savants dont le nom n'est qu'en *us* :
Il n'est rien si commun qu'un nom à la latine ;
Ceux qu'on habille en grec ont bien meilleure mine ;
Et pour en avoir un qui se termine en *es*,   645
Je me fais appeler Monsieur Caritidès[2].

ÉRASTE.

Monsieur Caritidès soit. Qu'avez-vous à dire ?

CARITIDÈS.

C'est un placet, Monsieur, que je voudrois vous lire,
Et que, dans la posture où vous met votre emploi,
J'ose vous conjurer de présenter au Roi.   650

ÉRASTE.

Hé ! Monsieur, vous pouvez le présenter vous-même.

CARITIDÈS.

Il est vrai que le Roi fait cette grâce extrême ;
Mais par ce même excès de ses rares bontés,
Tant de méchants placets, Monsieur, sont présentés,
Qu'ils étouffent les bons ; et l'espoir où je fonde[3],   655
Est qu'on donne le mien quand le Prince est sans monde.

ÉRASTE.

Eh bien ! vous le pouvez, et prendre votre temps.

---

1.   Pour moi, j'aurois voulu. (1682, 1734.)
2.   Voyez ci-dessus, p. 34, note 3.
3.   L'espoir sur lequel je compte. *Fonder*, absolument, au sens de *faire fond*, *compter* (*sur*).

CARITIDÈS.

Ah ! Monsieur, les huissiers sont de terribles gens !
Ils traitent les savants de faquins à nasardes,
Et je n'en puis venir qu'à la salle des gardes.　　　660
Les mauvais traitements qu'il me faut endurer[1]
Pour jamais de la cour me feroient retirer,
Si je n'avois conçu l'espérance certaine
Qu'auprès de notre roi vous serez mon Mécène.
Oui, votre crédit m'est un moyen assuré....　　　665

ÉRASTE.

Eh bien ! donnez-moi donc : je le présenterai.

CARITIDÈS.

Le voici ; mais au moins oyez-en la lecture.

ÉRASTE.

Non....

CARITIDÈS.

C'est pour être instruit[2] : Monsieur, je vous conjure.

AU ROI[3].

« SIRE,

« Votre très-humble, très-obéissant, très-fidèle et
très-savant sujet et serviteur, Caritidès, François de
nation, Grec de profession, ayant considéré les grands
et notables abus qui se commettent aux inscriptions
des enseignes des maisons, boutiques, cabarets, jeux
de boule, et autres lieux de votre bonne ville de Paris,
en ce que certains ignorants compositeurs desdites inscriptions renversent, par une barbare, pernicieuse et

1. Des guillemets marquent dans l'édition de 1682 que les vers 661-664
et 673-676 étaient supprimés à la représentation.
2. Dans les éditions de 1674, 82, 97, 1710 : *C'est pour en être instruit*, ce
qui fait un vers de treize syllabes.
3. PLACET AU ROI. (1682, 1734.)

détestable orthographe, toute sorte de sens et raison[1],
sans aucun égard d'étymologie, analogie, énergie, ni
allégorie quelconque, au grand scandale de la répu-
blique des lettres, et de la nation françoise, qui se dé-
crie et déshonore par lesdits abus et fautes grossières
envers les étrangers, et notamment envers les Allemands[2], curieux lecteurs et inspectateurs[3] desdites inscriptions,... »

ÉRASTE.

Ce placet est fort long, et pourroit bien fâcher....

CARITIDÈS.

Ah! Monsieur, pas un mot ne s'en peut retrancher. 670

ÉRASTE.

Achevez promptement[4].

(Caritidès continue[5].)

«.... supplie humblement Votre Majesté de créer, pour
le bien de son État et la gloire de son empire, une
charge de contrôleur, intendant, correcteur, réviseur,
et restaurateur[6] général desdites inscriptions, et d'icelle

1. De sens et de raison. (1682, 1734.)

2. Envers les étrangers, notamment envers les Allemands. (1734.)

3. Et spectateurs. (1682, 1734.) — La leçon *inspectateurs*, que l'édition de
1682 a mal à propos remplacée par *spectateurs*, convient mieux, par ce que
le mot a d'insolite[a] et d'emphatique, au pédantisme de Caritidès; de plus,
Auger trouve qu'il indique une sorte d'attention volontaire, d'observation critique qui n'est pas dans le terme de *spectateur*.

4. Les éditions de 1682 et de 1734 suppriment ces deux mots de prose
ou, si l'on veut, cette moitié de vers.

5. *Il continue le placet.* (1682.) — *Il continue.* (1734.)

6. Dans l'édition originale, *restorateur.* — La demande de Caritidès est
extrêmement ridicule par la forme; mais on ne peut nier qu'elle ne soit raisonnable au fond, et notre nouvelle police en a jugé ainsi, puisqu'elle a chargé
un de ses bureaux de surveiller l'orthographe des inscriptions que l'on place
en dehors des boutiques. Un des motifs de cette mesure a été sans doute d'empêcher que nous n'eussions à rougir aux yeux des étrangers, *Allemands* ou
autres, et ce motif, c'est Caritidès lui-même qui l'a fourni. (*Note d'Auger.*)
— Nous ne savons pas si c'est bien à Caritidès que nous en sommes redeva-
bles; mais la demande n'est pas seulement *ridicule par la forme*, comme le dit

[a] Les dictionnaires latins donnent un seul exemple d'*inspectator*; encore
est-il douteux.

honorer le suppliant, tant en considération de son rare
et éminent savoir, que des grands et signalés services
qu'il a rendus à l'État et à Votre Majesté en faisant
l'anagramme de Votredite [1] Majesté en françois, latin,
grec, hébreu, syriaque, chaldéen, arabe.... »

ÉRASTE, l'interrompant.

Fort bien. Donnez-le vite, et faites la retraite :
Il sera vu du Roi; c'est une affaire faite.

CARITIDÈS.

Hélas! Monsieur, c'est tout que montrer mon placet.
Si le Roi le peut voir, je suis sûr de mon fait;
Car comme sa justice en toute chose est grande,   675
Il ne pourra jamais refuser ma demande.
Au reste, pour porter au ciel votre renom,
Donnez-moi par écrit votre nom et surnom;
J'en veux faire [2] un poëme en forme d'acrostiche
Dans les deux bouts du vers [3] et dans chaque hémistiche [4].

ÉRASTE.

Oui, vous l'aurez demain, Monsieur Caritidès [5].
Ma foi, de tels savants sont des ânes bien faits.
J'aurois dans d'autres temps [6] bien ri de sa sottise....

Auger, elle l'est surtout parce qu'elle aboutit à la création d'une charge nouvelle, dont il prie le Roi « d'honorer le suppliant ». Il est évident d'ailleurs
que cette surveillance, utile en effet, gagnerait à être exercée par un autre que
par Caritidès.

1. Les anciennes éditions réunissent ainsi les deux mots en un composé,
comme on fait ledit, ladite; ou elles les joignent par un trait d'union.

2. Je veux faire. (1673, 74.)

3. Dans les deux bouts un vers. (1682, 97, 1710.)

4. C'est-à-dire que les lettres qui composent le nom et le surnom d'Éraste,
disposées perpendiculairement, reviendront l'une après l'autre successivement,
trois fois dans un vers, et en formeront la première et la dernière lettre, plus
la première lettre du second hémistiche. Il faudrait en conclure, ou que cet
acrostiche ne serait pas en français, ou que les vers seraient des vers blancs;
car la rime serait impossible. Peut-être faut-il entendre que la dernière syllabe de chaque vers commencerait par une des lettres : ce qui serait encore un
beau tour de force.

5. Ce vers est suivi de l'indication seul dans l'édition de 1734.

6. Dans d'autre temps, au singulier, dans la seule édition de 1734.

SCÈNE III.

ORMIN, ÉRASTE.

ORMIN.

Bien qu'une grande affaire en ce lieu me conduise,
J'ai voulu qu'il sortît avant que vous parler.   685

ÉRASTE.

Fort bien; mais dépêchons, car je veux m'en aller.

ORMIN.

Je me doute à peu près que l'homme qui vous quitte
Vous a fort ennuyé, Monsieur, par sa visite :
C'est un vieux importun, qui n'a pas l'esprit sain,
Et pour qui j'ai toujours quelque défaite en main.   690
Au Mail[1], à Luxembourg[2] et dans les Tuileries,

---

1. Le Mail était établi à l'extrémité orientale de l'Arsenal, sur un bastion.
Voici ce qu'en dit Claude le Petit, auteur de l'opuscule intitulé *la Chronique
scandaleuse* ou *Paris ridicule*, qui paraît avoir été écrit vers 1656 :

> Mais quel caprice nous transporte
> À la campagne sans besoin ?
> Nous allons chercher Dieu bien loin,
> Et nous l'avons à notre porte.
> Ce promenoir qui sort de jeu
> Attend qu'on le caresse un peu ;
> On dit qu'il n'en est pas indigne,
> Et que, d'arbres tout revêtu,
> Il seroit droit comme une ligne
> S'il étoit un peu moins tortu....
> Est-il quelqu'un qui ne le prît
> Pour un petit bois de futaye ?...

(*Paris ridicule et burlesque au dix-septième siècle*, recueil publié par P. L.
Jacob bibliophile, Paris, Delahays, 1859, p. 71 et 72.)

2. Dans le jardin du Luxembourg. On disait alors *Luxembourg*, sans article : « à Luxembourg, de Luxembourg; » voyez au tome II de cette édition,
p. 104, note 4; au tome II, p. 180, des *Lettres de Mme de Sévigné*; au
tome III des *Mémoires de Retz*, p. 44; et encore aux tomes I, p. 40; IV,
p. 96, etc. de ceux de *Saint-Simon* (édition de 1873). Quelques-uns cependant disaient déjà *le Luxembourg* : « Depuis la porte Saint-Denis jusques au
Luxembourg. » (*Nouvelles nouvelles*, 1663, 3e partie, p. 170.) — Au Mail, au
Luxembourg. (1675 A, 1718, 33, 34.)

Il fatigue le monde avec ses rêveries;
Et des gens comme vous doivent fuir l'entretien
De tous ces savantas qui ne sont bons à rien [1].
Pour moi, je ne crains pas que je vous importune,   695
Puisque je viens, Monsieur, faire votre fortune.

ÉRASTE [2].

Voici quelque souffleur [3], de ces gens qui n'ont rien,
Et vous viennent toujours [4] promettre tant de bien.
Vous avez fait, Monsieur, cette bénite pierre [5]
Qui peut seule enrichir tous les rois de la terre?   700

ORMIN.

La plaisante pensée, hélas! où vous voilà!
Dieu me garde, Monsieur, d'être de ces fous-là!

---

1. Ce vers n'a que onze syllabes dans l'édition originale :

> De tous ces savants, qui ne sont bons à rien.

Pour combler cette lacune, les éditions de 1666, 73, 74, 75 A, 84 A, 94 B, 1718 ont ajouté *là* après *savants;* celles de 1682, 97, 1710, 33, 34, de *savants* ont fait *savantas*, mot que l'Académie (1694) traduit ainsi : « un homme qui a un savoir confus, et qui affecte de paroître docte. »

2. L'édition de 1734 ajoute ici : *bas, à part;* et après le vers 698 : *haut.*

3. Quelque alchimiste.

> Charlatans, faiseurs d'horoscope,...
> Emmenez avec vous les souffleurs tout d'un temps :
> Vous ne méritez pas plus de foi que ces gens.
>   (La Fontaine, *fable* XIII du livre II.)

Saint-Simon (tome VI, p. 183) emploie au même sens *souffler* et *soufflerie.* Ce qui est à peine croyable, c'est que, près d'un demi-siècle après le temps où Molière donnait *les Fâcheux*, les *souffleurs* trouvaient encore quelque crédit. Pierre Narbonne, commissaire de police de Versailles, raconte, à la date de 1708, qu'un fou de cette espèce vient proposer à Boudin, premier médecin du Roi, de *faire de l'or :* dans la détresse où étaient alors les finances, cette proposition ne parut pas à mépriser. Boudin le croit et en parle au Roi. Le Roi, Chamillart, les ministres, tout le monde en dispute. On fournit à l'alchimiste de quoi faire son or; il ne peut réussir : on l'enferme. Voyez le *Journal des règnes de Louis XIV et Louis XV, de l'année* 1701 *à l'année* 1744, par Pierre Narbonne, premier commissaire de police de la ville de Versailles, recueilli et édité par M. J.-A. Le Roi, 1866, p. 4 et 5. Il y a dans les *Annales* de Tacite (livre XVI, chapitres I-III) une histoire absolument semblable.

4.   Et nous viennent toujours. (1682, 97, 1710, 33, 34.)

5. La pierre philosophale.

Je ne me repais point de visions frivoles,
Et je vous porte ici les solides paroles
D'un avis que pour vous je veux donner au Roi[1],   705
Et que tout cacheté je conserve sur moi :
Non de ces sots projets, de ces chimères vaines,
Dont les surintendants ont les oreilles pleines;
Non de ces gueux d'avis, dont les prétentions
Ne parlent que de vingt ou trente millions[2];   710
Mais un qui, tous les ans, à si peu qu'on le monte,
En peut donner au Roi quatre cents de bon conte[3],
Avec facilité, sans risque, ni soupçon,
Et sans fouler le peuple en aucune façon :
Enfin c'est un avis d'un gain inconcevable,   715
Et que du premier mot on trouvera faisable.
Oui, pourvu que par vous je puisse être poussé....
                    ÉRASTE.
Soit, nous en parlerons. Je suis un peu pressé.
                    ORMIN.
Si vous me promettiez de garder le silence,
Je vous découvrirois cet avis d'importance.   720
                    ÉRASTE.
Non, non, je ne veux point savoir votre secret.
                    ORMIN.
Monsieur, pour le trahir, je vous crois trop discret,
Et veux, avec franchise, en deux mots vous l'apprendre.
Il faut voir si quelqu'un ne peut point nous entendre[4].
Cet avis merveilleux, dont je suis l'inventeur,   725
Est que....

1.   D'un avis que par vous je veux donner au Roi.
                    (1675 A, 82, 84 A, 94 B, 1734.)
2.   Ne parlent que de vingt ou de trente millions. (1673, 74.)
3. L'orthographe de l'édition originale est *conte;* le texte de 1682 est le premier qui donne *compte.*
4. *A l'oreille d'Éraste.* (1682.) — *Après avoir regardé si personne ne l'écoute, il s'approche de l'oreille d'Éraste.* (1734.)

ÉRASTE.

D'un peu plus loin, et pour cause, Monsieur[1].

ORMIN.

Vous voyez le grand gain, sans qu'il faille le dire,
Que de ces ports de mer[2] le Roi tous les ans tire.
Or l'avis, dont encor nul ne s'est avisé,
Est qu'il faut de la France, et c'est un coup aisé,   730
En fameux ports de mer mettre toutes les côtes.
Ce seroit pour monter à des sommes très-hautes[3],
Et si....

ÉRASTE.

L'avis est bon, et plaira fort au Roi.
Adieu : nous nous verrons.

ORMIN.

Au moins, appuyez-moi
Pour en avoir ouvert les premières paroles.   735

ÉRASTE.

Oui, oui.

---

1. C'est sans doute que, comme le pédant de Regnier (*satire x*, vers 220),
.... Il fleuroit bien plus fort, mais non pas mieux que roses.

2.   Que de ses ports de mer. (1733, 34.)

3. « L'homme à projets..., dit Petitot dans un passage de ses *Réflexions* sur *les Fâcheux*[a] reproduit par Aimé-Martin, a des rapports marqués avec un personnage de Cervantès qui a aussi la manie des projets. Tous deux annoncent qu'ils ne sont pas des charlatans, et qu'ils s'occupent de choses sérieuses et importantes.... Celui de Cervantès.... est à l'hôpital : « Pour moi, dit-il, « je n'aime point les travaux qui ne nourrissent point leurs maîtres. Je m'oc-« cupe, Messieurs, d'économie politique.... J'ai dans ce moment un mémoire ... « qui me semble propre à acquitter en peu de temps toutes les dettes de l'É-« tat.... Il consiste à proposer que tous les sujets de Sa Majesté, depuis l'âge « de quatorze ans jusqu'à soixante, soient obligés de jeûner une fois par mois « au pain et à l'eau, et que ce qu'ils dépenseraient.... soit versé dans les caisses « royales.... Par cet impôt.... l'État au bout de vingt ans serait déchargé de « toutes ses dettes.... Les Espagnols ainsi imposés.... auraient le double avan-« tage de plaire à Dieu et de servir le Roi....[b] »

[a] Tome II, 1829, p. 250 et suivantes.
[b] Voyez tout le passage dans les *Nouvelles* de Cervantès, au *Dialogue entre Scipion et Berganza, chiens de l'hôpital de la Résurrection*, p. 469 et 470 de la traduction, plus fidèle, de M. L. Viardot. Molière avait sans doute, comme beaucoup de ses contemporains, lu ce dialogue dans l'original; d'Audiguier d'ailleurs l'avait traduit avec d'autres Nouvelles en 1614 (à la suite de celles qu'a traduites Rosset).

ORMIN.

Si vous vouliez me prêter deux pistoles,
Que vous reprendriez sur le droit de l'avis[1],
Monsieur....

ÉRASTE.

Oui, volontiers. Plût à Dieu qu'à ce prix[2]
De tous les importuns je pusse me voir quitte[3]!
Voyez quel contre-temps prend ici leur visite !   740
Je pense qu'à la fin je pourrai bien sortir.
Viendra-t-il point quelqu'un encor me divertir[4]?

SCENE IV.

FILINTE, ÉRASTE.

FILINTE.

Marquis, je viens d'apprendre une étrange nouvelle.

ÉRASTE.

Quoi?

1. Ce trait d'un personnage qui a un secret pour gagner quatre cents millions, et qui, en attendant, demande à emprunter deux pistoles, en avance sur le droit de l'avis, c'est-à-dire sur la récompense que lui vaudra son invention, a été imité par Regnard, dans *le Joueur*, comme le remarque Auger. M. Toutabas, maître de trictrac, après avoir proposé à Géronte de lui apprendre son art,

> ....Un métier qui, par de sûrs secrets,
> En le divertissant, l'enrichisse à jamais,

termine en disant :

> .... Vous plairoit-il de m'avancer le mois?
>   (Acte I, scène x.)

2.   ÉRASTE.
                    (*Il donne deux louis à Ormin.*)
                         (*Seul.*)
    Oui, volontiers. Plût à Dieu qu'à ce prix. (1734.)

3.   De tous les importuns je puisse me voir quitte! (1663, 66, 73, 74.)
4. Voyez ci-dessus, au vers 303.

FILINTE.

Qu'un homme tantôt t'a fait une querelle.

ÉRASTE.

A moi?

FILINTE.

Que te sert-il de le dissimuler ?   745

Je sais de bonne part qu'on t'a fait appeler;

Et comme ton ami, quoi qu'il en réussisse[1],

Je te viens contre tous faire offre de service.

ÉRASTE.

Je te suis obligé ; mais crois que tu me fais....

FILINTE.

Tu ne l'avoueras pas; mais tu sors sans valets.   750

Demeure dans la ville, ou gagne la campagne,

Tu n'iras nulle part que je ne t'accompagne.

ÉRASTE[2].

Ah! j'enrage !

FILINTE.

A quoi bon de te cacher de moi[3]?

ÉRASTE.

Je te jure, Marquis, qu'on s'est moqué de toi.

FILINTE.

En vain tu t'en défends.

ÉRASTE.

Que le Ciel me foudroie,   755

Si d'aucun démêlé...!

FILINTE.

Tu penses qu'on te croie?

1. Quelle que soit l'issue de l'affaire, quelles qu'en puissent être les consé-
quences.

2. ÉRASTE, *à part.* (1734.)

3. L'usage veut *à quoi bon te cacher de moi?* La particule *de* ne serait nécessaire que si le verbe sous-entendu étoit exprimé : *à quoi est-il bon, à quoi
sert-il de te cacher de moi?* (*Note d'Auger.*) — Pour que le *de* ne choque
point, il suffit de suppléer mentalement l'ellipse.

ÉRASTE.

Eh ! mon Dieu, je te dis, et ne déguise point,
Que....

FILINTE.

Ne me crois pas dupe, et crédule à ce point.

ÉRASTE.

Veux-tu m'obliger?

FILINTE.

Non.

ÉRASTE.

Laisse-moi, je te prie.

FILINTE.

Point d'affaire, Marquis.

ÉRASTE.

Une galanterie   760
En certain lieu ce soir....

FILINTE.

Je ne te quitte pas;
En quel lieu que ce soit, je veux suivre tes pas.

ÉRASTE.

Parbleu ! puisque tu veux que j'aie une querelle,
Je consens à l'avoir pour contenter ton zèle :
Ce sera contre toi, qui me fais enrager,   765
Et dont je ne me puis par douceur dégager.

FILINTE.

C'est fort mal d'un ami recevoir le service ;
Mais puisque je vous rends un si mauvais office,
Adieu : vuidez sans moi tout ce que vous aurez.

ÉRASTE.

Vous serez mon ami quand vous me quitterez [1].   770
Mais voyez quels malheurs suivent ma destinée !
Ils m'auront fait passer l'heure qu'on m'a donnée.

---

1. Il y a : *Seul*, après ce vers, dans l'édition de 1734.

SCÈNE V.

DAMIS, L'ESPINE, ÉRASTE, LA RIVIÈRE[1].

DAMIS[2].

Quoi? malgré moi le traître espère l'obtenir ?
Ah ! mon juste courroux le saura prévenir.

ÉRASTE[3].

J'entrevois là quelqu'un sur la porte d'Orphise.   775
Quoi? toujours quelque obstacle aux feux qu'elle autorise !

DAMIS[4].

Oui, j'ai su que ma nièce, en dépit de mes soins,
Doit voir ce soir chez elle Éraste sans témoins.

LA RIVIÈRE[5].

Qu'entends-je à ces gens-là dire de notre maître ?
Approchons doucement, sans nous faire connoître.   780

DAMIS[6].

Mais avant qu'il ait lieu d'achever son dessein,
Il faut de mille coups percer son traître sein.
Va-t'en faire venir ceux que je viens de dire,
Pour les mettre en embûche aux lieux que je desire,
Afin qu'au nom d'Éraste on soit prêt à venger   785
Mon honneur, que ses feux ont l'orgueil d'outrager,
A rompre un rendez-vous qui dans ce lieu l'appelle,
Et noyer dans son sang sa flamme criminelle.

---

1. Les deux séries d'éditions de 1682 et de 1734 ajoutent : ET SES COMPA-
GNONS.
2. DAMIS, à l'Épine. (1734.) — DAMIS, à part. (1773.)
3. ÉRASTE, à part. (1734.)
4. DAMIS, à l'Épine. (1734.)
5. Dans la série de 1682 comme dans celle de 1734 : LA RIVIÈRE, à ses com
pagnons.
6. DAMIS, à l'Épine. (1734.)

LA RIVIÈRE, l'attaquant avec ses compagnons [1].

Avant qu'à tes fureurs on puisse l'immoler,
Traître, tu trouveras en nous à qui parler.   790

ÉRASTE, mettant l'épée à la main [2].

Bien qu'il m'ait voulu perdre, un point d'honneur me presse
De secourir ici l'oncle de ma maîtresse.
Je suis à vous, Monsieur.

DAMIS, après leur fuite.

                        O Ciel ! par quel secours
D'un trépas assuré vois-je sauver mes jours ?
A qui suis-je obligé d'un si rare service ?   795

ÉRASTE [3].

Je n'ai fait, vous servant, qu'un acte de justice.

DAMIS.

Ciel ! puis-je à mon oreille ajouter quelque foi ?
Est-ce la main d'Éraste... ?

ÉRASTE.

                        Oui, oui, Monsieur, c'est moi,
Trop heureux que ma main vous ait tiré de peine,
Trop malheureux d'avoir mérité votre haine.   800

DAMIS.

Quoi ? celui dont j'avois résolu le trépas
Est celui qui pour moi vient d'employer son bras ?
Ah ! c'en est trop : mon cœur est contraint de se rendre ;
Et quoi que votre amour ce soir ait pu prétendre,
Ce trait si surprenant de générosité [4]   805
Doit étouffer en moi toute animosité.

1. LA RIVIÈRE, *attaquant Damis avec ses compagnons.* (1734.)
2. Ce jeu de scène est indiqué autrement dans l'édition de 1734, qui supprime ici : *mettant l'épée à la main,* pour ajouter : *à Damis,* avant le premier hémistiche du vers 793 ; puis, après cet hémistiche, elle ajoute encore : *Il met l'épée à la main contre la Rivière et ses compagnons, qu'il met en fuite.* Les mots *après leur fuite,* qui accompagnent ensuite le nom de Damis dans les éditions anciennes, sont conséquemment supprimés par l'édition de 1734.
3. ÉRASTE, *revenant.* (1682, 1734.)
4.   Ce trait si prévenant de générosité. (1663, 66, 73, 74.)

Je rougis de ma faute, et blâme mon caprice.
Ma haine trop longtemps vous a fait injustice;
Et pour la condamner par un éclat fameux,
Je vous joins dès ce soir à l'objet de vos vœux.   810

SCÈNE VI.

ORPHISE, DAMIS, ÉRASTE, Suite[1].

ORPHISE, venant avec un flambeau d'argent à la main[2].
Monsieur, quelle aventure a d'un trouble effroyable...[3]?
DAMIS.
Ma nièce, elle n'a rien que de très-agréable,
Puisque après tant de vœux que j'ai blâmés en vous,·
C'est elle qui vous donne Éraste pour époux.
Son bras a repoussé le trépas que j'évite,   815
Et je veux envers lui que votre main m'acquitte.
ORPHISE.
Si c'est pour lui payer ce que vous lui devez,
J'y consens, devant tout aux jours qu'il a sauvés.
ÉRASTE.
Mon cœur est si surpris d'une telle merveille,
Qu'en ce ravissement je doute si je veille.   820
DAMIS.
Célébrons l'heureux sort dont vous allez jouir,
Et que nos violons viennent nous réjouir.
(Comme les violons veulent jouer, on frappe fort à la porte[4].)
ÉRASTE.
Qui frappe là si fort ?

1. Le mot SUITE n'est pas dans l'édition de 1734.
2. ORPHISE, sortant de chez elle avec un flambeau. (1734.)
3.   A d'un ton effroyable...? (1666, 73, 74.)
4. Comme les violons veulent jouer, on frappe à la porte. (1666, 73, 74, 82.) — On frappe à la porte de Damis. (1734.)

L'ESPINE.

Monsieur, ce sont des masques [1],
Qui portent des crincrins [2] et des tambours de Basques.
(Les masques entrent, qui occupent toute la place.)

ÉRASTE.

Quoi? toujours des Fâcheux! Holà! suisses, ici !   825
Qu'on me fasse sortir ces gredins que voici.

BALLET DU TROISIÈME ACTE.

PREMIÈRE ENTRÉE.

Des suisses avec des hallebardes chassent tous les masques fâcheux, et se
retirent ensuite pour laisser danser à leur aise [3]

DERNIÈRE ENTRÉE

quatre bergers, et une bergère qui, au sentiment de tous ceux qui l'ont vue,
ferme [4] le divertissement d'assez bonne grâce [5].

1.   Qui frappe là si fort?

SCÈNE DERNIÈRE.

DAMIS, ORPHISE, ÉRASTE, L'ÉPINE.

L'ÉPINE.
Monsieur, ce sont des masques. (1734.)

2. Ce mot n'est ni dans le *Dictionnaire de Richelet* (1680), où sont cependant
recueillis bon nombre de mots analogues, ni dans celui *de Furetière* (1690),
ni dans celui *de l'Académie* (1694). Faut-il croire qu'il s'agit ici, non de
violons, mais d'une sorte de jouet bruyant, qu'on fait tourner autour d'un bâton pour imiter la voix de la grenouille, et que Castil-Blaze [a] décrit comme
étant le crincrin véritable? Castil-Blaze n'indique pas le pays où il a vu de
ces crincrins, ou le livre qui a pu en faire mention; mais c'était bien un in-
strument à faire *porter* à ces masques *fâcheux*.

3. L'édition de 1734 a supprimé les mots *à leur aise*.

4. *Ferment*, au pluriel, dans les éditions de 1673, 74, 82. Voyez la note
suivante.

5. *Quatre bergers et une bergère ferment le divertissement*. (1734.)

[a] *Molière musicien*, tome I, p. 153.

FIN DES FÂCHEUX.

APPENDICE AUX *FÂCHEUX*.

___

LETTRE DE LA FONTAINE[1]
A MAUCROIX[2].

Relation d'une fête donnée à Vaux.

(Voyez ci-dessus, la *Notice*, p. 3-5.)

Si tu[3] n'as pas reçu réponse à la lettre que tu m'as écrite, ce n'est pas ma faute ; je t'en dirai une autre fois la raison, et je ne t'entretiendrai, pour ce coup-ci[4], que de ce qui regarde Monsieur le Surintendant : non que je m'engage à t'envoyer des relations de tout ce qui lui arrivera de remarquable ; l'entreprise seroit trop grande, et en ce cas-là je le supplierois très-humblement de se donner quelquefois la peine de faire des choses qui ne méritassent point que l'on en parlât, afin que j'eusse le loisir de me reposer. Mais je crois[5] qu'il y seroit aussi empêché que je le suis à présent[6]. On diroit que la Renommée n'est faite que pour lui seul, tant il lui donne d'affaires tout à la fois. Bien en prend à cette déesse de ce qu'elle est née avec cent bouches ; encore n'en a-t-elle pas la moitié de ce qu'il faudroit pour célébrer dignement un si grand héros ; et je crois que quand elle en auroit mille, il trouveroit de quoi les occuper toutes. Je ne te conterai donc que ce qui s'est passé à Vaux le 17 de ce mois.

___

1. Nous donnons le texte de cette lettre d'après l'édition des *OEuvres diverses de la Fontaine*, de 1729, où elle a paru pour la première fois. Nous empruntons au tome VI du *la Fontaine* de Walckenaer (1827) et mettons en note les variantes qu'offre la copie contenue dans les portefeuilles de Tallemant des Réaux.

2. Le Surintendant l'avoit envoyé à Rome, comme ami de Pellisson. (*Note de la copie des Réaux.*) — Il était chargé d'une mission diplomatique.

3. Il y a *vous* partout dans la copie, faite pour des Réaux, que Walckenaer a eue entre les mains.

4. VARIANTE. Pour aujourd'hui.

5. VAR. Je pense. — 6. VAR. A cette heure.

Le Roi, la Reine mère, Monsieur, Madame[1], quantité de princes
et de seigneurs s'y trouvèrent; il y eut un souper magnifique, une
excellente comédie, un ballet fort divertissant, et un feu qui ne
devoit rien à celui qu'on fit pour l'entrée[2].

> Tous les sens furent enchantés ;
> Et le régal eut des beautés
> Dignes du lieu, dignes du maître,
> Et dignes de Leurs Majestés,
> Si quelque chose pouvoit l'être.

On commença par la promenade. Toute la cour regarda les eaux
avec grand plaisir. Jamais Vaux ne sera plus beau qu'il le fut cette
soirée-là, si la présence de la Reine ne lui donne encore un lustre
qui véritablement lui manquoit. Elle[3] étoit demeurée à Fontainebleau pour une affaire fort importante : tu vois bien que j'entends
parler de sa grossesse[4]. Cela fit qu'on se consola; et enfin on ne
pensa plus qu'à se réjouir. Il y eut grande contestation entre la
Cascade, la Gerbe d'eau, la Fontaine de la Couronne, et les Animaux[5], à qui plairoit davantage; les Dames n'en firent pas moins
de leur part.

> Toutes entre elles de beauté
> Contestèrent aussi, chacune à sa manière;
> La Reine avec ses fils contesta de bonté,
> Et Madame d'éclat avecque la lumière.

Je remarquai une chose à quoi peut-être on ne prit pas garde,
c'est que les Nymphes de Vaux eurent toujours les yeux sur le Roi :
sa bonne mine les ravit toutes, s'il est permis d'user de ce mot en
parlant d'un si grand prince. En suite de la promenade on alla souper. La délicatesse et la rareté des mets furent grandes; mais la
grâce avec laquelle Monsieur et Madame la Surintendante firent les

---

1. Le mariage du duc d'Orléans et de Madame Henriette d'Angleterre avait
été béni dans la chapelle du Palais-Royal le 31 mars de cette année (1661).
La Fontaine l'avait célébré par une ode. — Madame et Monsieur, accompa-
gnés par la reine d'Angleterre, étaient déjà venus cet été-là à Vaux, et y
avaient assisté à une représentation de *l'École des maris :* voyez notre tome II,
p. 334, et la *Muse historique* de Loret, lettre du 17 juillet.

2. C'est-à-dire l'entrée de la Reine (*à Paris, le 26 août de l'année précédente*), qui a été le sujet d'une Lettre (*de la Fontaine*) à Foucquet. (*Note de
Walckenaer.*)

3. VAR. Ne lui donne encore de nouveaux charmes; car elle....

4. Ce dernier membre de phrase, comme nous l'apprend Walckenaer, n'est
pas dans la copie des Réaux.

5. Les fontaines des Animaux, dont le poëte a fait la description dans le
fragment VIII du *Songe de Vaux.*

honneurs de leur maison le fut encore davantage. Le souper fini, la comédie eut son tour. On avoit dressé le théâtre au bas de l'allée des sapins.

> En cet endroit, qui n'est pas le moins beau
> De ceux qu'enferme un lieu si délectable,
> Au pied de ces sapins et sous la grille d'eau[1],
>   Parmi la fraîcheur agréable
> Des fontaines, des bois, de l'ombre et des zéphirs,
>   Furent préparés les plaisirs
>   Que l'on goûta cette soirée.
> De feuillages touffus la scène étoit parée,
>   Et de cent flambeaux éclairée :
> Le ciel en fut jaloux. Enfin figure-toi
>   Que lorsqu'on eut tiré les toiles[2],
> Tout combattit à Vaux pour le plaisir du Roi :
> La musique, les eaux, les lustres[3], les étoiles.

Les décorations furent magnifiques, et cela ne se passa pas sans musique.

> On vit des Rocs s'ouvrir, des Termes se mouvoir[4],
> Et sur son piédestal tourner mainte figure ;
>   Deux enchanteurs pleins de savoir
>   Firent tant par leur imposture,
>   Qu'on crut qu'ils avoient le pouvoir
>   De commander à la nature.
> L'un de ces enchanteurs est le sieur Torelli[5],
> Magicien expert et faiseur de miracles ;
> Et l'autre c'est Lebrun, par qui Vaux embelli
> Présente aux regardants mille rares spectacles[6],
> Lebrun dont on admire et l'esprit et la main,
> Père d'inventions agréables et belles,
> Rival des Raphaëls, successeur des Apelles,
> Par qui notre climat ne doit rien au romain.
> Par l'avis de ces deux la chose fut réglée.

1. Var. Et de leurs grilles d'eau.

2. Var. Le ciel en fut jaloux. Enfin, mon cher Maucroy,
   Lorsque l'on eut tiré les toiles.

3. Var. Les flambeaux.
4. Var. On vit les rocs s'ouvrir, les Termes se mouvoir.
5. Le machiniste italien dont Corneille avait déjà illustré le nom : voyez, au tome V du Corneille (p. 277), le Dessein de la tragédie d'Andromède, et la note de M. Marty-Laveaux.
6. C'était Lebrun que Foucquet avait chargé des peintures du château de Vaux. L'année qui suivit cette fête, il fut nommé peintre du Roi et directeur de l'Académie de peinture.

D'abord aux yeux de l'assemblée
Parut un rocher si bien fait,
Qu'on le crut rocher en effet ;
Mais insensiblement se changeant en coquille,
Il en sortit une Nymphe gentille,
Qui ressembloit à la Béjart,
Nymphe excellente dans son art,
Et que pas une ne surpasse [1].
Aussi récita-t-elle avec beaucoup de grâce
Un Prologue, estimé l'un des plus accompli
Qu'en ce genre on pût écrire,
Et plus beau que je ne dis,
Ou bien que je n'ose dire,
Car il est de la façon
De notre ami Pellisson ;
Ainsi, bien que je l'admire,
Je m'en tairai, puisqu'il n'est pas permis
De louer ses amis [2].

Dans ce Prologue, la Béjart, qui représente la Nymphe de la fontaine où se passe cette action, commande aux divinités qui lui sont soumises de sortir des marbres qui les enferment, et de contribuer de tout leur pouvoir au divertissement de Sa Majesté : aussitôt les Termes et les statues qui font partie de l'ornement du théâtre se meuvent, et il en sort, je ne sais comment, des Faunes et des Bacchantes, qui font l'une des entrées du ballet. C'est une fort plaisante chose que de voir accoucher un Terme, et danser l'enfant en venant au monde. Tout cela fait place à la comédie [3], dont le sujet est un homme arrêté par toute sorte de gens sur le point d'aller à une assignation amoureuse.

C'est un ouvrage de Molière [4].
Cet écrivain par sa manière
Charme à présent toute la cour.

1. Un couplet de chanson, cité par Walckenaer, était aussi tout à l'honneur de la Béjart :
Peut-on voir nymphe plus gentille
Qu'étoit Béjart l'autre jour ?
Lorsqu'on vit ouvrir sa coquille,
Tout le monde disoit à l'entour,
Lorsqu'on vit ouvrir sa coquille :
« Voici la mère d'Amour. »

2. Walckenaer note que ces trois derniers vers ne sont pas dans la copie des Réaux.
3. Les Fâcheux.
4. Le chef de la troupe des comédiens de Monsieur, où est la Béjart. (Note de la copie des Réaux.)

De la façon que son nom court,
Il doit être par delà Rome :
*J'en suis ravi, car c'est mon homme.
Te souvient-il bien qu'autrefois
Nous avons conclu d'une voix
Qu'il alloit ramener en France
Le bon goût et l'air de Térence?
Plaute n'est plus qu'un plat bouffon,
Et jamais il ne fit si bon
Se trouver à la comédie ;
Car ne pense pas qu'on y rie
De maint trait jadis admiré,
Et bon *in illo tempore*[1] :
Nous avons changé de méthode ;
Jodelet n'est plus à la mode,
Et maintenant il ne faut pas
Quitter la nature d'un pas.

On avoit accommodé le ballet à la comédie, autant qu'il étoit possible, et tous les danseurs y représentoient des Fâcheux de plusieurs manières : en quoi certes ils ne parurent nullement fâcheux à notre égard ; au contraire, on les trouva fort divertissants, et ils se retirèrent trop tôt au gré de la compagnie.

Dès que ce plaisir fut cessé, on courut à celui du feu.

Je voudrois bien t'écrire en vers
Tous les artifices divers
De ce feu le plus beau du monde,
Et son combat avecque l'onde,
Et le plaisir des assistants.
Figure-toi qu'en même temps
On vit partir mille fusées,
Qui par des routes embrasées
Se firent toutes dans les airs
Un chemin tout rempli d'éclairs,
Chassant la nuit, brisant ses voiles.
As-tu vu tomber des étoiles?
Tel est le sillon enflammé
Ou le trait qui lors est formé.
Parmi ce spectacle si rare,
Figure-toi le tintamarre,
Le fracas, et les sifflements
Qu'on entendoit à tous moments.
De ces colonnes embrasées
Il renaissoit d'autres fusées,

1. Les quatre vers qui suivent, dit Walckenaer, ne sont pas dans la copie des Réaux.

> Ou d'autres formes de pétart,
> Ou quelque autre effet de cet art;
> Et l'on voyoit réguer la guerre
> Entre ces enfants du tonnerre.
> L'un contre l'autre combattant,
> Voltigeant et pirouettant,
> Faisoit[1] un bruit épouvantable,
> C'est-à-dire un bruit agréable.
> Figure-toi que les échos
> N'ont pas un moment de repos,
> Et que le chœur des Néréides
> S'enfuit sous ses grottes humides.
> De ce bruit Neptune étonné
> Eût craint de se voir détrôné,
> Si le monarque de la France
> N'eût rassuré par sa présence
> Ce Dieu des moites tribunaux[2],
> Qui crut que les dieux infernaux
> Venoient donner des sérénades
> À quelques-unes des Naïades;
> Enfin la peur l'ayant quitté,
> Il salua Sa Majesté.
> Je n'en vis rien, mais il n'importe:
> Le raconter de cette sorte
> Est toujours bon; et quant à toi[3],
> Ne t'en fais pas un point de foi.

Au bruit de ce feu succéda celui des tambours; car le Roi voulant s'en retourner à Fontainebleau cette même nuit, les mousquetaires étoient commandés. On retourna donc au château, où la collation étoit préparée. Pendant le chemin, tandis qu'on s'entretenoit de ces choses, et lorsqu'on ne s'attendoit plus à rien, on vit en un moment le ciel obscurci d'une épouvantable nuée de fusées et de serpenteaux : faut-il dire obscurci ou éclairé[4]? Cela partoit de la lanterne du dôme; ce fut en cet endroit que la nuée creva d'abord. On crut que tous les astres grands et petits étoient descendus en terre, afin de rendre hommage à Madame; mais l'orage étant cessé, on les vit tous en leur place. La catastrophe de ce fracas fut la perte de deux chevaux :

> Ces chevaux qui jadis un carrosse tirèrent,

1. Walckenaer et M. Marty-Laveaux, autorisés peut-être par la copie des Réaux, ne mettent qu'une virgule après *tonnerre* et ont changé *faisoit* en *faisant;* la correction semble bonne, mais n'est pas indispensable.
2. Qui gouverne et juge ses sujets du haut d'un siége humide.
3. VAR. Est toujours bon; et puis, Maueroy.
4. VAR. Que le ciel en fut obscurci ou éclairé, si vous voulez.

> Et tirent maintenant la barque de Caron,
> Dans les fossés de Vaux tombèrent,
> Et puis de là dans l'Achéron.

Ils étoient attelés à l'un des carrosses de la Reine, et s'étant cabrés à cause du feu et du bruit, il fut impossible de les retenir. Je ne croyois pas que cette relation dût avoir une fin si tragique et si pitoyable [1].

Adieu. Charge ta mémoire de toutes les belles choses que tu verras au lieu où tu es.

1. Si lamentable ou si touchante.

Ce 22 août 1661

L'ÉCOLE DES FEMMES

COMÉDIE

REPRÉSENTÉE POUR LA PREMIÈRE FOIS A PARIS

SUR LE THÉÂTRE DU PALAIS-ROYAL

LE 26ᵉ DÉCEMBRE 1662

PAR LA

TROUPE DE MONSIEUR, FRÈRE UNIQUE DU ROI

NOTICE.

L'École des femmes n'a pas été seulement le plus grand
succès dramatique que Molière ait obtenu pendant toute sa
carrière : elle lui valut, de la part des comédiens rivaux et des
écrivains jaloux, toute une série de pamphlets, où l'on commence déjà à s'attaquer à l'homme autant qu'à l'auteur et au comédien. Molière y répondit d'abord par *la Critique de l'École
des femmes*, puis, sûr de l'appui du Roi comme de la faveur
du public, par *l'Impromptu de Versailles*. Ce sont comme trois
combats livrés dans une campagne d'une année. Elle est décisive pour sa gloire, mais elle exaspéra ses ennemis : désormais
ils auront recours, pour lui nuire, à quelque chose de pis que
de sottes critiques; c'est de là, c'est surtout de *l'Impromptu
de Versailles* que date tout un système de dénonciations calomnieuses, que Molière a peut-être eu tort de trop dédaigner.

Nous croyons ne pouvoir séparer ce que nous avons à dire
de cette longue querelle. Ce n'est pas seulement parce que
ces trois pièces se suivent et qu'elles forment comme un ensemble dans l'histoire littéraire du temps. Mais on a souvent
reproché à Molière la vivacité de ses réponses à ses ennemis
dans *l'Impromptu de Versailles*. Ce qui explique cette irritation, ce qui la justifie à nos yeux, c'est cette série d'attaques
et de violences renchérissant les unes sur les autres, c'est ce
crescendo de pamphlets furibonds, dont on ne peut bien se
rendre compte, qu'en les énumérant dans l'ordre chronologique où ils se sont produits.

Il faut bien constater d'abord le grand succès de *l'École*

des femmes, cause première de toutes ces fureurs. Nous copions le *Registre de la Grange* :

[1662.]

7ᵉ pièce nouvelle de M. de Molière.

Le mardi 26 décembre (1662), la première représentation de *l'École des femmes*............................ 1518ᵗᵗ

Vendredi 29.. 1144

Dimanche 31....................................... 1253

[1663.]

Mardi 2 janvier 1663.............................. 812

Vendredi 5.. 1088

Dimanche 7... 1348

Idem. On avait été le samedi 6ᵉ au Louvre.

Mardi 9... 832

Vendredi 12.. 1050

Dimanche 14....................................... 1500

Mardi 16... 1100

Vendredi 19.. 1102

Le samedi 20, devant le Roi, *idem.*

Dimanche... 1335

Mardi 23... 948

Vendredi 26.. 977

Dimanche 28....................................... 1364

Mardi 30... 1257

(*Ici se placent quatre représentations de l'École des femmes, en visite chez le comte de Soissons* [1], *le duc de Richelieu, Colbert et la maréchale de l'Hospital* [2].)

Dimanche 4 (*février*)............................. 1460

Mardi 6... 1280

Vendredi 9.. 460

Dimanche 11.. 580

Mardi 13.. 374

1. Eugène-Maurice de Savoie, mari d'Olympe Mancini, père du prince Eugène.

2. La veuve d'un frère puîné du Vitry qui tua le maréchal d'Ancre. Mademoiselle a fait un assez curieux portrait, dans ses *Mémoires* (tome III, p. 202 et 203), de cette ancienne lingère, dont le troisième mari devait être l'ancien roi de Pologne, Jean-Casimir.

Vendredi 17.................................... 739^{tt}
Dimanche 19.................................... 753
Mardi 21...................................... 611
Vendredi 24.................................... 683
Dimanche 26.................................... 670
Mardi 28...................................... 413

Le même jour, chez M. Sanguin, maître d'hôtel chez le Roi[1].

Vendredi 2 mars.................................. 653
Dimanche 4...................................... 808

Lundi 5e mars, à Luxembourg, p^r M. le duc de Beaufort[2], p^r Mme de Savoie[3].

Mardi 6.. 540
Vendredi 9...................................... 520

Le lundi 12 mars, reçu de l'argent du Roi 4000 ^{tt}; partagé chacun 134^{tt} 15 s. On a payé à M. de Molière, sur ladite somme, 880^{tt} pour *les Fâcheux*.

(Après Pâques) le mardi 3 avril, chez Madame, au Palais-Royal.

En ce même temps, M. de Molière a reçu pension du Roi en qualité de bel esprit, et a été couché sur l'état pour la somme de 1000^{tt}, sur quoi il fit un Remercîment en vers pour Sa Majesté. Imprimé dans ses œuvres[4].

C'est après le premier succès de *l'École des femmes*, interrompu seulement par les vacances de Pâques, que cette note sur la pension donnée par le Roi à Molière se trouve dans le *Registre de la Grange*. Cette date a son importance : le Roi se hâtait de prendre parti dans la querelle, et cette faveur

1. Neveu du poëte Saint-Pavin.
2. *Le roi des Halles*, petit-fils de Gabrielle d'Estrées.
3. Françoise-Madeleine d'Orléans, Mlle de Valois, fille de Gaston, sœur de père de Mademoiselle, mariée la veille, par procuration, dans la chapelle du Louvre, à Charles-Emmanuel II, duc de Savoie.
4. Pour prévenir dès à présent toute objection sur la date de cette note de la Grange, nous ferons remarquer que les derniers mots : *Imprimé dans ses œuvres*, sont d'une écriture plus maigre que la phrase antérieure, et qu'ils ont été évidemment ajoutés plus tard, après la publication de tel ou tel recueil des œuvres; tous contiennent le *Remercîment*.

était une réponse aux ennemis du poëte. Nous reviendrons
sur ce sujet dans la *Notice* qui précède le *Remercîment au Roi*.

Après Pâques, le succès de la pièce reprend, avec l'adjonc-
tion de *la Critique :*

8ᵉ pièce nouvelle de M. de Molière.

Vendredi 1ᵉʳ juin, *l'École des femmes* et la 1ʳᵉ représentation
de *la Critique*.. 1357ᵗᵗ

Dimanche 3..	1130
Mardi 5..	1355
Vendredi 8...	1426
Dimanche 10..	1600
Mardi 12..	1357
Vendredi 15..	1731

Monsieur doit 3 loges. Une visite chez Mme de Cœuvre[1],
220. Donné aux Capucins 25ᵗᵗ.

Dimanche 17...	1265
Mardi 19..	845
Vendredi 22...	1026
Dimanche 24...	800
Mardi 26..	957

Lundi, chez Mme de Boissac, *idem*, 300.

Vendredi 29...	1300
Dimanche 1ᵉʳ juillet..	1209
Mardi 3..	950

Le jeudi 5 juillet, visite à Conflans, pour Mgr le duc de
Richelieu, 550ᵗᵗ[2].

1. Sans doute Catherine de Lauzières, dame de Thémines, mariée en 1647 à François-Annibal II, qui devint duc d'Estrées à la
mort de son père (mai 1670), et fut longtemps, sous ce nom, am-
bassadeur à Rome, où il mourut en 1687, trois ans après sa femme.
Leur fils aîné porta ainsi le titre de marquis de Cœuvres avant de
prendre celui de duc d'Estrées.

2. La Grange songe si peu à surfaire le succès de sa troupe, qu'il
néglige d'ajouter ici un détail qui avait bien son importance : c'est
que cette représentation chez le duc de Richelieu était donnée pour
la Reine, pour Monsieur et pour Madame. C'est ce que nous apprend la *Gazette* (nᵒ du 7 juillet 1663), qui, selon son habitude,
n'a garde de nous dire que la comédie représentée à Conflans est

Vendredi 6...................................... 85o^{tt}
Dimanche 8..................................... 702
    Lundi 9e, le Roi nous honora de sa présence.
    En public, pour la même chose (*point de recette marquée*).
Mardi 10....................................... 532
Vendredi 13.................................... 570
Dimanche 15.................................... 711
Mardi 17....................................... 482
Vendredi 20.................................... 563
Dimanche 22.................................... 780
Mardi 24....................................... 422
Vendredi 27.................................... 790
Dimanche 29.................................... 723
Mardi 31....................................... 737
Vendredi 3 août................................ 631
Dimanche 5..................................... 462
Mardi 7.. 400
Vendredi 10.................................... 682
Dimanche 12.................................... 254 [1]

La Critique est encore jouée avec *l'École des femmes*, le mardi 12 septembre 1663, à Vincennes devant le Roi; et le même mois à Chantilly, pour Monsieur le Prince; en octobre 1664, à Versailles. Mais Molière, qui la considérait sans doute comme une œuvre de circonstance, cessa bientôt de la joindre à *l'École des femmes*, souvent représentée encore, surtout en 1664 et en 1665. La petite pièce fut reprise seulement après sa mort, en 1679, et jouée alors un certain nombre de fois. A partir de 1691, elle disparut de la scène jusqu'à la reprise de 1835.

Avant que *la Critique* parût sur le théâtre, les libelles contre *l'École des femmes* n'avaient guère eu le temps de se produire. On n'imprimait pas vite alors, et les formalités préliminaires, indispensables pour la publication du plus mince volume,

---

de Molière : « Le 5..., la Reine, accompagnée de Monsieur et de Madame, alla à Conflans, en la maison du duc de Richelieu, où Sa Majesté fut régalée, avec sa compagnie, d'une grande collation, d'un superbe souper, et de la comédie. »

1. Chiffre douteux, surchargé. Le *Registre de la Thorillière* donne 392^{tt}.

allongeaient encore les délais. Seul de Visé, déjà prompt à
saisir l'à-propos, doué d'ailleurs d'une facilité déplorable,
s'était hâté de porter un jugement sévère sur le nouveau chef-
d'œuvre, à la fin du passage qu'il consacrait à Molière dans le
troisième volume des *Nouvelles nouvelles*[1]. Ce jeune auteur,

1. Pages 230 et suivantes[a]. — Nous devons ici réparer une erreur
que nous croyons avoir commise au sujet de diverses pièces attribuées à l'acteur de Villiers, et qui nous paraissent bien évidemment
appartenir à de Visé. M. Victor Fournel (dans *les Contemporains de
Molière*, tome I, p. 299 et 300) prouve très-bien que la *Lettre sur
les affaires du théâtre*, *Zélinde* et *la Vengeance des Marquis* sont, ainsi
que les *Nouvelles nouvelles*, d'un seul et même auteur; ce premier
point avait déjà été établi par Auger (tome III, p. 249, note), sauf
pour les *Nouvelles nouvelles*, dont il ne parle pas[b]. Mais Auger
et M. V. Fournel nous paraissent s'être trompés en prenant l'acteur
de Villiers pour cet auteur. L'unique raison d'Auger est que l'auteur de *la Vengeance des Marquis* est incontestablement de Villiers
(M. Fournel se contente de dire qu'on ne lui a jamais contesté cette
pièce); cependant, pour la lui attribuer, nous ne voyons pas qu'on
puisse alléguer d'autre preuve qu'une simple assertion des frères
Parfaict, assertion sans doute fondée en partie : la pièce ayant été
jouée, la collaboration de l'acteur de Villiers est plus probable que
pour d'autres productions. Quoi qu'il en soit de la part plus ou
moins grande que de Villiers a pu avoir à *la Vengeance des Marquis*,
l'auteur de la *Lettre sur les affaires du théâtre* mentionne nettement
comme œuvres siennes et *Zélinde* et *la Vengeance des Marquis* et les
Nouvelles nouvelles. Or, pour ce dernier ouvrage, le plus étendu (il a
trois volumes), outre l'autorité aussi des frères Parfaict, qui le donnent, ainsi que *Zélinde* à de Visé, on a des raisons décisives de le
croire en effet de celui-ci. Vers le temps même où le recueil des
Nouvelles nouvelles parut, c'est à de Visé qu'on l'attribua[c]. L'auteur

a L'achevé d'imprimer est du 9 février 1663. Comme il se trouve en tête
du premier des trois volumes des *Nouvelles nouvelles*, on pourrait croire qu'il
ne s'applique pas au troisième. Mais il y a dans ce dernier un passage qui
semble justifier cette date; car *la Critique* y est annoncée comme étant à l'état
de projet, et la façon assez indifférente dont l'auteur des *Nouvelles* en parle
d'avance fait bien voir qu'il ne savait au juste ce que serait cette pièce : quand
elle parut, il en parla tout autrement. « Nous verrons dans peu, lit-on au
tome III (p. 237), une pièce de lui (*de Molière*), intitulée *la Critique de l'É-
cole des femmes*, etc. »
b Au même tome, p. 164, il en cite un passage, qu'il attribue à de Visé.
c Il ne faudrait d'ailleurs pas confondre avec ces *Nouvelles nouvelles* ni les

fort inconnu alors, mais dévoré du besoin de se faire connaître, engageait, au même moment, une polémique contre une des autorités du temps, l'abbé d'Aubignac, à propos de la *Sophonisbe* de Corneille, dont il se déclarait le défenseur : il s'y donnait le nom de *petit David*, ce qui ne laissait pas que d'être assez flatteur pour le Goliath auquel il s'attaquait. Ce fut un tout autre adversaire qu'il prit à partie dans la personne de Molière. On peut trouver toutefois qu'il n'y mit pas d'abord

---

du *Panégyrique de l'École des femmes* ou *Conversation comique sur les œuvres de M. de Molière* (1663) constate à cet égard la notoriété, et cela avec des détails assez précis pour qu'aucune confusion avec de Villiers ne soit possible. « Comment? dit un des interlocuteurs (p. 38 et 39), vous ne connoissez pas ce jeune auteur qui a fait, entre autres choses, les *Nouvelles nouvelles*, où il a joué tout le monde? — Ah! répond Bélise, je sais qu'il est (*sic*), et je me ressouviens qu'il s'est baptisé de ce nom de petit David dans sa Défense de *Sophonisbe*. Il a tout à fait de l'esprit; mais.... dans sa Réponse aux Remarques de Philarque sur *Sertorius*.... » D'abord ces mots : *un jeune auteur*, ne pourraient s'appliquer à de Villiers, qui, comme le suppose avec toute probabilité M. Victor Fournel, était né vers 1610 ou 1615, et ils conviennent parfaitement à de Visé, qui avait, tout au plus, alors vingt-trois ans (frères Parfaict, tome X, p. 173 et 174). En outre, il est bien certain que la *Défense de la* Sophonisbe *de M. de Corneille* (1663), bien qu'anonyme, a pour auteur de Visé; nous ne croyons pas qu'il y ait lieu d'en douter, et voici de cette *Défense* un passage (vers la fin, p. 80) où l'auteur se désigne clairement comme étant aussi celui des *Nouvelles nouvelles* : « .... Je suis un David auprès de vous (*il s'adresse à d'Aubignac*).... et je combattrai contre Goliath. Il me reste encore à vous dire que vous vous étonnerez peut-être de ce qu'ayant parlé contre *Sophonisbe*, dans mes *Nouvelles nouvelles*, je viens de prendre son parti.... » Nous signalons les deux passages, du *Panégyrique de l'École des femmes* et de la *Défense de Sophonisbe*, à M. V. Fournel; nous nous étions conformé à sa décision (notamment tome I, p. 388, note 1, et tome II, p. 228); il n'hésitera certainement pas lui-même à la réformer.

Diversités galantes, contenant aussi des nouvelles (voyez ci-après, p. 146, note 1), ni des *Nouvelles galantes* dont de Visé fut encore l'auteur ou le « compilateur, » mais plus tard (comme on le voit dans *la Promenade de Saint-Cloud* de Guéret, p. 200-202), en 1669, après la chute, sur le théâtre du Palais-Royal, de sa comédie des *Maux sans remède*. C'est en 1672 qu'il commença la publication de son *Mercure galant*.

trop de violence, si l'on songe à ce qu'il se permit depuis. Selon lui, « ce qu'il y a de plus beau » dans l'*École des femmes* est tiré d'un livre intitulé « *les Nuits facétieuses du seigneur Straparole*, dans une histoire duquel un rival vient tous
les jours faire confidence à son ami, sans savoir qu'il est son
rival, des faveurs qu'il obtient de sa maîtresse : ce qui fait tout
le sujet et la beauté de *l'École des femmes*. Cette pièce a produit des effets tout nouveaux, tout le monde l'a trouvée méchante, et tout le monde y a couru. Les dames l'ont blâmée et
l'ont été voir : elle a réussi sans avoir plu, et elle a plu à plusieurs qui ne l'ont pas trouvée bonne; mais pour vous en dire
mon sentiment, c'est le sujet le plus mal conduit qui fut jamais, et je suis prêt de soutenir qu'il n'y a point de scène où
l'on ne puisse faire voir une infinité de fautes (p. 232 et 233). »

Il convient toutefois, car il est équitable, que « cette pièce
est un monstre qui a de belles parties (p. 233); » que certaines
choses y sont peintes d'après nature (il dira plus tard le contraire; mais il paraît peu se piquer de ne point se contredire).
Il tâche, il est vrai, d'expliquer surtout le succès de ce
monstre par la façon dont la pièce est jouée. « Jamais comédie ne fut si bien représentée, ni avec tant d'art : chaque acteur sait combien il y doit faire de pas, et toutes ses œillades
sont comptées (p. 234). » En terminant, il profite de l'occasion
pour annoncer à ses lecteurs la prochaine représentation
d' « une pièce à l'Hôtel de Bourgogne, pleine de ces tableaux
du temps qui sont présentement en si grande estime. Elle est,
à ce que l'on assure, de celui qui a fait les *Nouvelles nouvelles* (p. 241). » *A ce que l'on assure* est délicat; il semble que
l'auteur même des *Nouvelles nouvelles* devait bien savoir à
quoi s'en tenir sur ce point. Mais les petites finesses de ce
genre, comme le soin de recommander ses propres ouvrages,
était déjà dans les habitudes de celui qui devait fonder plus
tard le journal le plus plat, le plus fade, mais le plus attentif
aussi à la gloire de son rédacteur, le *Mercure galant*[1].

On voit que dans ce passage, de Visé s'abstient au moins
de personnalités calomnieuses contre Molière, et des accusations d'immoralité. On en lançait déjà contre *l'École des fem-*

---

1. Voyez la fin de la note *c* de la page 112.

mes, puisque Molière y répond dans *la Critique;* mais rien n'avait encore été publié : sauf ce passage des *Nouvelles nouvelles*, tout, au début. s'était borné à ces clabauderies, à ces esclandres en plein théâtre, dont Molière, dans *la Critique*, nous a tracé l'amusant tableau.

Cette sorte d'hostilité s'était manifestée tout d'abord, et, si l'on en croit le même de Visé, le succès à la première représentation aurait été assez douteux[1]. On s'était récrié sur l'indécence ou la grossièreté de certains détails, sur l'inconvenance du *sermon* fait par Arnolphe à Agnès; et, selon l'usage aussi, tout en déclarant la pièce *détestable, morbleu! détestable*, on s'était hâté de crier au plagiat.

Il est bien certain qu'on trouve ailleurs, nous allions dire partout, la donnée qui fait le fond de la pièce : celle d'un amant qui prend pour confident son rival même, et qui n'en réussit pas moins à le tromper. Molière s'applaudissait lui-même de cette idée, et il faisait dire à la sage *Uranie :* « Pour moi, je trouve que la beauté du sujet de *l'École des femmes* consiste dans cette confidence perpétuelle; et ce qui me paroît assez plaisant, c'est qu'un homme qui a de l'esprit, et qui est averti de tout par une innocente qui est sa maîtresse, et par un étourdi qui est son rival, ne puisse avec cela éviter ce qui lui arrive[2]. » Mais c'est de la mise en œuvre de cette idée que Molière aurait eu raison de s'applaudir, plus que de l'idée qui est fort ancienne. Elle se trouve, en effet, chez un conteur italien du seizième siècle, fort connu en France par une traduction du même siècle[3]. On y voit un jeune prince, Nérin, fils du roi de Portugal, étudiant à Padoue, qui devient amoureux d'une femme de la ville sans savoir qu'elle est mariée à un médecin, maître Raimond Brunel, et c'est précisément celui-ci qui lui a d'abord vanté et fait voir sa femme, et qu'il prend pour confident de ses amours et des tours qu'il lui joue,

---

1. Voyez plus loin, p. 146.
2. Voyez ci-après *la Critique*, scène VI, p. 364 et 365.
3. *Les Facétieuses nuits* de Straparole, traduites (*le premier livre*) par Jean Louveau et (*le second livre*) par Pierre de Larivey (*lequel a revu le tout*) : voyez au premier livre, IVe nuit, fable IV, dans la réimpression de la Bibliothèque elzévirienne de P. Jannet (1857), p. 281 et suivantes.

sans que le mari, prévenu cependant, réussisse jamais à surprendre les deux amants. La même histoire se trouve déjà dans un recueil plus ancien, publié quelques années après la mort de Boccace par un imitateur, *il Pecorone* de ser Giovanni (*giornata prima, novella seconda*), et même le récit y est conduit avec plus d'art. C'est le mari qui encourage le jeune homme dans ses amours, sans savoir que c'est sa propre femme qui en est l'objet; c'est lui qui lui indique comment un séducteur doit s'y prendre pour parvenir à ses fins : de sorte que, quand ses mauvais conseils ont porté leur fruit, il n'a pas le droit de se plaindre de sa déconvenue. Ce trait ne se rencontre pas dans Straparole, où le mari ne peut s'accuser que de maladresse. On retrouve, au contraire, quelque chose d'analogue dans Molière, quand Arnolphe, dès sa première conversation avec Horace[1], lui demande s'il n'a pas déjà formé quelque amourette, et lui parle des maris de Paris et de leurs infortunes d'un ton à faire souhaiter qu'il lui arrive, à lui aussi, quelque mésaventure.

Mais la légende était beaucoup plus ancienne que le quatorzième siècle, elle existait dans l'antiquité, et c'est la Fontaine qui fait ce rapprochement, quand, avant d'imiter, dans un de ses contes, le récit italien dont nous venons de parler, il le fait précéder d'un autre, celui qu'il emprunte à la Grèce, et réunit ces deux récits analogues sous ce seul titre : *le roi Candaule et le Maître en droit* (livre IV, conte VIII).

> Force gens ont été l'instrument de leur mal;
>   Candaule en est un témoignage :
> Ce roi fut en sottise un très-grand personnage.

C'est donc jusqu'à Hérodote et même plus haut, si on le pouvait, qu'il faudrait remonter pour retrouver cette idée; et Hérodote ne l'avait pas inventée, puisqu'il donne le fait comme historique[2]. Tous ces reproches de plagiat sont des puérilités ridicules, quand il s'agit d'un sujet qui, depuis deux mille ans et plus, appartenait à tout le monde.

Un emprunt beaucoup plus certain est celui que Molière a

---

1. Voyez plus loin la scène IV du premier acte, p. 183 et 184
2. Livre I, chapitres VII-XII.

fait à une nouvelle de Scarron, *la Précaution inutile* (la première des *Nouvelles tragi-comiques*, 1661). Ici, ce que Molière
a imité, ce n'est pas le sujet seul, qui d'ailleurs n'appartient
pas à Scarron : ce sont quelques heureux détails qu'il doit
à son devancier. Dans la nouvelle de Scarron, don Pèdre est
un gentilhomme déjà mûr, à qui une expérience personnelle,
où « il avoit été deux fois en danger d'être aussi mal marié
qu'homme qui fût en Espagne (p. 26 et 27), » a inspiré un
assez grand dégoût pour le mariage, ou du moins la résolu-
tion de ne se marier que « s'il trouvoit une femme assez
idiote pour ne lui faire point craindre tous les mauvais tours
que les femmes spirituelles peuvent faire à leurs maris (p. 59). »
Il se rappelle alors une jeune fille qu'il a recueillie par charité à sa naissance, et qu'à l'âge de trois ou quatre ans il a
fait élever dans un couvent, après avoir eu soin « de donner
l'ordre qu'elle n'eût aucune connoissance des choses du monde
(p. 10). » Laure a maintenant dix-sept ans ; il la retrouve
« belle comme tous les anges ensemble (p. 75), » et d'une
sottise qui le fait revenir de ses préjugés contre le mariage et
lui inspire le désir de l'épouser. Il lui « chercha des valets les
plus sots qu'il put trouver, tâcha de trouver des servantes
aussi sottes que Laure, et y eut bien de la peine (p. 76). »
Enfin il l'épouse, et, le soir de ses noces, lui tient, comme
Arnolphe aussi, un discours sur les devoirs du mariage, et
il est de plus en plus charmé de sa simplicité. C'est pourtant
cette simplicité même qui lui attire une disgrâce semblable à
celle d'Arnolphe ; et, malheureusement pour don Pèdre, c'est
après le mariage. Comme Agnès aussi, c'est sa femme qui lui
fait naïvement la confidence de ce qui lui est arrivé. Nous rap-
pelons la plupart de ces ressemblances et signalons quelques
autres imitations de détail dans les notes[1]. Mais le germe de
cette nouvelle se retrouve peut-être antérieurement dans un
récit des plus gaillards, la XLI° des *Cent Nouvelles nouvelles.*
Nous croyons devoir y renvoyer le lecteur[2].

1. Voyez les notes des vers 105, 107, 142, 148, 510 et 678.
2. La Martinière, page xxv de sa *Vie de l'auteur*, en tête des
OEuvres de Molière (1725)[a], dit que le sujet traité par Scarron est

[a] Voyez notre tome I, p. xxiii, note *b*, et ci-après, p. 123, note 3.

Molière pouvait donc avouer sans honte des emprunts qui
ne diminuaient en rien le mérite de son œuvre. Mais il avait
à répondre à des imputations plus graves : l'honnêteté, la
religion même, étaient blessées, disait-on, dans certains passages de *l'École des femmes*. Le déchaînement fut tel, que le
gazetier Loret, assez favorable d'ailleurs à Molière, tout en
constatant dans sa *Muse historique* le succès de la pièce devant la cour et devant le Roi, n'ose pas trop se prononcer.

A propos de la représentation au Louvre, le samedi 6 janvier 1663 (c'était la sixième de la pièce), il écrit (lettre du
13 janvier) :

> On joua *l'École des femmes*.
> Qui fit rire Leurs Majestés
> Jusqu'à s'en tenir les côtés ;
> Pièce aucunement instructive,
> Et tout à fait récréative ;
> Pièce dont Molière est auteur,
> Et même principal acteur ;
> Pièce qu'en plusieurs lieux on fronde,
> Mais où pourtant va tant de monde,
> Que jamais sujet important
> Pour le voir n'en attira tant.
> Quant à moi, ce que j'en puis dire,
> C'est que, pour extrêmement rire.
> Faut voir avec attention
> Cette représentation,
> Qui peut, dans son genre comique,
> Charmer le plus mélancolique,
> Surtout par les simplicités
> Ou plaisantes naïvetés

pris dans une nouvelle espagnole. On a cité à ce propos *le Jaloux
d'Estramadure* de Cervantès. Ici c'est un vieillard qui a épousé une
jeune fille ; il ne tarde pas à s'en repentir, quoique sa jeune femme
lui reste fidèle et résiste aux entreprises d'un séducteur. Il n'y a
pas le moindre rapport entre cette nouvelle et celle de Scarron,
encore moins avec *l'École des femmes*. Mais il y en a beaucoup
entre le récit de Scarron et une pièce que Dorimond, chef de la
troupe de Mademoiselle, fit représenter en 1661, *l'École des cocus
ou la Précaution inutile :* voyez les frères Parfaict, tome IX, p. 53-
57, et notre tome II, p. 344 et 345.

D'Agnès, d'Alain et de Georgette,
Maîtresse, valet, et soubrette.
Voilà, dès le commencement,
Quel fut mon propre sentiment,
Sans être pourtant adversaire
De ceux qui sont d'avis contraire,
Soit gens d'esprit, soit innocents;
Car chacun abonde en son sens.

On voit que Loret se contente de reconnaître un fait que personne ne contestait, c'est que la pièce fait *extrêmement rire*. Quant à donner son avis sur les questions délicates qui partagent le public au sujet de cette comédie, le prudent gazetier s'abstient : cette façon d'exprimer « son propre sentiment, » ressemble un peu trop à l'avis qu'énonce le juge Brid'oison dans *le Mariage de Figaro : *« Et vous, don Brid'oison, votre avis maintenant? » lui dit Almaviva. — « Sur tout ce que je vois, Monsieur le Comte?... Ma foi, pour moi je ne sais que vous dire : voilà ma façon de penser[4]. »

Un jeune homme, inconnu alors, n'observa pas cette neutralité commode : ce fut Boileau. Tout le monde connaît les stances que, le 1er janvier 1663, dit-on[2], il adressa à Molière pour ses étrennes. C'est là le premier témoignage de cette admiration qui, plus tard, devait lui faire proclamer Molière, devant Louis XIV, comme *le plus rare* des écrivains du siècle[3], et lui inspirer ses plus beaux vers, les plus émouvants du moins, sur *ce peu de terre* qu'on avait eu tant de peine à ob-

1. Acte V, scène dernière.
2. « M. Despréaux, déjà connu par ses premières poésies, lui envoya, le premier jour de l'an 1663, des stances qui furent d'abord imprimées sans nom d'auteur. » (La Martinière, même *Vie de Molière*, p. XXVI.) Dans sa quatrième dissertation sur le poëme dramatique, publiée en 1663, d'Aubignac parle des « vers que M. des Préaux a faits sur la dernière pièce de M. Molière » (voyez ci-après, p. 136, note 1) : ce qui indiquerait qu'ils étaient déjà connus du public. Ces stances :

En vain mille jaloux esprits,
Molière....

ont été imprimées à la suite de la *Préface* de 1682, et nous les avons données dans notre tome I; voyez p. XX-XXII, et note 2 de la page XX.
3. *Mémoires....* de Louis Racine, tome I du *Racine*, p. 163.

tenir pour le grand poëte[1]. Nous ne citerons ici que la dernière de ces stances célèbres :

> Laisse gronder tes envieux ;
> Ils ont beau crier en tous lieux
> Qu'en vain tu charmes le vulgaire,
> Que tes vers n'ont rien de plaisant :
> Si tu savois un peu moins plaire,
> Tu ne leur déplairois pas tant.

C'était là le mot juste, le secret de toutes ces pudeurs effa-
rouchées, de ces insinuations venimeuses au sujet du *sermon*
d'Arnolphe. Molière ne crut pas devoir toutefois suivre le
conseil de son jeune ami et « laisser gronder ses envieux ; »
il fit mieux : il les écrasa en se jouant.

La charmante comédie de *la Critique* fut un premier châtiment. Molière dit dans sa *Préface*[2] que l'idée lui en vint après
deux ou trois représentations de *l'École des femmes*; qu'*une
personne de qualité*, « qui *lui* fait l'honneur de *l'*aimer, » s'en
empara, et lui apporta une pièce sur ce sujet, « exécutée,
ajoute-t-il, d'une manière, à la vérité, beaucoup plus galante
et plus spirituelle que je ne puis faire, mais où je trouvai des
choses trop avantageuses pour moi ; et j'eus peur que si je
produisois cet ouvrage sur notre théâtre, on ne m'accusât
d'abord d'avoir mendié les louanges qu'on m'y donnoit. » On
ne peut voir là qu'une défaite, et aussi l'expression d'une reconnaissance obligatoire envers celui qui avait voulu le servir. Mais quelle était cette *personne de qualité?* De Visé la
nomme ; c'était « l'abbé du Buisson.... un des plus galands
hommes du siècle.... Cet illustre abbé » ayant fait une pièce
pour la défense de *l'École des femmes* et « l'ayant portée à
l'auteur,... » celui-ci « trouva des raisons pour ne la point

---

1. *Épître VII.* On se rappelle, dans la même épître à Racine,
les vers où Brossette, qui tenait ce renseignement de Boileau,
signale une allusion à *l'École des femmes* :

> L'ignorance et l'erreur à ses naissantes pièces....

Voyez ci-après, à *la Critique*, p. 336, note 1.

2. Voyez ci-après, p. 158 et 159.

jouer, encore qu'il avouât qu'elle fût bonne. Cependant
comme son esprit consiste principalement à se savoir bien servir de l'occasion et que cette idée lui a plu, il a fait une pièce
sur le même sujet, croyant qu'il étoit seul capable de se donner des louanges[1]. » Au moins était-il plus capable qu'un
autre de défendre sa propre comédie, et il y avait d'ailleurs plus de loyauté et de franchise à le faire sous son nom.
Mais quel était *cet illustre abbé* du Buisson? On n'en connaît
qu'un, celui que le *Dictionnaire historique des précieuses*
appelle un *introducteur de ruelles*. On s'est récrié; on a dit :
Comment un ami des précieuses aurait-il pris la défense de
leur adversaire? On oublie que, parmi les précieux et précieuses que Somaize enrôle de son autorité privée dans cette
compagnie, il se trouvait de fort bons esprits, et, parmi
ceux même qui semblaient réellement engagés, il y en avait
de très-capables de goûter Molière, à commencer par la
marquise de Rambouillet, qui fit jouer un peu plus tard chez
elle par Molière et sa troupe *l'École des maris* et *l'Impromptu
de Versailles*[2]. Le portrait d'ailleurs que Somaize trace de
l'abbé du Buisson, sauf ce mot, *introducteur des ruelles*, convient très-bien au rôle qu'il aurait joué dans cette circonstance.
« *Barsinian*[3] est un homme de qualité qui a autant d'esprit
qu'on en peut avoir; il fait des vers avec toute la facilité
imaginable; et non-seulement il en fait de sérieux, mais même
d'enjoués et de satiriques. C'est encore un des introducteurs
des ruelles, et un des protecteurs des jeux du Cirque (*du
théâtre*); mais toutes ces perfections, qui le rendent considérable et qui le font aimer de toutes les précieuses, le font en
même temps craindre de tous ses rivaux, pour qui il est fort
redoutable[4]. »

On ne voit pas pourquoi ce *protecteur des jeux du Cirque* ne
se serait pas intéressé à *l'École des femmes*. Tallemant des
Réaux[5] parle aussi de cet abbé du Buisson, fils d'un gouver-

1. *Nouvelles nouvelles*, tome III, p. 236 et 237.
2. Le 16 mars 1664 (*Registre de la Grange*).
3. La Clé nomme M. *l'abbé du Buisson.*
4. *Le Grand dictionnaire historique des précieuses*, tome I, p. 46,
du recueil de M. Livet.
5. Tome V, p. 112.

neur de Ham : il le représente comme « un petit homme, assez
étourdi, qui fait des chansonnettes et des vers burlesques assez
méchants, et dit qu'il ne conçoit pas pourquoi on a imprimé
Malherbe. » En tout cas, celui-là n'aurait pas eu le droit de
se scandaliser de certaines crudités de *l'École des femmes*;
des Réaux nous donne une idée médiocre de sa moralité, en
nous le montrant aux gages d'une coquette, Mme de Champré,
à raison de cent livres par mois. Cela ne l'empêchait point
pourtant d'être, pour de Visé lui-même, un *illustre abbé*, un
personnage, et, comme nous l'avons déjà dit d'après lui, « un
des plus galands hommes du siècle. » Il n'y a donc aucune
raison, quoi qu'on ait objecté, pour qu'il ne soit pas cette *personne de qualité* dont Molière parle, et à l'ouvrage duquel il
sut heureusement substituer le sien.

La Critique de l'École des femmes porta au comble l'irritation des ennemis de Molière, et lui en créa de nouveaux.
Nous ne pouvons nous dispenser de rappeler ici l'anecdote si
connue du duc de la Feuillade ne trouvant à opposer aux
admirateurs de la pièce que ces mots répétés obstinément :
Tarte à la crème, morbleu! tarte à la crème. Quoique cet argument, au dire de Grimarest[1], se fût répété « par échos parmi
tous les petits esprits de la cour et de la ville, » et fût devenu
un ridicule assez général, il crut se reconnaître dans le rôle
du Marquis de *la Critique* : Il « s'avisa, dit la Martinière[2],
d'une vengeance aussi indigne d'un homme de sa qualité qu'elle
étoit imprudente. Un jour qu'il vit passer Molière par un appartement où il étoit, il l'aborda avec des démonstrations d'un

---

1. Grimarest (p. 51) ne nomme pas le duc de la Feuillade; il
dit : « un courtisan de distinction. » Il ne parle pas non plus de
la vengeance que ce « courtisan » aurait tirée de Molière, ni de la
réprimande adressée au duc par le Roi. Son silence, au reste, ne
serait pas, à lui seul, une forte preuve contre l'authenticité de
cette dernière partie de l'anecdote. Grimarest écrivait en France,
en 1705, et le fils du duc, le second maréchal de la Feuillade, était
vivant. Le premier qui ait nommé ce « courtisan » est la Martinière, en 1725, dans sa *Vie de Molière*, déjà mentionnée, que nous
allons citer, et sur laquelle nous renseignons le lecteur, ci-après,
p. 123, note 3.

2. *Vie de Molière*, page XXVII, rapprochée de la page XXV.

homme qui vouloit lui faire caresse. Molière s'étant incliné, il
lui prit la tête, et en lui disant *Tarte à la crème, Molière, tarte
à la crème*, il lui frotta le visage contre ses boutons qui, étant
fort durs et fort tranchants, lui mirent le visage en sang. Le
Roi, qui vit Molière le même jour, apprit la chose avec indignation, et la marqua au duc, qui apprit à ses dépens combien Molière étoit dans les bonnes grâces de Sa Majesté[1]. Je
tiens ce fait d'une personne contemporaine qui m'a assuré
l'avoir vu de ses propres yeux. » Il y aurait plusieurs observations à faire sur ce récit, le premier que l'on ait fait de cette
histoire : la Martinière croit devoir l'appuyer sur l'affirmation d'un témoin oculaire. On l'a depuis quelque peu altérée
en la reproduisant : M. Taschereau[2] et d'autres ont dit que
c'est *dans une des galeries de Versailles* que la Feuillade aurait ainsi outragé Molière. Il y eût eu là une véritable in-
sulte envers le Roi lui-même, si cette scène s'était passée chez
lui, et cette circonstance diminuerait le mérite de son inter-
vention. La Martinière place la scène *dans un appartement* où
se trouvait le duc de la Feuillade, et il est à croire qu'il ne se
fût pas contenté de cette indication vague si le fait s'était passé
chez le Roi. Maintenant il faudrait savoir quelle est la valeur
de ce témoignage tardif invoqué plus de soixante ans après
le fait. En outre, qu'est-ce que cet anonyme *a vu de ses propres yeux?* A-t-il été témoin de l'outrage fait à Molière? ou
de la réprimande que le Roi adressa au duc de la Feuillade?
C'est ce que la Martinière ne précise point[3]. Ce sont pourtant

1. Un aussi parfait courtisan que le duc de la Feuillade n'en
était certes plus à apprendre que ces bonnes grâces étaient acquises
à Molière depuis longtemps.

2. *Histoire de Molière*, cinquième édition, en tête des *OEuvres de
Molière* (1863), p. 79.

3. Nous ferons remarquer que nous disons ici *la Martinière*
pour abréger. La *Vie de l'Auteur*, jointe à l'édition hollandaise
de 1725, est anonyme[a]; c'est Bruys, comme nous l'avons dit

a *Les OEuvres de Monsieur de Molière*, nouvelle édition, revue, corrigée,
et augmentée d'une *Nouvelle vie de l'Auteur*, et de *la Princesse d'Élide*, toute
en vers, telle qu'elle se joue à présent, imprimée pour la première fois; enri-
chie de figures en taille-douce. A la Haye, 1725. Le privilége, de 1723, est
accordé par les états à Pierre Brunel, à Rodolfe et Gérard Vetstein, et à

deux choses distinctes. Mais, si les détails sont douteux, le fond de l'anecdote pourrait être vrai. Tout en admettant que la haine, si elle n'est pas allée jusqu'à tout inventer, a dû transformer en acte quelque insolente sortie, il faut constater que l'anecdote courait au moment même où *la Critique* venait d'être représentée; car nous y trouvons une allusion assez claire dans *Zélinde*, quand de Visé fait rappeler par *Oriane* l'aventure de *Tarte à la crème*, arrivée depuis peu à *Élomire*. « Je crois, ajoute-t-elle, qu'elle lui fera dorénavant bien mal au cœur, et qu'il n'en entendra jamais parler, ni ne mettra sa perruque, sans se ressouvenir qu'il ne fait pas bon jouer les princes, et qu'ils ne sont pas si insensibles que les marquis turlupins[1]. » Ce mot de *princes* désignerait assez mal le duc de la Feuillade; mais la vanité du duc était si connue, que de Visé croyait sans doute lui faire sa cour en dépassant le

---

(tome I, p. xxiii, seconde note à la note 3 de la page xxii), qui, dans ses *Mémoires*, attribue cette *Vie* à la Martinière. Cette notice biographique n'est d'ailleurs, en grande partie, que celle de Grimarest, avec quelques emprunts faits à la *Préface de 1682* (attribuée à Marcel[a]), et aussi des *additions* soigneusement indiquées par un astérisque; il convient sans doute de tenir compte de ces dernières; toutefois la confiance que le rédacteur anonyme paraît avoir dans les assertions de Grimarest diminue un peu celle qu'en général il pourrait lui-même mériter.

1. P. 89. Quelques pages auparavant, de Visé insère une prétendue *lettre adressée à Élomire;* en voici un passage (p. 61): « Vous ne fites jamais mieux que de faire publier, avant que de faire jouer votre *Critique*, que l'on vous avoit envoyé un billet par lequel on vous menaçoit de coups de bâtons si vous la jouiez. Plusieurs personnes ont cru que cela étoit véritable, et l'ont été voir, croyant que vous y dépeigniez de certaines gens, à quoi vous n'aviez jamais songé. » Mais si de Visé admet ici que Molière n'a pas songé à dépeindre telle ou telle personne, pourquoi approuver quelques pages plus loin la vengeance qu'on a tirée de lui? La haine a été rarement si maladroite et si aveugle.

Pierre Husson : c'est tantôt l'un, tantôt l'autre de ces noms d'éditeurs qui se lit sur les diverses impressions, ou réimpressions successives, qu'ils ont fait faire du titre.

[a] Voyez encore notre tome I, même page xxiii, note 3 de la page xxii.

garçon tailleur du *Bourgeois gentilhomme*, et en allant « jusqu'à
l'*Altesse*. » Nous ne doutons pas d'ailleurs de la bienveillance
si bien constatée du Roi pour Molière, ni de l'*indignation* qu'il
eût certainement ressentie, si tout s'était passé comme on le
raconte. Il est singulier cependant que, si l'anecdote de l'outrage, vraie ou fausse, courut alors, on ait ignoré la réprimande sévère faite au duc de la Feuillade, ou du moins qu'on
n'en ait pas tenu compte. Car on voit que de Visé applaudit à
cette violence, et l'on trouve encore dans les divers pamphlets
dont nous allons parler, des invitations fort claires à de nouvelles vengeances du même genre. Nous ne voulons pas multi-
plier ici les citations[1] : nous nous bornerons à remarquer qu'un
des lieux communs cultivés avec le plus de complaisance par
les ennemis de Molière est l'extrême patience des marquis à
l'égard de celui qui les bafoue en plein théâtre. On intéresse
même la galanterie française aux représailles de ce genre, en
prétendant que *le sexe* est outragé par Molière dans *l'École
des femmes*. De Visé a encore sur ce point dans sa *Zélinde*
les honneurs de l'invention[2]. Mais même dans *le Panégyrique*

---

1. Voyez une longue et savante note de M. Victor Fournel dans
ses *Contemporains de Molière*, tome I, p. 312.

2. « Quoi? dit *Zélinde* (p. 102-104), vous craignez d'attaquer un
homme qui n'épargne pas le sexe? et les auteurs, qu'Élomire joue
sous le nom de Lysidas, sont aussi lâches que les courtisans, qu'il
joue sous le nom du marquis Turlupin. Ah! que je ne suis pas si
patiente ! Il m'a voulu jouer par ce vers :

    Et femme qui compose en sait plus qu'il ne faut ;

il aura dit vrai, et j'en sais plus qu'il ne faut pour me venger de
lui. Je ne vous ressemblerai point, pacifiques poudrés, courtisans
armés de peignes et de canons, qui faites la cour à celui qui vous
joue publiquement : une femme vous enseignera votre devoir. Quoi?
s'attaquer au sexe :

    Et femme qui compose en sait plus qu'il ne faut !

quoi? blâmer le sexe et l'esprit tout ensemble ! Sans doute qu'il
veut que nous soyons aussi stupides et aussi ignorantes que son
Agnès; mais il ne prend pas garde que l'ignorance et la stupidité
font faire des choses à de semblables bêtes, dont il n'y a que les
personnes d'esprit qui se puissent défendre. » C'est précisément

de l'École des femmes, relativement assez modéré, Robinet fait dire à l'un des personnages (p. 53) : « Je suis trop attaché à l'intérêt des dames pour ne pas soutenir que cette *École (des femmes)* est une satire effroyablement affilée contre toutes, qui mériteroit tant soit peu l'époussette, si l'on étoit moins débonnaire en France. » Si *l'École des femmes* méritait l'époussette, que dire de *la Critique*, dont quelques gens en effet pouvaient avoir le droit de se choquer ?

Le premier qui se chargea alors de la vengeance commune, fut encore l'inévitable de Visé. Il pouvait se sentir atteint par *la Critique;* si le personnage de *Lysidas*, écrivain hargneux, partisan du genre noble, désigne quelqu'un, ce n'est certainement pas Boursault, quoiqu'il ait affecté de s'y reconnaître, sans doute afin de se donner un prétexte pour attaquer Molière; mais de Visé pouvait très-légitimement y voir son portrait. On s'en aperçoit à l'aigreur de sa réplique, qu'il intitule un peu longuement : *Zélinde*, comédie, ou *la Véritable critique de l'École des femmes, et la Critique de la Critique*[1].

ce qu'a voulu prouver Molière, et le vers incriminé, qui s'adresserait d'ailleurs, non *au sexe*, mais seulement aux femmes savantes, est mis dans la bouche d'un personnage ridicule. Mais de Visé n'y regarde pas de si près.

   1. Pour mettre un peu d'ordre dans ce qui va suivre, nous croyons devoir donner ici le tableau chronologique de ces divers pamphlets, d'après les priviléges et les achevé d'imprimer :

Nouvelles nouvelles (par DE VISÉ), privilége du dernier février 1662, achevé d'imprimer du. . .   9 février 1663.

Zélinde (par DE VISÉ), privilége du 15 juillet, achevé du. . . . .   4 août.

Le Portrait du peintre, ou la Contre-critique de l'École des femmes (par BOURSAULT), privilége du 30 octobre, achevé du.   17 novembre.

Le Panégyrique de l'École des femmes, ou Conversation comique sur les OEuvres de M. de Molière (par ROBINET), privilége du 30 octobre, achevé du. . . . .   30 novembre.

Réponse à l'Impromptu de Versailles ou *la Vengeance*

C'est un pamphlet dialogué où il n'épargne pas à Molière les
insinuations calomnieuses, frappant à tort et à travers sur
l'homme, sur le comédien, sur l'auteur, et, dans sa fureur,
s'embarrassant peu de se contredire. Ce qui rend cette fureur
plus choquante encore, c'est qu'il conserve assez de sang-froid
pour ne pas oublier de prodiguer les caresses à tout ce qui
lui semble une puissance, cherchant à intéresser dans sa cause,
non pas seulement les auteurs, les comédiens, les courtisans,
mais les dames, la morale, la religion, qu'il prétend être également offensées par *l'École des femmes*. Si ce jeune auteur a
toute l'étourderie de son âge, on retrouve aussi chez lui partout
un manége qui indique une précoce maturité[1]. *Zélinde* est

> *des Marquis* (par DE VISÉ), dans *les Diversités ga-*
> *lantes*, privilége du 14 septembre, achevé du.. 7 décembre.
>
> *L'Impromptu de l'hôtel de Condé* (par MONTFLEURY),
>   privilége du 15 janvier, achevé du.......... 19 janvier 1664.
>
> *La Guerre comique*, ou *la Défense de l'École des*
>   *femmes* (par PHILIPPE DE LA CROIX), privilége
>   du 13 février, achevé du................... 17 mars.

Nous devons avertir le lecteur que nous donnons ici l'ordre dans
lequel ces divers ouvrages ont été imprimés, mais que *le Portrait du*
peintre, *l'Impromptu de l'hôtel de Condé*, et probablement *la Ven-*
geance des Marquis, avaient été représentés sur le théâtre de l'Hôtel
de Bourgogne à une date antérieure. Ainsi la pièce de Boursault, *le*
Portrait du peintre, avait été jouée avant *l'Impromptu de Versailles*,
mais imprimée seulement après.

    1. Il fut de bonne heure très-protégé. — En parcourant le *Registre*
de la Chambre syndicale des libraires (Bibliothèque nationale, Manuscrits français, n° 21 945), nous avons remarqué que toutes les
pièces citées dans la note précédente, ont été présentées à l'enregistrement, sauf les *Nouvelles nouvelles* et *Zélinde*, qui ne se trouvent
pas mentionnées dans ce registre[a]. Est-ce afin d'arriver plus vite, que
de Visé, ou son libraire, se dispensait de l'enregistrement? Puisque
nous parlons de ce registre, nous signalerons un fait assez curieux :
c'est l'extrême difficulté que le secrétaire du syndicat des libraires
chargé de l'enregistrement, paraît éprouver toujours à écrire correc-
tement le nom de Molière. Ainsi le privilége de *l'École des femmes*

    [a] L'enregistrement (mais sans sa date) est mentionné à la suite du privilége
imprimé des *Nouvelles nouvelles*.

une espèce de comédie, assez mal agencée et platement écrite.
La scène se passe chez Argimont, marchand de dentelles de
la rue Saint-Denis, non pas dans sa boutique, mais dans une
chambre au premier, où il est en train de débiter sa marchandise ; on vient lui proposer de retenir une loge pour aller
voir *la Critique* le dimanche suivant ; il accepte : « Ce n'est pas,
dit-il (p. 8 et 9), que je ne l'aie déjà vue plusieurs fois ; la plupart des marchands de la rue Saint-Denis aiment fort la comédie, et nous sommes quarante ou cinquante qui allons ordinairement aux premières représentations de toutes les pièces nouvelles ; et quand elles ont quelque chose de particulier, et
qu'elles font grand bruit, nous nous mettons quatre ou cinq
ensemble, et louons une loge pour nos femmes ; car pour
nous, nous nous contentons d'aller au parterre. Nous y me-
nons dimanche quatre ou cinq marchandes de cette rue, avec
la femme d'un notaire et celle d'un procureur. » Le lieu de
la scène si bien choisi, et la discussion ainsi motivée, il s'engage entre Argimont et les personnes qui sont venues lui
acheter des dentelles un entretien où chacun dit son mot
sur *l'École des femmes* et *la Critique*, et où le marchand de
dentelles ne se montre pas le moins sévère appréciateur de
Molière. Nous avons cité, dans les notes de ces deux pièces, les
passages les plus caractéristiques ; c'est dans ce pamphlet que
nous trouvons pour la première fois (p. 35) ce qui va être répété dans les autres, savoir que « le sermon qu'Arnolphe fait
à Agnès, et que les dix maximes du mariage choquent nos
mystères. » Nous remarquerons que, dans Molière, il y a au
moins onze maximes, puisque Agnès s'apprête à lire la on-
zième, quand elle est interrompue par Arnolphe ; mais de Visé
tenait à ce qu'il n'y en eût que dix, sans doute pour y voir
une allusion aux dix commandements de Dieu et aux dix
commandements de l'Église[1]. Nous n'insisterons pas davan-

est accordé au Sr *Maulière*; plus loin, dans l'intitulé de l'ouvrage de
Philippe de la Croix, *la Guerre comique*, la comédie de *l'École des
femmes* est attribuée au Sr *de la Molière*. Il semble pourtant que,
pour un homme qui devait être au fait des publications nouvelles,
après six ou sept ouvrages imprimés, cet écrivain obscur, *le Sieur de
la Molière*, ne devait pas être un auteur absolument inconnu.

1. Si l'on en croit les frères Parfaict, « M. de Visé.... portoit alors

tage sur ce pitoyable et ennuyeux dialogue, qui n'a pas moins
de cent soixante et une pages; il fait déjà songer au jugement
bref, mais juste, que portera plus tard la Bruyère sur l'œuvre capitale du même de Visé : « Le H** G** (c'est-à-dire
l'Hermès, le Mercure galant) est immédiatement au-dessous de
rien[1]. »

Boursault, qui a eu le « malheur d'être l'adversaire de trois
des plus grands écrivains de son temps, Molière, Boileau et
Racine[2], » était ou plutôt devint un écrivain beaucoup plus
distingué que de Visé. Peut-être était-il moins connu pourtant
alors que le batailleur et remuant auteur de Zélinde. Il n'avait
fait représenter encore que trois pièces (deux en un acte, une
en trois), et elles ne paraissent pas avoir eu grand succès.
Fut-il de bonne foi quand il prétendit se reconnaître dans
le Lysidas de la Critique? La coterie, qui le mit en avant,
réussit-elle à lui persuader que Molière avait songé à lui? C'est
douteux : ce M. Lysidas qui « s'offre de montrer partout (dans
l'École des femmes) cent défauts visibles[3], » ressemble fort
à de Visé, qui avait écrit : « Je suis prêt de soutenir qu'il
n'y a point de scène où l'on ne puisse faire voir une infinité de
fautes[4]. » On retrouve partout dans le langage de M. Lysidas
le ton que prend l'auteur des Nouvelles nouvelles, pédant,
circonspect, et, tout en disant beaucoup de mal de la pièce
de Molière, affectant la réserve et l'impartialité. Quoi qu'il en
soit, Boursault fit représenter à l'Hôtel de Bourgogne le Por-

(en 1663) l'habit ecclésiastique sans avoir dessein d'embrasser cet
état. » (Histoire du Théâtre françois, tome IX, p. 188.) Ils disent
dans un autre endroit (tome X, p. 174) qu'il avait obtenu quelques
bénéfices.

1. Tome I, p. 132, des Ouvrages de l'esprit, 46.
2. M. Victor Fournel, les Contemporains de Molière, tome I, p. 97.
3. Voyez ci-après la Critique, scène VI, p. 356.
4. Voyez plus haut, p. 114. Dans l'Impromptu de Versailles,
Molière semble même distinguer Lysidas de Boursault, quand il fait
dire, dans la scène V (p. 419), à MLLE DE BRIE : « Voilà M. Lysidas
qui vient de nous avertir qu'on a fait une pièce contre Molière, que
les grands comédiens vont jouer. MOLIÈRE. Il est vrai, on me l'a voulu
lire; et c'est un nommé Br.... Brou.... Brossaut, qui l'a faite. DU
CROISY. Monsieur, elle est affichée sous le nom de Boursault. »

trait du peintre ou *la Contre-critique de l'École des femmes*[1],
et, pour bien montrer que le *Lysidas* de Molière c'est lui,
il s'y dépeint sous le nom du poëte *Lizidor*, auquel il donne
le beau rôle, qu'il déclare *un homme sans fard, un homme
d'esprit*, lui réservant de plus les meilleures objections contre
la pièce de Molière. Ces critiques sont d'ailleurs celles qui
avaient cours, et dont l'auteur de *Zélinde* n'avait oublié aucune. Il est triste pour Boursault, qui passe pour avoir été un
honnête homme, qu'il ait cru devoir reproduire, lui aussi,
l'insinuation perfide au sujet du *sermon* d'Arnolphe :

> Outre qu'un satirique est un homme suspect,
> Au seul mot de sermon nous devons du respect :
> C'est une vérité qu'on ne peut contredire ;
> Un sermon touche l'âme et jamais ne fait rire ;
> De qui croit le contraire on se doit défier,
> Et qui veut qu'on en rie, en a ri le premier....
> Ainsi, pour l'obliger quoi que vous puissiez dire,
> Votre ami[2] du sermon nous a fait la satire,
> Et de quelque façon que le sens en soit pris,
> Pour ce que l'on respecte on n'a point de mépris[3].

Boursault paraît avoir soigné ce petit passage ; ce sont peut-
être les meilleurs vers de la pièce, laquelle est presque toujours du style le plus languissant et le plus négligé[4]. Nous
bornerons là nos citations qui trouveront mieux leur place
dans le commentaire. La pièce d'ailleurs n'est pas rare comme
la plupart de celles que nous sommes condamnés à analyser ;
elle a été souvent réimprimée, et de plus les passages les plus
significatifs ont été cités par tous ceux qui se sont occupés de
Molière. On ne voit pas ce que les contemporains purent y

1. M. V. Fournel l'a réimprimé dans le tome I, p. 127 et suivantes, de ses *Contemporains de Molière*.
2. Molière. C'est à un de ses amis qu'on s'adresse ici.
3. Scène VII.
4. Voici les quatre premiers vers ; ils pourront donner une idée
du reste :

> Ma cousine s'habille, et je viens vous apprendre
> Qu'elle a bien du regret de vous tant faire attendre ;
> Car de votre présence elle aura du plaisir ;
> Pour venir vous le dire elle a su me choisir.

trouver de piquant ; mais elle satisfaisait trop de rancunes
pour n'avoir pas un grand succès.

Représentée à l'Hôtel de Bourgogne, elle ne fut imprimée
qu'après la représentation de *l'Impromptu de Versailles*[1]. Molière y assista sur le théâtre ; nous le savons par un passage
de *la Vengeance des Marquis*, où l'on prétend qu'il y fit fort
mauvaise mine[2] ; nous le savons aussi par une autre comédie
du temps, où l'on prétend tout le contraire. C'est une comédie en
trois actes et en vers, intitulée *les Amours de Calotin*[3]. L'auteur, Chevalier, comédien du théâtre du Marais, tenait sans
doute à honneur de prouver à Molière que tous les comédiens
n'étaient pas ses ennemis ; après avoir dit (acte Ier, scène II)

> .Que, pour plaire aujourd'hui,
> Il faut être Molière ou faire comme lui,

il ajoute :

> Tu sauras que lui-même en cette conjoncture
> Étoit présent alors que l'on fit sa peinture,
> De sorte que ce fut un charme sans égal,
> De voir et la copie et son original....
> Ayant de notre peinture attaqué la vertu,
> Quelqu'un lui demanda : « Molière, qu'en dis-tu ? »
> Lui, répondit d'abord de son ton agréable :
> « Admirable, morbleu! du dernier admirable ;
> « Et je me trouve là tellement bien tiré,
> « Qu'avant qu'il soit huit jours certes j'y répondrai[4]. »

Molière ne mit-il en effet que huit jours à improviser sa

1. L'achevé d'imprimer est du 17 novembre 1663 ; le privilége,
du 30 octobre. Elle est dédiée à Son Altesse Sérénissime Mgr le Duc.

2. Voyez plus loin *l'Impromptu de Versailles*, p. 424, et note 3.

3. On ignore la date de la représentation, qui a dû avoir lieu à
la fin de 1663 ou au commencement de 1664. L'achevé d'imprimer est du 7 février 1664. La pièce a été réimprimée dans la *Collection moliéresque*, avec une notice du bibliophile Jacob, Turin, 1870.

4. Acte Ier, scène III. Chevalier fait un peu plus loin (même
scène) une allusion à *l'Impromptu de Versailles* :

> Tu sauras que, depuis, cet illustre Molière
> Les_a tous ajustés de la bonne manière,
> Et cet esprit, en soi qui n'a rien que de haut,
> A su tailler beaucoup de besogne à Boursaut.

Boursault, en effet, comme on le voit par divers passages de l'*Im-*

réponse ? ce qui placerait la première représentation du *Portrait du peintre* au commencement d'octobre 1663. Nous n'y voyons rien d'impossible ; et ce qui nous semble prouver le fait, c'est l'acharnement que vont mettre Montfleury et de Visé à soutenir que ce prétendu impromptu a été fait à loisir, qu'il date de trois ans, de deux ans, de dix-huit mois, car ils ne s'accordent pas même sur la date. Ils n'auraient pas tant insisté sur ce point, s'ils n'avaient pas eu à lui contester le mérite de cette foudroyante rapidité. Montfleury en convient sans le vouloir :

LE MARQUIS. C'est *l'Impromptu….* — ALIS. *L'Impromptu* de trois ans. LE MARQUIS. De trois ans ? — ALIS. Oui, Monsieur.

LE MARQUIS.
De trois ans, comment diables?
ALIS.
Il a joué cela vingt fois au bout des tables,
Et l'on sait dans Paris que, faute d'un bon mot,
De cela chez les grands il payoit son écot.
LE MARQUIS.
Oui : des comédiens j'en ai su quelque chose,
Mais le reste….
ALIS.
Le reste est une farce en prose,
Aussi vieille qu'Hérode.
LE MARQUIS.
Aussi l'on s'étonnoi
Qu'un ouvrage si bon eût été si tôt fait[1]

On voit ce que Montfleury veut dire. La scène de *l'Impromptu de Versailles* où Molière contrefait les comédiens de l'Hôtel de Bourgogne, pouvait bien, en effet, n'être pas tout à fait nouvelle, en ce sens que Molière, soupant avec ses amis, ne s'était sans doute pas refusé le plaisir d'imiter ainsi, en charge, le jeu et le ton des comédiens rivaux ; Boileau, dit-on, avait le même talent, et contrefaisait Molière lui-même en sa

promptu de *l'hôtel de Condé*, avait eu d'abord l'intention de riposter ; il y renonça, et fit bien.

1. *L'Impromptu de l'hôtel de Condé*, scène III. — Il a été réimprimé par M. Victor Fournel, tome I, p. 239 et suivantes.

présence. Quant *au reste*, qui est une farce vieille comme
Hérode, Montfleury veut sans doute dire que Molière, en
faisant assister le public à une scène de répétition, en mettant
ainsi, non plus des personnages fictifs, mais les comédiens
eux-mêmes sur la scène, ne faisait, après tout, que ce qu'avaient
fait avant lui Gougenot en 1633, et Scudéry en 1634, dans
deux pièces intitulées également *la Comédie des comédiens*[1].
Mais c'était un rapprochement que Molière redoutait si peu,
qu'il fait dire à Mlle Béjart, dans *l'Impromptu* (scène 1re,
p. 393 et 394) : « Que n'avez-vous fait cette comédie des comédiens, dont vous nous avez parlé il y a longtemps ? » Chacun pouvait faire sa *Comédie des comédiens*, et l'Hôtel de
Bourgogne devait représenter la sienne en 1668, après avoir
déclaré l'idée usée en 1663. Elle était même d'un de ses meilleurs acteurs, Raymond Poisson[2]. En outre, Molière prétend
si peu à la gloire d'une improvisation absolue, que, dans la
même scène (p. 396), il donne lui-même le plan de quelques-
uns des développements de cette comédie : « J'avois songé une
comédie où il y auroit eu un poëte, que j'aurois représenté
moi-même, qui seroit venu pour offrir une pièce à une troupe
de comédiens nouvellement arrivés de la campagne, etc. » Ce
qu'il y a de certain, c'est que tous les détails de *l'Impromptu
de Versailles* répondent si bien aux circonstances, qu'il était
puéril de le chicaner sur le titre de la pièce et la date de la
composition. Molière a bien pu achever en une semaine cette
courte comédie : n'avait-il pas fait quelque chose de plus extraordinaire en écrivant en quinze jours une pièce en trois
actes et en vers, *les Fâcheux*?

Mais une chose que Molière tenait beaucoup plus à établir
que la promptitude de l'exécution, c'était que cette pièce lui
avait été *commandée* par le Roi. Il le dit jusqu'à trois fois[3].

1. Voyez l'analyse de ces deux pièces dans l'*Histoire du Théâtre
françois* des frères Parfaict, tome V, p. 22 et 71.

2. On peut lire dans *les Contemporains de Molière* de M. Fournel
(tome I, p. 429, etc.) cette comédie, intitulée *le Poëte basque*, où Hauteroche, Floridor, etc., figurent en personne sous leurs vrais noms.

3. Deux fois dans la première scène (p. 391-392 et p. 393), une fois
dans la scène II (p. 406). C'est aussi ce que Philippe de la Croix, dans
un petit ouvrage favorable à Molière, dont nous parlerons plus loin,

Et qu'on ne suppose pas que le Roi, en commandant à Molière
une pièce nouvelle, ait pu en ignorer le caractère. D'abord, on
ne peut admettre que Molière se fût risqué à associer ainsi le
Roi à sa vengeance, s'il n'avait pas su d'avance que cette liberté ne pouvait lui déplaire. En outre, il se fait dire encore,
par Mlle Béjart : « Mais puisqu'on vous a commandé de travailler sur le sujet de la critique qu'on a faite contre vous.... »
Le Roi savait donc bien quel était le sujet de la pièce nouvelle, puisque c'était lui-même qui l'avait indiqué à Molière.
Enfin, ce qui était plus important pour Molière, et ce qui
prouvait bien au public que le Roi, après avoir vu la pièce,
lui donnait son approbation, et, dans cette querelle, prenait
parti pour le grand poëte, c'est qu'il fit représenter encore
deux fois devant lui *l'Impromptu,* à une date où on ne le
jouait déjà plus à la ville (en octobre 1664 et en septembre
1665), et que les ministres, Colbert et le Tellier, avaient cru
devoir, à cet égard, imiter le maître, en faisant jouer la pièce
chez eux[1].

Quant à l'irritation que Molière laisse percer dans cette petite comédie, on a pu la lui reprocher à une époque où l'on
ne se préoccupait guère d'entourer le commentaire d'une
pièce de tous les renseignements historiques indispensables
pour bien comprendre une œuvre de ce genre. On a oublié
que c'est une réponse, relativement bien modérée, à des attaques déloyales, à d'odieuses dénonciations. Il n'est pas nécessaire, pour se placer au point de vue véritable, d'avoir lu
tous les pamphlets dont nous parlons dans cette notice : la
lecture d'une seule pièce, *le Portrait du peintre,* suffirait pour
justifier cette sortie contre Boursault.

Molière, à propos de la pièce dirigée contre lui, fait dire à
l'un des personnages de *l'Impromptu de Versailles* : « C'est un
nommé Br... Brou... Brossaut qui l'a faite. — Monsieur, lui

prend bien soin de constater : « Molière ne les a peints (*ses adversaires*) qu'après qu'ils l'ont joué sur leur théâtre : il leur a rendu le
change, et quand il n'auroit point d'autre raison pour s'en défendre, on ne pourroit pas le blâmer. Mais sais-tu pas qu'il y a travaillé par l'ordre de Sa Majesté? » (*La Guerre comique,* p. 47.)

1. Voyez plus loin la liste des représentations dans la *Notice* de
l'Impromptu, p. 375-377.

répond un autre, qui joue le personnage du poëte, elle est affichée sous le nom de Boursault. Mais, à vous dire le secret, bien des gens ont mis la main à cet ouvrage, et l'on en doit concevoir une assez haute attente. Comme tous les auteurs et tous les comédiens regardent Molière comme leur plus grand ennemi, nous nous sommes tous unis pour le desservir. Chacun de nous a donné un coup de pinceau à son portrait; mais nous nous sommes bien gardés d'y mettre nos noms; il lui auroit été trop glorieux de succomber, aux yeux du monde, sous les efforts de tout le Parnasse; et pour rendre sa défaite plus ignominieuse, nous avons voulu choisir tout exprès un auteur sans réputation [1]. »

Cette méprisante tirade exaspéra Boursault : en publiant sa pièce, il y répond avec colère, et se défend d'une collaboration qui ne l'honorerait qu'en lui ravissant une partie de sa gloire. La faiblesse de sa pièce protestait suffisamment d'ailleurs contre toute illustre assistance, tant soit peu active. Mais, en écrivant, ne servait-il pas les rancunes d'auteurs beaucoup plus célèbres que lui? C'est au moins ce dont Molière ne paraît pas douter [2].

Parmi les auteurs qui s'étaient prononcés contre l'École des femmes, on nommait le plus grand de tous, Pierre Corneille. On le savait attristé par l'échec récent de sa Sophonisbe [3]; il était,

1. L'Impromptu, scène v, p. 420 et 421. Nous ferons remarquer que Molière, dans ce passage, a dû parler du Portrait du peintre comme s'il n'était pas encore représenté, puisque les comédiens sont censés ici faire la répétition d'une pièce composée antérieurement.

2. Et c'est ce qu'indique aussi très-nettement le seul de ces divers ouvrages qui soit favorable à Molière, la Guerre comique par Philippe de la Croix, publiée quatre mois après l'impression de la pièce de Boursault. En dépit des protestations de celui-ci, on y remarque qu'il pourrait bien avoir eu des collaborateurs; et la seule objection qu'un des interlocuteurs fasse à cette supposition semble la préciser encore, en indiquant que ces collaborateurs pouvaient bien être les tragiques du temps : « DE LA RANCUNE.... Ceux qu'on soupçonne d'avoir mis la main à cette petite comédie, sont-ils pas engagés d'honneur de le secourir en toutes les autres? ALCIDOR.... Quoi? vous voulez qu'ils mettent encore au monde un poëte comique? Que seroit-ce, s'il y en avoit deux? » (P. 92.)

3. Représentée avant le 20 janvier 1663.

en effet, arrivé à une période de décadence, sensible pour tous,
excepté pour lui; au moment où Molière attirait tous les regards, il était délaissé, se croyait méconnu, et sans pouvoir
renoncer à ce théâtre où il avait obtenu de si glorieux triom-
phes, et où il ne devait plus guère recueillir que des mortifica-
tions, il s'y voyait remplacé, dans la faveur du public, par un
génie si différent du sien, qu'il pouvait très-naturellement, et
toute raison personnelle mise à part, ne pas en apprécier toute
la valeur. C'est précisément quand on a écrit *le Cid* et *Polyeucte*,
c'est-à-dire fait de l'admiration un si puissant élément dramatique et donné à la nature humaine des proportions idéales et
sublimes, qu'on a le droit d'éprouver un certain malaise devant
des peintures d'un genre tout opposé. On ne manqua pas alors
d'attribuer à des sentiments de jalousie un manque de sympa-
thie qu'explique beaucoup plus simplement la nature même du
génie cornélien. Il est d'ailleurs permis de supposer, sans faire
injure au noble poëte, qu'il s'était senti atteint dans son amitié
fraternelle par l'épigramme dirigée contre Corneille de l'Isle,
et c'est ce que d'Aubignac ne manqua pas de rappeler, en s'a-
dressant au grand Corneille : « L'auteur de *l'École des femmes*
(je vous demande pardon si je parle de cette comédie qui vous
fait désespérer, et que vous avez essayé de détruire par votre
cabale dès la première représentation), l'auteur, dis-je, de
cette pièce, fait conter à un de ses acteurs qu'un de ses voisins ayant fait clore de fossés un arpent de pré, se fit appeler
M. de l'Isle, que l'on dit être le nom de votre petit frère[1]. »

---

1. *Quatrième dissertation concernant le poëme dramatique*, 1663,
p. 115 (voyez ci-après, p. 171 et note 1). Plus bas (p. 119 et 120) :
« Le poëte qui fait profession, dit d'Aubignac, de fournir le théâtre
et d'entretenir, durant toute sa vie, la satisfaction des bourgeois,
ne peut souffrir de compagnon. Il y a longtemps qu'Aristophane
l'a dit, il se ronge de chagrin quand un seul poëme occupe Paris
durant plusieurs mois, et *l'École des maris* et celle *des femmes* sont
les trophées de Miltiade qui empêchent Thémistocle de dormir. Nous
en avons su quelque chose, et les vers que M. des Préaux a faits sur
la dernière pièce de M. Molière nous en ont assez appris. » Guéret,
dans un petit ouvrage qui paraît avoir été écrit vers 1669, prétend
que ce fut cette vogue de la comédie nouvelle qui détermina Corneille à ne plus écrire : « C'est pour cela.... que M. Corneille s'est

Il revient encore, un peu plus loin, sur le chagrin que causait à Corneille la réussite de *l'École des femmes*. L'animosité de l'irascible abbé contre le grand poëte ôte beaucoup de valeur à ses assertions. Mais il ne faut pas oublier que le *Segraisiana*, très-favorable à Corneille, dit la même chose, et attribue son chagrin, non point au regret, assez concevable, de voir le public abandonner la muse tragique pour la comédie nouvelle, mais à une cause moins générale, au sentiment de la supériorité de Molière dans un genre particulier, la comédie, où Corneille « n'a pas si bien réussi, dit le *Segraisiana* : il y a toujours quelques scènes trop sérieuses; celles de Molière ne sont pas de même, tout y ressent la comédie. M. Corneille sentoit bien que Molière avoit cet avantage sur lui : c'est pour cela qu'il en avoit de la jalousie, ne pouvant s'empêcher de le témoigner; mais il avoit tort[1]. »

Il est difficile de croire cependant que l'auteur du *Menteur* se préoccupât beaucoup d'une concurrence nouvelle dans un genre auquel il avait renoncé depuis vingt ans[2], et l'on doit penser que l'irritation de Corneille, si elle fut réelle, tenait à une cause moins particulière. Ce qui n'est pas douteux pour nous, c'est que Molière croyait à cette malveillance de Corneille à son égard, et qu'il le lui a fait sentir. Comment, en effet, Corneille pouvait-il prendre ce passage de *la Critique* où Molière, comparant entre elles la comédie et la tragédie, semble réduire celle-ci au mérite, fort *aisé*, selon lui, « de se guinder sur de grands sentiments, de braver en vers la Fortune, accuser les Destins, et dire des injures aux Dieux[3]? » Ce

insensiblement retiré du théâtre. » (*La Promenade de Saint-Cloud*, à la suite des *Mémoires de Bruys*, tome II, p. 213.) Nous croyons qu'en 1669 les premiers succès de Racine avaient contribué beaucoup plus que ceux de Molière à cette retraite qui d'ailleurs ne fut pas définitive. Mais on voit du moins ici que des gens beaucoup moins passionnés que l'abbé d'Aubignac soupçonnaient Corneille de n'avoir pas vu sans chagrin le triomphe d'un génie si différent du sien.

1. *Segraisiana* (1721 : voyez notre tome II, p. 16, note 1), p. 212.
2. La dernière comédie de Corneille, *la Suite du Menteur*, est de 1643.
3. Scène VI, p. 351.

qu'il y a d'excessif, d'injuste même dans cette appréciation, comme aussi l'allusion qu'il fait un peu plus haut à la « solitude effroyable que l'on voit aux grands ouvrages, » semble bien indiquer une intention de représailles. Cette sortie contre la tragédie est d'autant plus significative, que l'antipathie de Molière pour le genre tragique n'est nullement prouvée ; qu'on lui reprochait, au contraire, de s'obstiner à jouer ces rôles sérieux auxquels on ne le croyait pas propre ; que lui-même faisait représenter assez souvent les pièces de Corneille sur son théâtre ; que, quand *Sertorius* eut été imprimé, il se hâta de monter la pièce et en donna un assez grand nombre de représentations [1], et qu'enfin, l'année suivante, il allait créer à Corneille une rivalité plus affligeante que la sienne pour le vieux poëte, celle de Racine avec *la Thébaïde*, dont il passa même pour avoir donné le plan [2]. Enfin quand, dans *l'Impromptu*, il montre « les auteurs, depuis le cèdre jusqu'à l'hysope..., diablement animés » contre l'auteur de *l'École des femmes* [3], à qui peut s'appliquer cette expression, *le cèdre*, si elle ne désigne pas le plus grand d'entre eux ? Cette mésintelligence, heureusement passagère, entre les deux grands poëtes, est une chose triste ; mais ce n'est pas une raison pour la nier. Ce fut au théâtre de Molière que Corneille, plus tard, donna *Attila* (1667), puis *Tite et Bérénice* (1670). Les deux poëtes s'étaient donc réconciliés ; mais il n'en est pas moins certain que leur brouille, à l'occasion de *l'École des femmes*, n'avait été que trop réelle.

L'irritation que Molière ressentit au sujet du *Portrait du peintre*, ne peut s'expliquer que par cette idée que Boursault n'était qu'un prête-nom ; la pièce assurément ne méritait pas une vengeance comme celle qu'il en tira. En somme, dans tous ces ouvrages hostiles à Molière, et dont les auteurs, il faut bien l'avouer, avaient le désavantage d'une cause bien difficile à sou-

---

1. Les frères Parfaict, tome IX, p. 105.
2. C'est du moins ce que dit la Grange-Chancel dans la préface de ses *OEuvres* (1735), p. xxxviii; et il prétend tenir ce fait de quelques « amis particuliers de M. Racine ». Mais voyez la *Notice* de M. P. Mesnard, tome I du *Racine*, p. 370 et suivantes.
3. Scène v, p. 423.

tenir, on ne trouve rien de passable et qu'on puisse citer que
dans la pièce de Montfleury, *l'Impromptu de l'hôtel de Condé*.

A qui venge son père, il n'est rien d'impossible :

Montfleury fils avait à venger Montfleury père et tout l'Hôtel de Bourgogne, bafoué dans *l'Impromptu de Versailles*,
menacé dans sa gloire et dans ses intérêts. Il le fit avec
plus d'esprit et de mesure que ses devanciers, n'attaquant
guère chez Molière que l'auteur et surtout le comédien, et
s'abstenant, en général, de ces attaques odieuses qui abon-
dent dans les pamphlets cités plus haut. La riposte de Montfleury fut assez prompte ; il est peu probable qu'il eût vu la
première représentation de *l'Impromptu* à Versailles, le 14 octobre ; la pièce de Molière, pour produire tout son effet, n'avait
pas dû être annoncée d'avance ; et, à moins que Montfleury n'ait
été prévenu par quelque indiscrétion, on ne voit pas pourquoi
il y aurait assisté. En tout cas, une seule audition n'aurait
pas suffi pour mettre dans les citations que Montfleury fait de
la pièce de Molière, l'exactitude et la précision qu'on y remarque. Sa réponse doit donc être postérieure aux représentations à Paris (la première fut donnée le 4 novembre). Nous ne
pensons pas toutefois que la comédie de Montfleury ait été
jouée en novembre, comme le dit M. Victor Fournel[1]. Mais
elle le fut sans doute en décembre, et ce fut seulement, selon
l'usage, quand le succès au théâtre fut à peu près épuisé, qu'il
sollicita un privilége pour l'impression : ce privilége est du
15 janvier 1664.

1. *Les Contemporains de Molière*, tome I, p. 216. On trouverait
dans *l'Impromptu de l'hôtel de Condé*, en le supposant imprimé tel
qu'il avait été joué, deux passages difficiles à concilier avec cette
rapidité extraordinaire. On y parle (scène 11) de la pièce de Boursault comme déjà mise en vente chez les libraires ; or l'achevé
d'imprimer de celle-ci étant du 17 novembre, elle n'a pu être
mise en vente que vers la fin du mois. Dans un autre passage
(scène 111), Montfleury prétend qu'aucun des libraires du Palais
ne veut se charger de publier *l'Impromptu de Versailles*. Molière ne
songeait point à le faire imprimer ; mais, pour que cette assertion
eût quelque vraisemblance, il fallait que sa pièce eût eu déjà un
certain nombre de représentations.

On s'est demandé pourquoi ce titre : *l'Impromptu de l'hôtel de Condé*. On a remarqué que le duc d'Enghien paraît avoir été beaucoup moins favorable à Molière que son père, le grand Condé, puisqu'il acceptait, à ce moment même, la dédicace de la pièce de Boursault, *le Portrait du peintre*. « La pièce de Montfleury, dit M. Victor Fournel[1], a probablement été jouée d'abord à l'hôtel de Condé, et il a tenu à le constater dans son titre, de manière à mettre son attaque sous cette haute protection, comme Molière avait mis la sienne sous celle de la cour. Il opposait ainsi titre à titre, comme pièce à pièce. » Cette explication nous semble fort plausible. Nous remarquons que, dans le *Registre de la Grange*, on trouve mentionnée une représentation de *la Critique de l'École des femmes* et de *l'Impromptu de Versailles* à l'hôtel de Condé, le 11 novembre 1663. Le duc d'Enghien aurait-il profité de cette occasion pour mettre aux prises les deux adversaires, et encouragé alors Montfleury à répondre à Molière, comme Louis XIV avait encouragé Molière à répondre à Boursault? Ce serait assez dans le caractère de celui dont Saint-Simon a tracé un si terrible portrait[2].

Il y a dans *l'Impromptu de l'hôtel de Condé* un certain art de composition; la scène se passe devant les boutiques des libraires, dans la galerie du Palais, ce qui permet à Montfleury de distribuer quelques éloges aux auteurs habituels de l'Hôtel de Bourgogne, Quinault, Boursault, Poisson, Boyer, et surtout Corneille, dont un marquis, partisan de Molière, semble dédaigner la *Sophonisbe*. Ce marquis, que Montfleury a la maladresse de rendre ridicule comme pour donner raison à Molière affirmant qu'un marquis ridicule est un personnage obligé dans toutes les comédies, vient pour acheter « de ces pièces du temps; » une marchande lui en offre plusieurs qu'il refuse. *Mais de qui les voulez-vous donc, Monsieur ?* lui dit la marchande.

De qui? Belle demande !
De Molière, morbleu! de Molière, de lui,
De lui, de cet auteur burlesque d'aujourd'hui,
De ce daubeur de mœurs, qui, sans aucun scrupule,

---

1. *Les Contemporains de Molière*, tome I, p. 239.
2. *Mémoires*, tome VII, p. 287-289 (édition de 1873).

Fait un portrait naïf de chaque ridicule;
De ce fleau[1] des cocus, de ce bouffon du temps,
De ce héros de farce acharné sur les gens,
Dont, pour peindre les mœurs, la plume est si savante,
Qu'il paroît tout semblable à ceux qu'il représente[2].

A part l'insinuation maligne qu'on croit entrevoir dans ce dernier trait, la pièce ne roule guère que sur les ridicules de Molière comme comédien. C'est là que se trouvent ces vers si souvent cités sur ses défauts dans les rôles tragiques. *Cet homme est inimitable en tout,* dit le Marquis; et un de ses amis, Alcidon, lui réplique ironiquement :

Il est vrai qu'il récite avecque beaucoup d'art,
Témoin dedans *Pompée* alors qu'il fait César[3].
Madame, avez-vous vu, dans ces tapisseries,
Ces héros de romans ?

LA MARQUISE.
Oui.

LE MARQUIS.
Belles railleries !

ALCIDON.
Il est fait tout de même : il vient le nez au vent,
Les pieds en parenthèse, et l'épaule en avant,
Sa perruque, qui suit le côté qu'il avance,
Plus pleine de laurier qu'un jambon de Mayence,

1. *Fleau,* sans accent et ne formant qu'une syllabe. Voyez le *Lexique de Malherbe.* M. Littré nous apprend que la prononciation *flau* s'est conservée dans le Berry et à Genève.

2. Scène II.

3. L'auteur de *la Vengeance des Marquis* (scène II) reproche aigrement à Molière d'avoir dit qu'il a été voir récemment à l'Hôtel de Bourgogne, dans *le Cid,* un acteur qui ne l'a point joué depuis plus de six ans. D'abord Molière ne dit nullement cela (voyez plus loin, la fin de la note 1 de la page 395); et, en outre, on pourrait remarquer ici chez Montfleury une inexactitude du même genre. Nous ne croyons pas que Molière ait joué le rôle de *César* depuis 1659. S'il y avait été ridicule, au moins ne s'était-il pas obstiné à le jouer. Les seules pièces de Corneille représentées sur le théâtre de Molière dont nous trouvions l'indication dans le *Registre de la Grange,* depuis le commencement de 1660, sont : *Nicomède, le Menteur, Héraclius, Cinna,* et surtout *Sertorius.*

Les mains sur les côtés d'un air peu négligé,
La tête sur le dos comme un mulet chargé,
Les yeux fort égarés, puis débitant ses rôles,
D'un hoquet éternel sépare ses paroles [1].

Le portrait pouvait n'être qu'une caricature; mais il paraît qu'on le trouvait ressemblant. Ce qui est beaucoup plus contestable, c'est la critique qu'on fait de son jeu dans la comédie et notamment dans *l'École des femmes*. On lui reproche de manquer de naturel, de prodiguer les grimaces, de se faire *laid* à plaisir. Sur ce dernier point, le Marquis, partisan de Molière, a une excuse toute prête, une raison excellente à faire valoir; c'est un secret qu'il confie à ses amis, et qu'il tient sans doute du comédien lui-même : Molière a obtenu *la survivance de Scaramouche*, et c'est pour cela qu'il tâche de l'imiter. Ces critiques banales sont bien innocentes à côté des personnalités offensantes que se permettaient déjà les ennemis de Molière, et que nous retrouvons dans *la Vengeance des Marquis* [2], représentée probablement un peu après la pièce de Montfleury, et dont l'auteur est encore de Visé, aidé peut-être du comédien de Villiers.

Montfleury semble, comme l'a remarqué M. Victor Fournel, annoncer cette dernière pièce dans les derniers vers de la sienne; Molière y sera ridiculisé *finement*, et sera *certain chapitre....* Était-ce, comme le remarque le même critique, le chapitre des infortunes conjugales, qu'un libelle trop cité fait remonter en effet à cette date [3] ? Sans accorder la moindre con-

---

1. Scène III.

2. De Visé, dans sa *Lettre sur les affaires du théâtre* (p. 81), prie celui auquel il envoie cette pièce « de la regarder comme un ouvrage d'un jour et demi. Je sais bien que je n'en dois pas être cru sur ma parole; mais j'ai de sûrs moyens pour vous persuader de cette vérité, et je ne doute point que vous n'ajoutiez foi aux personnes à qui je la lus deux jours après la première représentation de *l'Impromptu de Versailles*, puisqu'elles ne sont pas moins connues et estimées pour leur probité que pour leur naissance et pour leur esprit. »

3. *La Fameuse comédienne* ou *Histoire de la Guérin*, 1688, place la liaison de l'abbé de Richelieu et de Mlle Molière quelques mois

fiance à ce dernier livre, on y trouve au moins la preuve que
la médisance ou la calomnie commençaient déjà à s'occuper de
Mlle Molière : c'était une bonne fortune pour les ennemis du
grand comique, et ils se hâtèrent d'appuyer sur ce point dou-
loureux. Aussi, dans *la Vengeance des Marquis*, après avoir dit
que Molière assista à une représentation du *Portrait du peintre*,
l'auteur ajoute (scène III) : « Il a plus été de cocus qu'il ne
dit voir *le Portrait du peintre* ; j'y en comptai un jour jusques
à trente et un. Cette représentation ne manqua pas d'appro-
bateurs : trente de ces cocus applaudirent fort, et le dernier
fit tout ce qu'il put pour rire, mais il n'en avoit pas beaucoup
d'envie. »

On peut juger par ce passage du ton de la pièce ; c'est partout la même violence niaise, il n'y a pas ombre de talent.
L'auteur ne songe qu'à exciter la vengeance des marquis en
leur reprochant leur patience à l'égard de celui qui les a
offensés, à éveiller les inquiétudes des personnes pieuses au
sujet du *sermon* d'Arnolphe, que de Visé prend bien soin
de rappeler. Ce dernier passage vaut la peine d'être cité :
CLARICE, qui a renoncé à voir la comédie, dès l'âge de vingt
ans, avoue cependant qu'elle vient d'aller à *l'Impromptu
de Versailles*, et, comme on s'en étonne, elle répond (scène V) :
« J'étois avec deux ou trois femmes dont la vie est un
exemplaire de vertu. Nous y avons été pour nous mortifier, et
non pour nous divertir, et par un dessein caché qu'il n'est
pas besoin que tout le monde sache. ORPHISE. Vous pourriez le dire ici en toute assurance : il n'y a que de nos amis.
CLARICE. Nous voulions savoir si le Peintre, après avoir fait
un sermon dans une de ses comédies, et mis les dix commandements, n'auroit point, dans cette dernière, parlé des sept
péchés mortels et de quelque autre office journalier, afin de lui
en faire faire après quelques réprimandes, mais pourtant avec
toute la douceur imaginable. »

C'est aussi sot que perfide. Cela n'empêche pas le scrupuleux auteur de faire chanter devant cette même Clarice si dé-

avant la première représentation de *la Princesse d'Élide*, qui eut lieu
le 7 mai 1664 : voyez la réimpression de M. Jules Bonnassies, 1870,
p. 10.

vote et si sévère, un couplet ordurier[1]. On aurait quelque honte d'insister davantage sur cette plate rapsodie ; elle clôt dignement la série de ces pièces de théâtre, si peu honorables pour leurs auteurs, qu'avait fait naître le succès de *l'École des femmes*.

La lutte continua ailleurs ; mais Molière ne daigna plus s'y mêler. Il parut un opuscule assez équivoque, intitulé *le Panégyrique de l'École des femmes*, dont l'achevé d'imprimer est du 30 novembre 1663. L'auteur de ce dialogue est Robinet[2],

1. Ce qu'il y a de plus curieux, c'est que de Visé, en publiant plus tard sa *Vengeance des Marquis*, n'oublie pas de s'assurer la propriété de ce *couplet de la Coquille*. On lit dans une note *Au lecteur* qui suit sa pièce : « Bien que dans *la Vengeance des Marquis*, Philipin chante la chanson de la Coquille, ne t'imagine pas que je l'aie prise dans *le Portrait du peintre*. Ma pièce étoit faite avant qu'on l'y chantât, et Messieurs de l'Hôtel avouent que c'est moi qui leur ai fait dire. J'avois, en ce temps, résolu de l'ôter ; mais l'on m'en a empêché à cause de la pensée qui suit, pour laquelle je l'y avois mise[a]. » (P. 155 des *Diversités galantes*.) Comment Boursault avait-il laissé chanter ce couplet dans son *Portrait du peintre*? Comment l'y avait-il amené? Nous n'avons donc pas sa pièce tout à fait telle qu'il l'avait faite ; elle a gagné un peu à cette suppression, car ce précieux couplet est quelque chose de bien pis que le fameux *le* tant reproché à Molière dans la même pièce.

2. C'est ce que nous apprend le Registre de la chambre syndicale des libraires (le 16 novembre 1663) : « Cejourd'hui le sʳ Nicolas Pepingué, mᵉ imprimeur et marchand libraire à Paris, nous a présenté le privilége obtenu de Sa Majesté par Charles de Sercy, aussi marchand libraire pour l'impression de deux pièces de théâtre : l'une intitulée *le Portrait du Peintre*, composée par le sʳ Boursault, et l'autre *le Panégyrique de l'École des femmes*, par le sʳ Robinet. Accordé pour sept années, et daté du 30ᵉ octobre 1663. » Comme Robinet, dans sa gazette en vers, se montra plus tard très-favorable à Molière, on pourrait douter que ce soit bien le même que l'auteur du *Panégyrique*. Mais l'annonce de la mort du comédien Beauchâteau, mise en apostille à la fin de sa *Lettre en vers à Madame* du 13 septembre 1665, prouve qu'à cette date encore il

a La *pensée* qui a empêché de Visé de sacrifier son couplet est celle que nous avons citée à la page 16 du présent volume, où Madeleine Béjart est qualifiée de *vieux poisson*.

sans doute celui qui fit plus tard une gazette rimée, à l'imitation de Loret. Il est assez difficile de voir quelle est l'opinion de l'auteur ; au moins a-t-il le bon esprit de se prononcer contre *le Portrait du peintre*. Tout en faisant plaider le pour et le contre par les différents interlocuteurs, il fait dire à l'un d'eux, Chrysolite, qui paraît représenter les opinions de l'auteur : « Je suis étonné comment l'on peut faire des remarques si peu solides, et qu'il y ait des gens qui se soient donné la peine de les faire éclater même sur la scène ; et je leur demanderois volontiers si ce qu'ils ont fait sur ce sujet aura un grand relief sur le papier ? Je leur demanderois pareillement si ce qu'ils appellent *le Portrait du peintre* est un portrait fort ressemblant, et si un tas de *morbleu* et quelques autres mots n'établissent pas bien la ressemblance ? Mais laissez faire, Élimore [1] ajustera ces faiseurs de portraits du peintre, et il ne manquera point du tout de couleurs pour les représenter avec un peu plus de rapport, et faire l'un des beaux morceaux de peinture qui se soient jamais vus. Il a sur ce sujet des imaginations que je n'ai pu apprendre sans en crever de rire par avance [2]. » C'était annoncer *l'Impromptu de Versailles*, déjà représenté d'ailleurs une fois (à la cour), quand Robinet obtenait son privilége. Selon la remarque de M. Victor Fournel [3], « si, à la fin, les deux personnages qui soutenaient le parti d'Élimore finissent par se ranger contre lui, c'est uniquement, comme au reste l'explique l'auteur, par complaisance pour leurs belles et pour ne pas se faire tort dans leurs bonnes grâces. » D'ailleurs, c'est, en somme, d'un ton assez modéré.

était peu bienveillant pour Molière ; elle contient cette allusion à la scène de *l'Impromptu* où il était question de Beauchâteau (p. 400) :

> C'est en vain que *Moliers* (sic) tâche à jouer son rôle :
> Il iroit longtemps à l'école
> Avant que d'égaler un tel original.

1. Chrysolite appelle ainsi Molière, tandis que les autres personnages du dialogue s'obstinent à le désigner sous le nom de Zoïle.
2. Pages 57 et 58.
3. *Les Contemporains de Molière*, tome I, p. 100.

Nous n'en dirons pas autant de la *Lettre sur les affaires du théâtre*, publiée par de Visé dans ses *Diversités galantes* [1], plus d'un an après la première représentation de *l'École des femmes*; il revient encore sur cette pièce jouée depuis un an, et, cette fois, en motivant un peu plus ses jugements que dans ses *Nouvelles nouvelles*. Comme ce passage semble résumer à peu près toutes les critiques littéraires que l'on avait lancées contre le chef-d'œuvre de Molière, on nous pardonnera de le reproduire tout entier :

« Si l'on court à tous les ouvrages comiques, c'est pour ce que l'on y trouve toujours quelque chose qui fait rire, et que ce qui en est méchant et même hors de la vraisemblance, est quelquefois ce qui divertit le plus. Les postures contribuent à la réussite de ces sortes de pièces, et elles doivent ordinairement tous leurs succès aux grimaces d'un acteur. Nous en avons un exemple dans *l'École des femmes*, où les grimaces d'Arnolphe, le visage d'Alain, et la judicieuse scène du Notaire ont fait rire bien des gens ; et sur le récit que l'on en a fait, tout Paris a voulu voir cette comédie ; mais Élomire ne doit pas pour cela publier que tout Paris a regardé *l'École des femmes* comme un chef-d'œuvre, puisque, hors ses amis, qui voient ses ouvrages avec d'autres yeux que les autres, tout le monde en a d'abord reconnu les défauts. Ceux qui en virent la première représentation se souviennent bien qu'elle fut généralement condamnée ; et quoique le mal que l'on dit d'un ouvrage vienne rarement aux oreilles d'un auteur, Élomire en a depuis ouï conter les défauts à tant de monde, qu'il a cru en devoir faire lui-même une *Critique*, pour empêcher les autres

---

1. « *Les Diversités galantes*, contenant *les Soirées des Auberges*, nouvelle comique ; *Réponse à l'Impromptu de Versailles* ou *la Vengeance des Marquis*; *l'Apothicaire de qualité*, nouvelle galante et véritable; *Lettre sur les affaires du théâtre*, à Paris, chez Claude Barbin, ... 1664. » Il y a deux paginations : la première pour les *Soirées* et la *Réponse à l'Impromptu*, la seconde pour *l'Apothicaire* et la *Lettre sur les affaires du théâtre*. La dédicace à *Mgr le duc de Guise* est signée de l'initiale D. La nouvelle *galante* intitulée *l'Apothicaire de qualité* suffirait pour donner une singulière idée de la délicatesse d'un auteur dont la susceptibilité est si ombrageuse quand il s'agit de Molière.

d'y travailler, ce qui fut cause que je fis ensuite ma *Zélinde*,
voyant qu'il avoit agi en père, et qu'il avoit eu trop d'indul-
gence pour ses enfants. Il dit qu'il peint d'après nature ; cependant quoique nous voyions bien des jaloux, nous en voyons
peu qui ressemblent à Arnolphe : c'est pourquoi il se devroit
donner encore plus de gloire, et dire qu'il peint d'après son
imagination ; mais comme elle ne lui peut représenter des héros, je suis assuré qu'il ne nous en fera jamais voir, s'ils ne
sont jaloux. Ce sont là les grands sentiments qu'il leur inspire,
et la jalousie est tout ce qui les fait agir depuis le commencement jusques à la fin de ses pièces sérieuses, aussi bien que
de ses comiques ; et puisqu'il y met si peu de différence, je ne
sais pas pourquoi il assure que les pièces comiques doivent
l'emporter sur les sérieuses [1]. »

Ce sont là encore, si l'on veut, des critiques qui ne s'adres-
sent qu'à l'ouvrage et non à l'homme. Mais ce qui dépasse tout,
c'est le passage où de Visé, pour compléter sa *Vengeance des
Marquis*, insinue que Molière, en attaquant les marquis ridicules, offense le Roi lui-même :

« Pour ce qui est des marquis, ils se vengent assez par leur
prudent silence, et font voir qu'ils ont beaucoup d'esprit, en ne
l'estimant pas assez pour se soucier de ce qu'il dit contre
eux. Ce n'est pas que la gloire de l'État ne dût obliger à se
plaindre, puisque c'est tourner le Royaume en ridicule, railler
toute la noblesse, et rendre méprisables, non-seulement à tous
les François, mais encore à tous les étrangers, des noms écla-
tants, pour qui l'on devroit avoir du respect. Quoique cette
faute ne soit pas pardonnable, elle en renferme une autre qui
l'est bien moins, et sur laquelle je veux croire que la prudence
d'Élomire n'a pas fait de réflexion. Lorsqu'il joue toute la cour
et qu'il n'épargne que l'auguste personne du Roi, que l'éclat de
son mérite rend plus considérable que celui de son trône, il ne
s'aperçoit pas que cet incomparable monarque est toujours ac-

1. *Lettre sur les affaires du théâtre*, p. 89-91. Suit une comparaison entre le mérite des pièces sérieuses, comme celles de Corneille,
et les comédies de Molière, où se voit clairement l'intention de
les exciter l'un contre l'autre. Selon de Visé, « le premier est plus
qu'un Dieu, et le second est auprès de lui moins qu'un homme
(p. 94). »

compagné des gens qu'il veut rendre ridicules, que ce sont
eux qui forment sa cour, que c'est avec eux qu'il se divertit,
que c'est avec eux qu'il s'entretient, et que c'est avec eux
qu'il donne de la terreur à ses ennemis. C'est pourquoi Élomire
devroit plutôt travailler à nous faire voir qu'ils sont tous des
héros, puisque le Prince est toujours au milieu d'eux, et qu'il
en est comme le chef, que de nous en faire voir des portraits
ridicules. Il ne suffit pas de garder le respect que nous devons au demi-dieu qui nous gouverne : il faut épargner ceux
qui ont le glorieux avantage de l'approcher, et ne pas jouer
ceux qu'il honore d'une estime particulière. Je tremble pour
cet auteur, lorsque je lui entends dire, en plein théâtre, que
ces illustres doivent à la comédie prendre la place des valets.
Quoi? traiter si mal l'appui et l'ornement de l'État! avoir tant
de mépris pour des personnes qui ont tant de fois, et si géné-
reusement, exposé leur vie pour la gloire de leur prince[1]!... »

Il faut convenir que Molière eut beaucoup à pardonner à
de Visé quand plus tard il consentit à jouer ses pièces sur
son théâtre : il montra en cette occasion un oubli des injures que ses ennemis de toutes sortes auraient bien fait
d'imiter.

Le dernier mot, dans cette polémique, n'appartint pas
toutefois aux ennemis du grand poëte; le seul écrit dont il
nous reste à parler est le seul aussi où l'auteur prenne franchement le parti de Molière[2]. Philippe de la Croix, qu'on

---

1. *Lettre sur les affaires du théâtre*, p. 83-86.
2. *La Guerre comique* ou *la Défense de l'École des femmes*, par le
sieur de la Croix, à Paris, chez Pierre Bienfait, 1664. C'est le *Registre* de la chambre syndicale des libraires qui nous apprend que le
prénom de l'auteur était *Philippe :* l'inscription de son nom sur ce
registre officiel fait sans doute voir que ce n'était pas un pseudo-
nyme. Quel était ce Philippe de la Croix? Nous n'en savons rien.
Ce qui semble prouver que ce n'était pas un écrivain de profession,
c'est qu'il paraît qu'en faisant enregistrer son privilége, il ne s'était
pas encore assuré d'un libraire. C'est, contre l'usage le plus ordinaire, lui, et non le libraire, qui le fait enregistrer, et le registre des
libraires ajoute, comme il le fait quand il s'agit d'un écrivain qui n'a
pas encore d'éditeur : « Registré à condition que les exemplaires
dudit livre ne se pourront distribuer que par les libraires. et non

ne connaît pas d'ailleurs, a résumé les débats dans un dialogue
où, devant Apollon et les Muses, constitués en tribunal, les
ennemis de Molière, marquis, jaloux, auteurs et comédiens,
viennent plaider leur cause. Apollon rend un arrêt, en vers de
huit syllabes qui ne sont guère plus forts que ceux de Loret,
mais qui ont au moins le mérite d'être une décision formelle
en faveur de *l'École des femmes*. La prose de Philippe de la
Croix vaut mieux que ses vers : elle est d'un homme d'esprit
et de sens et qui a eu le mérite rare de se mettre du bon côté.

Parmi les acteurs qui ont joué à l'origine dans *l'École des
femmes*, on peut citer, outre Molière dans le rôle d'*Arnolphe*,
Mlle de Brie dans celui d'*Agnès*. Elle garda toujours ce rôle
jusqu'à sa retraite, qui eut lieu à Pâques de l'année 1685. Les
frères Parfaict donnent la note suivante extraite des manuscrits de M. de Tralage : « Quelques années avant sa retraite du
théâtre, ses camarades l'engagèrent à céder son rôle d'Agnès
à Mlle du Croisy, et cette dernière s'étant présentée pour le
jouer, tout le parterre demanda si hautement Mlle de Brie,
qu'on fut forcé de l'aller chercher chez elle, et on l'obligea de
jouer dans son habit de ville ; on peut juger des acclamations
qu'elle reçut ; et ainsi elle garda le rôle d'Agnès jusqu'à ce
qu'elle quitta le théâtre. Elle le jouoit encore à soixante et
cinq ans [1]. »

autrement. » Les frères Parfaict citent à propos de du Croisy et de
Mlle de la Grange deux « notes de M. de la Croix, » dont la rédaction
semblerait indiquer que l'auteur de ces notes a connu ces deux comédiens (voyez l'*Histoire du Théâtre françois*, tome XIII, p. 294 et 299).
Serait-ce ce même M. de la Croix qui, dans sa jeunesse, en 1664,
prenait ainsi le parti de Molière ? Était-ce, comme M. de Tralage,
dont les notes manuscrites sont si souvent citées par les mêmes auteurs, quelque amateur du théâtre, comme il y en avait tant alors ?
Il paraît qu'il avait entrepris une suite du *Roman comique*. On lit dans
un avis du *Libraire au lecteur*, qui est placé à la fin de *la Guerre comique* : « Je vous avertis que M. de la Croix est prêt de mettre sous
la presse une troisième partie du *Roman comique* que M. Scarron a
commencé si galamment. Vous jugerez par son coup d'essai, si l'on
peut s'en promettre quelque chose de divertissant. »

1. *Histoire du Théâtre françois*, tome XII, p. 472.

Les trois rôles d'*Horace*, d'*Alain* et de *Georgette* étaient encore tenus en 1685 par la Grange, Brécourt et Mlle de la Grange : on peut en conclure qu'ils les avaient créés[1]. Brécourt venait d'entrer dans la troupe du Palais-Royal ; mais il devait en sortir, pour entrer à l'Hôtel de Bourgogne, quinze mois environ après la première représentation, à Pâques 1664, et il ne reprit son rôle qu'après la mort de Molière, à la réunion ; son successeur au Palais-Royal fut Hubert, qui venait du Marais. Quant à Mlle Marotte (c'était le nom que portait alors Mlle de la Grange, qui n'épousa le célèbre acteur que dix ans plus tard), elle ne faisait pas encore partie de la troupe, et jouait seulement quelques petits rôles. Le *Registre de la Thorillière*, à la date des 29 juin 1663, 1ᵉʳ et 6 juillet, nous apprend qu'on lui fournissait son costume.

Pour les autres rôles moins importants, toute indication serait purement conjecturale, et, quand elle ne le serait pas, elle ne nous paraîtrait pas d'ailleurs bien nécessaire.

Voici quelle était la distribution de la pièce en 1685, telle que nous la trouvons dans un manuscrit que nous avons déjà eu l'occasion de citer[2] :

Damoiselles.

AGNÈS, ...[3].
GEORGETTE, ... la Grange.

---

1. Voici la composition de la troupe, d'après le *Registre de la Grange*, à Pâques 1662 :

« MM. de la Thorillière[*],   Mlles Béjart,
      Brécourt[*],   de Brie,
      Béjart,   Molière,
      du Parc,   du Parc,
      Lespy,   du Croisy,
      de Brie,   Hervé.
      du Croisy,
      de la Grange.

En tout quinze parts.

[*] Entrèrent dans la troupe et étoient auparavant au Marais. »

2. Bibliothèque nationale, Manuscrits français, n° 2509, *Répertoire des comédies qui se peuvent jouer* (à la cour).

3. Le nom de l'actrice est omis. On vient de voir que c'est au

Hommes.

HORACE, ...	la Grange,
ARNOLPHE, ...	Rosimont,
ALAIN, ...	Brécourt,
CHRYSALDE, ...	Guérin,
ENRIQUE père, ...	Beauval,
ORONTE père, ...	Hubert.

Voici la distribution de *l'École des femmes* en 1835, et la distribution actuelle :

	EN 1835.	AUJOURD'HUI.
ARNOLPHE, ...	Provost, MM.	Got,
CHRYSALDE, ...	Saint-Aulaire,	Thiron,
HORACE, ...	Menjaud,	Delaunay,
ORONTE, ...	Dumilâtre,	Martel,
ENRIQUE, ...	Arsène,	Tronchet,
ALAIN, ...	Dailly,	Coquelin cadet,
NOTAIRE, ...	Faure.	Kime.
AGNÈS, ...	Mmes Menjaud,	Mmes Reichemberg,
GEORGETTE, ...	Dupont.	Dinah-Félix.

Nous avons dit[1] qu'après la mort de Molière, l'Hôtel de Bourgogne se mit à représenter plusieurs de ses pièces. *L'École des femmes*, cause première de cette lutte acharnée entre les deux théâtres rivaux, fut du nombre de celles dont la troupe royale enrichit son répertoire, et c'est de Visé qui nous apprend, dans *le Nouveau Mercure galant* (volume d'octobre 1677, p. 202), que l'Hôtel de Bourgogne représenta, en 1677, à Fontainebleau, devant la cour, *l'École des femmes*, ainsi que *l'Avare* et *le Misanthrope*.

Dans la Notice sur *l'École des femmes*, p. 170, Auger dit : « On sait que Lekain vit assez de tragédie dans ce rôle pour avoir envie de se l'approprier. » Peut-être en eût-il altéré le caractère véritable. Nous ne savons d'ailleurs où Auger a pris ce fait : ce n'est pas, en tout cas, dans les *Mémoires de Lekain*.

commencement de cette année que Mlle de Brie avait quitté le théâtre, et peut-être aucune actrice n'était-elle encore en possession définitive du rôle qu'elle avait si bien joué.

1. Tome I, p. 542.

Voici l'indication de la misè en scène, d'après le manuscrit
du décorateur, conservé à la Bibliothèque nationale[1] : « [Le]
théâtre est deux maisons sur le devant, et le reste est une
place de ville. Il faut une chaise, une bourse et des jetons.
Au 3° [acte], des jetons, une lettre. »

Molière laissa s'épuiser le premier succès de *l'École des
femmes* avant de la livrer à l'impression. On lit dans le *Registre syndical*, à la date du 17 mars 1663 : « Le même jour
que dessus, Guillaume de Luyne, marchand libraire en notre
communauté, nous a présenté un privilége qu'il a obtenu de
Sa Majesté pour l'impression d'une pièce de théâtre intitulée
l'École des femmes, composée par le sieur Maulière, accordé
pour le temps et espace de sept années, en date du 4° février
1663. »

La première édition de *l'École des femmes* porte la date de
1663. L'achevé d'imprimer est du 17 mars; le privilége, du
4 février, est donné pour six années au libraire G. de Luyne,
qui y fait participer les sieurs Sercy, Joly, Billaine, Loyson,
Guignard, Barbin et Quinet. Le titre est :

L'ESCOLE

DES

FEMMES

COMEDIE.

PAR I. B. P. MOLIÈRE.

A PARIS,

chez LOVIS BILAINE, au second pilier
de la grand' Salle du Palais, à la Palme,
et au Grand Cesar.

M. DC. LXIII.

Auec Priuilege du Roi.

C'est un in-12 composé de 6 feuillets et de 93 pages numérotées. Cette édition, comme le dit M. Victor Fournel (tome I,
p. 246, note 1), est précédée d'une estampe, reproduite dans
plusieurs éditions postérieures, où l'on voit Arnolphe en chaise,
tenant un livre de la main gauche sur ses genoux, et levant la
droite pour sermonner Agnès debout devant lui.

---

1. Manuscrits français, n° 24330.

Nous avons entre les mains deux autres éditions de *l'École des femmes* portant la date de 1663 et contenant 95 pages, c'est-à-dire deux pages de plus que l'édition originale que nous venons de décrire. L'une des deux, celle que nous appellerons 1663[a], a été imprimée sans doute pour remédier à une omission de deux pages faite par l'édition originale, omission que celle-ci a réparée de son mieux par un carton placé entre les pages 74 et 75[1]. Quelques variantes, que nous avons signalées, distinguent encore ces deux éditions l'une de l'autre. La réimpression que nous avons désignée sous le nom de 1663[b] n'est qu'une contrefaçon, à en juger par la nature du papier et de l'impression; il existe aussi quelques différences entre elle et les deux autres éditions datées de 1663 : nous les avons relevées.

En dehors de ces trois impressions de 1663 et des recueils dont nous nous occupons habituellement, nous avons noté quelques variantes de texte d'une édition de 1665, in-12, qui est à la bibliothèque de l'Université.

D'après l'*Histoire du théâtre* de Dibdin (tome IV, p. 141), *l'École des femmes* a été traduite, dès 1671, en Angleterre, sous le titre de *Sir Salomon*, par Caryl.

1. Voyez ci-après, acte V, scène II, la note du vers 1372. Ce carton répète la signature D et les chiffres des deux pages qu'il suit, 73 et 74.

DE *L'ÉCOLE DES FEMMES*, PAR VOLTAIRE.

Le théâtre de Molière, qui avait donné naissance à la bonne comédie, fut abandonné, la moitié de l'année 1661 et toute l'année
1662, pour certaines farces moitié italiennes, moitié françaises, qui
furent alors accréditées par le retour d'un fameux pantomime italien, connu sous le nom de Scaramouche[1]. Les mêmes spectateurs
qui applaudissaient sans réserve à ces farces monstrueuses se ren-
dirent difficiles pour *l'École des femmes*, pièce d'un genre tout nouveau, laquelle, quoique toute en récits, est ménagée avec tant d'art,
que tout paraît être en action[2]. Elle fut très-suivie et très-critiquée,
comme le dit la gazette de Loret :

> Pièce qu'en plusieurs lieux on fronde,
> Mais où pourtant va tant de monde,
> Que jamais sujet important
> Pour le voir n'en attira tant.

Elle passe pour être inférieure en tout à *l'École des maris*, et
surtout dans le dénoûment, qui est aussi postiche dans *l'École des
femmes* qu'il est bien amené dans *l'École des maris*. On se révolta
généralement contre quelques expressions qui paraissent indignes
de Molière; on désapprouva *le corbillon, la tarte à la crème, les enfants
faits par l'oreille*. Mais aussi les connaisseurs admirèrent avec quelle

---

1. Le succès de *l'École des maris* en 1661, et celui des *Fâcheux* en 1661
et 1662, prouvent combien cette assertion est inexacte.

2. Lessing, résumant un article de sa *Dramaturgie de Hambourg* (3 novembre 1767), a ainsi retourné ce jugement de Voltaire : « Je croirais pouvoir
dire plus justement de *l'École des femmes* qu'elle est toute en action, quoique
tout n'y paraisse être qu'en récits. »

adresse Molière avait su attacher et plaire pendant cinq actes par la seule confidence d'Horace au vieillard, et par de simples récits. Il semblait qu'un sujet ainsi traité ne dût fournir qu'un acte ; mais c'est le caractère du vrai génie de répandre sa fécondité sur un sujet stérile, et de varier ce qui semble uniforme. On peut dire en passant que c'est là le grand art des tragédies de l'admirable Racine.

A MADAME[1].

MADAME,

Je suis le plus embarrassé homme du monde, lorsqu'il me faut dédier un livre; et je me trouve si peu fait au style d'épître dédicatoire, que je ne sais par où sortir de celle-ci. Un autre auteur qui seroit en ma place trouveroit d'abord cent belles choses à dire de VOTRE ALTESSE ROYALE, sur le titre[2] de L'ÉCOLE DES FEMMES, et l'offre qu'il vous en feroit. Mais, pour moi, MADAME, je vous avoue mon foible[3]. Je ne sais point cet art de trouver des rapports entre des choses si peu proportionnées; et quelques belles lumières que mes confrères les auteurs me donnent tous les jours sur de pareils sujets, je ne vois point ce que VOTRE ALTESSE ROYALE pourroit avoir à démêler avec la comédie que je lui présente. On n'est pas en peine, sans doute, comment il faut faire[4] pour vous louer. La matière, MADAME, ne saute que trop aux yeux; et, de quelque côté qu'on vous regarde, on rencontre gloire sur gloire, et qualités sur qualités. Vous en avez, MADAME, du côté du rang et de la naissance, qui vous font respecter de toute la terre. Vous en avez du côté des grâces, et de l'esprit et du corps, qui vous font admirer de toutes les personnes qui vous voient.

1. Henriette-Anne d'Angleterre, âgée alors (mars 1663) d'un peu moins de dix-neuf ans, depuis deux ans femme de Monsieur, duc d'Orléans, protecteur de la troupe de Molière (voyez au tome II, p. 344, note 1). — Cette épître dédicatoire manque dans les éditions de 1675 A, 84 A, 94 B.
2. Sur ce titre. (1673, 1674, 82, 1734.)
3. On dirait aujourd'hui mon insuffisance. (Note d'Auger.)
4. Comme il faut faire. (1682, 1734.)

Vous en avez du côté de l'âme, qui, si l'on ose parler
ainsi, vous font aimer de tous ceux qui ont l'honneur
d'approcher de vous : je veux dire cette douceur pleine
de charmes, dont vous daignez tempérer la fierté des
grands titres que vous portez; cette bonté toute obli-
geante, cette affabilité généreuse que vous faites paroître pour tout le monde; et ce sont particulièrement ces
dernières pour qui je suis, et dont je sens fort bien que
je ne me pourrai taire quelque jour. Mais encore une
fois, MADAME, je ne sais point le biais de faire entrer ici
des vérités si éclatantes; et ce sont choses, à mon avis,
et d'une trop vaste étendue, et d'un mérite trop relevé,
pour les vouloir renfermer dans une épître, et les mêler
avec des bagatelles. Tout bien considéré, MADAME, je
ne vois rien à faire ici pour moi, que de vous dédier simplement ma comédie, et de vous assurer, avec tout le
respect qu'il m'est possible, que je suis,

De Votre Altesse Royale,

MADAME[1],

Le très-humble, très-obéissant
et très-obligé serviteur,

J. B. MOLIÈRE[2].

1. Que je suis, MADAME, DE VOTRE ALTESSE ROYALE. (1682,
1734.)
2. Les éditions de 1666, 73, 74, 82, 1734 ont ici MOLIÈRE, sans
initiales antécédentes.

PRÉFACE.

Bien des gens ont frondé d'abord cette comédie; mais les rieurs ont été pour elle, et tout le mal qu'on en a pu dire, n'a pu faire qu'elle n'ait eu un succès dont je me contente.

Je sais qu'on attend de moi, dans cette impression, quelque préface qui réponde aux censeurs, et rende raison de mon ouvrage; et sans doute que je suis assez redevable à toutes les personnes qui lui ont donné leur approbation, pour me croire obligé de défendre leur jugement contre celui des autres; mais il se trouve qu'une grande partie des choses que j'aurois à dire sur ce sujet est déjà dans une dissertation que j'ai faite en dialogue, et dont je ne sais encore ce que je ferai[1]. L'idée de ce dialogue, ou, si l'on veut, de cette petite comédie, me vint après les deux ou trois premières représentations de ma pièce. Je la dis, cette idée, dans une maison où je me trouvai un soir; et d'abord une personne de qualité, dont l'esprit est assez connu dans le monde, et qui me fait l'honneur de m'aimer[2], trouva le projet assez à son gré, non-seulement pour me solliciter d'y mettre la main, mais encore pour l'y mettre lui-même; et je fus étonné que, deux jours après, il me montra toute l'affaire exécutée d'une manière, à la vérité, beaucoup plus galante

---

1. L'achevé d'imprimer de *l'École des femmes* est, comme nous l'avons dit, du 17 mars 1663. La « dissertation en dialogue » dont parle ici Molière, c'est-à-dire *la Critique de l'École des femmes*, ne fut représentée que le 1er juin suivant.

2. Voyez ci-dessus, la *Notice*, p. 120-122.

et plus spirituelle que je ne puis faire, mais où je trouvai des choses trop avantageuses pour moi ; et j'eus peur
que si je produisois cet ouvrage sur notre théâtre, on ne
m'accusât d'abord[1] d'avoir mendié[2] les louanges qu'on
m'y donnoit. Cependant cela m'empêcha, par quelque
considération, d'achever ce que j'avois commencé. Mais
tant de gens me pressent tous les jours de le faire, que
je ne sais ce qui en sera ; et cette incertitude est cause
que je ne mets point dans cette Préface ce qu'on verra
dans *la Critique*, en cas que je me résolve à la faire paroître. S'il faut que cela soit, je le dis encore, ce sera
seulement pour venger le public du chagrin délicat de
certaines gens[3] ; car, pour moi, je m'en tiens assez vengé
par la réussite de ma comédie ; et je souhaite que toutes
celles que je pourrai faire soient traitées par eux comme
celle-ci, pourvu que le reste suive de même[4].

1. *D'abord*, aussitôt, sens fréquent de cette expression au dix-
septième siècle.
2. On ne m'accusât d'avoir mendié. (1734.)
3. Du mécontentement par excès de délicatesse, de la mauvaise
humeur de certaines gens difficiles à satisfaire.
4. Pourvu que le reste soit de même. (1666, 73, 74, 82, 1734.)

LES PERSONNAGES[1].

ARNOLPHE, autrement M. DE LA SOUCHE.
AGNÈS[2], jeune fille innocente, élevée par Arnolphe.
HORACE, amant d'Agnès.
ALAIN, paysan, valet d'Arnolphe.
GEORGETTE, paysanne, servante d'Arnolphe.
CHRYSALDE[3], ami d'Arnolphe.
ENRIQUE, beau-frère de Chrysalde.
ORONTE, père d'Horace, et grand ami d'Arnolphe.

La scène est dans une place de ville.

1. L'édition de 1734 modifie ainsi cette liste :

ACTEURS.

ARNOLPHE, *ou* LA SOUCHE.
AGNÉS, fille d'Enrique.
HORACE, amant d'Agnés, fils d'Oronte.
CHRISALDE, ami d'Arnolphe.
ENRIQUE, beau-frère de Chrisalde, et père d'Agnés.
ORONTE, père d'Horace, et ami d'Arnolphe.
UN NOTAIRE.
ALAIN, paysan, valet d'Arnolphe.
GEORGETTE, paysanne, servante d'Arnolphe.

La scène est à Paris, dans une place d'un faubourg.

— L'édition de 1773 ne diffère de celle de 1734 qu'en ce qu'elle place le Notaire à la fin de la liste.

2. Les éditions anciennes qui accentuent l'*e* de ce nom (un bon nombre le laissent sans accent, même quand il est imprimé en minuscules) le marquent toutes, jusques et y compris celle de 1734, de l'accent aigu, sauf une seule, l'édition de 1733, qui porte, comme plus tard celle de 1773, *Agnès*. Dans la pièce, *Agnès* rime avec *après, exprès, auprès, accès, frais;* d'ordinaire les quatre premiers de ces mots étaient aussi marqués autrefois de l'accent aigu.

3. L'édition originale a bien ici *Chrysalde;* mais dans la pièce même *Chrisalde.* Voyez ci-dessus, p. 34, note 2.

J.M.Moreau le Jeune inv.

D. Née Sculp.

L'ECOLE DES FEMMES.

L'ÉCOLE DES FEMMES.

COMÉDIE.

ACTE I.

SCÈNE PREMIÈRE.

CHRYSALDE, ARNOLPHE.

CHRYSALDE.

Vous venez, dites-vous, pour lui donner la main?

ARNOLPHE.

Oui, je veux terminer la chose dans demain[1].

CHRYSALDE.

Nous sommes ici seuls; et l'on peut, ce me semble,
Sans craindre d'être ouïs, y discourir ensemble :
Voulez-vous qu'en ami je vous ouvre mon cœur?   5
Votre dessein pour vous me fait trembler de peur;
Et de quelque façon que vous tourniez l'affaire,
Prendre femme est à vous un coup bien téméraire.

---

1. Selon Auger, *dans demain....* « ne se dit pas. » *Ne se dit plus*, serait
peut-être plus juste, car il était bien facile de mettre ici *dès demain*, et l'on
doit supposer que *dans demain* était usité alors, au moins dans le langage populaire. La préposition garde, dans cette locution, une valeur bien conforme au
sens qu'elle a d'ordinaire devant les noms de temps, sens qui est, comme dit
Richelet, de marquer « un temps à venir; » ainsi « dans une heure, dans deux
jours. » Nous lisons dans une lettre de Saint-Simon, du 9 mars 1722 (édition
de 1873, tome XIX, p. 326) : « Je partirai la semaine prochaine, pour être
dans le 12 avril à Paris. »

ARNOLPHE.

Il est vrai, notre ami. Peut-être que chez vous
Vous trouvez des sujets de craindre pour chez nous ; 10
Et votre front, je crois, veut que du mariage
Les cornes soient partout l'infaillible apanage.

CHRYSALDE.

Ce sont coups du hasard, dont on n'est point garant,
Et bien sot, ce me semble, est le soin qu'on en prend.
Mais quand je crains pour vous, c'est cette raillerie   15
Dont cent pauvres maris ont souffert la furie ;
Car enfin vous savez qu'il n'est grands ni petits
Que de votre critique on ait vus garantis ;
Car vos plus grands plaisirs[1] sont, partout où vous êtes,
De faire cent éclats des intrigues secrètes....   20

ARNOLPHE.

Fort bien : est-il au monde une autre ville aussi
Où l'on ait des maris si patients qu'ici ?
Est-ce qu'on n'en voit pas, de toutes les espèces,
Qui sont accommodés chez eux de toutes pièces ?
L'un amasse du bien, dont sa femme fait part   25
A ceux qui prennent soin de le faire cornard ;
L'autre un peu plus heureux, mais non pas moins infâme,
Voit faire tous les jours des présents à sa femme,
Et d'aucun soin jaloux n'a l'esprit combattu,
Parce qu'elle lui dit que c'est pour sa vertu[2].   30

---

1. Que vos plus grands plaisirs. (1663ᵃ, 65, 66, 73, 74, 82, 1734.)
2. Que c'est un hommage rendu à son mérite. C'était dans ce sens un peu vague, comme celui de *virtù* en italien, que l'on employait souvent ce mot. Auger blâme l'impropriété de cette expression : « Quelle femme peut dire à son mari que *c'est pour sa vertu* qu'on lui fait des présents ? » On ne le dirait pas, en effet, maintenant que le mot *vertu*, en parlant des femmes, a un sens très-précis, et ne s'entend ordinairement que d'une sorte de vertu, la chasteté, la fidélité conjugale. Mais, à la cour, et sous l'influence italienne, on avait, au moins au temps de Louis XIII, et depuis sans doute encore, singulièrement restreint et détourné le sens du mot *vertu*. On peut voir dans A. d'Aubigné (*les Aventures du baron de Fæneste*, livre Iᵉʳ, chapitre II) que « discourir de

L'un fait beaucoup de bruit qui ne lui sert de guères ;
L'autre en toute douceur laisse aller les affaires,
Et voyant arriver chez lui le damoiseau,
Prend fort honnêtement ses gants et son manteau.
L'une de son galant, en adroite femelle,   35
Fait fausse confidence à son époux fidèle,
Qui dort en sûreté sur un pareil appas [1],
Et le plaint, ce galant, des soins qu'il ne perd pas ;
L'autre, pour se purger de sa magnificence [2],
Dit qu'elle gagne au jeu l'argent qu'elle dépense ;   40
Et le mari benêt, sans songer à quel jeu,
Sur les gains qu'elle fait rend des grâces à Dieu.
Enfin, ce sont partout des sujets de satire ;
Et comme spectateur ne puis-je pas en rire ?
Puis-je pas de nos sots [3]…?

CHRYSALDE.

                    Oui ; mais qui rit d'autrui   45
Doit craindre qu'en revanche on rie aussi de lui.
J'entends parler le monde ; et des gens se délassent
A venir débiter les choses qui se passent ;
Mais, quoi que l'on divulgue aux endroits où je suis,
Jamais on ne m'a vu triompher de ces bruits.   50
J'y suis assez modeste ; et, bien qu'aux occurrences
Je puisse condamner certaines tolérances,
Que mon dessein ne soit de souffrir nullement
Ce que d'aucuns maris [4] souffrent paisiblement,
Pourtant je n'ai jamais affecté de le dire ;   55

la vertu, » voulait dire, pour les courtisans, ou tout au moins pour le Baron,
discourir des duels, des bonnes fortunes, des modes nouvelles, et autres choses
semblables.

1. *Appât* est ici l'orthographe de l'édition de 1773, qui pourtant porte bien
appas au vers 185.

2. Pour expliquer ses dépenses, pour les excuser.

3. Voyez ci-après, au vers 82.

4.   Ce que quelques maris. (1663ª, 65, 66, 73, 74, 82, 1734.)

Car enfin il faut craindre un revers de satire,
Et l'on ne doit jamais jurer sur de tels cas
De ce qu'on pourra faire, ou bien ne faire pas.
Ainsi, quand à mon front, par un sort qui tout mène,
Il seroit arrivé quelque disgrâce humaine,   60
Après mon procédé, je suis presque certain
Qu'on se contentera de s'en rire sous main ;
Et peut-être qu'encor j'aurai cet avantage,
Que quelques bonnes gens diront que c'est dommage.
Mais de vous, cher compère, il en est autrement :   65
Je vous le dis encor, vous risquez diablement.
Comme sur les maris accusés de souffrance [1]
De tout temps votre langue a daubé d'importance,
Qu'on vous a vu contre eux un diable déchaîné,
Vous devez marcher droit pour n'être point berné ;   70
Et s'il faut que sur vous on ait la moindre prise,
Gare qu'aux carrefours on ne vous tympanise,
Et....

ARNOLPHE.

    Mon Dieu, notre ami, ne vous tourmentez point :
Bien huppé [2] qui pourra m'attraper sur ce point.
Je sais les tours rusés et les subtiles trames   75
Dont pour nous en planter savent user les femmes,
Et comme on est dupé par leurs dextérités.

    1. Auger explique *accusés de souffrance* par accusés d'avoir *une humeur trop souffrante*. Il semble bien que cette expression signifie simplement *les maris malheureux*, ceux à qui l'on impute le malheur d'être trompés. Et le sens du passage le veut ainsi ; car Arnolphe, malgré son égoïsme et ses ridicules, est au moins peu disposé à souffrir de telles choses : ce qui lui donne le droit d'être sévère, lui aussi, pour les maris tolérants. Mais il n'a aucune pitié de ceux qui sont réellement trompés, et, à ce titre, il mérite d'être trompé à son tour sans qu'on le plaigne.
    2. Bien habile, bien malin. Le *Dictionnaire de l'Académie* (1694) cite cet exemple : « les plus huppés y sont pris, » et le traduit par « les plus habiles y sont attrapés. » — Les éditions de 1665, 66, 73 remplacent *huppé* par *duppé* (sic); celles de 1674, 82, 1734, par *rusé :* mots qui se trouvent l'un au vers suivant, l'autre trois vers plus bas.

Contre cet accident j'ai pris mes sûretés ;
Et celle que j'épouse a toute l'innocence
Qui peut sauver mon front de maligne influence.   80

CHRYSALDE.

Et que prétendez-vous qu'une sotte, en un mot[1]....

ARNOLPHE.

Épouser une sotte est pour n'être point sot[2].
Je crois, en bon chrétien, votre moitié fort sage ;
Mais une femme habile est un mauvais présage ;
Et je sais ce qu'il coûte à de certaines gens   85
Pour avoir pris les leurs avec trop de talens.
Moi, j'irois me charger d'une spirituelle
Qui ne parleroit rien que cercle et que ruelle,
Qui de prose et de vers feroit de doux écrits,
Et que visiteroient marquis et beaux esprits,   90
Tandis que, sous le nom du mari de Madame,
Je serois comme un saint que pas un ne réclame ?
Non, non, je ne veux point d'un esprit qui soit haut[3] ;
Et femme qui compose en sait plus qu'il ne faut.
Je prétends que la mienne, en clartés peu sublime, 95
Même ne sache pas ce que c'est qu'une rime ;
Et s'il faut qu'avec elle on joue au corbillon
Et qu'on vienne à lui dire à son tour : « Qu'y met-on ? »
Je veux qu'elle réponde : « Une tarte à la crème[4] ; »

1.   Hé, que prétendez-vous ? Qu'une sotte en un mot.... (1734.)
2. Voyez tome II, p. 200, au vers 448 de *Sganarelle*.

3.   .... Une femme en sait toujours assez
          Quand la capacité de son esprit se hausse
          A connoître un pourpoint d'avec un bas-de-chausse.
                    (*Les Femmes savantes*, acte II, scène VII.)

4. Comme l'ont remarqué Auger, Aimé-Martin et d'autres commentateurs, ce trait, qui révolta la délicatesse de quelques beaux esprits et que Voltaire a critiqué[a], est, au contraire, parfaitement juste. Dès qu'Arnolphe ne veut pas

a Voyez plus haut, le *Sommaire*, p. 154, et ci-après, p. 307, le *Sommaire* de la *Critique de l'École des femmes*.

En un mot, qu'elle soit d'une ignorance extrême;   100
Et c'est assez pour elle, à vous en bien parler,
De savoir prier Dieu, m'aimer, coudre et filer [1].

CHRYSALDE.

Une femme stupide est donc votre marotte ?

ARNOLPHE.

Tant, que j'aimerois mieux une laide bien sotte
Qu'une femme fort belle avec beaucoup d'esprit [2].   105

CHRYSALDE.

L'esprit et la beauté....

ARNOLPHE.

L'honnêteté suffit.

CHRYSALDE.

Mais comment voulez-vous, après tout, qu'une bête [3]

qu'Agnès sache même ce que c'est qu'une rime, il est tout naturel qu'ignorant
la première règle du jeu de corbillon, et sachant, tout au plus, ce que c'est que
l'ustensile vulgaire appelé alors ainsi [a], elle prenne la question qu'on lui fait au
sens propre, et ne voie rien de mieux à mettre dans un corbillon qu'*une tarte
à la crème*. Du moment qu'on la veut *d'une ignorance extrême*, elle ne sau-
rait faire une réponse plus satisfaisante. « Peut-être, dit Bret, Molière ne fit-il,
en cet endroit, que se rappeler ce qu'il avait entendu : de pareils traits ne s'i-
maginent pas plus que celui du *grand flandrin* (de vicomte) *qui crache dans
un puits pour faire des ronds* » (scène dernière du *Misanthrope*, lettre de Célimène).

1. De Visé, qui voudrait bien ameuter tout le monde, y compris les femmes
savantes, contre *l'École des femmes*, fait semblant de croire que c'est sa propre
opinion que Molière exprime ici. Voyez le passage de sa *Zélinde* que nous
avons cité dans la *Notice*, ci-dessus, p. 125, note 2.

2. Molière, comme le dit Auger, n'a fait ici que mettre en vers cette phrase
de Scarron dans sa 1re nouvelle intitulée *la Précaution inutile* : « Quoique, à
vous dire la vérité, j'en aimasse mieux encore une laide qui fût fort sotte
qu'une belle qui ne le fût pas. » (*Les Nouvelles tragi-comiques* de Scarron,
Paris, 1661, p. 59.)

3. « Et comment une sotte sera-t-elle honnête femme, repartit la belle
dame, si elle ne sait pas ce que c'est que l'honnêteté, et n'est pas même capable de l'apprendre? Comment une sotte vous pourra-t-elle aimer, n'étant pas
capable de vous connoître? Elle manquera à son devoir sans savoir ce qu'elle
fait, au lieu qu'une femme d'esprit, quand même elle se défieroit de sa vertu,

a « *Corbillon*, panier à mettre des oublies, » dit Furetière; « le corbillon du
pain bénit, » est un exemple de l'Académie (1694).

Puisse jamais savoir ce que c'est qu'être honnête?
Outre qu'il est assez ennuyeux, que je croi,
D'avoir toute sa vie une bête avec soi,   110
Pensez-vous le bien prendre, et que sur votre idée
La sûreté d'un front puisse être bien fondée?
Une femme d'esprit peut trahir son devoir;
Mais il faut pour le moins qu'elle ose le vouloir;
Et la stupide au sien peut manquer d'ordinaire,   115
Sans en avoir l'envie et sans penser le faire.

ARNOLPHE.

A ce bel argument, à ce discours profond,
Ce que Pantagruel à Panurge répond [1] :
Pressez-moi de me joindre à femme autre que sotte,
Prêchez, patrocinez jusqu'à la Pentecôte [2];   120
Vous serez ébahi, quand vous serez au bout,
Que vous ne m'aurez rien persuadé du tout.

CHRYSALDE.

Je ne vous dis plus mot.

ARNOLPHE.
Chacun a sa méthode.

---

saura éviter les occasions où elle sera en danger de la perdre. » (Scarron, même *Nouvelle*, p. 59 et 60.) — On retrouve (p. 33) dans la bouche d'un autre personnage la même objection que fait plus haut Chrysalde : « Vous ne parlez pas de bon, repartit dom Rodrigue; car je n'ai jamais vu d'homme raisonnable qui ne s'ennuie cruellement, s'il est seulement un quart d'heure avec une idiote. »

1. L'ellipse est grammaticalement assez hardie, mais facile à suppléer : « Je réponds ce que, etc. » Voyez *Pantagruel*, livre III, chapitre v (édition de M. Marty-Laveaux, tome II, p. 35). Dans ce passage de Rabelais, il n'est nullement question de mariage; Panurge, grand *detteur* de son métier, cherche à démontrer (chapitres III et IV) que l'harmonie du monde, le bon ordre de la société, exige que « tous soient debteurs, tous soient prêteurs (p. 31). » Il ne réussit pas à convaincre Pantagruel, qui lui réplique : « J'entends, ... et me semblez bon topiqueur et affecté à votre cause. Mais prêchez et patrocinez d'ici à la Pentecôte, en fin vous serez ébahi comment rien ne m'aurez persuadé. »

2. Rime négligée ou fondée, si l'on veut, sur la prononciation fautive *Pentecote*, que M. Littré signale en la condamnant.

En femme, comme en tout, je veux suivre ma mode.
Je me vois riche assez pour pouvoir, que je croi,   125
Choisir une moitié qui tienne tout de moi,
Et de qui la soumise et pleine dépendance
N'ait à me reprocher aucun bien ni naissance.
Un air doux et posé, parmi d'autres enfans,
M'inspira de l'amour pour elle dès quatre ans;   130
Sa mère se trouvant de pauvreté pressée,
De la lui demander il me vint la pensée[1] ;
Et la bonne paysanne[2], apprenant mon desir,
A s'ôter cette charge eut beaucoup de plaisir.
Dans un petit couvent[3], loin de toute pratique[4],   135
Je la fis élever selon ma politique,
C'est-à-dire ordonnant quels soins on emploîroit
Pour la rendre idiote[5] autant qu'il se pourroit.
Dieu merci, le succès a suivi mon attente;
Et grande, je l'ai vue à tel point innocente,   140
Que j'ai béni le Ciel d'avoir trouvé mon fait,

1. Il me vint en pensée. (1673, 74, 82, 1734.)

2. Molière fait de *pay*, dans ce mot, tantôt une syllabe, comme ici, tantôt deux, comme au vers 1752 :

Et cette paysanne a dit avec franchise.

Nous trouverons aussi un peu plus loin (vers 179) le mot *paysan* comptant pour trois syllabes :

Je sais un paysan qu'on appeloit Gros-Pierre.

3. *Couvent* est l'orthographe des éditions de 1663*, 65, 66, 73, 74, 82, 84 A, 94 B, 97.

4. *Pratique*, fréquentation de quelqu'un, commerce du monde. Auger cite ce passage de *la Place royale* de Corneille :

Alidor à mes yeux sort de chez Angélique,
Comme s'il y gardoit encor quelque pratique.
(Vers 865 et 866.)

5. Simple et ignorante. *Ignorant* est le premier sens que l'Académie, dans la première édition de son *Dictionnaire* (1694), donne au mot *idiot*. Dès la seconde (1718), elle supprime cette acception, pour ne laisser que celles de *stupide, imbécile.*

Pour me faire une femme au gré de mon souhait[1].
Je l'ai donc retirée; et comme ma demeure
A cent sortes de monde est ouverte à toute heure,
Je l'ai mise à l'écart, comme il faut tout prévoir;   145
Dans cette autre maison où nul ne me vient voir;
Et pour ne point gâter sa bonté naturelle,
Je n'y tiens que des gens tout aussi simples qu'elle[2].
Vous me direz : Pourquoi cette narration?
C'est pour vous rendre instruit de ma précaution.   150
Le résultat de tout est qu'en ami fidèle
Ce soir je vous invite à souper avec elle ;
Je veux que vous puissiez un peu l'examiner,
Et voir si de mon choix on me doit condamner[3].

CHRYSALDE.

J'y consens.

ARNOLPHE.

      Vous pourrez, dans cette conférence,   155
Juger de sa personne et de son innocence.

CHRYSALDE.

Pour cet article-là[4], ce que vous m'avez dit

---

1. C'est de la même façon que, dans Scarron (même *Nouvelle*), dom Pèdre a mis la petite fille à laquelle il s'intéresse « dès l'âge de trois ans dans un convent, » et surtout donné l'ordre « qu'elle n'eût aucune connoissance des choses du monde (p. 10). » Il y réussit à souhait, et, quand il la revit âgée de seize ou dix-sept ans, « il la trouva belle comme tous les anges ensemble, et sotte comme toutes les religieuses qui sont venues au monde sans esprit et en ont été tirées dès l'enfance pour être enfermées dans un couvent. Il la considéra, et fut charmé de sa beauté. Il la fit parler, et admira son innocence. Il ne douta pas qu'il n'eût trouvé ce qu'il cherchoit (p. 75). » Laure est bien en effet *sotte*, comme le reste de l'histoire le prouve ; mais Agnès n'est qu'ignorante, et elle montre plus tard un bon sens naturel qui consterne Arnolphe et auquel il ne s'attendait pas.

2. « Dom Pèdre fit meubler sa maison, chercha des valets les plus sots qu'il put trouver, tâcha de trouver des servantes aussi sottes que Laure, et y eut bien de la peine. » (Scarron, même *Nouvelle*, p. 76.)

3.   On doit me condamner. (1682, 1734.)

4. Dans l'édition originale, *cette article-là*.

Ne peut....

ARNOLPHE.

La vérité passe encor mon récit.
Dans ses simplicités à tous coups je l'admire,
Et parfois elle en dit dont je pâme de rire.   160
L'autre jour (pourroit-on se le persuader?) [1],
Elle étoit fort en peine, et me vint demander,
Avec une innocence à nulle autre pareille,
Si les enfants qu'on fait se faisoient par l'oreille.

CHRYSALDE.

Je me réjouis fort, seigneur Arnolphe....

ARNOLPHE.

Bon !   165
Me voulez-vous toujours appeler de ce nom?

CHRYSALDE.

Ah! malgré que j'en aie, il me vient à la bouche,
Et jamais je ne songe à Monsieur de la Souche.
Qui diable vous a fait aussi vous aviser,
A quarante et deux ans [2], de vous débaptiser,   170
Et d'un vieux tronc pourri de votre métairie
Vous faire dans le monde un nom de seigneurie?

ARNOLPHE.

Outre que la maison par ce nom se connoît [3],
La Souche plus qu'Arnolphe à mes oreilles plaît [4].

CHRYSALDE.

Quel abus de quitter le vrai nom de ses pères   175
Pour en vouloir prendre un bâti sur des chimères !
De la plupart des gens c'est la démangeaison;
Et, sans vous embrasser dans la comparaison,

---

1.   L'autre jour (pourroit-on vous le persuader?). (1673, 74.)
2.   A quarante-deux ans. (1673, 74, 82, 1734.)
3.   Par ce nom je connois. (1673, 74.)
4. Voyez un peu plus bas, au vers 186.

Je sais un paysan qu'on appeloit Gros-Pierre,
Qui n'ayant pour tout bien qu'un seul quartier de terre,
Y fit tout à l'entour faire un fossé bourbeux,
Et de Monsieur de l'Isle en prit le nom pompeux[1].

1. L'abbé d'Aubignac, dans sa *Quatrième dissertation concernant le poëme dramatique, servant de réponse aux calomnies de M. Corneille* (1663), dit (p. 115), en s'adressant au grand Corneille : « L'auteur de *l'École des femmes....* fait conter à un de ses acteurs qu'un de ses voisins ayant fait clore de fossés un arpent de pré, se fit appeler M. de l'Isle, que l'on dit être le nom de votre petit frère. » En effet, Thomas Corneille prenait le nom de Corneille de l'Isle, et de la part de d'Aubignac il y a une affectation malveillante à ne point paraître bien sûr d'un fait relatif à un auteur connu par de nombreux succès. L'auteur du *Panégyrique de l'École des femmes*, qui désigne les écrivains du temps par des pseudonymes fort transparents, parle de plusieurs pièces dont il fait l'éloge, « le *Dom Bertrand* [*de Cigarral*], *le Feint astrologue*, et quelques autres comédies du spirituel Isole (p. 45 et 46). » Or les deux comédies qu'il nomme sont de Corneille de l'Isle, et *Isole* est évidemment tiré de l'italien *isola*, île. Maintenant Molière a-t-il voulu ici faire allusion à Thomas Corneille? Ce qu'il y a de sûr, c'est que le nom de Corneille de l'Isle étant fort connu, il est impossible qu'il n'ait pas au moins songé à l'application qu'on ferait de ces vers. Aimé-Martin, résumant une note de Bret, dit que « les relations amicales qui existèrent toujours entre Molière et les deux frères Corneille rendent cette anecdote au moins douteuse. » *Les deux frères* n'est point fort exact : ces relations ont pu être, sinon *amicales*, au moins convenables avec le grand Corneille[a], qui, un peu plus tard, fit jouer deux de ses pièces par la troupe de Molière; mais toutes celles de Thomas furent représentées sur les deux théâtres rivaux, du Marais et de l'Hôtel de Bourgogne, ce qui n'était déjà pas un titre à la bienveillance de Molière. Il est probable, en outre, que celui-ci n'a pas ignoré la façon plus que sévère dont Thomas Corneille jugeait sa troupe, et même une de ses œuvres les plus remarquables. Thomas écrivait, à la fin de l'année 1659, en parlant d'une tragédie due à M. de la Clairière[b], tombée sur le théâtre de « Messieurs de Bourbon, » c'est-à-dire de la troupe de Molière, qui était alors au Petit-Bourbon : « Je.... suis fâché.... que la haute opinion que M. de la Cleriere avoit du jeu de Messieurs de Bourbon n'ait pas été remplie avantageusement pour lui. Tout le monde dit qu'ils ont joué détestablement sa pièce; et le grand monde qu'ils ont eu à leur farce des *Précieuses*, après l'avoir quittée, fait bien connoître qu'ils ne sont propres qu'à soutenir de semblables bagatelles, et que la plus forte pièce

a Voyez ci-dessus la *Notice*, p. 135 et suivantes; voyez aussi, plus loin, la note du vers 642.

b Le Rouennais Coqueteau de la Clairière; M. Taschereau (5ᵉ édition de son *Histoire de Molière*, p. 47 et note 1) donne d'excellentes raisons pour rétablir ainsi ce nom; une seule ne l'est point : Th. Corneille, dans sa lettre du 1ᵉʳ décembre, n'a pas « très-nettement écrit, » mais très-négligemment au contraire, et bien plutôt *Cleuile* que *Cleriere*.

ARNOLPHE.

Vous pourriez vous passer d'exemples de la sorte.
Mais enfin de la Souche [1] est le nom que je porte :
J'y vois de la raison, j'y trouve des appas;   185
Et m'appeler de l'autre est ne m'obliger pas [2].

tomberoit entre leurs mains [a]. » Thomas Corneille dut conserver ces préventions contre la troupe de Molière, et c'était assez les manifester que de porter
toutes ses pièces, même ses comédies, aux deux autres théâtres. Mais aussitôt
après la mort de Molière, Thomas Corneille, au contraire, les donna à cette
troupe qu'il avait si longtemps dédaignée, ce qui semblerait indiquer une animosité personnelle contre Molière. Quoi qu'il en soit, en supposant, comme
nous le croyons, qu'il y eût ici une allusion, cette plaisanterie n'avait rien de
bien méchant, puisque, pour les gens de lettres surtout, et aussi pour les comédiens, l'usage de *se débaptiser* était assez répandu, et que Molière lui-même,
ainsi que son ami des Préaux et ses camarades de la Grange, du Croisy, etc.,
ne portaient pas plus qu'Arnolphe, « le nom de leur père. » Cet usage devint
encore plus général au dix-huitième siècle; tout le monde sait que Voltaire,
Crébillon, Destouches, Marivaux, la Chaussée, Beaumarchais, etc., sont des
noms d'emprunt. — Selon le P. Niceron, Charles Sorel aurait aussi porté le
nom de sieur *de l'Isle*, et il ajoute : « L'on croit que c'est lui que Molière,
dont il parloit mal quelquefois, a eu en vue lorsque, dans son *École des femmes...*, pour se moquer d'Arnolphe, qui se faisoit appeler *M. de la Souche*,
il lui fait dire par Chrysalde : *Je sais un paysan...*[b]. » Il n'en est pas moins
évident que peu de gens alors, en entendant les vers de Molière, pouvaient
s'aviser de songer à Sorel, qui ne portait pas au moins le nom de M. de l'Isle
en tête de ses livres, et que tous, au contraire, devaient penser au nom, beaucoup plus connu, au théâtre surtout, de Corneille de l'Isle.

1. *De la chose*, par erreur, pour *de la Souche*, dans l'édition de 1682 et
dans celle de 1697 (Toulouse).

2. « On cherche vainement dans les commentaires une explication de cette
boutade; et comme toute la pièce est fondée sur le double nom d'Arnolphe et
de la Souche, il en résulte qu'on peut accuser Molière d'avoir établi son intrigue sur un changement de nom sans vraisemblance, parce qu'il est sans
motif. Ce motif existe cependant, et même il est un trait de caractère. Dans
les fabliaux du douzième et du treizième siècle, on rencontre souvent des plaisanteries sur le nom d'Arnolphe; et toutes ces plaisanteries prouvent que nos
aïeux avaient fait de saint Arnolphe le patron des maris trompés; on disait
même proverbialement d'un mari dont la femme avait un galant, qu'*il devait
une chandelle à saint Arnolphe*. La répugnance d'un homme déjà mûr, et prêt
à se marier, pour un nom de si mauvais présage, n'a donc rien que de très-na-

[a] Cette lettre, adressée à l'abbé de Pure, porte la date du 1er décembre 1659.
Voyez l'édition Lahure des *OEuvres de Pierre et de Thomas Corneille*, tome V,
p. 573, et notre tome II, p. 25 et note 1.
[b] Tome XXXI (1735), p. 392.

CHRYSALDE.

Cependant la plupart ont peine à s'y soumettre,
Et je vois même encor des adresses de lettre....

ARNOLPHE.

Je le souffre aisément de qui n'est pas instruit;
Mais vous....

CHRYSALDE.

      Soit : là-dessus nous n'aurons point de bruit,
Et je prendrai le soin d'accoutumer ma bouche
A ne plus vous nommer que Monsieur de la Souche.

ARNOLPHE.

Adieu. Je frappe ici, pour donner le bonjour,
Et dire seulement que je suis de retour.

CHRYSALDE, s'en allant [1].

Ma foi, je le tiens fou de toutes les manières.   195

---

turel. Si Molière n'a point indiqué la cause de cette répugnance, c'est que de son temps le proverbe qui servait à l'intelligence de la pièce en faisait ressortir les intentions comiques. » (*Note d'Aimé-Martin.*) — En effet, Molière semble bien indiquer cette intention, quand il fait dire à Arnolphe, à propos de ce changement de nom (vers 174) :

> La Souche plus qu'Arnolphe à mes oreilles plaît;

et ici (vers 185) :

> J'y vois de la raison.

Quant à la tradition particulière à saint Arnulfe, ou Arnoul (ou Ernol), M. Moland cite ces vers du *Roman de la Rose* (édition Méon, tome II, p. 228, vers 9167-9169) : *Par vous*

> Sui-je mis en la confrarie
> Saint Ernol, le seignor des cous [a],
> Dont nus ne puet estre rescous;

et Guillaume Coquillart, dans *le Monologue du gendarme cassé*, suit la même tradition :

> Coquins, ninis, sots, joquesus,
> Trop tost mariez en substance,
> Seront tous menez au dessus,
> Le jour sainct Arnoul, à la dance.
>   (*Les OEuvres de Guillaume Coquillart*, Reims et
>   Paris, 1847, tome I, p. 154.)

1. CHRISALDE, *à part, en s'en allant.* (1734.)

[a] Le patron des cocus.

ARNOLPHE[1].

Il est un peu blessé sur certaines matières.
Chose étrange de voir comme avec passion
Un chacun est chaussé de son opinion[2] !
Holà !

SCÈNE II.

ALAIN, GEORGETTE, ARNOLPHE[3].

ALAIN.

    Qui heurte ?

ARNOLPHE.

         Ouvrez[4]. On aura, que je pense,
Grande joie à me voir après dix jours d'absence.   200

ALAIN.

Qui va là ?

ARNOLPHE.

    Moi.

---

1. ARNOLPHE, *seul*. (1734.)
2. *Il frappe à sa porte.* (1734.)
3. ARNOLPHE, ALAIN *et* GEORGETTE, *dans la maison.* (1734.)
4. Le second hémistiche de ce vers est précédé des mots *à part* dans l'édition de 1734. — Pour le rôle d'Alain et de Georgette et les ennuis qu'ils donnent à leur maître, Cailhava pense que Molière en a pris l'idée dans une pièce italienne intitulée *Pantalon jaloux*. C'est surtout dans la scène IV du IVe acte, où ils malmènent Arnolphe, que l'imitation lui paraît frappante. « Pantalon, dit-il, veut interdire l'entrée de sa maison au Docteur. Il ordonne à ses domestiques de lui fermer la porte au nez quand il viendra, et, s'il résiste, de lui donner des coups de bâton. Ensuite, pour exercer ses gens à bien faire ce qu'il leur ordonne, il leur dit de supposer qu'il est le Docteur. Il se présente, prie qu'on le laisse entrer; on lui refuse; il prie encore; on lui donne des coups de bâton : il s'écrie que cela est bien, et s'en va fort content. » (*De l'Art de la comédie*, 1786, tome II, p. 148.) — L'idée, en effet, est la même; mais, pour dire qu'il y a imitation, il faudrait, nous le répétons ici, commencer par prouver que le canevas italien est antérieur à la pièce de Molière, et nous ne le trouvons mentionné ni dans l'*Histoire de l'ancien théâtre italien* des frères Parfaict, ni dans leur *Dictionnaire des théâtres*, ni dans celui de Léris.

ALAIN.

Georgette !

GEORGETTE.

Hé bien?

ALAIN.

Ouvre là-bas.

GEORGETTE.

Vas-y, toi.

ALAIN.

Vas-y, toi.

GEORGETTE.

Ma foi, je n'irai pas.

ALAIN.

Je n'irai pas aussi.

ARNOLPHE.

Belle cérémonie
Pour me laisser dehors! Holà ho, je vous prie

GEORGETTE.

Qui frappe?

ARNOLPHE.

Votre maître.

GEORGETTE.

Alain !

ALAIN.

Quoi?

GEORGETTE.

C'est Monsieu. 205

Ouvre vite.

ALAIN.

Ouvre, toi.

GEORGETTE.

Je souffle notre feu.

ALAIN.

J'empêche, peur du chat, que mon moineau ne sorte.

ARNOLPHE.

Quiconque de vous deux n'ouvrira pas la porte
N'aura point à manger de plus de quatre jours.
Ha !

GEORGETTE.

Par quelle raison y venir, quand j'y cours ?   210

ALAIN.

Pourquoi plutôt que moi ? Le plaisant strodagème[1] !

GEORGETTE.

Ote-toi donc de là.

ALAIN.

Non, ôte-toi, toi-même.

GEORGETTE.

Je veux ouvrir la porte.

ALAIN.

Et je veux l'ouvrir, moi.

GEORGETTE.

Tu ne l'ouvriras pas.

ALAIN.

Ni toi non plus.

GEORGETTE.

Ni toi.

ARNOLPHE.

Il faut que j'aie ici l'âme bien patiente !   215

ALAIN.

Au moins, c'est moi, Monsieur.

GEORGETTE.

Je suis votre servante[2],

C'est moi.

1.   Le plaisant stratagème ! (1665, 66, 73, 74, 75 A, 82, 1734.)
— Le mot de *stratagème* est bien savant et bien difficile à prononcer pour
Alain : aussi il l'applique assez mal, et de plus il l'estropie. (*Note d'Auger*.)
2.   ALAIN, *en entrant.*
     Au moins, c'est moi, Monsieur.
          GEORGETTE, *en entrant.*
               Je suis votre servante.
                    (1734.)

ALAIN.

Sans le respect de Monsieur que voilà,
Je te....

ARNOLPHE, recevant un coup d'Alain.

Peste !

ALAIN.

Pardon.

ARNOLPHE.

Voyez ce lourdaud-là !

ALAIN.

C'est elle aussi, Monsieur....

ARNOLPHE.

Que tous deux on se taise.
Songez à me répondre, et laissons la fadaise.   220
Hé bien, Alain, comment se porte-t-on ici ?

ALAIN [1].

Monsieur, nous nous.... Monsieur, nous nous por.... Dieu
Nous nous....   [merci,

(Arnolphe ôte par trois fois le chapeau de dessus la tête d'Alain.)

ARNOLPHE.

Qui vous apprend, impertinente bête,
A parler devant moi le chapeau sur la tête ?

ALAIN.

Vous faites bien, j'ai tort.

---

1.   ALAIN.
        Monsieur, nous nous....
            (Arnolphe ôte le chapeau de dessus la tête d'Alain.)
                    Monsieur, nous nous por....
            (Arnolphe l'ôte encore.)
                                        Dieu merci,
    Nous nous....
    ARNOLPHE, ôtant le chapeau d'Alain pour la troisième fois,
                et le jetant par terre.
            Qui vous apprend, etc. (1734.)

MOLIÈRE. III   12

ARNOLPHE, à Alain.

Faites descendre Agnès[1]. 225

ARNOLPHE, à Georgette.

Lorsque je m'en allai, fut-elle triste après?

GEORGETTE.

Triste? Non.

ARNOLPHE.

Non?

GEORGETTE.

Si fait.

ARNOLPHE.

Pourquoi donc...?

GEORGETTE.

Oui, je meure,
Elle vous croyoit voir de retour à toute heure;
Et nous n'oyions jamais passer devant chez nous
Cheval, âne, ou mulet, qu'elle ne prît pour vous. 230

SCÈNE III.

AGNÈS, ALAIN, GEORGETTE, ARNOLPHE[2].

ARNOLPHE.

La besogne à la main! C'est un bon témoignage.
Hé bien, Agnès, je suis de retour du voyage :
En êtes-vous bien aise?

AGNÈS.

Oui, Monsieur, Dieu merci.

ARNOLPHE.

Et moi de vous revoir je suis bien aise aussi.

1. L'édition de 1734 fait de ce qui suit la scène III, ayant pour personnages
ARNOLPHE, GEORGETTE.
2. SCÈNE IV. ARNOLPHE, AGNÈS, ALAIN, GEORGETTE. (1734.)

Vous vous êtes toujours, comme on voit, bien portée ?

AGNÈS.

Hors les puces, qui m'ont la nuit inquiétée[1].

ARNOLPHE.

Ah! vous aurez dans peu quelqu'un pour les chasser.

AGNÈS.

Vous me ferez plaisir.

ARNOLPHE.

Je le puis bien penser.

Que faites-vous donc là ?

AGNÈS.

Je me fais des cornettes.

Vos chemises de nuit et vos coiffes sont faites.   240

ARNOLPHE.

Ha! voilà qui va bien. Allez, montez là-haut :
Ne vous ennuyez point, je reviendrai tantôt,
Et je vous parlerai d'affaires importantes.

(Tous étant rentrés[2].)

Héroïnes du temps, Mesdames les savantes,
Pousseuses de tendresse et de beaux sentimens[3],   245

----

1. Ce trait est de ceux qui ont attiré à Molière les fades plaisanteries de Boursault :

> Est-il rien qui ne plaise
> Dans ce que dit Arnolphe à la fille niaise?
> Rien de plus innocent se peut-il faire voir?
> Il arrive des champs, et desire savoir
> Si durant son absence elle s'est bien portée :
> « Hors les puces la nuit qui m'ont inquiétée, »
> Répond Agnès. Voyez quelle adresse a l'auteur,
> Comme il sait finement réveiller l'auditeur!
> De peur que le sommeil ne s'en rendît le maître.
> Jamais plus à propos vit-on puces paraître?
> D'aucun trait plus galant se peut-on souvenir,
> Et ne dormoit-on pas s'il n'en eût fait venir?
> (*Le Portrait du peintre*, 1663, scène VIII[a].)

2. L'édition de 1734 omet cette indication et fait de ce qui suit une nouvelle scène, la Ve, qui porte en tête : ARNOLPHE, *seul*.

3. « Pousser les tendres sentiments » était une des expressions affectionnées

[a] Scène VII, par erreur, dans l'original.

Je défie à la fois tous vos vers, vos romans,
Vos lettres, billets doux, toute votre science
De valoir cette honnête et pudique ignorance.

SCÈNE IV.

HORACE, ARNOLPHE.

ARNOLPHE.

Ce n'est point par le bien qu'il faut être ébloui; [Oui[2].
Et pourvu que l'honneur soit[1].... Que vois-je ? Est-ce?...
Je me trompe. Nenni. Si fait. Non, c'est lui-même,
Hor....

HORACE.

Seigneur Ar....

ARNOLPHE.

Horace.

HORACE.

Arnolphe.

ARNOLPHE.

Ah ! joie extrême !

Et depuis quand ici ?

HORACE.

Depuis neuf jours.

des Précieuses : voyez notre tome II, p. 62 et note 1. « On appelle ironiquement un *pousseur de beaux sentiments* celui qui se pique de dire de belles
choses, de belles moralités, et, entre autres, ceux qui filent le parfait amour. »
(*Dictionnaire de Furetière*, 1690.) Bussy Rabutin écrit à Mme de Sévigné
(lettre du 17 août 1654, tome I, p. 383 des *Lettres de Mme de Sévigné*) :
« A tout hasard, je me tiendrai en haleine de beaux sentiments, pour les pousser avec vous, si entre ci et ce temps-là vous veniez à vous humaniser. »

1. Ce commencement de vers et le vers précédent font encore partie de la
scène antérieure dans l'édition de 1734.

2. Ici l'*e* muet n'est point élidé devant *oui*; il l'est un peu plus bas, au
vers 255.

ARNOLPHE.

Vraiment?

HORACE.

Je fus d'abord chez vous, mais inutilement.

ARNOLPHE.

J'étois à la campagne.

HORACE.

Oui, depuis deux journées[1]. 255

ARNOLPHE.

Oh! comme les enfants croissent en peu d'années!
J'admire de le voir au point où le voilà,
Après que je l'ai vu pas plus grand que cela.

HORACE.

Vous voyez.

ARNOLPHE.

Mais, de grâce, Oronte votre père,
Mon bon et cher ami, que j'estime et révère, 260
Que fait-il? que dit-il? est-il toujours gaillard[2]?
A tout ce qui le touche, il sait que je prends part :
Nous ne nous sommes vus depuis quatre ans ensemble.

HORACE.

Ni, qui plus est, écrit l'un à l'autre, me semble[3].
Il est, seigneur Arnolphe, encor plus gai que nous, 265
Et j'avois de sa part une lettre pour vous;
Mais depuis, par une autre, il m'apprend sa venue,
Et la raison encor ne m'en est pas connue.

---

1.   Oui, depuis dix journées. (1734.)
2.   Que fait-il à présent? Est-il toujours gaillard? (1666, 73, 74, 82, 1734.)
— Dans les éditions de 1663ᵃ et de 1665, il manque trois syllabes à ce vers :

Que fait-il? Est-il toujours gaillard?

3. Ce vers est mis ainsi dans la bouche d'Horace par l'édition originale et par celles de 1663ᵇ, 75 A, 84 A, 94 B. Toutes les autres le font dire par Arnolphe. C'est mieux peut-être; cependant les deux coupes peuvent, croyons-nous, se défendre.

Savez-vous qui peut être un de vos citoyens[1]
Qui retourne en ces lieux avec beaucoup de biens   270
Qu'il s'est en quatorze ans acquis dans l'Amérique ?

ARNOLPHE.

Non. Vous a-t-on point dit comme on le nomme[2] ?

HORACE.

                         Enrique.

ARNOLPHE.

Non.

HORACE.

    Mon père m'en parle, et qu'il est revenu
Comme s'il devoit m'être entièrement connu,
Et m'écrit qu'en chemin ensemble ils se vont mettre
Pour un fait important que ne dit point sa lettre[3].

ARNOLPHE.

J'aurai certainement grande joie à le voir,
Et pour le régaler je ferai mon pouvoir.

(Après avoir lu la lettre[4].)

Il faut pour des amis[5] des lettres moins civiles,
Et tous ces compliments sont choses inutiles.   280
Sans qu'il prît le souci de m'en écrire rien,
Vous pouvez librement disposer de mon bien.

HORACE.

Je suis homme à saisir les gens par leurs paroles,
Et j'ai présentement besoin de cent pistoles.

---

    1.   Un de nos citoyens. (1682, 97, 1710, 18.)
— Citoyens, concitoyens, gens du même pays. C'est aussi dans ce sens que
s'est employé d'abord le mot de *patriote*.
    2.   Non ; mais vous a-t-on dit.... (1666, 73, 74, 82, 1734.)
— Les éditions de 1663ᵃ, 1663ᵇ, 1665 ont sauté le mot *point* :

      Non. Vous a-t-on dit....

    3.   Que ne dit pas sa lettre. (1673, 74, 82, 1734.)
— Après ce vers, on lit cette indication dans l'édition de 1734 : *Horace remet
la lettre d'Oronte à Arnolphe.*
    4. *Après avoir vu la lettre.* (1666, 73, 74, 82.)
    5.   Il faut pour les amis. (1673, 74, 82, 1734.)

ARNOLPHE.

Ma foi, c'est m'obliger que d'en user ainsi,   285
Et je me réjouis de les avoir ici.
Gardez aussi la bourse.

HORACE.

Il faut.... [1]

ARNOLPHE.

Laissons ce style.
Hé bien ! comment encor trouvez-vous cette ville ?

HORACE.

Nombreuse en citoyens, superbe en bâtiments ;
Et j'en crois merveilleux les divertissements.   29

ARNOLPHE.

Chacun a ses plaisirs qu'il se fait à sa guise ;
Mais pour ceux que du nom de galans [2] on baptise,
Ils ont en ce pays de quoi se contenter,
Car les femmes y sont faites à coqueter :
On trouve d'humeur douce et la brune et la blonde, 295
Et les maris aussi les plus bénins du monde ;
C'est un plaisir de prince ; et des tours que je voi
Je me donne souvent la comédie à moi.
Peut-être en avez-vous déjà féru quelqu'une [3].

---

1. Selon Auger, « il n'est pas aisé de suppléer ce que voulait dire Horace, interrompu par Arnolphe après ces simples mots, *Il faut....* » Il est bien clair, ce nous semble, qu'Horace allait lui proposer de lui donner un reçu de la somme, et c'est ce que précise l'interruption d'Arnolphe : *Laissons ce style.*

2. *Galans,* sans *t* ni *d,* dans les éditions anciennes, hormis celle de 1694 B, qui a *galants.*

3. Cette vieille expression s'est conservée dans le langage populaire. Paul-Louis Courier voulant prouver que « la langue poétique, si ce n'est celle du peuple, en est tirée du moins, » rapproche d'un vers de Racine deux vers d'une chanson de paysan, et dit :

« Ariane, ma sœur, de quel amour blessée....

n'est point une phrase de marquis ; mais nos laboureurs chantent :

Féru de ton amour, je ne dors nuit ni jour.

C'est la même expression. » (*Fragments d'une traduction d'Hérodote,* Préface.)

Vous est-il point encore arrivé de fortune ?   300
Les gens faits comme vous font plus que les écus,
Et vous êtes de taille à faire des cocus.

HORACE.

A ne vous rien cacher de la vérité pure,
J'ai d'amour en ces lieux eu certaine aventure,
Et l'amitié m'oblige à vous en faire part.   305

ARNOLPHE[1].

Bon ! voici de nouveau quelque conte gaillard[2] ;
Et ce sera de quoi mettre sur mes tablettes.

HORACE.

Mais, de grâce, qu'au moins ces choses soient secrètes.

ARNOLPHE.

Oh !

HORACE.

Vous n'ignorez pas qu'en ces occasions
Un secret éventé rompt nos prétentions.   310
Je vous avoûrai donc avec pleine franchise
Qu'ici d'une beauté mon âme s'est éprise.
Mes petits soins d'abord ont eu tant de succès,
Que je me suis chez elle ouvert un doux accès ;
Et sans trop me vanter ni[3] lui faire une injure,   315
Mes affaires y sont en fort bonne posture.

ARNOLPHE, riant[4].

Et c'est[5] ?

HORACE, lui montrant le logis d'Agnès.

Un jeune objet qui logé en ce logis
Dont vous voyez d'ici que les murs sont rougis ;
Simple, à la vérité, par l'erreur sans seconde
D'un homme qui la cache au commerce du monde, 320

1. ARNOLPHE, *à part.* (1734.)
2.   Bon, voici de nouveau un beau conte gaillard. (1673, 74.)
3. *Ne*, pour *ni*, dans les éditions de 1663[a], 65, 66, 73, 74.
4. ARNOLPHE, *en riant.* (1734.)
5. *Hé ? C'est ?* dans la seule édition de 1734.

Mais qui, dans l'ignorance où l'on veut l'asservir,
Fait briller des attraits capables de ravir ;
Un air tout engageant, je ne sais quoi de tendre,
Dont il n'est point de cœur qui se puisse défendre.
Mais peut-être il n'est pas que vous n'ayez bien vu 325
Ce jeune astre d'amour de tant d'attraits pourvu :
C'est Agnès qu'on l'appelle.

ARNOLPHE, à part.
Ah ! je crève !

HORACE.
Pour l'homme,
C'est, je crois, de la Zousse ou Souche qu'on le nomme[1] :
Je ne me suis pas fort arrêté sur le nom ;
Riche, à ce qu'on m'a dit, mais des plus sensés, non ;
- Et l'on m'en a parlé comme d'un ridicule[2].
Le connoissez-vous point ?

ARNOLPHE, à part.
La fàcheuse pilule !

HORACE.
Eh ! vous ne dites mot ?

ARNOLPHE.
Eh ! oui, je le connoi.

HORACE.
C'est un fou, n'est-ce pas ?

ARNOLPHE.
Eh....

HORACE.
Qu'en dites-vous ? quoi ?
Eh ? c'est-à-dire oui ? Jaloux à faire rire ?   335

1.   C'est, je crois, de la Zousse ou Source qu'on le nomme.
                    (1663², 65, 66, 73, 74, 82, 1734.)

2.   Parbleu, je viens du Louvre, où Cléonte, au Levé,
     Madame, a bien paru ridicule achevé !
                    (Le Misanthrope, acte II, scène IV.)

Sot? Je vois qu'il en est ce que l'on m'a pu dire.
Enfin l'aimable Agnès a su m'assujettir.
C'est un joli bijou, pour ne point vous mentir;
Et ce seroit péché qu'une beauté si rare
Fût laissée au pouvoir de cet homme bizarre.   340
Pour moi, tous mes efforts, tous mes vœux les plus doux
Vont à m'en rendre maître en dépit du jaloux [1];
Et l'argent que de vous j'emprunte avec franchise
N'est que pour mettre à bout cette juste entreprise.
Vous savez mieux que moi, quels que soient [2] nos efforts,
Que l'argent est la clef de tous les grands ressorts,
Et que ce doux métal qui frappe tant de têtes,
En amour, comme en guerre, avance les conquêtes.
Vous me semblez chagrin : seroit-ce qu'en effet
Vous désapprouveriez le dessein que j'ai fait?   350

ARNOLPHE.

Non, c'est que je songeois....

HORACE.

                    Cet entretien vous lasse :
Adieu. J'irai chez vous tantôt vous rendre grâce.

ARNOLPHE [3].

Ah! faut-il...!

1.   En dépit des jaloux. (1682, 97, 1710, 33.)
2. *Quels sont*, par erreur, dans l'édition de 1663ᵇ.
3.   ARNOLPHE, *se croyant seul.*
    Ah! faut-il...?
                    HORACE, *revenant.*
            Derechef, veuillez être discret,
    Et n'allez pas, de grâce, éventer mon secret.
            ARNOLPHE, *se croyant seul.*
    Que je sens dans mon âme...!
                    HORACE, *revenant.*
                            Et surtout à mon père,
    Qui s'en feroit peut-être un sujet de colère.
            ARNOLPHE, *croyant qu'Horace revient encore.*
    Oh!... (*Seul.*) Oh! que j'ai souffert, etc. (1734.)
— L'édition de 1773 fait, de ce qui suit le premier mot du vers 357, une scène
à part, la VIIᵉ, ayant pour personnage ARNOLPHE *seul.*

HORACE, revenant.

Derechef, veuillez être discret,
Et n'allez pas, de grâce, éventer mon secret.

ARNOLPHE.

Que je sens dans mon âme...!

HORACE, revenant.

Et surtout à mon père,
Qui s'en feroit peut-être un sujet de colère.

ARNOLPHE, croyant qu'il revient encore.

Oh!...

Oh! que j'ai souffert durant cet entretien!
Jamais trouble d'esprit ne fut égal au mien.
Avec quelle imprudence et quelle hâte extrême
Il m'est venu conter cette affaire à moi-même!   360
Bien que mon autre nom le tienne dans l'erreur,
Étourdi montra-t-il jamais tant de fureur?
Mais ayant tant souffert, je devois me contraindre
Jusques à m'éclaircir de ce que je dois craindre,
A pousser jusqu'au bout son caquet indiscret,   365
Et savoir pleinement leur commerce secret.
Tâchons à le rejoindre[1] : il n'est pas loin, je pense;
Tirons-en de ce fait l'entière confidence.
Je tremble du malheur qui m'en peut arriver,
Et l'on cherche souvent plus qu'on ne veut trouver[2].   370

1.   Tâchons de le rejoindre. (1673, 74, 82, 1734.)
2.   Auger rappelle ici ces vers d'*Amphitryon* (acte II, scène III) :

> La foiblesse humaine est d'avoir
> Des curiosités d'apprendre
> Ce qu'on ne voudroit pas savoir.

FIN DU PREMIER ACTE.

ACTE II.

SCÈNE PREMIÈRE.

ARNOLPHE.

Il m'est, lorsque j'y pense, avantageux sans doute
D'avoir perdu mes pas et pu manquer sa route ;
Car enfin de mon cœur le trouble impérieux
N'eût pu se renfermer tout entier à ses yeux :
Il eût fait éclater l'ennui qui me dévore,   375
Et je ne voudrois pas qu'il sût ce qu'il ignore.
Mais je ne suis pas homme à gober le morceau,
Et laisser un champ libre aux vœux du damoiseau [1] :
J'en veux rompre le cours et, sans tarder, apprendre
Jusqu'où l'intelligence entre eux a pu s'étendre.   380
J'y prends pour mon honneur un notable intérêt [2] :
Je la regarde en femme, aux termes qu'elle en est;
Elle n'a pu faillir sans me couvrir de honte,
Et tout ce qu'elle a fait [3] enfin est sur mon compte.
Éloignement fatal! voyage malheureux!   385
                 (Frappant à la porte [4].)

---

1.   Aux yeux d'un damoiseau. (1673, 74, 82, 97, 1710, 33, 34.)
    2. L'édition de 1682 indique par des guillemets que ce vers et les trois
suivants étaient supprimés à la représentation.
    3.   Et tout ce qu'elle fait. (1665, 66, 73, 74, 82, 1734.)
    4. *Il frappe à sa porte.* (1734.)

SCÈNE II.

ALAIN, GEORGETTE, ARNOLPHE[1].

ALAIN.

Ah! Monsieur, cette fois....

ARNOLPHE.

Paix. Venez çà tous deux.

Passez là; passez là. Venez là, venez, dis-je.

GEORGETTE.

Ah! vous me faites peur, et tout mon sang se fige.

ARNOLPHE.

C'est donc ainsi qu'absent vous m'avez obéi?
Et tous deux de concert vous m'avez donc trahi? 390

GEORGETTE[2].

Eh! ne me mangez pas, Monsieur, je vous conjure.

ALAIN, à part.

Quelque chien enragé l'a mordu, je m'assure.

ARNOLPHE[3].

Ouf! Je ne puis parler, tant je suis prévenu[4] :

---

1. ARNOLPHE, ALAIN, GEORGETTE. (1734.)
2. GEORGETTE, *tombant aux genoux d'Arnolphe.* (1734.)
3.   ARNOLPHE, *à part.*
   Ouf. Je ne puis parler, tant je suis prévenu :
   Je suffoque, et voudrois me pouvoir mettre nud.
        (*A Alain et Georgette* [a].)
   Vous avez donc souffert, ô canaille maudite,
                    (*A Alain qui veut s'enfuir.*)
   Qu'un homme soit venu.... Tu veux prendre la fuite?
                    (*A Georgette.*)
   Il faut que sur-le-champ.... Si tu bouges.... Je veux
                    (*A Alain.*)
   Que vous me disiez.... Hé! oui, je veux que tous deux....
        (*Alain et Georgette se lèvent et veulent encore s'enfuir.*)
   Quiconque remuera, etc. (1734.)
4. Tant je me crois sûr d'un malheur, tant je suis obsédé de ce soupçon.

   [a] *A Alain et à Georgette.* (1773.)

Je suffoque, et voudrois me pouvoir mettre nu.
Vous avez donc souffert, ô canaille maudite,   395
Qu'un homme soit venu?... Tu veux prendre la fuite!
Il faut que sur-le-champ.... Si tu bouges...! Je veux
Que vous me disiez...Euh!... Oui, je veux que tous deux....
Quiconque remûra, par la mort! je l'assomme.
Comme est-ce que chez moi s'est introduit cet homme?
Eh! parlez, dépêchez, vite, promptement, tôt,
Sans rêver [1]: Veut-on dire?

                    ALAIN ET GEORGETTE.
                         Ah! ah!
                    GEORGETTE [2].
                              Le cœur me faut.
                    ALAIN.
Je meurs.

                    ARNOLPHE.
          Je suis en eau : prenons un peu d'haleine;
Il faut que je m'évente et que je me promène.
Aurois-je deviné quand je l'ai vu petit,   405
Qu'il croîtroit pour cela? Ciel! que mon cœur pâtit!
Je pense qu'il vaut mieux que de sa propre bouche
Je tire avec douceur l'affaire qui me touche.
Tâchons de modérer notre ressentiment.

---

1. *Réserver*, pour *rêver* (*resver*), dans les éditions de 1682, 97.
2.   GEORGETTE, *retombant aux genoux d'Arnolphe* [a].
                    Le cœur me faut.
          ALAIN, *retombant aux genoux d'Arnolphe.*
     Je meurs.
                    ARNOLPHE, *à part.*
          Je suis en eau, etc. (1734.)

[a] Le jeu de scène qu'indique ici et un peu plus loin l'édition de 1734 se répétait jusqu'à *six ou sept fois* à la représentation, si l'on en croit de Visé : « La scène qu'Arnolphe fait avec Alain et Georgette, lorsqu'il leur demande comment Horace s'est introduit chez lui, est un jeu de théâtre qui éblouit, puisqu'il n'est pas vraisemblable que deux mêmes personnes tombent par symétrie jusques à six ou sept fois à genoux, aux deux côtés de leur maître. Je veux que la peur les fasse tomber; mais il est impossible que cela arrive tant de fois, et ce n'est pas une action naturelle. » (*Zélinde*, scène III, p. 31.)

Patience, mon cœur, doucement, doucement[1].   410
Levez-vous, et rentrant, faites qu'Agnès descende.
Arrêtez. Sa surprise en deviendroit moins grande :
Du chagrin qui me trouble ils iroient l'avertir,
Et moi-même je veux l'aller faire sortir[2].
Que l'on m'attende ici.

SCÈNE III.

ALAIN, GEORGETTE.

GEORGETTE.

     Mon Dieu! qu'il est terrible!
Ses regards m'ont fait peur, mais une peur horrible;
Et jamais je ne vis un plus hideux chrétien.

ALAIN.

Ce Monsieur l'a fâché : je te le disois bien.

GEORGETTE.

Mais que diantre est-ce là, qu'avec tant de rudesse
Il nous fait au logis garder notre maîtresse?   420
D'où vient qu'à tout le monde il veut tant la cacher,
Et qu'il ne sauroit voir personne en approcher?

ALAIN.

C'est que cette action le met en jalousie.

GEORGETTE.

Mais d'où vient qu'il est pris de cette fantaisie?

ALAIN.

Cela vient.... cela vient de ce qu'il est jaloux.   425

----

1. (*A Alain et à Georgette.*)
 Levez-vous, et rentrant, faites qu'Agnès descende.
   (*A part.*)
 Arrêtez. Sa surprise en deviendroit moins grande. (1734.)
2. (*A Alain et à Georgette.*)
 Que l'on m'attende ici. (1734.)

GEORGETTE.

Oui; mais pourquoi l'est-il? et pourquoi ce courroux?

ALAIN.

C'est que la jalousie.... entends-tu bien, Georgette,
Est une chose.... là.... qui fait qu'on s'inquiète....
Et qui chasse les gens d'autour d'une maison.
Je m'en vais te bailler une comparaison,   430
Afin de concevoir la chose davantage.
Dis-moi, n'est-il pas vrai, quand tu tiens ton potage,
Que si quelque affamé venoit pour en manger,
Tu serois en colère, et voudrois le charger?

GEORGETTE.

Oui, je comprends cela.

ALAIN.

                    C'est justement tout comme :
La femme est en effet le potage de l'homme[1];
Et quand un homme voit d'autres hommes parfois

1. Cette comparaison est un des passages de la pièce qui scandalisèrent le
plus les délicats. On la trouva ignoble. Comme le remarque Auger, elle se rencontre dans Rabelais, au chapitre XII du livre III, chapitre intitulé : « Comment Pantagruel explore par sorts Virgilianes quel sera le mariage de Panurge »
(tome II, p. 61). Le vers de Virgile qui sert de sort est celui-ci :

      Nec Deus hunc mensa, Dea nec dignata cubili est.

         « Digne ne fut d'être en table du Dieu,
         Et n'eut on lit de la Déesse lieu. »

Et Panurge en tire un bon augure (p. 62, 63) : « Ce sort dénote que ma
femme sera preude, pudique et loyale,.... et ne me sera corrival ce beau
Jupin, et jà ne saulsera son pain en ma soupe, quand ensemble serions à
table. » Mais ce serait, si l'on en croit la note de le Duchat sur ce passage,
une sorte d'expression proverbiale, une allusion à l'ancienne coutume qui permettait à un amant de se placer à table près de sa maîtresse, « de manger à
son écuelle et de saucer avec elle. » Les critiques de Molière auraient dû se
dire que, du moment qu'on plaçait sur la scène de vrais paysans comme Alain,
et non plus des villageois de convention, comme dans les bergeries du temps,
on ne pouvait leur prêter des comparaisons élégantes et relevées. Ce qu'il y a
de curieux du reste, c'est que de Visé adresse ici à Molière un reproche tout
différent. La comparaison du potage lui semble « trop forte » : elle marque,
selon lui, « plutôt l'esprit de l'auteur que la simplicité du paysan. » (*Zélinde*,
p. 31.)

Qui veulent dans sa soupe aller tremper leurs doigts,
Il en montre aussitôt une colère extrême.

GEORGETTE.

Oui; mais pourquoi chacun n'en fait-il pas de même, 440
Et que nous en voyons qui paroissent joyeux
Lorsque leurs femmes sont avec les biaux Monsieux [1]?

ALAIN.

C'est que chacun n'a pas cette amitié goulue
Qui n'en veut que pour soi.

GEORGETTE.

        Si je n'ai la berlue,
Je le vois qui revient.

ALAIN.

        Tes yeux sont bons, c'est lui. 445

GEORGETTE.

Vois comme il est chagrin.

ALAIN.

        C'est qu'il a de l'ennui.

SCÈNE IV.

ARNOLPHE, AGNÈS, ALAIN, GEORGETTE.

ARNOLPHE [2].

Un certain Grec disoit à l'empereur Auguste,
Comme une instruction utile autant que juste,
Que lorsqu'une aventure en colère nous met,

---

1. Les beaux. (1665, 66, 73, 74, 82, 1734.) — Les bieux. (1675 A.) —
Monsieurs? (1666, 73, 74, 82, 97, 1710, 33.) — Le Petit-Jean des *Plaideurs*
se sert aussi d'un pluriel populaire (vers 9) :

    Tous les plus gros Monsieur me parloient chapeau bas.

2.   ARNOLPHE, ALAIN, GEORGETTE.
          ARNOLPHE, *à part*.
             (1734.)

Nous devons, avant tout, dire notre alphabet[1],   450
Afin que dans ce temps la bile se tempère,
Et qu'on ne fasse rien que l'on ne doive faire.
J'ai suivi sa leçon sur le sujet d'Agnès,
Et je la fais[2] venir en ce lieu tout exprès,
Sous prétexte d'y faire un tour de promenade,   455
Afin que les soupçons de mon esprit malade
Puissent sur le discours la mettre adroitement,

1. « Ménage prétend[a] que Molière a pris ce trait dans une comédie de Bernardino Pino da Cagli, intitulée gl'Ingiusti sdegni. C'est un pédant qui parle : Ho detto già una volta l'alfabeto greco per temperar l'ira (atto IIIe, scena v[e]), « J'ai déjà dit une fois l'alphabet grec, pour donner à ma colère le temps « de s'apaiser. » Ménage se trompe : c'est à Plutarque que Molière a emprunté l'anecdote. La voici, telle qu'Amyot l'a traduite : « Athenodorus le philosophe étant fort vieil lui demanda (à Auguste) congé de se pouvoir retirer en sa maison pour sa vieillesse. Il lui donna; mais, en lui disant adieu, Athenodorus lui dit : « Quand tu te sentiras courroucé, Sire, ne di ni ne fais « rien que premièrement tu n'ayes récité les vingt et quatre lettres de l'alpha- « bet en toi-même. » Cæsar ayant ouï cet advertissement, le prit par la main et lui dit : « J'ai encore affaire de ta présence; » et le retint encore tout un an, en lui disant :

Sans peril est le loyer de silence[b]. »

(Note d'Auger.) — Quoi qu'en dise Auger, il est fort possible que Molière se soit rappelé à la fois et le passage de Plutarque et celui de Bernardino Pino. Il parait avoir connu la pièce italienne, et, dans la scène VI de l'acte II du Dépit amoureux, entre Métaphraste et Albert, s'être souvenu de la scène I, acte III, de la pièce gl'Ingiusti sdegni, entre le Pédant et Pandolfo. Pandolfo est un bon bourgeois, aussi illettré qu'Albert. Il s'entretient des chagrins que lui cause son fils, avec le pédant Aristarco, qui, au lieu de lui donner des conseils de simple bon sens, l'accable de citations empruntées aux auteurs de l'antiquité; et il se trouve que la phrase latine, par laquelle Métaphraste salue Albert, est à peu près celle qu'Aristarco adresse à Pandolfo en le quittant : Mandatum tuum curabo diligenter. C'est un rapprochement à ajouter à ceux que nous avons indiqués dans notre commentaire sur cette scène : voyez au tome I, p. 444 et suivantes.

2.   Et je l'ai fait venir. (1663[b].)

[a] C'est la Monnoie qui le dit, dans une addition au Ménagiana (tome III, p. 153) dont nous avons déjà eu occasion de citer un passage dans notre tome II, p. 169, note 6.
[b] (Apophthegmes des rois et des généraux, paragraphe VII des apophthegmes de César Auguste; dans Amyot, Apophthegmes des Romains, chapitre XX, édition Clavier, tome III des OEuvres morales, p. 398.)

Et lui sondant le cœur [1], s'éclaircir doucement.
Venez, Agnès. Rentrez.

SCÈNE V.

ARNOLPHE, AGNÈS.

ARNOLPHE.
La promenade est belle.
AGNÈS.

Fort belle.

ARNOLPHE.
Le beau jour!

AGNÈS.
Fort beau.

ARNOLPHE.
                              Quelle nouvelle? 460
AGNÈS.

Le petit chat est mort.

ARNOLPHE.
C'est dommage; mais quoi?

---

1. Et, lui sondant le cœur, s'éclaircir doucement.

SCÈNE V.

ARNOLPHE, AGNÈS, ALAIN, GEORGETTE.

ARNOLPHE.
Venez, Agnès.
(A Alain et Georgette [a].)
Rentrez.

SCÈNE VI.

ARNOLPHE, AGNÈS.

ARNOLPHE.
La promenade est belle. (1734.)

a A Alain et à Georgette. (1773.) — L'indication : à Alain et Georgette
est aussi dans l'édition de 1682, où elle suit le mot Rentrez.

Nous sommes tous mortels, et chacun est pour soi.
Lorsque j'étois aux champs, n'a-t-il point fait de pluie ?

AGNÈS.

Non.

ARNOLPHE.

Vous ennuyoit-il ?

AGNÈS.

Jamais je ne m'ennuie [1].

ARNOLPHE.

Qu'avez-vous fait encor ces neuf ou dix jours-ci ?   465

AGNÈS.

Six chemises, je pense, et six coiffes aussi.

ARNOLPHE, ayant un peu rêvé [2].

Le monde, chère Agnès, est une étrange chose.
Voyez la médisance, et comme chacun cause :
Quelques voisins m'ont dit qu'un jeune homme inconnu
Étoit en mon absence à la maison venu,   470
Que vous aviez souffert sa vue et ses harangues ;
Mais je n'ai point pris foi sur ces méchantes langues,
Et j'ai voulu gager que c'étoit faussement....

AGNÈS.

Mon Dieu, ne gagez pas : vous perdriez vraiment.

ARNOLPHE.

Quoi ? c'est la vérité qu'un homme...?

AGNÈS.

Chose sûre. 475

---

1. Voyez pour cette forme ancienne de verbe impersonnel : « vous ennuyoit-il ? » plusieurs exemples empruntés aux écrivains du dix-septième siècle par M. Littré. « Molière, pour ce verbe, a mis en présence, dit Génin dans son *Lexique*, l'ancienne locution et la nouvelle. » L'ancienne est seule logique, ajoute-t-il, et la raison qu'il en donne, c'est que l'on n'ennuie pas soi-même. S'il est, au contraire, une vérité d'observation devenue un lieu commun pour les moralistes, c'est que la cause principale de l'ennui est en nous-même, et c'est très-logiquement qu'Agnès, dont l'âme, sous son calme apparent, ne manque pas d'activité, répond : « Jamais je ne m'ennuie. »

2. ARNOLPHE, *après avoir un peu rêvé*. (1734.)

Il n'a presque bougé de chez nous, je vous jure.

ARNOLPHE, à part[1].

Cet aveu qu'elle fait avec sincérité
Me marque pour le moins son ingénuité.
Mais il me semble, Agnès, si ma mémoire est bonne[2],
Que j'avois défendu que vous vissiez personne.   480

AGNÈS.

Oui; mais quand je l'ai vu[3], vous ignorez pourquoi[4];
Et vous en auriez fait, sans doute, autant que moi.

ARNOLPHE.

Peut-être. Mais enfin contez-moi cette histoire.

AGNÈS.

Elle est fort étonnante, et difficile à croire.
J'étois sur le balcon à travailler au frais,   485
Lorsque je vis passer sous les arbres d'auprès
Un jeune homme bien fait, qui rencontrant ma vue,
D'une humble révérence aussitôt me salue :
Moi, pour ne point manquer à la civilité,
Je fis la révérence aussi de mon côté.   490
Soudain il me refait une autre révérence :
Moi, j'en refais de même une autre en diligence;
Et lui d'une troisième aussitôt repartant,
D'une troisième aussi j'y repars à l'instant.
Il passe, vient, repasse, et toujours de plus belle   495
Me fait à chaque fois révérence nouvelle;
Et moi, qui tous ces tours fixement regardois[5],
Nouvelle révérence aussi je lui rendois :
Tant que, si sur ce point la nuit ne fût venue,
Toujours comme cela je me serois tenue,   500

---

1. ARNOLPHE, bas, à part. (1734.)
2. Ce vers est précédé de l'indication : Haut, dans l'édition de 1734
3.   Oui, mais si je l'ai vu. (1718.)
4.   Vous ignoriez pourquoi. (1666, 73, 74, 82, 97, 1733, 34.)
5.   Et moi, qui tous ses tours fixement regardois. (1773.)

Ne voulant point céder, et recevoir l'ennui [1]
Qu'il me pût estimer moins civile que lui.

ARNOLPHE.

Fort bien.

AGNÈS.

Le lendemain, étant sur notre porte,
Une vieille m'aborde, en parlant de la sorte :
« Mon enfant, le bon Dieu puisse-t-il vous bénir [2],   505
Et dans tous vos attraits longtemps vous maintenir !
Il ne vous a pas faite [3] une belle personne
Afin de mal user des choses qu'il vous donne ;
Et vous devez savoir que vous avez blessé
Un cœur qui de s'en plaindre est aujourd'hui forcé [4]. »

---

1.   Ne voulant point céder, ni recevoir l'ennui.

(1663ª, 65, 66, 73, 74, 82, 1734.)

2. Molière s'est sans doute souvenu de la satire XIII de Regnier, où l'entre-
metteuse Macette parle ainsi à une jeune fille (vers 67, et 264-272) :

« Ma fille, Dieu vous garde et vous veuille bénir !

. . . .

Je sais de ces gens-là qui languissent pour vous ;
Car étant ainsi jeune, en vos beautés parfaites,
Vous ne pouvez savoir tous les coups que vous faites ;
Et les traits de vos yeux haut et bas élancés,
Belle, ne voyent pas tous ceux que vous blessez.
Tel s'en vient plaindre à moi, qui n'ose le vous dire ;
Et tel vous rit de jour, qui toute nuit soupire,
Et se plaint de son mal, d'autant plus véhément,
Que vos yeux sans dessein le font innocemment.

3. Il y a *fait*, sans accord, dans les éditions de 1673, 1710, 18, 33
et 1773.

4. Dans la nouvelle de Scarron, *la Précaution inutile*, il y a aussi une
vieille qui vient ainsi négocier une entrevue entre un gentilhomme et la jeune
femme innocente. Quand celle-ci y eut consenti, « la vieille lui prit les mains et
les lui baisa cent fois, lui disant qu'elle alloit redonner la vie à ce pauvre gentilhomme, qu'elle avoit laissé demi-mort. « Et pourquoi? s'écria Laure toute ef-
« frayée. — C'est vous qui l'avez tué, » lui dit la fausse vieille. Laure devint pâle,
comme si on l'eût convaincue d'un meurtre, et alloit protester de son innocence, si la méchante femme, qui ne jugea pas à propos d'éprouver davantage
son ignorance, ne se fût séparée d'elle, lui jetant les bras au cou, et l'assurant
que le malade n'en mourroit pas. » (P. 84 de l'édition de 1661, déjà citée
au vers 105.)

ARNOLPHE, à part.

Ah! suppôt de Satan! exécrable damnée!

AGNÈS.

« Moi, j'ai blessé quelqu'un! fis-je toute étonnée.
— Oui, dit-elle, blessé, mais blessé tout de bon;
Et c'est l'homme qu'hier vous vîtes du balcon.
— Hélas! qui pourroit, dis-je, en avoir été cause ?   515
Sur lui, sans y penser, fis-je choir quelque chose ?
— Non, dit-elle, vos yeux ont fait ce coup fatal,
Et c'est de leurs regards qu'est venu tout son mal.
— Hé! mon Dieu! ma surprise est, fis-je, sans seconde :
Mes yeux ont-ils du mal, pour en donner au monde[1]?   520
— Oui, fit-elle, vos yeux, pour causer le trépas,
Ma fille, ont un venin que vous ne savez pas.
En un mot, il languit, le pauvre misérable;
Et s'il faut, poursuivit la vieille charitable,
Que votre cruauté lui refuse un secours,   525
C'est un homme à porter en terre dans deux jours.
— Mon Dieu! j'en aurois, dis-je, une douleur bien grande.
Mais pour le secourir qu'est-ce qu'il me demande?
— Mon enfant, me dit-elle, il ne veut obtenir
Que le bien de vous voir et vous entretenir :   530
Vos yeux peuvent eux seuls empêcher sa ruine
Et du mal qu'ils ont fait être la médecine.
— Hélas! volontiers, dis-je; et puisqu'il est ainsi,

---

1. Dans *Gillette, comédie facétieuse* du sieur d'Aves (Rouen, 1620, p. 20),
l'idée rendue dans ce passage est ainsi délayée :

> C'est vous qui m'avez fait malade,
> Par la force de mainte œillade,
> Que vos yeux me surent darder
> Lorsque j'osai vous regarder
> Un jour que nous étions ensemble.
> GILLETTE.
> De crainte et de frayeur je tremble
> T'oyant dire que de mes yeux
> Il sort un mal contagieux.

Il peut, tant qu'il voudra, me venir voir ici. »

ARNOLPHE, à part.

Ah ! sorcière maudite, empoisonneuse d'âmes,   535
Puisse l'enfer payer tes charitables trames[1] !

AGNÈS.

Voilà comme il me vit, et reçut guérison.
Vous-même, à votre avis, n'ai-je pas eu raison ?
Et pouvois-je, après tout, avoir la conscience
De le laisser mourir faute d'une assistance,   540
Moi qui compatis tant aux gens qu'on fait souffrir
Et ne puis, sans pleurer, voir un poulet mourir ?

ARNOLPHE, bas[2].

Tout cela n'est parti que d'une âme innocente ;
Et j'en dois accuser mon absence imprudente,
Qui sans guide a laissé cette bonté de mœurs   545
Exposée aux aguets des rusés séducteurs.
Je crains que le pendard, dans ses vœux téméraires[3],
Un peu plus fort que jeu n'ait poussé les affaires.

AGNÈS.

Qu'avez-vous ? Vous grondez, ce me semble, un petit[4] ?
Est-ce que c'est mal fait ce que je vous ai dit ?   550

1. Regnier, dans sa satire XIII (vers 291 et 292), intervient à peu près de même, après le discours de la vieille :

  Ha, vieille, dis-je lors, qu'en mon cœur je maudis,
  Est-ce là le chemin pour gaigner paradis ?

2. ARNOLPHE, *bas, à part.* (1734.)
3.   Dans ces vœux téméraires. (1663[b].)
4. *Un petit*, un peu. Cette expression revient plusieurs fois ailleurs chez Molière :

  Je commence à mon tour à le croire un petit,

dit Sosie dans *Amphitryon* (acte I, scène II) ; et encore, dans la même pièce (acte II, scène I) :

  . . . . . J'ai devant notre porte
  En moi-même voulu répéter un petit
        Sur quel ton et de quelle sorte
  Je ferois du combat le glorieux récit.

ARNOLPHE.

Non. Mais de cette vue apprenez-moi les suites,
Et comme le jeune homme a passé ses visites.

AGNÈS.

Hélas ! si vous saviez comme il étoit ravi,
Comme [1] il perdit son mal sitôt que je le vi,
Le présent qu'il m'a fait d'une belle cassette,   555
Et l'argent qu'en ont eu notre Alain et Georgette,
Vous l'aimeriez sans doute et diriez comme nous....[2]

ARNOLPHE.

Oui. Mais que faisoit-il étant seul avec vous ?

AGNÈS.

Il juroit qu'il m'aimoit [3] d'une amour [4] sans seconde,
Et me disoit des mots les plus gentils du monde,   560
Des choses que jamais rien ne peut égaler,
Et dont, toutes les fois que je l'entends parler,
La douceur me chatouille et là dedans remue
Certain je ne sais quoi dont je suis toute émue.

ARNOLPHE, à part [5].

O fâcheux examen d'un mystère fatal,   565
Où l'examinateur souffre seul tout le mal !

(A Agnès [6].)

Outre tous ces discours, toutes ces gentillesses,
Ne vous faisoit-il point aussi quelques caresses ?

AGNÈS.

Oh tant ! Il me prenoit et les mains et les bras,
Et de me les baiser il n'étoit jamais las.   570

1. *Comment*, pour *comme*, dans l'édition de 1675 A.
2. Ces points suspensifs ne sont pas dans les éditions de 1675 A, 84 A, 94 B,
1733, 34.
3.   Il disoit qu'il m'aimoit. (1673, 74, 82, 1734.)
4. L'édition de 1773 s'écarte ici de celle de 1734, qu'elle suit d'ordinaire,
et donne *d'un amour*, au masculin, sans égard à *seconde* qui vient après.
5. ARNOLPHE, *bas, à part*. (1734.)
6. Les mots *à Agnès* sont remplacés par *Haut* dans l'édition de 1734.

ARNOLPHE.

Ne vous a-t-il point pris, Agnès, quelque autre chose?
(La voyant interdite.)
Ouf!

AGNÈS.

Hé! il m'a....

ARNOLPHE.

Quoi?

AGNÈS.

Pris....

ARNOLPHE.

Euh [1] !

AGNÈS.

Le.... [2]

---

1. Hé? (1734.)

2. Ce *le* est une des choses sur lesquelles Boursault insiste le plus ; mais, chose assez maladroite de sa part, comme l'a remarqué M. Victor Fournel, c'est par une précieuse qu'il fait admirer ce *le* pour en faire la critique :

ORIANE.

Ce *le*, c'est une chose horriblement touchante ;
« Il m'a pris *le...* : » ce *le* fait qu'on ouvre les yeux.
(*Le Portrait du peintre*, scène IV.)

M. V. Fournel ajoute ici en note (*les Contemporains de Molière*, tome I, p. 143, note 3) : « Ce *le* était ce qui avait le plus choqué dans la pièce, et ce qui avait servi de prétexte aux plus vives et aux plus nombreuses accusations contre Molière.... Dans *le Panégyrique de l'École des femmes*, Lidamon se garde bien de l'oublier (scène v, p. 50), non plus que le Boulanger de Chalussay dans *Élomire hypocondre* (acte III, scène II), de Villiers (ou *plutôt de Visé*) dans *Zélinde* (scène III, p. 33-34, et scène VIII, p. 104 et 105), Chevalier dans *les Amours de Calotin* (acte I, scène III), et de la Croix dans *la Guerre comique* (dispute III), où la plupart des interlocuteurs badinent à l'envi sur ce *le*, malgré les réclamations des dames, et citent les uns après les autres plusieurs des vers de Boursault.... Dans son *Traité* posthume *de la comédie et des spectacles*, publié peu d'années après, à la fin de 1666, le prince de Conty, l'ancien protecteur de Molière, devenu dévot sur la fin de sa vie, s'élevait contre l'immodestie des nouvelles comédies, et qualifiait toute la scène de scandaleuse[a]. C'est aussi là-dessus que Molière s'arrête le plus pour se justifier dans

---

[a] « Il faut qu'on convienne.... *que la Comédie moderne* n'est pas exempte d'impureté ; qu'au contraire cette honnêteté apparente.... commence présentement à céder à une immodestie ouverte et sans ménagement, et qu'il n'y a rien, par exemple, de plus scandaleux que la cinquième scène du second acte

ARNOLPHE.

           Plaît-il?

AGNÈS.

                   Je n'ose,

Et vous vous fâcherez peut-être contre moi.

ARNOLPHE.

Non.

AGNÈS.

    Si fait.

ARNOLPHE.

      Mon Dieu, non !

AGNÈS.

            Jurez donc votre foi.

ARNOLPHE.

Ma foi, soit.

AGNÈS.

      Il m'a pris.... Vous serez en colère.   575

ARNOLPHE.

Non.

---

sa *Critique* (scène III). Mais, quoi qu'il en veuille dire, il est évident que ses adversaires n'avaient que trop raison sur ce point, et, en bonne foi, il ne se pouvait défendre d'avoir voulu mettre dans ce *le* une équivoque indécente, qu'il fallait laisser aux chansonniers populaires, imitateurs de Gaultier-Garguille et du Savoyard. » Il est difficile de ne pas être ici de l'avis de M. Fournel; mais il faut ajouter que la complaisance avec laquelle les ennemis de Molière insistent sur ce *le*, les commentaires et développements qu'ils y joignent, le rendent plus indécent encore dans leurs critiques que dans la pièce, et leur ôtent le droit de s'en scandaliser. Parmi les passages des critiques du temps auxquels renvoie M. V. Fournel, nous ne citerons, avec la phrase du prince de Conty, que nous donnons au bas de la page précédente, que l'endroit du *Panégy-rique de l'École des femmes* où l'on signale « l'équivoque du *le*, qui force le sexe à perdre contenance, et le réduit à ne savoir qui lui est le plus séant de rire ou de rougir » (p. 50). Il paraît toutefois que les personnes du *sexe* n'étaient pas toutes aussi faciles à scandaliser, puisque la duchesse d'Orléans accepta la dédicace de *l'École des femmes*.

de *l'École des femmes*, qui est une des plus nouvelles comédies. » (*Avertisse-ment* précédant les Sentiments des Pères de l'Église, p. 23 et 24 de la 1re édi-tion, 1666; p. 66 et 67 de la seconde, 1669.)

AGNÈS.

Si.

ARNOLPHE.

Non, non, non, non. Diantre, que de mystère!
Qu'est-ce qu'il vous a pris?

AGNÈS.

Il....

ARNOLPHE, à part.

Je souffre en damné.

AGNÈS.

Il m'a pris le ruban que vous m'aviez domné.
A vous dire le vrai, je n'ai pu m'en défendre.

ARNOLPHE, reprenant haleine.

Passe pour le ruban. Mais je voulois apprendre   580
S'il ne vous a rien fait que vous baiser les bras.

AGNÈS.

Comment? est-ce qu'on fait d'autres choses?

ARNOLPHE.

Non pas.
Mais pour guérir du mal qu'il dit qui le possède,
N'a-t-il point exigé de vous d'autre remède [1]?

AGNÈS.

Non. Vous pouvez juger [2], s'il en eût demandé,   585
Que pour le secourir j'aurois tout accordé [3].

ARNOLPHE [4].

Grâce aux bontés du Ciel, j'en suis quitte à bon compte:

---

1.   N'a-t-il pas exigé sur vous d'autre remède? (1673, 74.)
      N'a-t-il pas exigé de vous d'autre remède? (1682, 1734.)
2.   Non. Vous pourrez juger. (1673, 74.)
3. Conçoit-on que dans sa *Zélinde*, de Visé, qui critique fort l'indécence
de cette scène, fait faire par la prude Zélinde cette réflexion plus qu'étrange,
que, puisque Horace est si amoureux et Agnès disposée à lui accorder tout, il
aurait dû « pousser sa fortune, » au lieu de se contenter de lui prendre un ruban (p. 105)? Les censeurs de Molière étaient de singuliers moralistes.
4. ARNOLPHE, *bas, à part.* (1734.)

Si j'y retombe plus, je veux bien qu'on m'affronte [1].
Chut [2]. De votre innocence, Agnès, c'est un effet.
Je ne vous en dis mot : ce qui s'est fait est fait.   590
Je sais qu'en vous flattant le galant ne desire
Que de vous abuser, et puis après s'en rire.

AGNÈS.

Oh ! point : il me l'a dit plus de vingt fois à moi.

ARNOLPHE.

Ah ! vous ne savez pas ce que c'est que sa foi.
Mais enfin apprenez qu'accepter des cassettes,   595
Et de ces beaux blondins écouter les sornettes,
Que se laisser par eux, à force de langueur,
Baiser ainsi les mains et chatouiller le cœur,
Est un péché mortel des plus gros qu'il se fasse.

AGNÈS.

Un péché, dites-vous ? Et la raison, de grâce ?   600

ARNOLPHE.

La raison ? La raison est l'arrêt prononcé
Que par ces actions le Ciel est courroucé.

AGNÈS.

Courroucé ! Mais pourquoi faut-il qu'il s'en courrouce ?
C'est une chose, hélas ! si plaisante [3] et si douce !
J'admire quelle joie on goûte à tout cela,   605
Et je ne savois point encor ces choses-là.

ARNOLPHE.

Oui, c'est un grand plaisir que toutes ces tendresses,
Ces propos si gentils et ces douces caresses ;
Mais il faut le goûter en toute honnêteté,

---

1. *Affronter*, se jouer impudemment de quelqu'un, le mystifier effronté-
ment.

Ah ! vous me faites tort ! S'il faut qu'on vous affronte,
Croyez qu'il m'a trompé le premier à ce conte.
(*L'Étourdi*, vers 1571 et 1572.)

2. Ce mot est suivi de l'indication : *Haut*, dans l'édition de 1734.
3. *Plaisante*, dans le sens primitif du mot : *qui plaît*.

Et qu'en se mariant le crime en soit ôté.   610

AGNÈS.

N'est-ce plus un péché lorsque l'on se marie?

ARNOLPHE.

Non.

AGNÈS.

Mariez-moi donc promptement, je vous prie.

ARNOLPHE.

Si vous le souhaitez, je le souhaite aussi,
Et pour vous marier on me revoit ici.

AGNÈS.

Est-il possible ?

ARNOLPHE.

Oui.

AGNÈS.

Que vous me ferez aise !   615

ARNOLPHE.

Oui, je ne doute point que l'hymen ne vous plaise.

AGNÈS.

Vous nous voulez, nous deux....

ARNOLPHE.

Rien de plus assuré.

AGNÈS.

Que, si cela se fait, je vous caresserai !

ARNOLPHE.

Hé ! la chose sera de ma part réciproque.

AGNÈS.

Je ne reconnois point, pour moi, quand on se moque.
Parlez-vous tout de bon?

ARNOLPHE.

Oui, vous le pourrez voir.

AGNÈS.

Nous serons mariés?

ARNOLPHE.

Oui.

AGNÈS.

Mais quand?

ARNOLPHE.

Dès ce soir.

AGNÈS, riant.

Dès ce soir?

ARNOLPHE.

‘Dès ce soir. Cela vous fait donc rire?

AGNÈS.

Oui.

ARNOLPHE.

Vous voir bien contente est ce que je desire.

AGNÈS.

Hélas! que je vous ai grande obligation,   625
Et qu'avec lui j'aurai de satisfaction!

ARNOLPHE.

Avec qui?

AGNÈS.

Avec[1]..., là.

ARNOLPHE.

Là... : là n'est pas mon compte.
A choisir un mari vous êtes un peu prompte.
C'est un autre, en un mot, que je vous tiens tout prêt,
Et quant au Monsieur, là[2]. Je prétends, s'il vous plaît,
Dût le mettre au tombeau le mal dont il vous berce,
Qu'avec lui désormais vous rompiez tout commerce;
Que, venant au logis, pour votre compliment
Vous lui fermiez au nez la porte honnêtement;
Et lui jetant, s'il heurte, un grès par la fenêtre,   635

---

1. L'hiatus de *qui Avec* est des plus caractérisés; mais ce qui le rend peu sensible, c'est qu'il y a changement d'interlocuteur entre les deux mots. D'ailleurs l'impossibilité d'écrire autrement ce dialogue sans en altérer l'admirable simplicité rend peut-être la faute excusable. (*Note d'Auger.*)

2. La plupart des anciennes impressions, et en particulier l'édition originale et celle de 1682, séparent ainsi *Monsieur* de *là*. Avec la coupe après *là*, qui,

L'obligiez tout de bon à ne plus y paroître [1].
M'entendez-vous, Agnès? Moi, caché dans un coin,
De votre procédé je serai le témoin.

AGNÈS.

Las! il est si bien fait! C'est....

ARNOLPHE.

Ah! que de langage!

AGNÈS.

Je n'aurai pas le cœur....

ARNOLPHE.

Point de bruit davantage. 640
Montez là-haut.

AGNÈS.

Mais quoi? voulez-vous...?

ARNOLPHE.

C'est assez.
Je suis maître, je parle : allez, obéissez [2].

---

dans ces deux textes, est marquée par un point, le sens doit être, ce nous
semble, et il est facile à l'acteur de le faire sentir : « Quant au Monsieur, brisons là, en voilà assez! » — Les éditions de 1663ᵃ, 65, 97, 1710, 18, 33, 34,
73 ont une virgule, au lieu d'un point, devant *je* ; celles de 1684 A, 94 B,
un point et virgule; mais, avec la virgule devant *là*, cette différence pourrait
n'avoir point pour objet de modifier la signification. Nous devons dire que le
Monsieur là, sans rien qui sépare ni joigne les deux mots, revient plus loin, au
vers 667, et qu'au théâtre on prononce d'ordinaire *quant au Monsieur là*, comme
s'il n'y avait pas de virgule après *Monsieur*, et que *là* remplaçât le nom.

1. Plusieurs des premières éditions, entre autres l'originale, écrivent *pa-
restre*, pour mieux rimer avec *fenestre*.

2. Dans le recueil périodique intitulé *le Quérard*, *Archives d'histoire littéraire, de biographie et de bibliographie françaises*, publié par Quérard, tome II
(deuxième année, 1856), p. 641 et 642, M. Frédéric Hillemacher fait remarquer
que les mots qui terminent cet acte, sont la reproduction textuelle de la fin
de la scène VI du Vᵉ acte de *Sertorius*. Pompée, interrompant Perpenna, lui
dit de même, au moment où il l'envoie à la mort (vers 1867 et 1868) :

C'est assez.
Je suis maître, je parle : allez, obéissez.

Sertorius avait été représenté le 25 février de la même année sur le théâtre
du Marais, et ces mots, qui terminent une des scènes importantes de la pièce,

devaient être présents à toutes les mémoires. Il est donc impossible de n'y voir qu'une réminiscence involontaire : l'intention d'une parodie innocente est assez sensible. Mais on sait combien Corneille était chatouilleux sur ce point; il devait plus tard (si l'on peut s'en rapporter au *Ménagiana*) se formaliser de la reproduction dans *les Plaideurs* (vers 154ᵃ) d'un des vers du *Cid* appliqué à un sergent :

Ses rides sur son front gravoient tous ses exploits.

Ne peut-on pas soupçonner que cette plaisanterie de Molière a dû contribuer à indisposer Corneille contre *l'École des femmes?* Voyez plus haut la note au vers 182.

ᵃ M. P. Mesnard a fait remarquer deux autres parodies du *Cid* dans *les Plaideurs* (vers 368 et 601).

FIN DU SECOND ACTE.

ACTE III.

SCÈNE PREMIÈRE.

ARNOLPHE, AGNÈS, ALAIN, GEORGETTE.

ARNOLPHE.

Oui, tout a bien été, ma joie est sans pareille :
Vous avez là suivi mes ordres à merveille,
Confondu de tout point le blondin séducteur,   645
Et voilà de quoi sert un sage directeur.
Votre innocence, Agnès, avoit été surprise.
Voyez sans y penser où vous vous étiez mise :
Vous enfiliez tout droit, sans mon instruction [1],
Le grand chemin d'enfer et de perdition.   650
De tous ces [2] damoiseaux on sait trop les coutumes :
Ils ont de beaux canons, force rubans et plumes,
Grands cheveux, belles dents, et des propos fort doux;
Mais, comme je vous dis, la griffe est là-dessous;
Et ce sont vrais Satans, dont la gueule altérée   655
De l'honneur féminin cherche à faire curée.
Mais, encore une fois, grâce au soin apporté,
Vous en êtes sortie avec honnêteté.
L'air dont je vous ai vu [3] lui jeter cette pierre,

---

1. Ce vers et les sept suivants, précédés de guillemets dans l'édition de 1682, étaient supprimés à la représentation. Il n'y a guère que les deux premiers vers qui aient pu inspirer des scrupules aux personnes timorées ; mais leur suppression entraînait celle des six autres.

2. *Ses*, pour *ces*, dans les éditions de 1663[a], 63[b], 65, 66.

3. *Vu*, sans accord devant l'infinitif, conformément à l'ancienne règle et à l'ancien usage. Voyez le *Lexique*, à l'*Introduction grammaticale*.

Qui de tous ses desseins a mis l'espoir par terre,   660
Me confirme encor mieùx à ne point différer
Les noces où je dis qu'il vous faut préparer.
Mais, avant toute chose, il est bon de vous faire
Quelque petit discours qui vous soit salutaire.
Un siége au frais ici. Vous, si jamais en rien....[1]   665

GEORGETTE.

De toutes vos leçons nous nous souviendrons bien.
Cet autre Monsieur là[2] nous en faisoit accroire;
Mais....

ALAIN.

S'il entre jamais, je veux jamais ne boire.
Aussi bien est-ce un sot : il nous a l'autre fois
Donné deux écus d'or qui n'étoient pas de poids[3].   670

ARNOLPHE.

Ayez donc pour souper tout ce que je desire;
Et pour notre contrat, comme je viens de dire,
Faites venir ici, l'un ou l'autre, au retour,
Le notaire qui loge au coin de ce carfour[4].

1. Le second hémistiche de ce vers est précédé, dans l'édition de 1734, de
cette indication : *à Georgette et à Alain.*
2. Les anciennes éditions n'ont ici aucun signe de ponctuation entre *Monsieur* et *là;* celles de 1733, 34, 73 joignent les deux mots par un trait d'union.
Voyez ci-dessus, la note du vers 630.
3.   Qui n'étoient point de poids. (1682.)
— « Les rogneurs d'espèces, dit Auger, étaient fort nombreux dans ce temps-
là. »
4. Cette orthographe se trouve aussi dans Corneille; il a dit dans *Mélite*
(acte II, scène v, vers 591) :

       .... De ce carfour j'ai vu venir Philandre.

Richelet (1680) donne *carrefour* et *carfour,* et dit : « Ce mot est ordinairement de trois syllabes. » Nous l'avons ainsi plus haut, au vers 72. Le *Dictionnaire de Furetière* (1690) et celui de l'Académie (1694) ne donnent que
carrefour. — L'édition de 1734, pour pouvoir corriger l'orthographe, change
de ce en *du.*

SCÈNE II.

ARNOLPHE, AGNÈS.

ARNOLPHE, assis.

Agnès, pour m'écouter, laissez là votre ouvrage.   675
Levez un peu la tête et tournez le visage :
Là [1], regardez-moi là durant cet entretien,
Et jusqu'au moindre mot imprimez-le-vous bien [2].
Je vous épouse, Agnès; et cent fois la journée
Vous devez bénir l'heur de votre destinée,   680
Contempler la bassesse où vous avez été,
Et dans le même temps admirer ma bonté,
Qui de ce vil état de pauvre villageoise
Vous fait monter au rang d'honorable bourgeoise
Et jouir de la couche et des embrassements   685
D'un homme qui fuyoit tous ces engagements,
Et dont à vingt partis, fort capables de plaire [3],

---

1. *Mettant le doigt sur son front.* (1734.)

2 Quelques-unes des idées de ce discours se trouvent dans la nouvelle de Scarron déjà citée, *la Précaution inutile* (voyez au vers 105). Dom Pèdre vient d'épouser la jeune fille qu'il s'est efforcé de rendre aussi sotte qu'il est possible; le soir de ses noces, « Il se mit dans une chaire (*c'est-à-dire* une chaise), fit tenir sa femme debout, et lui dit ces paroles, ou d'autres encore plus imperti-nentes : « Vous êtes ma femme, dont j'espère que j'aurai sujet de louer Dieu, « tant que nous vivrons ensemble. Mettez-vous bien dans l'esprit ce que je « m'en vais vous dire, et l'observez exactement tant que vous vivrez, et de « peur d'offenser Dieu, et de peur de me déplaire. » A toutes ces paroles do-rées, l'innocente Laure faisoit de grandes révérences, à propos ou non, et re-gardoit son mari entre deux yeux aussi timidement qu'un écolier nouveau fait un pédant impérieux. « Savez-vous, continua dom Pèdre, la vie que doivent « mener les personnes mariées? — Je ne le sais pas, » lui répondit Laure, faisant une révérence plus basse que toutes les autres; « mais apprenez-la-moi, « et je la retiendrai comme *Ave Maria;* » et puis autre révérence. Dom Pèdre étoit le plus satisfait homme du monde de trouver encore plus de simplicité en sa femme qu'il n'en eût osé espérer. » (P. 77 et 78.)

3. Les vers 687 à 694 se supprimaient à la représentation, comme le mar-quent les guillemets dans l'édition de 1682 et dans celles de la même série.

Le cœur a refusé l'honneur qu'il vous veut faire.
Vous devez toujours, dis-je, avoir devant les yeux
Le peu que vous étiez sans ce nœud glorieux,   690
Afin que cet objet d'autant mieux vous instruise
A mériter l'état où je vous aurai mise,
A toujours vous connoître, et faire qu'à jamais
Je puisse me louer de l'acte que je fais.
Le mariage, Agnès, n'est pas un badinage :   695
A d'austères devoirs le rang de femme engage,
Et vous n'y montez pas, à ce que je prétends,
Pour être libertine[1] et prendre du bon temps.
Votre sexe n'est là que pour la dépendance :
Du côté de la barbe est la toute-puissance.   700
Bien qu'on soit deux moitiés de la société,
Ces deux moitiés pourtant n'ont point d'égalité :
L'une[2] est moitié suprême et l'autre subalterne;
L'une en tout est soumise à l'autre qui gouverne[3];
Et ce que le soldat, dans son devoir instruit,   705
Montre d'obéissance au chef qui le conduit,
Le valet à son maître, un enfant à son père,
A son supérieur le moindre petit Frère[4],
N'approche point encor de la docilité,
Et de l'obéissance, et de l'humilité,   710
Et du profond respect où la femme doit être

1. Indépendante, vivant à votre fantaisie.
2. Les éditions de 1663ª, 65, 66, 73, 74 ont ici *L'un*, pour *L'une*.
3. On peut, avec Auger, rapprocher de ces vers quelques phrases de Charron (*de la Sagesse*, livre I, chapitre XLII, *du Mariage*) : « Nous saurons qu'au mariage y a deux choses qui lui sont essentielles et semblent contraires, mais ne le sont pas, savoir une équalité, comme sociale et entre pareils, et une inéqualité, c'est-à-dire supériorité et infériorité. L'équalité consiste en une entière et parfaite communication et communauté de toutes choses, âmes, volontés, corps, biens.... La distinction de supériorité et infériorité consiste en ce que le mari a puissance sur la femme, et la femme est sujette au mari.... Cette supériorité et infériorité est naturelle, fondée sur la force et suffisance de l'un, foiblesse et insuffisance de l'autre. »
4. « Soit un *novice*, dit Auger, soit un *frère lai* ou *convers*. »

Pour son mari, son chef, son seigneur et son maître [1].
Lorsqu'il jette sur elle un regard sérieux,
Son devoir aussitôt est de baisser les yeux,
Et de n'oser jamais le regarder en face   715
Que quand d'un doux regard il lui veut faire grâce.
C'est ce qu'entendent mal les femmes d'aujourd'hui ;
Mais ne vous gâtez pas sur l'exemple d'autrui.
Gardez-vous d'imiter ces coquettes vilaines
Dont par toute la ville on chante les fredaines,   720
Et de vous laisser prendre aux assauts du malin,
C'est-à-dire d'ouïr aucun jeune blondin.
Songez qu'en vous faisant moitié de ma personne,
C'est mon honneur, Agnès, que je vous abandonne ;
Que cet honneur est tendre et se blesse de peu ;   725
Que sur un tel sujet il ne faut point de jeu ;
Et qu'il est aux enfers des chaudières bouillantes
Où l'on plonge à jamais les femmes mal vivantes [2].
Ce que je vous dis là ne sont pas des chansons ;
Et vous devez du cœur dévorer ces leçons.   730
Si votre âme les suit, et fuit d'être coquette,
Elle sera toujours, comme un lis, blanche et nette,
Mais s'il faut qu'à l'honneur elle fasse un faux bond,
Elle deviendra lors noire comme un charbon ;
Vous paroîtrez à tous un objet effroyable,   735
Et vous irez un jour, vrai partage du diable,

---

1. Bret remarque que Charron avait dit (de la Sagesse, livre III, chapitre XII, Devoir des mariés) : « Les devoirs de la femme sont rendre
honneur, révérence et respect à son mari, comme à son maître et bon seigneur. » —Voyez au tome II, p. 410, la note du vers 765 de l'École des
maris.

2. De Visé (Zélinde, p. 35) se permet, au sujet de cette scène, une insinuation charitable ; on peut y voir, bien avant les accusations venimeuses qui
poursuivront le Festin de pierre et le Tartuffe, comme un premier essai de
dénonciation : « Je ne dirai point que le sermon qu'Arnolphe fait à Agnès, et
que les dix maximes du mariage choquent nos mystères, puisque tout le
monde en murmure hautement. »

Bouillir dans les enfers à toute éternité :
Dont vous veuille garder la céleste bonté !
Faites la révérence. Ainsi qu'une novice
Par cœur dans le couvent[1] doit savoir son office,   740
Entrant au mariage il en faut faire autant ;
Et voici dans ma poche un écrit important[2]

(Il se lève[3].)

Qui vous enseignera l'office de la femme.
J'en ignore l'auteur, mais c'est quelque bonne âme ;

1. Ici le mot est écrit *convent* dans toutes les éditions, hormis celles de 1663, 63ᵇ, 75 A, 1733, 34, 73, qui ont, comme nous, *couvent*. Voyez au vers 135, où deux textes de plus, ceux de 1710 et de 1718, donnent *couvent*.

2. L'idée de *cet écrit important* est peut-être empruntée à Rabelais, qui raconte ceci d'Hans Caruel : « Sur ses vieux jours il épousa la fille du baillif Concordat, jeune, belle, frisque, galante, avenante, gracieuse par trop envers ses voisins et serviteurs. » Il ne tarde pas à la soupçonner de s'en laisser conter : « Pour à laquelle chose obvier, lui faisoit tout plein de beaux contes touchant les désolations advenues par adultère, lui lisoit souvent la légende des preudes femmes, la prêchoit de pudicité, lui fit un livre des louanges de fidélité conjugale, détestant fort et ferme la méchanceté des ribaudes mariées. » (*Pantagruel*, livre III, chapitre XXVIII, tome II, p. 141.) — Auger croit voir ici une imitation de Plaute (*Asinaria*, acte IV, scène I, vers 725 et suivants) : « Un certain Diabole, amoureux d'une courtisane nommée Philénie, doit donner vingt mines pour en être le possesseur pendant une année entière. Un parasite qui a rédigé les clauses du marché, telles qu'elles devront être observées par Philénie, les lit à Diabole, qui approuve la rédaction. La qualité et la situation des deux personnages, dont l'un fait la lecture et dont l'autre l'entend, sont sans doute fort différentes dans Plaute et dans Molière ; et le marché par écrit d'un jeune libertin avec une prostituée semblerait n'avoir que fort peu de rapport avec les graves instructions données par un barbon à sa future épouse. Mais les ressemblances de détail, les traits communs aux deux écrits sont assez nombreux et assez frappants, pour qu'il soit permis de croire à une imitation qui paraît d'abord peu vraisemblable. » En effet, ce rapprochement, assez forcé en apparence, peut se justifier par les citations qu'Auger a faites de Plaute, et que nous allons reproduire. L'auteur du *Panégyrique de l'École des femmes* prétend (p. 52) que les « préceptes d'Agnès.... ne sont qu'une imitation de ceux que ce chevalier errant (*don Quichotte*) donne à son écuyer, lorsqu'il va prendre le gouvernement d'une île. »

3. Cette indication, imprimée ici en marge dans les trois éditions de 1663, se lit avant le vers 746 dans les éditions de 1665, 66, 73, 74, 82, 1734. Les éditions de 1675 A, 84 A, 94 B la mettent avant le vers 742 :

Et voici dans ma poche un écrit important.

Et je veux que ce soit votre unique entretien.   745
Tenez. Voyons un peu si vous le lirez bien.

AGNÈS lit.

LES MAXIMES DU MARIAGE

OU LES DEVOIRS DE LA FEMME MARIÉE,

AVEC SON EXERCICE JOURNALIER.

I. MAXIME[1].

Celle qu'un lien honnête
Fait entrer au lit d'autrui,
Doit se mettre dans la tête,
Malgré le train d'aujourd'hui,   750
Que l'homme qui la prend, ne la prend que pour lui[2].

ARNOLPHE.

Je vous expliquerai ce que cela veut dire;
Mais pour l'heure présente il ne faut rien que lire.

AGNÈS poursuit.

II. MAXIME.

Elle ne se doit parer
Qu'autant que peut desirer   755
Le mari qui la possède:
C'est lui que touche seul le soin de sa beauté;
Et pour rien doit être compté
Que les autres la trouvent laide.

---

1. L'édition de 1682 indique par des guillemets qu'à la scène on ne récitait que les maximes 1, 5, 6 et 9, et qu'on supprimait les autres (vers 754-769, 780-789 et 796-801).

2. Le premier article du contrat dressé par le parasite dans Plaute, porte que la jeune fille demeurera un an entier avec Diabolus; « et sans partage aucun, » fait ajouter Diabolus, *Neque cum quiquam alio quidem* (vers 733).

III. MAXIME.

Loin ces études d'œillades,   760
    Ces eaux, ces blancs, ces pommades,
Et mille ingrédients qui font des teints fleuris :
A l'honneur tous les jours ce sont drogues mortelles ;
    Et les soins de paroître belles
    Se prennent peu pour les maris.   765

IV. MAXIME.

Sous sa coiffe, en sortant, comme l'honneur l'ordonne,
Il faut que de ses yeux elle étouffe les coups [1] ;
        Car pour bien plaire à son époux,
        Elle ne doit plaire à personne.

V. MAXIME.

Hors ceux dont au mari la visite se rend,   770
        La bonne règle défend
        De recevoir aucune âme [2] :
        Ceux qui, de galante [3] humeur,
        N'ont affaire qu'à Madame,
        N'accommodent pas Monsieur.   775

VI. MAXIME.

        Il faut des présents des hommes
        Qu'elle se défende bien ;
        Car dans le siècle où nous sommes,
        On ne donne rien pour rien.

1. Autre article du même contrat (vers 763) :
    Neque illa ulli homini nutet, nictet, annuat.
« Qu'elle n'adresse à personne ni mouvement de tête, ni clins d'yeux, ni aucun signe d'intelligence. »
2.   *Alienum hominem intromittat neminem.* (Vers 735.)
« Qu'elle ne reçoive au logis aucun homme étranger. »
3. *Galande* est ici l'orthographe de la seule édition de 1675 A.

VII. MAXIME.

Dans ses meubles, dût-elle en avoir de l'ennui,   780
Il ne faut écritoire, encre, papier, ni plumes[1] :
> Le mari doit, dans les bonnes coutumes,
> Écrire tout ce qui s'écrit chez lui.

VIII. MAXIME.

> Ces sociétés déréglées
> Qu'on nomme belles assemblées   785
Des femmes tous les jours corrompent les esprits :
En bonne politique on les doit interdire ;
> Car c'est là que l'on conspire
> Contre les pauvres maris.

IX. MAXIME.

Toute femme qui veut à l'honneur se vouer   790
> Doit se défendre de jouer,
> Comme d'une chose funeste[2] :
> Car le jeu, fort décevant,
> Pousse une femme souvent
> A jouer de tout son reste[3].   795

X. MAXIME.

> Des promenades du temps,
> Ou repas qu'on donne aux champs,
> Il ne faut point qu'elle essaye :

---

1.   *Ne illi sit cera, ubi facere possit litteras.* (Vers 746.)

« Qu'elle n'ait point de tablette enduite de cire, sur laquelle elle puisse tracer des lettres. » — C'est ce détail particulier qui surtout nous ferait croire assez volontiers à l'imitation signalée par Auger.

2. Le contrat rédigé par le parasite permet bien à la femme de jouer, mais avec Diabolus seul :

Talos ne quoiquam homini admoveat, nisi tibi. (Vers 758.)

« Qu'elle n'offre les dés à aucun homme qu'à toi. »

3.   A jouer de son reste. (1663*, 65, 66, 73, 74.)

Selon les prudents cerveaux,
Le mari, dans ces cadeaux[1],   800
Est toujours celui qui paye.

XI. MAXIME....

ARNOLPHE.

Vous achèverez seule; et, pas à pas, tantôt
Je vous expliquerai ces choses comme il faut.
Je me suis souvenu d'une petite affaire :
Je n'ai qu'un mot à dire, et ne tarderai guère.   805
Rentrez, et conservez ce livre chèrement.
Si le Notaire vient, qu'il m'attende un moment.

SCÈNE III.

ARNOLPHE[2].

Je ne puis faire mieux que d'en faire ma femme.
Ainsi que je voudrai, je tournerai cette âme;
Comme un morceau de cire entre mes mains elle est,   810
Et je lui puis donner la forme qui me plaît.
Il s'en est peu fallu[3] que, durant mon absence[4],
On ne m'ait attrapé par son trop d'innocence;
Mais il vaut beaucoup mieux, à dire vérité,

---

1. On a déjà vu, dans *les Précieuses ridicules* (tome II, p. 104, note 5), le sens qu'avait alors le mot *cadeau* et que Molière vient de préciser : *repas qu'on donne aux champs.*

2. ARNOLPHE, *seul* (1734.) — 3. Et s'en est péu fallu. (1665, 66, 73.)

4. L'édition de 1682 a encore guillemeté, comme étant passés à la représentation, ce vers et les sept qui le suivent, et ajoutons, pour marquer ensemble les diverses suppressions du reste de la pièce, les vers 822-829, 982-993, 1132-1139, 1186-1205, 1665-1668, 1746-1749 et 1754-1757. On ne voit trop la raison de la première de cette scène-ci : une fois donné le monologue, il est naturel et comique qu'Arnolphe s'étende ainsi avec complaisance; la satisfaction raisonnée qu'il exprime fait contraste avec la scène suivante, qu'elle prépare, et où le système qu'il expose ici avec une imperturbable assurance va recevoir un si cruel démenti.

Que la femme qu'on a pêche de ce côté.   815
De ces sortes d'erreurs le remède est facile :
Toute personne simple aux leçons est docile ;
Et si du bon chemin on l'a fait écarter [1],
Deux mots incontinent l'y peuvent rejeter.
Mais une femme habile est bien une autre bête :   820
Notre sort ne dépend que de sa seule tête ;
De ce qu'elle s'y met rien ne la fait gauchir,
Et nos enseignements ne font là que blanchir [2] :
Son bel esprit lui sert à railler nos maximes,
A se faire souvent des vertus de ses crimes [3],   825
Et trouver, pour venir à ses coupables fins,
Des détours à duper l'adresse des plus fins.
Pour se parer du coup en vain on se fatigue :
Une femme d'esprit est un diable en intrigue ;
Et dès que son caprice a prononcé tout bas   830
L'arrêt de notre honneur, il faut passer le pas :
Beaucoup d'honnêtes gens en pourroient bien que dire,
Enfin, mon étourdi n'aura pas lieu d'en rire [4].
Par son trop de caquet il a ce qu'il lui faut.
Voilà de nos François l'ordinaire défaut :   835
Dans la possession d'une bonne fortune,
Le secret est toujours ce qui les importune ;
Et la vanité sotte a pour eux tant d'appas,
Qu'ils se pendroient plutôt que de ne causer pas.
Oh ! que les femmes sont du diable bien tentées,   840
Lorsqu'elles vont choisir ces têtes éventées,
Et que...! Mais le voici.... Cachons-nous toujours bien
Et découvrons un peu quel chagrin est le sien.

---

1. Pour « on l'a fait s'écarter, » ellipse constante avec *faire*. — Dans l'édition de 1734 : *on la fait écarter*.
2. Voyez, au tome I, p. 519, le vers 1792 du *Dépit amoureux* et la note.
3. *De ces crimes*, dans les éditions de 1665 et de 1666.
4.   N'aura pas lieu de rire. (1663 [b].)

SCÈNE IV.

HORACE, ARNOLPHE.

HORACE.

Je reviens de chez vous, et le destin me montre
Qu'il n'a pas résolu que je vous y rencontre[1].   845
Mais j'irai tant de fois, qu'enfin quelque moment....

ARNOLPHE.

Hé! mon Dieu, n'entrons point dans ce vain compliment :
Rien ne me fâche tant que ces cérémonies ;
Et si l'on m'en croyoit, elles seroient bannies.
C'est un maudit usage ; et la plûpart des gens   850
Y perdent sottement les deux tiers de leur temps.
Mettons donc sans façons[2]. Hé bien ! vos amourettes?
Puis-je, seigneur Horace, apprendre où vous en êtes?
J'étois tantôt distrait par quelque vision ;
Mais depuis là-dessus j'ai fait réflexion :   855
De vos premiers progrès j'admire la vitesse,
Et dans l'événement mon âme s'intéresse.

HORACE.

Ma foi, depuis qu'à vous s'est découvert mon cœur,
Il est à mon amour arrivé du malheur.

1. Ici le but de Molière est de justifier, autant qu'il se peut, ces rencontres
d'Horace et d'Arnolphe, qui se font toujours dans la rue.... Arnolphe n'ayant
pas mis les pieds dans sa propre maison depuis son retour, Horace.... n'a pu
l'y trouver. D'après cela, il est assez naturel qu'il le rencontre plusieurs fois de
suite dans le voisinage de sa demeure et tout près de celle d'Agnès, c'est-à-dire
dans un lieu où Arnolphe se tient presque toujours, et où Horace lui-même
peut être attiré par l'espérance d'apercevoir celle qu'il aime. (*Note d'Auger.*)

2. *Il se couvre.* (1734.) — *Mettons donc...*, pour *mettons donc notre chapeau*, locution dont on trouve d'autres exemples dans Molière. « DORANTE.
Allons, mettez. — MONSIEUR JOURDAIN. Monsieur, je sais le respect que je vous
dois. — DORANTE. Mon Dieu, mettez, point de cérémonie entre nous, je vous
prie. » (*Le Bourgeois gentilhomme*, acte III, scène IV.) Dans la scène I du *Mariage forcé*, Sganarelle dit à Géronimo : « Mettez donc dessus, s'il vous plaît, »

ARNOLPHE.

Oh! oh! comment cela?

HORACE [1].

La fortune cruelle [2]   860

A ramené des champs le patron de la belle.

ARNOLPHE.

Quel malheur!

HORACE.

Et de plus, à mon très-grand regret,

Il a su de nous deux le commerce secret.

ARNOLPHE.

D'où, diantre, a-t-il sitôt appris cette aventure?

HORACE.

Je ne sais; mais enfin c'est une chose sûre.   865

Je pensois aller rendre, à mon heure à peu près,

Ma petite visite à ses jeunes attraits,

Lorsque, changeant pour moi de ton et de visage,

Et servante et valet m'ont bouché le passage,

Et d'un « Retirez-vous, vous nous importunez, »   870

M'ont assez rudement fermé la porte au nez.

ARNOLPHE.

La porte au nez!

HORACE.

Au nez.

ARNOLPHE.

La chose est un peu forte.

HORACE.

J'ai voulu leur parler au travers de la porte;

Mais à tous mes propos ce qu'ils ont répondu,

C'est : « Vous n'entrerez point, Monsieur l'a défendu. »

1. Agnès, par erreur, pour Horace, dans l'édition originale et dans celles de 1663ª, 63ᵇ, 65, 66, 73, 74.

2. « La fortune est cruelle », et, à la suite, une virgule, dans l'édition de 1665.

ARNOLPHE.

Ils n'ont donc point ouvert?

HORACE.

          Non. Et de la fenêtre
Agnès m'a confirmé le retour de ce maître,
En me chassant de là d'un ton plein de fierté,
Accompagné d'un grès que sa main a jeté[1].

ARNOLPHE.

Comment d'un grès?

HORACE.

          D'un grès de taille non petite, 880
Dont on a par ses mains régalé ma visite.

ARNOLPHE.

Diantre! ce ne sont pas des prunes que cela!
Et je trouve fâcheux l'état où vous voilà.

HORACE.

Il est vrai, je suis mal par ce retour funeste.

ARNOLPHE.

Certes, j'en suis fâché pour vous, je vous proteste. 885

HORACE.

Cet homme me rompt tout[2].

ARNOLPHE.

          Oui. Mais cela n'est rien;
Et de vous raccrocher vous trouverez moyen.

HORACE.

Il faut bien essayer, par quelque intelligence,

---

1. « Je voudrois demander à ce M. Arnolphe, ou plutôt à Élomire, s'il
sait bien que ce que nous appelons un grès, est un pavé, qu'une femme peut à
peine soulever, et qui par conséquent étant capable d'assommer un homme tout
d'un coup, ne doit pas être jeté en plein jour par une fenêtre, et surtout dans
une ville qu'il dit être nombreuse en citoyens. » (*Zélinde,* scène III, p. 28.) Il
paraît que cette critique ne semblait pas tout à fait aussi sotte qu'elle l'est réellement, puisque de la Croix, dans sa *Guerre comique* (dispute II, p. 33-35),
la discute, et admet qu'il peut y avoir des *grès* petits et gros, et que celui
qu'Agnès a jeté n'était sans doute pas un pavé.

2. Rompt toutes mes mesures.

De vaincre du jaloux l'exacte vigilance.

ARNOLPHE.

Cela vous est facile. Et la fille, après tout,　　　890
Vous aime.

HORACE.

Assurément.

ARNOLPHE.

Vous en viendrez à bout.

HORACE.

Je l'espère.

ARNOLPHE.

Le grès vous a mis en déroute;
Mais cela ne doit pas vous étonner.

HORACE.

Sans doute,
Et j'ai compris d'abord que mon homme étoit là,
Qui, sans se faire voir, conduisoit tout cela.　　　895
Mais ce qui m'a surpris, et qui va vous surprendre,
C'est un autre incident que vous allez entendre;
Un trait hardi qu'a fait cette jeune beauté,
Et qu'on n'attendroit point [1] de sa simplicité.
Il le faut avouer, l'amour est un grand maître :　　　900
Ce qu'on ne fut jamais il nous enseigne à l'être [2];
Et souvent de nos mœurs l'absolu changement
Devient, par ses leçons, l'ouvrage d'un moment;
De la nature, en nous, il force les obstacles,
Et ses effets soudains ont de l'air des miracles;　　　905
D'un avare à l'instant il fait un libéral,
Un vaillant d'un poltron, un civil d'un brutal;
Il rend agile à tout l'âme la plus pesante,

1. Et qu'on n'attendoit point. (1665, 66, 73, 74.)
2. L'amour est un grand maître : il instruit tout d'un coup.
(Corneille, *la Suite du Menteur*, vers 586, cité par Auger.)
— Comme l'a remarqué M. Moland, la Fontaine a développé la même idée au commencement d'un de ses contes : *la Courtisane amoureuse*.

Et donne de l'esprit à la plus innocente.
Oui, ce dernier miracle éclate dans Agnès;   916
Car, tranchant avec moi par ces termes exprès :
« Retirez-vous : mon âme aux visites renonce ;
Je sais tous vos discours, et voilà ma réponse, »
Cette pierre ou ce grès dont vous vous étonniez
Avec un mot de lettre est tombée[1] à mes pieds ;   915
Et j'admire de voir cette lettre ajustée
Avec le sens des mots et la pierre jetée[2].
D'une telle action n'êtes-vous pas surpris?
L'amour sait-il pas l'art d'aiguiser les esprits?
Et peut-on me nier que ses flammes puissantes   920
Ne fassent dans un cœur des choses étonnantes?
Que dites-vous du tour et de ce mot d'écrit?
Euh[3]! n'admirez-vous point cette adresse d'esprit?
Trouvez-vous pas plaisant de voir quel personnage
A joué mon jaloux dans tout ce badinage?   925
Dites.

ARNOLPHE.

Oui, fort plaisant.

HORACE.
(Arnolphe rit d'un-ris forcé[4].)
                Riez-en donc un peu.
Cet homme, gendarmé d'abord contre mon feu,
Qui chez lui se retranche, et de grès fait parade,
Comme si j'y voulois entrer par escalade[5];
Qui, pour me repousser, dans son bizarre effroi[6],   930

---

1. Les éditions de 1673 et de 1674 font accorder ce participe avec grès, et donnent, avec hiatus, tombé.
2. Et avec l'action de me jeter cette pierre.
3. L'édition de 1734 change ici, comme plus d'une fois dans ce qui précède, Euh! en Hé!
4. Arnolphe rit d'un air forcé. (1674, 82, 97, 1710, 18, 33, 34.) — Dans l'édition de 1734, ce jeu de scène suit le vers 926.
5. Comme si j'y voulois monter par escalade. (1734.)
6. Dans un bizarre effroi. (1665, 66, 73, 74.)

Anime du dedans tous ses gens[1] contre moi,
Et qu'abuse à ses yeux, par sa machine même[2],
Celle qu'il veut tenir dans l'ignorance extrême !
Pour moi, je vous l'avoue, encor que son retour
En un grand embarras jette ici mon amour,   935
Je tiens cela plaisant autant qu'on sauroit dire,
Je ne puis y songer sans de bon cœur en rire :
Et vous n'en riez pas assez, à mon avis.

ARNOLPHE, avec un ris forcé.

Pardonnez-moi, j'en ris tout autant que je puis.

HORACE.

Mais il faut qu'en ami je vous montre la lettre[3].   940
Tout ce que son cœur sent, sa main a su l'y mettre,
Mais en termes touchants et tous pleins de bonté[4],
De tendresse innocente et d'ingénuité,
De la manière enfin que la pure nature
Exprime de l'amour la première blessure.   945

ARNOLPHE, bas[5].

Voilà, friponne, à quoi l'écriture te sert ;
Et contre mon dessein l'art t'en fut découvert.

HORACE lit.

« Je veux vous écrire, et je suis bien en peine par où
je m'y prendrai. J'ai des pensées que je desirerois que
vous sussiez ; mais je ne sais comment faire pour vous
les dire, et je me défie de mes paroles. Comme je commence à connoître qu'on m'a toujours tenue dans l'ignorance, j'ai peur de mettre quelque chose qui ne soit pas

---

1.   Tous ces gens. (1675 A, 84 A, 94 B.)
2. Par l'invention même d'Arnolphe, par la machine de combat et de défense qu'il a imaginée.
3.   Je vous montre sa lettre. (1682, 1734.)
4.   Et tout pleins de bonté (1734.)
5. ARNOLPHE, bas, à part. (1734.)

bien, et d'en dire plus que je ne devrois. En vérité, je
ne sais ce que vous m'avez fait; mais je sens que je suis
fâchée à mourir de ce qu'on me fait faire contre vous,
que j'aurai toutes les peines du monde à me passer de
vous, et que je serois bien aise d'être à vous. Peut-être
qu'il y a du mal à dire cela; mais enfin je ne puis m'empêcher de le dire, et je voudrois que cela se pût faire
sans qu'il y en eût. On me dit fort que tous les jeunes
hommes sont des trompeurs, qu'il ne les faut point
écouter, et que tout ce que vous me dites n'est que
pour m'abuser; mais je vous assure que je n'ai pu encore me figurer cela de vous, et je suis si touchée de
vos paroles, que je ne saurois croire qu'elles soient
menteuses. Dites-moi franchement ce qui en est; car
enfin, comme je suis sans malice, vous auriez le plus
grand tort du monde, si vous me trompiez; et je pense
que j'en mourrois de déplaisir. »

ARNOLPHE [1].

Hon! chienne!

HORACE.

Qu'avez-vous?

ARNOLPHE.

Moi? rien. C'est que je tousse.

HORACE.

Avez-vous jamais vu d'expression plus douce?
Malgré les soins maudits d'un injuste pouvoir,   950
Un plus beau naturel peut-il se faire voir [2]?
Et n'est-ce pas sans doute un crime punissable
De gâter méchamment ce fonds [3] d'âme admirable,
D'avoir dans l'ignorance et la stupidité

1. ARNOLPHE, à part. (1734.)
2.   Un plus beau naturel se peut-il faire voir? (1682, 1734.)
3. Fons, dans les éditions de 1663, 63ᵃ, 63ᵇ, 65, 75 A; fonds, dans 1666,
73, 74, 82, 84 A, 94 B; fond, dans 1697, 1710, 18, 33, 34.

Voulu de cet esprit[1] étouffer la clarté ?   955
L'amour a commencé d'en déchirer le voile ;
Et si par la faveur de quelque bonne étoile,
Je puis, comme j'espère, à ce franc animal,
Ce traître, ce bourreau, ce faquin, ce brutal,...

ARNOLPHE.

Adieu.

HORACE.

Comment, si vite ?

ARNOLPHE.

Il m'est dans la pensée   960
Venu tout maintenant une affaire pressée.

HORACE.

Mais ne sauriez-vous point, comme on la tient de près,
Qui dans cette maison pourroit avoir accès ?
J'en use sans scrupule ; et ce n'est pas merveille
Qu'on se puisse, entre amis, servir à la pareille[2].   965
Je n'ai plus là dedans que gens pour m'observer ;
Et servante et valet, que je viens de trouver,
N'ont jamais, de quelque air que je m'y sois pu prendre[3],
Adouci leur rudesse à me vouloir entendre.
J'avois pour de tels coups certaine vieille en main,   970
D'un génie, à vrai dire, au-dessus de l'humain :
Elle m'a dans l'abord servi de bonne sorte ;
Mais depuis quatre jours la pauvre femme est morte.
Ne me pourriez-vous point ouvrir quelque moyen ?

---

1. *De cet amour*, leçon fautive de l'édition originale, a été corrigé, dès l'édition de 1663[a], en *de cet esprit*.

2. A la charge d'autant, à charge de revanche.

3. On pourrait être tenté de croire que la seule mesure a fait employer ici à Molière, *sois* au lieu d'*aie ;* mais comparez ci-après le vers 1663, et voyez le *Lexique, Introduction grammaticale*. Quand le verbe d'où dépend un infinitif réfléchi est placé entre le pronom et cet infinitif, la règle était de lui donner, par une sorte d'attraction, l'auxiliaire (*être* pour *avoir*) que prennent, en vertu de ce qu'il y a de passif dans leur sens, les verbes réfléchis.

ARNOLPHE.

Non, vraiment; et sans moi vous en trouverez bien. 975

HORACE.

Adieu donc. Vous voyez ce que je vous confie.

SCÈNE V.

ARNOLPHE[1].

Comme il faut devant lui que je me mortifie !
Quelle peine à cacher mon déplaisir cuisant !
Quoi ? pour une innocente un esprit si présent !
Elle a feint d'être telle à mes yeux,, la traîtresse,   980
Ou le diable à son âme a soufflé cette adresse.
Enfin me voilà mort par ce funeste écrit.
Je vois qu'il a, le traître, empaumé son esprit,
Qu'à ma suppression[2] il s'est ancré chez elle ;
Et c'est mon désespoir et ma peine mortelle.   985
Je souffre doublement dans le vol de son cœur,
Et l'amour y pâtit aussi bien que l'honneur.
J'enrage de trouver cette place usurpée,
Et j'enrage de voir ma prudence trompée.
Je sais que, pour punir son amour libertin,   996
Je n'ai qu'à laisser faire à son mauvais destin,
Que je serai vengé d'elle par elle-même ;
Mais il est bien fâcheux de perdre ce qu'on aime.
Ciel ! puisque pour un choix j'ai tant philosophé[3],

1. ARNOLPHE, *seul.* (1734.)
2. De manière à me supplanter.
3. Avant de faire un choix, j'ai tant hésité, réfléchi. — La Fontaine (*fable* XVII du livre V) a ironiquement employé le mot, en parlant d'un chien de chasse, pour *appliquer son attention, son raisonnement* à quelque chose :

> Miraut sur leur odeur ayant philosophé,
> Conclut que c'est son lièvre.

Faut-il de ses appas m'être si fort coiffé !   995
Elle n'a ni parents, ni support, ni richesse ;
Elle trahit mes soins, mes bontés, ma tendresse :
Et cependant je l'aime, après ce lâche tour,
Jusqu'à ne me pouvoir passer de cet amour.
Sot, n'as-tu point de honte ? Ah ! je crève, j'enrage, 1000
Et je souffletterois mille fois mon visage.
Je veux entrer un peu, mais seulement pour voir
Quelle est sa contenance après un trait si noir.
Ciel, faites que mon front soit exempt de disgrâce ;
Ou bien, s'il est écrit qu'il faille que j'y passe,   1005
Donnez-moi tout au moins, pour de tels accidens,
La constance qu'on voit à de certaines gens !

FIN DU TROISIÈME ACTE.

ACTE IV.

SCÈNE PREMIÈRE.

ARNOLPHE.

J'ai peine, je l'avoue, à demeurer en place,
Et de mille soucis mon esprit s'embarrasse,
Pour pouvoir mettre un ordre et dedans et dehors   1010
Qui du godelureau rompe tous les efforts.
De quel œil la traîtresse a soutenu ma vue !
De tout ce qu'elle a fait elle n'est point émue ;
Et bien qu'elle me mette à deux doigts du trépas,
On diroit, à la voir, qu'elle n'y touche pas.   1015
Plus en la regardant je la voyois tranquille,
Plus je sentois en moi s'échauffer une bile ;
Et ces bouillants transports dont s'enflammoit mon cœur
Y sembloient redoubler mon amoureuse ardeur ;
J'étois aigri, fâché, désespéré contre elle :   1020
Et cependant jamais je ne la vis si belle,
Jamais ses yeux aux miens n'ont paru si perçants,
Jamais je n'eus pour eux des desirs si pressants ;
Et je sens là dedans qu'il faudra que je crève
Si de mon triste sort la disgrâce[1] s'achève.   1025
Quoi ? j'aurai dirigé son éducation
Avec tant de tendresse et de précaution,
Je l'aurai fait passer chez moi dès son enfance,

---

1. Les éditions de 1665, 66, 73 portent, faute évidente, *sa disgrâce*, pour
la disgrâce.

Et j'en aurai chéri la plus tendre espérance,
Mon cœur aura bâti sur ses attraits naissans   1030
Et cru la mitonner pour moi durant treize ans,
Afin qu'un jeune fou dont·elle s'amourache
Me la vienne enlever jusque sur la moustache,
Lorsqu'elle est avec moi mariée à demi !
Non, parbleu ! non, parbleu ! Petit sot, mon ami,   1035
Vous aurez beau tourner : ou j'y perdrai mes peines,
Ou je rendrai, ma foi, vos espérances vaines,
Et de moi tout à fait vous ne vous rirez point.

SCÈNE II.

LE NOTAIRE, ARNOLPHE[1].

LE NOTAIRE.

Ah ! le voilà[2] ! Bonjour. Me voici tout à point
Pour dresser le contrat que vous souhaitez faire[3].   1040

ARNOLPHE, sans le voir[4].

Comment faire?

---

1. Un Notaire, Arnolphe. (1734.)

2. Parmi les critiques que souleva *l'École des femmes*, il y en a une plus fondée que les autres, et que de Visé ne manqua pas de faire : « Est-il vraisemblable qu'Arnolphe passe toute une journée dans la rue ; que Chrysalde s'y trouve deux fois ; qu'Horace s'y trouve cinq ou six ; que le Notaire s'y trouve aussi ? » (*Zélinde*, p. 112.) On aura remarqué que Molière a tout fait pour sauver cette invraisemblance, en tâchant chaque fois de motiver la présence des différents personnages sur la scène. Le respect de l'unité de lieu rendait à peu près inévitable ce défaut qui est commun à bien d'autres pièces françaises ; ces rues, ces places publiques, où il ne passe que les personnages de la pièce, ne se voient qu'au théâtre ; mais c'était une convention admise, et l'extrême simplicité de la représentation, nécessitée en partie par la présence des spectateurs qui·encombraient la scène, rendait cette invraisemblance moins sensible qu'elle ne le serait aujourd'hui.

3.   Que vous me souhaitez faire. (1665.)

4. Arnolphe, se croyant seul, et sans voir ni entendre le Notaire. (1734.)

LE NOTAIRE.

Il le faut dans la forme ordinaire.

ARNOLPHE, sans le voir [1],

A mes précautions je veux songer de près.

LE NOTAIRE.

Je ne passerai rien contre vos intérêts.

ARNOLPHE, sans le voir.

Il se faut garantir de toutes les surprises.

LE NOTAIRE.

Suffit qu'entre mes mains vos affaires soient mises.   1045
Il ne vous faudra point, de peur d'être déçu,
Quittancer [2] le contrat que vous n'ayez reçu.

ARNOLPHE, sans le voir.

J'ai peur, si je vais faire éclater quelque chose,
Que de cet incident par la ville on ne cause.

LE NOTAIRE.

Hé bien, il est aisé d'empêcher cet éclat,   1050
Et l'on peut en secret faire votre contrat [3].

ARNOLPHE, sans le voir.

Mais comment faudra-t-il qu'avec elle j'en sorte?

LE NOTAIRE.

Le douaire se règle au bien qu'on vous apporte.

ARNOLPHE, sans le voir.

Je l'aime, et cet amour est mon grand embarras.

LE NOTAIRE.

On peut avantager une femme en ce cas.   1055

ARNOLPHE, sans le voir.

Quel traitement lui faire en pareille aventure?

---

1. ARNOLPHE, se croyant seul. (1734.) — La même variante se reproduit avant les vers 1044, 1048, 1052, 1054, 1056 et 1060.

2. Quittancer, c'est, dit l'Académie (1694), « décharger une obligation, en écrivant sur le dos, au bas ou à la marge, que le débiteur a payé tout ou partie de la somme à laquelle il étoit obligé. »

3.   Faire notre contrat. (1682, 97, 1710, 33.)

LE NOTAIRE.

L'ordre est que le futur doit douer la future
Du tiers du dot[1] qu'elle a; mais cet ordre n'est rien,
Et l'on va plus avant lorsque l'on le veut bien.

ARNOLPHE, sans le voir.

Si....[2]

LE NOTAIRE, Arnolphe l'apercevant.

Pour le préciput[3], il les regarde ensemble.   1060
Je dis que le futur peut comme bon lui semble
Douer la future.

ARNOLPHE, l'ayant aperçu[4].

Euh[5]?

LE NOTAIRE.

Il peut l'avantager
Lorsqu'il l'aime beaucoup et qu'il veut l'obliger,

1.   Du tiers de dot. (1734.)
— Dans le *Thrésor* de Nicot (1606) *dot* est masculin, comme dans Montaigne[a]; les dictionnaires de la_fin du siècle le font tous féminin : Richelet, qui a les deux formes *dote* et *dot*, Furetière, l'Académie. Au temps de Molière, le genre du mot était encore douteux; il le fait masculin ailleurs et en prose : « C'est une raillerie que de vouloir me constituer son dot de toutes les dépenses qu'elle ne fera point. » (*L'Avare*, acte II, scène v.) — Quant à l'expression : *douer une femme*, pour *lui assigner un douaire*, Richelet (1680) la donne; mais l'auteur des Observations publiées en 1690 avec les *Nouvelles remarques de Vaugelas*, L. A. Alemand, avocat au Parlement, blâme à ce sujet Richelet ; il faut dire *assigner un douaire à une femme*, et il ajoute (p. 162) : « C'est comme nous parlons tous à présent au Palais. »
2.   Si....
                    (*Il aperçoit le Notaire.*)
                         LE NOTAIRE.
            Pour le préciput, etc. (1734.)
3. Le *préciput* (quand il s'agit de conventions matrimoniales) est un avantage que l'on stipule, par le contrat de mariage, en faveur du survivant des conjoints, et qui se prend sur la communauté avant le partage des biens. (*Note d'Auger*.) — La formation du mot est étrange, et le *t*, dit M. Littré, inexplicable. On disait en latin *præcipuum*, dans notre ancienne langue *précipuité*.
4. Les mots *l'ayant aperçu* sont supprimés dans l'édition de 1734.
5. Ici encore l'édition de 1734 remplace *Euh?* par *Hé?*

a « Pourtant trouve-je peu d'avancement à un homme de qui les affaires se portent bien d'aller chercher une femme qui le charge d'un grand dot. » (*Essais*, livre II, chapitre VIII.)

Et cela par douaire, ou préfix qu'on appelle,
Qui demeure perdu par le trépas d'icelle,   1065
Ou sans retour, qui va de ladite à ses hoirs,
Ou coutumier, selon les différents vouloirs,
Ou par donation dans le contrat formelle,
Qu'on fait ou pure et simple [1], ou qu'on fait mutuelle.
Pourquoi hausser le dos? Est-ce qu'on parle en fat, 1070
Et que l'on ne sait pas les formes d'un contrat [2]?
Qui me les apprendra? Personne, je présume.
Sais-je pas qu'étant joints, on est par la Coutume
Communs en meubles, biens immeubles et conquêts [3],
A moins que par un acte on y renonce exprès [4]? 1075
Sais-je pas que le tiers du bien de la future
Entre en communauté pour....

ARNOLPHE.

Oui, c'est chose sûre,
Vous savez tout cela; mais qui vous en dit mot?

LE NOTAIRE.

Vous, qui me prétendez faire passer pour sot,

---

1. *Qu'on fait ou pure ou simple.* (1734.) — L'édition de 1682 a également *ou* pour *et*, mais, outre cela, elle a *pur*, au masculin; dans celles de 1665, 66, 73, il y a *pur* au masculin, mais avec *et*. — « Molière exprime, dans ces six vers avec une précision et une clarté admirables, tout ce que les lois alors en vigueur autorisaient concernant les douaires et les donations entre époux. Le *douaire préfix* était celui qu'on avait réglé d'avance par une convention, suivant laquelle il devait revenir au mari en cas de mort de la femme, autrement *demeurer perdu par le trépas d'icelle*, ou bien ne pas revenir au mari, ce qu'expriment les mots *sans retour*, et *aller de ladite à ses hoirs*, c'est-à-dire passer aux héritiers de la femme. Le *douaire coutumier* était celui qui était déterminé par la coutume à défaut de convention. La donation par contrat était *pure et simple* ou *mutuelle*, c'est-à-dire qu'elle n'était stipulée qu'en faveur d'un seul des deux époux, soit le mari, soit la femme, ou qu'elle l'était au profit de celui des deux, quel qu'il fût, qui survivait à l'autre. » (*Note d'Auger.*)
2.   Les formes du contrat. (1682, 97, 1710.)
3. *Conquêts*, comme *acquêts*, se dit, par opposition à *propres*, de ce que l'un ou l'autre époux acquièrent durant le mariage et qui tombe dans la communauté. Le mot *conquêts* ne s'applique, dit M. Littré, qu'à ce qu'ils acquièrent par leur industrie et qui ne vient pas de succession.
4.   On n'y renonce exprès. (1734.)

En me haussant l'épaule et faisant la grimace.   1080

ARNOLPHE.

La peste soit fait l'homme[1], et sa chienne de face !
Adieu : c'est le moyen de vous faire finir[2].

LE NOTAIRE.

Pour dresser un contrat m'a-t-on pas fait venir?

ARNOLPHE.

Oui, je vous ai mandé ; mais la chose est remise,
Et l'on vous mandera quand l'heure sera prise.   1085
Voyez quel diable d'homme avec son entretien !

LE NOTAIRE[3].

Je pense qu'il en tient[4], et je crois penser bien[5].

1.   La peste soit de l'homme. (1734.)
— On dit par imprécation : « la peste soit de l'homme ! » ou « la peste soit
l'homme ! » ou « la peste l'homme ! » Ces deux dernières locutions expliquent
bien le tour avec *fait* que nous avons ici, tour dont M. Littré ne cite que cet
exemple.
      2.   De nous faire finir. (1773.)
      3. LE NOTAIRE, *seul*. (1734.)
      4. Le sens que donne ici le Notaire aux mots : *il en tient*, est bien expliqué
par ce qu'il dit un peu après (vers 1090 et 1091) à Alain et à Georgette. Furetière (1690) et l'Académie (1694) donnent de cette façon de parler des emplois assez divers. « On dit.... qu'un homme en tient, dit Furetière, qu'il est
blessé de quelque coup, qu'il a reçu quelque perte notable en procès, en taxes
ou en autres accidents ; qu'il en tient, quand il est devenu amoureux, quand
il a trop bu, quand il a gagné quelque vilaine maladie. »
      5. Cette scène, dont l'effet ne peut guère se juger à la lecture, fut une de
celles qui contribuèrent le plus au succès de la pièce, de l'aveu même d'un
ennemi, de Visé, lequel dit : « Les grimaces d'Arnolphe, le visage d'Alain
et la judicieuse scène du Notaire ont fait rire bien des gens ; et sur le récit que
l'on en a fait, tout Paris a voulu voir cette comédie. » (*Lettre sur les affaires
du théâtre*, dans les *Diversités galantes*, 1664, p. 89.) De Visé revient ailleurs (*Zélinde*, p. 37) sur cette scène ; il critique l'invraisemblance du quipro-
quo prolongé entre Arnolphe qui se croit seul et le Notaire qui lui répond :
« La scène qu'il (*ie Notaire*) fait avec Arnolphe seroit à peine supportable
dans la plus méchante de toutes les farces ; et bien qu'elle fasse un jeu au théâtre, elle ne laisse pas de choquer la vraisemblance. Il est impossible qu'un
homme parle si longtemps derrière un autre sans être entendu, et que celui
qui ne l'entend pas, réponde jusques à huit fois à ce qu'on lui dit. » Cette
objection semble bizarre de la part d'un critique, auteur dramatique lui-
même, qui devrait connaître et admettre les conventions scéniques. A ce
compte, les monologues, tous les aparté, et bien d'autres choses encore sont

SCÈNE III.

LE NOTAIRE, ALAIN, GEORGETTE, ARNOLPHE[1].

LE NOTAIRE[2].

M'êtes-vous pas venu querir pour votre maître?

ALAIN.

Oui.

LE NOTAIRE.

J'ignore pour qui[3] vous le pouvez connoître,
Mais allez de ma part lui dire de ce pas   1090
Que c'est un fou fieffé.

GEORGETTE.

Nous n'y manquerons pas.

SCÈNE IV.

ALAIN, GEORGETTE, ARNOLPHE[4].

ALAIN.

Monsieur....

ARNOLPHE.

Approchez-vous : vous êtes mes fidèles,
Mes bons, mes vrais amis, et j'en sais des nouvelles.

---

des, invraisemblances tout aussi réelles; et si c'est une raison de n'en pas
abuser, elle ne suffit pourtant pas pour qu'on les bannisse de la scène.

1. Les éditions de 1666, 73, 74, 82, 1734 ne mettent pas Arnolphe parmi
les personnages de cette scène.

2. LE NOTAIRE, *allant au-devant d'Alain et de Georgette.* (1734.)

3. L'édition de 1773 change entièrement le sens de ce vers, en mettant un
point et virgule après *qui.*

4. ARNOLPHE, ALAIN, GEORGETTE. (1734.)

ALAIN.

Le Notaire....

ARNOLPHE.

Laissons, c'est pour quelque autre jour.
On veut à mon honneur jouer d'un mauvais tour; 1095
Et quel affront pour vous, mes enfants, pourroit-ce être,
Si l'on avoit ôté l'honneur à votre maître !
Vous n'oseriez après paroître en nul endroit,
Et chacun, vous voyant, vous montreroit au doigt.
Donc, puisque autant que moi l'affaire vous regarde,
Il faut de votre part faire une telle garde,
Que ce galand[1] ne puisse en aucune façon....

GEORGETTE.

Vous nous avez tantôt montré notre leçon.

ARNOLPHE.

Mais à ses beaux discours gardez bien de vous rendre.

ALAIN.

Oh! vraiment.

GEORGETTE.

Nous savons comme il faut s'en défendre.

ARNOLPHE.

S'il venoit doucement : « Alain, mon pauvre cœur,
Par un peu de secours soulage ma langueur. »

ALAIN.

Vous êtes un sot.

ARNOLPHE.

(A Georgette.)

Bon. « Georgette, ma mignonne,
Tu me parois si douce et si bonne personne. »

GEORGETTE.

Vous êtes un nigaud.

---

1. Le mot est écrit ainsi par un *d* dans l'édition originale et dans celles de
1663ᵃ, 63ᵇ, 65, 75 A, 84 A, 94 B, 1710, 18. Les autres ont *galant*

ARNOLPHE.

(A Alain.)

Bon. « Quel mal trouves-tu   1110
Dans un dessein honnête et tout plein de vertu? »

ALAIN.

Vous êtes un fripon.

ARNOLPHE.

(A Georgette.)

Fort bien. « Ma mort est sûre,
Si tu ne prends pitié des peines que j'endure. »

GEORGETTE.

Vous êtes un benêt, un impudent.

ARNOLPHE.

Fort bien[1].

« Je ne suis pas un homme à vouloir rien pour rien;
Je sais, quand on me sert, en garder la mémoire;
Cependant, par avance, Alain, voilà pour boire;
Et voilà pour t'avoir, Georgette, un cotillon :

(Ils tendent tous deux la main, et prennent l'argent.)

Ce n'est de mes bienfaits qu'un simple échantillon.
Toute la courtoisie enfin dont je vous presse,   1120
C'est que je puisse voir votre belle maîtresse. »

GEORGETTE, le poussant.

A d'autres.

ARNOLPHE.

Bon cela.

ALAIN, le poussant.

Hors d'ici.

ARNOLPHE.

Bon.

GEORGETTE, le poussant.

Mais tôt.

1. L'édition de 1734 répète, après ce vers, l'indication à *Alain*.

ARNOLPHE.

Bon. Holà ! c'est assez.

GEORGETTE.

Fais-je pas comme il faut?

ALAIN.

Est-ce de la façon que vous voulez l'entendre?

ARNOLPHE.

Oui, fort bien, hors l'argent, qu'il ne falloit pas prendre.

GEORGETTE.

Nous ne nous sommes pas souvenus de ce point.

ALAIN.

Voulez-vous qu'à l'instant nous recommencions?

ARNOLPHE.

Point :

Suffit. Rentrez tous deux.

ALAIN.

Vous n'avez rien qu'à dire [1].

ARNOLPHE.

Non, vous dis-je ; rentrez, puisque je le desire.
Je vous laisse l'argent. Allez : je vous rejoins.   1130
Ayez bien l'œil à tout, et secondez mes soins.

SCÈNE V.

ARNOLPHE [2].

Je veux, pour espion qui soit d'exacte vue [3],

---

1. Vous n'avez qu'à dire, qu'à parler, et nous recommencerons. Bien qu'il semble, si l'on compare à l'usage actuel, qu'il y ait pléonasme, le tour est elliptique : « vous n'avez rien à faire qu'à dire. »

2. ARNOLPHE, *seul.* (1734.)

3. Les huit premiers vers de ce monologue étaient, nous l'avons dit, supprimés à la représentation, comme nous l'apprennent les guillemets de l'édition de 1682. Ces coupures, pratiquées surtout dans les monologues d'Arnolphe, semblent indiquer qu'on les trouvait trop longs et peut-être trop

Prendre le savetier du coin de notre rue.
Dans la maison toujours je prétends la tenir,
Y faire bonne garde, et surtout en bannir   1135
Vendeuses de ruban [1], perruquières [2], coiffeuses,
Faiseuses de mouchoirs, gantières [3], revendeuses,
Tous ces gens qui sous main travaillent chaque jour
A faire réussir les mystères d'amour.
Enfin j'ai vu le monde et j'en sais les finesses.   1140
Il faudra que mon homme ait de grandes adresses
Si message ou poulet de sa part peut entrer.

SCÈNE VI.

HORACE, ARNOLPHE.

HORACE.

La place m'est heureuse à vous y rencontrer.
Je viens de l'échapper bien belle, je vous jure.
Au sortir d'avec vous, sans prévoir l'aventure [4],   1145
Seule dans son balcon [5] j'ai vu paroître Agnès,
Qui des arbres prochains prenoit un peu le frais.

multipliés, ce qui est un peu vrai. Mais dans l'origine, quand c'était Molière lui-même qui jouait ce rôle, il est probable qu'on ne s'en plaignait point.

1. *De rubans*, au pluriel, dans les éditions de 1697, 1710, 18, 33, 34.

2. On ne donnait pas autrefois au *mot perruquier* la signification collective qu'il a maintenant, de « qui fait des perruques, qui coiffe et qui rase, » comme dit M. Littré; mais seulement le sens étymologique de faiseur de perruques, « de coins de cheveux, dit Furetière, et autres choses qui servent à coiffer les hommes et les femmes. »

3. *Gantiers*, pour *gantières*, dans les éditions de 1663ª et de 1665.

4.   Sans pouvoir l'aventure. (1675 A.)

5. Seule dans ce balcon. (1673, 74, 82, 97, 1710, 33.) — On construisait autrefois *balcon* soit avec *sur* : ainsi l'*Académie* (1694) donne pour exemple : « les Dames étoient sur les balcons à voir le carrousel; » soit et plus souvent, de même que *trône*, avec *dans*, comme ici et dans ce vers de Scarron, extrait de *Jodelet* ou *le Maître valet* (acte V, scène IV), et cité par Auger :
    Dans sa chambre le jour, dans son balcon la nuit.

Après m'avoir fait signe, elle a su faire en sorte,
Descendant au jardin, de m'en ouvrir la porte ;
Mais à peine tous deux dans sa chambre étions-nous,
Qu'elle a sur les degrés entendu son jaloux ;
Et tout ce qu'elle a pu dans un tel accessoire [1],
C'est de me renfermer dans une grande armoire.
Il est entré d'abord [2] : je ne le voyois pas,
Mais je l'oyois marcher, sans rien dire, à grands pas,
Poussant de temps en temps des soupirs pitoyables,
Et donnant quelquefois de grands coups sur les tables,
Frappant un petit chien qui pour lui s'émouvoit,
Et jetant brusquement les hardes qu'il trouvoit ;
Il a même cassé, d'une main mutinée,   1160
Des vases dont la belle ornoit sa cheminée ;
Et sans doute il faut bien qu'à ce becque cornu [3]
Du trait qu'elle a joué quelque jour soit venu.

1. Mme Dacier et la Motte ont eu tort de critiquer ce mot (voyez le livre de Mme Dacier, *des Causes de la corruption du goût*, p. 256 et 258), et Génin, dans son *Lexique de Molière*, de l'appeler une cheville. Ils n'en connaissaient pas l'ancien emploi. Nicot (1606) le traduit par *danger* dans un de ses exemples, où il est pris, comme ici, substantivement, et le *Dictionnaire de l'Académie* (1694) dit : « Il se prend quelquefois pour le mauvais état où l'on se trouve. *Se voyant en cet accessoire, en un étrange accessoire*. En ce sens il est vieux. » C'était en effet, dès la fin du dix-septième siècle, un archaïsme, dont M. Littré cite plusieurs exemples du seizième siècle, entre autres celui-ci, de Montaigne (livre I, chapitre XXV), que rappelle aussi Auger : « Cette sienne proposition (*d'un aristotélicien connu de Montaigne*), pour avoir été un peu trop largement et iniquement interprétée, le mit autrefois et tint longtemps en grand accessoire à l'inquisition à Rome. »

2. Sur-le-champ, brusquement : voyez plus haut, p. 159, note 1.

3. *Bec* ou *Becque cornu*, de l'italien *becco cornuto*, bouc cornu. Dans la pièce italienne de Cicognini, imitée par Molière dans son *Dom Garcie, le Gelosie fortunate del prencipe Rodrigo*, on lit (acte Iᵉʳ, scène XIII) : *Sia chi vuole, non può essere se non un becco cornuto*, « qu'il soit ce qu'il voudra, il ne peut être qu'un bec (*bouc*) cornu. » On peut voir, dans les *Serées* de Guillaume Bouchet, que cette expression, même sous sa forme italienne, avait été usitée en France, et l'auteur discute assez longuement la question de savoir pourquoi un mari trompé est dit *cornard* et comparé à un bouc : voyez l'édition de Poitiers, 1584, livre Iᵉʳ, 8ᵉ serée, p. 232 et suivantes. Scarron, dans *Jodelet souffleté* (acte IV, scène VII), met *begue cornu*, qui n'est point d'accord avec l'origine du mot et ne peut guère se comprendre.

Enfin, après cent tours [1], ayant de la manière
Sur ce qui n'en peut mais déchargé sa colère,   1165
Mon jaloux inquiet, sans dire son ennui,
Est sorti de la chambre, et moi de mon étui.
Nous n'avons point voulu, de peur du personnage,
Risquer à nous tenir ensemble davantage :
C'étoit trop hasarder; mais je dois, cette nuit,   1170
Dans sa chambre un peu tard m'introduire sans bruit.
En toussant par trois fois je me ferai connoître;
Et je dois au signal voir ouvrir la fenêtre,
Dont, avec une échelle, et secondé d'Agnès,
Mon amour tâchera de me gagner l'accès.   1175
Comme à mon seul ami, je veux bien vous l'apprendre :
L'allégresse du cœur s'augmente à la répandre;
Et, goûtât-on cent fois un bonheur trop parfait [2],
On n'en est pas content, si quelqu'un ne le sait.
Vous prendrez part, je pense, à l'heur de mes affaires.
Adieu. Je vais songer aux choses nécessaires.

SCÈNE VII.

ARNOLPHE [3].

Quoi? l'astre qui s'obstine à me désespérer
Ne me donnera pas le temps de respirer?
Coup sur coup je verrai, par leur intelligence,
De mes soins vigilants confondre la prudence?   1185
Et je serai la dupe, en ma maturité [4],
D'une jeune innocente et d'un jeune éventé?

---

1.   Enfin, après vingt tours. (1682, 1734.)
2.   Un bonheur tout parfait.
                    (1665, 66, 73, 74, 75 A, 82, 84 A, 94 B, 1734.)
3. ARNOLPHE, *seul*. (1734.)
4. Vingt vers de ce nouveau monologue (1186-1205) étaient, d'après les
guillemets de 1682, omis à la représentation.

En sage philosophe on m'a vu, vingt années,
Contempler des maris les tristes destinées,
Et m'instruire avec soin de tous les accidents   1190
Qui font dans le malheur tomber les plus prudents ;
Des disgrâces d'autrui profitant dans mon âme,
J'ai cherché les moyens, voulant prendre une femme,
De pouvoir garantir mon front de tous affronts,
Et le tirer de pair [1] d'avec les autres fronts.   1195
Pour ce noble dessein, j'ai cru mettre en pratique
Tout ce que peut trouver l'humaine politique ;
Et comme si du sort il étoit arrêté
Que nul homme ici-bas n'en seroit exempté,
Après l'expérience et toutes les lumières   1200
Que j'ai pu m'acquérir sur de telles matières,
Après vingt ans et plus de méditation
Pour me conduire en tout avec précaution,
De tant d'autres maris j'aurois quitté la trace
Pour me trouver après dans la même disgrâce [2] ?   1205
Ah ! bourreau de destin, vous en aurez menti.
De l'objet qu'on poursuit je suis encor nanti ;
Si son cœur m'est volé par ce blondin funeste,
J'empêcherai du moins qu'on s'empare du reste,
Et cette nuit, qu'on prend pour le galand [3] exploit,   1210
Ne se passera pas si doucement qu'on croit.
Ce m'est quelque plaisir, parmi tant de tristesse,
Que l'on me donne avis du piége qu'on me dresse,
Et que cet étourdi, qui veut m'être fatal,
Fasse son confident de son propre rival.   1215

1. Et le tirer du pair. (1682.) — Furetière (1690) et l'Académie (1694),
dans le sens d' « élever au-dessus des autres, » disent *du pair*. Retz, chez qui
(tome III, p. 431) nous trouvons le mot comme ici, au sens de *distinguer*,
écrit aussi *du*, et non *de*.

2. Dans les impressions de 1666 et de 1673 ce vers et le précédent terminent une page et sont répétés en tête de la suivante

3. Voyez ci-après la note du vers 1245.

SCÈNE VIII.

CHRYSALDE, ARNOLPHE.

CHRYSALDE.

Hé bien, souperons-nous avant la promenade?

ARNOLPHE.

Non, je jeûne ce soir.

CHRYSALDE.

D'où vient cette boutade?

ARNOLPHE.

De grâce, excusez-moi : j'ai quelque autre embarras.

CHRYSALDE.

Votre hymen résolu ne se fera-t-il pas?

ARNOLPHE.

C'est trop s'inquiéter des affaires des autres.   1220

CHRYSALDE.

Oh! oh[1]! si brusquement! Quels chagrins sont les vôtres?
Seroit-il point, compère, à votre passion
Arrivé quelque peu de tribulation?
Je le jurerois presque à voir votre visage.

ARNOLPHE.

Quoi qu'il m'arrive, au moins aurai-je l'avantage   1225
De ne pas ressembler à de certaines gens
Qui souffrent doucement l'approche des galans[2].

1. L'édition de 1733 est la seule qui porte *Ho, ho;* toutes les autres ont notre orthographe.

2. *Galuns*, à la fin du vers, est écrit ainsi, sans *t* ni *d*, ici et au vers 1262, dans toutes les éditions anciennes que nous avons pu comparer; dans toutes aussi, au vers 1254, sauf celles de 1684 (Amsterdam), 1694 (Bruxelles), qui là écrivent *galants*. Nous avons vu que, dans ce dernier texte, de 1694 B, il y a aussi un *galants*, non final, au vers 292. Pour l'orthographe du même mot au singulier masculin, voyez ci-après, au vers 1245; et pour celle du féminin, au vers 773.

CHRYSALDE.

C'est un étrange fait, qu'avec tant de lumières,
Vous vous effarouchiez toujours sur ces matières,
Qu'en cela vous mettiez le souverain bonheur,   1230
Et ne conceviez point au monde d'autre honneur.
Être avare, brutal, fourbe, méchant et lâche,
N'est rien, à votre avis, auprès de cette tache[1];
Et, de quelque façon qu'on puisse avoir vécu,
On est homme d'honneur quand on n'est point cocu.
A le bien prendre au fond, pourquoi voulez-vous croire
Que de ce cas fortuit dépende notre gloire,
Et qu'une âme bien née ait à se reprocher
L'injustice d'un mal qu'on ne peut empêcher ?
Pourquoi voulez-vous, dis-je, en prenant une femme,
Qu'on soit digne, à son choix, de louange ou de blâme[2],
Et qu'on s'aille former un monstre plein d'effroi
De l'affront que nous fait son manquement de foi ?
Mettez-vous dans l'esprit qu'on peut du cocuage
Se faire en galand[3] homme une plus douce image,   1245
Que des coups du hasard aucun n'étant garant,
Cet accident de soi doit être indifférent,
Et qu'enfin tout le mal, quoi que[4] le monde glose,
N'est que dans la façon de recevoir la chose;
Car[5], pour se bien conduire en ces difficultés,   1250

---

1. Les éditions de 1694 B et de 1718 rectifient la rime aux dépens du sens,
et donnent *tâche*.

2.   De louange et de blâme. (1682, 1733.)

3. Telle est ici l'orthographe de l'édition originale et de celles de 1663ᵃ,
63ᵇ, 65, 66, 73, 75 A; les autres écrivent *galant*. La même remarque s'applique, au moins pour nos quatre textes les plus anciens (finale *d*), et pour 1682,
1697 (finale *t*), ci-dessus, au vers 1210, et plus loin, aux vers 1350, 1489,
1495, 1500, 1508, 1720. Quelques éditions ont tantôt *t*, tantôt *d*.

4. *Quoique*, en un mot, dans le texte de 1734. Le sens est indécis dans les
premières éditions, l'ancien usage étant de séparer toujours *quoi* de *que*.

5. *Et*, pour *Car*, dans les éditions de 1663ᵇ, 74, 75 A, 82, 84 A, 94 B, 1734;
et de plus *ses* (pour *ces*) *difficultés*, dans celles de 1663ᵃ, 65, 66, 73.

Il y faut, comme en tout, fuir les extrémités,
N'imiter pas ces gens un peu trop débonnaires
Qui tirent vanité de ces sortes d'affaires,
De leurs femmes toujours vont citant les galans,
En font partout l'éloge, et prônent leurs talens,   1255
Témoignent avec eux d'étroites sympathies,
Sont de tous leurs cadeaux [1], de toutes leurs parties,
Et font qu'avec raison les gens sont étonnés
De voir leur hardiesse à montrer là leur nez.
Ce procédé, sans doute, est tout à fait blâmable;   1260
Mais l'autre extrémité n'est pas moins condamnable.
Si je n'approuve pas ces amis des galans [2],
Je ne suis pas aussi pour ces gens turbulens
Dont l'imprudent chagrin, qui tempête et qui gronde,
Attire au bruit qu'il fait les yeux de tout le monde,   1265
Et qui, par cet éclat, semblent ne pas vouloir
Qu'aucun puisse ignorer ce qu'ils peuvent avoir.
Entre ces deux partis il en est un honnête,
Où dans l'occasion l'homme prudent s'arrête;
Et quand on le sait prendre, on n'a point à rougir   1270
Du pis dont une femme avec nous puisse agir.
Quoi qu'on en puisse dire enfin, le cocuage
Sous des traits moins affreux aisément s'envisage;
Et, comme je vous dis, toute l'habileté
Ne va qu'à le savoir tourner du bon côté.   1275

ARNOLPHE.

Après ce beau discours, toute la confrérie
Doit un remercîment à Votre Seigneurie;
Et quiconque voudra vous entendre parler
Montrera de la joie à s'y voir enrôler.

1. *De tous leurs cadeaux*, de toutes les collations qu'on leur donne. Voyez plus haut, au vers 800.
2.   Ces amis de galans. (1665, 66, 73, 74.)

CHRYSALDE.

Je ne dis pas cela, car c'est ce que je blâme ;   1280
Mais, comme c'est le sort qui nous donne une femme,
Je dis que l'on doit faire ainsi qu'au jeu de dés[1],
Où, s'il ne vous vient pas ce que vous demandez,
Il faut jouer d'adresse[2], et d'une âme réduite[3]
Corriger le hasard par la bonne conduite.   1285

ARNOLPHE.

C'est-à-dire dormir et manger toujours bien,
Et se persuader que tout cela n'est rien.

CHRYSALDE.

Vous pensez vous moquer ; mais, à ne vous rien feindre,
Dans le monde je vois cent choses plus à craindre
Et dont je me ferois un bien plus grand malheur   1290
Que de cet accident qui vous fait tant de peur.
Pensez-vous qu'à choisir de deux choses prescrites,
Je n'aimasse pas mieux être ce que vous dites,
Que de me voir mari de ces femmes de bien,
Dont la mauvaise humeur fait un procès sur rien,   1295
Ces dragons de vertu, ces honnêtes diablesses,
Se retranchant toujours sur leurs sages prouesses,
Qui, pour un petit tort qu'elles ne nous font pas,
Prennent droit de traiter les gens de haut en bas[4],

---

1. Imitation de Térence :

Ita vita est hominum quasi cum ludas tesseris :
Si illud quod maxume opus est jactu non cadit,
Illud quod cecidit forte, id arte ut corrigas.
                    (*Les Adelphes*, acte IV, scène VII, vers 743-745.)

« Il en est de la vie humaine comme du jeu de dés : si l'on n'amène pas
précisément le coup dont on a besoin, c'est à l'art du joueur à corriger le
hasard. »

2. Il vous faut jouer d'adresse (1665, 66, 74, 82, 1733), comme si l'on pouvait faire de *jouer* une diphthongue.

3. *D'une âme réduite*, en rabattant de ses prétentions et de ses espérances,
avec résignation.

4.   Les gens du haut en bas. (1673, 74.)

Et veulent, sur le pied de nous être fidèles,   1300
Que nous soyons tenus à tout endurer d'elles [1] ?
Encore un coup, compère, apprenez qu'en effet
Le cocuage n'est que ce que l'on le fait,
Qu'on peut le souhaiter pour de certaines causes,
Et qu'il a ses plaisirs comme les autres choses [2].   1305

ARNOLPHE.

Si vous êtes d'humeur à vous en contenter,

1.   Que nous soyions (sic) tenus de tout endurer d'elles ? (1734.)

2. C'est sans doute à ce passage que Bossuet fait allusion, lorsqu'il écrit, dans ses *Maximes et réflexions sur la comédie*, § 5, que Molière « étale.... au plus grand jour les avantages d'une infâme tolérance dans les maris. » Geoffroy, qui n'avait ni les mêmes raisons ni le même droit d'être sévère, ne l'est pas moins. Après avoir dit : « On joue encore de temps en temps *l'École des femmes* par égard pour le nom de Molière, » il déclare que le travers attaqué dans cette pièce n'existe plus : « On ne voit pas aujourd'hui plus de maris despotes que de chevaliers errants ; le préjugé qui attachait l'honneur d'un mari à la vertu de sa femme est absolument détruit ; la folie d'un homme qui regarde l'infidélité conjugale comme le premier des affronts et le dernier des malheurs, n'est plus au nombre des folies convenues qui circulent librement dans la société [a]. » Tout ce passage, où nous n'apercevons pas la moindre trace d'ironie, nous paraît plus choquant que les plaisanteries de Chrysalde, et n'autorise guère le rogue critique à se scandaliser si fort au sujet de cette pernicieuse morale. Quant à Bossuet, on peut dire, je crois, qu'il prend trop au sérieux les railleries de Chrysalde ; celui-ci a d'abord eu soin de dire qu'il *blâme* la coupable résignation de certains maris, puis, excité par l'exaspération d'Arnolphe, il finit par s'amuser à ses dépens en des termes que toléraient trop volontiers peut-être les habitudes du temps comme les traditions du moyen âge. C'est à l'acteur qui joue le rôle de Chrysalde à bien marquer cette intention de paradoxe narquois, et aux critiques à comprendre tout le sens de ce que Molière dit ailleurs, non pas seulement de ses pièces, mais des comédies en général : « On sait bien que les comédies ne sont faites que pour être jouées, et je ne conseille (ajoute-t-il à propos de *l'Amour médecin*) de lire celle-ci qu'aux personnes qui ont des yeux pour découvrir, dans la lecture, tout le jeu du théâtre [b]. » C'est une recommandation que Geoffroy, critique dramatique, aurait dû se rappeler ici, et l'un des derniers vers de cette scène aurait dû lui apprendre dans quel esprit Molière entendait qu'elle fût jouée. Arnolphe lui-même sent si bien que Chrysalde ne parle pas sérieusement, qu'il coupe court à toute discussion, en disant (vers 1317) :

. . . . Cette raillerie, en un mot, m'importune.

Du moment que Molière prend soin de constater, par la bouche d'Arnolphe,

[a] *Cours de littérature dramatique*, tome I, p. 313 et suivantes.
[b] Avertissement *Au lecteur*, en tête de *l'Amour médecin*, 1666.

Quant à moi, ce n'est pas la mienne d'en tâter ;
Et plutôt que subir une telle aventure....

CHRYSALDE.

Mon Dieu ! ne jurez point, de peur d'être parjure.
Si le sort l'a réglé, vos soins sont superflus,   1310
Et l'on ne prendra pas votre avis là-dessus.

ARNOLPHE.

Moi, je serois cocu[1] ?

CHRYSALDE.

Vous voilà bien malade !
Mille gens le sont bien, sans vous faire bravade,
Qui de mine, de cœur, de biens et de maison,
Ne feroient avec vous nulle comparaison.   1315

ARNOLPHE.

Et moi, je n'en voudrois avec eux faire aucune.
Mais cette raillerie, en un mot, m'importune :
Brisons là, s'il vous plaît.

CHRYSALDE.

Vous êtes en courroux.
Nous en saurons la cause. Adieu. Souvenez-vous,
Quoi que sur ce sujet votre honneur vous inspire,   1320
Que c'est être à demi ce que l'on vient de dire,
Que de vouloir jurer qu'on ne le sera pas.

ARNOLPHE.

Moi, je le jure encore, et je vais de ce pas
Contre cet accident trouver un bon remède[2].

---

que c'est une « raillerie, » il semble qu'il faut l'en croire, et ne pas attacher
tant d'importance à cette *morale* résignée qu'il fut bien loin de pratiquer pour
son propre compte. — Il y a, au chapitre v du livre III de Montaigne, cinq
ou six pages qui peuvent avoir fourni quelques arguments à ce plaidoyer iro-
nique de Chrysalde.

1.   Moi, je serai cocu ? (1773.)
2.   *Il court heurter à sa porte.* (1734.)

SCÈNE IX.

ALAIN, GEORGETTE, ARNOLPHE [1].

ARNOLPHE.

Mes amis, c'est ici que j'implore votre aide [2].   1325
Je suis édifié de votre affection;
Mais il faut qu'elle éclate en cette occasion;
Et si vous m'y servez selon ma confiance,
Vous êtes assurés de votre récompense.
L'homme que vous savez (n'en faites point de bruit)
Veut, comme je l'ai su, m'attraper cette nuit,
Dans la chambre d'Agnès entrer par escalade;
Mais il lui faut nous trois dresser une embuscade.
Je veux que vous preniez chacun un bon bâton,
Et quand il sera près du dernier échelon   1335
(Car dans le temps qu'il faut j'ouvrirai la fenêtre),
Que tous deux, à l'envi, vous me chargiez ce traître,
Mais d'un air dont son dos garde le souvenir,
Et qui lui puisse apprendre à n'y plus revenir:
Sans me nommer pourtant en aucune manière,   1340
Ni faire aucun semblant que je serai derrière.
Aurez-vous bien l'esprit [3] de servir mon courroux?

ALAIN.

S'il ne tient qu'à frapper, Monsieur, tout est à nous [4]:
Vous verrez, quand je bats, si j'y vais de main morte.

GEORGETTE.

La mienne, quoique aux yeux elle n'est pas si forte [5],

---

1. ARNOLPHE, ALAIN, GEORGETTE. (1666, 73, 74, 82, 1734.)
2.   Mes amis, c'est ainsi que j'implore votre aide. (1665, 66, 73, 74.)
3.   Auriez-vous bien l'esprit. (1663a, 65, 66, 73, 74, 82, 1734.)
4.   S'il ne tient qu'à frapper, mon Dieu! tout est à nous.
              (1663a, 63b, 65, 66, 73, 74, 82, 97, 1710.)
5.   La mienne, quoique aux yeux elle semble moins forte.
              (1663a, 65, 66, 73, 74, 82, 1734.)

N'en quitte pas sa part à le bien étriller.

ARNOLPHE.

Rentrez donc; et surtout gardez de babiller[1].
Voilà pour le prochain une leçon utile;
Et si tous les maris qui sont en cette ville[2]
De leurs femmes ainsi recevoient le galand,   1350
Le nombre des cocus ne seroit pas si grand[3].

1. Les vers suivants sont précédés du mot *seul* dans l'édition de 1734.
2.   Qui sont dans cette ville. (1773.)
3. Ces vers semblent une traduction d'un passage de Plaute, qui termine, en guise de conclusion, son *Soldat fanfaron* (Miles gloriosus) :

Si sic aliis mœchis fiat, minus hic mœchorum siet;
Magis metuant, minus has res studeant....

« Si l'on en faisait autant à tous les galants, on n'en verrait pas tant ici qu'on en voit; ils auraient un peu plus peur, et un peu moins de goût pour ce métier. »

FIN DU QUATRIÈME ACTE.

ACTE V.

SCÈNE PREMIÈRE.

ALAIN, GEORGETTE, ARNOLPHE[1].

ARNOLPHE.

Traîtres, qu'avez-vous fait par cette violence?

ALAIN.

Nous vous avons rendu, Monsieur, obéissance.

ARNOLPHE.

De cette excuse en vain vous voulez vous armer :
L'ordre étoit de le battre, et non de l'assommer;　1355
Et c'étoit sur le dos, et non pas sur la tête,
Que j'avois commandé qu'on fît choir la tempête.
Ciel! dans quel accident me jette ici le sort!
Et que puis-je résoudre à voir cet homme mort?
Rentrez dans la maison, et gardez de rien dire　1360
De cet ordre innocent que j'ai pu vous prescrire.
Le jour s'en va paroître, et je vais consulter[2]
Comment dans ce malheur je me dois comporter.
Hélas! que deviendrai-je? et que dira le père,
Lorsque inopinément il saura cette affaire?　1365

---

1. ARNOLPHE, ALAIN, GEORGETTE. (1666, 73, 74, 82, 1734.)
2. Ce vers est précédé du mot *seul* dans l'édition de 1734.

SCÈNE II.

HORACE, ARNOLPHE.

HORACE.

Il faut que j'aille un peu reconnoître qui c'est.

ARNOLPHE.

Eût-on jamais prévu.... Qui va là, s'il vous plaît [1]?

HORACE.

C'est vous, Seigneur Arnolphe?

ARNOLPHE.

Oui. Mais vous ?...

HORACE.

C'est Horace.

Je m'en allois chez vous, vous prier d'une grâce.
Vous sortez bien matin!

ARNOLPHE, bas [2].

Quelle confusion!   1370
Est-ce un enchantement? est-ce une illusion?

HORACE.

J'étois, à dire vrai, dans une grande peine [3],
Et je bénis du Ciel la bonté souveraine
Qui fait qu'à point nommé je vous rencontre ainsi.
Je viens vous avertir que tout a réussi,   1375
Et même beaucoup plus que je n'eusse osé dire,
Et par un incident qui devoit tout détruire.

1.   HORACE, à part.
      Il faut que j'aille un peu reconnoître qui c'est.
                 ARNOLPHE, se croyant seul.
      Eût-on jamais prévu...?
                 (Heurté par Horace, qu'il ne reconnoît pas.)
                 Qui va là, s'il vous plaît? (1734.)
    2. ARNOLPHE, bas, à part. (1734.)
    3. Comme il a été dit dans la Notice (ci-dessus, p. 153), l'édition originale
avait ici sauté deux pages, contenant les vers 1372-1437, et qu'on a rempla-
cées, comme on a pu, par un carton.

Je ne sais point par où l'on a pu soupçonner
Cette assignation qu'on m'avoit su donner;
Mais, étant sur le point d'atteindre à la fenêtre,   1380
J'ai, contre mon espoir, vu quelques gens paroître,
Qui, sur moi brusquement levant chacun le bras,
M'ont fait manquer le pied et tomber jusqu'en bas,
Et ma chute, aux dépens de quelque meurtrissure,
De vingt coups de bâton m'a sauvé l'aventure.   1385
Ces gens-là, dont étoit, je pense, mon jaloux,
Ont imputé ma chute à l'effort de leurs coups;
Et, comme la douleur, un assez long espace,
M'a fait sans remuer demeurer sur la place,
Ils ont cru tout de bon qu'ils m'avoient assommé,   1390
Et chacun d'eux s'en est aussitôt alarmé.
J'entendois tout leur bruit[1] dans le profond silence:
L'un l'autre ils s'accusoient de cette violence;
Et sans lumière aucune, en querellant le sort,
Sont venus doucement tâter si j'étois mort: 1395
Je vous laisse à penser si, dans la nuit obscure,
J'ai d'un vrai trépassé su tenir la figure.
Ils se sont retirés avec beaucoup d'effroi;
Et comme je songeois à me retirer, moi,
De cette feinte mort la jeune Agnès émue   1400
Avec empressement est devers moi venue;
Car les discours qu'entre eux ces gens avoient tenus
Jusques à son oreille étoient d'abord venus,
Et pendant tout ce trouble étant moins observée,
Du logis aisément elle s'étoit sauvée;   1405
Mais me trouvant sans mal, elle a fait éclater
Un transport difficile à bien représenter.
Que vous dirai-je[2]? Enfin cette aimable personne
A suivi les conseils que son amour lui donne,

1.   J'entendois tout le bruit. (1673, 74, 82, 1734.)
2.   L'édition de 1734 transporte le point d'interrogation après le mot *enfin*.

N'a plus voulu songer à retourner chez soi,   1410
Et de tout son destin s'est commise à ma foi.
Considérez un peu, par ce trait d'innocence,
Où l'expose d'un fou[1] la haute impertinence[2],
Et quels fâcheux périls elle pourroit courir,
Si j'étois maintenant homme à la moins chérir.   1415
Mais d'un trop pur amour mon âme est embrasée :
J'aimerois mieux mourir que l'avoir abusée[3];
Je lui vois des appas dignes d'un autre sort,
Et rien ne m'en sauroit séparer que la mort.
Je prévois là-dessus l'emportement d'un père ;   1420
Mais nous prendrons le temps d'apaiser sa colère.
A des charmes si doux je me laisse emporter,
Et dans la vie enfin il se faut contenter[4].
Ce que je veux de vous, sous un secret fidèle,
C'est que je puisse mettre en vos mains cette belle,   1425
Que dans votre maison, en faveur de mes feux,
Vous lui donniez retraite au moins un jour ou deux[5].
Outre qu'aux yeux du monde il faut cacher sa fuite,
Et qu'on en pourra faire[6] une exacte poursuite,
Vous savez qu'une fille aussi de sa façon   1430
Donne avec un jeune homme un étrange soupçon ;
Et comme c'est à vous, sûr de votre prudence,
Que j'ai fait de mes feux entière confidence,
C'est à vous seul aussi, comme ami généreux,

1.   Où l'expose du fou. (1663[b].)
2.   La haute impatience. (1734.)
3.   Que la voir abusée. (1773.)
4.   Il faut se contenter. (1734.)
5. Conçoit-on que de Visé, si farouche sur les convenances, au lieu de
sentir ici ce que le procédé d'Horace a de noble et de délicat, fasse dire par
Zélinde (p. 111 et 112) : « Horace ne devroit pas être si empêché d'Agnès :
il n'y a que trop de moyens de garder des filles, cela se fait tous les jours ; il
avoit de l'argent, et c'étoit assez. » *C'étoit assez* ne donne pas une très-haute
idée des sentiments du censeur. Cette critique est quelque chose de pis qu'un
manque de goût.
6.   Et qu'on en pourroit faire. (1682, 1734.)

Que je puis confier ce dépôt amoureux.   1435
                    ARNOLPHE.
Je suis, n'en doutez point, tout à votre service.
                    HORACE.
Vous voulez bien me rendre un si charmant office?
                    ARNOLPHE.
Très-volontiers, vous dis-je; et je me sens ravir
De cette occasion que j'ai de vous servir,
Je rends grâces au Ciel de ce qu'il me l'envoie,   1440
Et n'ai jamais rien fait avec si grande joie.
                    HORACE.
Que je suis redevable à toutes vos bontés!
J'avois de votre part craint des difficultés;
Mais vous êtes du monde, et dans votre sagesse
Vous savez excuser le feu de la jeunesse.   1445
Un de mes gens la garde au coin de ce détour [1].
                    ARNOLPHE.
Mais comment ferons-nous? car il fait un peu jour :
Si je la prends ici, l'on me verra peut-être;
Et s'il faut que chez moi vous veniez à paroître,
Des valets causeront. Pour jouer au plus sûr,   1450
Il faut me l'amener dans un lieu plus obscur.
Mon allée est commode, et je l'y vais attendre.
                    HORACE.
Ce sont précautions qu'il est fort bon de prendre.
Pour moi, je ne ferai que vous la mettre en main,
Et chez moi, sans éclat, je retourne soudain.   1455
                    ARNOLPHE, seul [2].
Ah! fortune, ce trait d'aventure propice
Répare tous les maux que m'a faits [3] ton caprice!
              (Il s'enveloppe le nez de son manteau [4].)

---

1. Voyez *l'École des maris*, vers 464.
2. Ce mot : *seul*, est omis dans les éditions de 1663*, 65, 66, 73, 74, 82.
3. L'édition originale fait ainsi accorder le participe; mais il y a *fait*, sans accord, dans celles de 1673, 82, 97, 1710, 18.
4. Dans l'édition de 1734 : *Il s'enveloppe le nez dans son manteau;* celle de 1773 a notre texte.

SCÈNE III. .

AGNÈS, ARNOLPHE, HORACE.

HORACE[1].

Ne soyez point en peine où je vais vous mener :
C'est un logement sûr que je vous fais donner.
Vous loger avec moi, ce seroit tout détruire :   1460
Entrez dans cette porte et laissez-vous conduire.
(Arnolphe lui prend la main sans qu'elle le reconnoisse.)

AGNÈS[2].

Pourquoi me quittez-vous?

HORACE.

Chère Agnès, il le faut.

AGNÈS.

Songez donc, je vous prie, à revenir bientôt.

HORACE.

J'en suis assez pressé par ma flamme amoureuse.

AGNÈS.

Quand je ne vous vois point, je ne suis point joyeuse.

HORACE.

Hors de votre présence, on me voit triste aussi.

AGNÈS.

Hélas! s'il étoit vrai, vous resteriez ici.

HORACE.

Quoi? vous pourriez douter de mon amour extrême!

AGNÈS.

Non, vous ne m'aimez pas autant que je vous aime.
(Arnolphe la tire.)

Ah! l'on me tire trop.

1. HORACE, à Agnès. (1666, 73, 74, 82, 1734.)
2. AGNÈS, à Horace (1734.)

HORACE.

C'est qu'il est dangereux,   1470
Chère Agnès, qu'en ce lieu nous soyons vus tous deux;
Et le parfait ami [1] de qui la main vous presse
Suit le zèle prudent qui pour nous l'intéresse.

AGNÈS.

Mais suivre un inconnu que....

HORACE.

N'appréhendez rien :
Entre de telles mains vous ne serez que bien.   1475

AGNÈS [2].

Je me trouverois mieux entre celles d'Horace.

HORACE.

Et j'aurois....

AGNÈS à celui qui la tient.

Attendez.

HORACE.

Adieu : le jour me chasse.

AGNÈS.

Quand vous verrai-je donc ?

HORACE.

Bientôt, assurément.

AGNÈS.

Que je vais m'ennuyer jusques à ce moment!

1.   Et ce parfait ami. (1682, 1734.)
— Le mot *ami* a été sauté dans l'édition de 1663[b].
2. Plusieurs éditions, des plus anciennes, ont, en cet endroit, une autre
coupe, préférable peut-être :

AGNÈS.

Je me trouverois mieux entre celles d'Horace,
Et j'aurois....

AGNÈS, *à Arnolphe, qui la tire encore.*

Attendez. (1663[a], 65.)

AGNÈS.

Je me trouverois mieux entre celles d'Horace
Et j'aurois....

(*A Arnolphe qui la tire encore.*)

Attendez. (1666, 73, 74, 82, 1734.)

HORACE[1].

Grâce au Ciel, mon bonheur n'est plus en concurrence[2],
Et je puis maintenant dormir en assurance.

SCÈNE IV.

ARNOLPHE, AGNÈS.

ARNOLPHE, le nez dans son manteau[3].

Venez, ce n'est pas là que je vous logerai,
Et votre gîte ailleurs est par moi préparé :
Je prétends en lieu sûr mettre votre personne[4].
Me connoissez-vous ?

AGNÈS, le reconnoissant.

Hay !

ARNOLPHE.

Mon visage, friponne, 1485
Dans cette occasion rend vos sens effrayés,
Et c'est à contre-cœur qu'ici vous me voyez.
Je trouble en ses projets l'amour qui vous possède.

(Agnès regarde si elle ne verra point Horace.)

N'appelez point des yeux le galand à votre aide :
Il est trop éloigné pour vous donner secours. 1490
Ah ! ah ! si jeune encor, vous jouez de ces tours !

---

1. HORACE, *en s'en allant.* (1734.)
2. C'est-à-dire, ne peut plus être traversé, comme l'explique Auger ; ou mieux, comme traduit M. Littré, n'est plus en balance, n'est plus incertain. Comparez la locution « entrer en concurrence avec, » pour dire *balancer.*
3. ARNOLPHE, *caché dans son manteau, et déguisant sa voix.* (1734.)
4. Je prétends en lieu sûr mettre votre personne.
   (*Se faisant connoître.*)
   Me connoissez-vous ?

   AGNÈS.
   Hai ! (1734.)

Votre simplicité, qui semble sans pareille,
Demande si l'on fait les enfants par l'oreille;
Et vous savez donner des rendez-vous la nuit,
Et pour suivre un galand vous évader sans bruit! 1495
Tudieu! comme avec lui votre langue cajole [1]!
Il faut qu'on vous ait mise [2] à quelque bonne école.
Qui diantre tout d'un coup vous en a tant appris?
Vous ne craignez donc plus de trouver des esprits?
Et ce galand, la nuit, vous a donc enhardie?   1500
Ah! coquine, en venir à cette perfidie!
Malgré tous mes bienfaits former un tel dessein!
Petit serpent que j'ai réchauffé [3] dans mon sein,
Et qui, dès qu'il se sent, par une humeur ingrate,
Cherche à faire du mal à celui qui le flatte!   1505

AGNÈS.

Pourquoi me criez-vous [4]?

ARNOLPHE.

J'ai grand tort en effet!

AGNÈS.

Je n'entends point de mal dans tout ce que j'ai fait.

ARNOLPHE.

Suivre un galand n'est pas une action infâme?

AGNÈS.

C'est un homme qui dit qu'il me veut pour sa femme:
J'ai suivi vos leçons, et vous m'avez prêché   1510
Qu'il se faut marier pour ôter le péché.

---

1. *Cajoler*, pris absolument, dans le sens de parler, jacasser : c'est un archaïsme. Parmi les exemples qu'en cite M. Littré, il y a celui-ci, qui est emprunté aux *Curiosités françoises* d'Oudin (1640, p. 416) : « *Il cajole comme une pie borgne*, c'est un grand jaseur. » Un peu plus haut, Oudin définit *une pie* par « une cajoleuse. »

2. *Mis*, sans accord, dans les éditions de 1673, 74, 82, 97, 1710, 33.

3. Il y a ici, avec hiatus, *échauffé*, pour *réchauffé*, dans les éditions de 1673, 74, 82, 97.

4. Voyez le vers 839 de *l'Étourdi* et la note.

ARNOLPHE.

Oui. Mais pour femme, moi je prétendois vous prendre ;
Et je vous l'avois fait, me semble, assez entendre.

AGNÈS.

Oui. Mais, à vous parler franchement entre nous,
Il est plus pour cela selon mon goût que vous.   1515
Chez vous le mariage est fâcheux et pénible,
Et vos discours en font une image terrible ;
Mais, las ! il le fait, lui, si rempli de plaisirs,
Que de se marier il donne des desirs.

ARNOLPHE.

Ah ! c'est que vous l'aimez, traîtresse !

AGNÈS.

                                        Oui, je l aime.

ARNOLPHE.

Et vous avez le front de le dire à moi-même !

AGNÈS.

Et pourquoi, s'il est vrai, ne le dirois-je pas ?

ARNOLPHE.

Le deviez-vous aimer, impertinente ?

AGNÈS.

                                        Hélas !

Est-ce que j'en puis mais ? Lui seul en est la cause ;
Et je n'y songeois pas lorsque se fit la chose.   1525

ARNOLPHE.

Mais il falloit chasser cet amoureux desir.

AGNÈS.

Le moyen de chasser ce qui fait du plaisir ?

ARNOLPHE.

Et ne saviez-vous pas[1] que c'étoit me déplaire ?

AGNÈS.

Moi ? point du tout. Quel mal cela vous peut-il faire ?

---

1.   Et ne savez-vous pas. (1663ᵃ, 65, 66. 73, 74, 82, 97, 1710, 18.)

ARNOLPHE.

Il est vrai, j'ai sujet d'en être réjoui.   1530
Vous ne m'aimez donc pas, à ce compte?

AGNÈS.

Vous?

ARNOLPHE.

Oui.

AGNÈS.

Hélas! non.

ARNOLPHE.

Comment, non!

AGNÈS.

Voulez-vous que je mente?

ARNOLPHE.

Pourquoi ne m'aimer pas, Madame l'impudente?

AGNÈS.

Mon Dieu, ce n'est pas moi que vous devez blâmer :
Que ne vous êtes-vous, comme lui, fait aimer?   1535
Je ne vous en ai pas empêché, que je pense.

ARNOLPHE.

Je m'y suis efforcé de toute ma puissance;
Mais les soins que j'ai pris, je les ai perdus [1] tous.

AGNÈS.

Vraiment, il en sait donc là-dessus plus que vous;
Car à se faire aimer il n'a point eu de peine.   1540

ARNOLPHE [2].

Voyez comme raisonne et répond la vilaine!
Peste! une précieuse en diroit-elle plus?
Ah! je l'ai mal connue; ou, ma foi! là-dessus
Une sotte en sait plus que le plus habile homme [3].

---

1. Le participe *perdu* est sans accord dans les éditions de 1665, 66, 73, 74, 82, 97, 1710, 18.
2. ARNOLPHE, *à part.* (1734.)
3. Ce vers est suivi des mots : *à Agnès*, dans l'édition de 1734.

Puisque en raisonnement[1] votre esprit se consomme[2],
La belle raisonneuse, est-ce qu'un si long temps
Je vous aurai pour lui nourrie à mes dépens?

AGNÈS.

Non. Il vous rendra tout jusques au dernier double[3].

ARNOLPHE[4].

Elle a de certains mots où mon dépit redouble.
Me rendra-t-il, coquine, avec tout son pouvoir,   1550
Les obligations que vous pouvez m'avoir?

AGNÈS.

Je ne vous en ai pas d'aussi grandes qu'on pense.

ARNOLPHE.

N'est-ce rien que les soins d'élever votre enfance?

AGNÈS.

Vous avez là dedans bien opéré vraiment,
Et m'avez fait en tout instruire joliment!   1555
Croit-on que je me flatte, et qu'enfin, dans ma tête,
Je ne juge pas bien que je suis une bête?
Moi-même, j'en ai honte; et, dans l'âge où je suis,
Je ne veux plus passer[5] pour sotte, si je puis.

---

1. *En raisonnements*, au pluriel, dans l'édition de 1773.

2. *Se consomme*, s'y montre si habile, y atteint la perfection : voyez le vers 447 de *l'École des maris*. Molière a plusieurs fois employé cet archaïsme, et notamment dans les vers si souvent cités au sujet de la perfection qu'un artiste peut atteindre dans son art :

> Un esprit partagé rarement s'y consomme,
> Et les emplois de feu demandent tout un homme.
> (*La Gloire du Val-de-Grâce*, vers 19 et 20 de la fin.)

3. *Double*, ancienne monnaie, ainsi nommée parce qu'elle valait deux deniers; il en fallait six pour faire un sou. (*Note d'Auger.*) — Nous avons encore le Pont-au-Double, reconstruit en 1835, et qui a retenu ce nom du péage d'un double qui y fut d'abord établi (1634) au profit de l'Hôtel-Dieu.

4. ARNOLPHE, *bas, à part.*
Elle a de certains mots où mon dépit redouble.
(*Haut.*)
Me rendra-t-il, etc. (1734.)

5. Je ne veux point passer. (1734.)

ARNOLPHE.

Vous fuyez l'ignorance, et voulez, quoi qu'il coûte, 1560
Apprendre du blondin quelque chose?

AGNÈS.

Sans doute.

C'est de lui que je sais ce que je puis savoir[1] :
Et beaucoup plus qu'à vous je pense lui devoir.

ARNOLPHE.

Je ne sais qui me tient qu'avec une gourmade
Ma main de ce discours ne venge la bravade.   1565
J'enrage quand je vois sa piquante froideur,
Et quelques coups de poing satisferoient mon cœur.

AGNÈS.

Hélas! vous le pouvez, si cela peut vous plaire[2].

ARNOLPHE[3].

Ce mot et ce regard désarme[4] ma colère,
Et produit un retour de tendresse et de cœur,   1570
Qui de son action m'efface la noirceur[5].
Chose étrange d'aimer[6], et que pour ces traîtresses
Les hommes soient sujets à de telles foiblesses!
Tout le monde connoît leur imperfection :
Ce n'est qu'extravagance et qu'indiscrétion ;   1575
Leur esprit est méchant, et leur âme fragile;
Il n'est rien de plus foible et de plus imbécile,
Rien de plus infidèle : et malgré tout cela,
Dans le monde on fait tout pour ces animaux-là.

---

1.   Ce que je peux savoir. (1682, 1734.)
2.   Si cela vous peut plaire. (1673, 74, 82, 1734.)
3. ARNOLPHE, *à part.* (1734.)
4. Il y a *désarment*, dans l'édition originale et dans celles de 1663ᵇ, 1675A,
84A, 94B; mais ce pluriel est impossible avec *produit* du vers suivant.
5.   Qui de son action efface la noirceur. (1673, 74, 82, 1734.)
6. L'édition originale ponctue ainsi :

Chose étrange! d'aimer, et que....

Hé bien! faisons la paix[1]. Va, petite traîtresse,   1580
Je te pardonne tout et te rends ma tendresse.
Considère par là l'amour que j'ai pour toi,
Et me voyant si bon, en revanche aime-moi.

AGNÈS.

Du meilleur de mon cœur je voudrois vous complaire :
Que me coûteroit-il, si je le pouvois faire?   1585

ARNOLPHE.

Mon pauvre petit bec[2], tu le peux, si tu veux[3].

(Il fait un soupir[4].)

Écoute seulement ce soupir amoureux,
Vois ce regard mourant, contemple ma personne,
Et quitte ce morveux et l'amour qu'il te donne.
C'est quelque sort qu'il faut qu'il ait jeté sur toi,   1590
Et tu seras cent fois plus heureuse avec moi.
Ta forte passion est d'être brave et leste[5] :
Tu le seras toujours, va, je te le proteste;
Sans cesse, nuit et jour, je te caresserai,
Je te bouchonnerai[6], baiserai, mangerai;   1595

---

1. Cet hémistiche est précédé de l'indication : *A Agnès*, dans l'édition de
1734.
2. La Fontaine a dit au même sens, dans le *conte* intitulé *Pâté d'anguille:*

Un sien valet avoit pour femme
Un petit bec assez mignon.

— Nous lisons dans le *Dictionnaire de l'Académie* (1694) : « On dit d'une
femme qu'elle fait le petit bec pour dire qu'elle fait la petite bouche, »
l'aimable, ajouterons-nous, et la gentille ; de cette locution on a pu naturellement détacher *petit bec* au sens où le prennent Molière et la Fontaine.
3. Mon pauvre petit cœur, tu le peux si tu veux. (1673, 74, 82, 1734.)
4. Cette indication n'est pas dans l'édition de 1734.
5. *Brave*, bien vêtue : voyez au tome II, p. 112, la note 3, relative au substantif *braverie*. Quant à *leste*, Furetière (1690) l'explique par « qui est brave,
en bon état et en bon équipage pour paroître; » et il cite cet exemple où ressort bien le sens du mot : « Les fêtes, les carrousels, les bals demandent que les
gens soient fort lestes, pimpants et magnifiques. »
6. « *Bouchonner* se dit dans le style bas et comique pour cajoler, faire
des caresses. » (*Dictionnaire de Furetière*, édition de 1701.) — *Bouchonner* signifie, au propre, panser, frotter un cheval avec un bouchon de foin ou de

Tout comme tu voudras, tu pourras te conduire[1] :
Je ne m'explique point, et cela, c'est tout dire.
                        (A part[2].)
Jusqu'où la passion peut-elle faire aller !
Enfin à mon amour rien ne peut s'égaler :
Quelle preuve veux-tu que je t'en donne, ingrate ? 1600
Me veux-tu voir pleurer ? Veux-tu que je me batte ?
Veux-tu que je m'arrache un côté de cheveux ?
Veux-tu que je me tue ? Oui, dis si tu le veux :
Je suis tout prêt, cruelle, à te prouver ma flamme.

                        AGNÈS.

Tenez, tous vos discours ne me touchent point l'âme :
Horace avec deux mots en feroit plus que vous.

                        ARNOLPHE.

Ah ! c'est trop me braver, trop pousser mon courroux.
Je suivrai mon dessein, bête trop indocile,
Et vous dénicherez à l'instant de la ville.
Vous rebutez mes vœux et me mettez à bout ;   1610
Mais un cul de couvent[3] me vengera de tout.

---

paille. L'exemple suivant de Bonaventure des Périers (*nouvelle* xxv) montre
bien, ce nous semble, comment du sens propre on a pu passer au sens figuré
que nous avons ici : « Il vous la bouchonne (*une vieille mule*), il la vous es-
trille, il la traite si bien, qu'il sembloit qu'elle fût encore bonne bête. » — Au
vers 769 de *l'École des maris*, nous avons vu *bouchon* pris comme terme de
caresse, mais nous ne croyons pas qu'il y ait un rapport de signification entre
cet emploi du substantif et celui du verbe.

 1.   Tu te pourras conduire. (1734.)
 2. *Bas, à part*, dans l'édition de 1734, qui met *haut* avant le vers 1599.
 3. *Convent* est l'orthographe des éditions de 1663[a], 63[b], 65, 66, 73, 74, 82,
97, 1710 : voyez ci-dessus la note du vers 135. — « Cette expression de *cul
de couvent*, que je n'ai encore remarquée que dans Molière, a une énergie
particulière, en ce qu'elle renferme, par analogie, l'idée de prison, de cachot.
Arnolphe dit *un cul de couvent*, comme il diroit *un cul de basse fosse*. »
(*Note d'Auger*.) — Furetière, dans son *Dictionnaire* (1690), donne l'expression
comme étant d'usage ordinaire : « On appelle un cul de basse fosse, un cul de
couvent, le lieu le mieux gardé, le plus resserré d'un couvent, le plus bas d'une
prison. » Mais Furetière ne cite aucun exemple, et M. Littré ne donne que
celui-ci.

SCÈNE V.

ALAIN, ARNOLPHE[1].

ALAIN.

Je ne sais ce que c'est, Monsieur, mais il me semble
Qu'Agnès et le corps mort s'en sont allés ensemble.

ARNOLPHE.

La voici. Dans ma chambre allez me la nicher[2] :
Ce ne sera pas là qu'il la viendra chercher ;   1615
Et puis c'est seulement pour une demie-heure[3] :
Je vais, pour lui donner une sûre demeure,
Trouver une voiture. Enfermez-vous des mieux[4],
Et surtout gardez-vous de la quitter des yeux.
Peut-être que son âme, étant dépaysée,   1620
Pourra de cet amour être désabusée.

SCÈNE VI.

ARNOLPHE, HORACE.

HORACE.

Ah ! je viens vous trouver, accablé de douleur.

---

1. ARNOLPHE, AGNÈS, ALAIN. (1734.)
2. L'édition de 1734 fait suivre ce vers des mots : *à part*.
3. Nous conservons à ce composé l'orthographe de l'édition originale : *e* muet devant le trait d'union ; les éditions de 1682, 97, 1710, 33 et 34 écrivent, avec hiatus, *demi-heure*.
4.   (*A Alain*.)
                    Enfermez-vous des mieux,
        Et, sur tout, gardez-vous de la quitter des yeux.
                            (*Seul*.)
        Peut-être que son âme, etc. (1734.)

Le Ciel, Seigneur Arnolphe, a conclu mon malheur[1] ;
Et par un trait fatal d'une injustice extrême,
On me veut arracher de la beauté que j'aime.   1625
Pour arriver ici mon père a pris le frais ;
J'ai trouvé qu'il mettoit pied à terre ici près ;
Et la cause, en un mot, d'une telle venue,
Qui, comme je disois, ne m'étoit pas connue[2],
C'est qu'il m'a marié sans m'en récrire[3] rien,   1630
Et qu'il vient en ces lieux célébrer ce lien.
Jugez, en prenant part à mon inquiétude,
S'il pouvoit m'arriver un contre-temps plus rude.
Cet Enrique, dont hier je m'informois à vous,
Cause tout le malheur dont je ressens les coups ;   1635
Il vient avec mon père achever ma ruine,
Et c'est sa fille unique à qui l'on me destine.
J'ai, dès leurs premiers mots, pensé m'évanouir ;
Et d'abord, sans vouloir plus longtemps les ouïr,
Mon père ayant parlé de vous rendre visite,   1640
L'esprit plein de frayeur je l'ai devancé vite.
De grâce, gardez-vous de lui rien découvrir
De mon engagement qui le pourroit aigrir ;
Et tâchez, comme en vous il prend grande créance,
De le dissuader de cette autre alliance.   1645

ARNOLPHE.

Oui-da.

HORACE.

Conseillez-lui de différer un peu,

---

1. Non pas peut-être *a résolu* (comme l'interprète Auger), mais *a consommé,
a mis le comble à, a rendu complet*. Corneille a dit, dans un sens analogue :

Voici le jour heureux
Qui doit conclure enfin nos desseins généreux.
(*Cinna*, vers 164.)

2. Qui, comme je disois, me sembloit inconnue. (1673, 74.)
3. *Récrire* est la leçon de l'édition originale et de 1663[b] ; elle est altérée fau-
tivement en *rescire* (sic) dans celles de 1684 A, 94 B ; les autres ont *écrire*.

Et rendez, en ami, ce service à mon feu.

ARNOLPHE.

Je n'y manquerai pas.

HORACE.

C'est en vous que j'espère.

ARNOLPHE.

Fort bien

HORACE.

Et je vous tiens mon véritable père.
Dites-lui que mon âge.... Ah! je le vois venir :   1650
Écoutez les raisons que je vous puis fournir.

(Ils demeurent en un coin du théâtre[1].)

SCÈNE VII.

ENRIQUE, ORONTE, CHRYSALDE,
HORACE, ARNOLPHE.

ENRIQUE, à Chrysalde.

Aussitôt qu'à mes yeux je vous ai vu paroître,
Quand on ne m'eût rien dit, j'aurois su vous connoître[2].
Je vous vois tous les traits[3] de cette aimable sœur
Dont l'hymen autrefois m'avoit fait possesseur ;   1655
Et je serois heureux si la Parque cruelle
M'eût laissé ramener cette épouse fidèle,
Pour jouir avec moi des sensibles douceurs
De revoir tous les siens après nos longs malheurs.
Mais puisque du destin la fatale puissance   1660

1. L'édition de 1734 remplace ces mots par ceux-ci, qu'elle place au commencement de la scène VII, après l'indication des personnages : *Horace et Arnolphe se retirent dans un coin du théâtre, et parlent bas ensemble.*
2. Les deux éditions de 1674 et de 1682 ont omis ce vers.
3.   J'ai reconnu les traits. (1682, 1734.)

Nous prive pour jamais de sa chère présence,
Tâchons de nous résoudre, et de nous contenter
Du seul fruit amoureux qui m'en est[1] pu rester.
Il vous touche de près; et, sans votre suffrage,
J'aurois tort de vouloir disposer de ce gage.   1665
Le choix du fils d'Oronte est glorieux de soi;
Mais il faut que ce choix vous plaise comme à moi.

CHRYSALDE.

C'est de mon jugement avoir mauvaise estime
Que douter si j'approuve un choix si légitime.

ARNOLPHE, à Horace[2].

Oui, je vais vous servir[3] de la bonne façon.   1670

HORACE[4].

Gardez, encore un coup....

ARNOLPHE.

                    N'ayez aucun soupçon.

ORONTE, à Arnolphe.

Ah! que cette embrassade est pleine de tendresse!

ARNOLPHE.

Que je sens à vous voir une grande allégresse!

ORONTE.

Je suis ici venu....

ARNOLPHE.

                    Sans m'en faire récit,
Je sais ce qui vous mène[5].

---

1. Voyez plus haut, au vers 968, un autre exemple de *pu* précédé de l'auxiliaire que prendrait à un temps composé le second verbe.
2. ARNOLPHE, *à part, à Horace.* (1734.)
3.   Oui, je veux vous servir. (1682, 1734.)
4.   HORACE, *à part, à Arnolphe.*
    Gardez, encore un coup.....
                    ARNOLPHE, *à Horace.*
                        N'ayez aucun soupçon.
    (*Arnolphe quitte Horace pour aller embrasser Oronte.*) (1734.)
5. « L'exactitude demande, dit Bret, *ce qui vous amène.* »

ORONTE.

On vous l'a déjà dit[1].   1675

ARNOLPHE.

Oui.

ORONTE.

Tant mieux.

ARNOLPHE.

Votre fils à cet hymen résiste,
Et son cœur prévenu n'y voit rien que de triste :
Il m'a même prié de vous en détourner;
Et moi, tout le conseil que je vous puis donner,
C'est de ne pas souffrir que ce nœud se diffère,   1680
Et de faire valoir l'autorité de père.
Il faut avec vigueur ranger les jeunes gens,
Et nous faisons contre eux[2] à leur être indulgens.

HORACE[3].

Ah! traître!

CHRYSALDE.

Si son cœur a quelque répugnance,
Je tiens qu'on ne doit pas lui faire violence[4].   1685
Mon frère, que je crois, sera de mon avis.

ARNOLPHE.

Quoi? se laissera-t-il gouverner par son fils?
Est-ce que vous voulez qu'un père ait la mollesse
De ne savoir pas faire obéir la jeunesse?
Il seroit beau vraiment qu'on le vît aujourd'hui   1690
Prendre loi de qui doit la recevoir de lui!
Non, non : c'est mon intime, et sa gloire est la mienne :
Sa parole est donnée, il faut qu'il la maintienne,

---

1. Les éditions de 1682 et de 1734 (non celle de 1773) terminent ce vers
par un point d'interrogation.
2. Pour cet emploi du verbe *faire*, voyez *l'École des maris*, vers 315.
3. HORACE, *à part*. (1734.)
4.   Lui faire résistance. (1673, 74, 82, 1734.)

Qu'il fasse voir ici de fermes sentiments,
Et force de son fils tous les attachements.   1695
ORONTE.
C'est parler comme il faut, et, dans cette alliance,
C'est moi qui vous réponds de son obéissance.
CHRYSALDE, à Arnolphe.
Je suis surpris, pour moi, du grand empressement
Que vous nous faites voir[1] pour cet engagement,
Et ne puis deviner quel motif vous inspire....   1700
ARNOLPHE.
Je sais ce que je fais, et dis ce qu'il faut dire.
ORONTE.
Oui, oui, Seigneur Arnolphe, il est....,
CHRYSALDE.
Ce nom l'aigrit;
C'est Monsieur de la Souche, on vous l'a déjà dit.
ARNOLPHE.
Il n'importe.
HORACE[2].
Qu'entends-je?
ARNOLPHE, se retournant vers Horace[3],
Oui, c'est là le mystère,
Et vous pouvez juger ce que je devois faire.   1705
HORACE.
En quel trouble....

---

1. Que vous me faites voir. (1663ᵃ, 63ᵇ, 65, 66, 73, 74, 82, 1734.)
2. HORACE, à part. (1734.) — Les mots à part sont encore ajoutés au nom d'Horace, par l'édition de 1734, devant le vers 1706.
3. ARNOLPHE, se tournant vers Horace. (1663ᵃ, 65, 66, 73, 74, 82, 1734.)

SCÈNE VIII.

GEORGETTE[1], ENRIQUE, ORONTE, CHRYSALDE, HORACE, ARNOLPHE.

GEORGETTE.

Monsieur, si vous n'êtes auprès,
Nous aurons de la peine à retenir Agnès ;
Elle veut à tous coups s'échapper, et peut-être
Qu'elle se pourroit bien jeter par la fenêtre.

ARNOLPHE.

Faites-la-moi venir ; aussi bien de ce pas   1710
Prétends-je l'emmener ; ne vous en fâchez pas[2] :
Un bonheur continu rendroit l'homme superbe ;
Et chacun a son tour[3], comme dit le proverbe.

HORACE[4].

Quels maux peuvent, ô Ciel ! égaler mes ennuis !
Et s'est-on jamais vu dans l'abîme où je suis !   1715

ARNOLPHE, à Oronte.

Pressez vite le jour de la cérémonie :
J'y prends part, et déjà moi-même je m'en prie.

ORONTE.

C'est bien notre dessein[5].

---

1. L'édition de 1734 place le nom de GEORGETTE à la fin de la liste des personnages de cette scène.
2. Le second hémistiche de ce vers est précédé des mots *à Horace* dans l'édition de 1734.
3. *Et chacun à son tour*, avec un accent sur *a*, dans les éditions de 1666, 73, 74, 75 A, 82, 84 A, 94 B, 1710, 18, 33, 73.
4. HORACE, *à part*. (1734.)
5.   C'est là bien mon dessein. (1666, 73, 74.)
       C'est bien là mon dessein. (1682, 1734.)
— L'édition de 1665 porte :
       C'est bien mon dessein,
faute qui a pu donner naissance aux deux variantes que nous venons d'indiquer.

SCÈNE IX.

AGNÈS, ALAIN, GEORGETTE, ORONTE, ENRIQUE, ARNOLPHE, HORACE, CHRYSALDE[1].

ARNOLPHE, à Agnès.

               Venez, belle, venez,
Qu'on ne sauroit tenir, et qui vous mutinez.
Voici votre galand, à qui, pour récompense,   1720
Vous pouvez faire une humble et douce révérence[2].
Adieu. L'événement trompe un peu vos souhaits[3];
Mais tous les amoureux ne sont pas satisfaits.

AGNÈS.

Me laissez-vous, Horace, emmener de la sorte?

HORACE.

Je ne sais où j'en suis, tant ma douleur est forte.   1725

ARNOLPHE.

Allons, causeuse, allons.

AGNÈS.

         Je veux rester ici.

ORONTE.

Dites-nous ce que c'est que ce mystère-ci.
Nous nous regardons tous, sans le pouvoir comprendre.

ARNOLPHE.

Avec plus de loisir je pourrai vous l'apprendre.
Jusqu'au revoir.

---

1. Les noms d'ALAIN et de GEORGETTE sont les derniers de cette liste dans l'édition de 1734.

2. « A peine rassuré, Arnolphe reprend son humeur railleuse, dit Aimé-Martin : il fait ici allusion aux révérences du balcon (acte II, scène v, vers 485-502). »

3. Les éditions de 1682 et de 1734 font précéder la phrase : « L'événement trompe.... », des mots : à Horace.

ORONTE.

Où donc prétendez-vous aller?   1730
Vous ne nous parlez point comme il nous faut parler.

ARNOLPHE.

Je vous ai conseillé, malgré tout son murmure,
D'achever l'hyménée.

ORONTE.

                    Oui. Mais pour le conclure,
Si l'on vous a dit tout, ne vous a-t-on pas dit
Que vous avez chez vous celle dont il s'agit,   1735
La fille qu'autrefois de l'aimable Angélique,
Sous des liens secrets, eut le seigneur Enrique?
Sur quoi votre discours étoit-il donc fondé?

CHRYSALDE.

Je m'étonnois aussi de voir son procédé.

ARNOLPHE.

Quoi?...

CHRYSALDE.

          D'un hymen secret ma sœur eut une fille, 1740
Dont on cacha le sort à toute la famille.

ORONTE.

Et qui sous de feints noms, pour ne rien découvrir,
Par son époux aux champs fut donnée à nourrir.

CHRYSALDE.

Et dans ce temps, le sort, lui déclarant la guerre [1],
L'obligea de sortir de sa natale terre [2].   1745

---

1. A cet époux.
2. *Sa natale terre*, au lieu de *sa terre natale*, dit Auger, « est une trans-
position insolite; » peut-être est-il plus juste de dire qu'elle l'est devenue, car
Auger ajoute ce renseignement, auquel on peut se fier, que cet hémistiche se
trouve plus de dix fois dans Rotrou, entre autres dans la comédie des *Captifs*,
imitée de Plaute, où on lit ce vers (acte V, scène 1) :

A me voir éloigné de ma natale terre. »

ORONTE.

Et d'aller essuyer mille périls divers[1]
Dans ces lieux séparés de nous par tant de mers.

. CHRYSALDE.

Où ses soins ont gagné ce que dans sa patrie
Avoient pu lui ravir l'imposture et l'envie.

ORONTE.

Et de retour en France, il a cherché d'abord   1750
Celle à qui de sa fille il confia le sort.

CHRYSALDE.

Et cette paysanne a dit avec franchise
Qu'en vos mains à quatre ans elle l'avoit remise.

ORONTE.

Et qu'elle l'avoit fait sur votre charité[2],
Par un accablement d'extrême pauvreté.   1755

CHRYSALDE.

Et lui, plein de transport et l'allégresse en l'âme[3],
A fait jusqu'en ces lieux conduire cette femme.

ORONTE.

Et vous allez enfin la voir venir ici,
Pour rendre aux yeux de tous[4] ce mystère éclairci.

CHRYSALDE[5].

Je devine à peu près quel est votre supplice;   1760
Mais le sort en cela ne vous est que propice :
Si n'être point cocu vous semble un si grand bien,
Ne vous point marier en est le vrai moyen.

1. Comme nous l'avons dit ci-dessus, p. 219, note 4, des guillemets marquent dans l'édition de 1682 que les vers 1746-1749, et plus loin 1754-1757, se supprimaient à la représentation.
2. Comptant sur votre charité, ou, comme dit Auger, sur votre réputation de charité.
3.   Et d'allégresse en l'âme. (1674, 82, 1734.)
4.   Aux yeux de tout. (1665.)
5. CHRISALDE, à Arnolphe. (1734.)

ARNOLPHE, s'en allant tout transporté, et ne pouvant parler.

Oh ¹!

ORONTE.

D'où vient qu'il s'enfuit sans rien dire?

HORACE.

Ah! mon père,
Vous saurez pleinement ce surprenant mystère.   1765
Le hasard en ces lieux avoit exécuté
Ce que votre sagesse avoit prémédité :
J'étois par les doux nœuds d'une ardeur mutuelle²
Engagé de parole avecque³ cette belle ;
Et c'est elle, en un mot, que vous venez chercher,   1770
Et pour qui mon refus a pensé vous fâcher.

1. *Oh!* est le texte de toutes les éditions antérieures à celle de 1734, qui,
la première, remplace cette interjection par *Ouf!* Mais il paraît qu'à la scène
la substitution s'est faite bien avant; car nous voyons que cette variante, qui
termine, il en faut convenir, d'une manière plus expressive qu'*oh!* le rôle d'Arnolphe, a été raillée dès le dix-septième siècle, comme le fut plus tard le *hélas!*
qui conclut la *Bérénice* de Racine. Boursault, dans la scène 11 du *Portrait du
peintre*, représenté pour la première fois en 1663, fait dire à un partisan de
Molière, qui recommande de voir la pièce et de ne pas s'en tenir à la simple
lecture :

    Verra-t-on en lisant, fût-on grand philosophe,
    Ce que veut dire un *ouf* qui fait la catastrophe?
    Baron, *ouf!* Que dis-tu de cet *ouf!* placé là?

— « D'après une tradition de théâtre, qui remonte peut-être au temps de Molière, dit Auger, et qui n'en est pas meilleure pour cela, Alain et Georgette,
à la représentation, s'en vont après avoir parodié chacun le *ouf* d'Arnolphe. »
Auger blâme cette tradition, parce que c'est ajouter deux syllabes au vers :
assez mauvaise raison, ce semble, puisque le vers ici, deux fois coupé, est assez
peu sensible à l'oreille de l'auditeur, et qu'on ne s'est jamais fait au théâtre
grand scrupule d'introduire ainsi de simples interjections. Cailhava motive sa
critique à ce sujet par une raison encore plus inattendue, c'est que ces *ouf!* ne
peuvent que « refroidir le dénouement et troubler la reconnaissance. » Ce qu'il
y aurait ici de plus simple à dire, c'est que cette répétition n'ayant pas été indiquée dans le texte, il ne faudrait pas l'y ajouter. — L'édition de 1734 fait de
ce qui suit la SCÈNE DERNIÈRE, à laquelle elle donne pour personnages :

ENRIQUE, ORONTE, CHRISALDE, AGNÈS, HORACE.

2.   D'une amour mutuelle. (1673, 74, 82, 1734.)
3. *Avec*, pour *avecque*, dans les éditions de 1663ᵉ et de 1665.

ENRIQUE.

Je n'en ai point douté d'abord que je l'ai vue,
Et mon âme depuis n'a cessé d'être émue.
Ah! ma fille, je cède à des transports si doux.

CHRYSALDE.

J'en ferois de bon cœur, mon frère, autant que vous.
Mais ces lieux et cela ne s'accommodent guères.
Allons dans la maison débrouiller ces mystères,
Payer à notre ami ces soins officieux [1],
Et rendre grâce au Ciel qui fait tout pour le mieux.

1.   Ses soins officieux. (1674, 82, 1734.)

FIN DE L'ÉCOLE DES FEMMES.

REMERCÎMENT AU ROI

1663

NOTICE.

Pendant les quatorze dernières années de sa laborieuse carrière, la biographie de Molière est presque tout entière dans
l'histoire de son théâtre. En butte à l'animosité des comédiens
rivaux et des beaux esprits, il est protégé par le Roi et par le
public contre les attaques des uns et l'indifférence affectée des
autres. A la date où nous sommes parvenus, chacun de ses
succès marque pour lui un nouveau progrès dans cette faveur
du Roi et du public. Aussi pensons-nous que, dans le classe-
ment des œuvres, l'ordre chronologique doit, pour lui plus que
pour tout autre, être scrupuleusement observé, et c'est pour
cette raison que nous publions le *Remercîment au Roi* à une
autre place que celle qui était assignée à cette pièce dans les
éditions précédentes.

Le recueil factice de 1664, avec paginations distinctes, intitulé *les Œuvres de Monsieur Molier* (sic), et ceux de 1666 et
de 1673, le placent, comme une sorte de préface, en tête des
comédies, avant *les Précieuses*, qui sont la première dans ces
anciennes collections de pièces. L'édition de 1682, et la série
qui se règle sur cette dernière, l'insèrent à la suite de *la Critique de l'École des femmes*, avant *la Princesse d'Élide* ou *les
Plaisirs de l'île enchantée*[1]. D'autres éditions, celle de 1734
par exemple, le rejettent à la fin des *Œuvres*, aux *Poésies
diverses;* l'édition de Bret, de 1773, et ses réimpressions le
mettent en tête de *l'Impromptu de Versailles*, à la suite de
l'*Avertissement de l'éditeur* sur cette pièce. Une note du *Re-*

---

1. Dans les éditions de cette série, *l'Impromptu de Versailles* n'est
point imprimé à sa place, mais, après *Dom Garcie de Navarre*, parmi
les *Œuvres posthumes.*

gistre de la Grange nous détermine à placer ici, après *l'École des femmes*, cette pièce d'un intérêt tout historique.

C'est au moment des vacances de Pâques, c'est-à-dire entre l'éclatant succès de *l'École des femmes* et la première représentation de *la Critique* (1ᵉʳ juin 1663), que la Grange écrit sur son *Registre :*

« En ce même temps M. de Molière a reçu pension du Roi en qualité de bel esprit, et a été couché sur l'état pour la somme de mille livres ; sur quoi il fit un remercîment en vers pour Sa Majesté. Imprimé dans ses œuvres. »

Ces quatre derniers mots ont été évidemment ajoutés plus tard. Mais, sauf quelques rares additions de ce genre, la Grange écrivait au jour le jour, et il ne nous paraît pas douteux que cette note indique, non pas peut-être la date de composition du *Remercîment*[1], mais au moins l'annonce de la faveur officielle que le Roi accordait au poëte ; selon nous, c'est important.

C'était donc au moment où les précieuses, les beaux esprits, les comédiens jaloux se déchaînaient contre *l'École des femmes*, où l'on s'essayait même à lancer contre Molière, au sujet du *sermon* d'Arnolphe, les plus perfides, les plus dangereuses insinuations, c'est à ce moment que le Roi se déclarait publiquement pour lui. Cette faveur honorait à la fois en lui l'homme et l'écrivain. On s'est récrié sur l'exiguïté de la pension ; la somme est choquante en effet, si on la compare au chiffre des pensions accordées à des écrivains bien inférieurs à Molière[2] : et qui donc, parmi eux, ne lui était pas inférieur, Corneille excepté ? Mais, en réalité, c'est pour celui-ci, vieux, pauvre, chargé de famille, pour le fondateur de notre théâtre, que l'in—

---

1. Molière semble dire dans les premiers vers de la pièce que le *Remercîment* a été un peu tardif. Il n'en est pas moins certain que, de toute façon, il est antérieur à la première représentation de *l'Impromptu* (14 octobre), puisque Robinet parle de ce *Remercîment* comme d'une pièce connue, qu'il parle en même temps d'une comédie qui ne peut être que *l'Impromptu* et qui n'était encore, au moment où il écrivait, qu'à l'état de projet. Nous citons plus loin, p. 291, le passage relatif au *Remercîment ;* voyez à la *Notice* de *l'École des femmes*, ci-dessus, p. 145, l'allusion à *l'Impromptu*.

2. Voyez la liste des pensions à la suite de cette *Notice*.

suffisance de la pension est révoltante, si on la rapproche de celle de Chapelain : au contraire, Molière était très-certainement de tous les « gratifiés, » comme on disait alors, un de ceux pour qui la valeur pécuniaire de la pension devait être le plus indifférente. Si, grâce à la protection de Colbert, Chapelain était *le mieux renté de tous les beaux esprits*[1], Molière, grâce à son double talent d'auteur et de comédien, était très-probablement dès lors le plus riche. Mais sa présence sur la liste des pensions avait pour lui une tout autre importance. Qu'on le remarque bien, même à cette date, Molière, applaudi de la ville et de la cour, n'était encore, aux yeux de beaucoup de gens, qu'un comédien habile à faire valoir par son jeu, par ses grimaces, disaient ses ennemis, le mérite contestable de ses pièces. La pension du Roi, en le plaçant sur la même liste que Corneille et Chapelain, le classait parmi les gens de lettres.

Il n'est pas indifférent, on le voit, de savoir si une faveur, qui avait pour lui, selon les idées du temps, une signification si haute, lui a été accordée au moment même où *l'École des femmes* avait à lutter contre le mauvais vouloir de tant de gens, ou seulement six mois plus tard. A la date qui semble fixée par le *Registre de la Grange*, on peut opposer sans doute une lettre de Racine écrite à sa sœur Marie, le 23 juillet suivant, et d'où il semblerait résulter que cette liste des pensions pour 1663 n'était pas, à cette date, définitivement arrêtée[2]. Nous en conclurons simplement que l'on dut faire quelques additions à une première liste, dont nous trouvons la trace dans la Correspondance de Colbert à une date antérieure à la lettre de Racine, et, de plus, que Racine entre autres, très-peu connu alors, fut de ceux dont on ajouta le nom à la liste primitive. On voit par une lettre du 9 juin 1663, adressée par

---

1. Boileau, *satire* IX, vers 218.

2. « On vous aura dit peut-être que le Roi m'a fait promettre une pension ; mais je voudrois bien qu'on n'en eût point parlé jusqu'à ce que je l'aie touchée. Je vous en manderai des nouvelles. Et cependant n'en parlez à personne, car ces choses-là ne sont bonnes à dire que quand elles sont toutes faites. » M. P. Mesnard admet que Racine put recevoir une première gratification dès le commencement de l'année 1663, et plus tard la promesse d'une pension pour l'année suivante : voyez sa *Notice biographique*, p. 56 et 57.

Chapelain à Colbert[1], qu'à cette date ceux qui étaient portés
sur la liste des gratifications le savaient déjà. Chapelain s'était
chargé, à ce qu'il semble, d'en inviter plusieurs à témoigner
publiquement leur reconnaissance à Sa Majesté, et il en nomme
quelques-uns qui s'acquitteront de ce devoir. Il ressort bien de
sa lettre que plusieurs de ceux qui furent portés sur la liste de
1663 n'y figuraient pas encore; car Chapelain réclame cette
faveur pour « un de nos plus fameux académiciens, » l'abbé
Cotin, dont il a fait voir à Colbert « de si belles stances, » et
qui, de plus, a fait un madrigal, « très-joli, » en l'honneur du
Roi. Mais il résulte aussi de cette lettre qu'il y avait eu une
première liste de pensions, et on voit que, pas plus que la
lettre de Racine, elle n'infirme le témoignage que nous pui-
sons dans le *Registre de la Grange.* Un autre document confirme tout à fait la date que nous assignons à la note de la
Grange. M. P. Mesnard, à l'endroit que nous venons de citer
(p. 285, note 2), nous apprend que, dans le *Journal manuscrit
des bienfaits du Roi*, c'est en janvier 1663 qu'il est dit : « Le
Roi fait donner des pensions aux gens de lettres, tant dans le
Royaume que dans les pays étrangers. » L'exécution du projet
royal fut préparée par la commission que Perrault nous a
fait connaître (voyez ci-après p. 290 et note 1), et cela sans
doute peu de temps après qu'elle eut été réunie en février.

Malgré son admiration exagérée pour celui qui sera le *Trissotin* des *Femmes savantes*, Chapelain avait eu, dans cette circonstance, un mérite dont il faut lui savoir gré. Colbert, dit-on,
avait fait dresser précédemment, par Chapelain et Costar, deux
listes préparatoires[2]; il aurait pu assurément mieux s'adresser, et ces listes, avec les appréciations qui accompagnent
chacun des noms proposés, ont souvent été citées comme des

---

1. *Lettres*, *instructions et mémoires* de Colbert, publiés par
M. Pierre Clément, tome V, *Appendice*, p. 590-593.
2. Ces deux pièces ont été publiées par le P. Desmolets (*Continuation des Mémoires de littérature et d'histoire de M. de Salengre*,
tome II, 1726, p. 21-56, et, même tome, p. 317-345), sous ces
titres : 1° *Liste de quelques gens de lettres françois vivants en 1662,
par M. Chapelain :* au bas de cette *Liste*, on lit (p. 56, note) :
« J'ai tiré ceci des manuscrits de Sainte-Marthe conservés à Saint-

modèles de ridicule. Ces notes sont-elles authentiques? sont-
elles bien de Costar et de Chapelain? Nous n'avons sur ce point
que l'affirmation du continuateur de Salengre, le P. Desmolets. La liste attribuée à Chapelain est évidemment d'une
date postérieure à celle qu'on peut assigner à la liste de Costar; mais en supposant même qu'elle soit de 1662, c'était encore à cette date un mérite, qu'il faut reconnaître, d'avoir re-
commandé Molière comme écrivain; voici la note qui le concerne dans la liste publiée sous le nom de Chapelain :
« MOLIÈRE. Il a connu le caractère du comique, et l'exé-
cute naturellement. L'invention de ses meilleures pièces est
inventée, mais judicieusement. Sa morale est bonne, et il n'a
qu'à se garder de la scurrilité[1]. » L'oracle littéraire, consulté
par Colbert, aurait pu rendre une réponse mieux tournée, et
aussi plus judicieuse; on voit au moins qu'il ne répète pas,
comme les ennemis de Molière, que c'est un copiste effronté,
puisqu'il veut bien convenir que « l'invention de ses pièces
est inventée, *mais* judicieusement. »

Jusqu'en 1671 inclusivement, Molière est porté sur les listes
de pensions. La première feuille des nouveaux bénéfices, la
liste de 1663, ne nous est connue que par la publication
qu'en a faite de la Place en 1781 : nous la donnons tout entière, d'après lui, à la suite de cette *Notice*. Pour les huit autres listes où est porté Molière, celles de 1664-1671, nous

Magloire. N. VII; » 2° *Mémoire des gens de lettres célèbres de France*,
par M. Costar : à la suite du *Mémoire* (imprimé immédiatement après
celui-ci) *des gens de lettres célèbres des pays étrangers, par le même
M. Costar*, on lit (p. 361) cette note, qui se rapporte aux deux *Mémoires* de Costar et à la *Liste* de Chapelain : « Ceci a été tiré d'un
manuscrit de MM. de Sainte-Marthe, conservé à la bibliothèque de
Saint-Magloire. Ces jugements, et ceux de M. Chapelain, que nous
avons donné (*sic*) dans la première partie (*du volume*), ont été composés pour M. COLBERT, protecteur des lettres et des savants. »
— Au moment de la mort de Costar (13 mai 1660), il n'était sans
doute pas encore question de ces gratifications ou pensions aux
gens de lettres; les notes qui lui sont attribuées sont, sinon certainement de lui, du moins, très-probablement, antérieures à l'année
de sa mort : le nom de Molière n'y figure pas.

1. Page 24 du P. Desmolets.

avons deux textes, de rédaction diverse, imprimés en 1825 et
en 1868, le premier par la *Société des bibliophiles*, l'autre
par M. Pierre Clément. Dans ce dernier[1], trois des notes qui se
rapportent à Molière rappellent, sans éloge, ses pièces de
théâtre; les autres ne joignent à son nom que cette mention
sèche : « pour gratification, » ou bien cette phrase qui, au
moins à la prendre comme nous l'entendrions aujourd'hui, paraîtrait convenir à un débutant littéraire : « pour son application aux belles-lettres. » Il avait quarante-sept ans, lorsque,
en 1669 encore, on encourageait ainsi son « application. » On
ne remarquerait pas cette sécheresse administrative si elle était
générale. Mais il n'en est pas ainsi : d'autres noms, chaque
année, sont mentionnés d'une façon plus bienveillante ; ainsi
le premier de la liste de 1671, celui de Chapelain, est accompagné de cet éloge : *En considération des beaux ouvrages de poésie qu'il a donnés au public et de sa grande érudition.* Il y avait longtemps que Chapelain avait publié *la
Pucelle*, et Boileau ses premières *satires*.

1. Voyez l'*Appendice* au tome V des *Lettres....* de Colbert, p. 466
et suivantes. La pension de Molière, toujours porté pour mille livres,
est ainsi motivée de 1664 à 1671 inclusivement :

En 1664, « au sieur *Vattier*, ... par gratification, 600 l.
« Au sieur *Ogier*, idem, 1500.
« Au sieur *Molière*, idem, 1000. »
En 1665, « au sieur abbé *Cassagnes*, par gratification et pour lui
donner moyen de continuer son application aux belles-lettres,
1500.
« Au sieur *Molière*, idem, 1000. »
En 1666, son nom, comme celui de quelques autres, par exem-
ple le nom de Ménage, qui le précède immédiatement, figure sans
aucune explication devant la somme qui lui est allouée.
En 1667, « par gratification. »
En 1668, « par gratification, en considération de son application
aux belles-lettres. »
En 1669, « en considération de son application aux belles-lettres,
et des pièces de théâtre qu'il donne au public. » Le nom de Molière vient là entre celui du grand Corneille et celui de Racine.
En 1670, « en considération des ouvrages de théâtre qu'il donne
au public. »
En 1671, la pension est motivée dans les mêmes termes.

Dans la liste donnée par la Place[1], Molière est qualifié *excellent poëte comique*. Dans celles qui ont été communiquées par M. S. Bérard à la *Société des Bibliophiles*[2], d'après un manuscrit également affirmé authentique, les appréciations, quand il y en a, sont aussi tout à fait convenables. Ce sont ces copies-là que nous aimerions à regarder comme la version exacte, qui pourrait bien avoir été altérée, dans celle que reproduit M. Clément, par un copiste soit négligent soit malveillant. Molière, dans ce texte des Bibliophiles, est dit « bien versé dans les belles-lettres et dans la poésie; » il y est parlé, avec un *idem* à la suite du nom de Corneille, « des beaux ouvrages qu'il a donnés au théâtre; » une autre fois, presque dans les mêmes termes, « des beaux ouvrages de théâtre qu'il donne au public. »

1. Voyez ci-après, p. 292-294.
2. Voyez au tome IV (1826) des *Mélanges publiés par la Société des Bibliophiles français* (pièce 5, paginée à part). Les gratifications accordées à Molière sont ainsi motivées dans ces listes de ladite Société :

En 1664, « pour lui donner moyen de continuer son application aux belles-lettres. »

En 1665, « par gratification. »

En 1666, « en considération des ouvrages qu'il a composés et qu'il compose pour le public. »

En 1667, « au sieur *Jean-Baptiste Poquelin de Molière*, bien versé dans les belles-lettres et dans la poésie. »

En 1668, « en considération de son application aux belles-lettres et des pièces de théâtre qu'il a données. »

En 1669, « au sieur *Corneille* l'ainé, en considération des beaux ouvrages qu'il a donnés au théâtre, 2000 l.

« Au sieur *Molière*, idem, 1000.

« Au sieur *Racine*, idem, 1200. »

En 1670, « au sieur *Poquelin Molière*, en considération des ouvrages de théâtre qu'il a donnés au public, 1000.

« Au sieur *Corneille* l'aîné, pour la même considération, 2000. »

En 1671, « en considération des beaux ouvrages de théâtre qu'il donne au public. »

La liste de 1672, où Molière ne figure plus, n'a sans doute été dressée qu'après sa mort, en 1673, car on y a porté les *quatre quartiers* des « appointements » de Chrétien *Huygens* en 1672.

Si même nous regardions comme plus dignes de foi les copies données dans la correspondance de Colbert, nous ne son-
gerions pas à faire remonter jusqu'au ministre la responsa-
bilité de la sourde malveillance que semblent marquer ces
pièces. Il n'avait que le tort de placer assez mal sa confiance,
pour « toutes les choses dépendantes des belles-lettres, » et de
s'en rapporter trop volontiers à Chapelain, « qu'il reconnois-
soit, comme il m'a fait l'honneur de me le dire plus d'une
fois, dit Perrault, pour l'homme du monde qui avoit le goût
le meilleur et le sens le plus droit pour toutes ces matières[1]. »

Le nom de Molière n'est pas sur la liste de 1672. Il ne
faudrait pas en conclure pourtant qu'on n'eût pas dessein de
l'y porter, et qu'on ait voulu lui retrancher sa pension, comme
on le fit plus tard pour Corneille, à qui elle était plus nécessaire. Nous savons par le premier commis de Colbert, Perrault, que ces pensions ne furent payées régulièrement que
pendant les premières années, que bientôt elles furent toujours en retard, et, comme il le dit, que les années finirent
par avoir *seize mois*[2]. Il est donc fort probable qu'au moment

1. Charles Perrault, *Mémoires de ma vie*, dans la 1re édition, 1759,
p. 31; mais nous avons revu nos citations sur un manuscrit de la
Bibliothèque nationale qu'on croit autographe. On voit, par ce qui
suit dans Perrault, qu'il faut, avec Chapelain, nommer l'abbé de
Bourzeis, Cassagne, et Perrault lui-même, qui formaient auprès du
ministre « une espèce de petit conseil » littéraire (p. 31 et 33); il fut
assemblé pour la première fois le 3 février 1663; un peu plus
tard, Charpentier leur fut encore adjoint (p. 40). — Chapelain
mourut un an après Molière, au commencement de l'année 1674.

2. « .... M. Colbert fit un fonds de la somme de cent mille livres
sur l'état des bâtiments du Roi, pour être distribuée aux gens de
lettres. Tout ce qui se trouva d'hommes distingués pour l'éloquence, la poésie, les mécaniques et les autres sciences, tant dans le
Royaume que dans les pays étrangers, reçurent des gratifications,
les uns de mille écus, les autres de deux mille livres, les autres de
cinq cents écus, d'autres de douze cents livres, quelques-uns de
mille livres, et les moindres de six cents livres. Il alla de ces pensions en Italie, en Allemagne, en Danemark, en Suède et aux dernières extrémités du Nord : elles y alloient par lettres de change ;
et à l'égard de celles qui se distribuoient à Paris, elles se portèrent, la
première année, chez tous les gratifiés, par le commis du trésorier

quelle nous avons collationné notre texte, forme sept pages petit in-4°. La comparaison avec les anciennes réimpressions ne fournit, comme on le verra, qu'une seule variante : celle du vers 92, *surtout* (*sur tout*) au lieu de la leçon *sur tous*, que nous trouvons partout de 1664 à 1734 exclusivement. Voici quel est le titre de la première édition :

REMERCIMENT

AV   ROY.

A PARIS,

Chez {
GVILLAVME DE LVYNES, au bout de la Gallerie des Merciers, à la Iustice,
ET
GABRIEL QVINET, dans la Gallerie des Prisonniers à S. Raphaël.
} au Palais.

M. DC. LXIII.

LISTE DES PENSIONS POUR L'ANNÉE 1663[1].

Extrait des Manuscrits de M. Colbert, p. 169 et suivantes.

Au commencement de l'année 1663, le Roi voulut donner des marques publiques de l'envie qu'il avoit de faire fleurir les lettres pendant son règne. Pour cet effet, il voulut donner des pensions et des gratifications à tous ceux qui excelloient en quelques sciences, dans son royaume et dans les pays étrangers; et s'étant fait instruire, par les ambassadeurs et par tous ceux qui ont commerce avec les savants, du nom des principaux en tout genre, et des sciences où ils excelloient, il fit choix lui-même d'un bon nombre, auxquels il envoya les sommes qu'il leur avoit destinées, dont voici la liste avec la note :

Au sieur *de la Chambre,* son médecin ordinaire, excellent homme pour la physique, et pour la connoissance des passions et des sens, dont il a fait divers ouvrages fort estimés, une pension de........ 2000 l.

Au sieur *Conrard,* lequel, sans connoissance d'aucune autre langue que sa maternelle, est admirable pour juger de toutes les productions de l'esprit, une pension de............................ 1500

Au sieur *le Clerc,* excellent poëte françois................... 600

Au sieur *Pierre Corneille,* premier poëte dramatique du monde. 2000

Au sieur *Desmaretz,* le plus fertile auteur et doué de la plus belle imagination qui ait jamais été............................. 1200

Au sieur *Ménage,* excellent pour la critique des pièces......... 2000

Au sieur abbé *de 'Pure,* qui écrit l'histoire en latin pur et élégant. 1000

Au sieur *Boyer,* excellent poëte françois..................... 800

Au sieur *Corneille le jeune,* bon poëte françois et dramatique.... 1000

Au sieur *Molière,* excellent poëte comique.................. 1000

Au sieur *Benserade,* poëte françois fort agréable.............. 1500

1. Tirée des *Pièces intéressantes et peu connues pour servir à l'histoire et à la littérature,* par M. D. L. P. *(de la Place),* tome I (1781), p. 197-202. — Cette liste donnée par la Place est, nous l'avons dit, la seule que nous ayons pour l'année 1663.

Au père *le Cointre* de l'Oratoire, habile pour l'histoire......... 1500 l.

Au sieur *Godefroi*, historiographe du Roi...................... 3600

Au sieur *Huet*, de Caen, grand personnage qui a traduit *Origène*. 1500

Au sieur *Charpentier*, poëte et orateur françois............... 1200

Au sieur abbé *Cotin*, idem.................................. 1200

Au sieur *Sorbière*, savant ès lettres humaines................ 1000

Au sieur *Dauvrier*, idem.................................... 3000

Au sieur *Ogier*, consommé dans la théologie et les belles-lettres.. 1500

Au sieur *Vallier* [1], professant parfaitement la langue arabe...... 600

A l'abbé *le Vayer*, savant ès belles-lettres.................... 1000

Au sieur *le Laboureur*, habile pour l'histoire................. 1200

Au sieur *de Sainte-Marthe*, idem............................ 1200

Au sieur *du Perrier*, poëte latin............................ 800

Au sieur *Fléchier*, poëte françois et latin................... 800

Aux sieurs *de Valois* frères, qui écrivent l'histoire en latin...... 2400

Au sieur *Mauri*, poëte latin................................ 600

Au sieur *Racine*, poëte françois............................ 800

Au sieur abbé *de Bourzeis*, consommé dans la théologie positive scolastique, dans l'histoire, les lettres humaines et les langues orientales 3000

Au sieur *Chapelain*, le plus grand poëte françois qui ait jamais été, et du plus solide jugement................................ 3000

Au sieur abbé *Cassagne*, poëte, orateur, et savant en théologie... 1500

Au sieur *Perrault*, habile en poésie et en belles-lettres......... 1500

Au sieur *Mézeray*, historiographe.......................... 4000

Les étrangers sont *Heinsius*, *Vossius*, *Huyghens*, Hollandois qui a inventé les pendules, *Beklerus*, etc., dont les pensions sont de 12 et de 1500 livres.

1. Lisez *Vattier*.

REMERCÎMENT AU ROI[1].

Votre paresse enfin me scandalise,
   Ma Muse; obéissez-moi :
  Il faut ce matin, sans remise,
   Aller au lever du Roi.
    Vous savez bien pourquoi;   5
   Et ce vous est une honte
  De n'avoir pas été plus prompte
A le remercier de ses fameux bienfaits;
   Mais il vaut mieux tard que jamais.
    Faites donc votre compte[2]   10
D'aller au Louvre[3] accomplir mes souhaits.

  Gardez-vous bien d'être en Muse bâtie :

1. Dans l'édition de 1682 et celles de la même série le titre est :
« Remercîment au Roi, fait par J. B. P. de Molière, en l'année
1663, après avoir été honoré d'une pension par Sa Majesté. » — La
pièce est divisée en stances dans la 2ᵈᵉ édition (1664); les coupes
que nous indiquons par des blancs y sont marquées par des fleurons.
Les autres éditions, y compris la première, laissent, pour la plupart,
un blanc entre les vers 74 et 75, mais partout ailleurs, elles divisent
par de simples alinéas : cette division est possible dans les anciens
textes, parce que tous les vers, quelle qu'en soit la longueur, y ont
même marge, et qu'on ne les fait pas, comme nous ici d'après le
constant usage d'à présent, rentrer plus ou moins selon la mesure.

2. Plusieurs éditions anciennes écrivent *conte*, tout en ayant à la
fin du second des deux vers qui riment avec le 10ᵉ, *prompte*, et non
pronte.

3. Sauf un voyage de onze jours en Lorraine, à la fin d'août, et
des promenades assez courtes à Versailles, à Saint-Germain, à Saint-
Cloud et à Vincennes, le Roi était resté cette année à Paris. On
sait qu'il ne se fixa à Versailles que plusieurs années après la mort
de Molière, en 1678.

Un air de Muse est choquant dans ces lieux ;
On y veut des objets à réjouir les yeux ;
  Vous en devez être avertie ;   15
 Et vous ferez votre cour beaucoup mieux,
 Lorsqu'en marquis vous serez travestie.
Vous savez ce qu'il faut pour paroître marquis ;
 N'oubliez rien de l'air ni des habits :
Arborez un chapeau chargé de trente plumes 20
  Sur une perruque de prix ;
 Que le rabat soit des plus grands volumes,
  Et le pourpoint des plus petits ;
  Mais surtout je vous recommande
Le manteau, d'un ruban sur le dos retroussé : 25
  La galanterie en est grande ;
Et parmi les marquis de la plus haute bande
  C'est pour être placé.
  Avec vos brillantes hardes
  Et votre ajustement,   30
Faites tout le trajet de la salle des gardes [1] ;
  Et vous peignant galamment,
Portez de tous côtés vos regards brusquement ;
 Et, ceux que vous pourrez connoître [2],
  Ne manquez pas, d'un haut ton, 35
  De les saluer par leur nom,
  De quelque rang qu'ils puissent être.
  Cette familiarité
Donne à quiconque en use un air de qualité.

  Grattez du peigne à la porte 40
  De la chambre du Roi [3] ;

---

1. La salle des gardes au Louvre est maintenant la salle des Ca-
riatides.
2. Dans l'édition de 1664, *connestre*, pour rimer à l'œil avec *estre*.
3. « Le baron de la Crasse, héros d'une comédie, de Raymond

Ou si, comme je prévoi,
  La presse s'y trouve forte,
Montrez de loin votre chapeau,
  Ou montez sur quelque chose   45
Pour faire voir votre museau,
Et criez sans aucune pause,
D'un ton rien moins que naturel :
« Monsieur l'huissier, pour le marquis un tel [1]. »
Jetez-vous dans la foule, et tranchez du notable;   50
Coudoyez un chacun, point du tout de quartier,
  Pressez, poussez, faites le diable

Poisson, qui porte ce titre (1662), raconte qu'étant allé au Louvre, il avait frappé à la porte du Roi pour se faire ouvrir. L'huissier lui dit (scène II) :

  .... Apprenez donc, Monsieur de Pezenas.
  Qu'on gratte à cette porte et qu'on n'y heurte pas.

Cet usage subsiste encore aujourd'hui. Molière nous apprend ici que, du temps de Louis XIV, les courtisans se servaient, pour gratter à la porte du Roi, du peigne qu'ils avaient dans la poche. » (*Note d'Auger*, 1825.) — Voyez la citation de Courtin, à la note suivante. C'est aussi le lieu de citer cette phrase de la Bruyère (tome I, *de la Cour*, p. 300 et 301, 15) : « N** arrive avec grand bruit; il écarte le monde, se fait faire place; il gratte, il heurte presque ; il se nomme : on respire, et il n'entre qu'avec la foule. » Voyez les notes de M. Servois sur ce passage, dans lesquelles il conviendrait de supprimer les deux mentions de *l'Impromptu de Versailles*, qui donneraient à entendre que le *Remercîment au Roi* était, ce qu'en a fait Bret (voyez ci-dessus, p. 283), une annexe à cette pièce. — On peut rapprocher de cet endroit du *Remercîment* la scène des deux marquis dans l'antichambre du Roi (ci-après p. 410).

  1. « Pour le marquis, » et non « pour Monsieur le marquis. » Le *Nouveau Traité de la Civilité qui se pratique en France parmi les honnêtes gens* (par A. de Courtin) traite, au chapitre IV, des règles de politesse qu'il faut observer en se présentant chez les grands : « A la porte des chambres ou du cabinet, c'est ne savoir pas le monde que de heurter; il faut gratter. Et quand on gratte à la porte chez le Roi et chez les Princes, et que l'huissier vous demande votre nom, il le faut dire et jamais ne se qualifier de Monsieur. »

Pour vous mettre le premier ;
Et quand même l'huissier,
A vos desirs inexorable,   55
Vous trouveroit en face un marquis repoussable[1],
Ne démordez point pour cela,
Tenez toujours ferme là :
A déboucher la porte il iroit trop du vôtre ;
Faites qu'aucun n'y puisse pénétrer,   60
Et qu'on soit obligé de vous laisser entrer,
Pour faire entrer quelque autre.

Quand vous serez entré[2], ne vous relàchez pas :
Pour assiéger la chaise[3], il faut d'autres combats ;
Tàchez d'en être des plus proches,   65
En y gagnant le terrain pas à pas ;
Et si des assiégeants le prévenant[4] amas
En bouche toutes les approches,
Prenez le parti doucement
D'attendre le Prince au passage :   70
Il connoîtra votre visage
Malgré votre déguisement ;
Et lors, sans tarder davantage,
Faites-lui votre compliment.

Vous pourriez aisément l'étendre,   75

---

1. Bayle (article Poquelin), cité par Auger, trouvait ce terme
barbare. M. Littré n'en cite point d'autre exemple que celui-ci.

2. Comme Molière, dans tout le cours de la pièce, s'adresse à sa
Muse, le masculin *entré* est une singulière inadvertance ; à moins
toutefois que l'auteur, voyant déjà cette Muse en marquis, ne
croie devoir lui parler en conséquence. (*Note d'Auger.*)

3. La chaise où le Roi est assis.

4. « Le mot *prévenant*, dit encore Bayle à l'article cité, n'est en
usage qu'au figuré, et ne signifie pas un homme qui a passé devant
d'autres. »

Et parler des transports qu'en vous font éclater
Les surprenants bienfaits que, sans les mériter[1],
Sa libérale main sur vous daigne répandre,
Et des nouveaux efforts où s'en va vous porter
L'excès de cet honneur où vous n'osiez prétendre,   80
   Lui dire comme vos desirs
Sont, après ses bontés qui n'ont point de pareilles,
D'employer à sa gloire, ainsi qu'à ses plaisirs,
   Tout votre art et toutes vos veilles,
   Et là-dessus lui promettre merveilles :   85
   Sur ce chapitre on n'est jamais à sec;
   Les Muses sont de grandes prometteuses !
   Et comme vos sœurs les causeuses,
Vous ne manquerez pas, sans doute, par le bec.
   Mais les grands princes n'aiment guères   90
   Que les compliments qui sont courts;
Et le nôtre surtout[2] a bien d'autres affaires
   Que d'écouter tous vos discours.
La louange et l'encens n'est pas ce qui le touche;
   Dès que vous ouvrirez la bouche   95
   Pour lui parler de grâce et de bienfait,
Il comprendra d'abord ce que vous voudrez dire,
   Et se mettant doucement à sourire
D'un air qui sur les cœurs fait un charmant effet,

---

1. Le *Remercîment* de Corneille, qui est d'un ton si différent, n'a de commun avec celui de Molière que cette idée nécessaire de modestie :

   Tel est l'épanchement de tes nouveaux bienfaits;
   Il prévient l'espérance, il surprend les souhaits,
   Il passe le mérite....

2. *Surtout* (*sur tout*) est le texte de l'édition originale; dans la plupart des suivantes, jusqu'à celle de 1734 exclusivement, il y a le pluriel *sur tous*.

Il passera comme un trait,
Et cela vous doit suffire :
Voilà votre compliment fait.

100

LA CRITIQUE

DE

L'ÉCOLE DES FEMMES

COMÉDIE

REPRÉSENTÉE POUR LA PREMIÈRE FOIS

A PARIS, SUR LE THÉÂTRE DU PALAIS-ROYAL

LE VENDREDI PREMIER JUIN 1663

PAR LA

TROUPE DE MONSIEUR, FRÈRE UNIQUE DU ROI

de la mort de Molière (17 février 1673), la liste pour 1672 n'é-
tait pas encore dressée[1]. De quelque façon d'ailleurs qu'on explique l'absence de son nom sur cette liste, il faut bien se dire
que la prospérité de son théâtre, comme la célébrité de son
nom, lui rendait alors la gratification assez inutile, et qu'elle
n'avait plus pour lui, à beaucoup près, la même valeur qu'en
1663.

Le *Remercîment au Roi* est signalé par un contemporain,
qui porte sur cette petite pièce un jugement plus favorable que
sur *l'École des femmes* même. Robinet écrit : « Avez-vous vu
le *Remercîment* qu'il (*Molière*) a fait sur sa pension de bel esprit ? Rien n'a été trouvé si galand ni si joli. C'est un portrait
de la cour trait pour trait. On y voit la cour comme si l'on y
étoit, les habits, la façon d'agir des courtisans ; enfin tout vous
y paroît, jusques au ton de voix[2]. »

Le *Remercîment* de Molière a été d'abord, comme celui de
Corneille, imprimé à part[3]. Cette édition originale, sur la-

des bâtiments, dans des bourses de soie et d'or, les plus propres du
monde ; la seconde année dans des bourses de crin ; et comme toutes
choses ne peuvent pas demeurer au même état et vont naturellement en diminuant, les années suivantes il fallut les aller recevoir
soi-même chez le trésorier en monnoie ordinaire ; et les années
commencèrent avoir quinze et seize mois. Quand on déclara la
guerre à l'Espagne, une grande partie de ces gratifications s'amor-
tirent. » (*Mémoires de Charles Perrault*, p. 51-53.)

1. Voyez ci-dessus, p. 289, fin de la note 2.
2. *Le Panégyrique de l'École des femmes*, p. 74.
3. Voyez au tome X du *Corneille* de la collection des *Grands
écrivains* (p. 175), la *Notice* de M. Marty-Laveaux. Il en a été de
même de l'ode de *la Renommée aux Muses* de Racine (voyez la *Notice*
de M. P. Mesnard, tome IV, p. 72) ; cinq strophes de cette ode
(vers 85-104) célèbrent la munificence du Roi ; c'était le remercîment du jeune poëte au nouvel Auguste et au nouveau Mécène. La
guérison du protecteur déclaré des lettres, l'attente ou la reconnaissance de ses bienfaits inspirèrent cette année-là un grand nombre
de poésies latines et françaises. Chapelain fit lui-même un sonnet
et s'employa activement à hâter la composition et la correction de
toutes ces pièces, qu'il se proposait de réunir en volume : voyez
(dans l'*Appendice*, cité plus haut, du tome V de M. P. Clément) les
lettres de Chapelain à Colbert des 9 et 23 juin.

NOTICE.

(Voyez ci-dessus la *Notice* sur *l'École des femmes*.)

L'Impromptu de Versailles nous fait connaître en partie les
acteurs qui avaient joué dans *la Critique*. Mlle Molière représentait *Élise*, et il semble bien que c'est le premier rôle qu'elle
ait créé; Mlle du Parc jouait *Clymène*; Brécourt (jusqu'à Pâques 1664), *Dorante;* et sans que Molière le dise, on peut
penser que du Croisy, qui avait dans *l'Impromptu* le personnage du poëte jaloux, avait dû remplir le même rôle dans
la Critique. Restent *Uranie* et le *Marquis* ridicule. Aimé
Martin, qui n'est jamais embarrassé, les donne à Mlle de Brie
et à la Grange. Pour ce qui est de la première, cette attribution est très-vraisemblable. Mais sur quoi Aimé-Martin se
fonde-t-il pour donner l'autre rôle à la Grange? Ce rôle comique et très-marqué n'était pas un de ceux que ce comédien élégant et distingué remplissait d'ordinaire; ainsi nous le
voyons, en 1685, tenir dans la pièce le rôle du chevalier Dorante (que Brécourt n'avait pas repris, après l'avoir quitté en
rompant avec Molière, à Pâques 1664[1]); et il nous semble que
le personnage du Marquis aurait mieux convenu à Molière lui-
même. Depuis le faux marquis des *Précieuses* il semble s'être
donné lui-même cet emploi. Nous le voyons plus tard, en
juin 1665, jouer le même personnage à Versailles dans une
sorte de prologue qui précédait la comédie de Mlle des Jardins, *le Favori*. « M. de Molière, dit le *Registre de la Grange*,
fit un prologue en Marquis ridicule qui vouloit être sur le
théâtre malgré les gardes, et eut une conversation risible avec

1. Voyez ci-dessus, p. 150; et ci-après, p. 304, et p. 376,
note 5.

une actrice, qui fit la Marquise ridicule, placée au milieu de
l'assemblée. » Qu'on se rappelle d'ailleurs ce passage de *la
Vengeance des Marquis*, que nous avons déjà cité à propos
du marquis de Mascarille dans *les Précieuses* : « Il (*Molière*)
contrefaisoit d'abord les marquis avec le masque de Mascarille ; il n'osoit les jouer autrement. Mais à la fin il nous a fait
voir qu'il avoit le visage assez plaisant pour représenter sans
masque un personnage ridicule[1]. » Il y a bien dans la petite
pièce dont on est censé faire la répétition dans *l'Impromptu*,
deux Marquis joués par la Grange et par Molière ; mais leur
plus grand travers est, après tout, de disputer sur la question
de savoir quel est celui d'entre eux que Molière a eu en vue
dans *la Critique*. Le Marquis, dans cette dernière pièce, est
bien autrement caractérisé, et, comme Molière n'avait pas joué,
depuis *les Précieuses*, d'autre rôle de Marquis ridicule, nous
croyons bien que c'est à celui de *la Critique* que de Visé fait
allusion dans le passage que nous venons de citer.

Nous avons trouvé la distribution de *la Critique* en 1685,
à la suite de celle de *l'École des femmes* (voyez ci-dessus,
p. 150 et 151) ; Hubert, qui, en 1664, remplaça Brécourt dans
la troupe du Palais-Royal, n'y a point le rôle créé par ce dernier,
mais celui que nous croyons avoir été primitivement joué par
Molière, et c'est, comme nous venons de le dire, la Grange qui
est substitué à Brécourt.

CRITIQUE.

[Hommes.]

Le Chevalier (*Dorante*), . .	la Grange,
Le Marquis, ...	Hubert,
Le Poëte, ...	du Croisy,
Galopin, ...	un laquais.

Damoiselles.

Clymène précieuse, ...	la Grange,
Uranie, ...	Dupin,
Élise, ...	Guerin (*la veuve remariée de Molière*).

1. *La Vengeance des Marquis*, scène VII. Voyez notre tome I,
p. 90 et 91 : nous attribuions là uniquement à de Villiers cette
pièce où de Visé a eu sans doute plus de part que lui.

Nous avons dit, dans la *Notice* de *l'École des femmes* (p. 111),
que depuis 1691 *la Critique* n'avait plus été représentée jusqu'en 1835. Elle fut reprise avec succès à cette dernière date;
elle a depuis été jouée assez rarement. Voici la distribution
de la pièce alors, et à une époque plus récente :

	En 1835.	Aujourd'hui.
Le Marquis, . .	Monrose [1],	MM. Coquelin,
Dorante, ...	Charles,	Bressant,
Lysidas, ...	Regnier,	Chéry,
Galopin, ...	Alexandre.	Jolyet.
Uranie, ...	Mmes Mante,	Mmes Arnould-Plessy,
Elise, ...	Brocard,	Madeleine Brohan,
Climène, ...	Dupont.	{ Marie Royer, { Provost-Ponsin.

L'édition originale de *la Critique de l'École des femmes*,
datée de 1663, est un in-12 composé de 5 feuillets non paginés et de 117 pages numérotées. Son titre est :

LA

CRITIQVE

DE

L'ESCOLE

DES FEMMES

COMEDIE.

PAR I. B. P. MOLIERE

A PARIS,

Chez CLAVDE BILAINE, au Palais, au
second Pillier de la grande Salle, à la
Palme et au Cæsar.

M . DC . LXIII.

AVEC PRIVILEGE DV ROY.

L'achevé d'imprimer pour la première fois est du 7 août 1663.
Le *privilége*, du 10 juin, permet au libraire Ch. de Sercy « de
faire imprimer une pièce de théâtre de la composition du sieur
de Molière..., pendant le temps de sept années.... Et ledit de
Sercy a fait part du privilége ci-dessus aux sieurs Joly, de
Luyne, Billaine, Loyson, Guignard, Barbin et Quinet. »

---

1. Samson a aussi joué ce rôle un peu plus tard.

Voici la note du *Registre syndical* qui concerne *la Critique* :
« Ce même jour (21 *juillet* 1663) le Sr Charles de Sercy, marchand libraire en notre communauté, nous a présenté le privilège qu'il a obtenu de Sa Majesté pour l'impression d'une pièce de théâtre intitulée *la Critique de l'École des femmes*, accordé pour le temps de sept années, en date du[1] mois de juin, et signé *Boursard* (?). » Contre l'usage, on n'a pas indiqué le nom de l'auteur, ce qui du moins a dispensé de l'estropier.

1. Le quantième est resté en blanc.

DE *LA CRITIQUE DE L'ÉCOLE DES FEMMES,*
PAR VOLTAIRE.

C'est le premier ouvrage de ce genre qu'on connaisse au théâtre. C'est proprement un dialogue, et non une comédie. Molière y fait plus la satire de ses censeurs, qu'il ne défend les endroits faibles de *l'École des femmes.* On convient qu'il avait tort de vouloir justifier *la tarte à la crème* et quelques autres bassesses de style qui lui étaient échappées ; mais ses ennemis avaient plus grand tort de saisir ces petits défauts pour condamner un bon ouvrage.

Boursault crut se reconnaitre dans le portrait de Lysidas. Pour s'en venger, il fit jouer à l'Hôtel de Bourgogne une petite pièce dans le goût de *la Critique de l'École des femmes,* intitulée *le Portrait du peintre* ou *la Contre-Critique.*

A LA REINE MÈRE[1].

MADAME,

Je sais bien que VOTRE MAJESTÉ n'a que faire de toutes nos dédicaces, et que ces prétendus devoirs, dont
on lui dit élégamment qu'on s'acquitte envers Elle, sont
des hommages, à dire vrai, dont Elle nous dispense-
roit très-volontiers. Mais je ne laisse pas d'avoir l'audace
de lui dédier *la Critique de l'École des femmes;* et je n'ai
pu refuser cette petite occasion de pouvoir témoigner
ma joie à VOTRE MAJESTÉ sur cette heureuse convales-
cence, qui redonne à nos vœux la plus grande et la
meilleure princesse du monde, et nous promet en Elle
de longues années d'une santé vigoureuse[2]. Comme cha-

1. On remarquera, depuis *l'École des maris,* cette série de dédicaces adressées aux quatre plus hauts personnages du temps; leurs
noms suffiraient pour bien établir la situation nouvelle de Molière à la cour :

l'École des maris, dédiée à Monsieur, duc d'Orléans ;
les Fâcheux, dédiés au Roi ;
l'École des femmes, dédiée à Madame, duchesse d'Orléans;
et enfin *la Critique,* dédiée à la Reine mère.

On ne voit pas sur le *Registre de la Grange* que *la Critique,* non
plus que *l'École des femmes,* eût été représentée devant Anne d'Autriche ; mais, à cet égard, il n'est pas toujours complet : on a
pu voir, à la page 110, note 2, de ce volume, qu'en mentionnant
une représentation de *l'École des femmes* chez le duc de Richelieu,
il néglige d'ajouter que la Reine, Monsieur et Madame y assistaient;
pourtant, au moment où on se déchaînait si fort contre l'inconvenance de la pièce, la présence de la Reine, du duc et de la duchesse d'Orléans, avait bien son importance, et la Grange aurait
dû la signaler.

2. Anne d'Autriche avait environ soixante-deux ans. La *Gazette,*

cun regarde les choses du côté de ce qui le touche, je
me réjouis, dans cette allégresse générale, de pouvoir
encore obtenir l'honneur[1] de divertir VOTRE MAJESTÉ :
Elle, MADAME, qui prouve si bien que la véritable dé-
votion n'est point contraire aux honnêtes divertissements; qui de ses hautes pensées et de ses importantes
occupations descend si humainement dans le plaisir de
nos spectacles, et ne dédaigne pas de rire de cette
même bouche dont Elle prie si bien Dieu. Je flatte,
dis-je, mon esprit de l'espérance de cette gloire; j'en
attends le moment avec toutes les impatiences du
monde; et quand je jouirai de ce bonheur, ce sera la
plus grande joie que puisse recevoir,

   MADAME,
         de VOTRE MAJESTÉ
                le très-humble, très-obéissant
                et très-fidèle serviteur et sujet,

              J. B. P. MOLIÈRE[2].

après avoir plusieurs fois mentionné des accès de fièvre dont la Reine
mère avait eu à souffrir, annonce, à la date du 14 juillet 1663,
que, « grâces à Dieu, (elle) se porte de mieux en mieux : ce qui
rend la joie de cette cour et de toute la France des plus parfaites. »
Elle devait mourir deux ans et demi plus tard, le 20 janvier 1666.
— On trouva chez Molière, après sa mort, deux portraits de la
Reine mère; voyez M. Soulié, Recherches sur Molière et sa famille,
p. 82 et 266.
    1. De pouvoir encore avoir l'honneur. (1673, 74, 82, 1734.)
    2. Le très-humble, très-obéissant et très-fidèle serviteur, Mo-
LIÈRE. (1666, 73, 1773.) Un et de plus après humble, dans l'édition
de 1673. — Le très-humble, très-obéissant et très-obligé serviteur,
MOLIÈRE. (1674, 82, 1734.)

LES PERSONNAGES[1].

URANIE.

ÉLISE.

CLIMÈNE.

GALOPIN, laquais[2].

LE MARQUIS.

DORANTE ou LE CHEVALIER.

LYSIDAS[3], poëte.

1. Dans les éditions de 1675 A et de 1684 A, la liste des personnages est placée avant l'épître dédicatoire. — L'édition de 1734 remplace le titre : LES PERSONNAGES, par ACTEURS.

2. GALOPIN, laquais, est le dernier de la liste dans l'édition de 1734, qui fait suivre son nom de ces mots : *La scène est à Paris, dans la maison d'Uranie.*

3. C'est bien ainsi (et non *Lycidas*, qui, ce semble, vaudrait mieux) que ce nom est imprimé dans l'édition originale ; la prononciation du mot était sans doute conforme à l'orthographe : on peut le conclure de la forme *Lizidor* donnée, par imitation, au nom du poëte dans *le Portrait du peintre* : voyez ci-après, p. 340, note 5.

LA CRITIQUE

DE

L'ÉCOLE DES FEMMES.

COMÉDIE.

_____   ————— ——

SCÈNE PREMIÈRE[1].

URANIE, ÉLISE.

URANIE.

Quoi? Cousine, personne ne t'est venu rendre visite?

ÉLISE.

Personne du monde.

URANIE.

Vraiment, voilà qui m'étonne, que nous ayons été seules l'une et l'autre tout aujourd'hui.

ÉLISE.

Cela m'étonne aussi, car ce n'est guère notre coutume; et votre maison, Dieu merci, est le refuge ordinaire de tous les fainéants de la cour.

URANIE.

L'après-dînée[2], à dire vrai, m'a semblé fort longue.

1. Avant SCÈNE PREMIÈRE, on a mis, par mégarde, ACTE PREMIER dans les éditions de 1666, 73, 74, 82, 97, et ACTE I dans les éditions de 1710, 18.
2. On dînait généralement vers midi. Boileau dit dans sa IIIᵉ _satire_ (1665, vers 30), en parlant du dîner auquel il est invité :

J'y cours midi sonnant, au sortir de la messe.

ÉLISE.

Et moi, je l'ai trouvée fort courte.

URANIE.

C'est que les beaux esprits, Cousine, aiment la solitude.

ÉLISE.

Ah! très-humble servante au bel esprit; vous savez[1] que ce n'est pas là que je vise.

URANIE.

Pour moi, j'aime la compagnie, je l'avoue.

ÉLISE.

Je l'aime aussi, mais je l'aime choisie; et la quantité des sottes visites[2] qu'il vous faut essuyer parmi les autres est cause bien souvent que je prends plaisir d'être seule.

URANIE.

La délicatesse est trop grande, de ne pouvoir souffrir que des gens triés.

ÉLISE.

Et la complaisance est trop générale, de souffrir indifféremment toutes sortes de personnes.

URANIE.

Je goûte ceux qui sont raisonnables, et me divertis des extravagants.

ÉLISE.

Ma foi, les extravagants ne vont guère loin sans vous ennuyer, et la plupart de ces gens-là ne sont plus plaisants dès la seconde visite. Mais à propos d'extravagants, ne voulez-vous pas me défaire de votre marquis incom-

---

1. Auger fait remarquer (vers la fin de la scène III, tome III, p. 200, de son édition) qu'Uranie tutoie Élise et n'en est pas tutoyée, ce qui suppose une différence d'âge entre les deux cousines, et explique aussi comment, dans toute la discussion qui va suivre, le ton de la première est plus sérieux, celui de la seconde plus vif et plus léger.

2. De sottes visites. (1733, 1773.)

mode? pensez-vous me le laisser toujours sur les bras, et
que je puisse durer à ses turlupinades[1] perpétuelles?

1. *Turlupinade*, de *Turlupin*, qui alors était le sobriquet d'un acteur célèbre de l'Hôtel de Bourgogne. « Belleville dit Turlupin vint un peu après
Gaultier-Garguille, et ils ont longtemps joué ensemble avec la Fleur, dit Gros-
Guillaume, qui étoit le fariné, Gaultier le vieillard, et Turlupin le fourbe. »
(Tallemant des Réaux, tome VII, p. 171, dans l'*historiette* intitulée *Mondory
ou l'Histoire des principaux comédiens françois.*) — Mais le mot de *turlupin* était beaucoup plus ancien, et s'était pris dans un sens fort différent. On
le trouve, dès le quatorzième siècle, appliqué à une secte d'hérétiques, auxquels on imputait des mœurs fort dissolues, et dont un assez grand nombre
furent brûlés vifs (voyez le *Glossaire de du Cange*, au mot *Turlupini*, ou *Tu-
relupini*). On ne connaît pas l'origine de ce nom. Maintenant le mot *turlupin*, qui se prend au seizième siècle dans le sens de *coquin*, de *gueux*, et
parfois aussi de *misérable*, se rattache-t-il au souvenir des turlupins hérétiques, et des misères qu'ils avaient endurées? C'est possible; mais on remarquera que Rabelais écrit *tirelupin*. Dans son *Prologue* du Ier livre (tome I,
p. 6), il dit d'un de ses critiques : « Autant en dit un Tirelupin de mes livres, » et le Duchat, dans sa note 21 sur le *Prologue*, pense que Rabelais a
écrit *tirelupin*, parce qu'il supposait que ce nom était venu aux hérétiques
ainsi appelés de ce qu'ils vivaient, « à la manière des Cyniques, auxquels on
les comparoit, de lupins tirés par-ci par-là. » On remarquera toutefois que
Rabelais prend ici le mot de *tirelupin*, non dans le sens d'indigent, ni surtout
d'homme à plaindre, mais de *coquin*. C'est encore probablement en ce sens
qu'il a donné ce nom au sommelier de Gargantua, sur lequel il n'y a pas lieu
de s'attendrir, comme on va le voir. Frère Jean dit à Pantagruel : « J'ai ouï
de plusieurs vénérables docteurs que Tirelupin, sommelier de votre bon père,
épargne par chacun an plus de dix-huit cents pipes de vin, par faire les sur-
venans et domestiques boire avant qu'ils ayent soif. » (*Pantagruel*, livre IV,
chapitre LXV, tome II, p. 501 et 502.) Les deux formes *tirelupin* et *turelupin* existaient-elles simultanément? Ce qu'il y a de sûr, c'est qu'on trouve aussi
turelupin dans Rabelais, et dans un passage où l'on peut croire qu'il le prenait dans le sens du dix-septième siècle, *bouffon*, *farceur*. En énumérant
(livre II, chapitre VII) les livres de la bibliothèque de Saint-Victor, livres auxquels il donne les titres les plus grotesques, il en cite un (tome I, p. 245)
« composé par Turelupin »; un peu plus loin (p. 250) on trouve l'indication d'un autre livre, « la pelleterie des tyrelupins. » On peut admettre, ce
semble, que les deux mots avaient une origine différente et qu'ils finirent
par se confondre sous la forme moderne de *turlupin*, qui a prévalu. Il est probable qu'avant de devenir le nom de théâtre d'Henri Legrand, ou Belleville,
le mot n'avait pas de sens bien précis; car, tandis qu'Oudin, dans ses *Curiosités
françoises* (1640), au mot *Enfant*, donne cet exemple : « *Enfant de Turlupin
malheureux de nature*, un qui n'a point de bonheur [a], » on trouve le même

[a] M. Édouard Fournier (*Variétés historiques et littéraires*, tome VI, p. 51
et suivantes) a reproduit une pièce qui date des premières années du dix-septième siècle : *Harangue de Turlupin le Souffreteux.*

URANIE.

Ce langage est à la mode, et l'on le tourne en plaisanterie à la cour.

ÉLISE.

Tant pis pour ceux qui le font, et qui se tuent tout le jour à parler ce jargon obscur. La belle chose de faire entrer aux conversations du Louvre de vieilles équivoques ramassées parmi les boues des halles et de la place Maubert[1]! La jolie façon de plaisanter pour des courtisans! et qu'un homme montre d'esprit lorsqu'il vient vous dire : « Madame, vous êtes dans la place Royale, et tout le monde vous voit de trois lieues de Paris, car chacun vous voit de bon œil, » à cause que Boneuil[2] est

---

mot employé pour désigner la seringue d'un apothicaire dans *la Nouvelle fabrique des excellents traits de vérité*, par Philippe d'Alcripe, sieur de Néri en Verbos, dont du Verdier, *Bibliothèque françoise*, cite une édition de 1579[a] : « Quand l'apothicaire vint pour lui appliquer son turlupin. » (Page 26 du volume réimprimé pour la collection Jannet, 1853.) Il est probable que le mot, comme les turlupinades elles-mêmes, n'avait pas toujours grand sens pour ceux qui l'employaient. On lui trouvait sans doute une physionomie bizarre et grotesque, et on en abusait. La répétition de ce mot et de celui de turlupinade dans la pièce de Molière, semble prouver qu'il faisait rire le parterre, et il eut en effet un succès singulier, précisément auprès de ceux qu'il désignait, si l'on en croit de Visé. Pourquoi, dit Oriane dans *Zélinde* (p. 97 et 98), « pourquoi font-ils (*les marquis*) si bonne mine à Élomire, et pourquoi ceux qu'il dépeint le mieux l'embrassent-ils lorsqu'ils le rencontrent? — C'est, répond Zélinde, pour ce qu'il leur donne sujet de se rire les uns des autres et de s'appeler entre eux Turlupins, comme ils font à la cour, depuis qu'Élomire a joué sa *Critique*. »

1. Le quartier « le plus bourgeois » de la ville, « qu'on appelle communément la place Maubert, » dit Furetière dans son *Roman bourgeois* (tome I, p. 7 de l'édition de M. P. Jannet). Elle « tire son nom de Jean Aubert, deuxième abbé de Sainte-Geneviève.... Pendant tout le moyen âge, elle a joué le premier rôle comme rendez-vous des écoliers, des bateliers, des oisifs, des tapageurs. De nombreuses émeutes y ont éclaté.... Un marché y était établi de temps immémorial, qui a été transféré en 1819 sur l'emplacement du couvent des Carmes. » (THÉOPHILE LAVALLÉE, *Histoire de Paris*, 2ᵉ série, p. 280 de l'édition in-12.)

2. Bonneuil-sur-Marne, dans le canton de Charenton-le-Pont.

a Voyez l'Avant-propos de l'éditeur de la réimpression Jannet.

un village à trois lieues d'ici! Cela n'est-il pas bien galant et bien spirituel? Et ceux qui trouvent ces belles
rencontres, n'ont-ils pas lieu de s'en glorifier [1]?

URANIE.

On ne dit pas cela aussi comme une chose spirituelle;
et la plupart de ceux qui affectent ce langage, savent
bien eux-mêmes qu'il est ridicule.

ÉLISE.

Tant pis encore, de prendre peine à dire des sottises,
et d'être mauvais plaisants de dessein formé. Je les en
tiens moins excusables; et si j'en étois juge, je sais bien
à quoi je condamnerois tous ces Messieurs les turlupins.

1. Ce goût pour ce qu'on a nommé depuis le calembour, avait été assez répandu, même dans la littérature, pour que Boileau insistât assez longuement
sur ce ridicule, dans son *Art poétique* (chant I, vers 79 et suivants, et plus
particulièrement chant II, vers 105 et suivants). C'est bien, en effet, à ce genre
qu'appartient le célèbre madrigal de l'abbé Cotin, que Molière lui emprunta
plus tard pour le placer dans *les Femmes savantes* : *Sur un Carrosse de cou-*
leur amarante acheté pour une Dame :

> Ne dis plus qu'il est amarante,
> Dis plutôt qu'il est de ma rente.
>
> (*Suite des OEuvres galantes de Monsieur Cotin*, mêlées de
> *quelques pièces composées par des dames de qualité*,...
> 1663, p. 443 et 444 [a].)

Ce n'est pas que Cotin lui-même ne commençât à sentir, à cet égard, quelque
scrupule; car, après ce beau trait, il ajoute en prose : « En faveur des Grecs
et des Latins, et de quelques-uns de nos François qui affectent ces rencontres
aux mots, quoique froides, j'ai fait grâce à cette épigramme. » Malheureusement pour lui, Boileau et Molière se souvinrent de *cette rencontre* sans tenir
compte de la restriction, et la rappelèrent à un moment où ce genre d'esprit
avait cessé d'être à la mode, au moins dans les écrits du jour. Mais à la cour
il se serait maintenu, si l'on en croit Boileau, qui, en 1674, se félicitant que
ces *désordres* eussent disparu ailleurs, ajoutait :

> Toutefois à la cour les turlupins restèrent,
> Insipides plaisants, bouffons infortunés,
> D'un jeu de mots grossiers partisans surannés.
>
> (*L'Art poétique*, chant II, vers 130-132.)

[a] Seconde partie (sans changement de pagination) d'un volume in-12,
intitulé : *OEuvres galantes, en prose et en vers, de M. Cotin*, 1663; l'achevé
d'imprimer est du 16 décembre 1662; le privilège remonte au 20 décembre 1661.

URANIE.

Laissons cette matière qui t'échauffe un peu trop, et disons que Dorante vient bien tard, à mon avis, pour le souper que nous devons faire ensemble.

ÉLISE.

Peut-être l'a-t-il oublié, et que....

SCÈNE II.

GALOPIN, URANIE, ÉLISE[1].

GALOPIN.

Voilà Climène, Madame, qui vient ici pour vous voir.

URANIE.

Eh mon Dieu! quelle visite!

ÉLISE.

Vous vous plaigniez[2] d'être seule aussi : le Ciel vous en punit.

URANIE.

Vite, qu'on aille dire que je n'y suis pas.

GALOPIN.

On a déjà dit que vous y étiez.

URANIE.

Et qui est le sot qui l'a dit?

GALOPIN.

Moi, Madame.

URANIE.

Diantre soit le petit vilain! Je vous apprendrai bien à faire vos réponses de vous-même.

1. URANIE, ÉLISE, GALOPIN. (1734.)
2. Vous vous plaignez. (1673, 74, 82, 1734.)

GALOPIN.

Je vais lui dire, Madame, que vous voulez être sortie.

URANIE.

Arrêtez, animal, et la laissez monter, puisque la sottise est faite.

GALOPIN.

Elle parle encore à un homme dans la rue.

URANIE.

Ah! Cousine, que cette visite m'embarrasse à l'heure qu'il est!

ÉLISE.

Il est vrai que la dame est un peu embarrassante de son naturel; j'ai toujours eu pour elle une furieuse aversion; et, n'en déplaise à sa qualité, c'est la plus sotte bête qui se soit jamais mêlée de raisonner.

URANIE.

L'épithète est un peu forte.

ÉLISE.

Allez, allez, elle mérite bien cela, et quelque chose de plus, si on lui faisoit justice. Est-ce qu'il y a une personne qui soit plus véritablement qu'elle ce qu'on appelle précieuse, à prendre le mot dans sa plus mauvaise signification?

URANIE.

Elle se défend bien de ce nom pourtant.

ÉLISE.

Il est vrai : elle se défend du nom, mais non pas de la chose; car enfin elle l'est depuis les pieds jusqu'à la tête[1], et la plus grande façonnière[2] du monde. Il semble que tout son corps soit démonté, et que les mou-

1. Jusques à la tête. (1673, 74, 82, 1734.)
2. *Et la plus grande façonnerie*, sans doute par erreur, dans l'édition originale.

vements de ses hanches, de ses épaules et de sa tête
n'aillent que par ressorts. Elle affecte toujours un ton de
voix languissant et niais, fait la moue pour montrer une
petite bouche, et roule les yeux pour les faire paroître
grands.

URANIE.

Doucement donc : si elle venoit à entendre....

ÉLISE.

Point, point, elle ne monte pas encore. Je me souviens toujours du soir qu'elle eut envie de voir Damon,
sur la réputation qu'on lui donne, et les choses que le
public a vues de lui[1]. Vous connoissez l'homme, et sa

---

1. On a supposé généralement qu'ici Molière, sous le nom de Damon, s'é-
tait désigné lui-même. Dans la *Zélinde* (p. 48-50), Argimont, marchand de la
rue Saint-Denis, chez qui se passe la pièce, est à causer dans sa chambre au
premier, tout en débitant sa marchandise, lorsqu'on vient annoncer qu'Élomire (Molière) est en bas, dans la boutique ; Argimont se précipite pour le voir
et l'entendre, puis il remonte et dit : « Depuis que je suis descendu, Élomire
n'a pas dit une seule parole. Je l'ai trouvé appuyé sur ma boutique dans la
posture d'un homme qui rêve. Il avoit les yeux collés sur trois ou quatre personnes de qualité qui marchandoient des dentelles ; il paroissoit attentif à leurs
discours, et il sembloit, par le mouvement de ses yeux, qu'il regardoit jusques au fond de leurs âmes, pour y voir ce qu'elles ne disoient pas ; je crois
même qu'il avoit des tablettes, et qu'à la faveur de son manteau, il a écrit sans
être aperçu ce qu'elles ont dit de plus remarquable. — Peut-être, lui répond-
on, que c'étoit un crayon, et qu'il dessinoit leurs grimaces pour les faire représenter au naturel sur son théâtre. — S'il ne les a dessinées sur ses tablettes,
je ne doute point qu'il ne les ait imprimées dans son imagination. C'est un
dangereux personnage. Il y en a qui ne vont point sans leurs mains ; mais l'on
peut dire de lui qu'il ne va point sans ses yeux ni sans ses oreilles. » L'intention perfide de représenter Molière comme « un dangereux personnage » ne diminue pas la valeur du portrait. C'est bien là celui que Boileau avait sur-
nommé *le Contemplateur*[a]. De Visé a eu une fois la chance de tracer de celui
qu'il haïssait une peinture ressemblante et expressive ; et il se trouve qu'elle
est favorable à Molière ; ce n'est pas sa faute ; il ne voulait que le dénoncer.
Seulement de Visé, qui ne se pique guère d'être conséquent, même dans sa
malveillance, n'en conteste pas moins à Molière le mérite de peindre d'après
nature ; et il ajoutera plus loin (p. 91) que c'est dans « les vieux bouquins »
qu'il « a pris ce qu'il y a de plus beau dans ses pièces. » On voit qu'il se soucie
peu de se contredire.

a « M. Despréaux ne se lassoit point d'admirer Molière, qu'il appeloit toujours le Contemplateur. » (*Bolæana*, p. 31.)

naturelle paresse à soutenir la conversation. Elle l'avoit
invité à souper comme bel esprit, et jamais il ne parut
si sot, parmi une demi-douzaine de gens à qui elle avoit
fait fête de lui, et qui le regardoient avec de grands
yeux, comme une personne qui ne devoit pas être faite
comme les autres. Ils pensoient tous qu'il étoit là pour
défrayer[1] la compagnie de bons mots, que chaque parole qui sortoit de sa bouche devoit être extraordinaire,
qu'il devoit faire des *Impromptus*[2] sur tout ce qu'on disoit, et ne demander à boire qu'avec une pointe. Mais
il les trompa fort par son silence; et la dame fut aussi
mal satisfaite de lui, que je le fus d'elle.

 URANIE.

Tais-toi. Je vais la recevoir à la porte de la chambre.

ÉLISE.

Encore un mot. Je voudrois bien la voir mariée avec
le marquis dont nous avons parlé : le bel assemblage
que ce seroit d'une précieuse et d'un turlupin !

URANIE.

Veux-tu te taire ? la voici.

SCÈNE III.

CLIMÈNE, URANIE, ÉLISE, GALOPIN.

URANIE.

Vraiment, c'est bien tard que....

CLIMÈNE.

Eh ! de grâce, ma chère, faites-moi vite donner un
siége.

---

1. L'édition originale a la faute étrange *d'effrayer*.
2. Le mot est ainsi en italique dans l'édition originale.

URANIE[1].

Un fauteuil promptement.

CLIMÈNE.

Ah mon Dieu !

URANIE.

Qu'est-ce donc ?

CLIMÈNE.

Je n'en puis plus.

URANIE.

Qu'avez-vous ?

CLIMÈNE.

Le cœur me manque.

URANIE.

Sont-ce vapeurs qui vous ont prise[2] ?

CLIMÈNE.

Non.

URANIE.

Voulez-vous que l'on vous délace[3] ?

CLIMÈNE.

Mon Dieu non. Ah !

URANIE.

Quel est donc votre mal? et depuis quand vous a-t-il pris ?

CLIMÈNE.

Il y a plus de trois heures, et je l'ai rapporté[4] du Palais-Royal[5].

1. URANIE, à *Galopin*. (1734.)
2. Le verbe *prendre*, employé ici comme verbe actif, avec régime direct, revient cinq lignes plus loin, comme verbe neutre, précédé d'un régime indirect, avec le sens qu'il a dans ces locutions citées par le *Dictionnaire de l'Académie* : « la fièvre, la goutte lui a pris. » — L'édition de 1734 a, même ici, changé *prise* en *pris*. Celle de 1682 et toute la série des textes qui se règlent sur elle, et en outre celui de 1694 B, ont l'accord fautif : « qui vous ont prises ».
3. Voulez-vous qu'on vous délace? (1673, 74, 75 A, 82, 84 A, 94 B, 1734.) — L'édition originale et celle de 1684 A écrivent *delasse*.
4. Et je l'ai apporté. (1682, 1734.)
5. La troupe de Molière jouait au Palais-Royal depuis le 20 janvier 1661.

URANIE.

Comment?

CLIMÈNE.

Je viens de voir, pour mes péchés, cette méchante rapsodie de *l'École des femmes*. Je suis encore en défaillance du mal de cœur que cela m'a donné, et je pense que je n'en reviendrai de plus de quinze jours.

ÉLISE.

Voyez un peu comme les maladies arrivent sans qu'on y songe.

URANIE.

Je ne sais pas de quel tempérament nous sommes, ma cousine et moi; mais nous fûmes avant-hier à la même pièce, et nous en revînmes toutes deux saines et gaillardes.

CLIMÈNE.

Quoi? vous l'avez vue?

URANIE.

Oui; et écoutée d'un bout à l'autre.

CLIMÈNE.

Et vous n'en avez pas été jusques aux convulsions, ma chère?

URANIE.

Je ne suis pas si délicate, Dieu merci; et je trouve, pour moi, que cette comédie seroit plutôt capable de guérir les gens, que de les rendre malades.

CLIMÈNE.

Ah mon Dieu! que dites-vous là? Cette proposition peut-elle être avancée par une personne qui ait du revenu en sens commun? Peut-on impunément, comme vous faites, rompre en visière à la raison? Et dans le vrai de la chose, est-il un esprit si affamé de plaisanterie, qu'il puisse tâter des fadaises dont cette comédie est assaisonnée? Pour moi, je vous avoue que je n'ai pas

trouvé le moindre grain de sel dans tout cela. *Les enfants par l'oreille*[1] m'ont paru d'un goût détestable; la
tarte à la crème[2] m'a affadi le cœur; et j'ai pensé vomir
au *potage*[3].

ÉLISE.

Mon Dieu! que tout cela est dit élégamment! J'aurois cru que cette pièce étoit bonne; mais Madame a
une éloquence si persuasive, elle tourne les choses d'une
manière si agréable, qu'il faut être de son sentiment,
malgré qu'on en ait.

URANIE.

Pour moi, je n'ai pas tant de complaisance; et, pour
dire ma pensée, je tiens cette comédie une des plus
plaisantes que l'auteur ait produites.

CLIMÈNE.

Ah! vous me faites pitié, de parler ainsi; et je ne
saurois vous souffrir cette obscurité de discernement.
Peut-on, ayant de la vertu, trouver de l'agrément dans
une pièce qui tient sans cesse la pudeur en alarme, et
salit à tous moments[4] l'imagination?

ÉLISE.

Les jolies façons de parler que voilà! Que vous êtes,
Madame, une rude joueuse en critique, et que je plains
le pauvre Molière de vous avoir pour ennemie!

CLIMÈNE.

Croyez-moi, ma chère, corrigez de bonne foi votre
jugement; et pour votre honneur, n'allez point dire
par le monde que cette comédie vous ait plu.

URANIE.

Moi, je ne sais pas ce que vous y avez trouvé qui
blesse la pudeur.

1. Vers 1493. — 2. Vers 99.
3. A la comparaison d'Alain, acte II, scène III, vers 430-439. — Vomir un
potage. (1675 A, 84 A.)
4. A tout moment. (1734.)

CLIMÈNE.

Hélas! tout; et je mets en fait qu'une honnête femme ne la sauroit voir sans confusion, tant j'y ai découvert d'ordures et de saletés.

URANIE.

Il faut donc que pour les ordures vous ayez des lumières que les autres n'ont pas; car, pour moi, je n'y en ai point vu.

CLIMÈNE.

C'est que vous ne voulez pas y en avoir vu, assurément; car enfin toutes ces ordures, Dieu merci, y sont à visage découvert. Elles n'ont point la moindre enveloppe qui les couvre, et les yeux les plus hardis sont effrayés de leur nudité.

ÉLISE.

Ah!

CLIMÈNE.

Hay, hay, hay.

URANIE.

Mais encore, s'il vous plaît, marquez-moi une de ces ordures que vous dites.

CLIMÈNE.

Hélas! est-il nécessaire de vous les marquer?

URANIE.

Oui. Je vous demande seulement un endroit qui vous ait fort choquée.

CLIMÈNE.

En faut-il d'autre que la scène de cette Agnès, lorsqu'elle dit ce que l'on lui a pris [1]?

URANIE.

Eh [2] bien! que trouvez-vous là de sale?

---

1. Ce qu'on lui a pris. (1734.) — Voyez la scène v de l'acte II, vers 569 et suivants.

2. L'orthographe de l'édition originale et de toutes les éditions anciennes est : Et. Celles de 1682, 94 B, 1734, omettent bien.

CLIMÈNE.

Ah!

URANIE.

De grâce?

CLIMÈNE.

Fi!

URANIE.

Mais encore?

CLIMÈNE.

Je n'ai rien à vous dire.

URANIE.

Pour moi, je n'y entends point de mal.

CLIMÈNE.

Tant pis pour vous.

URANIE.

Tant mieux plutôt, ce me semble. Je regarde les choses du côté qu'on me les montre, et ne les tourne point pour y chercher ce qu'il ne faut pas voir.

CLIMÈNE.

L'honnêteté d'une femme....

URANIE.

L'honnêteté d'une femme n'est pas dans les grimaces. Il sied mal de vouloir être plus sage que celles qui sont sages. L'affectation en cette matière est pire qu'en toute autre; et je ne vois rien de si ridicule que cette délicatesse d'honneur qui prend tout en mauvaise part, donne un sens criminel aux plus innocentes paroles, et s'offense de l'ombre des choses. Croyez-moi, celles qui font tant de façons, n'en sont pas estimées plus femmes de bien. Au contraire, leur sévérité mystérieuse et leurs grimaces affectées irritent la censure de tout le monde contre les actions de leur vie. On est ravi de découvrir ce qu'il y peut avoir à redire; et, pour tomber

dans l'exemple, il y avoit l'autre jour des femmes à
cette comédie, vis-à-vis de la loge où nous étions, qui
par les mines qu'elles affectèrent durant toute la pièce,
leurs détournements de tête, et leurs cachements de visage, firent dire de tous côtés cent sottises de leur conduite, que l'on n'auroit pas dites sans cela ; et quelqu'un
même des laquais cria tout haut [1] qu'elles étoient plus
chastes des oreilles que de tout le reste du corps.

CLIMÈNE.

Enfin il faut être aveugle dans cette pièce, et ne pas
faire semblant d'y voir les choses.

URANIE.

Il ne faut pas y vouloir voir ce qui n'y est pas.

CLIMÈNE.

Ah ! je soutiens, encore un coup, que les saletés y
crèvent les yeux.

URANIE.

Et moi, je ne demeure pas d'accord de cela.

CLIMÈNE.

Quoi ? la pudeur n'est pas visiblement blessée par ce
que dit Agnès dans l'endroit dont nous parlons ?

URANIE.

Non, vraiment. Elle ne dit pas un mot qui de soi ne
soit fort honnête ; et si vous voulez entendre dessous
quelque autre chose, c'est vous qui faites l'ordure, et
non pas elle, puisqu'elle parle seulement d'un ruban
qu'on lui a pris.

---

1. « On voit dans cette scène..., dit Bret (1773), que les laquais n'étaient
pas encore exclus de nos spectacles, puisque Molière les fait même parler haut
dans la salle.... » Molière eut plus d'une fois à souffrir de la présence des
gens de livrée ou gens de couleur, comme on les appelait : voyez les procès-
verbaux publiés par M. Campardon dans ses *Documents inédits sur.... Molière*
(1871), et ce que nous avons dit, à ce sujet, au chapitre VIII du *Théâtre français
sous Louis XIV*.

CLIMÈNE.

Ah! ruban tant qu'il vous plaira; mais ce *le*, où elle s'arrête, n'est pas mis pour des prunes. Il vient sur ce *le* d'étranges pensées. Ce *le* scandalise furieusement; et, quoi que vous puissiez dire, vous ne sauriez défendre l'insolence de ce *le* [1].

ÉLISE.

Il est vrai, ma Cousine, je suis pour Madame contre ce *le*. Ce *le* est insolent au dernier point, et vous avez tort de défendre ce *le*.

CLIMÈNE.

Il a une obscénité qui n'est pas supportable.

ÉLISE.

Comment dites-vous ce mot-là, Madame?

CLIMÈNE.

Obscénité, Madame.

ÉLISE.

Ah mon Dieu! obscénité. Je ne sais ce que ce mot veut dire; mais je le trouve le plus joli du monde [2].

---

1. Dans *Zélinde*, Oriane ne souffre pas même que l'on critique ce *le* devant elle. Son interlocuteur dit aparté (p. 34) : « La rougeur qui lui est montée au visage fait assez voir que ce *le* a perdu sa cause. » — Le prince de Conty, chez lequel un passé assez orageux ne faisait guère prévoir tant de sévérité, écrivit, nous l'avons dit, après sa conversion, un ouvrage contre la comédie, où il se montre tout aussi scandalisé que de Visé, Boursault et autres de la scène condamnée ici par Climène : voyez le passage cité ci-dessus, au bas des pages 202 et 203, d'après la première édition, qui est de 1666. Rien n'autorise à suspecter la sincérité du prince après sa conversion; il faut en outre remarquer que la publication de son livre fut posthume[a]. Mais il semble qu'il eût pu se souvenir qu'il avait encouragé les débuts de Molière, et choisir un autre exemple que celui qu'il invoque. Les exemples d'*immodestie* ne manquaient pas dans les comédies du jour; et chez Montfleury, l'ennemi de Molière, il en eût trouvé plus qu'il n'en fallait pour le besoin de sa thèse.

2. Il est certainement étrange que l'adjectif *obscène* ayant été emprunté au latin et étant déjà dans la langue française, n'eût pas amené avec lui le substantif *obscénité*. Ce dernier était encore un néologisme. Molière semble en attri-

[a] Le prince de Conty mourut à trente-six ans, le 21 février 1666; l'achevé d'imprimer du *Traité de la comédie* est du 18 décembre suivant.

CLIMÈNE.

Enfin, vous voyez comme votre sang prend mon
parti.

URANIE.

Eh mon Dieu! c'est une causeuse qui ne dit pas ce
qu'elle pense. Ne vous y fiez pas beaucoup, si vous m'en
voulez croire.

buer l'invention aux *précieuses*. Toutefois on ne le trouve pas dans *le Grand
Dictionnaire des Précieuses* par Somaize. Le mot *obscénité* ne tarda pas cependant à faire fortune. Richelet le cite en 1679 comme n'étant pas « générale-
lement reçu. » Mais les premières éditions de Furetière (1690) et de l'Académie (1694) le donnent déjà comme d'un usage ordinaire. Le mot n'était
pas tout à fait nouveau au temps de Molière, si l'on en doit croire ce passage
de la seconde partie du *Chevræana* (p. 271 et 272), publiée en 1700 : « *Il n'y
à guère plus de cinquante ans* que l'on a introduit ou renouvelé dans notre
langue les mots d'*obscène* et d'*obscénité*, pour *déshonnête*, *ordure*, et ils expriment parfaitement bien ce qu'on leur a fait signifier. » En tout cas, *obscène*
est plus ancien; il se trouve dans Montaigne (voyez le *Dictionnaire de M. Littré*). Le plus ancien exemple que nous connaissions d'*obscénité* est postérieur
à *la Critique de l'École des femmes*, et il semble que c'est pour relever le
défi de Molière que Ménage a employé ce mot censuré par le poëte comique.
Dans ses *Observations* jointes à l'édition de Malherbe de 1666, il dit (p. 387) :
« Quelques-uns reprennent ce vers comme présentant à l'esprit une obscénité. »
Le P. Bouhours, toujours préoccupé de relever chez Ménage les moindres vé-
tilles, ne manqua pas de le blâmer à ce sujet; dans ses *Remarques nouvelles sur
la langue françoise* (1675, in-4°, p. 358 et 359), il dit de Ménage : « Il parle
volontiers latin en françois, tant il aime la langue latine; témoin *calvitie*, *obscénité*, *bien mériter de notre langue*, il n'est pas donné à tout le monde, etc. »
On remarquera que l'usage a donné raison pour toutes ces expressions à Ménage contre le P. Bouhours. Ménage, l'année suivante, répliqua au jésuite, en
mêlant, par malice, à cette discussion le souvenir de la critique faite par Molière :
« Pour ce qui est du mot d'*obscénité*, il est vrai que je m'en suis servi en plus
d'un endroit.... Mais je soutiens affirmativement que ce mot est très-bon et
très-usité. Et je soutiens même qu'il est aussi bon que celui d'*ordure* et que
celui de *saleté*; et qu'il est meilleur que celui de *vilenie*, dont M. de Balzac
s'est servi en une pareille occasion. C'est au reste comme parlent tous les gens
de lettres; et je ne puis m'imaginer ce qui peut avoir donné lieu au P. Bouhours
de reprendre ce mot, si ce n'est cet endroit de *la Critique de l'École des maris*
(sic) de son cher ami Molière. » (*Observations de Monsieur Ménage sur la langue françoise*, 1676, *segonde partie*, p. 55.) Nous croyons que Ménage avait
raison de tenir ferme pour le mot, nécessaire en effet, d'*obscénité*. Mais évidemment c'était encore un néologisme, et si « tous les gens de lettres » avaient
dès lors *parlé* ainsi, Ménage n'eût pas manqué de s'appuyer ici de quelques
autorités contemporaines.

ÉLISE.

Ah! que vous êtes méchante, de me vouloir rendre suspecte à Madame! Voyez un peu où j'en serois, si elle alloit croire ce que vous dites. Serois-je si malheureuse, Madame, que vous eussiez de moi cette pensée?

CLIMÈNE.

Non, non. Je ne m'arrête pas à ses paroles, et je vous crois plus sincère qu'elle ne dit.

ÉLISE.

Ah! que vous avez bien raison, Madame, et que vous me rendrez justice, quand vous croirez que je vous trouve la plus engageante personne du monde, que j'entre dans tous vos sentiments et suis charmée de toutes les expressions qui sortent de votre bouche!

CLIMÈNE.

Hélas! je parle sans affectation.

ÉLISE.

On le voit bien, Madame, et que tout est naturel en vous. Vos paroles, le ton de votre voix, vos regards, vos pas, votre action et votre ajustement, ont je ne sais quel air de qualité, qui enchante les gens. Je vous étudie des yeux et des oreilles; et je suis si remplie de vous, que je tâche d'être votre singe, et de vous contrefaire en tout.

CLIMÈNE.

Vous vous moquez de moi, Madame.

ÉLISE.

Pardonnez-moi, Madame. Qui voudroit se moquer de vous?

CLIMÈNE.

Je ne suis pas un bon modèle, Madame.

ÉLISE.

Oh! que si, Madame!

CLIMÈNE.

Vous me flattez, Madame.

ÉLISE.

Point du tout, Madame.

CLIMÈNE.

Épargnez-moi, s'il vous plaît, Madame.

ÉLISE.

Je vous épargne aussi, Madame, et je ne dis pas la moitié de ce que je pense, Madame.

CLIMÈNE.

Ah mon Dieu! brisons là, de grâce. Vous me jette-riez dans une confusion épouvantable. (A Uranie.) Enfin, nous voilà deux contre vous, et l'opiniâtreté sied si mal aux personnes spirituelles....

SCÈNE IV.

LE MARQUIS, CLIMÈNE, GALOPIN, URANIE,
ÉLISE.

GALOPIN.

Arrêtez[1], s'il vous plaît, Monsieur.

LE MARQUIS.

Tu ne me connois pas, sans doute.

GALOPIN.

Si fait[2], je vous connois; mais vous n'entrerez pas.

LE MARQUIS.

Ah! que de bruit, petit laquais!

1.   LE MARQUIS, CLIMÈNE, URANIE, ÉLISE, GALOPIN.

GALOPIN, *à la porte de la chambre.*
Arrêtez, etc. (1734.)
2. *Sifet* est l'orthographe de l'édition originale et de celles de 1666, 73; celle de 1674 écrit *sifuit*, en un mot; celles de 1684 A, 94 B, *si-fait.*

GALOPIN.

Cela n'est pas bien de vouloir entrer malgré les gens.

LE MARQUIS.

Je veux voir ta maîtresse.

GALOPIN.

Elle n'y est pas, vous dis-je.

LE MARQUIS.

La voilà dans la chambre [1].

GALOPIN.

Il est vrai, la voilà; mais elle n'y est pas.

URANIE.

Qu'est-ce donc qu'il y a là?

LE MARQUIS.

C'est votre laquais, Madame, qui fait le sot.

GALOPIN.

Je lui dis que vous n'y êtes pas, Madame, et il ne veut pas laisser d'entrer.

URANIE.

Et pourquoi dire à Monsieur que je n'y suis pas?

GALOPIN.

Vous me grondâtes, l'autre jour, de lui avoir dit que vous y étiez.

URANIE.

Voyez cet insolent! Je vous prie, Monsieur, de ne pas croire ce qu'il dit. C'est un petit écervelé, qui vous a pris pour un autre.

LE MARQUIS.

Je l'ai bien vu, Madame; et, sans votre respect, je lui aurois appris à connoître les gens de qualité.

ÉLISE.

Ma cousine vous est fort obligée de cette déférence.

1. Dans sa chambre. (1682. 1734.)

URANIE [1].

Un siége donc, impertinent.

GALOPIN.

N'en voilà-t-il pas un?

URANIE.

Approchez-le [2].

(Le petit laquais pousse le siége rudement [3])

LE MARQUIS.

Votre petit laquais, Madame, a du mépris pour ma personne.

ÉLISE.

Il auroit tort, sans doute.

LE MARQUIS.

C'est peut-être que je paye l'intérêt de ma mauvaise mine [4] : hay, hay, hay, hay [5].

ÉLISE.

L'âge le rendra plus éclairé en honnêtes gens.

LE MARQUIS.

Sur quoi en étiez-vous, Mesdames, lorsque je vous ai interrompues?

URANIE.

Sur la comédie de *l'École des femmes*.

LE MARQUIS.

Je ne fais que d'en sortir.

CLIMÈNE.

Eh bien! Monsieur, comment la trouvez-vous, s'il vous plaît?

1. URANIE, *à Galopin*. (1734.)
2. Approche-le. (1674, 82, 1734.)
3. *Galopin pousse le siége rudement et sort.* (1734.) — Après cette indication, l'éditeur de 1734 fait de ce qui suit la scène v, ayant pour personnages : LE MARQUIS, CLIMÈNE, URANIE, ÉLISE.
4. C'est, traduit en style précieux, le mot que Plutarque met dans la bouche de Philopœmen, et que rappelle Auger : voyez la *Vie de Philopœmen*, chapitre II.
5. Ces quatre interjections sont précédées des mots : *Il rit*, dans l'édition de 1734.

LE MARQUIS.

Tout à fait impertinente.

CLIMÈNE.

Ah ! que j'en suis ravie !

LE MARQUIS.

C'est la plus méchante chose du monde. Comment, diable ! à peine ai-je pu trouver place ; j'ai pensé être étouffé à la porte, et jamais on ne m'a tant marché sur les pieds. Voyez comme mes canons et mes rubans en sont ajustés, de grâce.

ÉLISE.

Il est vrai que cela crie vengeance contre *l'École des femmes*, et que vous la condamnez avec justice.

LE MARQUIS.

Il ne s'est jamais fait, je pense, une si méchante comédie.

URANIE.

Ah ! voici Dorante que nous attendions.

SCÈNE V.

DORANTE, LE MARQUIS, CLIMÈNE, ÉLISE, URANIE [1].

DORANTE.

Ne bougez, de grâce, et n'interrompez point votre discours. Vous êtes là sur une matière qui, depuis quatre jours, fait presque l'entretien de toutes les maisons de Paris, et jamais on n'a rien vu de si plaisant que la diversité des jugements qui se font là-dessus. Car enfin j'ai ouï condamner cette comédie à certaines gens,

---

1. SCÈNE VI. DORANTE, CLIMÈNE, URANIE, ÉLISE, LE MARQUIS. (1734.)

par les mêmes choses que j'ai vu d'autres estimer le
plus.

URANIE.

Voilà Monsieur le Marquis qui en dit force mal.

LE MARQUIS.

Il est vrai, je la trouve détestable; morbleu! détestable du dernier détestable[1]; ce qu'on appelle détestable[2].

DORANTE.

Et moi, mon cher Marquis, je trouve le jugement détestable.

LE MARQUIS.

Quoi? Chevalier, est-ce que tu prétends soutenir cette
pièce?

DORANTE.

Oui, je prétends la soutenir.

LE MARQUIS.

Parbleu! je la garantis détestable.

DORANTE.

La caution n'est pas bourgeoise[3]. Mais, Marquis, par
quelle raison, de grâce, cette comédie est-elle ce que
tu dis?

LE MARQUIS.

Pourquoi elle est détestable?

DORANTE.

Oui.

LE MARQUIS.

Elle est détestable, parce qu'elle est détestable.

DORANTE.

Après cela, il n'y a plus rien à dire: voilà son procès
fait. Mais encore instruis-nous, et nous dis les défauts
qui y sont.

1. Détestable, du dernier détestable. (1734.)
2. Détestable, qu'on appelle détestable. (1675 A, 84 A.)
3. Voyez au tome II, p. 76, note 6.

LE MARQUIS.

Que sais-je, moi? je ne me suis pas seulement donné
la peine de l'écouter. Mais enfin je sais bien que je n'ai
jamais rien vu de si méchant, Dieu me damne [1]; et
Dorilas, contre qui j'étois [2], a été de mon avis.

DORANTE,

L'autorité est belle, et te voilà bien appuyé.

LE MARQUIS.

Il ne faut que voir les continuels éclats de rire que le
parterre y fait. Je ne veux point d'autre chose pour témoigner qu'elle ne vaut rien.

DORANTE.

Tu es donc, Marquis, de ces Messieurs du bel air, qui
ne veulent pas que le parterre ait du sens commun, et qui
seroient fâchés d'avoir ri avec lui, fût-ce de la meilleure
chose du monde? Je vis l'autre jour sur le théâtre [3] un de
nos amis, qui se rendit ridicule par là. Il écouta toute la
pièce avec un sérieux le plus sombre du monde; et tout
ce qui égayoit les autres, ridoit son front. A tous les éclats
de rire, il haussoit les épaules, et regardoit le parterre en
pitié; et quelquefois aussi le regardant avec dépit, il lui
disoit tout haut : « Ris donc, parterre, ris donc [4]. » Ce fut
une seconde comédie, que le chagrin [5] de notre ami. Il la

1. Choquées ici du *Dieu me damne*, que nous avons déjà vu dans *les Précieuses* (scène IX, p. 97 du tome II), la plupart des éditions (1666, 73, 74, 82,
1734) le changent en *Dieu me sauve ;* mais elles laissent ce juron plus loin,
p. 344, et nous le verrons reparaître dans *le Misanthrope* (acte II, scène IV) :

Dieu me damne, voilà son portrait véritable.

2. A côté de qui je me trouvais.
3. *Thatre*, pour *théâtre*, dans l'édition originale.
4. Brossette est le premier qui, dans son édition de Boileau (2 vol. in-4°,
Genève, 1716, tome I, p. 237), ait nommé l'auteur de cette incartade : c'était
« Plapisson, *qui* passoit pour un grand philosophe, » et qui n'est aujourd'hui
connu que par cette note de Brossette. Tallemant des Réaux lui-même, qui
s'occupe de tant de gens, ne nomme nulle part Plapisson.
5. La mauvaise humeur : voyez ci-dessus, p. 159 et note 3, et ci-après,
p. 346.

donna en galant homme à toute l'assemblée, et chacun
demeura d'accord qu'on ne pouvoit pas mieux joüer qu'il
fit. Apprends, Marquis, je te prie, et les autres aussi, que
le bon sens n'a point de place déterminée à la comédie ;
que la différence du demi-louis d'or et de la pièce de
quinze sols[1] ne fait rien du tout au bon goût ; que debout et assis, on peut donner[2] un mauvais jugement ;
et qu'enfin, à le prendre en général, je me fierois assez
à l'approbation du parterre, par la raison qu'entre ceux
qui le composent, il y en a plusieurs qui sont capables
de juger d'une pièce selon les règles, et que les autres
en jugent par la bonne façon d'en juger, qui est de se
laisser prendre aux choses, et de n'avoir ni prévention
aveugle, ni complaisance affectée, ni délicatesse ridicule.

LE MARQUIS.

Te voilà donc, Chevalier, le défenseur du parterre ?
Parbleu ! je m'en réjouis, et je ne manquerai pas de l'a-
vertir que tu es de ses amis. Hay, hay, hay, hay, hay,
hay.

DORANTE.

Ris tant que tu voudras. Je suis pour le bon sens, et
ne saurois souffrir les ébullitions de cerveau de nos marquis de Mascarille. J'enrage de voir de ces gens qui se
traduisent en ridicules, malgré leur qualité ; de ces gens
qui décident toujours et parlent hardiment de toutes
choses, sans s'y connoître ; qui dans une comédie se ré-
crieront aux méchants endroits, et ne branleront pas à
ceux qui sont bons ; qui voyant un tableau, ou écoutant

1. Le prix des places était alors sur le théâtre de cent dix sous (un demi-
louis[a]), et au parterre de quinze sous. Auger, en 1819, évaluait déjà ce demi-
louis à vingt et un francs.
2. Que debout ou assis, l'on peut donner. (1673, 74, 82, 1734.)

a On voit par ce passage qu'il fut ainsi fixé, à l'ordinaire, sur le théâtre,
plus tôt que nous ne l'avons dit tome II, p. 13, note 3.

un concert de musique, blâment de même et louent tout
à contre-sens, prennent par où ils peuvent les termes de
l'art qu'ils attrapent, et ne manquent jamais de les estropier, et de les mettre hors de place[1]. Eh, morbleu!
Messieurs, taisez-vous[2], quand Dieu ne vous a pas donné
la connoissance d'une chose; n'apprêtez point à rire à
ceux qui vous entendent parler, et songez qu'en ne disant mot, on croira peut-être que vous êtes d'habiles
gens.

LE MARQUIS.

Parbleu! Chevalier, tu le prends là....

DORANTE.

Mon Dieu, Marquis, ce n'est pas à toi que je parle.
C'est à une douzaine de Messieurs qui déshonorent les
gens de cour par leurs manières extravagantes, et font
croire parmi le peuple que nous nous ressemblons tous.
Pour moi, je m'en veux justifier le plus qu'il me sera

1. Brossette indique par une note qu'il y a une allusion à *l'École des
femmes*, et aux sottes critiques qu'elle suscita, dans ces vers de Boileau sur
Molière :

> L'ignorance et l'erreur à ses naissantes pièces,
> En habits de marquis, en robes de comtesses,
> Venoient pour diffamer son chef-d'œuvre nouveau,
> Et secouoient la tête à l'endroit le plus beau.
> Le commandeur vouloit la scène plus exacte ;
> Le vicomte indigné sortoit au second acte ;
> L'un, défenseur zélé des bigots mis en jeu,
> Pour prix de ses bons mots le condamnoit au feu ;
> L'autre, fougueux marquis, lui déclarant la guerre,
> Vouloit venger la cour immolée au parterre.

(Épître VII, vers 23 et suivants.)

Il est bien clair qu'aux vers 29 et 30 il y a une allusion au *Tartuffe ;* mais
Brossette dit, à propos des deux vers précédents, que le commandeur était « le
commandeur de Souvré, *qui* n'approuvoit pas la comédie de *l'École des femmes ;* » et le vicomte désignerait « le comte du Broussin, *qui* pour faire sa
cour au commandeur, sortit un jour, au second acte de la comédie, disant
tout haut, qu'il ne savoit pas comment on avoit la patience d'écouter une pièce
où l'on violoit ainsi les règles. »

2. L'édition de 1734 coupe autrement : elle a un point après *taisez-vous,*
une virgule avant *n'apprêtez.*

possible; et je les dauberai tant en toutes rencontres, qu'à la fin ils se rendront sages.

LE MARQUIS.

Dis-moi un peu, Chevalier, crois-tu que Lysandre ait de l'esprit?

DORANTE.

Oui sans doute, et beaucoup.

URANIE.

C'est une chose qu'on ne peut pas nier.

LE MARQUIS.

Demandez-lui ce qui lui semble de *l'École des femmes* [1] : vous verrez qu'il vous dira qu'elle ne lui plaît pas.

DORANTE.

Eh mon Dieu! il y en a beaucoup que le trop d'esprit gâte, qui voient mal les choses à force de lumière, et même qui seroient bien fâchés d'être de l'avis des autres, pour avoir la gloire de décider.

URANIE.

Il est vrai. Notre ami est de ces gens-là, sans doute. Il veut être le premier de son opinion, et qu'on attende par respect son jugement. Toute approbation qui marche avant la sienne est un attentat sur ses lumières, dont il se venge hautement en prenant le contraire parti [2]. Il veut qu'on le consulte sur toutes les affaires d'esprit; et je suis sûre que, si l'auteur lui eût montré sa comé-

---

1. Demande-lui ce qu'il lui semble de *l'École des femmes*. Tu verras qu'il te dira. (1734.)

2. Voyez ce que Célimène dit d'Alceste dans *le Misanthrope* (acte II, scene IV) :

> Et ne faut-il pas bien que Monsieur contredise?...
> Le sentiment d'autrui n'est jamais pour lui plaire,
> Il prend toujours en main l'opinion contraire,
> Et penseroit paroître un homme du commun
> Si l'on voyoit qu'il fût de l'avis de quelqu'un.

MOLIÈRE. III   22

die avant que de la faire voir au public, il l'eût trouvée la plus belle du monde[1].

LE MARQUIS.

Et que direz-vous de la marquise Araminte, qui la
publie partout pour épouvantable, et dit qu'elle n'a pu
jamais souffrir les ordures dont elle est pleine?

DORANTE.

Je dirai que cela est digne du caractère qu'elle a pris;
et qu'il y a des personnes qui se rendent ridicules, pour
vouloir avoir trop d'honneur. Bien qu'elle ait de l'esprit,
elle a suivi le mauvais exemple de celles qui, étant sur
le retour de l'âge, veulent remplacer de quelque chose
ce qu'elles voient qu'elles perdent, et prétendent que
les grimaces d'une pruderie scrupuleuse leur tiendront
lieu de jeunesse et de beauté[2]. Celle-ci pousse l'affaire
plus avant qu'aucune; et l'habileté[3] de son scrupule dé-
couvre des saletés où jamais personne n'en avoit vu.
On tient qu'il va, ce scrupule, jusques à défigurer no-

1. C'est la prétention que cette année-là même, 1663, dans la *Défense* de
la *Sophonisbe* de Corneille (représentée en janvier), Donneau de Visé reproche
à l'abbé d'Aubignac, l'auteur de *la Pratique du théâtre*, d'avoir osé manifester
à l'égard du grand poëte (p. 7) : « M. de Corneille, dit-il un jour (*l'abbé*) devant des gens dignes de foi, ne me vient pas visiter, ne vient pas consulter
ses pièces avec moi, ne vient pas prendre de mes leçons; toutes celles qu'il
fera seront critiquées : » voyez la *Notice* de M. Marty-Laveaux, tome VI du
Corneille, p. 458, et les frères Parfaict, tome IX, p. 191-193. D'Aubignac
avoit dû au moins mériter qu'on le fît parler ainsi, et, comme M. Marty-
Laveaux le fait remarquer, à l'endroit que nous venons d'indiquer, c'est bien
là le motif de sa malveillance contre Corneille, qu'il laisse naïvement entrevoir
quand il écrit : « M. Corneille n'a pas sujet de se plaindre de moi, si j'use de
cette liberté publique; je n'ai point de commerce avec lui, et j'aurois peine à
reconnoître son visage, ne l'ayant jamais vu que deux fois. » (III⁰ Dissertation
concernant le poëme dramatique, dans le *Recueil de Dissertations....* de l'abbé
Granet, tome II, p. 8.)

2. Auger rappelle ici tout le rôle d'Arsinoé, où ce caractère de prude a été
développé en action, et le portrait que fait Dorine dans son dernier couplet de
la première scène du *Tartuffe*.

3. *L'habilité*, dans les éditions de 1675 A et de 1684 A.

tre langue, et qu'il n'y a point presque de mots dont
la sévérité de cette dame ne veuille retrancher ou la
tête ou la queue, pour les syllabes déshonnêtes qu'elle
y trouve[1].

URANIE.

Vous êtes bien fou, Chevalier.

LE MARQUIS.

Enfin, Chevalier, tu crois défendre ta comédie en
faisant la satire de ceux qui la condamnent.

DORANTE.

Non pas; mais je tiens que cette dame se scandalise
à tort....

ÉLISE.

Tout beau, Monsieur le Chevalier, il pourroit y en
avoir d'autres qu'elle qui seroient dans les mêmes sentiments.

DORANTE.

Je sais bien que ce n'est pas vous, au moins; et que
lorsque vous avez vu cette représentation[2]....

ÉLISE[3].

Il est vrai; mais j'ai changé d'avis; et Madame sait
appuyer le sien par des raisons si convaincantes, qu'elle
m'a entraînée de son côté.

---

1. On retrouve la même idée dans *les Femmes savantes*. Philaminte dit :

> Une entreprise noble et dont je suis ravie,
> Un dessein plein de gloire, et qui sera vanté
> Chez tous les beaux esprits de la postérité,
> C'est le retranchement de ces syllabes sales
> Qui dans les plus beaux mots produisent des scandales,
> Ces jouets éternels des sots de tous les temps,
> Ces fades lieux communs de nos méchants plaisants,
> Ces sources d'un amas d'équivoques infâmes,
> Dont on vient faire insulte à la pudeur des femmes.
>
> (*Les Femmes savantes*, acte III, scène II, vers la fin.)

2. *Représention*, pour *représentation*, dans l'édition originale.
3. ÉLISE, *montrant Climène.* (1734.)

DORANTE[1].

Ah! Madame, je vous demande pardon; et, si vous le voulez, je me dédirai, pour l'amour de vous, de tout ce que j'ai dit.

CLIMÈNE.

Je ne veux pas que ce soit pour l'amour de moi, mais pour l'amour de la raison; car enfin cette pièce, à le bien prendre, est tout à fait indéfendable[2], et je ne conçois pas....

URANIE.

Ah! voici l'auteur, Monsieur Lysidas. Il vient tout à propos pour cette matière. Monsieur Lysidas, prenez un siége vous-même, et vous mettez là.

SCÈNE VI[3].

LYSIDAS, DORANTE, LE MARQUIS, ÉLISE, URANIE, CLIMÈNE[4].

LYSIDAS[5].

Madame, je viens un peu tard; mais il m'a fallu lire

---

1. DORANTE, à Climène. (1734.)
2. Du moment que l'Académie admet *défendable*, on ne voit pas bien pourquoi elle a exclu jusqu'à ce jour le mot *indéfendable*. Montaigne avait dit *indéfensible* : « Ceux qui le prennent pour une trop hautaine confiance ne m'en veulent guère moins de mal, que ceux qui le prennent pour foiblesse d'une cause indéfensible. » (*Essais*, livre III, chapitre XII.)
3. SCÈNE IV, pour SCÈNE VI, dans l'édition originale, erreur reproduite dans le texte de 1682 et dans celui de 1697 (Toulouse).
4. LYSIDAS, CLIMÈNE, URANIE, ÉLISE, DORANTE, LE MARQUIS. (1734.)
5. Boursault, âgé alors d'environ vingt-cinq ans, et encore peu connu, tira vanité, à ce qu'il semble, d'avoir mérité l'attention, même malveillante, de Molière, et prétendit se reconnaître dans le poëte Lysidas. Comme le remarque M. Victor Fournel (voyez les *Contemporains de Molière*, tome I, p. 150, note 1), il introduisit, dans son *Portrait du peintre*, un poëte nommé *Lizidor*, qui raille *l'École des femmes* en l'accablant d'éloges ironiques; ce Lizidor ne

ma pièce chez Madame la Marquise, dont je vous avois parlé ; et les louanges qui lui ont été données, m'ont retenu une heure plus que je ne croyois.

ÉLISE.

C'est un grand charme que les louanges pour arrêter un auteur.

URANIE.

Asseyez-vous donc, Monsieur Lysidas ; nous lirons votre pièce après souper.

LYSIDAS.

Tous ceux qui étoient là doivent venir à sa première représentation, et m'ont promis de faire leur devoir comme il faut.

URANIE.

Je le crois. Mais, encore une fois, asseyez-vous, s'il vous plaît. Nous sommes ici sur une matière que je serai bien aise que nous poussions.

LYSIDAS.

Je pense, Madame, que vous retiendrez aussi une loge pour ce jour-là.

URANIE.

Nous verrons. Poursuivons, de grâce, notre discours.

LYSIDAS.

Je vous donne avis, Madame, qu'elles sont presque toutes retenues.

URANIE.

Voilà qui est bien. Enfin, j'avois besoin de vous,

---

serait autre que Boursault, qui aurait voulu, en s'y peignant lui-même, faire la contre-partie du personnage de *la Critique ;* mais voyez ci-dessus, la *Notice* de *l'École des femmes,* p. 126 et p. 129 et 130. D'un autre côté, de Visé dit (*Zélinde,* p. 61) : « J'oubliois à vous dire que tout le commencement du rôle de Lysidas est tiré des *Nouvelles nouvelles.* » Ce serait donc de Visé lui-même qui aurait fourni ces traits au personnage de Lysidas [a].

[a] Sur l'attribution que nous faisons ici à D. de Visé de *Zélinde* et des *Nouvelles nouvelles,* voyez p. 112, note 1.

lorsque vous êtes venu, et tout le monde étoit ici contre
moi.

ÉLISE[1].

Il s'est mis d'abord de votre côté ; mais maintenant
qu'il sait que Madame est à la tête du parti contraire,
je pense que vous n'avez qu'à chercher un autre secours.

CLIMÈNE.

Non, non, je ne voudrois pas qu'il fît mal sa cour
auprès de Madame votre cousine, et je permets à son
esprit d'être du parti de son cœur.

DORANTE.

Avec cette permission, Madame, je prendrai la hardiesse de me défendre.

URANIE.

Mais auparavant sachons les sentiments de Monsieur
Lysidas.

LYSIDAS.

Sur quoi, Madame?

URANIE.

Sur le sujet de *l'École des femmes.*

LYSIDAS.

Ha, ha.

DORANTE.

Que vous en semble ?

LYSIDAS.

Je n'ai rien à dire là-dessus[2] ; et vous savez qu'entre

---

1. ÉLISE, à *Uranie (montrant Dorante).* (1734.) — Au-dessus des mots
« qu'il sait que Madame, » cette édition met : *Montrant Climène.*

2. Cette réserve et cette discrétion hypocrite de M. Lysidas fait songer au
personnage introduit par Boileau dans sa IIIe *satire* (vers 201 et 202),

Certain fat qu'à sa mine discrète
Et son maintien jaloux j'ai reconnu poëte,

et qui débute, en effet, par un éloge vague pour un confrère, avant de laisser éclater sa jalousie.

nous autres auteurs, nous devons parler des ouvrages
les uns des autres avec beaucoup de circonspection.

DORANTE.

Mais encore, entre nous, que pensez-vous de cette
comédie?

LYSIDAS.

Moi, Monsieur?

URANIE.

De bonne foi, dites-nous votre avis.

LYSIDAS.

Je la trouve fort belle.

DORANTE.

Assurément?

LYSIDAS.

Assurément. Pourquoi non? N'est-elle pas en effet la
plus belle du monde?

DORANTE.

Hom, hom [1], vous êtes un méchant diable, Monsieur
Lysidas : vous ne dites pas ce que vous pensez.

LYSIDAS.

Pardonnez-moi.

DORANTE.

Mon Dieu! je vous connois. Ne dissimulons point.

LYSIDAS.

Moi, Monsieur?

DORANTE.

Je vois bien que le bien que vous dites de cette pièce
n'est que par honnêteté, et que, dans le fond du cœur,
vous êtes de l'avis de beaucoup de gens qui la trouvent
mauvaise.

LYSIDAS.

Hay, hay, hay.

_____

1. Hon, hon. (1734.)

DORANTE.

Avouez, ma foi, que c'est une méchante chose que cette comédie.

LYSIDAS.

Il est vrai qu'elle n'est pas approuvée par les connoisseurs.

LE MARQUIS.

Ma foi, Chevalier, tu en tiens, et te voilà payé de ta raillerie. Ah, ah, ah, ah, ah!

DORANTE.

Pousse, mon cher Marquis, pousse [1].

LE MARQUIS.

Tu vois que nous avons les savants de notre côté.

DORANTE.

Il est vrai, le jugement de Monsieur Lysidas est quelque chose de considérable. Mais Monsieur Lysidas veut bien que je ne me rende pas pour cela ; et puisque j'ai bien l'audace de me défendre [2] contre les sentiments de Madame, il ne trouvera pas mauvais que je combatte les siens.

ÉLISE.

Quoi? vous voyez contre vous Madame, Monsieur le Marquis et Monsieur Lysidas, et vous osez résister encore? Fi! que cela est de mauvaise grâce!

CLIMÈNE.

Voilà qui me confond, pour moi, que des personnes raisonnables se puissent mettre en tête de donner protection aux sottises de cette pièce.

LE MARQUIS.

Dieu me damne [3], Madame, elle est misérable depuis le commencement jusqu'à la fin.

---

1. Nous trouverons *pousser* employé de la même façon dans *le Misanthrope*, acte II, scène IV, vers 617.

2. Ici encore l'édition de 1734 ajoute : *Montrant Climène*.

3. Voyez ci-dessus, p. 334, note 1.

DORANTE.

Cela est bientôt dit, Marquis. Il n'est rien plus aisé
que de trancher ainsi; et je ne vois aucune chose qui
puisse être à couvert de la souveraineté de tes décisions.

LE MARQUIS.

Parbleu! tous les autres comédiens qui étoient là
pour la voir¹ en ont dit tous les maux du monde.

DORANTE.

Ah! je ne dis plus mot : tu as raison, Marquis. Puisque les autres comédiens en disent du mal, il faut les
en croire assurément. Ce sont tous gens éclairés et qui
parlent sans intérêt. Il n'y a plus rien à dire, je me
rends.

CLIMÈNE.

Rendez-vous, ou ne vous rendez pas, je sais fort bien
que vous ne me persuaderez point de souffrir les immo-
desties de cette pièce, non plus que les satires désobli-
geantes qu'on y voit contre les femmes.

URANIE.

Pour moi, je me garderai bien de m'en offenser² et

---

1. Ces comédiens étaient les rivaux de Molière, ceux du Marais et surtout
de l'Hôtel de Bourgogne. Les premiers du moins eurent le bon esprit de ne
lui montrer aucune malveillance; loin de là, l'un des comédiens du Marais,
Chevalier, introduisit dans ses *Amours de Calotin*, représentés en 1664, une
discussion sur *l'École des femmes* et sur *la Critique*, qui aboutit à cette conclusion (acte I, scène II), que nous avons déjà citée plus haut (p. 131) :

> Que, pour plaire aujourd'hui,
> Il faut être Molière ou faire comme lui.

On remarquera que plusieurs des comédiens de l'Hôtel de Bourgogne étaient
aussi auteurs. Ainsi Poisson, Hauteroche, de Villiers, et Montfleury père, tant
pour son compte que pour celui de son fils, avaient, comme auteurs et comme
comédiens, une double raison de jalouser Molière, ou de paraître au moins
intéressés dans les jugements qu'ils portaient de lui.

2. Je m'en garderai bien de m'en offenser. (1682, 97, 97 Paris, 97 Toulouse.)

de prendre rien sur mon compte[1] de tout ce qui s'y dit.
Ces sortes de satires tombent directement sur les mœurs,
et ne frappent les personnes que par réflexion[2]. N'allons
point nous appliquer nous-mêmes[3] les traits d'une censure générale; et profitons de la leçon, si nous pouvons,
sans faire semblant qu'on parle à nous. Toutes les peintures ridicules qu'on expose sur les théâtres doivent être
regardées sans chagrin[4] de tout le monde. Ce sont mi-
roirs publics, où il ne faut jamais témoigner qu'on se
voie; et c'est se taxer[5] hautement d'un défaut, que se
scandaliser qu'on le reprenne[6].

CLIMÈNE.

Pour moi, je ne parle pas de ces choses par la part
que j'y puisse avoir, et je pense que je vis d'un air[7] dans

1. L'orthographe de l'édition originale et de la plupart des anciens textes
est *conte*.

2. Richelet (1679), après avoir donné la définition du mot *réflexion*, employé comme terme de physique, cite immédiatement après l'exemple de Molière, en indiquant que le mot est là pris au figuré. L'Académie (1694) ne donne
que *la réflexion des rayons, la réflexion de la voix*. — Molière s'est encore
servi de cette locution, ci-après, p. 365; on dirait sans doute dans le même
sens aujourd'hui : *par ricochet*.

3. Nous appliquer à nous-mêmes. (1674, 82, 1734.)

4. Voyez sur ce mot de *chagrin*, ci-dessus, p. 159 et 334.

5. Voyez au tome II, p. 422, la note du vers 936 de *l'École des maris*, où
nous avons vu le mot *taxer* employé absolument.

6. Il y a longtemps que Phèdre l'a dit (Prologue du livre III, vers 45-47):

> *Suspicione si quis errabit sua*
> *Et rapiet ad se quod erit commune omnium,*
> *Stulte nudabit animi conscientiam.*

« Sur.... un faux soupçon prendre pour soi en particulier ce qui est dit en
général, c'est trahir sottement le secret de sa conscience. » (*Note d'Auger.*)

7. Cet emploi, qui nous paraît aujourd'hui un peu bizarre, du mot *air* revient souvent dans Molière :

> J'agis d'un air tout différent.
>   (Vers 1921 de *l'Étourdi*.)

> Et je me vis contrainte à demeurer d'accord
> Que l'air dont vous viviez vous faisoit un peu tort.
>   (*Le Misanthrope*, acte III, scène IV.)

le monde à ne pas craindre d'être cherchée dans les
peintures qu'on fait là des femmes qui se gouvernent
mal.

ÉLISE.

Assurément, Madame, on ne vous y cherchera point.
Votre conduite est assez connue, et ce sont de ces sortes de choses qui ne sont contestées de personne.

URANIE [1].

Aussi, Madame, n'ai-je rien dit qui aille à vous; et
mes paroles, comme les satires de la comédie, demeurent dans la thèse générale.

CLIMÈNE.

Je n'en doute pas, Madame. Mais enfin passons sur
ce chapitre. Je ne sais pas de quelle façon vous recevez
les injures qu'on dit à notre sexe dans un certain endroit
de la pièce; et pour moi, je vous avoue que je suis
dans une colère épouvantable, de voir que cet auteur
impertinent nous appelle *des animaux* [2].

URANIE.

Ne voyez-vous pas que c'est un ridicule qu'il fait
parler?

DORANTE.

Et puis, Madame, ne savez-vous pas que les injures
des amants n'offensent jamais? qu'il est des amours emportés aussi bien que des doucereux? et qu'en de pareilles occasions les paroles les plus étranges, et quelque
chose de pis encore, se prennent bien souvent pour
des marques d'affection par celles mêmes qui les re-
çoivent?

ÉLISE.

Dites tout ce que vous voudrez, je ne saurois digérer

1. URANIE, *à Climène*. (1734.)
2. Au vers 1579 de *l'École des femmes*. — Voyez la *Notice* de *l'École des femmes*, p. 125 et 126, et le passage de *Zélinde* cité à la note 2 de la page 125.

cela, non plus que le *potage* et la *tarte à la crème*, dont Madame a parlé tantôt[1].

LE MARQUIS.

Ah! ma foi, oui, *tarte à la crème!* voilà ce que j'avois remarqué tantôt; *tarte à la crème!* Que je vous suis obligé, Madame, de m'avoir fait souvenir de *tarte à la crème!* Y a-t-il assez de pommes en Normandie[2] pour *tarte à la crème? Tarte à la crème*, morbleu! *tarte à la crème!*

DORANTE.

Eh bien! que veux-tu dire : *tarte à la crème?*

LE MARQUIS.

Parbleu! *tarte à la crème*, Chevalier.

DORANTE.

Mais encore?

LE MARQUIS.

Tarte à la crème!

DORANTE.

Dis-nous un peu tes raisons.

LE MARQUIS.

Tarte à la crème!

URANIE.

Mais il faut expliquer sa pensée, ce me semble.

LE MARQUIS.

Tarte à la crème, Madame!

1. Voyez ci-dessus, p. 322.

2 Ce genre de projectiles servait souvent aux manifestations hostiles du parterre. Tout le monde se rappelle l'épigramme de Racine sur l'origine des sifflets (tome IV, p. 184 et 185) :

Quant à Pradon, si j'ai bonne mémoire,
Pommes sur lui volèrent largement.

« Plus ordinairement, dit Auger en 1819, à la phrase du Marquis on su - stitue celle-ci : *Y a-t-il assez de sifflets pour...?* »

URANIE.

Que trouvez-vous là à redire?

LE MARQUIS.

Moi, rien. *Tarte à la crème!*

URANIE.

Ah ! je le quitte[1].

ÉLISE.

Monsieur le Marquis s'y prend bien, et vous bourre de la belle manière. Mais je voudrois bien que Monsieur Lysidas voulût les achever[2] et leur donner quelques petits coups de sa façon.

LYSIDAS.

Ce n'est pas ma coutume de rien blâmer, et je suis assez indulgent pour les ouvrages des autres. Mais, enfin, sans choquer l'amitié que Monsieur le Chevalier témoigne pour l'auteur, on m'avouera que ces sortes de comédies ne sont pas proprement des comédies, et qu'il y a une grande différence de toutes ces bagatelles à la beauté des pièces sérieuses. Cependant tout le monde donne là dedans aujourd'hui; on ne court plus qu'à cela, et l'on voit une solitude effroyable aux grands ouvrages, lorsque des sottises ont tout Paris[3]. Je vous avoue

1. C'est-à-dire *j'y renonce*, comme au vers 421 du *Dépit amoureux : le* dans cette locution a le sens d'un pronom neutre.

2 Les battus? Mais cette manière de désigner ses interlocuteurs (Élise ne peut être ici censée s'adresser, à part, à l'un d'eux) ne serait guère du ton de parfaite politesse observé dans tout le dialogue; les expressions *quelques petits coups*, et *de sa façon* suggèrent d'ailleurs plutôt l'idée d'un dernier tour à donner à une chose : l'imprimeur aurait-il omis une phrase où se trouvait le mot *d'arguments* ou de *raisonnements?* Dans ce qui précède, nous ne voyons que le mot *raisons* (mais il est bien loin) auquel *les* puisse se rapporter.

3. En 1657, Scarron avait écrit : « Aujourd'hui la farce est comme abolie. » (*Le Roman comique*, édition de M. V. Fournel, tome I, p. 317.) Molière l'avait remise en honneur, et l'Hôtel de Bourgogne, après avoir poussé des cris d'indignation, finit par suivre son exemple. Guéret nous dit : « L'Hôtel de Bourgogne, jaloux du succès qu'avoit le Petit-Bourbon, ne put se soutenir qu'en l'imitant, » c'est-à-dire en renonçant à jouer exclusivement des pièces sérieuses. (Voyez *la Promenade de Saint-Cloud*, à la suite des *Mémoires de Bruys*, tome II,

que le cœur m'en saigne[1] quelquefois, et cela est honteux pour la France.

CLIMÈNE.

Il est vrai que le goût des gens est étrangement gâté
là-dessus, et que le siècle s'encanaille furieusement[2].

ÉLISE.

Celui-là est joli encore, *s'encanaille!* Est-ce vous qui
l'avez inventé, Madame?

CLIMÈNE.

Hé!

ÉLISE.

Je m'en suis bien doutée.

p. 212 et 213.) Nous avons vu que c'est cette vogue nouvelle de la comédie ou
de la farce, comme les ennemis de Molière affectaient de le dire, qui aurait déterminé Corneille à *se retirer insensiblement du théâtre*, si l'on en croit le même
Guéret [a]. On pense bien qu'ici ce n'est pas sans faire un retour intéressé sur
lui-même que le poëte Lysidas se plaint de l'*effroyable solitude* que l'on voit
aux grands ouvrages. En tout cas, ceci ne pourrait s'appliquer à Boursault,
qui n'avait encore fait que trois comédies : une en trois actes, deux en un acte ;
et aucune de ces pièces n'avait la prétention d'être un de ces *grands ouvrages*
qu'on délaissait alors. Elles étaient au contraire dans le goût de la farce, aussi
bien que l'*Apothicaire dévalisé* (1660), et *les Ramoneurs* (même année, suivant
M. V. Fournel, *les Contemporains de Molière*, tome I, p. 298), que de Villiers avait fait représenter, dans les dernières années, à l'Hôtel de Bourgogne.
En entendant ce passage, le public ne pouvait donc songer qu'à Corneille dont
la *Sophonisbe* venait d'avoir un succès assez contesté.

1. Dans l'édition originale, *seigne*.

2. *S'encanailler* se trouve dans Richelet (1680) et dans la première édition de Furetière (1690). Quant à la première édition de l'Académie (1694),
au mot *Encanailler*, elle dit : voyez CANAILLE ; au mot *Canaille*, voyez CHIEN ;
et enfin au mot *Chien* on ne trouve ni *chienaille*, ni *canaille*, ni *encanailler*.
Mais l'Académie insère ce dernier mot aux *Additions*. Tout ceci prouve que,
trente ans après la pièce de Molière, le mot *s'encanailler* n'était pas tout à fait
accepté. Mais deux ans avant la pièce de Molière, en 1661, il avait été cité
comme un néologisme des précieuses par Somaize dans son *Grand dictionnaire
historique des Précieuses* (édition de M. Livet, tome I, p. 63) : « Je crains
la connoissance des gens qui n'ont pas vu le monde : *je crains de m'encanailler.* » Ce mot est donné comme étant de la création de *Manduris*, c'est-
à-dire de la marquise de Maulny : voyez la *Clé historique*, au tome II de la
même édition, p. 289.

[a] Voyez la *Notice*, p 136, note 1.

DORANTE.

Vous croyez donc, Monsieur Lysidas, que tout l'esprit
et toute la beauté sont dans les poëmes sérieux, et que
les pièces comiques sont des niaiseries qui ne méritent
aucune louange?

URANIE.

Ce n'est pas mon sentiment, pour moi. La tragédie,
sans doute, est quelque chose de beau quand elle est
bien touchée ; mais la comédie a ses charmes, et je tiens
que l'une n'est pas moins difficile à faire que l'autre[1].

DORANTE.

Assurément, Madame ; et quand, pour la difficulté,
vous mettriez un *plus* du côté de la comédie, peut-être
que vous ne vous abuseriez pas. Car enfin, je trouve
qu'il est bien plus aisé de se guinder sur de grands sentiments, de braver en vers la Fortune, accuser les Destins, et dire des injures aux Dieux, que d'entrer comme
il faut dans le ridicule des hommes, et de rendre agréablement sur le théâtre les défauts de tout le monde.
Lorsque vous peignez des héros, vous faites ce que
vous voulez[2]. Ce sont des portraits à plaisir, où l'on ne

---

1. N'est pas moins difficile que l'autre. (1666, 73, 74, 82, 1734.)

2. Il est bien difficile de ne pas reconnaître ici l'intention de rabaisser,
sinon Corneille, au moins le genre dans lequel il avait excellé, et c'est ce que
les ennemis de Molière ne manquèrent pas de faire ressortir. M. Louis Moland
rappelle ici que de Visé, dans sa *Lettre sur les affaires du théâtre* (qui fait
partie du volume intitulé *les Diversités galantes*, 1664 : l'achevé d'imprimer
est du 7 décembre 1663), crut devoir prendre la défense de Corneille aux dépens de Molière : « Il est aisé, dit-il (p. 93-95), de connoître, par toutes ces
choses, qu'il y a au Parnasse mille places de vides entre le divin Corneille et
le comique Élomire, et que l'on ne les peut comparer en rien, puisque, pour
ses ouvrages, le premier est plus qu'un Dieu, et le second est, auprès de lui,
moins qu'un homme, et qu'il est plus glorieux de se faire admirer par des
ouvrages solides que de faire rire par des grimaces, des turlupinades, de grandes perruques et de grands canons. Le nom de M. de Corneille, que nous
pouvons justement appeler la gloire de la France, est adoré dans toute l'Eu-
rope ; et comme il a travaillé pour la postérité, tout le monde publie hautement qu'il mérite de l'encens et des statues. Ses copies sont plus estimées que

cherche point de ressemblance ; et vous n'avez qu'à
suivre les traits d'une imagination qui se donne l'essor,
et qui souvent laisse le vrai pour attraper le merveilleux. Mais lorsque vous peignez les hommes, il faut
peindre d'après nature [1]. On veut que ces portraits ressemblent ; et vous n'avez rien fait, si vous n'y faites
reconnoître les gens de votre siècle. En un mot, dans
les pièces sérieuses, il suffit, pour n'être point blâmé,
de dire des choses qui soient de bon sens et bien écrites ; mais ce n'est pas assez dans les autres, il y faut
plaisanter ; et c'est une étrange entreprise que celle de
faire rire les honnêtes gens [2].

les originaux qu'Élomire nous veut faire passer pour des chefs-d'œuvre beaucoup plus difficiles que des ouvrages sérieux. » On peut aisément deviner dans
quelle vue de Visé cherchait à mêler le grand nom de Corneille à sa querelle avec Molière. Mais celle ci n'était pas uniquement personnelle ; c'était
à l'Hôtel de Bourgogne que Corneille avait donné presque toutes ses pièces depuis *le Cid*, et c'était ce théâtre qui passait pour avoir surtout le monopole
du genre noble. Au reste, cette imputation au sujet du discrédit dont les succès
de Molière menaçaient le genre sérieux, se retrouve partout. Dans le *Panégyrique de l'École des femmes* (p. 44), où Molière est désigné tantôt sous le
nom d'*Élimore*, tantôt sous celui de *Zoïle*, un des interlocuteurs dit : « De
quoi, Mesdames, accusez-vous le malheureux Élimore, qu'il vous plaît de bap-
tiser ainsi du nom de Zoïle ? — Célante l'accuse (répond Bélise) de détruire
la belle comédie. » *La belle comédie*, c'est-à-dire le genre noble, opposé à la
farce. Enfin, dans le seul de ces opuscules qui soit favorable à Molière, *la
Guerre comique*, quelqu'un remarque que les comédies de Molière font déserter
les pièces sérieuses, et ajoute qu'en attaquant Molière dans *le Portrait du peintre*, Boursault pourrait bien avoir en des collaborateurs parmi les poëtes tragiques, irrités du succès de Molière. On répond (p. 92) : « Quoi ? vous voulez
qu'ils mettent encore au monde un poëte comique (*dans la personne de Boursault*). Que seroit-ce s'il y en avoit deux ? » Il est difficile de ne pas supposer
que ce soient surtout les deux Corneille qu'à tort ou à raison l'auteur de *la
Guerre comique* représente ici comme les complices de Boursault. Il est bien
sûr au moins que, si le grand Corneille est resté personnellement étranger à
cette lutte, il ne pouvait manquer de se sentir atteint par cette appréciation
peu juste de la tragédie, telle qu'il l'avait conçue et consistant, selon Dorante,
en ceci : « se guinder sur de grands sentiments, braver en vers la Fortune, accuser les Destins, et dire des injures aux Dieux. » Voyez la *Notice de l'École
des femmes*, p. 135 et suivantes.

1. Il faut peindre de près la nature. (1674.)

2. « Molière (dit Auger, après avoir mentionné une Dissertation de la

CLIMÈNE.

Je crois être du nombre des honnêtes gens ; et cependant je n'ai pas trouvé le mot pour rire dans tout ce que j'ai vu.

LE MARQUIS.

Ma foi, ni moi non plus.

DORANTE.

Pour toi, Marquis, je ne m'en étonne pas : c'est que tu n'y as point trouvé[1] de turlupinades.

LYSIDAS.

Ma foi, Monsieur, ce qu'on y rencontre ne vaut guère mieux, et toutes les plaisanteries y sont assez froides à mon avis.

DORANTE.

La cour n'a pas trouvé cela.

LYSIDAS.

Ah! Monsieur, la cour !

DORANTE.

Achevez, Monsieur Lysidas. Je vois bien que vous voulez dire que la cour ne se connoît pas à ces choses ; et c'est le refuge ordinaire de vous autres, Messieurs les auteurs, dans le mauvais succès de vos ouvrages, que d'accuser l'injustice du siècle et le peu de lumière des

---

Harpe[a], et un chapitre du *Diable boiteux* de le Sage[b]) n'est pas le premier poëte comique qui ait voulu prouver, en plein théâtre, la supériorité de son genre sur celui de la tragédie. Antiphane, auteur de plusieurs centaines de comédies, a soutenu la même thèse sur le théâtre d'Athènes, dans une pièce intitulée *la Poésie.* » Auger cite de ce morceau (de 22 vers : voyez dans la *Bibliothèque* Didot les *Fragments des comiques grecs*, p. 392 et 393) une traduction en vers de François de Neufchâteau.

1. C'est que tu n'y as pas trouvé. (1734.)

a *Lycée* ou *Cours de littérature*, 3ᵉ partie, XVIIIᵉ siècle, livre Iᵉʳ, chapitre v, section Iʳᵉ.
b Chapitre XIV, *du Démêlé d'un auteur tragique avec un auteur comique.*
— Voyez encore la discussion des amis dans la *Psyché* de la Fontaine.

courtisans¹. Sachez, s'il vous plaît, Monsieur Lysidas, que les courtisans ont d'aussi bons yeux que d'autres; qu'on peut être habile avec un point de Venise et des plumes², aussi bien qu'avec une perruque courte et un petit rabat uni³; que la grande épreuve de toutes vos comédies,

1. Nous avons eu précédemment l'éloge du parterre (ci-dessus, p. 334 et 335); voici maintenant celui de la cour. On voit que Molière a soin de se mettre également bien avec ces deux puissances.

2. Dans le Portrait du peintre (scène II), Boursault fait dire à un des personnages :

> .... Baron, moi qui te parle, moi,
> Je te dis en ami, si tu vas chez le Roi,
> Que tu n'entreras pas sans un point de Venise.

Voyez les Contemporains de Molière (tome I, p. 136), où M. Victor Fournel dit en note : « Les dentelles d'Italie surtout étaient en grande vogue parmi les gens du bel air, parce qu'elles coûtaient beaucoup plus cher que celles de France et de Flandre. « On portoit en ce temps-là, » dit Saint-Simon, parlant de l'année 1640, « force points de Gênes, qui étoient extrêmement chers. « C'étoit la grande parure, et la parure de tout âge. » Parmi les dentelles d'Italie, le point de Venise, le plus léger et le plus transparent, était le favori pour les collets et rabats, surtout vers l'époque où fut composée cette comédie. » Quant aux plumes, c'était aussi un luxe assez dispendieux. Mascarille en porte dont « le brin » lui a coûté « un louis d'or. » Il est vrai qu'elles sont « effroyablement belles » (voyez les Précieuses, tome II, p. 96). Ce qui peut sembler singulier, c'est que vingt jours après la première représentation de la Critique, c'est-à-dire le 20 juin, « on publia une ordonnance du Roi, confirmant les défenses, contenues en la déclaration du 27 novembre 1661, de porter sur les habits aucune dentelle, ni autre ornement d'or et d'argent, vrai ou faux : Sa Majesté faisant ainsi voir la continuation de ses soins pour le bien de ses sujets, même par le retranchement des dépenses superflues. » (Gazette du 23 juin 1663.) Ainsi, en moins d'un mois, ce passage était devenu un anachronisme.

3. La perruque courte et le petit rabat uni nous indiquent le costume de M. Lysidas. Ce sera aussi plus tard celui de Trissotin et de Vadius, dont les personnages sont, comme le remarque Auger dans sa Notice (p. 253 et 254), indiqués déjà dans ce que Dorante va dire un peu plus loin « des beaux esprits de profession. » Lui-même, et c'est encore une remarque d'Auger, ne fait ici que tracer en prose cette apologie de la cour que Clitandre répétera dans les vers si souvent cités des Femmes savantes (acte IV, scène III) :

> Vous en voulez beaucoup à cette pauvre cour;
> Et son malheur est grand de voir que chaque jour
> Vous autres beaux esprits, vous déclamiez contre elle,
> Que de tous vos chagrins vous lui fassiez querelle,
> Et sur son méchant goût lui faisant son procès,

c'est le jugement de la cour; que c'est son goût qu'il faut étudier pour trouver l'art de réussir; qu'il n'y a point de lieu où les décisions soient si justes; et sans mettre en ligne de compte tous les gens savants qui y sont, que, du simple bon sens naturel et du commerce de tout le beau monde, on s'y fait une manière d'esprit, qui sans comparaison juge plus finement des choses, que tout le savoir ênrouillé des pédants.

URANIE.

Il est vrai que, pour peu qu'on y demeure, il vous passe là[1] tous les jours assez de choses devant les yeux pour acquérir quelque habitude de les connoître, et surtout pour ce qui est de la bonne et mauvaise plaisanterie[2].

DORANTE.

La cour a quelques ridicules, j'en demeure d'accord, et je suis, comme on voit, le premier à les fronder. Mais, ma foi, il y en a un grand nombre parmi les beaux esprits de profession; et si l'on joue quelques marquis, je trouve qu'il y a bien plus de quoi jouer les auteurs, et que ce seroit une chose plaisante à mettre sur le théâtre que leurs grimaces savantes et leurs raffinements ridicules, leur vicieuse coutume d'assassiner

> N'accusiez que lui seul de vos méchants succès.
> Permettez-moi, Monsieur Trissotin, de vous dire, .
> Avec tout le respect que votre nom m'inspire,
> Que vous feriez fort bien, vos confrères et vous,
> De parler de la cour d'un ton un peu plus doux,
> Qu'à le bien prendre au fond, elle n'est pas si bête
> Que, vous autres Messieurs, vous vous mettez en tête,
> Qu'elle a du sens commun pour se connoître à tout,
> Que chez elle on se peut former quelque bon goût,
> Et que l'esprit du monde y vaut, sans flatterie,
> Tout le savoir obscur de la pédanterie.

1. Il nous passe là. (1734.) — L'édition de 1773 reprend l'ancien texte : *il vous passe là*.

2. De la bonne ou mauvaise plaisanterie. (1734.)

les gens de leurs ouvrages, leur friandise[1] de louanges, leurs ménagements de pensées[2], leur trafic de réputation, et leurs ligues offensives et défensives, aussi bien que leurs guerres d'esprit, et leurs combats de prose et de vers.

LYSIDAS.

Molière est bien heureux, Monsieur, d'avoir un protecteur aussi chaud que vous. Mais enfin, pour venir au fait, il est question de savoir si sa pièce est bonne, et je m'offre d'y montrer partout cent défauts visibles.

URANIE.

C'est une étrange chose de vous autres Messieurs les poëtes, que vous condamniez toujours les pièces où tout le monde court, et ne disiez jamais du bien que de celles[3] où personne ne va. Vous montrez pour les unes une haine invincible, et pour les autres une tendresse qui n'est pas concevable.

DORANTE.

C'est qu'il est généreux de se ranger du côté des affligés.

URANIE.

Mais, de grâce, Monsieur Lysidas, faites-nous voir ces défauts, dont je ne me suis point aperçue.

LYSIDAS.

Ceux qui possèdent Aristote et Horace voient d'abord, Madame, que cette comédie pèche contre toutes les règles de l'art.

URANIE.

Je vous avoue que je n'ai aucune habitude avec ces

1. Friandises de louanges. (1734.) — Friandises de louange. (1773.)
2. « Leurs *ménagements de pensées* n'a pas paru assez clair, » dit Bret. Il ne semble pas qu'il y ait ici une allusion aux détours de M. Lysidas; il faut sans doute expliquer ces *ménagements* par préparations, arrangements, petits soins donnés au style pour faire valoir une pensée.
3. Que de celle. (1682.)

Messieurs-là, et que je ne sais point les règles de l'art.

DORANTE.

Vous êtes de plaisantes gens avec vos règles, dont vous embarrassez les ignorants et nous étourdissez tous les jours[1]. Il semble, à vous ouïr parler, que ces règles

---

1. Selon de Visé (*Zélinde*, p. 61 et 62), Dorante « se divertit aux dépens de M. l'abbé d'Aubignac, qui s'en est lui-même bien aperçu. » Cela ne nous paraît pas du tout prouvé. Sans avoir une bien grande admiration pour *la Pratique du théâtre*, on doit reconnaître d'abord que l'abbé d'Aubignac ne montre pas, comme Lysidas, un respect superstitieux pour l'autorité d'Aristote; il dit au début du livre III (p. 203) : « Le poëme dramatique a tellement changé de face, depuis le siècle d'Aristote, que, quand nous pourrions croire que le Traité qu'il en a fait n'est pas si corrompu dans les instructions qu'il en donne que dans l'ordre des paroles, dont les impressions modernes ont changé toute l'économie des vieux exemplaires, nous avons grand sujet de n'être pas en toutes choses de son avis[a]. » De plus, d'Aubignac a son pédantisme, mais ce n'est pas celui de Lysidas; il s'exprime souvent assez mal, mais plus simplement, et ne prodigue pas les mots de *protase*, d'*épitase*, et autres termes tirés du grec. Au contraire, on peut remarquer que Corneille ne se fait aucun scrupule dans ses *Examens* d'employer ce mot de *protase*[b]. Enfin, si l'abbé d'Aubignac s'était « bien aperçu, » comme l'affirme de Visé, que c'était à ses dépens que Dorante « se divertit » dans ce passage, il en aurait sans doute laissé percer quelque chose en parlant de *l'École des femmes* dans sa *Quatrième dissertation concernant le poëme dramatique* (p. 115)[c]. C'était un personnage assez hargneux, ainsi que le prouvent ses démêlés avec Corneille; et s'il avait cru se reconnaître ici, ce serait peut-être faire trop d'honneur à sa mansuétude comme à son bon sens que de supposer que, lorsque tant de gens se déchaînaient contre *l'École des femmes*, il n'eût laissé échapper aucun mot qui marquât la moindre rancune contre Molière.

a « *La Pratique du théâtre*, œuvre très-nécessaire à tous ceux qui veulent s'appliquer à la composition des poëmes dramatiques, qui font profession de les réciter en public, ou qui prennent plaisir d'en voir les représentations, » 1657, in-4°; l'auteur ne s'est fait nommer que dans le privilége.
b Corneille, du reste, s'était, avant Molière, moqué de l'étalage des règles et des mots savants : voyez l'espèce d'épilogue qui, dans les premières éditions, terminait *la Suite du Menteur*; Molière aurait pu recueillir là pour M. Lysidas un mot qui, pour l'effet rébarbatif, ne le cède ni à *protase* ni à *épitase* :

> CLITON.... Grâces au bon Dieu, nous nous y connoissons....
> .... Nous savons que c'est que de péripétie,
> Catastase, épisode, unité, dénouement,
> Et, quand nous en parlons, nous parlons congrûment.
> Donc, en termes de l'art....

c L'achevé d'imprimer, à la fin du volume des quatre *Dissertations*, est daté

de l'art soient les plus grands mystères du monde ; et
cependant ce ne sont que quelques observations aisées,
que le bon sens a faites sur ce qui peut ôter le plaisir
que l'on prend à ces sortes de poëmes ; et le même bon
sens qui a fait autrefois ces observations les, fait aisément tous les jours, sans le secours d'Horace et d'Aristote. Je voudrois bien savoir si la grande règle de toutes
les règles n'est pas de plaire, et si une pièce de théâtre
qui a attrapé son but n'a pas suivi un bon chemin.
Veut-on que tout un public s'abuse sur ces sortes de
choses, et que chacun n'y soit pas juge[1] du plaisir qu'il
y prend?

URANIE.

J'ai remarqué une chose de ces Messieurs-là : c'est
que ceux qui parlent le plus des règles, et qui les savent mieux que les autres, font des comédies que personne ne trouve belles[2].

DORANTE.

Et c'est ce qui marque, Madame, comme on doit
s'arrêter peu à leurs disputes embarrassées[3]. Car enfin,
si les pièces qui sont selon les règles ne plaisent pas et
que celles qui plaisent ne soient pas selon les règles, il
faudroit de nécessité que les règles eussent été mal

1. Ne soit pas juge. (1682.)
2. Ceci rappelle le mot du grand Condé au sujet de l'abbé d'Aubignac, auteur de *la Pratique du théâtre* et d'une méchante tragédie de *Zénobie.* « Je
sais bon gré à l'abbé d'Aubignac, disait le prince, d'avoir si bien suivi les règles d'Aristote ; mais je ne pardonne point aux règles d'Aristote d'avoir fait
faire à l'abbé d'Aubignac une si méchante tragédie. » (*Note d'Auger.*)
3. A leurs disputes embarrassantes. (1682, 1734.)

du 27 juillet 1663. Voici le commencement du passage (la suite en a été citée
ci-dessus, p. 171, note 1, lignes 3 et suivantes) : « De quoi vous êtes-vous avisé
sur vos vieux jours d'accroître votre nom et de vous faire nommer. Monsieur
de Corneille? L'auteur de *l'École des femmes* (je vous demande pardon si
je parle de cette comédie qui vous fait désespérer, et que vous avez essayé de
détruire par votre cabale dès la première représentation), l'auteur, dis-je, de
cette pièce, fait conter, etc. »

faites. Moquons-nous donc de cette chicane où ils veulent assujettir le goût du public, et ne consultons dans une comédie que l'effet qu'elle fait sur nous. Laissons-nous aller de bonne foi aux choses qui nous prennent par les entrailles, et ne cherchons point de raisonnements pour nous empêcher d'avoir du plaisir[1].

URANIE.

Pour moi, quand je vois une comédie, je regarde seulement si les choses me touchent; et, lorsque je m'y suis bien divertie, je ne vais point demander si j'ai eu tort, et si les règles d'Aristote me défendoient de rire.

DORANTE.

C'est justement comme un homme qui auroit trouvé une sauce[2] excellente, et qui voudroit examiner si elle est bonne sur les préceptes du *Cuisinier françois*[3].

1. On peut s'étonner de trouver chez l'abbé d'Aubignac l'expression de la même déférence pour les jugements spontanés du public. Il dit, dans sa dissertation sur la *Sophonisbe*, en racontant la représentation à laquelle il avait assisté : « J'observai que, durant tout ce spectacle, le théâtre n'éclata que quatre ou cinq fois au plus, et qu'en tout le reste il demeura froid et sans émotion; car c'est une preuve infaillible que les affaires de la scène languissoient : le peuple est le premier juge de ces ouvrages. Ce n'est pas que je les commette au mauvais sentiment des courtauts de boutique et des laquais; j'entends par le peuple cet amas d'honnêtes gens qui s'en divertissent, et qui ne manquent ni de lumières naturelles, ni d'inclinations à la vertu, pour être touchés des beaux éclairs de la poésie et des bonnes moralités; car bien qu'ils ne soient peut-être pas tous instruits en la délicatesse du théâtre pour savoir les raisons du bien et du mal qu'ils y trouvent, ils ne laissent pas de le sentir. Ils ne connoissent pas pourquoi les choses sont telles qu'ils les sentent; mais ils ne laissent pas d'avoir dans les oreilles et dans le fond de l'âme un tribunal secret qui ne se peut tromper, et devant lequel rien ne se déguise. » (*Deux Dissertations concernant le poëme dramatique, en forme de remarques sur deux tragédies de M. Corneille intitulées* Sophonisbe *et* Sertorius, *envoyées à Mme la duchesse de R**, 1663 : 1ʳᵉ Dissertation, p. 2 et 3.)

2. Dans l'édition originale, *sausse*.

3. « *Le Cuisinier françois* enseignant la manière de bien apprêter et assaisonner toutes sortes de viandes grasses et maigres, légumes, pâtisseries et autres mets qui se servent tant sur les tables des grands que des particuliers, avec une instruction pour faire des confitures, par le sieur de la Varenne, écuyer de cuisine de M. le marquis d'Uxelles. » La première édition de cet ouvrage souvent réimprimé est, selon Brunet, de 1651 à Paris. Le même bibliographe

URANIE.

Il est vrai; et j'admire les raffinements de certaines
gens sur des choses que nous devons sentir par nous-
mêmes[1].

DORANTE.

Vous avez raison, Madame, de les trouver étranges,
tous ces raffinements mystérieux. Car enfin, s'ils ont
lieu, nous voilà réduits à ne nous plus croire; nos propres sens seront esclaves en toutes choses; et, jusques
au manger[2] et au boire, nous n'oserons plus trouver rien
de bon, sans le congé de Messieurs les experts.

LYSIDAS.

Enfin, Monsieur, toute votre raison, c'est que *l'École
des femmes* a plu; et vous ne vous souciez point qu'elle
soit dans les règles, pourvu....

DORANTE.

Tout beau, Monsieur Lysidas, je ne vous accorde pas
cela. Je dis bien que le grand art est de plaire, et que
cette comédie ayant plu à ceux pour qui elle est faite,
je trouve que c'est assez pour elle et qu'elle doit peu
se soucier du reste. Mais, avec cela, je soutiens qu'elle
ne pèche contre aucune des règles dont vous parlez. Je
les ai lues, Dieu merci, autant qu'un autre; et je ferois
voir aisément que peut-être n'avons-nous point de pièce
au théâtre plus régulière que celle-là.

ÉLISE.

Courage, Monsieur Lysidas! nous sommes perdus si
vous reculez.

LYSIDAS.

Quoi? Monsieur, la protase, l'épitase, et la péripétie...?

en cite une de 1699, à Lyon, qui porte ce sous-titre ambitieux : *l'École des
ragoûts.*

1. Que nous devons sentir nous-mêmes. (1673, 74, 82, 1734.)
2. Et jusqu'au manger. (1734.)

DORANTE.

Ah! Monsieur Lysidas, vous nous assommez avec vos grands mots. Ne paroissez point si savant, de grâce. Humanisez votre discours, et parlez pour être entendu. Pensez-vous qu'un nom grec donne plus de poids à vos raisons? Et ne trouveriez-vous pas qu'il fût aussi beau de dire, l'exposition du sujet, que la protase, le nœud, que l'épitase, et le dénouement, que la péripétie?

LYSIDAS.

Ce sont termes de l'art dont il est permis de se servir. Mais, puisque ces mots blessent vos oreilles, je m'expliquerai d'une autre façon, et je vous prie de répondre positivement à trois ou quatre choses que je vais dire. Peut-on souffrir une pièce qui pèche contre le nom propre des pièces de théâtre? Car enfin, le nom de poëme dramatique vient d'un mot grec qui signifie agir, pour montrer que la nature de ce poëme consiste dans l'action; et dans cette comédie-ci, il ne se passe point d'actions, et tout consiste en des récits que vient faire[1] ou Agnès ou Horace.

LE MARQUIS.

Ah! ah! Chevalier.

CLIMÈNE.

Voilà qui est spirituellement remarqué, et c'est prendre le fin des choses.

LYSIDAS.

Est-il rien de si peu spirituel, ou, pour mieux dire, rien de si bas, que quelques mots où tout le monde rit, et surtout celui des *enfants par l'oreille?*

CLIMÈNE.

Fort bien.

ÉLISE.

Ah!

1. Que viennent faire. (1734.)

LYSIDAS.

La scène du valet et de la servante au dedans de la maison, n'est-elle pas d'une longueur ennuyeuse, et tout à fait impertinente?

LE MARQUIS.

Cela est vrai.

CLIMÈNE.

Assurément.

ÉLISE.

Il a raison.

LYSIDAS.

Arnolphe ne donne-t-il pas trop librement son argent à Horace? Et puisque c'est le personnage ridicule de la pièce, falloit-il lui faire faire l'action d'un honnête homme?

LE MARQUIS.

Bon. La remarque est encore bonne.

CLIMÈNE.

Admirable.

ÉLISE.

Merveilleuse.

LYSIDAS.

Le sermon et les *Maximes* ne sont-elles pas des choses ridicules, et qui choquent même le respect que l'on doit à nos mystères[1] ?

---

1. Voyez plus haut, p. 214, note 2. De Visé revient encore ailleurs sur cette imputation venimeuse dans *la Vengeance des Marquis*, à propos de *l'Impromptu de Versailles;* nous croyons devoir remettre sous les yeux du lecteur ce passage, déjà cité à la *Notice*, p. 143. Clarice raconte qu'elle a été voir cette pièce avec deux ou trois de ses amies : « Nous voulions savoir si le Peintre, après avoir fait un sermon dans une de ses comédies, et mis les dix commandements, n'auroit point, dans cette dernière, parlé des sept péchés mortels et de quelque autre office journalier, afin de lui en faire faire après quelques réprimandes, mais pourtant avec toute la douceur imaginable. » (Scène V, p. 122 : voyez la pièce dans l'ouvrage de M. Victor Fournel, *les Contemporains de Molière*, tome I, p. 318.) Cette accusation, que l'auteur de *la Vengeance des Marquis* ne répète ainsi que parce qu'il la sait dangereuse,

LE MARQUIS.

C'est bien dit.

CLIMÈNE.

Voilà parlé comme il faut[1].

ÉLISE.

Il ne se peut rien de mieux[2].

LYSIDAS.

Et ce Monsieur de la Souche enfin, qu'on nous fait un homme d'esprit, et qui paroît si sérieux en tant d'endroits, ne descend-il point dans quelque chose de trop comique et de trop outré au cinquième acte, lorsqu'il explique à Agnès la violence de son amour, avec ces roulements d'yeux extravagants, ces soupirs ridicules, et ces larmes niaises qui font rire tout le monde?

LE MARQUIS.

Morbleu! merveille!

CLIMÈNE.

Miracle!

ÉLISE.

Vivat! Monsieur Lysidas.

LYSIDAS.

Je laisse cent mille autres choses, de peur d'être ennuyeux.

LE MARQUIS.

Parbleu! Chevalier, te voilà mal ajusté.

DORANTE.

Il faut voir.

LE MARQUIS.

Tu as trouvé ton homme, ma foi[3]!

---

est agréablement relevée par ces mots, *toute la douceur imaginable :* c'est un trait digne de Tartuffe.

1. Voilà parler comme il faut. (1734.)
2. Rien dire de mieux. (1734.)
3. Les mots : *ma foi!* ont été supprimés par l'édition de 1734.

DORANTE.

Peut-être.

LE MARQUIS.

Réponds, réponds, réponds, réponds[1].

DORANTE.

Volontiers. Il....

LE MARQUIS.

Réponds donc, je te prie.

DORANTE.

Laisse-moi donc faire. Si....

LE MARQUIS.

Parbleu! je te défie de répondre.

DORANTE.

Oui, si tu parles toujours.

CLIMÈNE.

De grâce, écoutons ses raisons.

DORANTE.

Premièrement, il n'est pas vrai de dire que toute la pièce n'est qu'en récits. On y voit beaucoup d'actions qui se passent sur la scène, et les récits eux-mêmes y sont des actions, suivant la constitution du sujet; d'autant qu'ils sont tous faits innocemment, ces récits, à la personne intéressée, qui par là entre, à tous coups, dans une confusion à réjouir les spectateurs, et prend, à chaque nouvelle[2], toutes les mesures qu'il peut pour se parer du malheur qu'il craint.

URANIE.

Pour moi, je trouve que la beauté du sujet de *l'École des femmes* consiste dans cette confidence perpétuelle; et ce qui me paroît assez plaisant, c'est qu'un homme qui a de l'esprit, et qui est averti de tout par une inno-

---

1. Dans l'édition originale, *Respon, respon*, etc.
2. *Chaque nouvelles* (sic), dans l'édition originale.

cente qui est sa maîtresse, et par un étourdi qui est son
rival, ne puisse avec cela éviter ce qui lui arrive.

LE MARQUIS.

Bagatelle, bagatelle.

CLIMÈNE.

Foible réponse.

ÉLISE.

Mauvaises raisons.

DORANTE.

Pour ce qui est des *enfants par l'oreille*, ils ne sont
plaisants que par réflexion à Arnolphe[1]; et l'auteur n'a
pas mis cela pour être de soi un bon mot, mais seulement pour une chose qui caractérise l'homme, et peint
d'autant mieux son extravagance, puisqu'il rapporte
une sottise triviale qu'a dite Agnès comme la chose la
plus belle du monde, et qui lui donne une joie inconcevable.

LE MARQUIS.

C'est mal répondre.

CLIMÈNE.

Cela ne satisfait point.

ÉLISE.

C'est ne rien dire.

DORANTE.

Quant à l'argent qu'il donne librement, outre que la
lettre de son meilleur ami lui est une caution suffi-
sante, il n'est pas incompatible qu'une personne soit ridicule en de certaines choses et honnête homme en
d'autres. Et pour la scène d'Alain et de Georgette dans
le logis, que quelques-uns ont trouvée longue et froide,
il est certain qu'elle n'est pas sans raison, et de même

---

1. Que relativement à Arnolphe, parce que c'est lui qui dit cette sottise, et
que sa joie en la disant suffit pour le peindre. C'est le même archaïsme que
nous avons vu page 346.

qu'Arnolphe se trouve attrapé, pendant son voyage, par la pure innocence de sa maîtresse, il demeure, au retour, longtemps à sa porte par l'innocence de ses valets, afin qu'il soit partout puni par les choses qu'il a cru faire[1] la sûreté de ses précautions.

LE MARQUIS.

Voilà des raisons qui ne valent rien.

CLIMÈNE.

Tout cela ne fait que blanchir[2].

ÉLISE.

Cela fait pitié.

DORANTE.

Pour le discours moral que vous appelez un sermon, il est certain que de vrais dévots qui l'ont ouï n'ont pas trouvé qu'il choquât ce que[4] vous dites ; et sans doute que ces paroles d'*enfer* et de *chaudières bouillantes*[3] sont assez justifiées par l'extravagance d'Arnolphe et par l'innocence de celle à qui il parle. Et quant au transport amoureux du cinquième acte, qu'on accuse d'être trop outré et trop comique, je voudrois bien savoir si ce n'est pas faire la satire des amants, et si les honnêtes gens même et les plus sérieux[4], en de pareilles occasions, ne font pas des choses[5]...?

1. Par les choses dont il a cru faire. (1682, 1734.)
2. Voyez le renvoi fait ci-dessus, p. 220, note 2.
3. Vers 727 et 737.
4. L'édition de 1674 porte *furieux*, pour *sérieux*.
5. Ne font pas de choses.... (1675 A, 84 A, 94 B.) — Molière le savait déjà sans doute par sa propre expérience, et c'est ce qu'il devait montrer plus tard dans *le Misanthrope*. Outre l'intérêt qu'offre *la Critique de l'École des femmes*, comme défense personnelle de l'auteur, elle en a un autre, qu'Auger a signalé avec beaucoup de justesse (dans sa *Notice*, p. 253 et 254) : c'est qu'on trouve déjà esquissées ici plusieurs « figures originales que Molière a placées depuis dans ses plus importants ouvrages.... Quelques traits détachés du rôle de Climène et du portrait d'Araminte ont servi à composer les personnages de la prude Arsinoé et de la pédante Philaminte. Élise et Uranie

LE MARQUIS.

Ma foi, Chevalier, tu ferois mieux de te taire.

DORANTE.

Fort bien. Mais enfin si nous nous regardions nous-
mêmes, quand nous sommes bien amoureux...?

LE MARQUIS.

Je ne veux pas seulement t'écouter.

DORANTE.

Écoute-moi, si tu veux. Est-ce que dans la violence
de la passion...?

LE MARQUIS.

La, la, la la, lare, la, la, la, la, la, la. (Il chante.)

DORANTE.

Quoi...?

LE MARQUIS.

La, la, la, la, lare, la, la, la, la, la, la.

DORANTE.

Je ne sais pas si....

LE MARQUIS.

La, la, la, la, lare, la, la, la, la, la, la, la.

URANIE.

Il me semble que....

LE MARQUIS.

La, la, la, lare, la, la, la, la, la, la, la, la, la, la.

URANIE.

Il se passe des choses assez plaisantes dans notre dis-

---

semblent se reproduire dans la raisonnable et spirituelle Henriette. Lysidas, si
bassement jaloux de ses confrères et si sottement satisfait de lui-même, se retrouve tout entier dans Trissotin. Enfin Dorante, ingénieux défenseur de la
cour contre un pédant qui l'outrage sans la connaître, reparaît à nos yeux sous
le nom de Clitandre. » Ces dernières lignes seules ne sont peut-être pas tout à
fait exactes : Dorante est beaucoup moins le défenseur de la cour que celui du
bon sens, qu'il oppose à la frivolité tranchante du Marquis aussi bien qu'au
pédantisme hargneux de Lysidas. Il défend également l'opinion du parterre
contre le premier, et celle de la cour contre le second.

pute. Je trouve qu'on en pourroit bien faire une petite comédie, et que cela ne seroit pas trop mal à la queue de *l'École des femmes.*

DORANTE.

Vous avez raison.

LE MARQUIS.

Parbleu ! Chevalier, tu jouerois là dedans un rôle qui ne te seroit pas avantageux.

DORANTE.

Il est vrai, Marquis.

CLIMÈNE.

Pour moi, je souhaiterois que cela se fît, pourvu qu'on traitât l'affaire comme elle s'est passée.

ÉLISE.

Et moi, je fournirois de bon cœur mon personnage.

LYSIDAS.

Je ne refuserois pas le mien, que je pense[1].

URANIE.

Puisque chacun en seroit content, Chevalier, faites un mémoire de tout, et le donnez à Molière, que vous connoissez, pour le mettre en comédie.

---

1. Ce n'est pas seulement, quoi qu'en dise Auger, parce que Lysidas, toujours content de lui, croit avoir eu l'avantage dans cette discussion, qu'il ne refuse pas son personnage à la comédie projetée; c'est que, dès lors, c'était surtout, pour un écrivain obscur, un honneur d'être attaqué par Molière. Boursault eut grand soin, nous l'avons vu, de se reconnaître dans ce personnage, et de bien marquer par le léger changement de Lysidas en Lyzidor qu'il s'y était reconnu. Une notoriété de ce genre pouvait paraître plus honorable que l'obscurité; ce sera précisément un des traits caractéristiques de Trissotin qu'il se félicitera de figurer si souvent dans les satires de Boileau, et d'y être le but de ses *coups redoublés :* voyez *les Femmes savantes,* acte III, scène III. Il trouve qu'ainsi Boileau l'a traité *plus favorablement* que Vadius à qui il n'a daigné accorder qu'une *atteinte légère,* et peut-être Trissotin ne se trompait-il pas à son point de vue :

Et qui sauroit sans moi que Cotin a prêché?

disait Boileau (satire IX, vers 198).

CLIMÈNE.

Il n'auroit garde, sans doute, et ce ne seroit pas des vers à sa louange.

URANIE.

Point, point ; je connois son humeur : il ne se soucie pas qu'on fronde ses pièces, pourvu qu'il y vienne du monde.

DORANTE.

Oui. Mais quel dénouement pourroit-il trouver à ceci? car il ne sauroit y avoir ni mariage, ni reconnoissance; et je ne sais point par où l'on pourroit faire finir la dispute.

URANIE.

Il faudroit rêver quelque incident[1] pour cela.

SCÈNE VII ET DERNIÈRE.

GALOPIN, LYSIDAS, DORANTE, LE MARQUIS, CLIMÈNE, ÉLISE, URANIE[2].

GALOPIN.

Madame, on a servi sur table.

DORANTE.

Ah! voilà justement ce qu'il faut pour le dénouement que nous cherchions, et l'on ne peut rien trouver de plus naturel. On disputera fort et ferme de part et d'autre, comme nous avons fait, sans que personne se rende; un petit laquais viendra dire qu'on a servi; on se lèvera, et chacun ira souper.

1. Rêver à quelque incident. (1734.)

2.   SCÈNE DERNIÈRE.

CLIMÈNE, URANIE, ÉLISE, DORANTE, LE MARQUIS, LYSIDAS, GALOPIN.
(1734.)

URANIE.

La comédie ne peut pas mieux finir, et nous ferons bien d'en demeurer là.

FIN DE LA CRITIQUE DE L'ÉCOLE DES FEMMES.

L'IMPROMPTU DE VERSAILLES

COMÉDIE

REPRÉSENTÉE LA PREMIÈRE FOIS

A VERSAILLES POUR LE ROI

LE 14ᵉ OCTOBRE 1663

ET DONNÉE DEPUIS AU PUBLIC DANS LA SALLE DU PALAIS-ROYAL

LE 4ᵉ NOVEMBRE DE LA MÊME ANNÉE 1663

PAR LA

TROUPE DE MONSIEUR, FRÈRE UNIQUE DU ROI

NOTICE.

(Voyez ci-dessus la *Notice* sur *l'École des femmes*.)

La Critique de l'École des femmes était dirigée contre les écrivains irrités du succès de Molière; *l'Impromptu de Versailles* fut surtout une réplique aux attaques des comédiens jaloux.

La rivalité entre l'Hôtel de Bourgogne et la troupe de Molière datait de l'installation de celle-ci à Paris en 1658. Les grands comédiens, *la seule troupe royale*, comme la *Gazette* ne manque pas de le répéter, passaient pour exceller dans le genre noble et ne jouaient guère autre chose. Mais la supériorité de Molière et de sa troupe dans le genre comique n'était plus contestée que par les beaux esprits, qui affectaient d'ailleurs de regarder la comédie comme un genre secondaire[1]. En outre, Molière avait des idées très-particulières et qu'il ne réussit pas à faire partager à son siècle, sur la déclamation théâtrale : il trouvait que celle des grands comédiens manquait de naturel, et il avait déjà placé dans la bouche de Mascarille cette critique sous forme d'éloge : « Il n'y a qu'eux qui soient capables de faire valoir les choses; les autres sont des ignorants qui récitent comme l'on parle; ils ne savent pas faire

---

1. De Visé, opposant la tragédie à la comédie et Corneille à Molière, écrit : « Voyons présentement si ce qu'il a dit est véritable, si les pièces comiques doivent étouffer les sérieuses, et si les bouffons méritent plus de gloire que les grands hommes. Les uns n'ont rien que de ridicule dans leurs ouvrages, et ne travaillent que pour la rate, et les autres n'ont rien que de solide et ne travaillent que pour l'esprit. » (*Lettre sur les affaires du théâtre*, p. 87 et 88.) Nous n'avons pas besoin de faire remarquer que Molière n'a nullement dit que « les pièces comiques dussent étouffer les sérieuses. » Mais il était nécessaire de lui prêter cette opinion, pour amener l'antithèse si heureuse entre la rate et l'esprit.

ronfler les vers, et s'arrêter au bel endroit : et le moyen de connoître où est le beau vers, si le comédien ne s'y arrête, et ne vous avertit par là qu'il faut faire le brouhaha[1]? » C'était donc plus qu'une concurrence entre les deux théâtres, plus qu'une animosité intéressée; c'était une lutte entre deux genres et entre deux systèmes.

La faveur du Roi, qui s'était déclarée pour Molière, même avant la représentation de *l'École des femmes*, avait causé beaucoup d'inquiétude aux grands comédiens. On trouve, sur le *Registre de la Grange*, cette note à la date du 24 juin 1662 : « La Reine mère fit venir les comédiens de l'Hôtel de Bourgogne, qui la sollicitèrent de leur procurer l'avantage de servir le Roi, la troupe de Molière leur donnant beaucoup de jalousie. » Il ne semble pas que cette démarche ait eu beaucoup d'effet, car la *Gazette*, qui mentionne d'ordinaire les représentations à la cour quand elles sont données par l'Hôtel de Bourgogne, n'indique, si nous ne nous trompons, depuis uin 1662 jusqu'au succès de *l'École des femmes*, qu'une représentation donnée par la troupe royale, celle de la *Sophonisbe* de Corneille, « dans l'appartement de la Reine, » devant le Roi[2]. Nous devons dire que plus tard Louis XIV tint la balance un peu plus égale entre les deux troupes, et que l'Hôtel de Bourgogne obtint « de servir le Roi » presque aussi souvent que la troupe de Molière. C'était, il est vrai, à une date où les pièces de Racine, toutes représentées à l'Hôtel de Bourgogne, sauf la première, étaient venues relever la tragédie, que le génie épuisé de Corneille ne pouvait plus soutenir.

Dans la *Notice* de *l'École des femmes*, nous avons rappelé les principaux incidents de cette querelle, qui se termina, du côté de Molière, par une victoire décisive, *l'Impromptu de Versailles*. Il ne nous reste plus qu'à donner la liste des représentations, soit à la cour, soit à la ville, toujours d'après le *Registre de la Grange :*

[1663.]

« Le jeudi 11e octobre (1663), la troupe est partie, par ordre du

1. *Les Précieuses ridicules*, scène IX (tome II, p. 93).
2. *Gazette* du 3 février 1663 : voyez la *Notice* de M. Marty-Laveaux, tome VI du *Corneille*, p. 451.

Roi, pour Versailles. On a joué *le Prince jaloux* ou *Dom Garcie,
Sertorius, l'École des maris, les Fâcheux, l'Impromptu*, dit, à cause de
la nouveauté et du lieu, *de Versailles*, le *Dépit amoureux*, et encore
une fois *le Prince jaloux;* pour le tout, reçu de M. Bontemps, 1ᵉʳ valet de chambre, sur la cassette...................... 3300ᵗᵗ
Partagé.. 231

Le retour a été le mardi 23ᵉ octobre.

. . . .

Pièce nouvelle de Mʳ de Molière.

Dimanche 4ᵉ novembre, *Prince jaloux, l'Impromptu de Ver-
   sailles*, 2ᵉ fois[1]..................................   1090
Mardi 6ᵉ, *idem*.......................................   660
Dimanche 11ᵉ, *le Menteur, l'Impromptu*.................   847
Mardi 13ᵉ, *idem*......................................   587
Mercredi 14ᵉ, *le Cocu* et *l'Impromptu*, chez M. le maréchal
   de Gramont[2]....................................   330
Vendredi 16ᵉ, *Marianne*[3] et *l'Impromptu*   657
Dimanche 18ᵉ, *idem*...........................   822ᵗᵗ 10 s.

1. Évidemment la Grange compte ici la représentation à Versailles comme la première, et ceci prouve bien que *l'Impromptu*
n'avait été représenté qu'une fois à la cour avant la première représentation à la ville.

2. Le frère aîné du héros d'Hamilton. C'est aux ambassadeurs
suisses qu'il donna Molière ce jour-là. Ils avaient été envoyés à
Paris pour y renouveler solennellement les traités d'alliance, et furent partout comblés d'attentions. *La Muse historique* de Loret (au
17 novembre) mentionne cette visite : *Le duc de Gramont*

> Leur fit (*aux ambassadeurs*) un banquet mercredi....
>
> . . . .
>
> Ils furent ensuite ravis
> (Après, je crois, quelque musique)
> D'un divertissement comique.

Et Racine dit à ce propos dans une de ses lettres (tome VI,
p. 504) : « Les Suisses iront dimanche (18 *novembre* 1663) à Notre-
Dame (*la cérémonie du renouvellement s'y fit en effet*), et le Roi a
demandé la comédie pour eux à Molière : sur quoi Monsieur le
Duc a dit qu'il suffisoit de leur donner *Gros-René* bien enfariné,
parce qu'ils n'entendoient point le françois. »

3. De Tristan; un des grands succès du siècle; la pièce datait
de l'année du *Cid*, 1636.

[1663.]

Vendredi 23ᵉ, *Marianne* et *l'Impromptu*................	478ᵗ
Dimanche 25ᵉ, *l'École des maris*, *l'Impromptu*...........	808
Mardi 27ᵉ, *idem*	415
Vendredi 30ᵉ, *idem* [1]	835
Dimanche 2ᵉ décembre, *idem*	585
Mardi 4ᵉ, *le Cocu imaginaire* et *l'Impromptu*...........	450
Vendredi 7ᵉ, *idem*	325
Dimanche 9ᵉ, *idem*.............................	750
Le mardi 11ᵉ, la troupe fut mandée et joua à l'hôtel de Condé, au mariage de S. A. S. Mgr le Duc [2], *la Critique de l'École des femmes* et *l'Impromptu de Versailles*.......	400
Le vendredi 14ᵉ décembre, *le Cocu imaginaire*, *l'Impromptu*.	506
Dimanche 16ᵉ, *idem*.............................	551
Mardi 18ᵉ, *Sertorius* et *l'Impromptu*................	342
Vendredi 21ᵉ, *idem*.............................	454
Dimanche 23ᵉ, *idem*.............................	509

Nous ne trouvons plus tard qu'une représentation de *l'Impromptu* à Paris, le dimanche 16 mars 1664, avec *l'École des maris*. La recette est de 486 livres. Mais il y en a encore plusieurs, soit à la cour, soit en visite, après que *l'Impromptu* semble avoir épuisé son succès à Paris.

Le jeudi 17 janvier 1664, on joue *l'Impromptu* et *le Grand Benêt de fils aussi sot que son père*, « pièce nouvelle de M. de Brécourt [3] », en visite chez M. le Tellier, etc.

Le dimanche 16 mars 1664, *l'École des maris* et *l'Impromptu*, chez Madame de Rambouillet [4].

L'Impromptu est joué chez Monsieur, à Villers-Cotterets,

---

1. Nous ferons remarquer que deux fois depuis la première représentation de *l'Impromptu* à Paris, c'est-à-dire le vendredi 9 novembre et le mardi 20, la troupe ne joue pas, sans que le *Registre* indique le motif de ce relâche.

2. Le duc d'Enghien, fils du grand Condé, qui épousa Anne de Bavière, fille de la Palatine. Voyez ci-dessus, p. 140.

3. Voyez M. Fournel, tome I, p. 482, et notre tome I, p. 9.

4. Brécourt, qui joua deux fois, ce jour-là, son rôle de *l'Impromptu* (voyez les lignes 18 et 19 de cette page), ne le devait plus jouer : il signa le lendemain son engagement avec l'Hôtel de Bourgogne (*Recherches* de M. Soulié, p. 205 et suivantes).

en septembre 1664, avec *Sertorius, le Cocu imaginaire, la Thébaïde* et les trois premiers actes du *Tartuffe*.

En octobre 1664, il est joué encore pour le Roi à Versailles; le 1er décembre, chez Colbert; enfin pour le Roi, le 13 septembre 1665. C'est, croyons-nous, la dernière fois que la pièce ait été représentée, avant notre siècle. En 1838, elle fut jouée deux fois (la première, le samedi 12 mai); voici quelle était la distribution :

	Molière,	MM.	Samson,
	Brécourt,		Provost,
	La Grange,		Menjaud,
	La Thorillière,		Leroy,
	Du Croisy,		Louis Monrose,
	Béjard,		Rey,
	1er nécessaire,		Mathieu,
	2e nécessaire,		Arsène,
	3e nécessaire,		Fonta,
	4e nécessaire,		Monlaur.
Mlles	Du Parc,	Mmes	Mante,
	Béjard,		Noblet,
	De Brie,		Plessy,
	Molière,		Anaïs,
	Hervé,		Dupont,
	Du Croisy,		Béranger.

L'Impromptu de Versailles a été imprimé pour la première fois dans le tome VII de l'édition de 1682, sous ce titre :

L'IMPROMPTU
DE VERSAILLES,
COMEDIE.
PAR J. B. P. Molière.

Représentée la première fois à Versailles pour le Roy le quatorzième octobre 1663, et donnée depuis au Public dans la Salle du Palais Royal, le quatrième Nouembre de la mesme année 1663.

Par la Trouppe de Monsieur,
Frere Unique du Roy.

Extraits des Mémoires publiés dans le Mercure de France, *par Mme Paul Poisson[1], née du Croisy, sur les principaux comédiens français.*

Ce que nous savons du jeu des comédiens de l'Hôtel de Bourgogne est dû surtout aux notes publiées dans le *Mercure de France* de 1738 et 1740, sous le titre, en 1738, de *Mémoires pour servir à l'histoire du théâtre, et spéciale-ment à la vie des plus célèbres comédiens françois,* et, en 1740, de *Lettre* et *II* Lettre sur la vie et les ouvrages de Molière, et sur les comédiens de son temps.* Il semblerait qu'à cette date, plus de soixante ans après la mort de Mo-lière, l'auteur n'avait pu connaître la plupart de ceux dont il parle, et que ces *Mémoires* ne sauraient avoir la valeur d'un témoignage contemporain. Il se trouve, au contraire, que ce survivant du grand siècle avait dû recueillir dans sa jeunesse l'impression immédiate de ceux qui avaient pu apprécier Mont-fleury; qu'il n'avait, pour quelques autres, qu'à consulter ses propres souvenirs; et enfin qu'il avait paru même sur le théâtre de Molière, à côté du grand co-médien. La personne qui avait rédigé ces notes, n'était autre que la seconde fille d'un des camarades de Molière[2], du Croisy; elle était veuve de Paul Pois-son, le fils du célèbre comique de l'Hôtel de Bourgogne, et lui-même comé-dien fort estimé. Ainsi, soit par elle-même, soit par son beau-père, qui ne mourut qu'en 1690, soit par ses camarades, elle avait la tradition des deux théâtres.

Mais ces articles du *Mercure* sont-ils bien de Mme Paul Poisson? Il ne sau-rait y avoir de doute, au moins pour le plus important, celui de 1740. Les frères Parfaict étaient en relation avec Mme Paul Poisson. Ils insèrent d'elle une note qu'ils lui doivent, sur son père et sa famille, et ils ajoutent : « Elle est actuellement vivante et retirée à Saint-Germain en Laye[3]. » On peut donc les en croire, lorsque, citant, dans un autre volume[4], le portrait célèbre de Mo-lière, qu'on trouvera ci-après (p. 383) et que reproduisent toutes les biogra-phies, ils ajoutent que ce portrait est dû à « la femme d'un des meilleurs co-médiens que nous ayons eu, » et en note : « Mademoiselle Poisson, fille de du

1. Nous la désignons ainsi conformément à nos habitudes actuelles; il faut se rappeler que tous ses contemporains l'appelaient Mlle Poisson.

2. La fille aînée de du Croisy, qui jouait déjà dans la troupe du Dauphin, était morte en février 1670. (*Histoire du Théâtre françois* par les frères Parfaict, tome XIII, p. 295.)

3. Tome XIII, publié en 1748, p. 295 et 296. Ils donnent une autre note communiquée par elle, tome XII, p. 200.

4. Tome X, publié en 1747, p. 86.

Croisy, comédien de la troupe de Molière (actuellement vivante, en 1747). Elle a joué le rôle d'une des *Grâces* dans *Psyché* en 1671. » Or le passage qu'ils citent, sans en indiquer d'ailleurs la provenance, est emprunté à la première lettre (la lettre de mai) du *Mercure* de 1740.

Quant aux *Mémoires* insérés dans le *Mercure* de 1738, nous n'avons pas de preuve aussi directe qu'ils soient de Mme Paul Poisson ; mais on va voir qu'il n'est pas possible de les attribuer à une autre plume, puisqu'elle les rappelle dans son article de 1740.

La lettre de mai 1740 commence ainsi (p. 834) : « Puisque vous n'êtes point rebuté, Monsieur, de ce que je vous ai déjà écrit au sujet de notre illustre poëte comique, et sur lequel vous me pressez encore, je vais satisfaire du mieux que je pourrai à votre envie. Au reste, je ne croyois pas que Molière fût aussi connu et aussi chéri en Allemagne.... »

On peut inférer de ce début que ce travail n'avait pas été entrepris pour le *Mercure ;* qu'il était destiné à un correspondant d'Allemagne, et peut-être avait été écrit à une date antérieure, ce qui serait loin d'en diminuer la valeur. Mais ce qu'il faut en conclure surtout, c'est que cette allusion à une lettre précédente ne peut s'appliquer qu'aux *Mémoires* de 1738, et qu'ils sont bien aussi de Mme Poisson. Ajoutons que, sans dire de qui sont ces *Mémoires*, les frères Parfaict les citent avec la même confiance que la lettre de 1740 [1].

Nous devons encore faire remarquer que ces divers articles ont été réunis et publiés, sous ce titre : *Histoire abrégée des plus célèbres comédiens de l'antiquité et des comédiens françois les plus distingués*, dans le tome Ier, p. 427 et suivantes, des *Variétés historiques, physiques et littéraires*, Paris, 3 volumes in-12, 1752, c'est-à-dire, du vivant de Mme Paul Poisson. On attribuait cette compilation à Boucher d'Argis, avocat au Parlement. Celui-ci écrivait lui-même dans le *Mercure*.

Mme Paul Poisson, retirée du théâtre depuis 1694, avait, quand elle mourut en 1756, quatre-vingt-dix ans, si l'on s'en rapporte au registre mortuaire de Saint-Germain en Laye, cité par M. Jal [2]. Mais on sait avec quelle négligence étaient tenus ces registres : on s'y contentait des déclarations les plus vagues. Quoique ce soit là déjà un assez grand âge, on peut croire que Mme veuve Poisson était encore plus âgée. Elle n'aurait eu, à ce compte, que cinq ans en 1671, quand elle joua une des *Grâces* dans *Psyché :* ce qui est de toute invraisemblance. Ce petit rôle muet et seulement dansé, s'il n'exigeait pas une grande précocité d'intelligence, supposait au moins un développement physique que ne peut avoir une enfant de cinq ans. Il est bien certain qu'elle l'a joué d'original, comme l'affirment les frères Parfaict, presque toujours si exacts. On en a la preuve dans le livret ou programme de ce ballet, imprimé

1. Voyez l'*Histoire du Théâtre françois*, tome XII, p. 204, et aussi tome VIII, p. 218.

2. *Dictionnaire critique*, article *Poisson*

en 1671, et que nous avons sous les yeux : il porte, à la page 7, cette indication : « *Deux Grâces*, Mlles la Thorillière et *de* Croisy[1]. » Mais en admettant même qu'elle n'eût.que sept ans lors de la mort de Molière en 1673, elle avait débuté près de lui et commencé de bien bonne heure à s'intéresser aux choses du théâtre; elle avait vécu longtemps avec les anciens camarades du grand poëte; puis, lors de la réunion des deux théâtres, en 1680, avec les derniers acteurs de l'Hôtel de Bourgogne. Elle avait donc eu, d'abord, à l'égard de quelques-uns des comédiens dont elle parle, son impression personnelle, qui pouvait être très-exacte en ce qui concerne les qualités et les défauts physiques, que parfois un enfant, et surtout une petite fille, remarque si bien; elle avait en outre, à l'égard de tous, l'impression des contemporains, la seule qui compte quand il s'agit d'apprécier une chose aussi fugitive que le mérite d'un comédien et l'effet qu'il produit sur le public.

Nous ne donnons ici, de ces notes de Mme Poisson, que ce qui se rapporte aux comédiens de l'Hôtel de Bourgogne contrefaits par Molière dans l'*Impromptu*, en y joignant le jugement qu'elle porte sur Molière lui-même comme comédien, et qui malheureusement confirme ce que Montfleury, en répliquant à notre auteur, dit de son jeu dans la tragédie.

HÔTEL DE BOURGOGNE.

« MONTFLEURY[2], comédien de la troupe Royale, mourut en 1667. La tragédie de *la Mort d'Asdrubal* est de son fils.

« C'étoit un homme de beaucoup d'esprit et acteur universel. Il excelloit également dans le tragique et dans le comique. C'est un de ceux qui a le plus fait valoir les premières pièces de P. Corneille, du temps du cardinal de Richelieu. Il avoit l'air noble et les manières polies et agréables. Sa réputation étoit très-grande.

« On assure qu'il avoit joué Oreste d'original dans l'*Andromaque* de Racine, et qu'il mourut même dans le temps que cette pièce commençoit à être goûtée. M. de Saint-Évremond, écrivant à M. de Lyonne en 1668..., lui dit, en parlant d'*Andromaque* : « Vous « avez raison de dire que cette pièce est déchue par la mort de Mont- « fleury; car elle a besoin de grands comédiens qui remplissent par « l'action ce qui lui manque.... *Attila*, au contraire, a dû gagner quel- « que chose par la mort de Montfleury. Un grand comédien eût

1. Les frères Parfaict (tome XI, p. 129), en reproduisant, d'après un programme un peu différent du nôtre, la liste des acteurs qui ont figuré dans *Psyché* en 1671, mettent ici : « *Deux Grâces*, les petites demoiselles la Thorillière et du Croisy. »

2. Zacharie Jacob, dit Montfleury, né, d'après M. Jal, vers 1611, mort en 1667.

« trop poussé un rôle assez plein de lui-même, et eût fait faire
« trop d'impression à sa férocité sur les âmes tendres [1]. »

« On prétend qu'il mourut par les efforts violents qu'il fit en
jouant Oreste, où l'on assure que son ventre s'ouvrit [2]. Il étoit si
prodigieusement gros, qu'il étoit soutenu par un cercle de fer. Il
faisoit des tirades de vingt vers de suite, et poussoit le dernier avec
tant de véhémence, que cela excitoit des brouhahas et des applaudissements qui ne finissoient point. Il étoit plein de sentiments pa-
thétiques, et quelquefois jusqu'à faire perdre la respiration aux
spectateurs.

« Le chant et l'emphase étoient le seul genre de déclamation qui
fût alors connu. Molière, dans l'Impromptu de Versailles, osa en faire
sentir le ridicule, et y critiquer, entre autres, le ton emphatique et de
démoniaque de Montfleury dans la scène de Nicomède, où Prusias,
représenté par cet acteur, s'entretient tout seul avec son capitaine
des gardes. Montfleury étoit gros : c'est à quoi Molière fait allusion
dans la même pièce. Il jouoit les rois et les rôles emportés. Il laissa
trois enfants, un fils connu par ses pièces de théâtre, et deux filles,
dont l'une, appelée Mlle d'Ennebault, étoit comédienne de l'Hôtel
de Bourgogne, et l'autre de la troupe du Marais. La Dlle Mariane
d'Angeville, aujourd'hui actrice d'un très-grand mérite, nièce de la
célèbre Charlotte Desmares, actrice inimitable, est arrière-petite-
fille de Montfleury du côté de sa grand'mère, fille de la Dlle
d'Ennebault [3]. »

« [Mlle] BEAUCHÂTEAU [4], morte à Versailles le 6. janvier 1683. C'é-

1. Lettre au comte de Lionne, premier écuyer de la grande écurie du Roi,
dans les OEuvres mêlées, édition de M. Charles Giraud, tome III, p. 69.

2. Mlle Desmares, arrière-petite-fille de Montfleury, crut devoir protester
contre ce récit par deux lettres adressées aux éditeurs du Théâtre des Montfleury (1739) : voyez leur Avertissement, tome I, p. 7-9, ou le Mercure de
France, n° d'août 1739, p. 1798, ou encore les frères Parfaict, tome VII,
p. 129 : ce n'est pas, selon elle, pour s'être cassé une veine en jouant le rôle
d'Oreste que Montfleury est mort; encore moins pour s'être ouvert le ventre,
ce qui était en effet plus qu'invraisemblable. Il résulte pourtant du récit de
Mlle Desmares qu'après avoir joué Oreste, Montfleury revint chez lui avec la
fièvre et mourut en peu de jours. On voit, du reste, par le vague de certaines
expressions, par ces mots on assure..., on prétend..., que Mme Poisson, qui
n'avait pu connaître Montfleury, se borne à répéter ce qu'elle ne savait pas
par elle-même, et ce qui même était déjà dit ailleurs.

3. Mercure de France, mai 1738, p. 820-831. Il faut lire ainsi la dernière
phrase : « Marie-Anne d'Angeville.... est arrière-arrière-petite-fille de Montfleury du côté de sa grand'mère, laquelle étoit fille de la Dlle d'Ennebault. »

4. Mme Poisson ne parle pas du mari de Mlle Beauchâteau, mort en 1665,
et que Molière contrefait dans les stances du Cid. C'est à propos de ces stances

toit la plus ancienne comédienne de l'Hôtel de Bourgogne en 1674. Elle avoit quitté la comédie lors de la jonction des troupes; il lui fut accordé une pension de mille livres·par le règlement de 1681 [1]. »

« NOEL LE BRETON, Sr D'HAUTEROCHE, poëte comique. C'étoit le plus ancien comédien de la troupe de l'Hôtel de Bourgogne en 1674. Il étoit d'une taille avantageuse, mais fort maigre et décharné; il est mort à Paris, dans un âge très-avancé, en 1707, après avoir été dix ans aveugle. C'étoit un homme d'honneur et estimable, non-seulement par ses talents, mais encore par sa probité et sa droiture.

« Il avoit été de la troupe du Marais, où il jouoit les premiers rôles; mais quand il fut à l'Hôtel de Bourgogne, il ne jouoit que les seconds. En 1681, il se joignit avec le reste de la troupe Royale au théâtre de Guénegaud.

« Hauteroche jouoit parfaitement les grands confidents, comme Phénix dans l'Andromaque de Racine; Arbate dans Mithridate; Narcisse dans Britannicus, et plusieurs rôles comiques de la plus grande originalité, tels que le Baron de la Crasse, M. de Sotenville dans George Dandin, Chicaneau dans les Plaideurs, etc.

« Outre les pièces de théâtre qui ont paru sous son nom, il est encore auteur de plusieurs Nouvelles et Historiettes que le public a bien reçues; il avoit beaucoup d'esprit, et avoit fort bien étudié; il écrivoit facilement en prose et en vers, et avoit la parole si aisée, qu'il succéda à Floridor dans l'emploi de harangueur, dont il s'acquitta très-dignement [2]. »

« DE VILLIERS, acteur et poëte comique, gentilhomme d'extraction, mort à une terre qu'il avoit acquise auprès de Paris. Il étoit retiré de la troupe Royale, et il en touchoit une pension en 1674.

« C'étoit un petit homme, qui jouoit les seconds rôles comiques, et les jouoit très-bien; il avoit la voix claire, légère et beaucoup de finesse dans son jeu [3]. »

---

que de Visé croit prendre Molière en flagrant délit d'inexactitude, en affirmant que Beauchâteau n'a point joué ce rôle depuis plus de six ans (la Vengeance des Marquis, scène II : voyez ci-après, p. 395, fin de la note 1). Beauchâteau et sa femme n'étaient plus jeunes en 1663, car on les voit déjà figurer en 1633 dans la Comédie des comédiens de Gougenot (voyez les frères Parfaict, tome V, p. 24).

1. Mercure de France, mai 1740, p. 846.
2. Mercure de France, juin 1740, p. 1139 et 1140.
3. Mercure de France, juin 1740, p. 1141 et 1142.

TROUPE DU PALAIS-ROYAL.

« Molière n'étoit ni trop gras ni trop maigre ; il avoit la taille
plus grande que petite, le port noble, la jambe belle. Il marchoit
gravement, avoit l'air très-sérieux, le nez gros, la bouche grande,
les lèvres épaisses, le teint brun, les sourcils noirs et forts, et les divers mouvements qu'il leur donnoit lui rendoient la physionomie
extrêmement comique. A l'égard de son caractère, il étoit doux,
complaisant, généreux. Il aimoit fort à haranguer ; et quand il lisoit
ses pièces aux comédiens, il vouloit qu'ils y amenassent leurs enfants, pour tirer des conjectures de leurs mouvements naturels....

« La nature, qui lui avoit été si favorable du côté des talents de
l'esprit, lui avoit refusé ces dons extérieurs, si nécessaires au théâtre,
surtout pour les rôles tragiques. Une voix sourde, des inflexions
dures, une volubilité de langue qui précipitoit trop sa déclamation,
le rendoient, de ce côté, fort inférieur aux acteurs de l'Hôtel de Bourgogne. Il se rendit justice, et se renferma dans un genre où ces défauts étoient plus supportables. Il eut même bien des difficultés à
surmonter pour y réussir, et ne se corrigea de cette volubilité, si
contraire à la belle articulation, que par des efforts continuels, qui
lui causèrent un hoquet qu'il a conservé jusqu'à la mort, et dont
il savoit tirer parti en certaines occasions. Pour varier ses inflexions, il mit le premier en usage certains tons inusités, qui le
firent d'abord accuser d'un peu d'affectation, mais auxquels on
s'accoutuma. Non-seulement il plaisoit dans les rôles de *Mascarille*,
de *Sganarelle*, d'*Hali*, etc., il excelloit encore dans les rôles de haut
comique, tels que ceux d'*Arnolphe*, d'*Orgon*, d'*Harpagon*. C'est
alors que par la vérité des sentiments, par l'intelligence des expressions et par toutes les finesses de l'art, il séduisoit les spectateurs au point qu'ils ne distinguoient plus le personnage représenté
d'avec le comédien qui le représentoit ; aussi se chargeoit-il toujours des rôles les plus longs et les plus difficiles. Il s'étoit encore
réservé l'emploi d'orateur de sa troupe [1]. »

1. *Mercure de France*, mai 1740, p. 840-843.

SOMMAIRE

DE *L'IMPROMPTU DE VERSAILLES*,
PAR VOLTAIRE.

Molière fit ce petit ouvrage en partie pour se justifier devant le Roi de plusieurs calomnies, et en partie pour répondre à la pièce de Boursault. C'est une satire cruelle et outrée. Boursault y est nommé par son nom. La licence de l'ancienne comédie grecque n'allait pas plus loin. Il eût été de la bienséance et de l'honnêteté publique de supprimer la satire de Boursault et celle de Molière. Il est honteux que les hommes de génie et de talent s'exposent par cette petite guerre à être la risée des sots. Il n'est permis de s'adresser aux personnes que quand ce sont des hommes publiquement déshonorés, comme Rolet et Wasp[1]. Molière sentit d'ailleurs la faiblesse de cette petite comédie, et ne la fit point imprimer.

1. Rolet est ce procureur au Parlement, dont Boileau a dit dans sa première satire, vers 52 :

J'appelle un chat un chat et Rolet un fripon.

Quant à Wasp, on sait que c'est sous le nom de Frelon que Voltaire désigna Fréron dans *l'Écossaise*, et que le mot anglais *wasp* signifie « guêpe », *wasp-fly*, « frelon ». Après s'être montré si sévère à l'égard de Molière nommant Boursault dans *l'Impromptu*, il cherche à prévenir l'objection qu'on ne manquera pas de lui faire. On peut trouver qu'il y répond assez mal; mais il ne voulait sans doute ici que saisir une occasion nouvelle de vilipender Fréron. Beuchot fait remarquer que cette phrase a été ajoutée par Voltaire dans l'édition de 1764, c'est-à-dire quatre ans après la première représentation de *l'Écossaise*. La première édition de la *Vie de Molière, avec des jugements sur ses ouvrages*, est, comme il a été dit plus haut (tome I, p. 12), de 1739.

NOMS DES ACTEURS[1].

MOLIÈRE, marquis ridicule.
BRÉCOURT, homme de qualité[2].
DE LA GRANGE[3], marquis ridicule.
DU CROISY, poëte.
LA THORILLIÈRE[4], marquis fâcheux.
BÉJART[5], homme qui fait le nécessaire.

1. Acteurs (sans Noms des). (1684 A, 94 B, 1710, 33, 34.) — Il est probable que si Molière avait publié lui-même sa pièce, il aurait, dans cette liste, rédigé avec plus de précision et de justesse l'indication des caractères. Ainsi il n'est pas exact de dire que Béjart, dans l'Impromptu, fait le nécessaire, c'est-à-dire remplit le rôle d'un homme qui se mêle de ce qui ne le regarde pas. Il vient simplement, à la dernière scène, annoncer aux comédiens que le Roi se contentera de la première pièce venue, au lieu de celle qu'ils comptaient représenter; il ne joue nullement là le rôle d'un nécessaire, c'est-à-dire un personnage ridicule. Quant à Mlle de Brie, par sage coquette il faut entendre évidemment, comme Molière l'a expliqué dans la pièce même, une coquette prudente et qui veut sauver les apparences; mais c'est ce que dit assez mal l'expression de sage coquette, et nous doutons fort qu'elle soit de Molière, qui d'ailleurs n'avait pas l'habitude de caractériser ses personnages dans la liste des acteurs, comme on le fit souvent après lui, faute de savoir aussi bien que lui les caractériser dans la pièce même par la conduite et le langage qu'on leur prêtait.

2. Brécourt sortit de la troupe pour entrer à l'Hôtel de Bourgogne, à Pâques 1664, six mois après la première représentation de l'Impromptu; il fut, et pour ce rôle aussi sans doute, remplacé par Hubert; mais la pièce, après son départ, ne fut plus jouée en public : voyez la Notice, p. 376 et note 5.

3. Dans l'édition de 1734, la Grange, sans de.

4. L'édition de 1682 écrit ce nom la Torillière dans la liste des acteurs, et la Thorilière dans le courant de la scène II. Les noms de la Thorillière et de Béjart sont mis après tous les autres dans l'édition de 1734, qui termine la liste par cette indication : Quatre Nécessaires.

5. Dans la 1re édition (1682), il y a ici Béjart, et deux lignes

Mlle DU PARC, marquise façonnière.
Mlle BÉJART, prude.
Mlle DE BRIE, sage coquette.
Mlle MOLIÈRE, satirique spirituelle.
Mlle DU CROISY, peste doucereuse.
Mlle HERVÉ, servante précieuse.

La scène est à Versailles, dans la salle de la Comédie[1].

plus loin, *Mademoiselle Bejar*. Dans le cours de la pièce les deux noms ont d'ordinaire le *t* final; une fois, vers la fin de la scène 1 (p. 403 de notre texte), on lit *Bejard*.

1. *La scène est à Versailles, dans l'antichambre du Roi.* (1734.) — « C'est à tort que tous les éditeurs, depuis ceux de 1682 exclusivement [a], ont placé la scène *dans l'antichambre du Roi*. Le sujet de la pièce étant une répétition, le lieu de l'action doit être un théâtre. C'est la prétendue comédie à représenter qui a pour lieu de scène l'antichambre du Roi, puisqu'elle a pour personnages des hommes et des femmes de la cour. Molière dit aux comédiens (*au début de la*) scène III de *l'Impromptu* : « Figurez-vous.... premièrement que la « scène est dans l'antichambre du Roi. » Si c'était là même qu'ils eussent dû répéter, Molière n'aurait pas dit *figurez-vous*. Ce passage mal compris est cause de l'erreur que je relève. » (*Note d'Auger.*) — Montfleury avait commis la même erreur, peut-être volontaire, car il semble qu'il veuille voir une inconvenance dans le lieu de la scène : Molière, dit un des personnages de sa pièce,

.... dans son *Impromptu*, comme j'ai su de toi,
Met sa scène dedans l'antichambre du Roi.
            (*L'Impromptu de l'hôtel de Condé*, scène III.)

[a] Ceci n'est point tout à fait exact. Le changement dont parle la note d'Auger ne date que de 1734. Il est vrai qu'entre cette date et celle de 1682, il n'a point paru, à proprement parler, d'éditions nouvelles, mais seulement des reproductions plus ou moins fidèles du texte de 1682.

L'IMPROMPTU DE VERSAILLES.

COMÉDIE.

—

SCÈNE PREMIÈRE[1].

MOLIÈRE, BRÉCOURT, LA GRANGE, DU CROISY,
Mlle DU PARC, Mlle BÉJART, Mlle DE BRIE,
Mlle MOLIÈRE, Mlle DU CROISY, Mlle HERVÉ[2].

MOLIÈRE[3].

Allons donc, Messieurs et Mesdames[4], vous moquez-
vous avec votre longueur, et ne voulez-vous pas tous
venir ici? La peste soit des gens! Holà ho! Monsieur de
Brécourt!

1. En tête de la première scène, on lit les mots ACTE PREMIER ou ACTE I
dans les éditions de 1682, 84 A, 94 B, 97, 1710. Nous avons déjà vu une semblable méprise en tête de la *Critique de l'École des femmes* (ci-dessus, p. 311,
note 1).

2. MESDEMOISELLES DU PARC, BÉJART, DE BRIE, MOLIÈRE, DU CROISY,
HERVÉ. (1734.)

3. MOLIÈRE, *seul, parlant à ses camarades, qui sont derrière le théâtre.*
(1734.)

4. On remarquera ici une distinction qui pourrait paraître assez bizarre :
Molière dit *Mesdames*, en s'adressant collectivement à toutes les actrices; un
peu plus loin, il dira à chacune d'elles *Mademoiselle*, comme c'était l'usage
pour les femmes, même mariées, quand elles n'étaient pas nobles. Mais c'est
que *Messieurs et Mesdames* est une sorte de formule faite qui s'emploie ma-
chinalement comme appellation collective. A la scène II (p. 405), s'adressant,
comme ici, à toutes les comédiennes, il dira *Mesdemoiselles*, et en parlant
d'elles (p. 408), *ces demoiselles.* Plus loin, scène IV (p. 417), c'est par plaisanterie qu'il dit à deux actrices, mais en scène et jouant leurs rôles de dames :
« Mesdames, voilà des coffres.... »

BRÉCOURT [1].

Quoi ?

MOLIÈRE.

Monsieur de la Grange !

LA GRANGE.

Qu'est-ce ?

MOLIÈRE.

Monsieur du Croisy !

DU CROISY.

Plaît-il ?

MOLIÈRE.

Mademoiselle du Parc !

MADEMOISELLE DU PARC.

Hé bien ?

MOLIÈRE.

Mademoiselle Béjart !

MADEMOISELLE BÉJART.

Qu'y a-t-il ?

MOLIÈRE.

Mademoiselle de Brie !

MADEMOISELLE DE BRIE.

Que veut-on ?

MOLIÈRE.

Mademoiselle du Croisy !

MADEMOISELLE DU CROISY.

Qu'est-ce que c'est ?

MOLIÈRE.

Mademoiselle Hervé !

MADEMOISELLE HERVE.

On y va.

---

1. Brécourt, *derrière le théâtre*. (1734.) — Les mots *derrière le théâtre* sont répétés, dans l'édition de 1734, après les noms, qui vont suivre, de la Grange, de du Croisy, de Mlle du Parc, de Mlle Béjart, de Mlle de Brie, de Mlle du Croisy et de Mlle Hervé.

MOLIÈRE.

Je crois que je deviendrai fou avec tous ces gens-ci[1].
Eh têtebleu! Messieurs, me voulez-vous faire enrager
aujourd'hui?

BRÉCOURT.

Que voulez-vous qu'on fasse? Nous ne savons pas nos
rôles; et c'est nous faire enrager vous-même, que de
nous obliger à jouer de la sorte.

MOLIÈRE.

Ah! les étranges animaux à conduire que des comédiens[2]!

MADEMOISELLE BÉJART.

Eh bien, nous voilà. Que prétendez-vous faire?

MADEMOISELLE DU PARC.

Quelle est votre pensée?

MADEMOISELLE DE BRIE.

De quoi est-il question?

MOLIÈRE.

De grâce, mettons-nous ici; et puisque nous voilà tous
habillés, et que le Roi ne doit venir de deux heures, em-
ployons ce temps à répéter notre affaire et voir la manière dont il faut jouer les choses.

LA GRANGE.

Le moyen de jouer ce qu'on ne sait pas?

MADEMOISELLE DU PARC.

Pour moi, je vous déclare que je ne me souviens pas
d'un mot de mon personnage.

MADEMOISELLE DE BRIE.

Je sais bien qu'il me faudra souffler le mien d'un bout
à l'autre.

---

1. On lit ici cette indication dans l'édition de 1734 : *Brécourt, la Grange,
du Croisy entrent.*
2. *Mesdemoiselles Béjard* (dans 1773 *Béjart*), *du Parc, de Brie, Molière,
du Croisy et Hervé arrivent.* (1734.)

MADEMOISELLE BÉJART.

Et moi, je me prépare fort à tenir mon rôle à la main.

MADEMOISELLE MOLIÈRE.

Et moi aussi.

MADEMOISELLE HERVÉ.

Pour moi, je n'ai pas grand'chose à dire.

MADEMOISELLE DU CROISY.

Ni moi non plus; mais avec cela je ne répondrois pas de ne point manquer.

DU CROISY.

J'en voudrois être quitte pour dix pistoles.

BRÉCOURT.

Et moi, pour vingt bons coups de fouet[1], je vous assure.

MOLIÈRE.

Vous voilà tous bien malades, d'avoir un méchant rôle à jouer, et que feriez-vous donc si vous étiez en ma place[2]?

MADEMOISELLE BÉJART.

Qui, vous? Vous n'êtes pas à plaindre; car, ayant fait la pièce, vous n'avez pas peur d'y manquer.

MOLIÈRE.

Et n'ai-je à craindre que le manquement de mémoire? Ne comptez-vous pour rien[3] l'inquiétude d'un succès qui ne regarde que moi seul? Et pensez-vous que ce soit

---

1. « Comment, dit Auger, Brécourt, qui était brave et même querelleur, et par conséquent chatouilleux, a-t-il consenti à dire, pour son propre compte, ce qu'aujourd'hui un poëte comique oserait à peine mettre dans la bouche d'un laquais? » L'expression nous semble, au contraire, très-appropriée au caractère brutal de Brécourt; et d'ailleurs il est trop clair qu'il ne faut pas prendre ces façons de parler au pied de la lettre. A ce compte, « je veux être pendu, si.... » et autres formules du même genre, seraient tout aussi choquantes dans la bouche d'un gentilhomme.

2. Si vous étiez à ma place? (1734.)

3. « Ne contez (comptez) —vous point rien », évidemment par erreur, dans la seule édition de 1682.

une petite affaire que d'exposer quelque chose de comique devant une assemblée comme celle-ci, que d'en-
treprendre de faire rire des personnes qui nous im-
priment le respect et ne rient que quand ils veulent[1]?
Est-il auteur qui ne doive trembler lorsqu'il en vient
à cette épreuve[2]? Et n'est-ce pas à moi de dire que
je voudrois en être quitte pour toutes les choses du
monde?

MADEMOISELLE BÉJART.

Si cela vous faisoit trembler, vous prendriez mieux
vos précautions, et n'auriez pas entrepris en huit jours
ce que vous avez fait.

MOLIÈRE.

Le moyen de m'en défendre, quand un roi me l'a
commandé[3]?

MADEMOISELLE BÉJART.

Le moyen? Une respectueuse excuse fondée sur l'impossibilité de la chose, dans le peu de temps qu'on vous
donne; et tout autre, en votre place, ménageroit mieux
sa réputation, et se seroit bien gardé de se commettre
comme vous faites. Où en serez-vous, je vous prie, si
l'affaire réussit mal? et quel avantage pensez-vous qu'en
prendront tous vos ennemis?

MADEMOISELLE DE BRIE.

En effet; il falloit s'excuser avec respect envers le Roi,
ou demander du temps davantage.

MOLIÈRE.

Mon Dieu, Mademoiselle, les rois n'aiment rien tant
qu'une prompte obéissance, et ne se plaisent point du

---

1. Que quand elles veulent. (1734.) — *Ils* se rapportant au mot *personnes*
est un accord avec le sens, fort ordinaire au dix-septième siècle. Voyez les
Lexiques de Malherbe, de Corneille, de Racine, au mot PERSONNE.
2. Lorsqu'il vient à cette épreuve? (1734.)
3. Voyez ci-après, p. 393, note 5.

tout à trouver des obstacles[1]. Les choses ne sont bonnes que dans le temps qu'ils les souhaitent; et leur en vouloir reculer le divertissement, est en ôter pour eux toute la grâce. Ils veulent des plaisirs qui ne se fassent point attendre; et les moins préparés leur sont toujours les plus agréables. Nous ne devons jamais nous regarder dans ce qu'ils desirent de nous : nous ne sommes que pour leur plaire; et lorsqu'ils nous ordonnent quelque chose, c'est à nous à profiter vite de l'envie où ils sont. Il vaut mieux s'acquitter mal de ce qu'ils nous demandent, que de ne s'en acquitter pas assez tôt; et si l'on a la honte de n'avoir pas bien réussi, on a toujours la gloire d'avoir obéi vite à leurs commandements. Mais songeons à répéter, s'il vous plaît.

MADEMOISELLE BÉJART.

Comment prétendez-vous que nous fassions, si nous ne savons pas nos rôles ?

MOLIÈRE.

Vous les saurez, vous dis-je; et quand même vous ne les sauriez pas tout à fait, pouvez-vous pas y suppléer de votre esprit, puisque c'est de la prose, et que vous savez votre sujet ?

MADEMOISELLE BÉJART.

Je suis votre servante : la prose est pis encore que les vers.

MADEMOISELLE MOLIÈRE.

Voulez-vous que je vous dise? vous deviez faire une comédie où vous auriez joué tout seul.

MOLIÈRE.

Taisez-vous, ma femme, vous êtes une bête.

---

1. La Fontaine dit de même (livre VIII, fable III) :

Alléguer l'impossible aux rois, c'est un abus.

(*Note d'Auger.*)

MADEMOISELLE MOLIÈRE.

Grand merci, Monsieur mon mari. Voilà ce que c'est : le mariage change bien les gens, et vous ne m'auriez pas dit cela il y a dix-huit mois [1].

MOLIÈRE.

Taisez-vous, je vous prie.

MADEMOISELLE MOLIÈRE.

C'est une chose étrange qu'une petite cérémonie soit capable de nous ôter toutes nos belles qualités, et qu'un mari et un galand [2] regardent la même personne avec des yeux si différents.

MOLIÈRE.

Que de discours !

MADEMOISELLE MOLIÈRE.

Ma foi, si je faisois une comédie, je la ferois sur ce sujet. Je justifierois les femmes de bien des choses [3] dont on les accuse ; et je ferois craindre aux maris la différence qu'il y a de leurs manières brusques aux civilités des galans.

MOLIÈRE.

Ahy [4] ! laissons cela. Il n'est pas question de causer maintenant : nous avons autre chose à faire.

MADEMOISELLE BÉJART.

Mais puisqu'on vous a commandé de travailler sur le sujet de la critique qu'on a faite contre vous [5], que n'avez-

1. Le mariage de Molière avait eu lieu le 20 février 1662, c'est-à-dire près de vingt mois, et non dix-huit, avant la première représentation de l'Impromptu (14 octobre 1663).

2. Telle est l'orthographe de nos anciennes éditions ; quelques lignes plus bas et p. 404, elles ont *galans*, sans *d* ni *t* ; au féminin, p. 398, elles écrivent *galante*.

3. De choses. (1682, 84 A, 97.)

4. Haï ! (1734.)

5. Il fallait que l'ordre qu'avait donné Louis XIV à Molière de se venger fût bien positif, pour qu'il osât l'annoncer dans cette scène et dans la seconde,

vous fait cette comédie des comédiens[1], dont vous nous
avez parlé il y a longtemps? C'étoit une affaire toute
trouvée et qui venoit fort bien à la chose, et d'autant
mieux, qu'ayant entrepris de vous peindre, ils vous ou-
vroient l'occasion de les peindre aussi, et que cela auroit pu s'appeler leur portrait, à bien plus juste titre
que tout ce qu'ils ont fait ne peut être appelé le vôtre.
Car vouloir contrefaire un comédien dans un rôle comique, ce n'est pas le peindre lui-même, c'est peindre
d'après lui les personnages qu'il représente, et se servir des mêmes traits et des mêmes couleurs qu'il est
obligé d'employer aux différents tableaux des caractères
ridicules qu'il imite d'après nature; mais contrefaire un
comédien dans des rôles sérieux, c'est le peindre par
des défauts qui sont entièrement de lui, puisque ces
sortes de personnages ne veulent ni les gestes, ni les
tons de voix ridicules dans lesquels on le reconnoît[2].

MOLIÈRE.

Il est vrai; mais j'ai mes raisons pour ne le pas faire, et
je n'ai pas cru, entre nous, que la chose en valût la peine;
et puis il falloit plus de temps pour exécuter cette idée.
Comme leurs jours de comédies[3] sont les mêmes que

lorsqu'en parlant de sa comédie il fait dire à un marquis fâcheux : « C'est
le Roi qui vous l'a fait faire? » et qu'il répond : « Oni, Monsieur. » (Note de
Bret.)

1. Comme nous l'avons dit dans la Notice de l'École des femmes, p. 133, il
y avait déjà eu sous ce titre deux comédies, l'une de Gougenot en 1633,
l'autre de Scudéry, que les frères Parfaict placent en 1634. Dans la première,
les comédiens de l'Hôtel de Bourgogne figuraient sous leurs noms de théâtre;
dans la seconde, c'étaient ceux du théâtre du Marais. Elles étaient à l'honneur
des uns et des autres, et non, comme celle qui est esquissée ici, une satire dirigée contre une troupe rivale.

2. Le raisonnement de Mlle Béjart, ou plutôt de Molière, est plus ingénieux
que juste. Il n'est pas vrai qu'on ne puisse contrefaire un comédien que dans
des rôles sérieux. Souvent un acteur comique joint aux ridicules qu'exige son
personnage d'autres ridicules qui tiennent à sa personne, et dont il est possible
d'offrir une imitation plaisante.... (Note d'Auger.)

3. De comédie, au singulier, dans l'édition de 1734.

les nôtres[1], à peine ai-je été les voir que trois ou quatre fois[2] depuis que nous sommes à Paris; je n'ai attrapé de leur manière de réciter que ce qui m'a d'abord sauté

1. Les mardi, vendredi et dimanche. « Il est bon de remarquer..., dit Chappuzeau (le Théâtre françois, Lyon, 1674, p. 90-92), que les comédiens n'ouvrent le théâtre que trois jours de la semaine, le vendredi, le dimanche et le mardi, si ce n'est qu'il survienne quelque fête hors de ces jours-là qui ne soit pas du nombre des solennelles. Ces jours ont été choisis avec prudence, le lundi étant le grand ordinaire pour l'Allemagne et pour l'Italie et pour toutes les provinces du Royaume qui sont sur la route; le mécredi [a] et le samedi (étant) jours de marché et d'affaires, où le bourgeois est plus occupé qu'en d'autres; et le jeudi étant comme consacré en bien des lieux pour un jour de promenade, surtout aux académies [b] et aux colléges. La première représentation d'une pièce nouvelle se donne toujours le vendredi, pour préparer l'assemblée à se rendre plus grande le dimanche suivant, par les éloges que lui donnent l'annonce et l'affiche. » Pourtant, quand l'Hôtel de Bourgogne avait une pièce à succès, il jouait assez souvent le jeudi : il le pouvait, n'ayant pas à réserver les autres jours de la semaine à une autre troupe, tandis que Molière était obligé habituellement de laisser ces quatre jours aux comédiens italiens, qui jouaient avec lui sur le théâtre du Palais-Royal. Il ne pouvait donc que par exception, dans le cas d'absence des Italiens ou par pure condescendance de leur part, jouer les autres jours que ceux qui lui étaient assignés. Nous ferons observer ici que, pendant les cinq premiers mois de son séjour à Paris, Molière jouait les lundis, mardis, jeudis et samedis, les autres jours étant alors réservés aux Italiens. Rien ne l'empêchait donc, au moins à cette époque, d'assister aux représentations de l'Hôtel de Bourgogne, et il est assez probable qu'il avait eu au moins la curiosité de voir ces comédiens rivaux plus de « trois ou quatre fois. » — Ce passage est relevé dans la Vengeance des Marquis (scène II) : « CLÉANTE. Mais n'avez-vous pas remarqué qu'il dit qu'il n'a eu le temps que d'aller voir deux ou trois fois les comédiens depuis son retour de Versailles, afin d'attraper leur jeu? ARISTE. Il est vrai, et depuis huit jours il a été voir réciter les stances du Cid à un acteur qui ne les a point dites il y a plus de six ans! Il a été aussi voir jouer les Horaces depuis le Portrait du peintre, encore que l'on ne les ait point joués il y a plus d'un an. » L'auteur de cette pièce [c], avec sa mauvaise foi habituelle, fait semblant de comprendre ces mots : depuis que nous sommes à Paris, comme si Molière n'avait entendu parler que du temps qui s'est écoulé depuis son retour de Versailles, tandis qu'il est bien évident qu'il s'agit ici du séjour de Molière et de sa troupe à Paris depuis 1658.

2. A peine ai-je été les voir trois ou quatre fois. (1734.)

[a] Mme de Sévigné ne disait pas autrement, et l'Académie admettait encore cette prononciation et cette orthographe en 1694. Voyez le Lexique de Mme de Sévigné, article ORTHOGRAPHE, tome I, p. LXXIII.
[b] Écoles où s'achevait, pour les exercices du corps, l'éducation des jeunes gens.
[c] Voyez ci-dessus, p. 112, note 1.

aux yeux, et j'aurois eu besoin de les étudier davantage pour faire des portraits bien ressemblants.

MADEMOISELLE DU PARC.

Pour moi, j'en ai reconnu quelques-uns dans votre bouche.

MADEMOISELLE DE BRIE.

Je n'ai jamais ouï parler de cela.

MOLIÈRE.

C'est une idée qui m'avoit passé une fois par la tête, et que j'ai laissée là comme une bagatelle, une badinerie, qui peut-être n'auroit point fait rire[1].

MADEMOISELLE DE BRIE.

Dites-la-moi un peu, puisque vous l'avez dite aux autres.

MOLIÈRE.

Nous n'avons pas le temps maintenant.

MADEMOISELLE DE BRIE.

Seulement deux mots.

MOLIÈRE.

J'avois songé une comédie[2] où il y auroit eu un poëte, que j'aurois représenté moi-même, qui seroit venu pour offrir une pièce à une troupe de comédiens nouvellement arrivés de la campagne[3]. « Avez-vous, auroit-il dit, des acteurs et des actrices qui soient capables de bien faire valoir un ouvrage? Car ma pièce est une pièce.... — Eh! Monsieur, auroient répondu les comédiens, nous avons des hommes et des femmes qui ont été trouvés raisonnables partout où nous avons passé. — Et qui fait les rois parmi vous? — Voilà un acteur qui s'en

---

1. N'auroit pas fait rire. (1734.)
2. Comparez plus loin, scène IV, p. 414 : « s'il faut qu'on l'accuse d'avoir songé toutes les personnes où.... »
3. De campagne. (1734.)

démêle[1] parfois. — Qui? ce jeune homme bien fait[2]? Vous moquez-vous? Il faut un roi qui soit gros et gras comme quatre, un roi, morbleu! qui soit entripaillé[3] comme il faut, un roi d'une vaste circonférence, et qui puisse remplir un trône de la belle manière[4]. La belle

1. Qui s'en tire assez bien.

2. Il est probable que Molière désignait ici la Thorillière. Il paraît du reste que cet acteur avait le défaut reproché un peu plus loin par Molière à Mlle de Beauchâteau, celui de n'avoir pas toujours la physionomie de ses rôles. Mme Paul Poisson dit de lui : « C'étoit un très-gracieux comédien, quoique d'une taille médiocre, mais il avoit de beaux yeux et de belles dents. Il jouoit les rôles de rois et de paysans. On remarquoit un défaut en lui, qui étoit d'avoir un visage riant dans les passions les plus furieuses et les situations les plus tristes. » (*Mercure* de mai 1738, p. 832.)

3. Molière paraît avoir le premier risqué ce mot. M. Littré n'en cite que cet exemple et un de Boursault, qu'indique Auger, tiré de *Phaéton* (1691), acte V, scène IV.

4. L'obésité de Montfleury avait déjà été l'objet des plaisanteries burlesques de Cyrano Bergerac, et celui-ci y avoit joint des menaces qui pouvaient, étant connue l'humeur de ce redoutable capitan, ne point paraître un jeu. *Les OEuvres diverses* de Cyrano (1re partie, 1663, p. 135 et suivantes) contiennent une lettre (la Xe) : *Contre un gros homme*, où il est facile de reconnaître Montfleury. Nous en citerons quelques traits, peu délicats assurément; mais ils prouvent que depuis longtemps déjà Montfleury avait été exposé à bien d'autres attaques que celles que Molière dirige ici contre lui : « Enfin, gros homme, je vous ai vu; mes prunelles ont achevé sur vous de grands voyages; et le jour que vous ébonlâtes corporellement jusqu'à moi, j'eus le temps de parcourir votre hémisphère, ou, pour parler plus véritablement, d'en découvrir quelques cantons; mais comme je ne suis pas tout seul les yeux de tout le monde, permettez que je donne votre portrait à la postérité, qui un jour sera bien aise de savoir comment vous étiez fait (p. 135).... Votre gras embonpoint vous fait prendre par vos spectateurs pour une longe de veau qui se promène sur ses lardons (p. 137).... Déjà vos jambes et votre tête se sont tellement unies par leur extension à la circonférence de votre globe, que vous n'êtes plus qu'un ballon. Vous vous figurez peut-être que je me moque; par ma foi, vous avez deviné, et le miracle n'est pas grand qu'une boule ait frappé au but. Je vous puis même assurer que si les coups de bâton s'envoyoient par écrit, vous liriez ma lettre des épaules; et ne vous étonnez pas de mon procédé; car la vaste étendue de votre rondeur me fait croire si fermement que vous êtes une terre, que de bon cœur je planterois du bois sur vous pour voir comment il s'y porteroit. Pensez-vous donc, à cause qu'un homme ne vous sauroit battre tout entier en vingt-quatre heures et qu'il ne sauroit en un jour échiguer qu'une de vos omoplates, que je me veuille reposer de votre mort sur le bourreau? Non, non, je serai moi-même votre Parque (p. 139 et 140), » etc. Montfleury paraît avoir supporté assez patiemment ces brutalités grossières; il se montra plus susceptible à l'égard de Molière, et l'on sait comment il essaya de se venger de lui. *L'Impromptu* avait été re-

chose qu'un roi d'une taille galante ! Voilà déjà un grand
défaut; mais que je l'entende un peu réciter une douzaine
de vers. » Là-dessus le comédien auroit récité,· par
exemple, quelques vers du roi de *Nicomède* :

> Te le dirai-je, Araspe? il m'a trop bien servi;
> Augmentant mon pouvoir[1]....

le plus naturellement qu'il auroit été possible[2]. Et le
poëte : « Comment? vous appelez cela réciter? C'est se
railler : il faut dire les choses avec emphase. Écoutez-
moi.

(Imitant Montfleury, excellent acteur de l'Hôtel de Bourgogne[3].)

> Te le dirai-je, Araspe?... etc.

Voyez-vous cette posture? Remarquez bien cela. Là,
appuyer[4] comme il faut le dernier vers. Voilà ce qui
attire l'approbation, et fait faire le brouhahâ. — Mais,
Monsieur, auroit répondu le comédien, il me semble
qu'un roi qui s'entretient tout seul avec son capitaine
des gardes parle un peu plus humainement, et ne prend
guère ce ton de démoniaque[5]. — Vous ne savez ce que

présenté, à Paris, le 4 novembre 1663, et quelque temps après Racine écrivait
à son ami le Vasseur : « Montfleury a fait une requête contre Molière et l'a
donnée au Roi. Il l'accuse d'avoir épousé la fille et d'avoir autrefois couché
avec la mère. Mais Montfleury n'est point écouté à la cour[a]. »
    1. Acte II, scène 1, vers 413 et 414.
    2. Qui lui auroit été possible. (1682, 84 A, 97, 1710.)
    3. *Il contrefait Montfleury*, comédien de l'Hôtel de Bourgogne. (1734.)
    4. *Appuyez*, à la seconde personne du pluriel, dans l'édition de 1734.
    5. Il est évident qu'il y a ici en présence, non plus seulement deux troupes
rivales intéressées à se dénigrer réciproquement, mais deux systèmes différents
de déclamation, l'un qui recherche le naturel et la simplicité, l'autre qui ne
redoute point l'emphase et y voit un moyen d'effet assuré. Maintenant, si l'on
incline à donner ici raison à Molière, il est fort possible que lui-même, dans
la pratique, compromit par des défauts réels la sagesse de cette théorie. C'était
au moins l'avis unanime des contemporains : on le trouvait ridicule dans les

    a Voyez la lettre, donnée d'après l'autographe, dans l'édition de M. P. Mes-
nard, tome VI, p. 506; et la *Notice biographique de Molière*.

c'est. Allez-vous-en réciter comme vous faites, vous verrez si vous ferez faire aucun ah! Voyons un peu une
scène d'amant et d'amante. » Là-dessus une comédienne et un comédien auroient fait une scène ensemble, qui est celle de Camille et de Curiace,

> Iras-tu, ma chère âme [1], et ce funeste honneur
> Te plaît-il aux dépens de tout notre bonheur?
> — Hélas! je vois trop bien [2]..., etc.

tout de même que l'autre, et le plus naturellement qu'ils
auroient pu. Et le poëte aussitôt : « Vous vous moquez,
vous ne faites rien qui vaille, et voici comme il faut réciter cela.

(Imitant Mlle Beauchâteau [3], comédienne de l'Hôtel de Bourgogne.)

> Iras-tu, ma chère âme..., etc.
> Non, je te connois mieux [4]..., etc.

Voyez-vous comme cela est naturel et passionné? Ad-
mirez ce visage riant qu'elle conserve dans les plus

rôles tragiques; et c'est ce que Montfleury fils ne manque pas de faire remarquer dans son *Impromptu de l'hôtel de Condé*. Il y introduit un partisan de
Molière, un marquis, lequel croit prouver la supériorité de la troupe du *Palais-
Royal* sur celle de l'*Hôtel*, en remarquant qu'à l'*Hôtel* on s'applique surtout
au genre sérieux, et qu'on n'y rit qu'au comique :

> Mais au Palais-Royal, quand Molière est des deux,
> On rit dans le comique et dans le sérieux.

(Scène II.)

Peut-être les contemporains avaient-ils tort de rire; au moins ce tort semble-
t-il avoir été général. Voyez la *Notice de Dom Garcie*, tome II, p. 224 et suivantes.

1. Depuis 1660 ce commencement de vers ne se disait plus ainsi : voyez la
Notice de M. Marty-Laveaux, tome III du *Corneille*, p. 252.

2. *Horace*, acte II, scène v, vers 533-535. On voit un peu plus loin que
c'est Mlle de Beauchâteau [a] que Molière imitait dans ce rôle de Camille. On
ignore quel comédien de l'Hôtel donnait la réplique : *Hélas! je vois trop bien*,
et était à son tour contrefait ici.

3. *Il imite Mlle de Beauchâteau....* (1734.)

4. Même scène, vers 543.

[a] Celle que Racine appelle *la déhanchée*, dans sa correspondance de cette
année 1663 (tome VI, p. 506).

grandes afflictions. » Enfin, voilà l'idée ; et il auroit parcouru de même tous les acteurs et toutes les actrices.

                              MADEMOISELLE DE BRIE.

Je trouve cette idée assez plaisante, et j'en ai reconnu là dès le premier vers. Continuez, je vous prie.

              MOLIÈRE, imitant Beauchâteau, aussi comédien,
                        dans les stances du *Cid* [1].

    Percé jusques au fond du cœur[2]..., etc.

Et celui-ci, le reconnoîtrez-vous bien dans Pompée de *Sertorius?*
                        (Imitant Hauteroche, aussi comédien[3].)

    L'inimitié qui règne entre les deux partis,
    N'y rend pas de l'honneur[4]..., etc.

                              MADEMOISELLE DE BRIE.

Je le reconnois un peu, je pense.

                              MOLIÈRE.

Et celui-ci?
                        (Imitant de Villiers, aussi comédien[5].)

    Seigneur, Polybe est mort[6]..., etc.

                              MADEMOISELLE DE BRIE.

Oui, je sais qui c'est; mais il y en a quelques-uns

---

1. MOLIÈRE, *imitant Beauchâteau, comédien de l'Hôtel de Bourgogne, dans les stances du* Cid. (1734.)
2. Vers 291.
3. *Il contrefait Hauteroche, comédien de l'Hôtel de Bourgogne.* (1734.)
4. Acte III, scène I, vers 759 et 760. Le premier doit se lire ainsi :

    L'inimitié qui règne entre nos deux partis.

Sertorius avait été donné, pour la première fois, à la fin de février de l'année précédente 1662.
5. *Imitant de Villiers, comédien de l'Hôtel de Bourgogne.* (1734.)
6. *OEdipe* de Corneille (1659), acte V, scène II, vers 1672. Le texte est :

    Le roi Polybe est mort....

Le mot *Seigneur* indique bien qu'il s'agit du rôle d'Iphicrate, et non de celui d'OEdipe, auquel appartient cet autre hémistiche au début de la scène (vers 1665) :

    Eh bien! Polybe est mort?

d'entre eux, je crois, que vous auriez peine à contrefaire.

MOLIÈRE.

Mon Dieu, il n'y en a point qu'on ne pût attraper par
quelque endroit, si je les avois bien étudiés[1]. Mais vous
me faites perdre un temps qui nous est cher. Songeons
à nous, de grâce, et ne nous amusons point davantage
à discourir. (Parlant à de la Grange.) Vous, prenez garde[2] à
bien représenter avec moi votre rôle de marquis.

MADEMOISELLE MOLIÈRE.

Toujours des marquis!

MOLIÈRE.

Oui, toujours des marquis. Que diable voulez-vous
qu'on prenne pour un caractère agréable de théâtre?
Le marquis aujourd'hui est le plaisant de la comédie;
et comme dans toutes les comédies anciennes on voit
toujours un valet bouffon qui fait rire les auditeurs, de
même, dans toutes nos pièces de maintenant, il faut
toujours un marquis ridicule qui divertisse la compagnie[3].

1. « Ce passage prouve, contre l'avis de beaucoup de personnes, dit Auger,
que Molière, en s'abstenant de contrefaire le jeu de Floridor, le plus célèbre
comédien de l'Hôtel de Bourgogne à cette époque, n'a pas prétendu faire une
exception en sa faveur. et reconnaître, au moins tacitement, sa supériorité. »
Il est fort probable que Floridor, quel que fût son mérite, partageait les défauts
de la déclamation à la mode, et prêtait, par conséquent, aux mêmes critiques.
Mais Floridor était personnellement estimé et aimé du Roi; et c'était, quoi
qu'en puisse dire Auger, faire une exception en sa faveur que de ne point essayer de le contrefaire.

2. Et ne nous amusons pas davantage à discourir. (*A la Grange.*) Vous,
prenez garde. (1734.)

3. On s'est étonné de la hardiesse de ce passage; de Visé n'avait pas manqué
de la signaler aux intéressés : « Il ne suffit pas de garder le respect que nous
devons au demi-dieu qui nous gouverne : il faut épargner ceux qui ont le glorieux avantage de l'approcher, et ne pas jouer ceux qu'il honore d'une estime
particulière. » (*Lettre sur les affaires du théâtre*, p. 85 : voyez tout le passage
à la *Notice*, p. 147 et 148.) Cependant, par une étrange contradiction, l'Hôtel de
Bourgogne, en opposant à l'*Impromptu* de Molière l'*Impromptu de l'hôtel de
Condé*, y introduisait aussi un marquis ridicule, dont naturellement on faisait

MADEMOISELLE BÉJART.

Il est vrai, on ne s'en sauroit passer.

MOLIÈRE.

Pour vous, Mademoiselle....

MADEMOISELLE DU PARC.

Mon Dieu, pour moi, je m'acquitterai fort mal de mon personnage, et je ne sais pas pourquoi vous m'avez donné ce rôle de façonnière.

MOLIÈRE.

Mon Dieu, Mademoiselle, voilà comme vous disiez lorsque l'on vous donna celui de *la Critique de l'École des femmes*[1]; cependant vous vous en êtes acquittée à merveille[2], et tout le monde est demeuré d'accord qu'on ne peut pas mieux faire que vous avez fait. Croyez-moi, celui-ci sera de même; et vous le jouerez mieux que vous ne pensez.

MADEMOISELLE DU PARC.

Comment cela se pourroit-il faire? car il n'y a point de personne au monde qui soit moins façonnière que moi.

MOLIÈRE.

Cela est vrai[3]; et c'est en quoi vous faites mieux voir

un partisan de Molière. Enfin de Visé et de Villiers vengèrent tout à la fois les comédiens et les marquis en faisant dire à un des personnages de la comédie qu'ils firent jouer à la même époque : « Je trouve qu'il a fait honneur aux comédiens et qu'il les a rendus compagnons des marquis, en les jouant ensemble. Ils auroient tort de s'en fâcher, puisqu'ils ne sont pas de meilleure famille qu'eux, et ils ne doivent pas même paroître surpris de voir que des singes et des guenons tâchent à les contrefaire, puisque c'est le propre de ces sortes d'animaux. » (*La Vengeance des Marquis*, scène II.) Un peu plus loin (scène III), une demoiselle fait l'éloge des marquis : « Ils sont..., dit-elle, bien mignons et bien propres.... L'on m'en a montré plusieurs qui étoient auprès de celui qui les contrefaisoit, et je ne pouvois m'imaginer comment il osoit se moquer d'eux; mais je me suis souvenue qu'il leur en avoit peut-être demandé la permission. »

1. Le rôle de Climène.

2. On écrivait plus ordinairement autrefois *à merveilles;* mais il y a bien ici le singulier dans la 1re édition et dans celles de 1684 A, 97, 1733, 34.

3. C'est vrai. (1734.)

que vous êtes excellente comédienne[1], de bien représenter un personnage qui est si contraire à votre humeur. Tâchez donc de bien prendre, tous, le caractère
de vos rôles, et de vous figurer que vous êtes ce que
vous représentez.

(A du Croisy.) Vous faites le poëte, vous, et vous devez
vous remplir de ce personnage, marquer cet air pédant
qui se conserve parmi le commerce du beau monde,
ce ton de voix sentencieux, et cette exactitude de prononciation qui appuie sur toutes les syllabes, et ne laisse
échapper aucune lettre de la plus sévère orthographe.

(A Brécourt.) Pour vous, vous faites un honnête homme
de cour[2], comme vous avez déjà fait dans *la Critique de
l'École des femmes*, c'est-à-dire que vous devez prendre un air posé, un ton de voix naturel, et gesticuler le
moins qu'il vous sera possible.

(A de la Grange[3].) Pour vous, je n'ai rien à vous dire[4].

(A Mademoiselle Béjart.) Vous, vous représentez une de
ces femmes qui, pourvu qu'elles ne fassent point l'a-
mour, croient que tout le reste leur est permis, de ces
femmes qui se retranchent toujours fièrement sur leur
pruderie, regardent un chacun de haut en bas, et veulent que toutes les plus belles qualités que possèdent
les autres ne soient rien en comparaison d'un misérable
honneur[5] dont personne ne se soucie. Ayez toujours ce
caractère devant les yeux, pour en bien faire les grimaces.

---

1. Que vous êtes une excellente comédienne. (1734.)
2. Le rôle de Dorante. — 3. A la Grange. (1734.)
4. Cet éloge si flatteur, et qui, au témoignage des contemporains, était mérité, a dû toucher le cœur honnête de la Grange, dont le registre porte partout
l'empreinte de sa reconnaissance profonde et de son respect affectueux pour
son chef et son ami. Quand Molière a l'air de le reprendre, au début de leur
dialogue de la scène III (p. 410), c'est à d'autres que la leçon est donnée.
5. Auger rappelle que Molière a une seconde fois associé ces deux mots dans
le Misanthrope (acte I, scène I); l'expression a pris là plus d'énergie encore :

Son misérable honneur ne voit pour lui personne.

(A Mademoiselle de Brie.) Pour vous, vous faites une de ces femmes qui pensent être les plus vertueuses personnes du monde pourvu qu'elles sauvent les apparences, de ces femmes qui croient que le péché n'est que dans le scandale, qui veulent conduire doucement les affaires qu'elles ont sur le pied d'attachement honnête, et appellent amis ce que les autres nomment galans. Entrez bien dans ce caractère.

(A Mademoiselle Molière[1].) Vous, vous faites le même personnage que dans *la Critique*[2], et je n'ai rien à vous dire, non plus qu'à Mademoiselle du Parc.

(A Mademoiselle du Croisy.) Pour vous, vous représentez une de ces personnes qui prêtent doucement des charités à tout le monde, de ces femmes qui donnent toujours le petit coup de langue en passant, et seroient bien fâchées d'avoir souffert qu'on eût dit du bien du prochain. Je crois que vous ne vous acquitterez pas mal de ce rôle.

(A Mademoiselle Hervé.) Et pour vous, vous êtes la soubrette de la Précieuse, qui se mêle de temps en temps dans la conversation, et attrape, comme elle peut, tous les termes de sa maîtresse. Je vous dis tous vos caractères, afin que vous vous les imprimiez fortement dans l'esprit[3]. Commençons maintenant à répéter, et voyons

---

1. Ici la 1ʳᵉ édition et celles de 1684 A, 97, 1710, 33 portent: « à Mademoiselle de Molière, » bien que partout ailleurs elles omettent le *de*.

2. Le rôle d'Élise.

3. « Tout ce passage est fort curieux. Ce n'est pas un personnage créé par Molière, c'est Molière lui-même que nous voyons agir et que nous entendons parler. Le voilà dans une situation où il se trouvait souvent : c'était de cette manière sans doute qu'il expliquait aux comédiens les rôles dont il les chargeait; c'était ainsi que, développant à leurs yeux le caractère de chaque personnage, il leur apprenait à le revêtir des formes les plus vraies et les plus expressives. Au reste, ces instructions qu'il donne aux comédiens sont autant de traits qu'il lance, en passant, contre ses ennemis des deux sexes, tant de la cour que de la ville; et c'est encore une espèce d'épisode qui lui sert à différer la répétition annoncée. » (*Note d'Auger.*) Il faut ajouter que, par quelques

comme cela ira. Ah! voici justement un fâcheux! Il ne nous falloit plus que cela.

SCÈNE II.

LA THORILLIÈRE, MOLIÈRE, etc.[1]

LA THORILLIÈRE.

Bonjour, Monsieur Molière.

MOLIÈRE.

Monsieur, votre serviteur. La peste soit de l'homme[2]!

LA THORILLIÈRE.

Comment vous en va?

MOLIÈRE.

Fort bien, pour vous servir. Mesdemoiselles, ne[3]....

LA THORILLIÈRE.

Je viens d'un lieu où j'ai bien dit du bien de vous.

---

détails, Molière semble caractériser plusieurs de ses camarades; que Brécourt, par exemple, dont on sait le caractère violent et emporté, devait avoir quelque peine à prendre *un air posé*, et qu'il n'était pas inutile de lui recommander de *gesticuler le moins qu'il lui serait possible;* que Mlle du Parc était un peu *façonnière*, ce qu'indiquerait déjà la prétention qu'elle exprime de l'être moins que personne, et ce que Molière nous paraît faire sentir encore dans la scène IV (p. 416 et 417), quand il lui recommande de *faire bien des façons*, en ajoutant : « Cela vous contraindra un peu; mais qu'y faire? Il faut parfois se faire violence; » et qu'enfin Mlle du Croisy était un peu médisante et ne se refusait pas *le petit coup de langue en passant*, puisqu'en la chargeant de ce personnage, Molière lui dit : « Je crois que vous ne vous acquitterez pas mal de ce rôle. »

1. LA THORILLIÈRE, MOLIÈRE, BRÉCOURT, LA GRANGE, DU CROISY, MESDE-MOISELLES DU PARC, BÉJART, DE BRIE, MOLIÈRE, DU CROISY, HERVÉ. (1734.) —Nous suivons pour les en-tête des scènes les premières éditions, qui ont jugé inutile de répéter à chaque fois la longue liste des personnages.

2. Monsieur, votre serviteur. (*A part.*) La peste soit de l'homme! (1734.)

3. Fort bien, pour vous servir. (*Aux actrices.*) Mesdemoiselles, ne.... (1734.)

MOLIÈRE.

Je vous suis obligé. Que le diable t'emporte ! Ayez un peu soin[1]....

LA THORILLIÈRE.

Vous jouez une pièce nouvelle aujourd'hui ?

MOLIÈRE.

Oui, Monsieur. N'oubliez pas[2]....

LA THORILLIÈRE.

C'est le Roi qui vous la[3] fait faire ?

MOLIÈRE.

Oui, Monsieur. De grâce, songez[4]....

LA THORILLIÈRE.

Comment l'appelez-vous ?

MOLIÈRE.

Oui, Monsieur.

LA THORILLIÈRE.

Je vous demande comment vous la nommez.

MOLIÈRE.

Ah ! ma foi, je ne sais. Il faut, s'il vous plaît, que vous[5]....

LA THORILLIÈRE.

Comment serez-vous habillés ?

MOLIÈRE.

Comme vous voyez. Je vous prie[6]....

LA THORILLIÈRE.

Quand commencerez-vous ?

---

1. Je vous suis obligé. (*A part.*) Que le diable t'emporte! (*Aux acteurs.*) Ayez un peu soin.... (1734.)
2. Oui, Monsieur. (*Aux actrices.*) N'oubliez pas.... (1734.)
3. *L'a*, avec une apostrophe, dans l'édition de 1773.
4. Oui, Monsieur. (*Aux acteurs.*) De grâce, songez.... (1734.)
5. Ah! ma foi, je ne sais. (*Aux actrices.*) Il faut, s'il vous plaît, que vous.... (1734.)
6. Comme vous voyez. (*Aux acteurs.*) Je vous prie.... (1734.)

MOLIÈRE.

Quand le Roi sera venu. Au diantre le questionneur[1]!

LA THORILLIÈRE.

Quand croyez-vous qu'il vienne?

MOLIÈRE.

La peste m'étouffe, Monsieur, si je le sais.

LA THORILLIÈRE.

Savez-vous point[2]...?

MOLIÈRE.

Tenez, Monsieur, je suis le plus ignorant homme du monde; je ne sais rien de tout ce que vous pourrez me demander, je vous jure[3]. J'enrage! Ce bourreau vient, avec un air tranquille, vous faire des questions, et ne se soucie pas qu'on ait en tête d'autres affaires.

LA THORILLIÈRE.

Mesdemoiselles, votre serviteur.

MOLIÈRE.

Ah! bon, le voilà d'un autre côté.

LA THORILLIÈRE, à Mademoiselle du Croisy.

Vous voilà belle comme un petit ange. Jouez-vous toutes deux aujourd'hui? (En regardant Mademoiselle Hervé.)

MADEMOISELLE DU CROISY.

Oui, Monsieur.

LA THORILLIÈRE.

Sans vous, la comédie ne vaudroit pas grand'chose[4].

---

1. Quand le Roi sera venu. (*A part.*) Au diantre le questionneur! (1734.)

2. Cet exemple « prouve bien, dit Bret (et il pouvait déjà le dire plus haut, scène I, p. 392, aux mots : *pouvez-vous pas...?*), que le retranchement de la particule *ne* dans les vers était moins une licence qu'un usage en pareil cas, » un tour fort ordinaire dans le langage familier.

3. On lit encore ici l'indication : *à part*, dans l'édition de 1734.

4. « Notez, dit Auger, que le compliment s'adresse aux deux plus faibles actrices de la troupe. C'est une sottise de plus dans la bouche de ce marquis ridicule; mais les deux comédiennes étaient bonnes personnes, si elles ne s'en sont pas fâchées. » Il semble que ce marquis est plutôt fâcheux que ridicule, et un éloge intéressé qui se fait agréer ne peut passer pour sottise. Il faut

MOLIÈRE.[1]

Vous ne voulez pas faire en aller cet homme-là ?

MADEMOISELLE DE BRIE.[2]

Monsieur, nous avons ici quelque chose à répéter ensemble.

LA THORILLIÈRE.

Ah ! parbleu ! je ne veux pas vous empêcher : vous n'avez qu'à poursuivre.

MADEMOISELLE DE BRIE.

Mais....

LA THORILLIÈRE.

Non, non, je serois fâché d'incommoder personne. Faites librement ce que vous avez à faire.

MADEMOISELLE DE BRIE.

Oui, mais....

LA THORILLIÈRE.

Je suis homme sans cérémonie, vous dis-je, et vous pouvez répéter ce qui vous plaira.[3]

MOLIÈRE.

Monsieur, ces demoiselles ont peine à vous dire qu'elles souhaiteroient fort que personne ne fût ici pendant cette répétition.

LA THORILLIÈRE.

Pourquoi ? il n'y a point de danger pour moi.

MOLIÈRE.

Monsieur, c'est une coutume qu'elles observent, et vous aurez plus de plaisir quand les choses vous surprendront.

croire que le premier compliment que Molière fait adresser à Mlle du Croisy sur sa beauté était mérité et devait, pour elle, racheter l'effet que le second pouvait produire sur le public.

1. MOLIÈRE, *bas aux actrices.* (1734.)
2. MADEMOISELLE DE BRIE, *à la Thorillière.* (1734.)
3. Ce qu'il vous plaira. (1773.)

LA THORILLIÈRE.

Je m'en vais donc dire que vous êtes prêts.

MOLIÈRE.

Point du tout, Monsieur; ne vous hâtez pas, de grâce.

SCÈNE III.

MOLIÈRE, LA GRANGE, etc. [1].

MOLIÈRE.

Ah! que le monde est plein d'impertinents! Or sus, commençons. Figurez-vous donc premièrement que la scène est dans l'antichambre du Roi; car c'est un lieu où il se passe tous les jours des choses assez plaisantes. Il est aisé de faire venir là toutes les personnes qu'on veut, et on peut trouver des raisons même pour y autoriser la venue des femmes que j'introduis. La comédie s'ouvre par deux marquis qui se rencontrent.

Souvenez-vous[2] bien, vous, de venir, comme je vous ai dit, là, avec cet air qu'on nomme le bel air, peignant votre perruque, et grondant[3] une petite chanson entre vos dents. La, la, la, la, la, la[4]. Rangez-vous donc, vous autres, car il faut du terrain[5] à deux marquis; et ils ne sont pas gens à tenir leur personne dans un petit espace[6]. Allons, parlez.

LA GRANGE.

« Bonjour, Marquis. »

---

1. MOLIÈRE, BRÉCOURT, LA GRANGE, DU CROISY, MESDEMOISELLES DU PARC, BÉJART, DE BRIE, MOLIÈRE, DU CROISY, HERVÉ. (1734.)

2. Cet alinéa est précédé, dans l'édition de 1734, de l'indication : *A la Grange*.

3. Auger regrette que l'usage ne semble pas avoir adopté cette locution, plus tard employée aussi par la Fontaine dans sa comédie de *Ragotin* (« gronder un air », acte II, scène VII).

4. Il y a sept fois *la* dans l'édition de 1734.

5. Terrein. (1682, 84 A, 97, 1710.) — 6. *A la Grange.* (1734.)

MOLIÈRE.

Mon Dieu, ce n'est point là le ton d'un marquis ; il faut le prendre un peu plus haut ; et la plupart de ces Messieurs affectent une manière de parler particulière, pour se distinguer du commun : « Bonjour, Marquis. » Recommencez donc.

LA GRANGE.

« Bonjour, Marquis.

MOLIÈRE.

« Ah ! Marquis, ton serviteur.

LA GRANGE.

« Que fais-tu là ?

MOLIÈRE.

« Parbleu ! tu vois : j'attends que tous ces Messieurs aient débouché la porte, pour présenter là mon visage.

LA GRANGE.

« Têtebleu ! quelle foule ! Je n'ai garde de m'y aller frotter, et j'aime mieux entrer des derniers.

MOLIÈRE.

« Il y a là vingt gens qui sont fort assurés de n'entrer point, et qui ne laissent pas de se presser, et d'occuper toutes les avenues de la porte.

LA GRANGE.

« Crions nos deux noms à l'huissier[1], afin qu'il nous appelle.

MOLIÈRE.

« Cela est bon pour toi ; mais pour moi, je ne veux pas être joué par Molière.

LA GRANGE.

« Je pense pourtant, Marquis, que c'est toi qu'il joue dans *la Critique*.

MOLIÈRE.

« Moi ? Je suis ton valet : c'est toi-même en propre personne.

1. Voyez le *Remercîment au Roi*, ci-dessus, p. 297.

LA GRANGE.

« Ah ! ma foi, tu es bon de m'appliquer ton personnage.

MOLIÈRE.

« Parbleu ! je te trouve plaisant de me donner ce qui
t'appartient.

LA GRANGE[1].

« Ha, ha, ha, cela est drôle.

MOLIÈRE[2].

« Ha, ha, ha, cela est bouffon.

LA GRANGE.

« Quoi ! tu veux soutenir que ce n'est pas toi qu'on
joue dans le marquis de *la Critique* ?

MOLIÈRE.

« Il est vrai, c'est moi. *Détestable, morbleu ! détestable ! tarte à la crème !* C'est moi, c'est moi, assurément,
c'est moi.

LA GRANGE.

« Oui parbleu ! c'est toi ; tu n'as que faire de railler ;
et si tu veux, nous gagerons, et verrons qui a raison
des deux.

MOLIÈRE.

« Et que veux-tu gager encore ?

LA GRANGE.

« Je gage cent pistoles que c'est toi.

MOLIÈRE.

« Et moi, cent pistoles que c'est toi.

LA GRANGE.

« Cent pistoles comptant ?

MOLIÈRE.

« Comptant : quatre-vingt-dix pistoles sur Amyntas[3],
et dix pistoles comptant.

---

1. LA GRANGE, *riant.* « Ah, ah, ah ! » (1734.)
2. MOLIÈRE, *riant.* « Ah, ah, ah ! » (1734.)
3. Qui me les doit du jeu ou d'un pari.

LA GRANGE.

« Je le veux.

MOLIÈRE.

« Cela est fait.

LA GRANGE.

« Ton argent court grand risque.

MOLIÈRE.

« Le tien est bien aventuré.

LA GRANGE.

« A qui nous en rapporter?

SCÈNE IV.

MOLIÈRE, BRÉCOURT, LA GRANGE, ETC.

MOLIÈRE [1].

« Voici un homme qui nous jugera. Chevalier !

BRÉCOURT.

« Quoi ? »

MOLIÈRE.

Bon. Voilà l'autre qui prend le ton de marquis! Vous ai-je pas dit que vous faites un rôle où l'on doit parler naturellement?

BRÉCOURT.

Il est vrai.

MOLIÈRE.

Allons donc. « Chevalier !

BRÉCOURT.

« Quoi ?

1. *A Brécourt.* (1734.) — L'édition de 1734, qui a mis le nom de Brécourt parmi ceux des personnages de la scène III, continue cette scène et ne commence pas ici une scène IV.

MOLIÈRE.

« Juge-nous un peu sur une gageure que nous avons
faite.

BRÉCOURT.

« Et quelle?

MOLIÈRE.

« Nous disputons qui est le marquis de *la Critique* de
Molière : il gage que c'est moi, et moi je gage que c'est
lui.

BRÉCOURT.

« Et moi, je juge que ce n'est ni l'un ni l'autre. Vous
êtes fous tous deux, de vouloir vous appliquer ces sortes
de choses; et voilà de quoi j'ouïs l'autre jour se plaindre
Molière, parlant à des personnes qui le chargeoient de
même chose que vous. Il disoit que rien ne lui donnoit
du déplaisir comme d'être accusé de regarder quelqu'un
dans les portraits qu'il fait; que son dessein est de
peindre les mœurs sans vouloir toucher aux personnes [1],
et que tous les personnages qu'il représente sont des
personnages en l'air, et des fantômes [2] proprement, qu'il
habille à sa fantaisie, pour réjouir les spectateurs; qu'il
seroit bien fâché d'y avoir jamais marqué qui que ce
soit; et que si quelque chose étoit capable de le dégoû-
ter de faire des comédies, c'étoit [3] les ressemblances
qu'on y vouloit toujours trouver, et dont ses ennemis
tâchoient malicieusement d'appuyer la pensée, pour lui
rendre de mauvais offices auprès de certaines personnes

---

1. Phèdre a dit de même (*Prologue* du livre III, vers 49 et 50) :

Neque enim notare singulos mens est mihi,
Verum ipsam vitam et mores hominum ostendere.
                              (*Note d'Auger.*)

2. Le mot est écrit *phantosmes* dans les éditions de 1682, 84 A, 97, 1710;
phantômes, dans 1733, 34.

3. Il y a bien ainsi le singulier dans toutes les anciennes éditions, y compris 1734 et 1773.

à qui il n'a jamais pensé. Et en effet je trouve qu'il a raison; car pourquoi vouloir, je vous prie, appliquer[1] tous ses gestes et toutes ses paroles, et chercher à lui faire des affaires en disant hautement : « Il joue un tel, » lorsque ce sont des choses qui peuvent convenir à cent personnes? Comme l'affaire de la comédie est de représenter en général tous les défauts des hommes, et principalement des hommes de notre siècle, il est impossible à Molière de faire aucun caractère qui ne rencontre quelqu'un dans le monde; et s'il faut qu'on l'accuse d'avoir songé toutes les personnes[2] où l'on peut trouver les défauts[3] qu'il peint, il faut sans doute qu'il ne fasse plus de comédies.

MOLIÈRE.

« Ma foi, Chevalier, tu veux justifier Molière, et épargner notre ami que voilà.

LA GRANGE.

« Point du tout. C'est toi qu'il épargne, et nous trouverons d'autres juges.

MOLIÈRE.

« Soit. Mais, dis-moi, Chevalier, crois-tu pas[4] que ton Molière est épuisé maintenant, et qu'il ne trouvera plus de matière pour...?

BRÉCOURT.

« Plus de matière? Eh! mon pauvre Marquis, nous lui en fournirons toujours assez, et nous ne prenons guère le chemin de nous rendre sages pour tout ce qu'il fait et tout ce qu'il dit[5]. »

1. Chercher des applications à....
2. Comme plus haut (scène 1, p. 396) : « J'avois songé une comédie.... »
3. Où l'on peut trouver des défauts. (1773.)
4. Ne crois-tu pas. (1684 A, 94 B.)
5. C'est-à-dire nous ne sommes pas près de montrer moins d'extravagance dans nos manières et nos discours, nous ne nous disposons guère à moins

MOLIÈRE.

Attendez, il faut marquer davantage tout cet endroit. Écoutez-le-moi dire un peu. « Et qu'il ne trouvera plus de matière pour.... — Plus de matière ? Hé !
mon pauvre Marquis, nous lui en fournirons toujours
assez, et nous ne prenons guère le chemin de nous
rendre sages pour tout ce qu'il fait et tout ce qu'il dit.
Crois-tu qu'il ait épuisé dans ses comédies tout le ridicule des hommes ? Et, sans sortir de la cour, n'a-t-il pas
encore vingt caractères de gens où il n'a point touché ?
N'a-t-il pas, par exemple, ceux qui se font les plus
grandes amitiés du monde, et qui, le dos tourné, font
galanterie de se déchirer l'un l'autre ? N'a-t-il pas ces
adulateurs à outrance, ces flatteurs insipides, qui n'as-
saisonnent d'aucun sel les louanges qu'ils donnent, et
dont toutes les flatteries ont une douceur fade qui fait
mal au cœur à ceux qui les écoutent ? N'a-t-il pas ces
lâches courtisans de la faveur, ces perfides adorateurs
de la fortune, qui vous encensent dans la prospérité et
vous accablent dans la disgrâce ? N'a-t-il pas ceux qui
sont toujours mécontents de la cour, ces suivants inutiles, ces incommodes assidus, ces gens, dis-je, qui pour
services ne peuvent compter que des importunités, et
qui veulent que l'on les récompense[1] d'avoir obsédé le
Prince dix ans durant ? N'a-t-il pas ceux qui caressent
également tout le monde, qui promènent leurs civilités
à droit et à gauche[2], et courent à tous ceux qu'ils
voient avec les mêmes embrassades et les mêmes pro-

___

donner prise au comédien qui joue nos personnages, et au satirique qui nous
fait parler ou plus directement nous raille.

1. Qu'on les récompense. (1734.)

2. A droite et à gauche. (1773.) — Mais à droit était la manière ordinaire d'écrire et de prononcer. « On a dit de lui que c'étoit une clef dans
une serrure, qui tourne, qui fait du bruit, et qui ne sauroit ouvrir ni à

testations d'amitié[1]? « Monsieur, votre très-humble
« serviteur. — Monsieur, je suis tout à votre service. —
« — Tenez-moi des vôtres, mon cher. — Faites état
« de moi, Monsieur, comme du plus chaud de vos amis.
« — Monsieur, je suis ravi de vous embrasser. — Ah!
« Monsieur, je ne vous voyois pas! Faites-moi la grâce
« de m'employer. Soyez persuadé que je suis entière-
« ment à vous. Vous êtes l'homme du monde que je
« révère le plus. Il n'y a personne que j'honore à l'égal
« de vous. Je vous conjure de le croire. Je vous sup-
« plie de n'en point douter. — Serviteur. — Très-humble
« valet. » Va, va, Marquis, Molière aura toujours plus
de sujets qu'il n'en voudra; et tout ce qu'il a touché jusqu'ici n'est rien que bagatelle au prix de ce qui reste. »
Voilà à peu près[2] comme cela doit être joué.

BRÉCOURT.

C'est assez.

MOLIÈRE.

Poursuivez.

BRÉCOURT.

« Voici Climène et Élise. »

MOLIÈRE[3].

Là-dessus vous arrivez toutes deux. (A Mademoiselle du
Parc.) Prenez bien garde, vous, à vous déhancher comme
il faut, et à faire bien des façons[4]. Cela vous contraindra

droit ni à gauche. » (Mme de Sévigné, autographe de 1680, tome VI,
p. 407.)
L'un à droit, l'autre à gauche.
(Boileau, *satire* IV, vers 43.)

On trouve encore cette forme dans Saint-Simon : voyez, par exemple, au tome
XIX, p. 384 et suivantes (édition de 1873-1875).
  1. *D'amitiés*, au pluriel, dans l'édition de 1773.
  2. Dans 1682 et 1684 A, *à peu prêt* (*prest*).
  3. MOLIÈRE, *à Mlles du Parc et Molière*. (1734.)
  4. Dans *la Critique* (scène II, p. 317 et 318), Élise dit de Climène, dont
Mlle du Parc répète ici le rôle : C'est « la plus grande façonnière du monde. Il

un peu ; mais qu'y faire? Il faut parfois se faire violence.

MADEMOISELLE MOLIÈRE.

« Certes, Madame, je vous ai reconnue de loin, et
j'ai bien vu à votre air que ce ne pouvoit être une autre
que vous.

MADEMOISELLE DU PARC.

« Vous voyez : je viens attendre ici la sortie d'un
homme avec qui j'ai une affaire à démêler.

MADEMOISELLE MOLIÈRE.

« Et moi de même. »

MOLIÈRE.

Mesdames, voilà des coffres qui vous serviront de
fauteuils.

MADEMOISELLE DU PARC.

« Allons, Madame, prenez place, s'il vous plaît.

MADEMOISELLE MOLIÈRE.

« Après vous, Madame. »

MOLIÈRE.

Bon. Après ces petites cérémonies muettes, chacun
prendra place, et parlera assis, hors les marquis, qui
tantôt se lèveront, et tantôt s'assoiront, suivant leur
inquiétude naturelle. « Parbleu! Chevalier, tu devrois
faire prendre médecine à tes canons.

BRÉCOURT.

« Comment?

MOLIÈRE.

« Ils se portent fort mal[1].

---

semble que tout son corps soit démonté, et que les mouvements de ses hanches,
de ses épaules et de sa tête n'aillent que par ressorts. » (*Note d'Auger.*)

1. Dans *la Vengeance des Marquis* (scène v), un des personnages dit ironiquement, à propos de cette *turlupinade : « La pensée est fort nouvelle, et il
y a plus de trente ans que tous les saltimbanques disent cette mauvaise plaisanterie, et le Peintre fait honneur aux marquis de la mettre dans leurs bouches. »

BRÉCOURT.

« Serviteur à la turlupinade !

MADEMOISELLE MOLIÈRE.

« Mon Dieu! Madame, que je vous trouve le teint
d'une blancheur éblouissante, et les lèvres d'un couleur
de feu surprenant[1] !

MADEMOISELLE DU PARC.

« Ah! que dites-vous là, Madame? ne me regardez
point, je suis du dernier laid aujourd'hui.

MADEMOISELLE MOLIÈRE.

« Eh, Madame, levez un peu votre coiffe.

MADEMOISELLE DU PARC.

« Fi! Je suis épouvantable, vous dis-je, et je me fais
peur à moi-même.

MADEMOISELLE MOLIÈRE.

« Vous êtes si belle!

MADEMOISELLE DU PARC.

« Point, point.

MADEMOISELLE MOLIÈRE.

« Montrez-vous.

MADEMOISELLE DU PARC.

« Ah! fi donc, je vous prie!

MADEMOISELLE MOLIÈRE.

« De grâce.

MADEMOISELLE DU PARC.

« Mon Dieu, non.

MADEMOISELLE MOLIÈRE.

« Si fait.

MADEMOISELLE DU PARC.

« Vous me désespérez.

MADEMOISELLE MOLIÈRE.

« Un moment.

---

1. D'une couleur de feu surprenante. (1773.)

MADEMOISELLE DU PARC.

« Ahy [1].

MADEMOISELLE MOLIÈRE.

« Résolûment, vous vous montrerez. On ne peut point se passer de vous voir.

MADEMOISELLE DU PARC.

« Mon Dieu, que vous êtes une étrange personne! vous voulez furieusement ce que vous voulez.

MADEMOISELLE MOLIÈRE.

« Ah! Madame, vous n'avez aucun désavantage à [2] paroître au grand jour, je vous jure. Les méchantes gens qui assuroient que vous mettiez quelque chose! Vraiment, je les démentirai bien maintenant.

MADEMOISELLE DU PARC.

« Hélas! je ne sais pas seulement ce qu'on appelle mettre quelque chose. Mais où vont ces dames?

SCÈNE V [3].

MLLE DE BRIE, MLLE DU PARC, ETC.

MADEMOISELLE DE BRIE.

« Vous voulez bien, Mesdames, que nous vous donnions, en passant, la plus agréable nouvelle du monde. Voilà Monsieur Lysidas, qui vient de nous avertir qu'on a fait une pièce contre Molière, que les grands comédiens vont jouer.

1. Hai. (1734.)
2. Le mot *à* manque dans certains exemplaires de l'édition de 1682 et dans l'édition de 1684 A; il est remplacé par *de* dans l'édition de 1694 B.
3. Ici encore l'édition de 1734 continue, sans coupure, la scène III.

MOLIÈRE.

« Il est vrai, on me l'a voulu lire ; et c'est un nommé
Br.... Brou.... Brossaut qui l'a faite [1].

DU CROISY.

« Monsieur, elle est affichée sous le nom de Boursaut [2]; mais, à vous dire le secret, bien des gens ont mis
la main à cet ouvrage, et l'on en doit concevoir une
assez haute attente. Comme tous les auteurs [3] et tous les
comédiens regardent Molière comme leur plus grand

---

1. Quelques critiques, entre autres Bazin, ont cru que *le Portrait du peintre*,
bien que composé avant *l'Impromptu de Versailles*, n'avait été représenté
qu'après cette pièce. Comme le remarque M. Victor Fournel, ils ont été sans
doute trompés par ce passage de *l'Impromptu*, où l'on parle de la pièce de
Boursault, comme si elle n'avait pas été jouée : « Ils n'ont pas fait attention
que ces paroles ne se trouvent pas dans *l'Impromptu* proprement dit, mais
dans la petite pièce que l'auteur y a enfermée en supposant que sa troupe est
réunie pour en faire la répétition, et dont l'action est censée.... être antérieure
à celle de *l'Impromptu*. » (*Les Contemporains de Molière*, tome I, p. 242,
note de la page antérieure.)

2. Ici et plus bas (p. 428) le nom est écrit ainsi : *Boursaut*, dans toutes
les éditions anciennes.

3. *Tous les auteurs*. On le voit, Molière ici n'excepte personne. Il dira
un peu plus loin (p. 423) que *les auteurs, depuis le cèdre jusqu'à l'hysope,
sont diablement animés contre lui*. Or, le cèdre ne peut s'entendre évidemment
que du plus grand de tous, de Corneille, et il est bien difficile de croire que
Molière n'ait pas ici songé à lui (voyez la *Notice de l'École des femmes*, p. 135
et suivantes). Ce qu'il y a de sûr, c'est qu'on soupçonna Corneille de ne pas
être étranger à l'ouvrage de Boursault, pour qui il eut toujours beaucoup
d'affection; et c'est bien évidemment à lui que Boursault fait allusion dans
l'avis *Au lecteur* placé en tête de sa comédie : il y répond à ce passage de
l'Impromptu, et se plaint que Molière veuille lui ravir la propriété de sa pièce :
« Il n'est pas juste que je me laisse dépouiller d'un bien qui ne peut enrichir
personne, et je suis contraint de défendre tout le Parnasse contre l'injurieuse
charité qu'on lui a voulu prêter. Les grands hommes n'ont point d'occupations si basses : ils ne travaillent qu'alors qu'il y a de la gloire à acquérir, et
c'est dire assez clairement que Molière n'a rien à craindre d'eux. » Ce qui
montre, comme l'a remarqué M. Victor Fournel, que, sans le dire expressément, c'est bien à ce passage de *l'Impromptu* que répond Boursault, c'est
cette expression : *tout le Parnasse*, employée, quelques lignes plus loin, par
Molière et que Boursault prend soin de répéter. La platitude de sa pièce,
autant que le caractère de Corneille, suffirait pour prouver que le soupçon de
Molière n'était pas fondé; mais ce qui nous paraît indubitable, c'est que ce
mot *cèdre* ne pouvait avoir que cette seule et regrettable application.

ennemi, nous nous sommes tous unis pour le desservir. Chacun de nous a donné un coup de pinceau à son portrait; mais nous nous sommes bien gardés d'y mettre nos noms : il lui auroit été trop glorieux de succomber, aux yeux du monde, sous les efforts de tout le Parnasse; et pour rendre sa défaite plus ignominieuse, nous avons voulu choisir tout exprès un auteur sans réputation.

MADEMOISELLE DU PARC.

« Pour moi, je vous avoue que j'en ai toutes les joies imaginables.

MOLIÈRE.

« Et moi aussi. Par la sambleu[1]! le railleur sera raillé; il aura sur les doigts, ma foi !

MADEMOISELLE DU PARC.

« Cela lui apprendra à vouloir satiriser tout. Comment? cet impertinent ne veut pas que les femmes aient de l'esprit? Il condamne toutes nos expressions élevées, et prétend que nous parlions toujours terre à terre !

MADEMOISELLE DE BRIE.

« Le langage n'est rien; mais il censure tous nos attachements, quelque innocents qu'ils puissent être; et de la façon qu'il en parle, c'est être criminelle que d'avoir du mérite.

MADEMOISELLE DU CROISY.

« Cela est insupportable. Il n'y a pas une femme qui puisse plus rien faire. Que ne laisse-t-il en repos nos maris, sans leur ouvrir les yeux et leur faire prendre garde à des choses dont ils ne s'avisent pas?

MADEMOISELLE BÉJART.

« Passe pour tout cela; mais il satirise même les

---

1. *Par le sang-bleu*, dans l'édition de 1682 et dans celles de 1684 A, 97, 1710, 33; toutes donnent un peu plus loin (p. 422) : *Par la sang-bleu.*

femmes de bien, et ce méchant plaisant leur donne le
titre d'honnêtes diablesses [1].

MADEMOISELLE MOLIÈRE.

« C'est un impertinent. Il faut qu'il en ait tout le soûl [2].

DU CROISY.

« La représentation de cette comédie, Madame, aura
besoin d'être appuyée, et les comédiens de l'Hôtel....

MADEMOISELLE DU PARC.

« Mon Dieu, qu'ils n'appréhendent rien. Je leur garantis le succès de leur pièce, corps pour corps.

MADEMOISELLE MOLIÈRE.

« Vous avez raison, Madame. Trop de gens sont intéressés à la trouver belle. Je vous laisse à penser si
tous ceux qui se croient satirisés par Molière, ne prendront pas l'occasion [3] de se venger de lui en applaudis-
sant à cette comédie.

BRÉCOURT [4].

« Sans doute ; et pour moi je réponds de douze marquis, de six précieuses, de vingt coquettes, et de trente
cocus, qui ne manqueront pas d'y battre des mains.

MADEMOISELLE MOLIÈRE.

« En effet. Pourquoi aller offenser toutes ces per-
sonnes-là, et particulièrement les cocus, qui sont les
meilleurs gens [5] du monde ?

MOLIÈRE.

« Par la sambleu ! on m'a dit qu'on le va dauber [6], lui

1.   Ces dragons de vertu, ces honnêtes diablesses.
(*L'École des femmes*, vers 1296 : voyez là, vers 1294-1301, le portrait de
ces *femmes de bien*.)
2. L'orthographe de 1682, 84 A, 97, 1710, 33, est *tout le sou*.
3. Ne prendront point l'occasion. (1773.)
4. BRÉCOURT, *ironiquement*. (1734.)
5. Les meilleures gens. (1733, 34.) — Il y a bien *les meilleurs*, au masculin, dans la 1re édition et dans celles de 1684 A, 97, 1710. C'est un accord
comme celui dont il est parlé plus haut (p. 391, note 1), au sujet du mot
personnes.
6. Qu'on va le dauber. (1734.)

et toutes ses comédies, de la belle manière, et que les comédiens et les auteurs, depuis le cèdre jusqu'à l'hysope [1], sont diablement animés contre lui.

MADEMOISELLE MOLIÈRE.

« Cela lui sied fort bien. Pourquoi fait-il de méchantes pièces que tout Paris va voir, et où il peint si bien les gens, que chacun s'y connoît ? Que ne fait-il des comédies comme celles de Monsieur Lysidas ? Il n'auroit personne contre lui, et tous les auteurs en diroient du bien. Il est vrai que de semblables comédies n'ont pas ce grand concours de monde ; mais, en revanche, elles sont toujours bien écrites, personne n'écrit contre elles, et tous ceux qui les voient meurent d'envie de les trouver belles.

DU CROISY.

« Il est vrai que j'ai l'avantage de ne point faire [2] d'ennemis, et que tous mes ouvrages ont l'approbation des savants.

MADEMOISELLE MOLIÈRE.

« Vous faites bien d'être content de vous. Cela vaut mieux que tous les applaudissements du public, et que tout l'argent qu'on sauroit gagner aux pièces de Molière. Que vous importe qu'il vienne du monde à vos comédies, pourvu qu'elles soient approuvées par Messieurs vos confrères?

LA GRANGE.

« Mais quand jouera-t-on *le Portrait du peintre?*

DU CROISY.

« Je ne sais ; mais je me prépare fort à paroître des premiers sur les rangs, pour crier : « Voilà qui est beau ! »

MOLIÈRE.

« Et moi de même, parbleu !

1. L'orthographe du mot est *hyssope* dans la 1re édition et dans 1734.
2. De ne me point faire. (1734.)

LA GRANGE.

« Et moi aussi, Dieu me sauve!

MADEMOISELLE DU PARC.

« Pour moi, j'y payerai de ma personne comme il
faut; et je réponds d'une bravoure[1] d'approbation, qui
mettra en déroute tous les jugements ennemis. C'est
bien la moindre chose que nous devions faire, que d'é-
pauler de nos louanges le vengeur de nos intérêts.

MADEMOISELLE MOLIÈRE.

« C'est fort bien dit.

MADEMOISELLE DE BRIE.

« Et ce qu'il nous faut[2] faire toutes.

MADEMOISELLE BÉJART.

« Assurément.

MADEMOISELLE DU CROISY.

« Sans doute.

MADEMOISELLE HERVÉ.

« Point de quartier à ce contrefaiseur de gens.

MOLIÈRE.

« Ma foi, Chevalier, mon ami, il faudra que ton Molière se cache.

BRÉCOURT.

« Qui, lui? Je te promets, Marquis, qu'il fait dessein
d'aller, sur le théâtre, rire avec tous les autres du portrait qu'on a fait de lui[3].

---

1. Cet emploi du mot *bravoure* fait songer aux termes italiens *aria di bravura, genere di bravura*, qui ont passé en français : *air de bravoure, genre de
bravoure*, c'est-à-dire air, genre brillant, « destiné, comme l'explique M. Littré, à faire valoir la voix et l'habileté du chanteur. »

2. *Fait*, pour *faut*, dans l'édition de 1684 A.

3. C'est, en effet, ce que fit Molière : il assista sur le théâtre à une représentation du *Portrait du peintre*. Cela est dit expressément dans *la Vengeance
des Marquis* (scène III) : « ALCIPE. On pourroit le faire voir sur le théâtre de
l'Hôtel de Bourgogne, lorsqu'il y vint voir son portrait. ORPHISE. C'est un des
beaux endroits de sa vie. CLÉANTE. C'en est un en effet. Un jeune homme auroit-il eu cette hardiesse? C'est montrer un courage intrépide.... ALCIPE. Je

MOLIÈRE.

« Parbleu! ce sera donc du bout des dents qu'il y rira[1].

BRÉCOURT.

« Va, va, peut-être qu'il y trouvera plus de sujets de rire que tu ne penses. On m'a montré la pièce; et comme tout ce qu'il y a d'agréable sont effectivement les idées[2] qui ont été prises de Molière[3], la joie que cela pourra donner n'aura pas lieu de lui déplaire, sans doute; car, pour l'endroit où on s'efforce[4] de le noircir, je suis le plus trompé du monde, si cela est approuvé de personne[5]; et quant à tous les gens qu'ils ont tâché d'animer contre lui, sur ce qu'il fait, dit-on, des por-

doute fort que cet ouvrage lui ait donné tant de plaisir qu'il nous le veut persuader. On auroit eu bien de la peine à le peindre dans les convulsions que la gloire lui causoit. Les transports de la joie qu'il ressentoit faisoient trop souvent changer son visage.... ORPHISE. Il dit bien vrai, lorsqu'il assure qu'il n'y a que l'Hôtel de Bourgogne où l'on fasse faire le brouhaha, car il fut à peine placé sur ce théâtre royal que l'on en fit un qui dura fort longtemps. » Ce qu'il y a de plus vrai dans ce passage, c'est qu'en effet la visite de Molière à l'Hôtel de Bourgogne avait été fort remarquée; Chevalier en parle, de son côté, dans sa pièce intitulée *les Amours de Calotin* (acte I, scène III), mais il ne paraît pas croire que Molière y ait été aussi mal à son aise que le prétend de Visé : voyez plus haut l'extrait cité à la page 131.

1. Qu'il rira. (1773.)

2. Cet accord du verbe avec l'attribut pluriel, après un sujet singulier, était ordinaire alors. Racine a dit dans *les Plaideurs* (acte II, scène IX) :

.... Tout ce qu'il dit sont autant d'impostures.

Voyez aussi les *Mémoires du cardinal de Retz*, tome III, p. 471 et p. 512.

3. Voyez ci-après, p. 429 et note 1.

4. Où l'on s'efforce. (1773.)

5. Le passage auquel Molière fait ici allusion doit être celui dont nous avons cité dix vers à la *Notice* (p. 130), et où Boursault parle du *sermon fait en burlesque*, par Arnolphe :

Au seul mot de sermon nous devons du respect :
C'est une vérité qu'on ne peut contredire;
Un sermon touche l'âme et jamais ne fait rire;
De qui croit le contraire on se doit défier,
Et qui veut qu'on rie, en a ri le premier.

(*Le Portrait du peintre*, scène VII.)

traits trop ressemblants, outre que cela est de fort
mauvaise grâce, je ne vois rien de plus ridicule et de
plus mal repris[1]; et je n'avois pas cru jusqu'ici que ce
fût un sujet de blâme pour un comédien, que de peindre
trop bien les hommes.

LA GRANGE.

« Les comédiens m'ont dit qu'ils l'attendoient sur la
réponse, et que....

BRÉCOURT.

« Sur la réponse? Ma foi, je le trouverois un grand
fou, s'il se mettoit en peine de répondre à leurs invectives Tout le monde sait assez de quel motif elles peuvent partir; et la meilleure réponse qu'il leur puisse
faire, c'est une comédie qui réussisse comme toutes ses
autres. Voilà le vrai moyen de se venger d'eux comme
il faut; et de l'humeur dont je les connois[2], je suis fort
assuré qu'une pièce nouvelle qui leur enlèvera le
monde, les fâchera bien plus que toutes les satires qu'on
pourroit faire de leurs personnes.

MOLIÈRE.

« Mais, Chevalier.... ».

MADEMOISELLE BÉJART.

Souffrez que j'interrompe pour un peu la répétition.
Voulez-vous[3] que je vous die? Si j'avois été en votre
place, j'aurois poussé les choses autrement. Tout le
monde attend de vous une réponse vigoureuse; et après
la manière dont on m'a dit que vous étiez traité dans
cette comédie, vous étiez en droit de tout dire contre les
comédiens, et vous deviez n'en épargner aucun.

MOLIÈRE.

J'enrage de vous ouïr parler de la sorte; et voilà vo-

1. Et de plus mal pris. (1734.)
2. Je le connois. (1697, 1710.)
3. *Voulez-vous* est précédé de l'indication : *A Molière*, dans l'édition de 1734.

tre manie, à vous autres femmes. Vous voudriez que je
prisse feu d'abord contre eux, et qu'à leur exemple j'al-
lasse éclater promptement en invectives et en injures.
Le bel honneur que j'en pourrois tirer, et le grand dépit que je leur ferois! Ne se sont-ils pas préparés de
bonne volonté à ces sortes de choses? Et lorsqu'ils ont
délibéré s'ils joueroient *le Portrait du peintre*, sur la
crainte d'une riposte, quelques-uns d'entre eux n'ont-ils
pas répondu : « Qu'il nous rende toutes les injures qu'il
voudra, pourvu que nous gagnions de l'argent? » N'est-
ce pas là la marque d'une âme fort sensible à la honte?
et ne me vengerois-je pas bien d'eux en leur donnant
ce qu'ils veulent bien recevoir?

MADEMOISELLE DE BRIE.

Ils se sont fort plaints [1], toutefois, de trois ou quatre
mots que vous avez dits d'eux dans *la Critique* [2] et dans
vos *Précieuses* [3].

MOLIÈRE.

Il est vrai, ces trois ou quatre mots sont fort offen-
sants, et ils ont grande raison de les citer. Allez, allez,
ce n'est pas cela. Le plus grand mal que je leur aie fait,
c'est que j'ai eu le bonheur de plaire un peu plus qu'ils
n'auroient voulu [4]; et tout leur procédé, depuis que nous
sommes venus à Paris, a trop marqué ce qui les touche.
Mais laissons-les faire tant qu'ils voudront; toutes leurs
entreprises ne doivent point m'inquiéter. Ils critiquent
mes pièces : tant mieux; et Dieu me garde d'en faire ja-

1. *Plaint*, et à la ligne suivante, *dit*, sans accord, dans les éditions de 1682
à 1734 inclusivement, sauf 1733, qui, comme 1773, écrit *plaints* et *dits*.
2. Scène VI, p. 345.
3. Scène IX, tome II, p. 93.
4. C'est ce que Boileau dit à la fin de ses *Stances à M. Molière sur sa comédie
de* l'École des femmes, *que plusieurs gens frondoient* (voyez dans notre tome I,
p. XXII) :

Si tu savois un peu moins plaire,
Tu ne leur déplairois pas tant.

mais qui. leur plaise! Ce seroit une mauvaise affaire pour moi.

MADEMOISELLE DE BRIE.

Il n'y a pas grand plaisir pourtant à voir déchirer ses ouvrages.

MOLIÈRE.

Et qu'est-ce que cela me fait? N'ai-je pas obtenu de ma comédie tout ce que j'en voulois obtenir, puisqu'elle a eu le bonheur d'agréer aux augustes personnes à qui particulièrement je m'efforce de plaire? N'ai-je pas lieu d'être satisfait de sa destinée, et toutes leurs censures ne viennent-elles pas trop tard? Est-ce moi, je vous prie, que cela regarde maintenant? et lorsqu'on attaque une pièce qui a eu du succès, n'est-ce pas attaquer plutôt le jugement de ceux qui l'ont approuvée, que l'art de celui qui l'a faite?

MADEMOISELLE DE BRIE.

Ma foi, j'aurois joué ce petit Monsieur l'auteur, qui se mêle d'écrire contre des gens qui ne songent pas à lui.

MOLIÈRE.

Vous êtes folle. Le beau sujet à divertir la cour que Monsieur Boursaut! Je voudrois bien savoir de quelle façon on pourroit l'ajuster pour le rendre plaisant, et si, quand on le berneroit sur un théâtre[1], il seroit assez heureux pour faire rire le monde. Ce lui seroit trop d'honneur que d'être joué devant une auguste assemblée : il ne demanderoit pas mieux; et il m'attaque de gaieté de cœur, pour se faire connoître de quelque façon que ce soit. C'est un homme qui n'a rien à perdre, et les comédiens ne me l'ont déchaîné que pour m'engager à une sotte guerre, et me détourner, par cet artifice, des

1. Sur le théâtre. (1773.)

autres ouvrages que j'ai à faire ; et cependant, vous êtes
assez simples pour donner toutes dans ce panneau. Mais
enfin j'en ferai ma déclaration publiquement. Je ne prétends faire aucune réponse à toutes leurs critiques et
leurs contre-critiques. Qu'ils disent tous les maux du
monde de mes pièces, j'en suis d'accord. Qu'ils s'en
saisissent après nous, qu'ils les retournent comme un
habit pour les mettre sur leur théâtre[1], et tâchent à profiter de quelque agrément qu'on y trouve, et d'un peu
de bonheur que j'ai, j'y consens : ils en ont besoin, et je
serai bien aise de contribuer à les faire subsister, pourvu
qu'ils se contentent de ce que je puis leur accorder avec
bienséance. La courtoisie doit avoir des bornes ; et il y
a des choses qui ne font rire ni les spectateurs, ni celui
dont on parle. Je leur abandonne de bon cœur mes ouvrages, ma figure, mes gestes, mes paroles, mon ton
de voix, et ma façon de réciter, pour en faire et dire
tout ce qu'il leur plaira, s'ils en peuvent tirer quelque
avantage : je ne m'oppose point à toutes ces choses, et
je serai ravi que cela puisse réjouir le monde. Mais en
leur abandonnant tout cela, ils me doivent faire la grâce
de me laisser le reste et de ne point toucher à des matières de la nature de celles sur lesquelles on m'a dit

1. En effet, Boursault s'était borné à *retourner comme un habit,* dans sa pièce,
la Critique de l'École des femmes. Le plus curieux, c'est que de Visé applique
cette expression à Molière lui-même, en l'accusant de stérilité et de monoto-
nie : « ARISTE. Il fait voir qu'il est plus épuisé qu'il ne le veut faire croire, et
ne distribue pas un rôle à ses camarades qu'ils n'aient joué plus de dix fois....
ALCIPE. Il y a longtemps que nous n'avons rien vu de nouveau de lui : il nous
fait voir les mêmes pièces de dix manières différentes, et on ne doit pas prendre le soin de les retourner, puisqu'il se donne lui-même cette peine. » (*La
Vengeance des Marquis,* scène II.) On voit que de Visé tient à son chiffre dix,
et comme Molière n'avait encore fait que juste dix pièces, il s'ensuivrait que
c'était toujours la même pièce qu'il avait resservie au public sous dix titres
différents. De Visé a négligé de nous expliquer pourquoi le public prenait
tant de plaisir à revoir toujours ainsi la même chose.

qu'ils m'attaquoient dans leurs comédies[1]. C'est de quoi je prierai civilement cet honnête Monsieur qui se mêle d'écrire pour eux, et voilà toute la réponse qu'ils auront de moi.

MADEMOISELLE BÉJART.

Mais enfin....

MOLIÈRE.

Mais enfin, vous me feriez devenir fou. Ne parlons point de cela davantage; nous nous amusons à faire des discours, au lieu de répéter notre comédie. Où en étions-nous? Je ne m'en souviens plus.

MADEMOISELLE DE BRIE.

Vous en étiez à l'endroit....

MOLIÈRE.

Mon Dieu! j'entends du bruit : c'est le Roi qui arrive assurément; et je vois bien que nous n'aurons pas le temps de passer outre. Voilà ce que c'est de s'amuser. Oh bien! faites donc pour le reste du mieux qu'il vous sera possible.

MADEMOISELLE BÉJART.

Par ma foi, la frayeur me prend, et je ne saurois aller jouer mon rôle, si je ne le répète tout entier.

MOLIÈRE.

Comment, vous ne sauriez aller jouer votre rôle?

MADEMOISELLE BÉJART.

Non.

MADEMOISELLE DU PARC.

Ni moi le mien.

MADEMOISELLE DE BRIE.

Ni moi non plus.

MADEMOISELLE MOLIÈRE.

Ni moi.

1. Voyez divers passages de la *Notice* (p. 127, 128, 130, 141, 142 et 143, 147 et 148); et ci-dessus, p. 425 et note 5.

MADEMOISELLE HERVÉ.

Ni moi.

MADEMOISELLE DU CROISY.

Ni moi.

MOLIÈRE.

Que pensez-vous donc faire ? Vous moquez-vous toutes de moi ?

SCÈNE VI[1].

BÉJART, MOLIÈRE, etc. [2].

BÉJART.

Messieurs, je viens vous avertir que le Roi est venu, et qu'il attend que vous commenciez.

MOLIÈRE.

Ah ! Monsieur, vous me voyez dans la plus grande peine du monde, je suis désespéré à l'heure que je vous parle ! Voici des femmes qui s'effrayent et qui disent qu'il leur faut répéter leurs rôles avant que d'aller commencer. Nous demandons, de grâce, encore un moment. Le Roi a de la bonté, et il sait bien que la chose a été précipitée[3]. Eh ! de grâce, tâchez de vous remettre, prenez courage, je vous prie.

---

1. Cette scène et les cinq suivantes n'ont pas de chiffres dans l'édition de 1682. A chacune, elle met simplement en titre, au-dessus des noms des acteurs, le mot SCÈNE.

2.   SCÈNE IV.

BÉJART, MOLIÈRE, LA GRANGE, DU CROISY, MESDEMOISELLES DU PARC, BÉJART, DE BRIE, MOLIÈRE, DU CROISY, HERVÉ. (1734.)

3. L'édition de 1734 coupe ici la scène de cette façon :

SCÈNE V.

MOLIÈRE, et les mêmes acteurs, à l'exception de Béjart.

MOLIÈRE.

Hé ! de grâce....

MADEMOISELLE DU PARC.

Vous devez vous aller excuser.

MOLIÈRE.

Comment m'excuser?

SCÈNE VII.

MOLIÈRE, Mlle BÉJART, etc. [1].

UN NÉCESSAIRE [2].

Messieurs, commencez donc.

MOLIÈRE.

Tout à l'heure, Monsieur. Je crois que je perdrai l'esprit de cette affaire-ci, et....

---

1.   SCÈNE VI.

MOLIÈRE, *et les mêmes acteurs*, UN NÉCESSAIRE. (1734.)

2. On dit d'un homme qui fait l'empressé dans une maison, qui s'y mêle de tout, qu'*il fait le nécessaire :*

> Ils font partout les nécessaires,
> Et partout importuns devroient être chassés.
> (La Fontaine, *fable* IX du livre VII, *le Coche et la Mouche*.)

C'est dans ce sens qu'on appelle ici, substantivement, des *nécessaires*, ces gens qui viennent dire à Molière de commencer, sans en avoir reçu la mission de personne. (*Note d'Auger.*)

SCÈNE VIII.

MOLIÈRE, Mlle BÉJART, etc.[1].

AUTRE NÉCESSAIRE.
Messieurs, commencez donc.
MOLIÈRE.
Dans un moment, Monsieur. Et quoi donc? voulez-
vous que j'aie l'affront...?

SCÈNE IX.

MOLIÈRE, Mlle BÉJART, etc.

AUTRE NÉCESSAIRE.
Messieurs, commencez donc.
MOLIÈRE.
Oui, Monsieur, nous y allons. Eh! que de gens se
font de fête[2], et viennent dire : « Commencez donc, » à
qui le Roi ne l'a pas commandé!

1.   SCÈNE VII.
MOLIÈRE, *et les mêmes acteurs*, UN SECOND NÉCESSAIRE.
LE SECOND NÉCESSAIRE.
Messieurs, commencez donc.
MOLIÈRE.
Dans un moment, Monsieur. (*A ses camarades.*) Hé quoi donc? Voulez-vous
que j'aie l'affront...?
SCÈNE VIII.
MOLIÈRE, *et les mêmes acteurs*, UN TROISIÈME NÉCESSAIRE.
LE TROISIÈME NÉCESSAIRE.
Messieurs, commencez donc. (1734.)
2. « *Cet homme se fait de fête*, pour dire qu'il veut se rendre nécessaire,
ou se mêler d'une chose où il n'est point appelé. » (*Dictionnaire de Furetière*,
1690.)

SCÈNE X.

MOLIÈRE, MLLE BÉJART, ETC.[1].

AUTRE NÉCESSAIRE.

Messieurs, commencez donc.

MOLIÈRE.

Voilà qui est fait, Monsieur. Quoi donc? recevrai-je la confusion...?

SCÈNE XI.

BÉJART, MOLIÈRE, ETC.

MOLIÈRE.

Monsieur, vous venez pour nous dire de commencer, mais....

BÉJART.

Non, Messieurs, je viens pour vous dire qu'on a dit au Roi l'embarras où vous vous trouviez, et que, par une bonté toute particulière, il remet votre nouvelle comédie à une autre fois, et se contente, pour aujourd'hui, de la première que vous pourrez donner.

---

1.   SCÈNE IX.

MOLIÈRE, *et les mêmes acteurs*, UN QUATRIÈME NÉCESSAIRE.

LE QUATRIÈME NÉCESSAIRE.

Messieurs, commencez donc.

MOLIÈRE.

Voilà qui est fait, Monsieur. (*A ses camarades.*) Quoi donc? Recevrai-je la confusion...?

SCÈNE DERNIÈRE.

BÉJART, MOLIÈRE, *et les mêmes acteurs.* (1734.)

MOLIÈRE.

Ah! Monsieur, vous me redonnez la vie! Le Roi nous
fait la plus grande grâce du monde de nous donner du
temps pour ce qu'il avoit souhaité [1]; et nous allons tous
le remercier des extrêmes bontés qu'il nous fait paroître [2].

1. Pour ce qu'il a souhaité. (1734.)

2. Un rapprochement plus singulier qu'instructif, c'est que la plus faible
des comédies de Molière sous le rapport de l'action, *l'Impromptu de Ver-*
sailles, et la plus forte peut-être à tous égards, *le Tartuffe,* sont toutes deux
dénouées par un moyen semblable, c'est-à-dire par un message de Louis XIV.
(*Note d'Auger.*)

FIN DE L'IMPROMPTU DE VERSAILLES.

TABLE DES MATIÈRES

CONTENUES DANS LE TROISIÈME VOLUME.

FIN DE LA TABLE DES MATIÈRES.

11519. — PARIS, TYPOGRAPHIE LAHURE
Rue de Fleurus, 9

PARIS. — TYPOGRAPHIE LAHURE
Rue de Fleurus, 9